라떼와 첫
키스

KB220179

라떼와 첫 키스

ⓒ석우주 2014

초판1쇄 인쇄 2014년 11월 1일
초판1쇄 발행 2014년 11월 5일

지은이 석우주

펴낸이 박대일
편집 이문영 · 임유리 · 신지연
교정 최민석
마케팅 송재진
표지디자인 김은희

펴낸곳 파란미디어
출판등록 2004년 9월 14일 제313-2004-00214호

주소 121-897 서울시 마포구 성지1길 32-36 (합정동)
전화 02. 3141. 5589(영업부) 070. 4616. 2012(편집부)
팩스 02. 3141. 5590
전자우편 paranbook@gmail.com
카페 http://cafe.naver.com/paranmedia
트위터 @paranmedia

ISBN 978-89-6371-170-6(03810)

라떼와 첫
킷

석 우 주   장 편 소 설

파란

차례

우연한 발견

"최율입니다."

　남자의 오른손은 거칠고 투박해 보였다. 적당한 악력으로 잡았다 놓는 손바닥의 감촉이 부드럽지 않았다면, 최율이라는 남자의 손은 건축사무소의 젊은 소장보다 공사판의 일용 잡부에나 더 어울렸을 것이다. 녹색과 갈색이 오묘하게 섞인 타탄 체크의 캐주얼 셔츠와 빳빳해 보이는 호두색 면바지가 그나마 그의 인상을 부드럽게 해 주고 있었다. 바로 지난달 건축공학 관련 잡지에서 최율의 사진을 보았을 때는 서글서글하고 호감 가는 얼굴이라고 생각했었는데, 지금 이 자리에서의 그는 두드러진 콧날과 턱선 때문인지 차갑고 신경질적으로 보였다. 자신을 쉽게 드러내지 않는 사람 같다고, 최율 앞에 선 남자는 땀이 자꾸 배어 나오는 손바닥을 양복바지에 문지르며 생각했다.

"말씀 낮추십시오. 고등학교 선배님이라고 들었습니다."

최율의 손을 두 손으로 다소곳이 잡았던 남자는 허리를 꾸벅 숙였다 펴며 자신이 너무 비굴하게 구는 것은 아닌지 헤아려 보았다. 어렵게 들어온 자리였지만 첫날부터 만만해 보이기는 싫었다. 하지만 사람을 꿰뚫어 보는 듯한 상대방의 눈빛을 마주 받고 있기가 힘들었다.

"인사 기록을 봤습니다. 그럼 한 식구끼리 말 편하게 할까요, 김철수 기사님?"

최율의 말끝에 웃음이 조금 묻어 있는 것 같았다. 김철수라고 불린 남자는 최율이 권하는 대로 소파에 다가가 엉덩이만 걸친 자세로 허리를 꼿꼿이 펴고 앉았다. 살짝 주먹 쥔 두 손은 허벅지 위에 올렸다. 유리 테이블 위에 담황색의 티백이 우러나고 있는 순백의 도기 찻잔이 놓였다. 섬세한 레이스로 살짝 벌어진 꽃모양을 접은 것 같은 찻잔은 이 사무실의 주인과는 어울려 보이지 않았다. 하긴 최율과 어울리지 않기는 이 방도 마찬가지였다. 주인 없는 방 안에서 그를 기다리며 앉아 있는 잠깐 동안 김철수의 시야에 들어온 사무실 내부에 대한 첫인상은 정리 정돈이 잘된 사열 직전의 군대 내무반 같다는 것이었다.

"얼그레이 싫어하지 않으면 마셔요, 티백이라 미안하지만. 아니면 뭐 다른 거?"

"아닙니다. 좋아합니다."

김철수의 뒷목덜미에 땀이 한 줄기 흘렀다. 이제 겨우 오월 초순인 데다가 한낮이라 해도 사무실 안의 온도는 그리 높지 않았다. 이제부터 직장 상사로 모시긴 할 테지만, 자신과 나이 차이도 크게 나지 않는 30대 초반의 남자 앞에서 이렇게까지 긴장이 되는 이유는 뭘까? 쏘아보는 듯한 그 눈빛을 계속 받으며 찻잔을 잡은 손이 자칫 떨릴까 천천히 들어 올리는데, 구세주처럼 사무실 안으로 한 남자가 뛰어 들어왔다.

"자네가 그 신입이구만, 하핫. 반가워, 김 기사. 또 봐도 건축 하는 사람같이 안 생겼어."

걸음걸이처럼 목소리도 걸걸하고 호탕한 이 남자는 면접 때 보았던 건축사 김기영이었다. 건축기사는 뭐 어떻게 생겨야 하는데, 하면서도 김철수는 최율과의 얼어붙은 분위기를 녹여 주는 그의 등장이 반가웠다. 꾸벅, 허리를 반 접어 인사를 하는데 그가 김철수의 등을 후려치듯 두들기더니 맞은편에 팔짱을 끼고 앉아 있는 최율을 향해 입을 열었다.

"뭐야, 배고프다. 김 기사 데리고 나갈까? 신입 기 그만 빨아들이고."

김철수는 그제야 자신이 왜 그렇게 긴장하며 앉아 있었는지 알 것 같았다. 기를 빨아들인다는 표현은 정확했다. 최율의 눈빛은 사람을 꿰뚫어 보면서 상대방의 기운을 흡수하는 듯했다. 검은 눈동자 속의 다소 옅은 갈색 홍채가 다른 사람의 생각을 읽고 마음을 들여다보는 것 같은 에너지를 내뿜고 있었다. 골격이 굵진 않으나 강건해 보이는 체격과 뭐라 쉽게 단정 지을 수는 없지만 까다롭고 예민한 인상을 주는 얼굴 표정은 농구

선수처럼 보이기도 했고 섬세한 예술가처럼 보이기도 했다. 그러나 그 눈빛만은 숨길 수 없이 빛이 났다.

최율은 유리 테이블 밑으로 발목을 교차하며 길게 뻗었던 다리를 구부리며 일어났다.

"순댓국 먹자."

또 사람 어리둥절하게 만든다. 하여튼 쉽게 알 수 없는 사람이다. 얼그레이 티를 티백으로 주는 게 왜 미안한 일인지도 모르겠지만, 그 하얀 레이스 같은 찻잔을 봐서라도 파스타나 스테이크 아니면 정갈한 한정식을 먹자고 할 것 같았는데, 순댓국이라…….

세 사람은 곧 최율의 방을 나왔다. 이제는 낯이 좀 익을 것 같은 다른 직원 몇은 바깥쪽 사무 공간에서 각자의 컴퓨터를 들여다보고 있었다.

그들은 봄의 향기가 취할 듯 몰려오는 한낮의 거리로 나섰다. 진하고 끈적끈적한 꽃의 향기가 녹아내리고 있었다. 햇빛이 노곤하게 내려앉은 오래된 골목길에 정원이 제법 잘 가꾸어진 단독주택들이 붙어 있었다. 담벼락이 성채처럼 높은 부자 동네가 아니라 햇빛에 오래도록 바랜 붉은 벽돌담이 오히려 정겨운 동네였다.

"이야, 이거 라일락이지? 냄새 한번 돌아 버리겠네. 주말 동안 더 진해졌는걸."

김기영이 사냥개처럼 코끝을 들고 쿵쿵거리며 말했다.

"꽃은 냄새가 아니라 향기라고 해야지."

최율이 무뚝뚝하게 내뱉었지만, 김기영을 면박 주는 말투는 아니었다.

"그래, 잘났다. 누가 선생 아들 아니랄까 봐."

김기영 역시 막 뱉는 듯했지만 비꼬는 것 같지는 않았고, 최율도 기분 나빠 하는 것 같지 않았다. 일에서는 최율이 윗자리여도 사적으로는 아주 막역한 사이인가 보다고, 김철수는 생각했다. 셋은 사무실과 백 미터쯤 떨어진 식당으로 들어갔다. 자리를 잡고 앉기도 전에 성질 급한 김기영이 큰 소리로 주문부터 먼저 넣었다. 그러고는 괜찮지? 하는 눈으로 김철수를 돌아본다. 김철수가 살짝 고개를 숙이는데 재킷의 안주머니에 넣어 두었던 핸드폰이 부르르 떨었다. 김철수는 얼른 핸드폰을 꺼냈다.

"응, 끝났어. 응, 점심. 당신도……. 응."

"와이프? 무슨 대화가 그러냐? 정 없이."

전화를 끊자 김기영이 넉살 좋게 웃으며 말했다. 최율은 그새 상 위에 냅킨을 깔고 세 사람의 수저를 가지런히 놓았다. 또 상마다 놓여 있는 작은 옹기 항아리에서 김치와 깍두기를 꺼내 접시에 보기 좋게 덜고 있었다. 옷소매를 살짝 걷은 그의 손목 안쪽은 예상외로 하얗고 부드러워 보였다. 김기영이 그 모양을 물끄러미 쳐다보다가 아까처럼 막 던지듯 내뱉었다.

"여기 최 소장한테도 여자 좀 소개시켜 줘라. 여기는 아주 청정 지역에 천연기념물이다."

무슨 뜻일까, 김철수는 문득 최율을 쳐다보다가 조금 전 사무실에서처럼 뒷목덜미로 서늘한 바람이 지나가는 것을 느꼈다. 옆에 앉은 김기영을 내려다보는 최율의 눈빛이 싸늘하게 얼어붙으며 숱 많은 눈썹이 위로 올라갔다. 목소리는 낮게 으르렁거렸다.

"아무나 갖다 붙이지 마라."

누가 되었든, 있든 없든, 이 세상의 어느 한 여자는 순간 '아무나'로 취급당하고 있었고 이번에는 김기영도 어쩔 수 없는 듯 가볍게 한숨을 쉬며 눈을 다른 곳으로 돌렸다. 김철수도 덩달아 동작 그만의 자세로 굳어 있는데, 김기영이 건너편 상 위에 놓인 경제 신문의 한 면을 가리켰다.

"어, 웬일로 의자왕이 인터뷰를 다 했네."

김기영은 경제 신문을 가져와 펼쳐 보았다. 그 모양을 바라보던 김철수도 신문 기사의 한 면에 눈길을 주었다.

"의자왕이 누구예요?"

김기영은 누가 들으랄 것도 없이 중얼거렸다.

"증권가에서는 좀 알려진 자야. 큰손까지는 아니지만, 개미들의 안내자랄까 그런 사람인데, 인터넷 가상투자대회에서 몇 번이나 우승했던 고수지. 매일 사고파는 데이 트레이더도 아니고, 어찌 보면 답답하게 정석대로만 사고파는데 수익률은 괜찮거든. 크게 이기는 타입이 아니라 지지 않고 적게 먹으면서도 절대로 잃지 않는 스타일."

"그래요? 전 주식 쪽으로는 잘 몰라서. 의자왕이라, 이름이 재미있네요."

"개인 신상이 공개되지 않아서 사람들이 모르는데, 이름으로 봐서는 휠체어를 타는 장애인이 아닌가 하더라고. 그런데 정말 웬일로 인터뷰까지 다 했지?"

두 사람의 대화가 오가는 동안 최율의 눈길도 인터뷰 기사에 머물렀다.

(기자) 말씀대로 삼월부터 슬금슬금 하락하던 코스피가 오월 들어서는 4퍼센트 가까이 하락하고 있는데요, 일각에서는 시장조작 세력이 등장했다고 말하기도 합니다. 어떻게 보시는지요?

— 이번 사건의 진원지인 유럽 증시는 1퍼센트 하락했을 뿐입니다. 작년 십일월 옵션 만기일에 도이치증권의 파생을 이용한 시장조작도 있었고 그보다 먼저 구월엔 유럽계 자금의 시장조작도 있었지만, 이번처럼 국내에서 시장조작 사건이 발생한 건 국내 기관의 해외파들 중 일부가 국내 자금으로 시장조작 세력들을 돕고 있기 때문입니다. 지난주 금융감독위원장의 경고성 발언이 있은 후 잠깐 주춤하고 있지만 이들은 언제든지 우리 시장을 조작하려는 준비를 하고 있습니다.

(기자) 최근 한 외국계 은행의 금리조작이 발각되어 회장이 사임하긴 했습니다만, 국내시장의 경우 증거가 있을까요?

— 지난달 옵션 만기일, 마감을 10분 남기고 외인과 기관이 합심하여 코스피를 12포인트나 올려놓았습니다. 개미들은 깡통이 되었구요. 다음 날 그들은 매수한 물량을 바로 털어 버렸지요. 옵션 투자한 개미들은 엄청난 손실을 보았지만, 주가조작이 아니라 투자라고 말하는 외인과 기관에게 뭐라고 할 수 있을까요? 그리스나 스페인이 신용 평가사의 뒤에 숨은 유

태인 로비 세력들 때문에 휘청거렸던 것도 같은 맥락입니다.

(기자) 정부에서는 주가조작에 대한 수사권을 금융감독원에 부여하고 있습니다. 투기 세력을 막는 대책으로서 제 역할을 충분히 하고 있다고 보시는지요?

— 국내 주식시장이 국내외의 온갖 작전 세력이나 내부자 거래 세력의 먹잇감이 되고 있지만, 금융감독원의 수사권이라도 없다면 금융 작전 세력들은 훨씬 더 빠르고 조직적으로 증거를 인멸하고 사라질 겁니다. 주가조작을 제대로 차단하려면 금감원이 통신 조회나 압수 수색을 할 수 있는 기능이 더 강화되어야 한다고 생각합니다.

(기자) 마지막으로 우문 같습니다만, 개미들이 주가조작에 휘둘리지 않고 꾸준한 수익을 올릴 수 있는 방법이 있을까요?

— 저는 일개 개미투자가입니다. 현답을 드릴 수 없어 죄송하지만, 그런 방법은 없습니다. 욕심을 줄이는 수밖에요. 좋은 회사를 찾아내 투자하고 이익을 배당받는 게 주식 투자의 기본이긴 하지만, 일종의 도박과 다를 바 없습니다. 땀 흘리지 않고 남의 돈을 가져가는 것이지요. 자신의 목표 수익률에 도달하면 바로 이익을 실현하고 떠나는 것이 최선이지만, 목표한 수익을 창출했다고 떠나는 진정한 고수가 되기는 힘든 것 같습니다.

기사 한 귀퉁이에는 의자왕의 사진 대신 실린 듯한 작은 캐리커처가 그려져 있었다. 중성적인 분위기가 풍기는 얼굴에 어중간한 길이의 머리를 아무렇게나 묶은 옆모습으로 나름대로 신비감을 풍기고 있었다. 보은은 그 어설픈 그림을 보다가 웃음이 픽 새어 나오는 것을 참을 수 없었다. 마침 핸드폰의 진동이 울렸다. 보은은 신문을 한 손에 들고 수신 버튼을 눌렀다. 역시 윤주였다.

"어떻게 알고 전화했어? 지금 막 네 기사 읽었어."

— 어때? 괜찮아? 나윤주 이름 걸고 처음 나가는 기산데.

그렇지 않은 척했겠지만 윤주의 목소리는 그녀답지 않게 살짝 떨리고 있었다. 보은은 음료 자판기 옆에 있는 베이지색 플라스틱 의자에 앉으며 신문을 접어 무릎 위에 내려놓았다. 저녁 시간이 지난 뒤라 병원 안을 서성이는 환자들과 보호자들 외에도 문병객들의 소음 때문에 핸드폰을 귀에 바짝 갖다 대야 했다.

"이 그림도 네가 직접 그린 거야?"

핸드폰 너머에서 윤주가 대답했다.

— 얼굴을 공개 안 하는데 어떡하니, 그럼? 사진이라도 있어야 그림을 의뢰할 텐데, 사진도 안 된다지, 꼭 기자 혼자만 와야 한다고 하니 내가 그릴 수밖에.

윤주가 비밀스러운 공모자처럼 킥킥 웃었다.

"그래, 잘했어요."

보은은 마치 엄마가 아기를 칭찬하듯 부드럽고 간지러운 목소리로 말했다. 전화를 끊은 보은은 병실로 바로 돌아가려다가 음료 자판기에 희미하게 비치는 자신의 모습을 보았다. 거울이 아니라 반질반질한 강화플라스틱 면에 비쳐서인지 보은의 피부색은 남들과 다를 바가 없어 보였다. 하얗다고는 결코 말할 수 없지만 햇볕에 살짝 그을린 듯한 얼굴색이 건강해

보였다. 새하얀 블라우스 때문에 더 그렇게 보였는지도 모르
겠다. 연한 커피색의 플레어스커트 아래 드러난 날씬한 다리
도 아마 지금이 한여름 휴가철이었으면 선탠이 제법 예쁘게
되었다고 부러움을 살 만한 빛을 띠고 있었다. 보은은 가만히
한숨을 내쉬었다.

"빨리 안 들어가 보고 뭐하니? 할머니 속옷 갈아입을 때 된
것 같다."

어머니가 코앞에 서 있었다. 병실에 들어온 지 30분도 지나
지 않았는데 견디기가 힘든 모양이었다. 좀 덥지 않을까 싶은
보라색 트위드 재킷에 샤넬 라인이 딱 떨어지는 스커트 차림은
어머니가 서 있는 곳이 병원이 아니라 미술품이 전시된 화랑이
나 클래식 음악 연주회장인 것 같은 착각을 불러일으켰다. 세
팅이 완벽한 업스타일의 머리 모양과 코앞에서 손부채를 살랑
살랑 흔드는 긴 손가락의 움직임 역시 그만큼이나 우아했다.
하얀 얼굴에 하얀 파우더, 깨끗하고 창백하게도 보이는 어머니
의 피부는 어릴 적 보은이 언제나 부러워했던 것이다.

그래도 저 하이힐은 좀 편한 것으로 갈아 신으시지, 하고 보
은은 생각했다. 아니, 30분이 다 되어 가니 이제 도망치실 때
가 된 건가? 보은은 자신도 모르게 비아냥거렸다는 걸 깨닫고
흠칫 몸을 떨었다. 비록 입 밖으로 나온 말은 아니지만 그래서
는 안 된다고 보은은 생각했다. 보은이 입술을 살짝 깨물고 병
실로 들어가려는데 쨍쨍한 어머니의 목소리가 그녀를 멈춰 세
웠다.

"넌 환자 돌보는 애가 옷차림이 그게 뭐니? 웬 치렁치렁한 스커트? 안 불편해?"

어머니의 회사 일이 뭔가 잘 안 돌아가는가 보다고 보은은 생각하기로 했다.

"어제 새벽에 갑자기 갈아입을 게 없었어요. 오늘은 집에 좀 갔다 와야 할 거 같아요."

그녀는 어머니를 지나쳐 병실로 들어갔다. 여섯 명의 환자들이 함께 쓰는 방이다. 보은의 할머니처럼 나이가 많은 할머니 두 분과 사오십 대의 아주머니 둘 그리고 아직은 나이를 가늠하기 힘든 젊은 여자가 일제히 보은을 쳐다보았다.

"진짜 참기 힘드네. 빨리 어떻게 좀 해 드려."

할머니 침대 바로 옆의 창가 쪽 침대를 쓰는 아주머니가 먼저 입을 열었다.

"죄송합니다."

보은의 예상대로 할머니는 또 속옷에 큰일을 본 것이 분명했다. 그러니까 어머니의 말은 틀렸다. 속옷을 갈아입힐 때가 된 것이 아니라, 속옷을 갈아입히지 않으면 도저히 안 될 일이 터진 것이다. 그런데도 어머니는 늘 할머니에 대해서는 그런 식으로 말했다. 아무 일도 아니라는 듯이, 누구라도 할 수 있다는 듯이, 대수롭지 않고 하찮고 귀찮다는 듯이.

"할머니, 옷 갈아입혀 드릴게요."

보은은 일단 할머니의 침대 위에 있는 커튼을 빙 둘러쳐서 다른 환자들의 시선부터 가려 주었다. 그리고 할머니의 허리

밑으로 한쪽 팔을 길게 쑥 넣어 육중한 몸을 들어 올리고 재빨리 그 밑에 방수 비닐부터 깔았다. 할머니의 아랫도리를 한꺼번에 싹 끌어내리자 속옷에 뭉개져 범벅이 된 대변의 냄새가 병실의 따뜻하고 건조한 공기 속으로 확 번졌다. 동시에 커튼 밖으로 누군가의 불평 소리와 창문 여는 소리도 들렸다. 보은은 할머니의 더러워진 속옷과 바지를 커다란 검은 비닐 봉투에 집어넣었다. 얼핏 할머니의 얼굴을 쳐다보니 벗겨진 맨살이 차가운 비닐에 닿은 것이 싫어서인지 잔뜩 찌푸린 표정이었다. 질끈 감은 두 눈 속의 감정이야 짐작만 할 뿐이지만 마른 뺨이 파르르 떨리고 있었다. 보은은 물티슈로 엉덩이에 묻은 것을 닦고, 뜨거운 물수건을 갈아 가며 나머지를 꼼꼼히 닦아냈다. 병실 바닥의 검은 비닐 봉투 위로 더러워진 물티슈와 수건이 쌓였다. 마음 같아서는 속옷을 갈아입히기 전에 맨살 위에 이불을 살짝 덮어 드리고 엉덩이가 보송보송해진 후 발진 예방 연고를 발라 드리고 싶었지만, 지금은 할머니의 자존심이 허락하지 않을 것이다. 아직 욕창이 생기지 않은 것만으로도 감사드릴 일이다. 보은은 깨끗한 속옷과 환자복으로 갈아입혀 드렸다.

"할머니, 지금 시위하는 거지? 엄마 보라고 일부러 똥 싼 거지? 응?"

보은은 바닥에 쌓인 것들을 처리하러 나가기 전에 할머니의 귀에 대고 속삭였다.

"미친년. 내가 네 친구냐? 어디서 배워먹은 버릇이야? 네 어미가 그렇게 가르치든?"

여전히 두 눈을 꼭 감은 채 할머니가 대꾸했다. 소리를 지른 것은 아니었다. 말꼬리만 느리게 또 아주 살짝 추켜올렸을 뿐 결코 높지 않은 목소리다. 지금 이 상황과는 어울리지 않게 할머니의 목소리는 아주 부드럽게 들리기까지 했다. 욕이나 남의 염장 지르는 소리를 이렇게 곱고 우아한 목소리로 말하는 것은 할머니의 남다른 재주였다. 그것이 당신의 며느리이자 30년 동안의 앙숙인 보은의 어머니에게만 유독 자주 발휘된다는 것이 문제이기는 했다.

보은은 할머니가 표정 관리를 할 수 있도록 커튼을 그대로 닫아 놓고 병실 밖으로 나왔다. 어쨌든 평소에는 이 병실뿐만이 아니라 내과 병동 전체에서 제일 고상하고 교양 있는 여사님이시니까.

"염복순 할머니 보호자분!"

복도 끝 세탁실에서 할머니의 것들을 처리하고 손까지 깨끗이 소독한 후 간호사 스테이션을 지나올 때였다. 안면 있는 간호사 한 명이 보은을 보고 큰 소리로 불러 세웠다. 복도를 지나가던 사람들의 시선이 보은에게 잠깐 쏠렸다 멀어졌다. 평소에도 목소리가 크다 싶은 통통한 간호사는 스테이션을 돌아 나와 보은에게 다가왔다.

"염복순 할머니 보호자분 맞으시죠? 잠깐만 좀……."

그 순간 보은의 시야 속으로 간호사 외에 두 명의 낯선 남자가 더 들어왔다. 그들은 각자 모르는 사이인 듯 떨어져 서 있었고, 겉모습으로는 비슷한 점을 찾을 수도 없는 사람들이었지만 한 가지 공통점이 있었다. 바로 보은을 쳐다보는 놀란 눈동자였다. 한 사람은 칠순을 넘긴 듯한 쭈글쭈글한 얼굴의 노인이었는데, 검게 그을린 얼굴에 흙먼지가 묻은 것 같은 점퍼를 입고 있었다. 흙은 그의 바짓단과 낡은 신발에도 엉겨 있었는데, 최근에는 비가 온 적이 없었고 이 병원 근처에서는 진흙을 묻힐 일이 없는 터라 노인은 분명 농사일을 하다가 급하게 달려온 것이거나 그도 아니라면 평소의 습관이 별로 청결하지 못한 것일 수 있었다. 무슨 생각을 하며 보은을 보는 것인지 알 수는 없었지만, 노인의 놀란 표정에는 자신의 생각에 확신이 없음을 나타내는 망설임도 함께 묻어 있었다.

노인의 시선이 보은으로서는 예사로 넘길 수 있는 것이었다면, 노인과 뚝 떨어진 채 보은의 시야 끄트머리에 걸려 있는 젊은 남자의 시선은 확실히 다른 것이었다. 통통한 간호사가 곧 보은을 가로막는 바람에 다시 볼 수는 없었지만 젊은 남자는 보은을 잡아먹을 듯한 시선으로 꿰뚫어 보고 있었다. 아주 짧은 순간의 눈길이었지만 그 역시 몹시 놀라고 당혹스러우면서도 날카로운 눈으로 보은의 시선을 잡아끌었다. 그 남자는 녹색과 갈색이 섞인 체크무늬 셔츠에 짙은 베이지색 면바지를 입고 한 손에는 하얀 재킷을 들고 있었다. 숱이 많은 눈썹 아래의 눈빛은 상대방을 압도하는 빛을 뿜었고 찰나의 순간 보은은 자신의 존재가 블랙홀처럼 그에게 빨려 들어갈 듯한 느낌을 받았다. 그러나 그 강렬한 느낌은 너무나 비현실적인 데다가 순간적인 것이어서 보은이 곱씹어 보기도 전에 그녀의 머릿속에서 증발해 버렸다.

보은은 간호사가 살짝 잡아끄는 대로 복도 한쪽으로 자리를 옮겼다. 간호사가 하려는 말은 할머니의 결벽증에 대한 것이었다. 침대 시트와 베갯잇, 환자복이 더럽혀지지 않은 한 매일 갈아 드리는 것은 어려우며 식후에 핫초코를 드시다가 한 방울 떨어진 것 등의 일로 이불을 갈아 드리는 것은 세탁실에서도 불평이 나오고 있다며 양해를 부탁드린다는 아주 간곡하면서도 미안함을 가득 담은 말이었다.

"네, 할머니께서 집에 계실 때도 매일 침대 시트랑 베갯잇을 바꾸시던 습관이 있으셔서 그래요. 제가 잘 말씀드릴게요. 죄송합니다."

보은이 고개를 꾸벅 숙이기까지 하며 간호사에게 대답했다. 장기 입원 환자의 보호자는 무조건 간호사에게 낮은 자세를 보이는 것이 나중을 봐서라도 이로운 일임을, 보은은 오랜 간병을 통해 터득했다. 돌아가신 할아버지 때도 마찬가지였고 지금도 그랬다. 간호사도 심성이 여린 사람인지 아니면 원래 수다스러운 사람인지, 보은에게 다시 한 번 부탁을 드린다며 간호사의 업무가 환자를 돌보는 것 외에 이런저런 애매한 잡무까지 신경 써야 할 정도로 과중하다는 푸념과 함께 하필 자신이 내과 병동 간호사를 대표하여 이런 난처한 부탁을 보호자들에게 하게 한 것에 대해 동료 간호사들에게 향하는 불만까지 길게 늘어놓았다. 보은은 묵묵히 들어 주기만 할 뿐이었다.

"그런데, 뭐 전공하세요?"

간호사가 갑자기 수다를 멈추고 보은을 향해 생긋 웃으며 말했다.

"네?"

"링거 바꿀 때마다 보면 경제 신문이 침대 밑에 쌓여 있어서요. 제 동생이 대학생인데 그 신문 보거든요."

간호사는 다시 한 번 보은을 빤히 쳐다보았다. 말과는 달리 일이 별로 바쁘지 않은 모양이라고 보은은 생각했다.

"저 대학생 아니에요. 그렇게 어리지 않아요. 신문은 할머니 읽어 드리는 거구요."

"정말요? 경제학과 학생 아니었어요?"

보은은 빙그레 웃기만 했다. 경제학 전공은커녕 고졸이 다라는 걸 알면 이 귀여운 간호사가 무안해할 테니 그냥 묵묵부답이 나을 것이다.

간호사의 수다에서 풀려나 병실로 돌아오니 시간이 꽤 흘러간 뒤였는데도 어머니가 돌아가지 않고 할머니 옆에 앉아 있었다. 할머니가 응급실과 일반 병동을 번갈아 오가는 동안 어머니가 병원에 30분 이상 머문 적은 한 번도 없었던 터라 보은은 그 사이 위급 상황이라도 발생한 것인가 놀라는 마음이 앞섰다. 그러나 영국 여왕처럼 오만하게 누워 계신 할머니와 그 옆에서 시선을 창밖으로 돌리고 새침하게 앉아 있는 어머니는 아무 일이 없는 듯 보였다. 할머니의 침대 옆에는 조금 전 복도에서 놀란 눈으로 보은을 쳐다보던 쭈글쭈글하고 검은 얼굴의 왜

소한 노인이 서 있었다. 세 사람이 무슨 말을 나누고 있던 중은 아니었던 것 같다. 오히려 어색한 침묵 속에서 보은의 등장이 반가운 양, 노인은 서슴없이 보은의 어깨를 두드리며 말문을 열었다.

"참 많이 컸구나. 세월 참 빠르다, 빨라. 잘 컸네, 잘 컸어."

보은은 기억이 나지 않았지만 노인에게 공손히 인사를 드렸다. 노인들이 젊은 사람을 오랜만에 보고 하는 말은 다 이렇게 비슷비슷하지만 보은은 그 평범한 말 속에서 한 가지 분명한 사실을 확인했다. 이 노인은 내가 이 집 핏줄이 아니라는 걸 아는 사람이구나.

"네가 이제 스물대여섯은 되었겠구나. 그렇지?"

처음 보는 노인은 여전히 혼자서 싱글벙글 웃는 얼굴이었다. 과장된 웃음이었다. 보은은 가만히 네, 하고 대답하면서도 두 여자로부터 별로 환영받지 못하는 존재인 것 같은 이 노인에게 마실 거라도 가져다줘야겠다고 생각했다.

"저는 가 보겠습니다. 제가 큰사모님 함자를 기억하고 있어서 이런 날도 다 오네요. 허허, 그것참. 아까 복도에서 간호사가 애를 부르는 순간, 긴가민가했답니다."

역시 일부러 문병을 온 것은 아니고 다른 병실의 환자를 보러 왔다가 우연히 알게 된 모양이었다. 두 여자는 힐끗 눈길만 줄 뿐이었고 표정은 약속이라도 한 듯 떨떠름하기 그지없었다. 땡감 씹은 얼굴이라는 게 저런 거겠지? 보은은 의아하긴 했지만 노인을 복도까지 배웅하려고 따라나섰다. 그때까지 입술을 꾹 다물고 있던 어머니가 보은을 불러 세웠다.

"지하 식당가에 죽 포장 부탁해 놨어. 그거 갖고 올라와. 10분 있다가 내려가면 돼."

노인은 벌써 병실 밖으로 나간 뒤였다.

"집에 가져가게요? 소화가 또 안 돼요?"

어머니가 살짝 눈을 흘겼다.

"그러려고 했는데 저녁 약속이 생겼어. 가져와서 너나 먹어. 죽 찾아오면 나도 나갈게."

"가정주부가 다 늦은 시간에 약속은 무슨."

할머니가 기다렸다는 듯 쏘아붙였다. 어머니도 가만히 있지 않았다.

"사업상 만남이에요. 을식이 아빠도 밤늦게 들어올 거구요."

을식이는 보은의 남동생 이름으로 호적상의 이름은 따로 있었지만 집에서는 그렇게 불렸다. 보은은 복도로 나왔다.

"10분 있다가 내려가라니까!"

할머니와 단둘이 있기 싫은지 어머니가 부르는 소리가 들렸지만 돌아보지 않았다.

환자들의 저녁 식사는 5시에 벌써 제공되었다. 너무 이른 시간이다. 병원 측에서는 일찍 자라고 하지만 배가 고픈 환자와 보호자들은 지하 식당가로 내려갔다. 엘리베이터 앞은 벌써 보호자들과 문병객들 그리고 거동이 자유로운 환자들로 붐볐다. 보은은 엘리베이터를 타는 것을 포기하고 계단으로 가려고 몸을 돌렸다. 그런데 보은의 바로 앞에 조금 전 그 노인이 서 있었다.

"화장실 갔다 왔거든."

노인은 묻지도 않은 말에 대답을 하며 보은의 몸을 머리에서 발끝까지 노골적으로 훑어보았다. 보은의 얼굴도 대놓고 들여다보았다. 병실 안에서의 굽실대며 허허거리던 표정과는 아주 다른 얼굴이었다. 끈적거리는 시선은 아니었지만 기분 나쁜 눈빛이었다.

"엄마를 아주 빼닮았구나."

거짓말. 보은의 표정이 얼어붙었다. 지금 병실 안에 있는 보은의 어머니는 피부색이나 이목구비나 몸매 어느 한 구석도 보은과 닮은 곳이 없다. 살면서 지금까지 그런 말은 처음 들어 본다. 노인이 거짓말을 하는 게 아니라면 그는 보은의 친엄마를 알고 있어야 한다.

"난 염 서방이라고 불러. 그냥 그렇게들 부르지. 할머니한테 물어봐."

엘리베이터가 왔다. 염 서방이라는 노인은 반들반들한 눈빛으로 보은을 쳐다보며 할아버지가 손녀에게 하듯 손을 살살 흔들었다. 빠이빠이, 노인의 입 모양이 그렇게 말하는 것도 같았다. 보은은 뒤늦게 노인을 붙잡아야겠다고 생각했다. 그에게 보은 자신이 누구이며 진짜 이름은 무엇이고 누구의 손으로 이 집에 왔는지 물어보고 싶었다. 그러나 두 발은 생각만큼 빨리 움직이지 않았고 엘리베이터 문이 닫히지 못하도록 밖에서 열림 버튼을 눌렀어야 할 손도 얼른 나가지 못했다. 보은의 마음속 한구석에서 진실을 알고 싶지 않다는 목소리가 속삭였기 때문이다.

환자들과 보호자들과 문병객들 그리고 병원에 근무하는 의료진들까지 꽉 들어찬 엘리베이터 속에 노인의 왜소한 몸집은 파묻혀 보이지 않았고 엘리베이터는 곧 문이 닫혔다. 보은은 뒤돌아섰다. 8층 내과 입원동의 복도에는 여전히 사람들이 느릿느릿 움직이고 있었지만 보은은 혼자 내버려진 것 같은 기분이 들었다. 다리가 후들거린다든가 머리가 어지럽지는 않았다. 가끔 상상해 보았던, 서너 살 적의 자신을 아는 사람을 만나게 된다면 기분이 어떨까 하는 궁금함에 대한 답은 예상보다 훨씬 비참하고 무서웠다.

또 그 여자다.

율은 두 발이 병원 복도의 바닥에 얼어붙은 듯 서 있었다. 사실 복도에서 처음 그녀를 보았을 때부터 계속 서 있기는 했다. 간호사가 부르는 소리에 사람들의 주목을 잠깐 끌었던 그 짧은 시각. 실이 툭 끊어지는 데 걸리는 찰나의 시각이 율에게는 마치 수백만 볼트의 벼락이 내리쳐 온몸을 관통하고 채찍과 같은 충격이 그의 심장을 동시에 후려갈기는 듯한 순간이었다. 영문을 모른 율은 자신의 두 눈이 그녀에게서 떨어지지 못하는 것을 뒤늦게 알았다. 눈의 반응은 마음이나 생각의 반응보다 훨씬 빠르고 본능적이었다. 병원 복도의 사람들이 모두 바닥으로 꺼져 버리고 홀로 남아 있는 듯한 그녀의 전 존재를 율의 눈은 남김없이 흡수하고 있었다. 사람의 눈빛에도 에너지가 있다면 율의 두 눈이 그녀를 빨아들이는 에너지는 그녀의 존재를 다 태워 버리고도 남았을 것이다. 찰나의 순간이었지만 그녀의 숱 많은 곱슬머리와 반듯한 이마, 끝이 약간 들린 아담한 코, 그리고 분홍빛의 얇은 윗입술과 도톰한 아랫입술은 절대 잊을 수 없는 얼굴이었다. 하얀 블라우스에 감싸인 긴 팔과 연한 커피색의 팔랑거리는 스커트 밑으로 드러난 날씬한 다리는 지난달에 그녀를 처음 보았을 때 느꼈던 것처럼 매력적이었다. 그때는 캐주얼한 스웨터와 청바지를 입고 있었지만 지금의 저 모습은 마치……

'마치, 뭐?'

심장에게 밀려났던 머리가 다시 생각이라는 것을 하기 시작했다. 율은 통통한 간호사에게 이끌려 복도 한쪽으로 살짝 걸음을 옮기는 그녀를 바라보았다. 그리고 그녀의 이름이 이보은이라는 것을 기억해 냈다. 그 기억은 머리로 떠오른 것이 아니었다. 예전 중세 사람들이 생각은 머리가 아닌 심장으로부터 나온다고 굳게 믿었듯이, 율의 심장은 머리가 생각이라는 것을 하기도 전에 그녀의 이름을 알고 있었다.

그 여자 이보은을 처음 본 건 사촌 형의 영어 학원에서였다. 그날은 두 달에 한 번 영어 학원에서 진행하는 프리토킹 겸 스낵 파티의 날이었다. 입주한 건물의 세 개 층을 영어 학원이 쓰고 있었는데 그날 사촌 형은 스텝들과 함께 제일 큰 강의실 두 개를 터서 성인 영어회화반의 파티 룸으로 꾸몄다. 은행에서 대출을 받아 사촌 형에게 초기 투자금의 절반을 빌려 준 이유로 명목상의 공동 경영자가 된 율이었지만 그 전까지는 학원에 모습을 잘 보이지 않았었다. 건축사무소의 일로 바쁘기도 했거니와 영어 학원의 일에 대해서는 경험자인 사촌 형에게 대부분을 맡기고 있었기 때문이다. 그날은 이왕 늦은 퇴근길에 사촌 형과 가볍게 생맥주나 한잔하려고 전화를 걸었었다. 율의 전화를 반갑게 받은 사촌 형은 오늘이 마침 프리토킹 파티 날이니 들러서 같이 보자고 불렀다. 이보은은 그날의 크로스워드 퍼즐 우승자였다.

그녀는 자신의 영어 이름 '크리스'가 불리자마자 환호성을 지르면서 팔짝팔짝 뛰는 걸음으로 앞으로 나갔고 사촌 형이 미리 준비한 무료 수강권을 상품으로 수여하자 다른 수강생들을 향해 몸을 돌리고 두 팔을 높게 흔들었다. 수강생들과 여러 강사들 역시 커다란 박수와 환호성으로 함께 기뻐해 주는 그 줄의 맨 뒤쪽 구석에 율이 서 있었다. 그녀는 파안대소破顔大笑의 파破가 찢어진다는 뜻임을 증명이라도 하듯 얼굴 전체의 근육과 주름을 모두 동원한 밝고 환한 웃음을 지었다. 그렇게 밝고 환하게 빛나는 웃음을 율은 전에는 본 적이 없었다. 함께 사는 친형 부부는 화낼 일이겠지만 어린 조카들에게서도 그런 반짝반짝 빛나는 표정을 본 기억이 없었다. 율은 사람이라는 존재가 그렇게 순수하고 아름다운 웃음을 터뜨릴 수 있다는 것이 신기했다. 그녀와의 거리가 멀어서 웃음소리는 들리지 않았지만 아니, 소리 내어 웃었는지도 모르겠지만 분명 맑고 부드러운 목소리였을 거라고 율은 생각했다. 그가 좀 멍한 얼굴로 앞을 쳐다보고 있었던 모양이다. 낯이 익은 여자 스태프 한 명이 괜찮으세요, 하고 제법 상냥하게 말을 걸었다. 언제 그랬냐는 듯 율의 눈매는 곧 평상시처럼 차갑고 알 수 없는 표정으로 얼어붙었다.

율의 관심은 거기까지였다. 파티 룸에서 빠져나와 원장실에서 혼자 사촌 형을 기다리며 앉아 있는 동안 5분의 시간이 너무 무료하여 내부 전산망으로 수강생 명단을 훑어봤을 뿐이다. 우연히 크리스라는 이름이 눈에 들어왔고 그 많은 수강생들 중 크리스라는 이름이 셋이나 되었으나 두 명은 한국 이름이 남자 이름이었기에 그녀의 이름이 이보은이라는 것을 정말 우연히 알 수 있었을 뿐이다. 율은 그 이름을 몇 초간 쳐다보다가 충동적으로 모니터를 꺼 버렸다. 그리고 오늘 그녀를 다시 볼 때까지 자신이 그녀를 잊은 줄 알고 있었다.

율은 여전히 튀어나올 것처럼 뛰고 있는 심장에 오른손을 가만히 갖다 댔다. 그리고 보은이 간호사와 이야기를 끝내고 입원실로 들어가는 뒷모습을 눈으로 좇았다. 옷차림이나 간호사를 상대하는 모습으로 봐서 단순히 문병을 온 것은 아니었고 의료진도 아니었으며 입원 중인 환자를 간병하는 것 같았다. 지난달에는 그렇게 즐겁고 기쁘게 웃었는데, 그러면 그때는 입원 중인 가족이 없었나? 이번 달에 누가 갑자기 입원을 하게 된 것일까? 영어 학원은 그럼 안 다니는 건가? 그때 율의 어지러운 생각을 멈추게 한 것은 핸드폰 벨 소리였다.

― 도련님, 지금 어디에요? 주차장이에요? 난 아직 퇴근 못 하는데. 조금만 기다려요.

형수였다. 율보다 두 살이 많고 형보다 네 살이 어린 형수는 이 대학병원의 통증의학과 전문의였다. 말이 빠르고 수다스러운 형수는 언제나처럼 상대방이 말을 꺼내기도 전에 자신의 할 말부터 먼저 쏟아 낸 후 대답을 기다렸다.

"지하 주차장에서 계속 기다리다가 잠깐 올라왔어요. 8층입니다."

통증의학과는 내과와 같은 층 입원실을 나누어 쓰고 있었다. 외래 진료는 2층부터 5층까지 있는 진료실에서 하지만 입원실은 그 위층부터 있었다. 형수는 8층 검사실에 있다고 했다.

― 그러면 조금만 더 기다리세요. 커피 한 잔 마실 시간이면 끝나요.

커피 한 잔 마실 시간이 몇 분일까? 율은 보은이 들어간 병실에서 눈을 떼지 못하고 있었다.

"네, 알겠습니다. 천천히 일 다 보시고 나오세요."

전화를 끊은 율이 음료 자판기 쪽으로 가는데 보은이 다시 나오는 것이 보였다. 이번에는 웬 노인과 함께였다. 노인은 보은과 혈연관계는 아닌 것 같았다. 율의 느낌과 본능이 그렇게 말하고 있었다. 어디를 봐도 어울리거나 닮은 구석이 없었는데 그것은 옷차림이나 외모에서 드러나는 이질감 때문이 아니라 얼굴 표정과 분위기, 태도에서 비롯된 것이었다.

그런데 율의 미간을 찌푸리게 한 것이 있었다. 보은의 낯빛이었다. 노인에게서 한두 마디를 듣는 그녀의 안색은 드물게 창백했다. 율이 드물게라는 표현을 쓸 수 있는 것은 보은을 본 것이 두 번밖에 되지 않지만 그의 두 눈과 상상 속에서 그녀는 언제나 건강하고 생기 있는 얼굴을 하고 있었기 때문이다. 그런 싱그러운 표정으로 해바라기처럼 웃고 있었던 그녀의 얼굴이 지금 노인의 뒤에서 빛을 잃고 있었다. 마치 노인이 손에 쥔 보이지 않는 밧줄에 목이 죄이고 있는 것 같았다. 입술은 파리했고 눈동자는 유령이라도 본 것 같았다. 어떻게 같은 여자가 그렇게나 상반된 두 가지 표정을 한 얼굴 속에 가지고 있을까? 율은 지금 보는 보은의 얼굴이 너무나 낯설었다. 그녀의 진짜 얼굴이 보고 싶었다.

노인을 따라 엘리베이터를 탈 것 같았던 보은의 발걸음은 멈추어 섰다. 노인이 사람들에 휩쓸려 빨려 들어간 엘리베이터 앞에서 그녀는 버튼을 누르기라도 할 듯 잠깐 한 손을 움찔거렸을 뿐이다. 엘리베이터 앞에 선 그녀의 뒷모습에서 두려움을 읽었다면 율의 착각이었을까?

보은은 문이 닫힌 엘리베이터 앞에서 곧 비상구 쪽으로 발걸음을 옮겼다. 계단으로 통하는 무거운 문을 열고 있었다. 율은 최면에서 깨어난 사람처럼 천천히 그 뒤를 따랐다. 비상구의 문을 열고 보은을 따라 한 층 정도 떨어져 계단을 내려갔다. 층고가 높은 건물은 한 층씩 내려갈 때마다 계단이 두 번씩 꺾였다. 층계참에서 다시 계단이 꺾일 때마다 한 번쯤은 누가 뒤를 따라 내려오는지 올려다볼 만도 하건만, 보은은 묵묵히 발끝만 내려다보며 계단을 내려가고 있었다. 병원 내부엔 엘리베이터 외에도 3층까지 운행하는 에스컬레이터가 있었기에 계단을 이용하는 사람들은 드물었다. 텅 빈 계단에 두 사람의 발자국 소리만 울려 퍼졌다. 율은 보은이 무슨 생각을 하는지 궁금하기도 했지만, 자신은 또 왜 저 여자의 뒤를 따라가고 있는 것인지 혼란스러웠다. 까닭을 묻기 전에 그리고 그 답을 굳이 찾으려 하기 전에 율의 심장이 말하고 있었다.

'왜, 그러면 안 돼? 그냥 그러고 싶으니까.'

그런 기분은 최율 인생에 극히 찾아오기 힘든 것이었으며 율 자신이 기억하기로도 이렇게 충동적인 행동은 이전에 한 적이 없었다. 율은 자신의 인생이 매우 견고하면서도 세련되고 주도면밀하게 짜여 있는 것을 좋아했고 그러한 생활에 만족해하고 있었다. 자신의 공간 안에서는 사람이든 사물이든 모든 것이 제자리를 지키고 있어야 했고, 주어진 시간은 최대한 예측 가능하고 효율적이며 통제할 수 있는 일을 하는 데 사용했다. 도전과 모험심이 필요한 일조차 논리적인 분석이 뒤따라야 했으며, 융통성이 없거나 고지식한 것도 싫어했지만 저지르고 나서 생각해 보자는 성격은 아니었다. 사실 그다지 도덕적인 사람도 아니었지만 부도덕한 일조차도 목적이 분명하고 전략이 완벽하게 세워져 있을 때만 움직였다. 그런데 지금 율은 목적은커녕 전략도 없이 게다가 이유도 모르는 채 보은의 뒤를 밟고 있었다.

다행히 보은은 율이 가야 할 곳과 같은 방향으로 가고 있었다. 율은 어차피 지하 주차장으로 가서 형수를 기다려야 했는데, 보은도 지하 식당가로 내려가는 것 같았다. 8층에서 계단을 내려가면서부터 한 번도 뒤를 돌아보지 않던 보은이 정작 1층에서 지하로 내려가는 계단참에서는 흘깃 뒤를 돌아보았지만 이미 계단은 사람들로 붐비고 있어 율을 보지 못하는 것 같았다. 그때 율의 팔을 붙잡는 손이 있었다.

"아니, 정신을 어디다 팔고 다니기에 그렇게 불러도 못 들어요?"

냅다 소리를 지르는 사람은 이번에도 형수였다. 팔을 쳐들려는 기세로 봐서는 율의 어깨를 한 대 칠 모양 같았는데 율이 얼른 옆으로 비켜서자 팔뚝만 툭 건드렸다. 율은 대놓고 눈살을 찌푸렸다. 가까운 사이라도 이런 스킨십은 질색이었다.

형수에게는 커피 한 잔 마실 시간이 다 지난 모양이었다. 흰 가운을 갈아입고 출근복 차림 그대로 핸드백과 서류 가방을 들고 서 있었다. 율의 눈에 형수 바로 뒤에 조금 비켜 서 있는 젊은 남자도 들어왔다. 율과 비슷한 나이 대인 것 같은 그는 눈이 마주치자 살짝 목례를 하려다 마는 정도로 인사를 대신했다. 건방진 인상이었다.

"도련님, 차 어디 세웠어요? 가는 길에 여기 홍 선생도 좀 내려 줘야겠는데."

율은 그 말에 대답을 하기 전에 보은을 찾아보았다. 지하 식당가와 주차장으로 갈라지는 길에서 갑자기 몰린 사람들로 길이 막혀 잠시 서 있는 보은이 가까이에 보였다. 사람들의 말소리와 소음이 뒤섞였다. 그때 보은이 갑자기 율을 돌아보더니 몇 초의 간격을 두고 그를 향해 환하게 미소 지었다. 율이 조금 전 그렇게 되돌려 놓고 싶어 했던 바로 그 미소였다.

"야아, 이보은 맞지! 너 정말 오랜만이다. 잘 지냈어?"

보은의 미소에 율이 어리둥절해하면서도 두 발이 두둥실 공중으로 뜨려 할 때 홍 선생이라는 남자의 커다란 목소리가 바로 옆에서 들렸다. 보은은 율과 두 사람 아니, 홍 선생을 향해 다가왔다. 조금은 어색한 듯 고개를 살짝 기울이는 보은의 얼굴이 율의 시야를 가득 채웠다. 팔을 쭉 뻗으면 닿을 듯한 거리에 보은이 서 있었다. 홍 선생이 보은에게 먼저 손을 내밀고 보은이 팔을 뻗기도 전에 마주 잡고 흔드는데, 그 모습을 바라보던 형수가 말했다.

"아는 사람 만났나 본데 차에 먼저 가 있을게요."

홍 선생은 알았다면서 율과 형수에게는 눈길도 주지 않았다. 두 사람은 퍽 오랜만에 만난 듯 반갑게 서로 안부를 물었다. 아, 역시 저런 목소리였구나. 율은 홍 선생의 옆에 서 있었다.

"최 기사, 시동 걸어요."

형수가 장난기를 감추고 은근히 목소리를 내리깔며 율을 재촉했다. 자신의 서류 가방까지 율에게 냅다 떠안겼다. 마지못해 느릿느릿 발걸음을 떼며 형수를 한 번 쏘아보는데 홍 선생의 한마디가 그의 뒤통수를 후려쳤다.

"아직 결혼 안 했어? 난 너희들 벌써 결혼한 줄 알았지. 그래, 건욱이도 잘 지내고?"

율의 발걸음이 딱 붙어 버렸다. 보은의 나지막하고 조용한 목소리가 연이어 들렸다.

"아마 그럴 거예요. 몇 년 전에 유학 간 걸로 알아요."

왜 율의 입에서 가만히 한숨이 흘러나오는 걸까? 동시에 율의 예민한 청각은 보은의 목소리에서 머뭇거림이나 슬픔이 묻어 있지 않음을, 최소한 겉으로는 그렇다는 것을 감지했다. 불안한 가운데 다행이라는 생각이 저절로 스치는 것은 무시해 버렸다. 그 뒤로 이어진 이야기가 어떤 것이었는지는 두 사람과의 거리가 점점 멀어질 수밖에 없어서 알 수 없었다. 율은 자신의 SUV에 시동을 걸고 형수가 조수석에 타는 것을 쳐다보았다. 그리고 조수석 문이 닫히자마자 보은과 홍 선생이 서 있는 곳에 최대한 가깝게 차를 갖다 댔다. 보은은 가벼운 목례로 홍선생에게 인사를 한 후 식당가 안쪽으로 사라졌고 홍 선생이 곧 뒷자리에 올라탔다.

"신세 좀 지겠습니다."

홍 선생은 자신이 내려야 할 로터리 이름을 말했다.

"박 선생님, 차 수리 언제 끝난다고 하셨지요?"

홍 선생이 형수에게 물었다. 형수의 차는 봄비가 꽤 많이 내리던 며칠 전 자정 가까운 시각에 뒤에서 돌진한 음주 차량에 범퍼를 받혔다. 푸른 신호등이었지만 자동차들이 밀려 있어 서행하고 있었고 뒤에서 과속하던 세단은 브레이크를 제때 밟지 못한 모양이었다. 거기에 운전자는 술을 약간 마신 상태였고 경찰을 부르지 말고 수리비 전액과 치료비를 자신이 다 부담하겠다고 나왔다 한다. 형수의 차는 12년째 타고 있는 낡은 중소형 차였고 수리비만 240만 원이 나왔다. 형수는 원래부터 험하게 타고 다녔던 차인데 남의 돈으로 앞뒤 범퍼를 싹 갈게 되었다고 은근히 좋아했다. 문제는 수리가 끝날 열흘 동안 어떻게 출근하느냐 하는 것이었는데, 출근은 형이 같이하고 퇴근은 가끔 율이 같이하는 것으로 결론이 났다. 그런데 이번 주는 형이 부산으로 학회를 가 있어서 꼼짝없이 율이 출퇴근을 떠맡게 되었다.

"아마 다음 주말쯤엔 나올 것 같아요. 그동안은 여기 시동생과 데이트해야겠네요."

형수가 고소하다는 듯 웃으며 운전석의 율을 슬쩍 쳐다보았다. 사실 율은 형수의 수다스러움과 오지랖 넓은 성격을 좋아하지 않았다. 보수적이고 말 없는 교육자 집안인 율의 집에 형수처럼 말하기 좋아하고 목소리 큰 여자가 들어올 줄은 몰랐다. 늘 고고하고 점잖은 선비 같은 형이 어떻게 약혼자도 있었다는 형수를 빼앗아 올 생각을 했는지 정말 모를 일이었다.

세 사람을 태운 차는 병원 앞 사거리에서 빨간 신호를 받고 멈추었다. 사거리 건너 한 정거장 떨어진 대학가 입구의 빌딩에 사촌 형의 영어 학원 간판이 환하게 불을 밝히고 있었다. 율은 보은을 생각했다. 그녀는 요즘도 학원에 다닐까?

"아까 그 예쁘장한 여자분은 누구셔? 홍 선생과 꽤 친한 것 같던데."

　웬일로 형수가 착한 질문을 다 했다. 율은 핸들에 내장된 버튼을 지그시 눌러 오디오의 볼륨을 줄였다. 자신이 좋아하는 음악 채널이었지만 선곡이 맘에 들지 않았다.

　"고등학교 후배예요."

　홍 선생의 대답은 그걸로 끝이었다. 으응, 하고 형수가 대답하곤 창밖으로 고개를 돌렸다. 차 안에는 지루한 음악만 흘렀다. 율은 룸미러로 힐끔 뒷자리를 쳐다보다가 홍 선생과 눈이 딱 마주쳤다.

　"동아리 후배였어요. 경제와 시사 토론반. 꽤 영특한 애였는데."

　누가 들으라고 한 말일까? 오월 초순인데도 날씨가 꽤 더워져서 율은 운전석의 창문을 살짝 내렸다. 고등학교를 졸업한 지 10년은 넘었을 텐데 아직도 기억하고 반가워할 여자 후배란 어떤 의미일까?

　홍 선생이 말한 로터리에 차는 금방 도착했다.

　"잘 타고 왔습니다. 조심해서 들어가십시오."

　싹싹한 인사말을 남겨 두고 홍 선생은 차에서 내렸다.

　"다음에 또 뵙겠습니다."

　율의 목소리가 좀 들뜬 것도 같았다. 홍 선생이 내린 후 집까지 오는 동안 형수는 별말이 없었다. 병원의 일은 말을 해도 기억에 담아 두지 않는 율이었기에 알 수는 없었지만 좀 피곤한 모양이었다. 집 앞에는 높은 담을 따라 아버지 최 교장의 차가 서 있었다. 아버지는 교직에서 퇴직한 후로 율과 형 부부가 차고를 쓰도록 하셨다. 율은 차고의 리모컨을 눌러 문을 열고 차를 주차했다. 짙은 벚꽃 향기가 밤의 주택가에 퍼져 차고 안까지 스며들었다.

"그런데 도련님, 어디 안 좋아요?"

차에서 내려 정원으로 통하는 문을 열려던 형수가 갑자기 물었다. 뜬금없이 무슨 말이냐는 표정으로 율은 형수를 쳐다보았다.

"얼굴이 꼭 아픈 사람 같아요. 놀란 것 같기도 하고. 아니에요?"

의사는 역시 의사였다. 이것도 오지랖 넓고 남의 일에 상관하기 좋아하는 성격 덕분인가?

"제가 그럴 일이 뭐가 있겠습니까? 이상하시네요."

율은 퉁명스럽게 쏘아붙였다. 그러고는 정원으로 이어지는 돌계단을 먼저 올라갔다. 형수가 중얼거리는 소리가 뒤에서 들렸다.

"툴툴거리는 거 보니 괜찮은 것도 같고."

저녁 식사 시간이 많이 지나 있었지만 부모님은 아직 식사 중이셨다. 두 분의 밥그릇은 대리석 식탁 밑에 내려와 있었고 국그릇과 반찬 그릇만 식탁에 얌전히 놓여 있었다. 그나마 밥그릇 하나는 옆으로 쓰러져 밥알이 바닥에 덕지덕지 붙어 있었는데, 율이 척 보기에도 참 청소하기 힘들겠다 싶은 것이 아버지가 아끼시는 동양난 화분에서 쏟아져 나온 작은 마사토 알갱

이들이 짓이겨진 밥알에 엉겨 붙어 있었기 때문이다. 다행히 화분은 깨어지지 않고 옆으로 쓰러져만 있었다. 어머니는 뿌리가 드러난 채 뽑혀진 난을 양손으로 고이 받쳐 들고 어쩔 줄 몰라 하며 서 계셨다. 율은 부모님께 인사만 꾸벅 하고 2층에 있는 자신의 방으로 올라가 버렸다.

"아유, 우리 왕자님들. 오늘은 뭐하고 노셨어요?"

여느 날과 다름없이 형수가 내지르는 호들갑스러운 하이 톤의 목소리만 뒤에 남았다. 아마 양팔에 하나씩 제 아들 둘을 끼고 들어 올리고 있을 것이다. 다섯 살, 두 살 조카 녀석들도 힘이 장사지만 형수의 팔은 무쇠팔이었다. 팔뚝이 점점 굵어지는 것이나 목소리가 점점 커지는 것은 조카 녀석들이 자라는 속도와 비례하고 있었다. 율은 하루 종일 부모님이 손자 둘에 얼마나 시달리셨을지 안 봐도 눈에 선했다. 오후 3시 정도까지는 어린이집에 맡기는 것 같았지만, 큰 조카가 꼬물거리며 기어 다니기 시작한 후 몇 년 동안 율은 퇴근 후에도 도무지 깨끗하고 정리 정돈이 잘 된 거실 풍경을 본 적이 없었다. 집안 청소나 부엌살림에는 당연히 관심도 없고 할 생각도 없었지만 가끔 조카 녀석들이 뒤집어 놓은 거실을 2층 계단에 서서 내려다보면 해도 너무한다는 생각이 절로 들었다. 집안은 폭탄 맞은 폐허와 마찬가지여서 발걸음을 옮길 때마다 부서진 장난감 파편과 뭉개진 간식 부스러기가 진달래처럼 사뿐히 즈려밟혔다. 폐허가 된 전쟁터의 배경음은 언제나 악을 쓰며 목청껏 질러 대는 녀석들의 울음소리였다. 원래 출퇴근하며 안살림을 도와주시는 아주머니가 계셨지만 이번 달엔 딸의 산후 조리를 도우러 가셔서 요즘은 집안 꼴이 더 엉망인 것 같았다.

율은 자신의 방으로 들어왔다. 아직 2층은 전쟁터로부터 안전했다. 1층에 있는 방 세 개를 부모님과 형 가족이 쓰고, 2층의 방 둘은 율의 방과 공동 서재로 사용했다. 샤워를 마치고 팬티 차림으로 젖은 머리를 털고 있을 때 아버지가 과일 쟁반을 들고 들어오셨다.

"저녁은 먹었지?"

아버지는 과일이 예쁘게 담겨진 접시를 침대 옆 협탁에 놓았다. 어머니가 사과 껍질을 저렇게 토끼 귀 모양으로 깎으시던가? 율은 튤립 문양이 그려진 포크로 사과를 하나 찍어 올려 입에 넣었다.

"오늘 문화센터에서 푸드 데코 특별 강좌 시작했다. 남자가 셋이나 되더라. 그 아침 시간에 일은 안 나가고 뭐하는 양반들인지, 원."

그렇게 말씀하시는 당신도 아침에 요리 수업을 받으러 가는 당사자이면서 아버지는 남의 말을 하듯 했다. 그리고 생각보다 요리가 재미있고 집에 와서 바로 해 볼 수 있는 거라 더 기대된다며 강사가 아주 친절하게 잘 가르치더라는 말까지 덧붙이셨다. 아마 친절하기보다는 예쁘게 생긴 거겠지, 마음대로 생각하며 옷을 마저 입었다. 교직에 계시며 학생들과 교사들 앞에서는 산처럼 무겁고 진중하셨을 아버지가 퇴직 후에는 이것저것 다양한 것들을 많이도 배우러 다니셨는데, 올봄 들어서부터는 주로 요리에 집중하시는 듯했다.

"오늘 배달 온 거 있었지요?"

컴퓨터의 전원을 켜며 율이 말했다. 그리고 인터넷의 즐겨찾기에서 영어 학원을 클릭했다. 아버지는 그렇지 않아도 오후에 부피가 굉장히 크고 무거운 물건이 하나 왔었다며 율의 것이라 건드리지 않고 1층 베란다에 두었다고 말씀하셨다. 율은 아버지의 뒤를 따라 방에서 나왔다. 2층 계단에 서서 보니 형수는 식탁 앞에 앉아 사과 껍질을 입에 물고 신문을 보고 있었다. 빨간 토끼 귀가 입에 걸려 있었다. 형수는 사과 킬러였다.

"삼촌, 이것 좀 보세요. 하늘이가 뭐 만들었나 보세요."

어머니의 입에서 나오는 말이긴 했으나 목소리가 텔레비전 유아 프로그램의 만화 주인공이었다. 고등학교 수학 교사를 20년 넘게 하시며 교무부장을 마지막으로 명예퇴직 하셨던 어머니 한 여사가 언제 저렇게 혀 짧은 소리로 말씀하셨던가? 율의 팔뚝에서 털들이 일제히 기립했다. 어머니는 품에서 하늘이를 내려놓았다.

여전히 융단 폭격을 당한 전쟁터인 거실에서 다섯 살배기 조카가 계단으로 올라와 침이 잔뜩 묻은 손에 무언가를 쥐고 율에게 내밀었다. 손가락 굵기의 쌀과자 같은 것에 색칠을 한 것 몇 개를 이리저리 붙여 뭔가를 만든 모양이었다. 계단에 벌써 부스러기가 떨어지기 시작했다. 잘 만들었네, 중얼거리며 율은 재빨리 몸을 피했다. 그때 둘째 조카놈 바다가 무거운 엉덩이를 뭉기적거리며 바닥을 닦다시피 하다가 일어서더니 계단에 한 발을 척 올려놓았다. 내 이럴 줄 알았지. 이제 2층도 안전하지 않다. 율은 종아리에 감기려는 바다를 다리로 슬쩍 밀어내며 현관문 밖으로 나왔다.

배달 온 상자를 밖에서 그대로 뜯어 내용물을 꺼내고 조립하는 동안 조카 녀석들은 또 무슨 사고를 쳤는지 집이 떠내려가라 소리를 지르며 울고 있었다. 간단한 조립을 끝내고 율이 그것을 집으로 들여가며 보니 계단 밑에서 두 녀석이 눈물을 그렁그렁 달고 울고 있었다. 이유는 알고 싶지 않았다.

"도련님, 그게 뭐예요?"

형수가 관심을 보였다. 율은 일단 그것을 계단 위와 아래, 어느 쪽에 설치할지 생각하다가 역시 아래쪽에 설치하는 게 말하기에도 낫겠지 싶었다. 사용 설명서에 쓰인 대로 양쪽 벽에 경첩을 고정할 자리를 자로 잰 다음 연필로 표시하고 전동 드릴로 나사를 박아 넣었다. 완성하고 보니 하얀 격자 모양의 문 두 짝이 흉하지도 않고 제법 쓸모 있는 모양이 되었다.

"이게 뭐냐? 웬 울타리를 계단에 달아?"

어머니가 안경을 고쳐 쓰시며 설치된 구조물을 들여다보셨다.

"애들이 계단으로 올라오다가 굴러서 다칠까 봐 주문한 겁니다. 안전해 보이지요?"

율의 설명을 듣고 있던 아버지 최 교장은 이것과 비슷한 울타리를 바로 어제 본 것 같다는 생각을 하고 있었다. 마당에 리트리버 두 마리를 키우고 있는 동료 교장의 집에서였다. 그때 역시 뭔가를 떠올린 듯한 며느리가 현관으로 쪼르르 달려 나가는 것을 그는 보았다. 며느리는 상자 안에 들어 있던 칼라 광고지를 손에 들고 들어왔다.

"이게 뭐예요, 도련님? 튼튼하고 안전하게 대형견의 출입을 통제할 수 있습니다? 이거 개 울타리예요?"

율은 말없이 울타리의 문을 열고 자기 방으로 올라갔다. 울타리의 잠금장치는 맨 위쪽에 붙어 있어서 조카들의 손이 닿지 않을 것이다. 개 울타리면 어떤가? 아이들이 안 다치면 되지. 하지만 형수는 그런 것 같지 않았다.

"너무하네요. 우리 애들이 도련님 방 어지를까 봐 이러는 거 내가 모를 줄 알아요? 어떻게 조카들한테 이래요? 나중에 도련님도 결혼해서 애 낳아 봐요. 자기 애는 얼마나 예뻐하는지 내가 두고 볼 거야."

Meeting one of them is a matter of effort and serendipity.

보은이 703호 강의실로 들어갔을 때 케일럽은 화이트보드에 오늘의 문장을 적고 있었다. 누군가를 만난다는 건 노력과 우연한 발견의 문제다, 라고 그녀는 읽었다. 케일럽은 보은을 보자 다른 수강생들이 오기 전에 한국말로 이렇게 물었다.

"크리스, 지난주엔 왜 안 나옵니까?"

강의실 안에서 강사는 물론 수강생들도 영어로 대화하게 되어 있는 규칙을 케일럽이 먼저 깰 때는 자신에게 한국말을 가르쳐 달라는 뜻이었다. 두 살 때 부산에서 캐나다 가정으로 입양되어 갔다는 케일럽은 대학을 졸업한 후 자신의 뿌리를 알고 싶어 한국으로 왔다고 했다. 평범한 백인 가정에서 자신이 검은 머리의 백인인 줄 알고 자랐던 케일럽은 초등학교 미술 시간에 백인 친구들이 자신의 얼굴을 노랗게 색칠하자 충격을 받고 그제야 자신의 정체성에 대한 의문이 생겼다고 한다. 케일럽은 백인 혼혈이었다. 보은은 케일럽의 말을 고쳐 주었다.

"지난주엔 왜 안 나왔어요?"

케일럽이 보은의 말을 따라 했다. 이번엔 보은이 영어로 대답했다.

"The condition of my grandmother became more serious." (할머니 병세가 나빠졌어요.)

케일럽은 안됐다고 대답했고 보은은 이제 괜찮아지셨다고 말했다. 곧 다른 수강생들이 들어오자 케일럽은 교탁 앞으로 돌아가 그들과도 간단한 인사를 주고받았다.

보은은 케일럽이 적어 놓은 문장을 다시 한 번 읽어 보았다. 자신이 열흘 전 염 서방이라는 노인을 만난 건 분명 누구의 노력이 아니라 우연의 결과였다. 그러나 친부모를 찾아 다섯 살 이전의 기억을 되찾으려 한다면 그것은 우연이 아니라 노력의 문제일 것이다.

'찾아서 뭐하게?'

보은의 마음속에서 뾰로통한 목소리가 말을 걸었다.

강의실의 투명한 유리문으로 교실 안을 하나씩 둘러보던 율은 다시 산책이라도 하듯 느릿한 걸음으로 티처스 룸으로 돌아왔다. 사촌 형이 회의용 테이블 위에 서류 뭉치를 놓고 다른 스태프와 뭔가를 의논하다가 율을 한 번 쳐다보고는 다시 대화를 계속했다. 율은 사촌 형의 책상에서 컴퓨터 마우스를 움직여 수강생들의 개인정보를 확인했다. 그녀는 지난여름 성인 영어 회화반의 레벨 테스트에서 2단계 판정을 받았지만 수업은 1단계에 등록한 것으로 되어 있었다. 출석 상황은 별로 좋지 않았으며 올봄 2단계에서 3단계로 패스는 하였으나 올라가지 않고 재등록하여 수강했다. 율은 그녀의 생년월일을 확인하다가 한쪽 눈썹이 저절로 올라갔다. 자신보다 일곱 살이나 아래인 것에 놀란 건 아니었다. 오늘이 그녀의 생일이기 때문이었다. 율의 눈에 그녀의 아이디도 들어왔다. chairking? 그게 무슨 뜻일지를 생각하기도 전에 옆에서 사촌 형의 목소리가 들렸다.

"왜, 뭐 찾아볼 거 있어?"

인터넷 창을 여러 개 띄워 놓고 있었던 터라 율의 눈이 어디에 가 있는지는 사촌 형도 알 수 없었다. 율은 무심한 투로 대답했다.

"형, 학원 전산망 내가 따로 볼 수 있지? 집이나 사무실에서."

"그럼. 전에도 말했지만 관리자 인증만 받으면 되지. 지금 해 줄까?"

사촌 형은 대답을 기다리지 않고 율이 개인정보를 입력할 수 있는 창을 새로 띄웠다. 율이 빈 칸을 입력하여 채우는 동안 사촌 형은 전산 담당 스태프에게 전화를 걸어 율이 관리자 인증을 받도록 해 주었다. 학원 운영에 관해 이전까지 율이 알아야 할 것은 주로 회계와 지출에 관한 것들이어서 수업 내용이나 강사진, 수강생 관리에는 신경을 쓰지 않았었다. 그래서 관리자의 자격으로 학원 내부 전산망을 들여다볼 일이 없었던 것이다.

"알고 싶어졌어."

율이 건조한 목소리로 말했다.

"당연하지."

율의 사촌 형 남선의 머릿속에서는 지난 1년 6개월 동안의 운영 과정이 슬라이드 필름처럼 천천히 지나갔다. 그리고 크게 잘못한 일이나 숨겨야 할 것은 없지만 어쩐지 율 앞에서는 자신도 모르게 긴장되는 것을 느끼고 웃음이 피식 나왔다. 자신보다 한 살 아래의 동생이고 어릴 때부터 한 동네에서 자라 친형제만큼 가까운 사이이긴 했지만 가끔 그는 사촌 동생 최율이 낯설고 멀게 느껴질 때가 있었다. 율은 지금처럼 목적을 분명히 이야기하지 않고 뜬금없이 행동할 때가 있었는데 주위 사람들은 율의 목적이 달성되고 결과가 나온 뒤에야 그의 갑작스럽고 느닷없는 행동의 원인을 알게 되곤 했다.

오늘만 해도 그랬다. 영어 학원 설립에 필요한 자금을 절반이나 댔으면서 운영을 자신에게만 맡겨 놓고 매월 입금하는 수익금을 확인하는지 안 하는지 말도 없던 율이 저녁에 불쑥 찾아와서는 강의실을 일일이 들여다보았다. 그리고 전에는 필요 없다던 관리자 인증까지 받아 학원 운영 전반에 대해 관심을 보이고 있었다.

세금이나 소요 경비 쪽에 문제가 있을까? 그는 얼마 전 각 교실마다 스마트 텔레비전을 들여놓으면서 예산을 다른 경비에서 돌려썼던 것이 떠올랐다.

강의실 복도에 걸린 시계의 긴 바늘이 한 바퀴를 돌아 50분을 가리켰다. 수업을 마친 수강생들이 복도로 밀려 나오는 것을 지켜보며 율은 접수대 한쪽에 기대어 서 있었다. 퇴근 후에 직장인들이 몰리는 저녁 7시와 8시 수업 시간대가 학원이 가장 붐비는 시간이었다. 출근 전인 아침 6시와 7시 수업도 있었고, 수업을 놓친 수강생들을 위해 아침과 저녁 수업이 같은 내용으로 진행되어 저녁 수업에 결석할 일이 생기면 미리 아침에 올 수도 있었지만 수강생들이 제일 선호하는 시간은 저녁 시간대였다. 시끌벅적 엘리베이터 쪽으로 걸음을 옮기는 수강생들 속에 이보은이 있었다. 풍성한 곱슬머리를 목 뒤에서 바짝 묶었는데, 묶은 머리카락 중 한 갈래가 앞으로 넘어와 셔츠블라우스의 풀어진 첫 번째 단추에 살짝 걸려 있었다. 율의 눈이 짧은 순간 그녀의 쇄골에 가닿았다.

율의 눈길은 보은을 겨냥했지만 발길마저 그쪽으로 움직일 생각은 원래 아니었다. 율은 엘리베이터 앞에 얌전히 서 있던 그녀의 얼굴이 굳어지고 몸을 돌려 계단으로 황급히 향하는 것을 보았다. 그 뒤를 웬 짧은 스포츠머리에 덩치 큰 녀석이 따라가고 있었다. 처음에는 병원에서 그랬던 것처럼 엘리베이터를 기다리느니 계단으로 가려는 줄 알고 그녀의 급한 성격에 웃음이 나왔다. 하지만 짧은 머리의 덩치가 엘리베이터 앞에서부터 보은이 가는 동선 그대로를 가로질러 그녀를 붙잡기라도 할 듯 빨간 점퍼를 입은 팔을 앞으로 뻗은 채 따라가고 있는 것을 바라보자니, 율은 머리보다 먼저 움직이는 두 발에 의해 어느새 보은과 덩치가 내려간 계단 위쪽에 서 있었다.

"누나, 내가 이만큼이나 누나를 좋아해 주면 누나도 나를 좋아해야 하는 거 아니에요?"

가까이 가지 않아도 덩치의 목소리가 좁은 계단 공간에 울리고 있었다. 율은 쓴웃음을 지었다. 젊은 남녀들이 거의 매일 만나 일정 시간을 보내는 공간 안에서 가끔 있을 수 있는 일이었다. 보은이 뭐라고 대답할지 궁금했다. 덩치를 보자마자 그렇게 피할 상황이었으면 그동안 꽤나 곤란했었던 모양인데…….

"미안하지도 고맙지도 않아. 누가 누구를 좋아하는 감정이 물건을 교환하는 것처럼 되는 일은 아니야. 전에도 말했지만 내가 좋아해 달라고 한 것도 아니잖아. 나한테 강요하지 마. 마지막으로 말하는데 난 너와 사귈 생각 없어."

보은의 목소리가 꽤나 매서웠다.

"그럼, 누나가 좋아하는 남자는 어떤 남잔데요? 내가 그런 남자가 되면 되잖아요."

율이 숨을 죽였다.

"그런 거 없어. 그냥 지금 너는 아니라는 거야."

그녀의 목소리에는 얼음이 서려 있었다. 잠시 침묵이 흘렀다.

"지금의 내가 싫다면 나중에는요? 내가 변하면 그때는 나를 좋아해 줄 수 있어요?"

꽤 집요한 녀석이었다. 감정이 노력한다고 만들어지는 거냐? 율은 녀석을 비웃었다.

"네가 변하기를 기다리고 싶지 않아."

율은 저렇게 냉정한 말을 하는 보은이 어떤 얼굴을 하고 있을지 보고 싶었다.

"정말 아니에요? 정말 안 되는 거예요?"

"그래, 나한테 너는 아니야, 정말. 부드럽게 거절할 수도 있지만 그랬다가 공연한 희망을 줄까 봐 그렇게도 안 할래."

이번에는 조금 더 긴 침묵 뒤에 무거운 발걸음이 계단을 터벅터벅 내려가는 소리가 들렸다. 율은 보은이 움직이기 전에 계단을 올라와 사촌 형이 기다리는 티처스 룸으로 들어갔다.

한 남자가 한 여자를 좋아하는 마음은 어떤 걸까? 도대체 저 덩치는 이보은에게서 무엇을 받고 싶은 걸까? 다른 남자가 아닌 자신만을 향한 호기심과 관심, 가장 가까운 곳에서 부드럽게 어루만져 주는 따뜻한 손길, 나란히 서서 한곳을 바라보듯 하나의 영혼으로 묶인 느낌 그리고 서로의 존재를 피부로 확인하며 영혼과 더불어 몸마저 하나가 되는 희열감, 그런 것들을 원하는 걸까? 생각에 빠진 율은 어둠이 물든 유리창에 자신의 얼굴이 비치는 것을 물끄러미 쳐다보다가 헛웃음을 지었다. 자신이 덩치를 부러워하고 있다는 것을 깨달았기 때문이다.

율은 여자가 목적이 되어 본 적이 없었다. 아니, 사람이 수

단이 아니라 목적이 되어 본 적은 있었나 하는 생각이 들었다. 가족들은 율에게 늘 먼저 주는 사람들이었고, 밖에서 만나는 사람들은 필요에 의해 주고받을 것이 분명하다는 암묵적인 계약으로 묶인 사람들이었다. 친구들 또한 비슷한 목표를 갖고 성취감을 공유할 수 있는 부류이거나 아예 관심사가 달라서 경쟁심을 느낄 이유가 없는 사람들이었다. 다른 사람들이 감정적인 위로와 공감이 필요해서 친구를 찾는 것과는 달리 율과 그의 친구들은 자랑할 성취가 없을 때는 각자의 껍질 안에 웅크리고 있었다. 그들은 목표를 이루지 못한 것에는 오로지 수치심을 느낄 뿐 위로를 구하거나 주려는 시도 모두 창피하고 자존심 상하는 일로 생각하기 때문이었다. 최율은 철저히 성공 지향적인 남자였다.

건축사무소의 신입 직원과 점심을 먹는 자리에서 친구 김기영이 율을 청정 지역이자 천연기념물이라 칭했던 것도 남들은 다 하는 연애나 사랑 따위가 율에게는 노력을 기울일 만한 가치 있는 목표가 되어 본 적이 없었기 때문이었다. 율에게 연애나 사랑은 모호하고 불확실한 목표이며 성취감을 느끼기에도 불안정한 요소들이 너무 많았다.

하지만 율은 서른을 훌쩍 넘도록 제대로 된 연애 경험이 없다는 것에 별다른 느낌이나 생각이 없었다. 노력과 보상이 비례할 수 없는 일에 자신의 에너지를 낭비하기 싫었다는 것이지, 한쪽의 일방적인 관심이나 유혹에는 무쇠가 담금질에 단련이 되듯 익숙했기 때문이다. 구부정하게 키만 크고 무뚝뚝한 수재로 불렸던 사춘기 때도 율의 주위에는 알게 모르게 관심을 드러내는 여학생들이 많았고, 어깨가 벌어지고 눈빛이 형형하게 살아나며 수컷의 이미지를 풍기던 스무 살부터는 노골적인 유혹을 보내는 여자들도 있었다. 일에서 성취를 이루고 사회적인 지위가 다져지면서부터는 주위의 기대와 유혹이 좀 더 구체적이고 현실적으로 변했다. 그 접근의 목적이 결혼이든 아니면 밤의 욕망이든 율은 여자들의 만족을 위해 자신을 제공하고픈 마음이 없었다. 사람들이 말하는 사랑이라는 감정이 어떤 것인지 스스로의 경험은 없지만, 그것이 사람의 몸과 마음을 지배하고 인생을 송두리째 바꿔 놓을 힘을 가질 수도 있다는 것은 알고 있었다. 두 분 부모님이 서로 다정하시고 형 부부가 주위의 반대를 무릅쓰고 불같은 사랑을 성취했다. 사촌 형 남선도 선을 보고 만나긴 했지만 결혼 후에 더 행복하다고 말했다. 그런 사랑의 느낌을 율은 일시적인 욕망의 이름으로라도 아무에게나 함부로 낭비하고 싶지 않았다. 결벽증이라고 해도 좋았고 오만함이라고 해도 상관없었다.

어떤 말로 포장하든, 결국은 네 눈을 잡아끄는 여자가 없었다는 거 아냐? 율은 그런 자신을 들여다보다가 스스로를 비웃는 웃음을 터뜨리고 말았다. 오늘 이 시간만은 덩치 녀석이 부러웠다. 그 녀석의 순진하기까지 한 무모함과 억지스러운 집요함이 부러웠다. 크게 소리 내어 웃은 건 아니었지만 사촌 형이 들은 모양이었다.

"뭘 보고 웃는데, 실없이."

사촌 형은 율이 창밖의 무엇을 보고 웃기라도 한 듯 옆으로 다가와 밖을 내려다보았다. 머쓱해진 율이 무심코 그 시선을 따라 같이 밖을 보는데 낯익은 여자의 형체가 시야에 들어왔다.

　이제는 무시하려야 그럴 수도 없는 이보은이 학원이 입주한 빌딩을 빠져나가 길 건너편으로 걸어가고 있었다. 가로등 불빛과 주위 상가에서 새어 나오는 빛이 그녀의 머리와 어깨를 후광처럼 환히 비추었다. 이보은이 건너가고 있는 길 끝에 미끈하게 빠진 모터사이클이 서 있었다. 클러치를 잡고 액셀을 당기며 붕붕 소리를 내는 라이더는 쭉 뻗은 키에 가죽으로 보이는 검은 옷으로 온몸을 감싸고 있었다. 보은이 뒷자리에 올라타자 자기가 쓰고 있는 것과 똑같은 검은 헬맷을 보은의 머리에 푹 씌워 준다. 운전석에 앉은 라이더의 허리에 보은이 팔을 감고 바싹 기대었다. 검은 옷의 라이더와 하얀 카디건의 보은은 제법 어울려 보였다. 그들은 바로 그 자리를 떠났다.

　"생일 축하해."

　무심코 중얼거리는 율을 사촌 형이 돌아보았다. 율은 자신이 바보 같다고, 살아오면서 여태 한 번도 해 본 적이 없는 생각을 했다.

　"생일 축하합니다아, 사랑하는 이보은, 생일 축하합니다아."

　어두운 실내에서 네 개의 손바닥이 짝짝짝 박수를 치고 두 사람의 목소리가 들뜬 환호성을 내지르자 생일 케이크의 작은 촛불들은 금세 후, 하고 꺼져 버렸다.

"소원은 빌고 불어야지."

윤주가 말했다.

"빌었겠지."

보은 대신 다인이 대답하며 벽에 붙은 전등 스위치를 올렸다. 퀼트 숍 안이 다시 환해졌다. 보은은 하얀 연기를 피워 올리는 색색의 예쁜 초들을 케이크에서 뽑아냈다. 다인의 말대로였다. 보은은 생일 케이크의 촛불을 불면서 자신의 진짜 이름이 무엇이었는지 네 살 이전의 기억을 돌려 달라고 빌었다. 그리고 친부모를 만나게 되든 그렇지 못하든 자신이 누구인지 알고 싶었다.

염 노인이 다녀갔다고 해서 보은의 주변에 변화가 생긴 것은 없었다. 할머니는 여전히 방사선 치료만 고집하시며 퇴원은 절대 하지 않겠다고 하셨고 보은이 자리를 비울 때만 통증이 더 심해지셨다. 변비 역시 심해져 관장을 자주 하시게 되었고 고혈압 약을 바꾸고 수면제를 다시 처방받았다. 엄마는 여전히 사흘에 한 번 정도 들러서서 할머니의 속을 뒤집어 놓는 대화로 노인의 생에 대한 의지를 북돋우셨고, 수요일마다 나오는 입원비 계산을 위해 아버지가 오후에 잠깐 왔다 가시곤 했다. 남동생 을식이는 새로 시작한 대학 생활이 여전히 바빴다.

"뷔페 가자니까, 이게 뭐야. 배고프다."

윤주가 케이크를 포크로 한 입 떠먹으며 말했다. 다인은 윤주를 한 번 쏘아보고 허브가 그려진 얇은 접시에 케이크를 한 조각 덜어 보은 앞에 놓아 주었다.

"넌 가죽점퍼 안 맞는다고 하루 한 끼만 먹는다고 하지 않았니?"

"하루 한 끼가 바로 뷔페였다. 왜?"

"나윤주 넌 하루 세 끼를 한 번에 몰아 먹는 게 다이어트 하는 거였구나."

보은은 두 친구가 티격태격 주고받는 대화를 듣고만 있었다. 다인은 보은의 올해 생일 파티는 자신의 퀼트 숍에서 오붓하게 하자고 했었고, 이렇게 김밥과 잡채와 샐러드를 직접 만들어 오고 예쁜 꽃 장식으로 테이블 세팅까지 근사하게 해 놓았다. 아무것도 한 게 없고 툴툴거리고 있는 것 같은 윤주도 사실은 아침 일찍 전화를 걸어 생일을 제일 먼저 축하해 주었다. 그리고 신문사에서 영어 학원까지 먼 거리를 보은을 데리러 왔고 함께 여기로 왔다. 다인의 퀼트 숍 안에 있는 유일한 소파에 세 여자는 나란히 몸을 붙이고 앉아 있었다.

"고마워."

고맙다는 말보다 더 고마운 말, 너희들이 좋다는 말보다 더 좋은 말을 하고 싶었지만 찾을 수가 없었다. 오늘이 정말 자신이 태어난 날이 맞는지 그것조차 확신이 없지만 아무려면 어떨까. 보은은 자꾸만 가라앉으려는 기분을 추스르며 포크를 들어 접시에 음식을 덜었다. 그러다가 갑자기 생각난 것처럼 불쑥 말했다.

"나 얼마 전에 병원에서 동아리 선배, 닥터 홍 봤다."

두 친구의 눈이 서로 마주쳤다. 기억이 금방 떠오르지 않는 모양이었다. 그러다가 다인이 먼저 아, 우리 고등학교 선배, 내과 의사? 라고 말했다.

"내과가 아니라 통증의학과래. 건욱이랑 결혼했냐고 묻던데."

보은의 입에서 툭 튀어나온 그 이름에 두 친구는 잠시 할 말을 잃었다.

"다른 사람 입에서 그 이름을 듣는데 신기하게 정말 아무렇지가 않더라. 정말이야."

"다행이네. 그리고 뭐, 그럴 때도 되었지."

다인이 보은의 말을 받았다.

"다인이 넌 결혼했으니까 그렇게 여유로운 말을 할 수 있는 거지. 솔직히 아무렇지 않을 수가 있어?"

윤주는 못 미덥다는 표정이었다.

"그래, 나도 처음엔 오랜만에 보는 선배 입에서 그런 말이 나오니까 깜짝 놀랐어. 아직도 건욱이와 내가 헤어진 걸 모르는 사람이 있구나, 하고. 사람들이 우리가 헤어진 걸 알게 되는 데도 우리가 사귄 햇수만큼 시간이 걸리면 어떡하지, 하는 생각도 들었고."

"기분 나쁘게 우리라고 하지 마. 그 망할 자식이랑 넌 이제 아무 사이도 아니잖아."

윤주가 내뱉듯이 말했다.

"그래도 건욱이는 보은이한테 제일 오래된 친구였잖아. 한 동네에서 20년을 봐 온 사이인데."

다인이 말을 이었다.

"아프고 슬픈 일도 돌아보면 다 소중한 추억인 거지. 일부러 욕할 건 없어."

"아주 부처님 가운데 토막 같은 말만 하는구나. 그럼, 보은이가 걔네 부모한테 불려 가서 근본도 모르는 애라는 소릴 들은 것도 다 소중한 추억이니?"

말을 마친 윤주가 다인의 날 선 눈빛을 고스란히 맞받았다.

"너, 용서도 안 되고 잊어버리는 것도 안 된다. 자기 여자 못 지키는 건 사랑이 아니야."

윤주가 목소리를 높였다.

"그런데 그 말, 근본도 모르는 애라는 말이 사실이었어."

보은의 입에서 두 친구가 생각지도 못한 말이 튀어나왔다. 어, 하고 누가 먼저 입은 뗐지만 두 친구는 뒷말을 잇지 못했다.

"얼마 전에 아무래도 어릴 적 나를 아는 것 같은 사람이 병원에 다녀갔어. 나더러 엄마랑 똑같이 생겼다고 하더라. 우리 부모님, 내 동생. 너희들도 알겠지만 그 말이 믿어지니?"

아무렇지 않게 말하는 보은이지만 건욱의 부모님이 자신과 건욱의 사이를 반대하시던 3년 전의 일이 머릿속에 떠올랐다. 그건 다인의 말처럼 지나간 것은 다 추억이 된다 해도 결코 다시 꺼내 보고 싶지 않은 기억의 한 장면이었다. 윤주의 말도 틀렸다. 용서를 하고 안 하고의 일도 아니었고 잊어버리고 말고가 중요할 일도 아니었다.

보은의 첫사랑이자 소꿉동무였던 건욱의 부모님은 보은의

집과 같은 동네에서 길 건너 오래된 이웃으로 20년을 넘게 사이좋게 살았다. 보은이 어린 시절을 기억하기 전의 일까지 다 알고 보은의 가족과 가까운 친척의 속사정까지 알고 지냈던 건욱의 부모님은 어느 날 아들의 책상 위에 보은과 둘이 찍은 사진이 액자에 끼워져 있는 것을 보았다. 건욱의 부모님은 아들의 입에서 보은과 결혼해서 같이 유학을 가고 싶다는 말이 나오자 기겁을 했고, 그동안은 그저 아들의 소꿉동무이자 고등학교 동아리 친구로만 생각하셨던 보은을 집으로 불러들였다.

"네가 미워서 이러는 건 아냐. 어린 네가 무슨 잘못이 있었겠니? 그래도 이건 안 된다."

제대한 건욱이 학교에서 복학을 준비하며 공부하고 있던 십일월의 어느 아침이었다. 보은은 김장을 하려고 편찮으신 할머니가 시킨 대로 배추 2백 포기의 속을 채울 양념을 만들고 있다가 건욱의 집에 불려 갔다. 마늘을 까던 손가락의 손톱 밑이 너무 아려서 건욱의 어머니가 하는 말도 너무 아리고 맵게 느껴졌다. 영문을 모른 채 눈이 동그래져 듣기만 하던 보은에게 건욱의 어머니는 집안 어른들께 알아보라는 말만 되풀이했다.

"너 심성 곱고 손끝 야무진 건 내가 더 잘 알지. 좋은 남자 만나서 잘 살 거야."

그런데 왜 당신의 아들과는 안 된다는 걸까? 보은은 입을 꼭 다물고 건욱의 집을 나왔다. 이불에서 일어난 할머니가 일하다 말고 어딜 갔다 오느냐고 물으셨지만 사실대로 말이 나오지 않았다. 건욱의 어머니 말처럼 집안 어른들께 물어볼 용기도 없었다. 너무 겁이 났다. 자신의 상상이 사실은 상상이 아니라 사실이었음을 확인하게 될까 봐 겁이 났다.

"내가 누군지 찾아보고 싶어. 내 이름도 생일도 진짜가 아닐지 모른다는 생각이 이제 분명해졌어. 지금의 부모님을 만나고 이 집에 살게 된 그날의 기억 말이야. 그게 꿈이나 어린아이 상상이 아니라 진짜 있었던 일이라는 게 그 노인이 왔다 간 후로 확실해졌어."

이런 말을 누군가에게 속 시원히 털어놓고 싶었나 보다. 보은은 위로가 필요한 게 아니었다. 무서워서 입 속에만, 머릿속에만 가둬 놓았던 말을 밖으로 꺼내 놓으니 가슴에 올려놓았던 바위가 치워지는 것처럼 맘이 가벼워졌다.

"그리고 이젠 건욱일 다시 보게 된다고 해도 안 아플 거 같아. 웃을 수 있을 거 같아. 홍 선배한테 건욱이랑 내 이야기를 전하는데 생각했던 것보다 아무렇지가 않았어. 꼭 드라마 줄거리를 얘기하는 것 같더라."

"보은아."

다인의 눈빛이 슬퍼 보였다. 보은은 다인의 팔을 슬쩍 쳤다.

"야, 정다인. 내가 괜찮다는데 네가 왜 그래? 나 동정하지 마. 질색이야."

20년의 우정과 사랑을 생각하며 세 여자는 한동안 말없이 앉아 있었다.

윤주는 보은의 머리를 자신의 어깨에 기대게 하며 긴 머리카락을 쓸어 주었다. 다인은 문득 윤주의 행동이 마치 보은의 남자 친구라도 되는 듯하다고 생각했지만 입 밖으로 꺼내어 말하진 않았다. 윤주는 또래 여자 친구들 중에서 키가 제일 크고 옷차림이나 행동도 중성적인 구석이 있었지만, 정작 자신은 남자 같다는 소리를 듣는 것을 제일 싫어했다.

"나윤주 넌 연애 안 하냐?"

다인이 나름 무심하게 말하며 일어섰다. 그리고 미리 준비한 와인을 꺼내 스크루와 함께 윤주에게 넘겼다. 윤주는 다인의 말은 들은 척 만 척 하고 와인병을 받았다. 나이프로 호일을 제거하고 스크루를 코르크에 끼운 다음 지렛대를 세워 마개를 쉽게 들어 올렸다.

"난 한 모금만 마셔야 할 거 같아."

글라스에 와인을 받으며 보은이 말했다.

"왜? 이거 같이 비우고 우리 집에 가서 자자. 우리 신랑 오늘 당직이라고 했잖아."

"알아. 근데 을식이가 전화할 거 같아. 관현악과 행사 있다고 했거든. 술 마실 거 같대."

말이 끝나기 무섭게 정말 보은의 핸드폰이 큰 소리로 울렸다. 올리비아의 촉촉한 목소리가 하늘을 날아서 달로 가자며 노래 불렀다.

"Fly to the moon, and let me play among the stars."

윤주가 벨 소리를 따라 불렀다.

"네 동생 얼른 독립 좀 시켜라. 다 큰 녀석이 맨날 누나를 부려먹기만 하고."

다인은 이 말을 전에도 한 적이 있었다. 보은의 핸드폰에서는 남동생 을식이 대신 다른 남자의 목소리가 들렸다. 보은이 짧게 몇 가지를 물어보더니 금방 전화를 끊으며 일어섰다. 벗어 놓았던 카디건을 셔츠블라우스 위에 걸치고 일어나는데 윤주가 따라 일어섰다.

"왜, 넌 더 놀다 가."

보은이 말했다.

"데려다 줄게. 어디래?"

다인은 남은 음식과 와인까지 챙겨서 보은에게 들려 주었다.

"내 건 없어?"

윤주가 말끝을 혀에서 떼 놓기도 전에 또 다른 종이 가방 하나가 윤주에 손에 쥐여졌다.

"안주로 먹지 말고 반찬으로 먹어."

"고맙."

이럴 때만 웃는 윤주였다.

"내가 다음 주에 밥 살게. 오늘은 미안하다."

보은은 다인의 퀼트 숍을 나왔다. 두 친구가 자신을 위해 시간을 낸 자리이긴 했지만 어쩔 수 없었다. 다인이 가게 문을 잠그고 자신의 차에 올라타 시동을 걸었다. 보은도 윤주의 모터사이클에 앉았다.

을식이가 있다는 술집은 음대 학생들이 자주 간다는 호프집이었다. 전에도 이 골목을 와 본 적이 있어서 보은은 쉽게 찾을 수 있었다. 골목 입구에서 윤주를 보내자마자 보은은 곧바로 가게 안에 들어갔다. 어두운 조명 아래 젊은 손님들이 빈자리 없이 앉아 가게 안은 시끌벅적했고 생맥주와 치킨의 냄새가 희미한 담배 연기와 함께 떠다녔다. 을식이의 친구가 말한 대로 남동생은 한쪽 볼을 아예 테이블에 딱 붙이고 앉은 채로 쓰러져 있었다. 안경은 코에서 흘러내려 비스듬히 걸쳐져 있었지만 마르고 가는 팔다리가 휘적휘적 움직이는 것이 그래도 완전히 취한 것 같진 않았다.

"누나!"

낯익은 남학생 하나가 보은을 보고 벌떡 일어섰다. 을식이의 왼쪽에 다른 남학생 한 명도 보였다. 처음 보는 얼굴이었다. 자기들은 저렇게 멀쩡하면서 어떻게 을식이한테만 술을 퍼 먹였을까? 보은은 화가 먼저 났다.

"죄송해요. 준범이가 누나한테는 전화하지 말라고 하긴 했는데, 저희도 어쩔 수가 없어서요."

준범이는 을식이의 호적상 이름이었다.

"그리고 저희도 아직 운전면허가 없고, 악기는 실려 있고. 악기까지 실렸는데 차를 이 동네에 두기가 불안해서요. 다른 누나한테도 전화는 해 봤는데 못 올 거 같고. 지금 다른 친구들은 2차 장소로 다 옮기고 저희만 남았어요. 저희도 가야 할 거 같은데……."

이름이 기억나지는 않지만 낯익은 그 친구가 주절주절 설명을 늘어놓았다. 제 딴에도 몸이 약한 녀석을 이 정도로 퍼 먹인 것이 미안했나 보다. 보은은 일부러 굳은 얼굴을 풀지 않고 을식이의 몸을 흔들었다. 을식아, 을식아 하고 부르는 소리에 동생은 피식 웃는 얼굴로 눈을 떴다.

"누나 왔네. 우리 예쁜 누나, 나 안 취했어. 딱 석 잔 마셨는데 이러네."

입에서 쌉싸래한 술 냄새가 확 뿜어져 나왔다. 평소에는 파우더를 뒤집어쓴 듯 하얗고 창백한 얼굴이 지금은 완전히 잘 익은 토마토가 되어 있었다. 을식이는 상반신을 일으키더니 보은의 양 볼을 두 손으로 꽉 잡고 쳐다보았다. 보은의 작은 얼굴이 을식이의 두 손 안에서 우스꽝스럽게 찌그러졌다. 갑자기 그의 눈에서 눈물이 주르르 흘렀다. 깜짝 놀란 보은이 입을 떼기도 전에 을식이 보은의 품에 얼굴을 묻고 흐느꼈다. 술 마시면 엉엉 소리 내어 우는 주사가 또 시작될 모양이다.

"누나, 우리 예쁜 누나, 우리 가엾은 누나."

울음소리가 커지기 전에 보은은 남학생들과 을식이를 부축하여 가게 밖으로 나왔다.

"그냥 말도 없이 술만 마시더니 이러네요. 저희도 이유를 모르겠어요. 차는 저기 유료 주차장에 있어요."

이기지도 못하는 술을 왜 마셨는지는 내일 본인에게 물어보면 될 일이었다. 보은은 을식이의 가방을 뒤져 자동차 열쇠를 꺼내고 두 남학생과 함께 주차장으로 향했다. 그때 통통하고 야무지게 생긴 단발머리의 여학생 하나가 가까이 다가왔다. 준범아, 하고 부르던 여학생은 을식이의 한 팔을 어깨에 두르고 있는 보은을 동그래진 눈으로 쳐다보았다. 눈을 깜박거리지도 않고 당돌하게 빤히 쳐다보던 여학생은 누구세요, 하고 보은에게 물었다. 아나운서처럼 또렷하고 맑은 목소리였다.

"나라 선배, 준범이 누나셔."

뒤에서 어정쩡하게 을식이의 가방을 들고 있던 남학생이 먼저 대답했다. 그러자 여학생의 표정이 대번에 풀어지며 두 눈꼬리가 아래로 처졌다. 지금 상황에 어울리지 않게 고개를 꾸벅 숙이며 처음 뵙겠습니다, 하고 큰 소리로 인사를 했다.

"아, 준범이 선밴가 보네요."

보은이 대답했다. 남학생 둘이 차 열쇠를 받아 문을 열고 조수석에 을식이를 태웠다.

"네, 친구예요. 을식이가 많이 취했다고 해서 제가 데리러 왔는데 늦었네요."

"운전할 줄 알아요?"

"네. 재작년에 고등학교 졸업하자마자 땄어요."

아까 남학생이 다른 누나한테도 전화를 했다고 말할 때는 그냥 듣고 흘렸는데 지금 보니 나라라는 이 선배 누나를 말하는 모양이었다. 재작년에 고등학교를 졸업했다니 연상이라는 말이다. 그런데도 친구라고 하고 준범이가 아니라 을식이라는, 집에서만 쓰는 이름을 아는 걸 보니 꽤 가까운 사이인가 싶었다. 보은은 대학에 입학한 지 얼마나 되었다고 벌써 연상의 여자 친구까지 있나 싶어 은근히 여학생이 곱게 보이지 않았다. 그런 마음이 얼굴로 나타났는지 아니면 눈치가 빠른 건지 이런 대답이 돌아왔다.

"그래도 제가 일곱 살에 학교 들어가고, 을식이는 재수하고 대학 입학해서 동갑이나 다름없어요."

꽤 당돌한 여학생이었다. 어쨌든 보은은 세 학생들에게 도와줘서 고맙다는 말을 하고 운전석에 올라탔다. 두 남학생은 그냥 고개만 꾸벅 숙이는데 여학생은 또 당찬 목소리로 다음에 또 뵙겠습니다, 하고 큰 소리로 인사를 했다. 군인 집안인가, 보은이 속으로 웃음을 삼키며 차를 출발시켰다.

"준범이 누나 예쁘다. 근데 준범이랑은 하나도 안 닮았네."

오늘 보은을 처음 본 남학생이 주차장을 빠져나가는 SUV를 보며 말했다.

"진짜 준범이랑은 많이 다르게 생겼네. 근데 남자들은 저런 스타일 좋아하는구나."

나라가 악의 없이 순순히 말했다.

"난 오늘 준범이 누나 세 번째로 보는데 볼 때마다 그래. 준범이하고 닮았으면 청순하고 가냘프게 예쁠 텐데, 저 누난 묘하게 이국적이고 섹시한 분위기가 있어. 몸매도 그렇고. 아얏!"

남학생이 양손을 들어 콜라병을 위에서 아래로 그리다가 나라에게 등을 철썩 얻어맞았다.

"제 몸도 못 가누면서 악기는 왜 이렇게 엄청난 걸 해가지고……"

보은은 혼잣말을 중얼거리며 옆을 보았다. 조수석의 을식이는 벌써 이마를 오른쪽 차창에 대고 졸고 있었다. 조수석의 등받이를 뒤로 젖혀 편하게 눕혀 주고 싶지만 뒷자리에 실린 2미터 길이의 더블베이스 때문에 여의치가 않았다.

을식이가 악기를 전공한다고 말하면 대개 사람들은 을식이의 인상처럼 플루트나 바이올린을 하느냐고 물었다. 아홉 살 때 시작했던 바이올린을 중단하고 중학교를 졸업할 때쯤 더블베이스로 진로를 바꾸겠다고 했을 때 보은의 부모님은 어이가 없고 기가 막혀 하셨다. 을식이는 부모님의 허락을 받고 나서 보은에게 인터넷으로 더블베이스 공연 실황 한 장면을 보여 주었다. 피아노를 배경으로 거구의 남자 연주자가 넓은 등을 불편하게 구부리고 서서 낮고 깊은 저음을 연주하고 있었다. 연주자는 성인 남자 두 명이 나란히 선 만큼의 커다란 악기를 껴안는다기보다 옆에 서서 어루만지듯 연주하고 있었다. 좋지? 어때? 멋있지? 하고 묻는 을식이의 눈이 반짝반짝 빛나고 있었다. 낮지만 생각보다는 빠르고 힘 있는 소리였다. 하지만 보은은 솔직히 이해하지 못했다. 그냥 을식이가 좋아하고 원한다니까 도와주고 싶었다. 그런데 저런 자세로 연주하면 어깨며 등이 너무 아프지 않겠어? 첼로처럼 앉아서 하는 것도 아니고, 라고 대답했다. 을식이는 누나의 코를 아프게 잡아당겼다. 남동생에게는 음악에 무지한 소리처럼 들려도 괜찮았다. 보은은 을식이가 저렇게 큰 악기를 감당할 체력이 있는지 걱정되었다.

을식이는 보은이 여섯 살 때 태어났다. 자손이 귀한 집안이었다. 보은이 무남독녀 외동딸이라고는 하지만 부모님이 볼을 비비며 꼭 끌어안아 주거나 애틋한 살 냄새를 맡으며 숨이 막힐 듯한 뽀뽀를 해 준다거나 한 기억이 그녀에게는 없었다. 그래도 나이 많은 부모님에게서 생각지도 못하게 태어난 남동생을 보은은 자신만의 인형인 양 물고 빨고 껴안고 사랑했다. 무조건적이고 보상 없는 사랑을 요구하는 그 작고 연약한 몸은 그래서 더 사랑받을 자격이 있었다. 보드라운 살과 따뜻한 냄새를 가진 갓난아기는 오로지 자신만을 향한 일방적인 사랑을 당당히 요구했고 어린 보은은 갓 난 남동생의 울음소리와 웃음소리에 같이 울고 웃으며 정작 자신은 받지 못한 살가운 사랑을 남동생에게 쏟아부었다. 손이 귀한 집안에 뒤늦게 태어난 금쪽같은 손자의 양육 방식을 두고 엄격한 할머니는 원래부터 맘에 차지 않던 며느리와 신경전을 벌였고, 남편과 늘 으르렁거리며 싸우다가 그마저도 무관심으로 돌아선 지 오래된 어머니는 갓 난 아들을 두고도 늘 밖에 벌여 놓은 사업이 우선이었다. 할머니와 어머니가 있고 어머니가 부른 유모도 있었지만 을식이의 옆에 꼭 붙어 있는 사람은 늘 보은이었다. 어린 보은은 친구가 불러도 나가 놀지 않고 좋아하는 텔레비전 만화영화도 보지 않았다. 오로지 부드러움과 따뜻함과 친밀함의 원천인 아기의 옆을 지키고 있었다.

초등학교 앞이라 그런지 과속방지턱이 꽤 높았다. 브레이크를 꽉 밟았는데도 차가 덜컹, 머리가 천장에 닿을 뻔했다. 을식이는 아무래도 자세가 불편했던지 잠결에도 가느다란 팔과 다리와 긴 목을 이리저리 움직여 본다. 그럴 때는 정말 새끼 기린 같다. 마르고 연약한 겁 많은 기린.

"미안해."

보은이 들릴 듯 말 듯 입속으로만 중얼거렸다. 혼자만 아는 비밀, 또래 남자애들과는 다르게 이렇게 힘들어하고 피곤해하는 남동생을 볼 때마다 보은은 누구와도 나눌 수 없는 혼자만의 비밀을 떠올리지 않을 수 없었다. 그리고 죄책감. 심장에 작은 돌멩이가 들어간 것처럼 가끔 소리 내어 달그락거리며 나 여기 있어, 하고 속삭이는 그 느낌. 보은은 을식이의 긴 속눈썹에 걸려 있는 앞 머리카락을 옆으로 가지런히 넘겨 주었다.

대문 앞에 차를 세우고 보은은 을식이를 흔들어 깨웠다. 을식이가 정신을 차리는 동안 보은은 비밀번호 여섯 자리를 눌러 대문을 열고 을식이를 먼저 들어가게 했다. 집 안에서는 아무런 소리가 들리지 않았다. 잔디가 깔린 정원을 지나 현관으로 갈 때도 어두워지면 자동으로 켜지는 보안등 불빛 외에는 집 안 전체가 어둠에 싸여 있었다.

"왜 이렇게 늦었냐?"

어두운 주방에서 아버지의 목소리가 들렸다. 보은은 전등을 켰다. 잠옷 차림으로 식탁 앞에 혼자 앉은 아버지는 반쯤 비운 소주병을 앞에 놓고 있었다. 을식이가 여전히 붉어진 얼굴로 그 모습을 쳐다보다가 말도 없이 2층 자기 방으로 쑥 올라가 버렸다.

"꿀물 가지고 올라갈게, 마시고 자."

보은이 등 뒤에 대고 말했다. 그리고 여전히 소주를 비우고 있는 아버지를 돌아보았다.

"안주도 없이 이게 뭐예요?"

그러고 보니 다인이 챙겨준 음식들을 차 안에 그냥 두고 들어왔다.

"넌 왜 이렇게 늦게 다니냐? 병원에서도 저녁에 나갔다면서."

화가 난 목소리는 아니었다. 보은은 냉장고에서 두부를 꺼내 썰어 간장 양념과 함께 놓아 드렸다.

"할머니 전화 왔어요? 오늘은 집에서 자고 오라고 하셨어요. 간병인도 내일 아침까지 있기로 했구요."

"그래도 할머니가 불평하시더라. 영어 학원 허락하신 거는 알지만 기어이 다녀야겠어?"

"아버지, 나도 좀 놀면 안 돼요? 아버지 딸 팔팔한 20대라구요."

보은은 짐짓 애교 어린 목소리로 대꾸했다. 오늘은 그러고 싶었다.

"우리 집에서 맨날 노는 사람이 누군데? 싱거운 소리 하지 말고 내일부터는 병원 지켜."

"아버지, 나 그럼 정말 놀아 볼까요? 후후, 밥도 안 하고 청소도 안 하고 빨래도 안 하고, 살림살이 팽개치고 할머니도 을식이도 다 모른 척하고? 정말 놀아 봐요?"

웃음이 묻어 있기는 했지만 보은의 목소리가 살짝 높아졌다.

"놀면서 그럼 그런 것도 안 하려고 했어?"

아버지는 쯧쯧 혀를 찼다.

"애가 오늘 따라 왜 이렇게 말이 많아? 난 들어가 자야겠다."

아버지는 자리에서 일어나더니 안방이 아닌 할머니의 방으로 들어갔다. 설 명절이 끝나고부터였으니 그 방에서 주무시기 시작한 지 벌써 넉 달이 훌쩍 넘었다. 그 모습을 바라보던 보은은 안방으로 가 문을 살짝 열어 보았다. 어두운 방 안에서는 어머니의 코 고는 소리가 쌕쌕 들려왔다. 보은은 조용히 문을 닫고 다시 부엌으로 들어갔다. 차가운 꿀물을 들고 을식이의 방으로 올라가니 남동생은 벌써 곯아떨어져 있고 침대 아래 바닥에는 회색 봉투 하나가 떨어져 있었다. 백화점 상품권 봉투였다.

경축! 이보은 탄생!

을식이의 글씨가 봉투에 적혀 있었다. 보은은 슬그머니 웃음을 베어 물었다. 이럴 거면서 술 마시고 울긴 왜 울었대?

"그렇게 동선을 줄인다고 공간이 얼마나 나오겠습니까? 그 공간에서 뭘 할 수 있을지 생각해 보십시오. 네, 건축비만 더 들어가지요."

최율의 목소리는 담담했다. 그러나 작업 중인 복사기 옆에 서 있으면서 옆에서 들리는 그의 전화 통화를 들을 수밖에 없는 건축기사 김철수는 최율이 인내심을 꾹꾹 눌러 다지고 있다는 것을 눈치챘다. 최율이 연필로 이면지 위에 참을 인忍 자를 한 획씩 아주 천천히 긋고 있었기 때문이다. 벌써 두 달 가까이

이 건축사무소에서 일하면서 알게 된 그의 버릇이었다.

"아파트와는 다릅니다. 마당도 있고 툇마루도 낼 수 있습니다. 그렇습니다. 네모난 공간 안에만 다 채우려 하지 마시구요."

설계를 의뢰한 건축주가 전화기 너머에서 뭐라고 대답했는지 최율의 목소리가 조금 더 가라앉았다. 내일 사무실에서 직접 뵙자는 말을 끝으로 최율은 천천히 수화기를 내려놓았다. 이면지 위에 참을 인 자 두 개가 씌어져 있었다.

"현장에서 보자고는 안 해? 어떻게 사무실로 오도록 하긴 했네."

김기영 건축사가 물었다. 그 역시 다른 건축주와 전화 통화를 막 끝낸 참이었다. 통화를 하면서도 최율 쪽이 신경 쓰였나 보다.

"도면 보면서 얘기하자고 했지. 우선 가족들끼리도 의논을 해서 어떤 집에 살고 싶은지 가닥이 잡히면 그때 현장에 가 보겠다고 했어."

설계를 의뢰한 건축주는 아직 자기가 어떤 집에서 살고 싶은지 명확한 개념이 잡히지 않은 모양이었다. 그것부터 결정이 되어야 이쪽에서도 집 지을 땅을 둘러볼 텐데, 아무래도 시간이 걸리는 공사가 될 것 같다고, 김철수는 생각했다. 복사가 끝난 용지를 꺼내 차례를 확인하면서 보니 최율은 의자에 앉아 눈을 질끈 감고 머리를 뒤로 젖히고 있었다. 긴 다리는 책상 위에 올려놓았다.

"소파에 누워서 눈 좀 붙이든가. 그리고 내일은 병원 가 봐라. 여름 감기는 개도 안 물어 간다잖아."

김기영이 말했다.

"난 와이프 생일이라 그만 들어가야겠는데. 결혼기념일도 놓쳐서 말이야."

"알아."

이어지는 김기영의 말에 최율이 짧게 대답했다. 김철수도 오늘은 김기영이 들어가는 틈에 함께 묻혀 퇴근할 생각이었다. 아내 혼자 저녁을 먹게 한 게 일주일이나 되었다. 시간이 벌써 7시를 훌쩍 넘어가고 있었고 나머지 직원들도 금요일 저녁엔 이쯤해서 나가고 싶어 하는 눈치였다.

율은 소파에서 번쩍 눈을 떴다. 등이 불편해 잠깐만 기대어 쉰다는 것이 30분이 지나가 버렸다. 자신의 사무실 안도 바깥쪽도 인기척이 전혀 없었다. 사무실과 바깥쪽 공간 사이의 유리창에 쳐 놓은 우드 블라인드를 통해서도 밝기를 낮춘 어두운 불빛만 새어 들어올 뿐이었다. 김기영이 나가면서 다른 직원들도 다 같이 퇴근을 시킨 모양이었다.

하아, 나만 따돌림 당했군. 율은 소리 없는 웃음을 흘렸다. 그는 직원들이 사적으로는 김기영을 더 따르고 좋아한다는 것을 알고 있었다. 이제 들어온 지 두 달도 안 된 김철수조차도 일 문제에서는 소장인 자신을 전적으로 신뢰하고 존중하지만 개인적으로는 김기영을 더 가깝게 여기고 의지하는 것이 눈에 다 보였다. 직원들은 항상 율을 어려워하고 가끔은 지나치게 깍듯이 대했다. 하지만 율은 불편하다거나 서운하지 않았다. 오히려 일에 있어서만큼은 그것이 효율적이라고 생각했다.

그래도 그렇지, 저녁 먹었냐고 물어보는 사람 하나 없네. 율은 소파에서 벌떡 일어났다. 그러고는 잠깐 멍하게 서 있다가 컴퓨터로 가서 인터넷 창 하나를 띄웠다. 5분 뒤 율은 가방을 집어 들고 급히 사무실을 빠져나갔다. 자신의 행동이 맘에 들지 않는 듯 미간은 잔뜩 찌푸려져 있었다.

칠월이 시작되고 며칠 지나지 않았지만 밤이 꽤 후덥지근했다. 올 여름은 장마가 일찍 시작된다고 하더니 공기 중에 습기가 빽빽한 것이 느껴질 정도였다. 영어 학원이 입주한 건물이 보이자 율은 자동차 안에 에어컨을 약하게 틀어 놓았음에도 갑자기 온몸으로 열이 확 올라오는 것을 느꼈다. 지하 주차장에 SUV를 주차하고 엘리베이터를 탄 율은 5층 버튼을 눌렀다. 시계를 보니 8시 30분이었다. 늦지는 않았다고 생각하면서도 율은 엘리베이터를 내리자마자 티처스 룸으로 서둘러 걸어갔다. 문을 벌컥 열자 안에 있던 사촌 형이 놀란 눈으로 쳐다보았다.

"어, 웬일이냐?"

율은 책상 옆 소파에 털썩 앉았다. 열이 더 오르는 것 같았다. 약국에서 사 먹은 감기약이 잘 듣지 않았다.

"몸이 뜨겁고 아파서……."

율의 목소리는 웅얼거리고 있었다.

"뭐? 그럼 먼저 약국으로 갔어야지, 여기로 오면 어떡해?

1층에 약국 있는데, 몸살이야?"

"약은 점심때도 먹었어. 감기가 아닌가 봐."

사촌 형이 계속 쳐다보는데 율이 소파에서 몸을 일으켰다. 그리고 반대편 벽에 설치한 CCTV 녹화 화면 쪽으로 다가갔다. 학원에서는 수강생들의 안전과 보안을 위해 세 개 층의 강의실과 복도에 CCTV를 설치해 놓고 있었고 티처스 룸에서는 실시간으로 어느 강의실이나 복도도 다 볼 수 있었다. 수강생들과 강사들도 그 사실을 알고 있었다. 사촌 형 남선은 율의 뒷모습을 지켜보았지만 율의 시선이 어디에 가 있는지는 알 수 없었다.

"이거 소리는 들을 수 없지?"

한참을 화면 앞에 있다가 율이 감정 없는 목소리로 물었다.

"안 되지, 당연히. 그것까지 되면 인권침해다. 왜, 무슨 문제 있어?"

그런 거 없어, 라고 대답한 율은 사촌 형의 시선을 무시하고 밖으로 나갔다. 그리고 계단을 올라가 7층으로 향했다. 그사이 수업이 끝난 강의실 안에서는 의자 끄는 소리, 책상 삐걱대는 소리에 섞여 인사를 주고받는 소리가 들려왔고 여기저기 작은 강의실 안에서 동시에 사람들이 빠져나왔다. 벽에 붙어 서 있던 율은 안면 있는 뉴질랜드인 강사와 간단한 인사를 주고받으면서도 시선은 703호 앞에서 떼지 못하고 있었다.

드디어 이보은이 나왔다. 동시에 율의 눈이 저절로 가늘어졌다. 보은의 뒤로 전에도 본 짧은 머리의 덩치 녀석이 따라 나오고 있었기 때문이다. 아니다, 한 달 반이 지난 시간 동안 녀석은 머리 모양이 제법 정돈되고 살도 조금 빠진 듯해 보였다. 스포티하면서도 건장하고 단단해 보이는 것이 예전의 모습이 깡패 조무래기 같았다면 지금은 레슬링 선수처럼도 보였다. 어쨌든 유쾌한 놈은 아니었다. 그나마 다행스러운 것은 그 덩치 녀석이 보은의 뒤를 계속 따라가지는 않았다는 것이다. 율의 눈은 그 녀석이 또래의 다른 수강생과 엘리베이터로 가는 것을 확인하고 다시 그녀에게 고정되었다.

"이보은 씨."

보은은 정수기 앞에서 얇은 종이컵을 펼쳐 물을 받으려던 참이었다. 어차피 엘리베이터 앞은 붐비고 있어서 많은 사람들이 한 번에 다 타고 내려갈 수는 없었다. 허리를 살짝 굽히고 있던 보은의 시야 속으로 어두운 갈색의 남자 구두가 들어왔다. 구두코 부분에 부드러운 더블유 모양의 재봉선이 있는 구두는 양복바지로 옆이 살짝 덮여 있었다. 바로 그저께 을식이의 정장 구두를 사기 위해 백화점에 들렀었던 보은의 눈으로 보기에도 무척 고급스럽고 비싼 구두였다. 보은은 허리를 펴고 눈을 들어 구두의 주인을 보았다.

"이보은 씨."

남자가 한 번 더 그녀의 이름을 불렀다. 네, 하고 보은은 남자의 얼굴을 올려다보았다. 이럴 때 윤주가 하는 농담이 있었는데. 그 위쪽 공기는 어때요? 라고.

"무료 수강권으로 등록하셨습니까?"

남자의 목소리는 무뚝뚝하고 감정이 없었다.

"네, 그걸로 이번 수업 등록했는데요. 뭐가 잘못되었나요?"

접수대에서 본 적은 없지만 학원의 직원인 듯한 남자는 보은의 눈동자를 깊숙이 들여다보았다. 보은은 그 눈빛을 마주받으며 까만 눈동자 안의 옅은 갈색 홍채가 특이하다고 생각했다. 남자는 흠, 하고 얕은 기침을 한 번 했다.

"잘못된 건 없습니다. 수업은 괜찮습니까?"

네, 하고 대답하면서 보은은 남자가 비켜 주기를 기다렸다. 물을 마시지도 못하고 여전히 빈 종이컵을 손에 쥐고 서 있었는데 남자가 정수기를 가로막고 있었기 때문이다. 보은은 남자의 눈빛을 견디다가 시선을 떨구었다. 그때 남자의 목소리가 다시 들렸다. 이번에는 감정이 실린 좀 큰 목소리였다.

"안녕하세요? 황 여사님이시네요."

목소리의 방향이 다른 쪽을 향하고 있었다. 보은은 남자의 시선이 향하는 쪽으로 고개를 돌렸다.

"아이구, 이게 누구야? 진짜 오랜만이다. 최 군도 잘 있었어요? 내가 안 죽고 살아 있으니 이렇게 보는구나."

반가운 목소리로 덥석 남자를 껴안다시피 하는 백발의 할머니는 보은과 같은 반에서 공부하는 수강생이었다. 언제나 밝고 명랑한 백발의 그 할머니는 일흔이 훌쩍 넘은 분이어서 수강생들은 성을 따라 미시즈 황이라고 불러 드렸다. 미시즈 황은 레벨 2부터 보은과 낯이 익은 사이였는데 캐나다에 이민 간 아들 가족이 있다고 했다. 같은 레벨의 수업을 여러 번 재등록하여 수강하면서 몇 달씩 띄엄띄엄 쉬기도 하는 미시즈 황은 이 학원의 장기 수강생으로 보은과도 친했다. 남자와 미시즈 황은 손을 마주 잡고 학원 수업에 대해 이런저런 이야기를 나누고 있었다. 남자의 눈가와 입매에 보기 좋은 주름이 부드럽게 만들어졌다.

보은은 물 마시는 것을 포기했다. 그리고 빈 종이컵이 아까워 가방에 넣고 엘리베이터 앞으로 갔다. 지루한 기다림 뒤에 도착한 엘리베이터를 다른 사람들 속에 휩쓸려 올라타고 보니 미시즈 황도 문이 닫히기 직전에 안으로 들어왔다. 남자는 보이지 않았다.

"크리스는 이제 계속 나올 거지?"

미시즈 황이 보은의 옆으로 다가오며 상냥하게 물었다.

"그러려구요. 공짜 수강권인데 아깝기도 하구요."

영어 학원의 퍼즐 게임에서 우승한 것을 할머니께 말씀드리자 웬일로 간병인을 저녁에 딱 두 시간만 쓰게 해 주시기도 했다.

"그래, 집에 환자가 있으면 가족들이 다 힘들지만 그래도 자기 할 일들 하면서 기운 내고 생활해야 간병도 오래 할 수 있는 거야. 아니면 집안 분위기만 축축 처지고 가족들까지 우울해져. 크리스도 자기 할 거 챙기면서 씩씩하게 생활해. 나도 우리 영감 병수발 해 봐서 알지만, 병원에 오래 있으면 멀쩡한 사람도 환자 되거든."

엘리베이터는 중간에 몇 번 더 서며 다른 사람들을 태웠다.

"근데 아까 그 양복 입은 남자는 누구예요? 되게 반가워하시던데."

호기심 가득한 목소리가 바로 뒤에서 물었다. 같은 반 수강생인 도로시였다. 도로시는 중학교 행정실에서 근무한다는 30대 중반의 아가씨였다.

"여기 오픈할 때 아르바이트하던 젊은이야. 학원 처음 열 때 저녁마다 나와서 이것저것 많이 도와주고 그랬지. 접수대에서 안내도 하고 청소도 하고 광고 전단도 돌리고. 지금은 다른 데 다닌다고 하네. 잘됐지, 뭐. 이제 나이도 있는데 여기보단 안정적인 델 다녀야 장가도 가지."

아아, 하고 말하는 도로시의 목소리가 처음 질문을 할 때와는 사뭇 다르게 힘이 빠져 있었다. 미시즈 황은 자신이 학원 오픈일에 등록한 1호 수강생이라고 덧붙였다. 두 사람의 대화를 듣다 보니 엘리베이터는 1층에 멈췄다. 보은과 두 사람은 인사를 주고받으며 건물 밖으로 나왔다. 길 건너편에는 낮에 전화를 받았던 대로 윤주가 기다리고 있었다. 늘 입던 날렵한 가죽 재킷 대신 헐렁한 군용 점퍼에 한복 바지처럼 펄렁한 하의 차림으로 모터사이클 위에 앉아 있었다. 뭐야, 오늘은 나이 든 아저씨 콘셉트인가? 정말 난해한 패션이네. 윤주가 팔을 번쩍 쳐들었다. 약간 머쓱해진 보은도 윤주를 향해 웃으며 손을 크게 흔들어 주었다. 날도 더운데 저 시커먼 헬맷이라도 좀 벗지.

"어머나! 크리스 남자 친구?"

아직 안 갔는지 도로시가 손뼉까지 치며 다가와 물었다. 보은은 웃으면서 고개를 저으려다가 말았다. 먼저 내려간 줄 알았는데 몇 발자국 옆에서 상훈이 이쪽을 보며 서 있었기 때문이다. 그날의 매몰찬 거절 이후 보은을 줄곧 투명인간처럼 대하긴 하나 여전히 같은 반에서 수강하는 상훈은 살이 조금 빠진 듯했는데 그래서 전보다 더 억세고 다부져 보였다. 보은은 길을 건너가 윤주의 뒷자리에 냉큼 올라탔다. 그리고 보란 듯이 가슴을 윤주의 등에 딱 붙이고 허리에 팔을 감았다. 유치하지만 어쩔 수 없었다. 윤주가 액셀을 끝까지 당기며 출발했다.

율은 SUV의 앞 유리창으로 보은이 탄 모터사이클의 뒷모습을 지켜보았다. 가방을 찾아 들고 사촌 형이 부르는 소리도 못 들은 척 지하 주차장으로 내려가 곧장 차를 몰고 학원 앞에서 보은을 기다리던 중이었다.

젠장, 몸이 아픈 게 아니었어. 심장이 불규칙하게 뛰는 것만 같았다. 왼쪽 가슴이 뻐근했다.

집으로 돌아왔을 때 거실은 여전히 난장판이었지만 다행히 조카 녀석들은 일찍 쓰러져 잠이 든 듯 집 안 전체가 조용하기만 했다. 안방에서 느긋이 텔레비전을 시청하시는 부모님께 인사를 드리고 2층으로 올라가려던 율은 커다란 검은 그림자에 화들짝 놀라 다시 한 번 심장이 덜컹거렸다. 주방에서 뒷마당으로 나가는 쪽문에 엉겨 서 있던 두 사람이 떨어졌다.

"어, 퇴근하냐?"

율은 형 부부를 노려보았다. 그러면 이 야밤에 출근하겠어? 율의 형 최한은 입술에 묻은 립스틱 자국을 문지를 생각도 않고 율에게 다가와 어깨를 한 대 때렸다. 평소와는 달리 제대로 된 말끔한 수트 차림이었다. 둘 다 방금 들어온 모양이었다.

"어디 좋은 데 갔다 오나 봐?"

웬일로 아는 척도 않고 방으로 쑥 들어가 버리는 형수도 보기 드물게 원피스 차림이었다.

"우리 부부만 아는 기념일이다, 왜?"

결혼기념일도 아니고 생일도 아니고 자기 부부들만 아는 기념일이 뭘까? 답이 얼른 떠오르지 않는 율은 관심을 지워 버리고 개 울타리를 열어 계단을 올라갔다. 침대에 벌렁 드러누운 그가 혼잣말을 중얼거렸다.

"도대체……. 다른 남자가 있는 여자를 빼앗아 오고 싶을 정도의 마음이란 건 어떤 거야?"

형이 형수의 사고 난 차를 팔아 버리고 기념일 선물로 새 차를 뽑아 주기로 한 것은 율에게도 무척 고마운 일이었다. 정비 공장에서 새 범퍼를 달고 나온 차를 보고 형수는 좋아했다지만, 형이 이미 중형 세단을 주문한 뒤였고 형수가 돈 낭비라며 펄쩍 뛰든 말든 형은 남은 잔금까지 다 지불했다. 새 차는 아직 열흘은 더 기다려야 나온다고 했다. 형수의 차를 싣고 지금쯤 태평양 어딘가를 건너오고 있을 선박이 태풍을 만나는 것도 괜찮을 것이다.

"네, 형수님. 지하 주차장 F23에 있습니다."

율은 핸드폰을 재킷 안주머니에 넣으며 8층 내과 입원 병동의 복도를 천천히 걸었다. 기억이 맞다면 이보은의 할머니 이름은 염복순이었다. 아니, 기억이 틀릴 리가 없다. 그날 간호사가 보은을 붙잡으면서 그 이름을 부르는 것을 똑똑히 들었다. 그러나 율이 입원실 문 옆에 붙은 환자의 이름을 하나하나 확인하며 살펴봐도 그런 이름은 없었다.

설마 퇴원하신 건가? 율은 긴장이 탁 풀리는 것을 느꼈지만 주저하지 않고 간호사 스테이션으로 발을 돌렸다.

"내과 염복순 환자 퇴원했습니까?"

앞뒤 다 자르고 내뱉듯 묻는 말투가 언짢았는지 차트를 내려다보고 있던 간호사의 미간에 살짝 주름이 생겼다. 그러다가 고개를 들어 율과 눈이 마주치자 간호사의 통통한 볼이 약간 발그레해졌다.

"네?"

"내과 염복순 할머니 퇴원하셨냐구요."

"아, 염복순 할머님이요. 다른 병실로 옮기셨는데요."

율은 안도감이 드는 것을 느끼며 난 역시 착한 놈은 못 되는구나, 생각했다. 병세가 악화되어 집중 치료를 받기 위한 것인지도 모르는데 안도감이라니……. 어쨌든 간호사는 친절하게도 아래층으로 옮긴 병실을 가르쳐 주었다. 율은 계단을 내려가 7층으로 갔다. 보은의 할머니가 있는 병실은 엘리베이터에서 제일 떨어진 쪽의 2인실인 듯했다. 지금 보은이 저기에 있을까? 오늘 저녁엔 학원 수업을 빠지지 않고 갈까? 율의 발걸음이 붙박인 채 떨어지지 않았다. 복도에는 사람들의 왕래가 없었다.

'아직은 충분해.'

율은 이만큼의 정보를 알게 된 것으로 만족하고 돌아섰다. 어차피 보은은 자신의 사정거리 안에 들어왔다. 우연한 만남이 지나치면 그녀도 수상해하겠지만 먼저 자신이 재미없어질 것이다. 새로운 목표가 생기고 전략을 짜고 그것을 계획대로 차근차근 실행해 나가는 것만큼 짜릿하면서도 동시에 안전한 일은 없다. 이보은은 최율의 첫 번째 여자가 될 것이다. 아직 영원히라고는 말할 수 없겠지만. 율은 엘리베이터를 타고 지하 주차장으로 내려갔다. 그 여자에 대해 아는 것도 별로 없으면서 충동적으로 8층까지 올라가 본 것이 뒤늦게 맘에 들지 않았다. 자신답지 않은 행동이었다. 2인실에까지 가서 그녀를 확인하기 전에 돌아선 것은 잘한 일이었다.

"선배님, 호스피스 병동이요?"

"그래. 그런 방법도 있어."

보은은 홍 선배에게서 눈을 돌려 지금 막 불이 켜진 노란 조명을 보았다.

병원 건물의 4층 외부에 조성한 정원에는 두 사람 외에도 환자와 보호자들 몇이 나와 있다. 건물의 일부를 밖으로 튀어나오게 설계하여 환자와 보호자들이 산책을 하며 쉴 수 있도록 만든 공간으로 잔디밭과 꽃나무가 아담하고 정겨운 풍경을 연출한 곳이다.

"호스피스 병동은 말기 암환자들만 갈 수 있는 곳 아닌가요? 할머니는 아직 그 정도까지는 아니신데."

보은의 목소리에는 의아함과 함께 어쩔 수 없이 약간의 기대도 묻어 있었다. 홍 선배는 잔디밭 사이로 난 길을 천천히 걸어 보은을 벤치에 앉게 했다.

"완치되는 걸 포기하고 통증만 줄이는 정도의 완화 치료를 선택한 환자들도 갈 수 있는 곳이야."

초여름밤의 하늘은 아직 완전히 어두워지지 않았다. 보은은 노란 조명에 비치는 홍 선배의 얼굴을 올려다보았다.

"그 말은, 할머니가 완치될 수 없다는 뜻인가요?"

짐작은 했지만 입 밖으로 내어 말하기에는 무서운 말이었다. 홍 선배는 고개를 끄덕였다.

"앞으로 점점 통증이 심해지실 거다. 네가 감당하기 어려운 부분이야. 지금처럼 방사선 치료를 계속할 수도 있겠지만 할머니 연세도 있으시고, 견디기 힘드시겠지. 우리 과에서도 더 이상의 치료는 권하고 싶지 않다."

보은은 말을 잃었다. 내년이 미수(米壽, 88세)이긴 하시지만 워낙 정정하고 꼿꼿한 분이기에 보은은 이번에도 잘 넘기시리라고 생각했었다. 다른 노인들은 다 꺾여도 여왕 폐하 같은 우리 할머니만은 백 세를 넘게 사시리라 생각했었다.

"그 연세에 암이 재발하면 누구라도 어려운 법이야."

"먼저 부모님께 말씀드려 볼게요."

보은이 멍한 표정을 풀지 못했다. 홍 선배는 당직실로 올라가 봐야 한다며 앞장서 걸었다. 그러다가 보은을 돌아보고 걸음을 멈추더니 망설이다가 입을 열었다.

"건욱이와의 일……."

홍 선배는 보은의 얼굴을 가만히 살폈다.

"내가 상관할 바는 아니지만, 이제 괜찮니?"

보은은 고개를 살짝 기울이며 웃었다. 설마, 잊혀지는 데도 사귄 햇수만큼 시간이 걸리는 건 아니겠지?

"3년이나 지났어요."

닥터 홍은 건욱이 잠깐 귀국했다는 것을 보은에게 전할지 말지 생각하다가 그대로 발길을 돌려 버렸다.

팔월의 무더위가 절정에 다다르고 있다는 것은 일기예보를 보지 않아도 누구나 알 수 있는 사실이었다. 오늘은 어제보다 더웠고 내일은 오늘보다 더 더울 것이다. 고향인 조지아 주로 돌아가는 키샤의 환송회가 열린 날은 비구름까지 가세해 끈적끈적하기까지 했다. 낮에는 햇볕을 피해 숨어 있던 사람들이 밤이 되자 좀비처럼 거리로 쏟아져 나와 대학가 일대는 몹시 혼잡했다.

보은은 미시즈 황이 알려준 춘천닭갈비 집을 쉽게 찾을 수 있었다. 대학가 입구에 위치한 영어 학원에서 버스 한 정거장 거리였고 대학병원에서도 두 정거장 거리밖에 되지 않았다. 보은이 가게 안으로 들어가자 원어민 강사들과 미시즈 황이 먼저 그녀를 알아보고 손을 흔들었다. 케일럽도 낯익은 수강생 두 명과 함께 앉아 있었다. 미시즈 황이 단체석의 의자를 좁혀 앉으며 보은을 옆자리에 앉게 했다.

"잘 찾아왔네."

"네, 저한테 전화 주셔서 좀 놀랐어요. 강사들만 모이는 자리에."

"늙은 사람 끼면 재미없을까 봐 크리스도 불렀지. 병원 밥 맛없잖아. 잠깐 바람도 좀 쐬고."

미시즈 황이 보은의 어깨를 두들겼다. 보은은 오늘도 레게머리를 예쁘게 한 흑인 아가씨 키샤에게 먼저 인사를 건넸다.

"Kecha, I heard that you would go back your home to study again. I'll miss your smile." (키샤, 공부하러 돌아간다면서요. 미소가 그리울 거예요.)

"So will I, Chris. You had been studying in my class for two terms, right?" (나도 그래요, 크리스. 내 수업 두 학기 동안 수강했지요?)

칠팔월 학기를 끝으로 키샤는 대학원 공부를 계속하기 위해 미국으로 돌아간다. 보은은 키샤에게 주려고 직접 만든 머리핀과 리본이 든 상자를 내밀었다. 웃음소리가 크고 입가엔 언제나 미소가 걸린 키샤는 레게머리를 땋고 꾸미는 데 여섯 시간이 걸린 적도 있지만 그것이 취미라고 했었다.

키샤는 물론 주위 사람들까지 선물을 들여다보며 떠들썩한 가운데 학원 원장이 한 남자와 함께 자리로 다가왔다. 그 옆에

선 남자는 보은에게도 낯설지 않은 얼굴이었다. 이 더운 날 넥타이까지 맨 말끔한 수트 차림에 키가 크고 훤칠하게 생긴 젊은 남자 둘이 동시에 들어오니 학원 사람들은 물론 주위의 다른 시선까지 남자들에게 쏠렸다. 원장의 옆에 선 남자는 고개만 까딱하는 정도로 인사를 하고 미시즈 황의 왼쪽에 앉았다. 보은이 미시즈 황의 오른쪽에 앉아 있어서 남자의 표정은 보이지 않았지만 서로 인사를 주고받는 목소리는 들렸다.

"여름휴가는 다녀오셨습니까?"

딱딱하지는 않지만 부드럽지도 않은 목소리가 물었다. 미시즈 황이 대답했다.

"아들은 캐나다 와서 지내라고 하는데 난 장시간 비행이 너무 힘들어서 그냥 여동생이랑 일본 갔다 왔어. 크리스는?"

앞에 놓인 샐러드를 먹으려던 보은은 갑자기 자신에게 돌아온 질문에 젓가락질이 멈칫하였다. 미시즈 황이 고개를 돌려 대답을 기다리고 있었다.

"아, 저는 남동생이 대관령에서 열리는 마스터 클래스라고, 레슨 같은 게 있어서요, 거기 따라갔다 왔어요."

"맞아. 남동생이 음악 한다고 했었지. 첼로라고 했었나?"

"더블베이스요."

"콘트라베이스와는 다른 겁니까?"

미시즈 황의 왼쪽에서 남자의 목소리가 들렸다. 미시즈 황이 보은을 돌아보았다.

"같아요. 미국에서는 더블베이스라고 하고 유럽 쪽에선 콘트라베이스, 콘트라바스라고 해요."

보은은 남자의 얼굴을 제대로 볼 수 없었기에 더 이상 말하기는 어색했다. 남자가 또 미시즈 황에게 물었다.

"구월 수업 등록하실 거죠?"

"할 거야. 전에 몇 달 쉬었더니 감이 다 떨어지고 금세 잊어버리더라고. 캐나다 가서 손녀들이랑 대화하려면 안 할 수가 없지."

캐나다에 간다고 늘 말씀은 하지만 보은이 미시즈 황을 안지 1년이 다 되어 가는 동안 정말 거기에 가신 적이 있는지는 잘 알 수 없었다. 혹시 말씀만 저러고 아들과 사이가 안 좋으신 거 아냐? 보은이 나름 발칙한 상상을 하고 있는데 미시즈 황이 이번에는 보은에게 물었다.

"크리스도 계속 나올 거지? 똑같이 8시?"

"네. 그럴 거예요."

"저녁마다 영어 공부 한다고 여기 나오면 크리스 애인이 뭐라 하지 않아? 주말밖에 데이트할 시간이 없을 거 아냐?"

"풋, 안 그래요. 저, 그런 거 없어요."

보은이 솔직히 대답했다. 라이더 복장을 하고 온 윤주 때문에 몇몇 수강생들이 보은에게 남자 친구가 있는 걸로 생각하고 있다는 것은 알고 있었다. 그러나 가끔은 그런 오해가 귀찮은 시선으로부터 자신을 지켜 주기에 보은은 신경 쓰지 않고 굳이 해명할 필요도 느끼지 않았을 뿐이다.

"뭐야? 헤어졌어?"

미시즈 황의 목소리가 튀어 올랐다. 맞은편에 앉아 있던 케일럽까지 이쪽을 쳐다보았다. 보은이 장난기를 숨기지 않고 후후, 웃었다. 미시즈 황은 더 이상 묻는 것은 사생활 문제라고 생각한 듯 화제를 돌렸다.

"미스터 최는 결혼할 사람 있어요?"

"없습니다."

목소리가 화가 난 것처럼도 들리는 것이 별로 싹싹한 성격은 아닌 모양이라고 보은이 생각했다.

"집에서 선보라고 하겠네."

"안 그러십니다."

미시즈 황과 남자의 대화가 잠깐 끊겼다. 지글지글 익어 가는 닭갈비를 식당 종업원이 다시 잘 볶아서 접시에 덜어 주느라 분위기가 잠시 번잡해진 탓도 있었다. 보은은 할머니의 병실에서 저녁을 먹지 못했기 때문에 배가 고팠다. 미시즈 황의 전화를 받고 간병인과 시간을 바꾸느라 저녁 시간에 할머니의 식사 시중이 끝나고 목욕까지 미리 시켜 드려야 했기 때문이다. 보은은 양념이 잘 배인 먹음직스러운 고기 한 점을 입안에 얼른 넣고 씹었다.

"크리스는 부모님이 결혼하라고 안 하시나? 아직 나이가 있으니 괜찮은 건가? 아유, 난 요즘 사람들 결혼 늦게 하는 거 왜 그러나 몰라?"

미시즈 황이 나이 든 사람 특유의 오지랖으로 물었다. 보은은, 취업이 힘들어 이성을 사귈 여유도 없고 취업을 하고 결혼하고 싶은 사람이 있어도 모아 놓은 돈이 없고 결혼하더라도 맞벌이를 포기하고 애만 키울 수 있는 여건이 안 된다는 요즘의 현실에 대해 얘기하려고 했다. 그러다가 이야기가 너무 장황해질 것 같아 이렇게만 대답했다.

"포기하고 결혼할 만큼은 아니니까요."

"크리스는 어떤 남자 좋아해? 내가 좀 알아봐 줄까? 선 한번 볼래?"

명랑하고 좋은 분이지만 미시즈 황과는 이래서 가끔 곤란하기도 했다.

"고맙습니다. 근데 전 그냥 우연히 만나는 남자랑 할래요."

보은의 입에서 자신도 생각지 않던 말이 불쑥 나왔다.

"우연히 만나는 남자? 에이, 요즘 세상에 그건 좀 위험하지. 크리스는 아직 인연이나 운명 같은 거 믿는구나? 순진하다."

미시즈 황의 말이 과장스럽다고 생각하면서도 보은은 선선히 대답하며 소리 내어 웃었다.

"네, 그러게 말이에요."

그 뒤의 대화도 비슷하게 이어졌다. 미시즈 황이 질문하면 보은이 대답하고 가끔 남자도 대답을 하긴 했다. 가운데 앉은 미시즈 황이 왼쪽의 남자와 오른쪽의 보은에게 똑같은 질문을 하고 각자 대답하지만 정작 두 사람은 말이 서로 오가지 않는 묘한 대화가 한참을 이어졌다.

환송회 분위기는 무르익었다. 이틀 뒤 떠나는 키샤도 맞은편에 앉은 케일럽과 다른 사람들도 모두 즐겁고 시끌벅적한 분위기여서 보은은 이쯤이면 살짝 자리를 떠도 될 것 같다는 생각이 들었다. 별일이야 없겠지만 아무래도 할머니가 또 역정을 내며 찾으실 것 같았다. 어머니도 되도록 병실에 붙어 있으라고 했지만 요즘 며칠 동안의 집안 분위기나 병원 분위기로는 우울증에 걸릴 지경이었다. 그래서 보은은 미시즈 황의 전화가 반가웠다.

"아유, 나이가 드니까 초저녁잠이 많아져서 안 돼. 난 그만 일어날 테니까 더 놀다가 와."

선수를 친 건 미시즈 황이었다. 덩달아 나가려는 낌새를 눈치챘는지 미시즈 황은 보은과 눈을 마주치며 어깨를 꾹 눌러 앉혔다. 일흔을 넘긴 할머니의 손힘이 이상하게 셌다. 연장자가 그만 가야겠다고 일어서니 한국의 정서를 아는 원어민 강사들까지 자리에서 일어나 공손히 허리를 숙이며 인사를 했다. 미시즈 황은 키샤와 오랫동안 포옹을 하고 등을 토닥이며 인사를 나누었다. 미시즈 황이 나가고 사람들이 다시 닭갈비를 안주 삼아 소주를 주문하는데 비어 있는 보은의 옆자리로 남자가 털썩 옮겨 앉았다.

보은은 그때 미시즈 황의 자리에 남아 있는 접시와 수저, 또 다른 사람들이 비운 지저분한 접시들과 휴지 등을 종업원이 가져가기 좋게 한쪽으로 치우고 있었다. 남자는 두루마리 휴지를 둘둘 말아 테이블 위를 대충 닦고 정리하더니 종업원을 불러 치우게 했다. 물수건도 새것을 달라고 해서 손을 다시 닦는다. 보은의 시선이 문득 남자의 크고 거칠어 보이는 손에 머무는데 손등에 길게 세 줄로 난 상처가 보였다. 아직 딱지가 제대로 앉지 않은 걸로 봐서 생긴 지 얼마 안 된 상처 같았다.

"어, 손등이 왜 그래?"

궁금하긴 하지만 보은이 딱히 물어볼 정도는 아니었는데 원장이 어느새 맞은편 케일럽의 옆에 앉아 남자에게 물었다.

"고양이가."

남자는 손등을 앞으로 내밀어 잠깐 보여 주었다. 보은이 고개를 돌려 남자의 얼굴을 쳐다보았다. 손을 다쳤으니 손으로 시선이 가야 하는데 이상하게 보은은 남자의 얼굴로 시선이 갔다. 양복 상의를 벗고 넥타이도 느슨하게 푼 채 하얀 와이셔츠 차림으로 앉아 있는 남자의 얼굴은 내민 손처럼 거칠고 까칠해 보였다. 상처가 뺨이나 턱에 있어도 어색해 보이지 않았을 것이다. 약간 마른 듯한 뺨에는 늦은 시간이어서 그렇겠지만 수염이 조금 자라 있었다. 단추가 끌러진 셔츠 사이로 목 아래가 살짝 보였는데 얼굴만큼 그을리지 않은 것을 보아 바깥에서 일을 많이 하는 사람이구나 하는 생각이 들었다.

"웬 고양이? 안 키우잖아?"

원장과 남자는 꽤 친한 사이인 듯했다.

"어제 하루 종일 회사 문 앞에 길고양이가 안 가고 계속 울고 있잖아. 아는 수의사한테 데려다 주려고 잡았는데 이렇게 만들어 놨네."

"그래서 데려다 주긴 했어?"

"어."

남자는 상처를 한 번 만져 본다. 보은이 조심스럽게 입을 열었다.

"고양이가 물거나 할퀴면요, 일단 소독하고 병원은 꼭 가 보셔야 해요."

남자와 원장이 동시에 보은을 쳐다보았다.

"그래요? 심하진 않은데."

남자가 말했다. 보은의 얼굴을 빤히 들여다보는 눈동자가 부담스럽다.

"상처에 세균이 감염되면 파상풍 생길지도 모르니까요. 드물게 광견병도 걸릴 수 있는데 하루 지나서 지금도 멀쩡히 앉아 계시니까 그건 아닌 것 같구요."

보은의 표현이 좀 거칠었는지 아니면 재미있었는지 남자는 하하 소리 내어 웃었다.

"고양이한테 물렸는데 광견병 걸려요?"

"병 이름만 그런 거예요. 증상은 같대요."

"고양이 길러 본 적 있어요?"

남자가 물었다.

"네."

"언제요?"

"어릴 적에요."

"어릴 적 언제요?"

"음, 대여섯 살쯤에요."

대화를 이어 가려면 뭔가 자세한 설명을 더 해야 하고 탁구

공을 받아치듯 상대방의 질문에 재치 있게 반응해야 하겠지만 보은은 거기에서 입을 다물었다. 어쩐지 이 남자와 대화를 주고받으면서 조금이라도 친밀한 사이가 될까 봐 두려워졌기 때문이다. 보은은 갑자기 밀어닥친 어색함과 불편함에 고개를 떨어뜨렸다. 남자의 꿰뚫어 보는 듯한 눈빛이 보은을 불안하게 했다. 이 세상에 하나밖에 없는 신기한 존재를 보듯 남자가 자신을 쳐다본다고 느낀 건 착각일 것이다.

"Chris, have you ever gone kayaking or canoeing?" (크리스, 카약이나 카누 타러 가 본 적 있어요?)

맞은편에 있던 케일럽이 보은에게 말을 걸어 준 것이 그래서 고마웠다.

"Not yet. Why?" (아직요. 왜요?)

케일럽이 한국어로 대답했다.

"다음 토요일에 선생님들과 동 리버에 갔습니다. 나는 크리스를 같이 가고 싶어요."

보은은 잘못된 표현을 고쳐서 돌려주었다. 케일럽은 지난번에도 그렇듯 시제 표현이 어려운 모양이었다.

"다음 토요일에 동강에 갈 것입니다."

하지만 그다음 문장은 돌려주지 않았다. 영어로 표현할 땐 아무렇지 않은 말도 한국어로 옮기면 굉장히 친밀하고 사적인 말로 들릴 때가 있다. 남자도 이제는 맞은편을 쳐다보는 중에 케일럽이 계속 말을 이었다.

"다음 토요일에 동강에 갈 것입니다. 같이 갑시다."

다행히 자리에 있는 다른 수강생 두 명도 이미 그 제안을 받았었는지 강사들과 함께 모두 동강으로 놀러갈 것에 대해 떠들썩하게 화제가 옮겨졌다. 보은은 케일럽에게 자신은 함께 가지 못하며 어쨌든 고맙다는 말을 전했다. 보은은 케일럽이 자신에게 이성으로서 호감을 가지고 말하는 것이 아니라는 것쯤은 알고 있었다. 캐나다 가정에 입양되었다가 정체성에 대한 의문을 품고 한국에 왔다는 말을 들었을 때부터 보은은 케일럽에게 연민이 아닌 묘한 동질감 같은 것을 느꼈었고 그 역시 보은을 한국말을 가끔 가르쳐 주는 동갑내기 수강생 이상으로는 대하지 않았다. 보은은 그가 젊은 한국 여자들을 조심하라는 경고라도 듣고 온 것처럼 신중하게 행동하는 것을 알고 있었다.

"한잔할래요?"

원장이 물었다. 학원 사람들이 소주를 처음 주문했을 때부터 보은은 술을 사양하고 있었다는 것을 그는 모르는 모양이었다. 보은은 몸이 좋지 않다는 뻔한 핑계를 댔고 원장도 더는 권하지 않았다. 아무래도 이젠 정말 가야겠다고 생각하는데 답이라도 하듯 테이블 위에 올려놓았던 보은의 핸드폰 화면이 환하게 켜지며 벨이 울렸다. 화면에 뜨는 전화번호를 보니 예상대로 병원이었다. 보은이 잠깐 자리를 옮겨 전화를 받으려고 일어서는데 그때까지 말없이 앉아 있던 남자가 먼저 일어났다. 보은은 할머니의 재촉에 곧 가겠다는 대답을 하며 통화를 마쳤다. 남자의 목소리가 들렸다.

"난 그만 가야겠다. 병원 들어가 봐야 할 시간이야."

"너, 그 기사 노릇 아직도 하고 있었냐?"

원장이 물었다. 보은은 남자를 따라 나가는 모양이 될 것 같아 주춤거렸다.

"나보다 더 피곤한 의사 선생님이신데 모시러 가야지."

남자는 양복 상의를 챙겨 자리에서 일어났다. 갑자기 앉지도 못하고 엉거주춤한 자세가 되어 버린 보은도 할 수 없이 몸을 일으켰다.

"저도 그만 가 봐야겠어요."

보은은 키샤에게 먼저 인사를 하고 케일럽과 다른 사람들과도 인사를 나눈 다음 얼른 식당에서 나왔다. 밖에는 가늘지만 빗방울이 조금씩 떨어지고 있었다. 한여름 밤의 열기를 조금이라도 식혀 줄 수 있을까? 언제 먼저 나왔는지 남자는 그사이에 식당 문 밖에 서 있었다. 그는 핸드폰을 들고 통화 중이었다.

"내일 사무실에서 다시 의논하자. 김 기사한테도 그렇게 말해 줘. 끊는다."

고개를 살짝 숙이며 지나가려는 보은을 남자의 목소리가 돌려세웠다.

"이보은 씨, 난 대학병원 안으로 들어가는데 어디까지 가십니까?"

이름을 부르는 목소리에 보은은 멈칫했다. 역시 불편하다.

"아, 그러세요? 저도 병원으로 가긴 하는데……."

"타세요. 비 와요."

남자가 식당 바로 앞에 서 있는 검은색 세단의 조수석 문을 열었다. 젊은 남자가 몰기에는 어울려 뵈지 않는 대형 외제 세단이었다. 빗방울이 떨어지는 속도가 조금 빨라졌다. 아직 이정도로 여름밤의 열기를 식히기엔 어림없다. 보은은 일기예보를 봐서 밤에 비가 온다는 것을 알고 있었고 지금 가방 안엔 삼단 우산도 들어 있었다. 그리고 할머니의 성화가 걱정되긴 했지만 병원까지는 걸어서 멀지 않다. 어디까지 가느냐는 물음에 다른 대답을 해서 남자를 먼저 보낼 수도 있었다. 하지만 두렵고 불편한 마음 뒤편에 전혀 다른 무엇이 있었는지 보은은 그러지 않고 조심스레 조수석에 올라탔다. 문이 탁, 닫혔다.

"교포 선생이랑 친한 모양입니다."

차가 출발해서 큰길로 나오자마자 신호등에 걸렸다. 남자가 보은을 돌아보지도 않고 툭 던지듯 처음 한 말은 그것이었다.

"케일럽 말인가요?"

차창으로 윈도 브러시가 한 번 움직이며 빗물을 닦았다. 혼혈인 데다가 입양된 사람은 교포라고 할 수 없겠지, 하고 생각하면서 보은은 입을 다물었다. 그냥 이 차를 괜히 탄 것 같다는 생각이 들었다.

"우리나라 젊은 여자들, 아직도 그런 게 있나 봐요."

남자의 목소리에 낮은 웃음소리가 깔렸다.

"네?"

"외국 남자에 대한 선망 말입니다. 이지걸(easy girl). 질 나쁜 백인 남자들 중엔 자기들을 졸졸 따라다니는 일부 한국 여자들을 그렇게 부르는 사람도 있답니다. 케일럽은 다른 경우지만요."

어두운 차 안에서 보은의 뺨이 확 달아올랐다. 한국에 온 젊은 외국 남자들 중 일부가 한국 여자들과 쉽게 즐기고 싶어 하는 것도 알고, 어떤 여자들은 또 백인 남자에 대한 무조건적인 선망으로 함부로 행동하는 것도 알고 있었지만 백인 남자와 친하다고 해서 다 그런 것은 아니었다. 극히 일부분일 뿐인데 지금 이 남자에게 자신이 그런 쉬운 여자 취급을 받고 있다고 생각하니 분노와 억울함이 치밀어 올랐다. 보은의 목소리가 한 톤 높아졌다.

"지금 저를 두고 하는 말인가요? 그렇게 들리네요."

"기분 나쁩니까?"

남자의 표정에서는 아무 감정도 읽을 수 없었다.

"네, 굉장히요. 모르는 사람한테 그런 취급을 받으면 누구라도 안 그렇겠어요?"

보은의 목소리가 떨렸다. 달리는 차 안에서 조수석의 문손잡이만 꼭 쥐었다.

"저기 횡단보도 앞에 세워 주세요. 다 왔네요."

"화났군요. 아니면 아니라고 말하면 되는데."

보은은 남자의 얼굴을 쳐다보았다. 앞만 보고 있는 그는 비꼬는 표정도 아니고 미안한 표정은 더욱 아니었다. 놀라고 어이없어진 보은의 입이 살짝 벌어졌다.

"내리지 마세요. 비 많이 오잖아요."

남자가 윈도 브러시를 좀 더 빨리 작동시키며 말을 이었다.

"애인이랑 정말 헤어졌습니까?"

"뭐라구요?"

이건 또 무슨 뜬금없는 말인가 싶어 보은의 눈이 동그래졌다. 이 남자는 정말 불편하다.

"오토바이 타던 남자."

"그걸 왜 내가 말해야 해요?"

"헤어진 거 맞아요?"

두 사람을 태운 차가 다시 한 번 신호등에 걸렸다. 우산을 쓰기도 하고 안 쓰기도 한 사람들이 한데 엉겨 횡단보도를 건너갔다. 횡단보도를 지나 우회전하면 병원이 보인다.

"전 여기 내려서 걸어가면 돼요."

보은은 충동적으로 조수석 문을 덜컹 열었다. 식당에서부터 내내 자신을 죄어 오던 알 수 없는 불안감으로부터 달아나고 싶었다.

그런데 조수석의 백미러로 차 바깥을 살펴봤더라도 어쩔 수 없었을 것이다. 우산을 쓴 사람들 사이에서 갑자기 돌진해 온 자전거 한 대가 조수석의 문을 치고 나동그라졌다. 순식간에 일어난 일이었다. 넘어진 주인이 고함치는 소리는 막상 빗소리와 자동차들의 경적 소리에 섞여 잘 들리지 않았다. 아니, 머릿속이 하얗게 변하고 눈앞이 캄캄해져서 아무것도 안 들렸는지 모르겠다. 보은은 황급히 차에서 내려 나동그라진 자전거와 사람에게 다가갔다.

"많이 다치셨습니까?"

보은의 목소리보다 뒤에서 남자가 외치는 소리가 먼저 튀어나왔다. 남자는 보은과 동시에 자전거의 주인에게 다가갔다. 보은도 그제야 입이 떨어졌다.

"죄송합니다. 정말 죄송합니다. 아저씨, 괜찮으세요? 일어나 보세요. 일어날 수 있겠어요?"

방언이 터지듯 말이 쏟아져 나오는 보은의 얼굴을 자전거 주인이 노려보았다.

"씨팔, 눈을 어디다 달고 다녀? 너 같으면 괜찮겠어? 내가 지금 괜찮아 보여?"

50대 중반으로 보이는 자전거의 주인은 그 뒤로도 험한 욕을 쉴 새 없이 쏟아내며 자리에서 일어나지 못했다. 보은의 떨리는 눈동자에 핸들 한쪽이 찌그러진 자전거가 들어왔다. 아저씨가 쓰고 있던 것인 듯 검은 우산 하나도 옆에 버려져 있었다.

그사이 신호가 바뀌고 뒤에서 경적을 울려 대는 차들과 구경하는 사람들 때문에 도로는 더욱 혼잡해졌다. 빗속에 엉겨 모여 있는 우산들 속에서 보은은 마음을 다잡고 정신을 똑바로 차렸다. 아저씨가 얼마나 다쳤는지부터 파악하고 남자는 빨리 보내야겠다는 생각이 들었다. 사고의 원인은 모두 부주의한 자신에게 있었다. 남자의 자동차가 비상등을 깜박이며 서 있는 가운데, 보은은 빗속에 서 있는 자신이 헤드라이트 불빛을 보고 날아든 불나방처럼 느껴졌다.

"음주 자전거라니 불행 중 다행으로 생각합시다. 사람도 많이 안 다쳤구요."

"정말 죄송해요."

율은 보은에게 차가운 녹차 캔을 따서 건넸다.

두 사람은 지금 병원 응급실 복도의 자판기 옆에 서 있었다. 보은은 핸들이 망가진 자전거를 세워 인도 한쪽에 가져다 놓고 자전거 주인을 부축해서 보도블록 위에 앉힌 다음 어디가 아픈지 꼼꼼히 물어보았다. 그리고 자전거 주인에게 전적으로 자신이 주의를 소홀히 하여 일어난 사고이며 자동차를 운전한 '저분'은 아무 책임이 없다는 것을 되풀이하여 말했다. 자전거의 주인인 중년 남자가 보은에게 험한 욕설을 퍼부으며 한 대 치기라도 할 듯 위협하는 중에도 보은은 침착하게 그 남자의 말을 다 받아 주었다. 율은 비가 오는 혼잡한 밤거리에서 차와 사람이 엉키지 않도록 교통정리를 하고 자전거 주인이 옮겨 앉은 뒤에는 차를 한쪽으로 비켜 세웠다. 그러는 동안에도 보은은 계속 머리를 숙이며 사과하고 있었다. 율이 우산을 받쳐 주었지만 이미 젖은 머리카락을 타고 빗방울이 어깨 위로 떨어졌다.

도대체 뭐가 저렇게 죄송하고 뭘 그리 잘못했을까? 신호를 기다리며 횡단보도에 서 있던 그 시각에 율은 보은이 차에서 내리려는 것을 눈치챘었다. 우산을 쓴 사람과 오토바이, 자전거가 엉킨 차도에서 백미러로 가끔 뒤쪽을 살펴보는 것은 율의 습관이었다. 자전거는 차도로 다니면 안 된다. 특히 오늘밤처럼 시야가 확보되지 않는 날씨에는. 보은의 부주의도 있었지만 자전거 주인도 우산으로 시야를 가린 채 인도에서 차도로 갑자기 내려와 달리면 안 된다. 그것이 율의 생각이었다.

어쨌든 율은 자전거 주인이 소리 지르는 것을 듣다가 그의 입에서 술 냄새가 심하게 나는 것을 알아차렸고 경찰을 불러 일단 신고부터 하자는 말로 사태를 정리했다. 보은의 잘못도 있지만 자전거 주인은 무엇에 겁을 먹었는지 경찰을 부르는 것은 귀찮은 일이며 자신은 굉장히 바쁜 사람이라 그럴 시간이 없다고, 이번에는 소리 지르지 않고 말을 했다.

"그래도 잘못하셨어요."

방금 자신에게 죄송하다고 말했던 어조와는 좀 다른 목소리로 보은이 말을 이었다.

"뭐가 말입니까?"

"제가 그 아저씨 설득하지 않았으면 그 자리에서 돈으로 해결하려고 하셨잖아요. 이렇게 엑스레이 사진이라도 찍고 제대로 진찰도 받게 하고 보내니까 좋잖아요. 연세도 많은 분이 놀라셨을 텐데. 경찰까지 안 불러서 제가 운이 좋았어요."

율은 좀 어이가 없었다. 자신이 보기에도 치료비와 수리비를 뻥튀기하며 돈을 더 받아 내려 애쓰는 게 빤한 자전거 주인을 보은은 지금 두둔하고 있지 않은가. 보은과 함께 남자를 차에 태워 응급실로 데려오고 진찰을 받게 하고 남자가 다른 불평이나 협박 없이 돌아가게 한 것에 자신은 아무런 도움이 되지 않았다는 말인가?

"뒤에서 오토바이나 사람이 오지 않는지 잘 보고 문을 열었어야 하는데 전부 제 잘못이잖아요. 근데 무슨 돈이나 더 뜯어내려는 사람인 마냥 의심할 것까진 없었다구요."

이 아가씨 이제 보니 세상 참 순진하게 살았네. 율은 기가 막혔다. 자전거 주인에게 나중에 연락 달라며 명함을 준 건 바로 나, 최율이라고.

"내 차 수리비는 어떻게 할 겁니까?"

"네?"

이번에야말로 보은의 눈이 동그래졌다. 녹차 캔을 입으로 가져가던 손이 공중에서 멈추었다. 그 아저씨 치료비와 자전거 수리비만 내고 내 차가 긁힌 건 슬쩍 넘어갈 생각이었나?

"조수석 문짝에 스크래치 났습니다."

"아아……."

보은의 입술에서 조그맣게 한숨이 흘러나왔다. 갈색 눈동자가 좌우로 한 번 굴렀다. 그 순간 한숨이 아니라 커다랗게 신음 소리를 흘리고 싶은 사람은 바로 율 자신이었다. 아무런 자극이나 유혹이 없었음에도 불구하고, 보은의 살짝 벌어진 핑크빛 입술에서 흘러나온 그 소리는 율의 신경을 예민하게 건드렸다. 그저 순수한 녹차 한 방울이 보은의 아랫입술에 맺혀 있었는데 율은 충동적으로 고개를 숙여 그 한 방울을 마셔 버리고 싶어졌다. 대신, 집게손가락을 들어 입술을 쓸어 버렸다. 그 작지만 너무도 친밀한 터치는 순식간에 지나갔다. 보은은 뒤로 한 발물러서며 눈동자가 쏟아질 것처럼 눈을 크게 떴다. 율의 뜨거운 손가락도 허공에 멈추었다. 맙소사, 내가 지금 무슨 짓을 한 거지? 놀란 것은 보은보다 율 자신이 더했다. 먼저 긴장을 깬 것은 율이었다.

"스크래치 난 것은 나중에 얘기합시다."

보은에겐 율의 목소리가 아무런 감정 없이 들렸을 것이다. 온몸의 기운을 다 쥐어짜서 무심한 목소리를 내느라 율의 심장은 또 불규칙적으로 뛰다가 말다가 하는 것 같았다.

"난 지금 가 봐야 합니다. 기사 불렀는데 오다가 죽었나 할 거예요."

보은은 얼어붙은 듯하다가 겨우 천천히 대꾸했다.

"네, 죄송해요. 일하셔야죠."

살얼음이 지지직 미세한 금을 내며 갈라지듯 표정이 억지로 풀어졌다.

"이보은 씨도 여기 입원한 분이 있어서 오는 거죠? 미시즈 황이 말씀하시더군요."

율은 보은을 자리에 세워 둔 채 먼저 뒤돌아섰다. 출구 쪽으로 걸음을 옮기려던 그는 보은을 돌아보며 말했다.

"이제 우리 모르는 사람 아니죠?"

어리둥절해하는 걸 보니 보은은 아까 그의 차 안에서 자신이 했던 말을 잊어버렸나 보다.

"모르는 사람한테 그런 취급 받아서 기분 나쁘다고 했었잖아요."

"아, 네……."

"그런데, 이보은 씨는 내 이름 알아요?"

"죄송해요. 미스터 최라고만······."

이번엔 율의 표정이 흔들리며 가벼운 한숨이 섞여 나왔다.

"최율, 입니다."

목소리도 확실히 떨렸다. 보은이 그 이름을 입속으로 되뇌어 보다가 말했다.

"빨리 내려가세요. 부르신 분이 기다리시겠어요. 전 저쪽 엘리베이터 타고 올라가야 해요."

율은 고개를 끄덕였다. 비에 젖어 채 마르지 않은 보은의 어깨에 눈길이 머물렀다. 얇은 여름 티셔츠 밑으로 속옷의 가느다란 끈이 비쳐 보였다. 율은 가슴이 갑자기 뻐근하게 아파 오고 배꼽에서 뜨거운 열이 올라오는 것 같았다. 얼른 돌아서서 몇 걸음을 걸었다. 응급실 출구 문을 밀며 뒤를 돌아보니 보은은 벌써 엘리베이터 쪽으로 갔는지 보이지 않았다.

지하 주차장에 세워 둔 차를 출발시켜 병원을 빠져나온 지 한참 되었을 때 핸드폰 액정에 사촌 형 남선의 이름이 떴다.

— 야, 최율. 지금 어디야?

"집에 가."

— 근데 아깐 왜 병원에 형수 태우러 간다고 말했어?

"그땐 그럴 참이었지."

— 정말이야?

"맘대로 생각해. 근데 왜, 형?"

— 형수님 전화 왔었어. 너랑 통화 안 된다고. 네가 태우러 가는 거 모르시던데? 약속도 한 적 없다며?

"그래."

— 뭐야, 너?

"끊자."

율은 핸드폰의 전원을 아예 꺼 버렸다. 사촌 형이 의심하는 대로 율은 형수를 태우러 병원에 갈 생각이 없었다. 식당에서 보은이 테이블 위에 꺼내 놓은 핸드폰의 화면에 낯익은 국번의 전화번호가 뜨는 것을 봤었다. 율에게는 익숙한 대학병원의 국번이었다. 형수가 항상 쓰는 전화번호의 국번이었으니까. 율은 보은이 병원으로 가려는 것을 알았고 먼저 일어나 그녀를 기다렸을 뿐이다.

보은을 병원 엘리베이터 앞에서 다시 보고 벼락을 맞은 듯 충격을 받았던 날 이후 율의 심장 좌심방 우심실 밑에는 매일 매 시간 보은을 떠올리도록 만들어진 방이 따로 생겨났다. 결혼할 뻔한 남자가 있었다는 것과 연하의 수강생이 그녀를 짝사랑한다는 것을 알았으며 병원의 홍 선생이라는 자도 눈길이 수상쩍은 것 같았지만 보은의 마음은 그들과는 상관없는 것으로 보였다. 한 달 반이나 지나고서야 학원에 찾아가 무료 수강권 운운하며 보은에게 뜬금없는 수작을 걸었던 것은 순전히 그녀에게 모터사이클 탄 남자가 있다는 것을 알았기 때문이었다. 그 라이더가 가족일 수도 있고 단순한 친구일 수도 있었다. 그러나 율의 이기적인 마음 한쪽에는 목적도 성취동기도 있을 수 없는 감정에 무모하게 덤비기 싫다는 자존심이 있었다. 이 역시 결벽증이라고 할 수도 있었지만 모터사이클 라이더와 보은이 가족이나 단순한 친구가 아니라는 것에 평생 무료 수강권을 걸 수도 있었다. 율은 여자의 남자관계를 신경 쓰면서까지 번거롭고 귀찮아지기 싫었다.

그럼에도 불구하고 율은 제 발로 학원을 찾아가 제대로 보은에게 수작을 걸었었다. 출석이 뜸하던 보은이 다시 학원에 나온 것은 건축사무소에서 들여다본 학원 내부 전산망을 통해 알았다. 마침 지나가던 미시즈 황까지 이용해 자신의 존재를 보은에게 각인시켰다. 오지랖 넓고 수다스러운 백발의 할머니는 다른 수강생들에게 율에 대해 말했을 것이 분명하다. 뭐라고 전했을지는 모르겠지만 어쨌든……. 모터사이클 라이더가 보은과 어떤 사이든 그날 율이 학원에 다시 간 것은 어디 한 번 시작해 보자는 마음에서였다. 결벽증이든 자존심이든 잊어버리고 그렇게 하지 않으면 정말 그 여자 때문에 병이 날 것 같았기 때문이다.

그리고 오늘, 이 찜통더위로 푹푹 찌는 날씨에 율은 신중하게 고른 정장 수트를 입고 보은의 옆자리에 앉았다. 미시즈 황이 가운데에 끼어 앉은 것처럼 되었지만 그런 시작도 나쁘지 않다고 생각했다. 보은이 원하는 대로 우연한 만남처럼 보였을 테니까. 소득도 있었다. 보은에게 이젠 애인이 없다는 것을 알았고 우발적인 자전거 사고까지. 원인을 따지자면 케일럽 때문에 기분이 상한 자신에게 있었지만 결과적으로 보은은 최율에게 갚아야 할 빚이 생겼다. 아버지의 차에 난 스크래치는 아주 천천히 고치게 될 것이다.

도대체 이보은이 나를 이렇게 휘두를 수 있는 힘이 무엇일까? 빛나는 미소 같은 건 다른 사람들도 보았을 것이다. 그날 영어 학원에서 그녀의 웃음을 본 사람들이 모두 나 같은 충격을 받고 같은 감정을 느꼈을까? 물론 그럴 리 없다. 그러면 한 시간 전 비에 젖은 도로 위에서 그녀가 자전거 탄 남자를 부축하고 달래는 것을 본 사람들은 모두 나처럼 감탄했을까? 감탄은 했어도 그녀의 젖은 머리칼을 쓸어 올려 주고 싶지는 않았을 것이다. 그녀는 친절하고 선하면서 침착한 사람인 것 같았다. 아무도 보지 못한 그녀의 무엇을 나는 본 것일까? 아니면 모두가 보았으면서 아무도 의미를 두지 않았던 것에 나만 의미를 두고 있는 걸까? 율은 지금 집 앞에 도착해서도 차고에 들어가지 않고 운전석에 앉은 채 생각에 잠겼다. 그러다가 문득 자신이 집게손가락을 잘근잘근 깨물고 있다는 것을 깨달았다. 차가운 녹차 방울에 젖어 서늘하고도 촉촉했던 보은의 입술을 기억하는 손가락이었다.

　이보은, 너 때문에 스크래치가 난 건 조수석 문 따위가 아니라 이 손가락이라고. 네 입술을 스치는 순간 내 손가락에 스크래치가 났다고. 율은 보은의 입술이 닿았던 집게손가락을 슬그머니 깨물었다.

　율은 건축설계를 공부하면서 여행을 많이 다녔었다. 국내를 도보로 여행하거나 외국으로 배낭여행을 갔을 때도 아름다운 건물들과 집들을 구석구석 찾아다녔다. 그러면서 한 가지 깨달게 된 것은 풍경에 어울리는 집을 지어야 한다는 것이었다. 산과 들과 강에 어울리는 집이기도 해야겠지만, 번잡한 도시 한가운데 짓는 집은 그 거리의 풍경에 어울리게 지어야 하고 주택가에 짓는 집은 다른 집들을 깔보거나 불편하게 만들지 않는 집이어야 한다고 생각했다.

마주 앉은 이 노부부는 조용한 시골 마을에 그들의 마지막 집을 지으려 하고 있었다.

"고속도로가 너무 막혀 국도로 빠졌다가 발견한 땅이에요. 몇 년 사이에 동네가 다 변해서 길을 잃어버리고 저 길 끝까지 나가면 큰 도로가 나오겠지 하고 갔는데, 가다 보니까 산이며 논밭이며 주변이 정말 좋더라구요. 아늑하고 따뜻하고 편안하고……."

설계를 의뢰한 집이 들어설 동네에 대해서는 60대 중반의 아내가 설명했다. 그렇게 해서 노부부는 그 동네에 땅을 샀다고 한다. 남편의 고향에서도 멀지 않고 친지들도 찾아오기 불편하지 않은 동네라고 했다.

"집터 뒤에 야트막한 산이 하나 있는데 거기에 잘 어울리는 외관이면 좋겠어요. 땅이 삐뚤고 길쭉한 것이 좀 힘들긴 하겠지만 그 속에 집이 딱 들어앉은 것처럼 짓고 싶거든요."

아내만큼이나 말투가 사근사근한 남편의 말이었다.

"아까 이이도 얘기했지만 우리 손주들이 놀러 왔을 때 소풍 오듯이 왔으면 좋겠어요. 건물보다 마당이 더 예쁜 집 있잖아요."

남편이 아내의 손 위에 주름진 자신의 손을 겹치며 토닥였다.

본격적으로 설계를 의뢰한 노부부는 다정히 손을 잡고 사무실을 나갔다.

"참 보기 좋은 부부네요. 나이가 들어도 저렇게 늙을 수 있으면 좋겠습니다."

테이블 위에 놓인 빈 찻잔들을 치우며 김철수가 말했다. 아직 신혼인 김 기사는 창밖으로 노부부가 나란히 걸어가는 것을 굳이 내려다보기까지 한다.

"그러네."

말투는 심드렁하게 들렸겠지만 율도 같은 생각이었다. 보은은 저 나이만큼 늙으면 어떤 모습일까? 율은 문득 30년 뒤 자신의 주름진 손을 깍지 낀 채 나란히 서 있을 할머니 이보은을 상상했다.

보고 싶었다. 자전거 사고가 났던 날 이후 보은과 따로 연락을 주고받은 것은 아니었다. 율은 보은의 전화번호와 집 주소와 생년월일과 취미까지 알고 있었지만 보은은 자신에 대해 무엇을 알고 있는지 알 수 없었다. 겨우 이름 하나 알고 있을 거라는 생각을 하니 은근히 화가 나며 투덜거리고 싶어졌다.

지금쯤은 나한테 먼저 전화해야 하는 거 아냐? 율은 보은이 그다음 날 당장 학원을 통해 자신에게 연락해 올 줄 알았다. 문짝을 아예 우그러뜨려 놓을 걸 그랬다. 율은 스크래치 난 자국을 볼 때마다 핸드폰을 만지작거렸다. 도대체 보은이 무슨 생각을 하고 있는지 어떻게 지내고 있는지 알 수가 없어 답답했다.

학원의 관리자 자격으로 볼 수 있는 전산망으로는 보은이 그럭저럭 출석하고 있는 것으로 체크되었다. 온라인 학습은 꼬박꼬박 잘 하고 있었다. 율은 자전거 사고 이후 일주일 가까이 사무소 일이 바빠 학원에 가 보지 못했고 보은이 수업을 마치고 나오는 9시에도 항상 야근으로 묶여 있어야 했다.

설마, 그깟 스크래치 난 것쯤이야 하고 잊어버린 건 아니겠지? 너 정말……. 한 번 그렇게 생각을 몰아가자 조바심이 바짝 났다. 도대체…….

"소장님, 방금 저한테 말씀하셨어요?"

김철수가 갑자기 물었다. 속으로만 낮게 내뱉은 말이 들린 모양이다.

"아니야. 김 기사, 점심 먹어야지?"

얼른 화제를 돌리며 일어선 율은 자동차 키를 챙겨 들고 사무실을 나왔다. 바깥쪽 사무실에 앉아 있던 김기영과 직원들도 점심 메뉴를 고르고 있었다.

"나 지금 나가. 일 보고 바로 퇴근한다."

"어, 최 소장. 평창 별장 건은 어쩌고? 오늘 결정할 거 아니었어?"

김기영이 물었다.

"그 집 부부한테 인테리어 책 열 권은 더 보라고 해. 내일이면 또 맘 변할 사람들이야."

"맘 변하면 짓다가도 부수고 다시 짓는데 설계 도면쯤이
야, 뭐."

김기영이 그렇게 말하며 돌아보았지만 율은 벌써 나가고 난
뒤였다.

"입에 맞으신다니 다행이네요. 감사합니다."

다시 느끼는 거지만 여학생은 정말 목소리가 또랑또랑했다.
칭찬의 말이나 호의가 담긴 말에는 무조건 감사하고 고맙다는
인사를 큰 소리로 붙였다. 보은은 여학생, 아니 윤나라가 군인
이나 아나운서 부모님을 두지 않았을까, 또 생각했다.

"우리 손자 친구라 그런지 성격이 참 시원시원하고 싹싹
하네."

할머니도 나라 앞에서는 괜한 트집을 잡거나 고집을 부리지
않았다. 나라는 빈 전복죽 그릇을 옆으로 치우고 이번에는 식
혜를 작은 대접에 부어 식판 위에 올려놓았다. 을식이가 숟가
락으로 밥알을 건져 할머니 입에 넣어 드렸다. 할머니는 식혜
도 넙죽 잘 받아 드셨다.

보은은 공연히 심통이 날 것 같은 자신의 마음에 웃음이 나
왔다. 돌아가신 할아버지를 간병할 때도 느꼈었던 거지만, 이
렇게 문병을 오는 사람들에게 고맙기는커녕 은근히 심술이 나
고 속상해지는 경우가 간병하는 사람들에게는 가끔 있었다. 할
머니도 지금 그렇지만, 환자들이 정작 하루 종일 옆에 붙어 수
발드는 사람은 무시하고 가뭄에 콩 나듯 문병 오는 사람의 말

을 더 잘 듣고 좋아할 때가 있었다.

"우리 할머니, 이렇게 잘 드실 걸 아침엔 왜 그렇게 심술을 부리셨대요? 나보다 을식이 여자 친구를 더 좋아하시네."

나라에게 들으라는 듯 웃음 띤 보은의 말에 엉뚱하게도 을식이가 얼굴을 붉혔다. 보은은 그 모습이 어이가 없다가도 나란히 선 두 사람을 흐뭇하게 바라보았다. 그러면서 마음 한구석에 바람이 지나가는 것을 느꼈다. 뭐야, 너 섭섭한 거야?

"저것이 이젠 할미 머리 꼭대기에 올라가려고 하네. 너도 네 어미 따라 하냐?"

할머니의 타박은 늘 어머니에게로 향한다. 보은은 회사에서 열심히 직원들을 진두지휘하고 있을 어머니의 귀가 갑자기 간지러웠을 거라고 생각하며 또 웃었다.

"허파에 바람이 들어갔나, 실성한 년처럼 왜 자꾸 실실 웃어? 주식이 휴지라도 됐니?"

우아하고 부드러운 목소리로 말은 그리 험하게 하시니 계속 웃을 수밖에.

"언니, 여긴 저희가 있을 테니 언니도 점심 드시고 오세요."

나라가 여전히 싹싹한 목소리로 보은을 보고 말했다.

"그래, 누나. 밥 먹고 와. 아님, 집에 가서 좀 쉬다가 저녁에 오든지."

그 말을 하면서 을식이는 왜 나라를 쳐다보는지 모르겠다. 허락이라도 구하는 걸까? 보은은 고맙기도 하면서 조금 전처럼 찬바람이 가슴속을 지나가는 것을 느꼈다. 두 사람이 걱정

말라고 하는 것을 등 뒤로 들으며 보은은 병실을 나왔다.

　호스피스 병동에서 지하 식당으로 가는 길은 지하 주차장을 사이에 두고 있다. 사람들의 왕래가 많은 일반 병동과는 따로 떨어진 곳에 호스피스 병동을 만들었기 때문이다. 보은은 지갑과 핸드폰만 손에 들고 슬리퍼를 끌며 지하 식당으로 들어갔다. 사람들이 붐비고 있어서 선뜻 들어가고 싶지가 않았지만 제때 챙겨먹지 않으면 어지러운 저혈압 증세가 있는 보은은 식판을 들고 줄에 섰다. 이곳 식당은 뷔페처럼 되어 있어서 자신이 원하는 음식 접시를 골라 줄 끝에서 계산을 하도록 되어 있었다.

　오늘은 따뜻한 호박죽이 인기였다. 빈 항아리를 내리고 새로 가득 담아 온 호박죽을 테이블 위에 올려놓던 조리사의 눈이 한 남자에게로 가닿았다. 나이 든 여자의 눈으로 보기에도 그 젊은 남자는 잊을 수 없는 인상의 준수한 용모였는데, 조리사의 눈이 그 남자에게 머물렀던 이유는 남자가 한 시간 가까이 계속 식당 입구의 벽에 붙어 서 있었기 때문이다. 쏘아보는 듯한 눈이 식당에 들어오는 사람들을 주시하는 걸로 봐서는 누구를 기다리는 것 같기도 하고 찾는 것 같기도 했다. 혹시 잠복 경찰인가? 남자의 눈빛 때문에 든 생각이었다. 조리사는 남자의 날렵한 얼굴을 한 번 더 흘깃 쳐다보고는 돌아서려고 했다. 그때 남자가 한 여자를 발견하고는 바짝 뒤로 따라붙는 것이 눈에 들어왔다. 그리스 석상처럼 한자리에 붙어 서 있던 잘생긴 남자가 목표물을 찾은 듯 갑자기 움직이니 조리사의 호기심 어린 눈도 그를 따라 움직였다. 남자는 줄 서 있던 여자의 슬리퍼 뒤축을 확 밟는 것 같았고, 줄을 따라 걸어 나가던 여자는 앞으로 고꾸라지며 식판을 놓치는 것 같았다. 순간적으로 남자는 긴 팔을 앞으로 뻗어 뒤에서 여자의 식판을 잡았다. 하지만 이미 불고기 접시가 엎어지며 남자의 왼쪽 옷소매를 더럽힌 뒤였다. 저 남자 지금 뭐하는 거야? 조리사는 자신이 본 상황에 어리둥절해하며 서 있다가 다른 조리사가 부르는 바람에 고개를 젓고 제자리로 돌아갔다.

"어떡해. 죄송합니다. 괜찮으세요?"

보은은 황급히 뒤를 돌아보았다. 시야에 들어오는 남자의 긴 와이셔츠 소매가 불고기 국물로 젖어 버렸다. 보은은 줄에서 빠져나와 바닥에 뒹굴고 있는 접시와 식판을 주워 들었다. 얼마나 당황했는지 뜨거운 줄도 모르고 바닥에 떨어진 불고기 덩어리까지 손으로 긁어 식판에 담았다. 사람들의 시선이 잠깐 모였다가 흩어졌다.

놀란 눈으로 뒤에 선 남자를 올려다보던 보은은 얼굴이 확 붉어졌다.

"이보은."

그 남자 최율이 거기 서서 이름을 불렀다. 그는 보은의 팔꿈치를 잡고 식판을 반납하는 줄로 데려가 보은 대신 식판과 그릇을 올려놓는다.

"여긴, 점심 드시러 오셨어요? 아니, 참. 옷을 버려서 어떡해요? 빨리 화장실 가서 씻는 게……. 뜨거웠을 텐데 데지 않으셨어요?"

보은은 경황없이 말을 쏟아 내다가 율이 아무 대꾸가 없자 말을 멈추고 그를 올려다보았다.

이렇게 아랫입술을 살짝 벌리고 멍한 얼굴로 나를 올려다보지 않았으면 좋겠다. 지금 네 표정은 마치, 네 입술을 마셔 달라는 것 같잖아. 율은 보은의 양팔을 잡은 자세로 그녀를 내려다보았다. 보은은 짧은 소매의 옷을 입고 있었던 지라 율의 뜨거운 손끝으로 그녀의 체온이 그대로 느껴졌다.

"일단 여기서 나갑시다. 배고파."

율은 팔을 놓고 성큼성큼 앞장서서 걸었다.

"잠깐만요."

식당을 벗어나 지하 식당가 입구에 있는 화장실 앞까지 왔을 때다. 보은이 발을 멈추고 율을 올려다보았다.

"냄새 날 텐데 소매만이라도 뺀 다음에 입으세요. 날씨가 좋아서 빨리 마를 거예요. 아니면 이 근처 옷 가게에서 와이셔츠 하나 사 드리구요. 괜찮으시면 편의점에 흰 면 티셔츠도 팔던데 그건 안 되겠죠?"

율은 소매를 내려다보았다. 축축한 것보다 냄새가 난다고 하니 안 될 것 같았다.

"이보은 씨도 그 손 씻고 나와요. 그런 다음 꼼짝 말고 여기 기다리고 있어요. 나도 물로 닦아 내기만 하고 나올 테니까. 알았죠?"

보은은 고개를 끄덕였다. 화장실로 들어간 율은 와이셔츠를 벗어 소매 부분만 물로 씻어 냈다. 아직 네가 내 옷을 빨아 주겠다고 할 만큼 우리 사이가 가깝진 않지? 떡 줄 사람은 생각지도 않는데 김칫국부터 들이키는 꼴이 바로 이런 거겠지 싶어서 율은 웃음이 피식 나왔다. 그러면서도 지금 밖에서 보은이 자신을 기다리고 있다는 사실이 기분 좋았다. 기다리라는 말에 착한 학생처럼 고개를 끄덕이던 모습이 사랑스러웠다. 그 짧은 순간에 이런저런 해결 방법을 생각한 머리도 귀엽다고 할 수 있었다. 율은 거울에 비친 제 모습을 마주 보고 핸드폰을 꺼냈다. 머리카락을 매만지며 전화 통화를 마치고 밖으로 나왔다. 보은은 똑같은 자리에 붙박인 듯 서 있었다.

"축축하지 않으세요? 새로 사 입지 않아도 괜찮으시겠어요?"

"내가 시간이 없어서 밥부터 먹어야 하는데……."

널 어디로 데려갈까? 얼마나 멀리 갈 수 있을까?

"저어, 병원 바로 앞에도 음식점 많은데 거기로 가실래요? 식당에 사람이 너무 많네요. 제가 사 드릴게요."

밥 한 끼로 차 수리비 때우려고? 율이 보은을 가만히 내려다보기만 하다가 순순히 대답했다.

"그래요. 근데, 난 바로 차 갖고 나가야 하는데……."

율이 슬쩍 손목시계를 들여다보았다. 보은이 앞장을 섰다. 어려울 것 없다는 표정으로 돌아보며 씩씩하게 말했다.

"병원 후문 바로 옆에 있는 순두붓집 가실래요? 거기 정식이 맛있어요. 든든한 거 사 드릴게요. 주차하기도 괜찮으니까 차 같이 타고 나가서 드시고 바로 가세요. 전 걸어서 들어오면 되니까요."

우리 보은이 마음씨도 참 착하네. 근데, 아무 남자한테나 그러진 말고.

율은 보은을 주차장으로 데려갔다. 율의 차를 눈으로 찾아보던 보은은 지난번의 검은색 대형 세단이 아니라 SUV로 데려가자 의아한 표정으로 율을 쳐다보았다. 율은 조수석에 보은을 먼저 태우고 안전벨트를 매는 것을 본 다음 운전석으로 올라탔다. 차를 출발시켜 병원을 벗어나자 후문이 바로 보였다. 아마, 저기 어디쯤 있는 식당이겠지? 율은 신호등이 노란 불로 바뀌자마자 액셀에 있던 발을 일부러 브레이크로 옮겼다. 노란 신호등에 더 빨리 달릴 줄 알고 속도를 높이며 따라오던 뒤차가 끼익, 하고 황급히 멈춰 섰다. 그 뒤의 차들도 사거리를 통과할 줄 알고 달려오다가 급정거할 수밖에 없었다.

직진 신호가 떨어지기 전에 전화가 와야 할 텐데. 율의 생각을 읽은 듯 핸드폰이 바로 울렸다. 올리비아의 목소리가 달로 데려가 달라고 노래하는 '플라이 투 더 문'이 흘러나왔다. 보은이 자신의 핸드폰을 받으려다가 놀란 눈으로 율을 돌아보았다.

"네, 최율입니다."

— 김기영이야.

"네, 어떻습니까?"

— 어? 아까 왜 전화해 달라고 했나?

"아, 그렇습니까?"

— 5분 뒤에 네가 전화해 달라고 했잖아. 최 소장, 뭐 잘못

116

먹었냐? 웬 존댓말?

"결국 그렇게 됐군요. 알겠습니다."

— 야, 무슨 용건이냐고?

"그건 제가 현장으로 바로 가 봐야 알겠네요. 어쩔 수 없죠. 그럼, 수고하십시오."

율은 김기영이 더 큰 소리로 떠들기 전에 바로 전화를 끊었다. 그리고 직진 대신 좌회전 차선으로 차를 돌려 세웠다. 좌회전 신호와 직진 신호가 동시에 떨어지고 차들이 움직이기 시작했다. 율은 액셀을 밟은 발에 힘을 주었다.

"일이 바쁘신가 봐요."

보은이 말하는 중에 이미 병원 후문은 저만치 뒤로 멀어졌다.

"저는 그냥 내릴게요. 옷 버린 건 다음에."

"미안한데."

율은 보은의 말을 잘랐다.

"내가 지금 차를 돌리기가 좀 그래서……. 현장에 가서 잠깐 확인만 하면 되는데 같이 갈래요?"

"식사도 못 하시고 어떡해요?"

"거기도 맛있는 점심 먹을 데 많아."

혼잣말을 하듯 중얼거린 율은 보은의 대답도 기다리지 않고 속력을 내어 달렸다. 흘깃 눈을 돌려 보니 역시 불안한 표정이었다. 조그만 입술을 꼭 다물고 이리저리 도로를 살피는 모습이 여기 어디쯤에 내려 달라고 해야 할지 보고 있는 모양이었다. 마음이 급해진 율은 좀 돌아가더라도 빨간 신호등이 걸리지 않는 길을 따라 목적지로 향했다.

한여름은 벌써 지나고 이제는 제법 가을 분위기가 나기 시작한 도로에는 성질 급한 코스모스가 몇 송이 피어 있었다. 차는 경기도 외곽의 한적한 도로를 계속 달렸다. 드문드문 마을이 보이고 초가을 햇빛 아래 반짝반짝 빛나는 나무들이 줄지어 늘어섰다. 차 안에는 침묵이 흘렀다. 돌아가겠다거나 세워 달라거나 하는 말이 없는 것으로 보아 이제는 보은도 포기하고 따르기로 한 듯싶어 율은 긴장이 좀 풀어졌다.

"잠깐만 돌아보고 밥 먹고 데려다 줄게."

"네. 괜찮아요."

아닌 척하지만 보은의 목소리에는 경계심이 잔뜩 깔려 있었다. 널 불안하게 하긴 싫은데. 율은 조금 미안한 생각이 들어 말했다.

"최대한 빨리 병원까지 데려다 줄게요."

다행히 목적지가 눈에 들어왔다. 설계를 의뢰한 노부부가 말한 대로 집터 뒤로 경사진 산자락이 있었고 언덕이 집터를 감싸듯 아늑하고 포근한 필지였다. 사진으로 보았을 때보다 좀 더 길쭉한 지형이었지만 집을 짓기에 나쁘지만은 않았다. 손주들이 소풍 오듯 놀러 올 수 있는 집을 짓고 싶다던 마음이 그제야 이해되었다. 이곳에 집을 짓는다면 마당이 아주 재미있는 집이 될 것 같았다.

"여기예요."

율은 보은의 안전벨트를 직접 풀어 주려다가 그러면 더 겁을 먹겠지 싶어서 혼자 먼저 내렸다. 보은도 얼른 따라 내렸다.

"오늘 꼭 여기를 확인해야 해서."

그랬었나? 어쨌든 율은 겸사겸사 차의 뒷자리에서 대략적인 구상안이 그려진 도면 몇 장을 꺼냈다. 아직 모눈종이 위에 집터를 대충 그리고 그 도형 안에 건물을 이리저리 앉혀 본 설계도지만 두어 달 뒤에는 구체적인 평면도가 나올 것이다. 율은 대지를 이리저리 살피며 도면에 그려진 방위와 경사를 다시 한 번 확인해 보았다. 뒤에서 기다리는 보은이 신경 쓰여 율은 스마트폰으로 현장 사진을 몇 장 찍은 후 차가 서 있는 곳으로 돌아왔다.

보은은 초가을의 따가운 햇살이 부담스러운지 한 손을 이마에 대고 이쪽을 쳐다보고 있었다. 가까이 다가가니 안색이 좋지 않아 보였다.

"어디 안 좋아요?"

율이 걱정스럽게 물으니 보은이 좀 수줍은 듯이 웃으며 대답했다.

"좀 어지러워서요. 배고프면 그렇거든요. 빈혈은 아니구요."

"배고파요?"

"네, 많이요. 배 안 고프세요?"

보은과 나누는 이 아무렇지 않은 대화가 율은 좋았다. 율은 바닥이 경사지고 울퉁불퉁한 땅 때문에 허리를 더 낮춰 보은의 눈을 들여다보았다. 가만히 그 눈빛을 받고 있던 보은이 금방 고개를 떨군다.

"밥 먹으러 가자."

몸을 휙 돌리며 앞장서서 율이 큰 소리로 말했다. 뒤에서 쳐다보는 보은이 느껴졌다. 또 말 잘 듣는 학생처럼 자신을 따라오고 있을 보은이 눈앞에 그려져 당장 뒤를 돌아보고 싶었지만 율은 그러지 않았다. 입을 헤벌쭉 벌리고 바보처럼 웃고 있는 이 모습을 보은에게 보여 주기 싫었다. 아직은 자신이 보은을 긴장시키고 두려워하게 할 수 있는 존재라는 사실을 마음껏 즐기고 싶었다. 최율, 너 참 나쁜 놈이야. 율은 웃으며 차에 시동을 걸었다.

두 사람은 동네 입구에 있는 기사 식당으로 들어갔다. 병원 식당에서 보은이 불고기 접시를 집던 것이 생각난 율은 한우 불고기 정식을 주문했다. 곧 푸짐한 채소와 나물 반찬과 함께 불고기 정식이 상 위에 차려졌다. 보은이 수저를 율 앞에 먼저 놓아 주었다.

"스크래치 난 건 어떻게 할 겁니까?"

하얀 쌀밥을 한 숟가락 뜨다 말고 율이 불쑥 물었다. 보은이 당황해하는 모습을 보고 싶어서 물었는데 보은의 반응은 뜻밖이었다.

"문자 남긴 거 못 보셨어요?"

율과 보은 모두 숟가락질이 멈추었다.

"언제요? 무슨?"

"학원에 물어서 최율 씨 전화번호 알아낸 다음 문자 두 번이나 남겼었는데요. 사고 난 다음 날, 또 그다음 날에요."

율은 당장 핸드폰을 꺼내 문자 메시지를 열어 보았다. 광고와 사무소와 가족들 문자를 모두 넘기고 나니 자전거 사고가 난 바로 다음 날 점심시간쯤에 모르는 번호로부터 문자가 온 것이 있었다.

자전거와 사고 냈던 이보은입니다. 은행 계좌번호를 보내 주시면 차 수리비를 입금시켜 드리겠습니다. 다시 한 번 죄송합니다.

율의 얼굴이 무섭게 굳어졌다. 그다음 날 또 점심시간에 문자가 들어와 있었다.

어제 문자 드린 이보은입니다. 바쁘신 것 같아 제 임의대로 차 수리비를 넣어 드렸습니다. 다른 이상이나 부족한 점이 있으시면 연락 주세요. 번거롭게 해 드려 죄송합니다.

율은 표정이 완전히 얼어붙었다. 입속으로 나직이 욕을 내뱉었다. 그러니까 이 여자는 이따위 문자 메시지 두 개로 나를 완전히 정리하고 있었던 거다.
"내 계좌번호는 어떻게 알았습니까?"
목소리에는 아무 감정이 묻어 있지 않았다.
"학원에 갔을 때 예전에 최율 씨가 아르바이트비도 받으셨을 테니까 혹시 계좌번호가 있나 싶어 물어봤어요."
"아르바이트요?"

율이 고개를 들어 보은을 뚫어지게 쏘아보았다.

"네. 마침 접수대에 나와 있던 원장님이 무슨 일이냐고 물으시기에 차 문에 스크래치 낸 걸 얘기하니까 최율 씨 계좌번호를 가르쳐 주시던데요."

망할 최남선. 형은 나한테 죽었어.

"그래서 얼마나 입금했어요?"

율의 눈이 이제는 보은을 잡아먹을 듯 노려보았다. 보은의 눈동자가 흔들렸다.

"그때 몰고 나오신 의사 선생님 차, 인터넷이며 대리점에 알아보니까 스크래치 난 거 수리하는 것만 해도 금액이 생각 외로 커서 일단 제가 할 수 있는 만큼은 입금했어요."

그러면서 이 순진한 여자가 입금한 돈을 말하는데 율은 들고 있던 숟가락을 떨어뜨릴 뻔했다.

"금액이 아무래도 부족한가요? 회사에서 많이 곤란하셨어요? 의사 선생님이 화 많이 내시던가요?"

보은이 입금한 금액은 너무 많았다. 사실 그 차에 스크래치가 난 것은 오래전의 일이다. 율의 아버지는 차에 그깟 흠집이 난 걸로 유난 떠실 분이 아니다. 그리고 아버지 차에 스크래치가 난 것을 왜 율의 회사나 형수가 뭐라 하겠는가. 율은 뭔가 보은이 잘못 알고 있는 것이 있다는 생각이 들었다.

대답은 하지 않고 율이 자신을 빤히 쳐다보고 있으니 보은의 얼굴이 걱정으로 점점 굳어져 갔다. 그러거나 말거나 율은 지금 마음으로는 보은을 벌주고 싶었다. 전화도 한 번 제대로 안 걸어 봤으면서 내가 바쁜지 안 바쁜지 제가 어떻게 알고 문자 단 두 통으로 나를 정리해 버렸단 말인가. 오늘은 또 어떻게 우연히 널 만나서 놀라게 해 줄까 즐거운 상상을 하며 병원까지 찾아갔다가 할머니가 그새 호스피스 병동으로 옮겼다는 얘기를 들었었다. 일반 병동도 아닌 호스피스 병동에서는 너를 만나도 형수 핑계를 댈 수 없다. 점심시간에 밥은 먹으러 나오겠지 싶어 행여나 하고 한 시간이나 식당 문 앞에서 기다렸었다. 그저 농담인지 모르겠지만 미시즈 황에게 우연한 만남이 좋다고 말했던 게 생각나 줄에 서 있는 너를 일부러 넘어지게까지 했다. 그리고 지금 이게 너와의 첫 데이트라고 나는 생각하고 있는데…….

"저기, 최율 씨."

"뭡니까?"

율의 목소리는 자신의 귀에도 얼음장처럼 차갑고 모질게 들렸다. 율은 눈을 감은 채 숨을 깊이 들이마셨다. 다시 보은을 쳐다보며 천천히 말했다.

"금액은, 부족하지 않습니다."

"다행이네요."

보은은 조심스럽게 수저를 들어 밥을 뜨고 불고기도 집어 올린다. 율도 말없이 식사를 계속했다. 두 사람은 침묵 속에서 점심을 먹었다. 정말 배가 많이 고팠는지 보은은 밥 한 그릇을 율보다 먼저 다 비웠다.

"더 먹겠습니까?"

율이 여전히 무뚝뚝한 목소리로 물었다.

"아뇨. 이젠 됐어요."

보은은 물을 마셨다.

"그런데, 전화번호 바뀌었어요?"

율이 물었다. 아아, 하고 보은이 눈동자를 한 번 굴리더니 대답했다.

"백화점 상품권이 생겨서 핸드폰을 바꿨어요. 번호도 바뀌었구요."

"그러면 학원에도 바뀐 번호 알려 주십시오."

보은이 알았다고 대답하는 것을 들으며 율은 자신의 핸드폰을 꺼냈다. 보은의 문자를 다시 찾아 '카페라떼'라고 이미 저장된 이름을 그 위에 덮어씌웠다. 병원에서 보은을 본 날, 그녀는 하얀 블라우스에 연한 커피색의 팔랑거리는 스커트를 입고 있었다. 간호사가 그녀를 불러 세울 때 핑그르르 돌며 돌아보던 그 모습을 율은 평생 잊지 못할 것이다. 그 모습은 마치 머그잔 속의 카페라떼, 우유 크림이 곡선을 그리는 모습 같았다.

"난 모르는 번호나 쌓여 있는 문자 같은 거 잘 확인 안 해요. 앞으로는 꼭 전화를 걸어요. 안 받을 일도 없겠지만 혹시라도 그럴 일이 있으면 꼭 다시 걸구요. 알겠어요?"

율의 목소리는 아까보다는 누그러졌다. 보은은 약간 멍한 표정으로 율을 쳐다보며 네, 하고 대답한다. 그 모습이 또 말 잘 듣는 아이처럼 착하고 순해 보여서 율은 할 수 없이 픽 웃어 버렸다.

"밥도 사고 커피도 사요."

보은이 그 말에 냉큼 일어나 계산대로 향한다. 율은 느긋이 일어나 밖으로 나왔다. 보은은 아마 앞으로 또 볼 일이 뭐 있겠나 싶을 거다.

보은아, 너 아직 나한테 빚 덜 갚았어. 한참 남았어. 율은 차에 시동을 걸고 식당 마당에 서 있는 보은을 기다렸다. 병원의 가족에게 전화하는 듯 미간을 살짝 찌푸리고 걱정스러운 표정으로 통화를 하고 있었다. 바로 들어가 봐야 하는 건 아니겠지? 율은 어째서 보은이 병원에 살다시피 하며 간병을 하는지 궁금했다. 율이 알기로는 보은이 따로 직업을 가지고 있는 것도 아니고 학교도 고등학교 졸업이 다였다. 또래의 젊은 여자들치고는 흔치 않은 경우라는 생각이 들었다. 저녁 시간에 드문드문이나마 영어 학원에 나오는 것이 그녀의 유일한 외출 같았다.

그래, 가끔 오토바이 탄 그 남자도 만났었겠지. 그 생각을 하면 율은 어쩔 수 없이 불안해졌다. 헤어졌다는 옛 남자나 연하의 수강생, 영어 강사 케일럽까지는 율이 신경 쓰지 않아도 되거나 어느 정도 율의 사정권 안에 있었다.

그래도 이젠 안 만난다니 다행이다. 그 점을 알게 해 준 미시즈 황에게는 정말 고마운 마음이 들었다.

"아까 운전하면서 보니까 이 동네에도 아담한 커피 가게가 있더군요. 원두를 직접 볶아서 내리는 집 같던데. 오늘 커피 한 잔도 못 마셔서 난 지금 당장 마셔야겠어요."

율은 보은이 타자마자 차를 출발시켰다. 빨리 돌아가야 한다는 둥 다른 소리를 아예 못 꺼내게 해야지. 다행히 보은은 별말이 없었다.

이웃한 가게 없이 국도 변에 덩그러니 서 있는 작은 커피 가게는 주인이 혼자 커피를 내리고 간단한 빵과 과자도 직접 구워서 내오는 집이었다. 커피 볶는 냄새보다 빵 냄새가 더 구수하고 달콤했다. 율은 카페라떼를 주문하고 보은은 오렌지주스를 시켰다. 다른 손님은 없었고 실내에는 올드 팝송이 흘렀다.

"커피 안 좋아해요?"

"싫어하진 않지만 마시면 심장이 너무 두근거려요. 불안해지구요. 오늘도 호스피스 병동에 자원봉사 오시는 분이 한 잔 타 주는 바람에 그냥 받아 마셨어요. 더는 못 마셔요."

"그렇구나. 그런데 할머님이 많이 편찮으세요? 호스피스 병동은 임종을 앞둔 환자들이 적극적인 치료를 포기하고 가는 곳이라고 들었는데……."

율이 조심스럽게 물었다.

"네, 그렇다고 당장 심각하시거나 그렇진 않으세요. 병원에 계신 것만으로도 마음이 편안하신가 봐요. 부모님도 그렇구요. 집에 계시면 할머니도 그렇지만 가족들 모두가 불안할 거예요."

보은이 잠시 희미하게 웃었다가 말을 이었다.

"이런 얘기, 참 이상하게 들리는 거 알아요. 가족이 편하자고 환자를 병원에 방치하는 것처럼 들리지요? 그런데 간병이

3년째 접어드니까 그래요. 할머니가 암이 재발하시기 전엔 할아버지가 10년 가까이 병원, 집을 왔다 갔다 하시면서 누워 계셨거든요. 그땐 저도 어려서 서툴고 힘들었어요."

율은 보은이 이렇다 할 직업이 없는 것이 이해될 것도 같았다. 무슨 사정이 있어 거의 혼자 간병을 해 온 것 같은데, 아무리 가족이라도 젊은 여자에게는 답답하고 끔찍한 일일 것이다.

"영어회화는 왜 배워요?"

화제를 돌리려고 물어본 말이었는데 갑자기 보은의 얼굴이 눈에 띄게 굳어졌다. 주스를 들어 마시던 손이 잠깐 공중에서 멈추었다. 아주 짧은 순간의 일이었고 보은의 표정은 곧 아무 일도 없는 듯 풀어졌지만 율은 그 순간의 멈춤을 놓치지 않았다.

"그건, 다음에 얘기할게요. 별다른 이유가 있는 건 아니지만요."

깊은 뜻이 있어 물어본 것은 아니었고 제대로 된 대답을 들은 것도 아니지만 율은 소년처럼 가슴이 설레는 것을 느꼈다. 다음이라는 말 때문이었다.

"다음에 만나서 얘기해 줘요, 그럼."

율이 저도 모르게 입이 벌어지며 환하게 웃었다. 눈이 마주치자 보은이 고개를 숙이고 괜히 오렌지주스의 빨대를 한 번 휘젓는다. 수줍은 모양이었다.

그래, 보은아. 너도 내가 싫지는 않은 거지? 율은 다음번엔 보은을 어디로 데려갈까 하고 생각했다. 오늘은 바쁘기도 하고 워낙 충동적으로 데리고 나와서 맛있는 것도 못 사 먹이고 좋은 곳에도 데려가 주질 못했다. 더구나 백수인 보은에게 돈을 쓰게 했으니 다음에는 정말 제대로 된 데이트를 하고 싶었다. 자신과 만나는 것을 데이트라고 생각하지도 않겠지만.

"그런데, 이렇게 오래 나와 계셔도 돼요? 근무 시간이잖아요."

"왜? 바빠요? 병원 가 봐야 해?"

너 때문에 오늘은 일찍 퇴근했지만 집에는 늦게 들어가고 싶다.

"병원엔 남동생이 계속 있겠대요. 오늘은요."

그럼 너 내일 들어갈래?

"그게 아니라, 최율 씨가 바쁘시지 않나 해서요. 낮에도 일하시고 밤에도 일하시고, 피곤하시기도 할 거구요."

"밤낮으로 일할 만큼 바쁘진 않아."

"참 부지런하시네요. 열심히 사시구요. 그래도 힘드시겠어요."

보은의 목소리가 퍽 조심스럽게 들렸다. 그냥 인사치레로 하는 말이 아닌 것 같았다.

"왜 힘들다고 생각하지? 다른 사람들도 다 이렇게 사는데."

보은이 머뭇거리며 대답했다.

"그래도 낮에 회사 다니면서 밤에 대리운전까지 하고 그러기는 쉽지 않잖아요."

"대리운전?"

"아, 그럼 개인 차량 기사신가요? 의사 선생님 차……."

율은 그제야 감이 잡혔다. 차 문에 스크래치 난 것 때문에 회사에서 곤란하지 않았냐, 의사 선생님이 화를 많이 내지 않았냐 하는 소리가 무슨 뜻이었는지 이해되었다. 율이 웃음을 속으로 감추고 다시 물었다.

"내가 기사인 건 어떻게 알았어?"

"아, 지난번 병원 지하 주차장에서 제 고등학교 선배님이랑 같이 계시던 여자 의사 선생님도 그렇게 불렀고."

나를 기억한다는 말이야? 율의 몸이 의자에서 몇 센티미터쯤 붕 떠올랐다.

"키샤 환송회 하던 날 원장님도 그렇게 얘기했고, 식당 문 앞에서 다른 기사분이랑 통화하는 것도 얼핏 들었어요."

다른 기사? 아, 건축기사 김철수? 율은 쿡쿡 소리 내어 웃고 싶은 것을 겨우 참으며 살짝 미소만 지었다. 전혀 관심 없는 줄 알았는데 자신에 대해 그런 것까지 기억하고 있는 보은이 너무 예뻤다.

"미시즈 황도 그러셨지만 참 성실하고 부지런하신 분이구나, 생각했어요."

"그 할머니가 뭐라고 하셨는데?"

보은이 또 머뭇머뭇 대답했다.

"글쎄 뭐, 학원 아르바이트도 괜찮지만 제대로 된 직장에 다니게 되어 다행이라고……."

"보은 씨도 그렇게 생각해?"

"네?"

"내 직업. 낮에는 회사 다니고 밤에는 대리운전하고. 어떻게 생각하느냐고."

보은이 시선을 밑으로 내리면서 대답했다.

"아까 말했잖아요. 참 열심히 사시는 분이라고 생각한다구요."

그런데 목소리가 어쩐지 뿌루퉁하니 언짢게 들렸다. 아니나 다를까 고개를 빳빳이 들더니 이렇게 쏘아붙였다.

"근데 왜 은근슬쩍 반말하세요? 병원 식당에서도 저한테 이보은! 하고 부르셨죠? 아무리 저보다 나이가 많으셔도 가깝지도 않은 사람이 그러면 기분 안 좋아요."

율은 기가 막혔다. 아무리 나이가 많으셔도? 갑자기 서른셋밖에 안 된 자신이 팍삭 늙어 버린 기분이었다. 게다가 가깝지도 않은 사람이라니, 아직 그 말이 맞긴 해도……. 그는 보은을 마주 쏘아보며 뚱하게 대답했다.

"그래, 난 너보다 일곱 살이나 늙었어. 최율 씨라고 버릇없이 이름 부르지 마. 앞으로 계속 볼 거니까 반말 쓸 거야."

보은의 눈이 휘둥그레졌다. 입술을 꼭 닫고 있다가 주스를 한 모금 벌컥 마시고는 계산서를 집어 들고 일어났다. 율도 남아 있는 카페라떼를 한 모금에 다 마셔 버리고 보은의 뒤를 따라 밖으로 나왔다.

"너무 늦었어요."

순하지도 않고, 부탁하는 어조도 전혀 아니다. 리모컨을 눌러 차 문을 열자마자 보은이 먼저 차에 올라탔다. 율은 손목시계를 내려다보았다. 병원에서 나온 지 채 두 시간도 되지 않았다. 율은 여전히 차에 타지 않고 운전석 쪽에 서서 보은을 바라보았다. 벌써 안전벨트까지 단단히 맨 채 앞으로 시선을 고정하고 있었다. 정말 저 작은 머릿속에 뭐가 들었는지 알 수 없는 얼굴을 하고 무표정하게 앉아 있었다. 차라리 화라도 벌컥 내면 대꾸라도 하면서 대화가 이어질 텐데……. 율은 할 수 없이 운전석에 올라타 차를 출발시켰다.

"가는 길에 약국이 어디 있나 좀 찾아봐."

보은이 말없이 율을 돌아보았다.

"말 안하려고 했는데, 병원 식당에서 고기 국물 쏟은 자리가 계속 쓰라려."

언제부터 내가 이렇게 거짓말을 잘했지?

"데었어요?"

보은의 목소리에 힘이 빠졌다. 시선이 핸들을 잡고 있는 왼쪽 소매에 가 있었다. 표정도 한결 기가 죽어 있다.

"따가워."

율은 보은의 표정을 확인하자 기분이 흐뭇해졌다.

"게다가, 회사 들어가 봐야 하고 밤엔 손님도 모셔야 하는데 옷이 이러네."

자신의 눈에도 하얀 와이셔츠에 남은 아주 연한 베이지색 얼룩이 너무 보기 흉했다.

"저어, 시간 괜찮으시면 병원 가기 전에 대형 마트라도 들러서 셔츠 한 장 사 드릴게요."

"그래. 운전하는 동안 약국부터 찾아봐."

국도를 천천히 달리는 동안 보은은 율의 팔을 힐끔거리며 쳐다보았다. 율은 보은의 시선이 짜릿하게 느껴졌다. 재채기를 할 듯 말 듯 간질간질 기분이 좋았다.

운이 없게도 약국은 금방 나타났다. 보은은 자신이 가리키는 대로 율이 차를 세우자 기어도 채우기 전에 얼른 내려 약국으로 들어갔다. 율이 시동을 끄고 따라 들어가니 카운터 위에는 벌써 화상 연고와 밴드가 올려져 있고 보은이 계산을 하고 있었다. 머리가 희끗희끗한 노년의 여자 약사가 잔돈을 거슬러 준다.

"소매 올려 보세요."

차마 자신이 율의 팔을 만지기는 어색한 모양으로 보은이 몸을 돌리고 연고와 밴드를 꺼냈다. 율이 가슴이 뜨끔해져서 그냥 서 있자 보은이 눈으로 재촉을 한다.

"그냥 나중에 내가 할게."

들킬 것 같다. 율은 보은이 들고 있는 연고와 밴드를 잡아채려고 했지만 보은의 움직임이 더 빨랐다.

"올리세요."

"아가씨 말 들어요. 화상은 빨리 치료해야 해요."

약사가 보다 못해 한마디 했다. 율은 할 수 없이 왼쪽 셔츠 소매를 걷어 올렸다.

"어디에요?"

보은이 팔뚝을 살피다가 다시 율의 얼굴을 올려다보며 물었다. 율은 대충 한 곳을 가리켰다. 보은이 연고를 약간 눌러 짜서 묻혀 준다. 손으로 문질러 펴 발라 줄 줄 알고 은근히 가슴이 두근거리는데 그냥 서 있기만 한다. 아무래도 아직은 그런 접촉조차 거북한 거겠지. 율은 하는 수 없이 오른손으로 연고를 넓게 펴 발랐다. 연고가 좀 스며들자 보은이 이번에는 고개를 숙이고 밴드를 직접 붙여 주었다. 보은의 손끝이 조심스럽게 닿았다 떨어지자 피부가 정말 불에 덴 듯 따갑고 화끈거리기 시작했다.

율은 솜털이 오소소한 귓불과 머리카락이 흘러내리는 목덜미를 내려다보며 자신의 온몸이 불덩어리가 되어 화상을 입는 것을 느꼈다.

"저기, 피로회복제도 한 병 주세요."

소매를 내려 단추를 잠그는데 보은이 가리킨 갈색 유리병을 약사가 소형 냉장고에서 꺼내 카운터에 올려놓았다. 보은은 계산을 마치고 율에게 건넨다.

"밤에 운전하실 때 드세요."

병원으로 돌아오는 동안 차 안에 앉은 두 사람은 그다지 말이 없었다. 보은은 셔츠를 사 주겠다고 했지만 그러면 다시 만날 핑계를 댈 수가 없을 것 같아 율은 다음에, 라고만 대답했다. 보은이 다음에 언제요? 라고 물어 주면 좋겠는데 그러지도 않는다. 율은 좀 서운하기도 하고 유치하게 토라지고 싶기도 해서 입을 꾹 다물고 앞만 쳐다보았다. 늦여름이 물러가고 가을이 다가오는 차창 밖의 풍경을 보며 날씨에 대해 한두 마디 주고받았을 뿐이었다. 병원 앞에 세워 주면 건너가겠다는 보은을 율은 병원 안으로 들어가 호스피스 병동 앞까지 데려다 주었다. 차가 서자마자 보은이 얼른 내린다.

"태워다 주셔서 감사합니다. 안전운전 하세요."

조수석 문을 잡고 서서 고개까지 꾸벅 숙이며 예의 바르게 인사를 하는데 자신에게 더 이상 다가올 수 없도록 선을 딱 긋는 것처럼 들렸다. 대답도 듣지 않고 탁, 차 문을 닫고는 병동을 향해 달려가 버렸다.

눈도 한 번 안 마주치고 가 버리네. 운전석에 남은 율은 차를 금방 출발시키지 못했다.

이름

자신이 마음만 먹으면 언제라도 볼 수 있을 것 같았던 보은을 그러나 율은 그날 이후 사흘이 지나고 나흘이 되도록 만날 수가 없었다. 매일 학원 전산망으로 보은의 출석과 온라인 학습을 체크했지만 계속 결석에 학습 미제출로 나와 있었다. 우연을 가장하고 학원에서 볼 수가 없어서 다시 형수 핑계를 대고 병원으로 가 봐야겠다고 생각했지만 연이은 야근으로 그것도 여의치 않았다. 혹시 전화나 문자가 오지 않을까 핸드폰을 진동으로 해 놓지도 않는데 보은에게는 역시 아무 연락이 없었다. 그냥 한 번 걸어 봤다고 안부를 묻는 전화라도 해 볼까 싶다가도 예의 바르게 꾸벅 인사하고 뒤돌아 뛰어가던 모습이 떠올라 그러지도 못했다. 더 이상 다가오면 안 돼요, 하고 보은이 그어 놓은 선을 넘었다가는 아예 도망가 버리기라도 할까 봐 망설여졌던 것이다.

겨우 오늘밤에서야, 이제는 우연이고 뭐고 그냥 네가 궁금해서 왔다는 말을 하려 늦은 퇴근을 하자마자 바로 호스피스 병동으로 들어서던 율은 1층 로비 입구에서 딱 발걸음을 멈춰야 했다. 호스피스 병동의 로비에 간단히 마련된 소파와 테이블 앞에 보은과 케일럽이 마주 보며 서 있었기 때문이다. 두 사람은 이제 막 만난 듯 종이컵을 조심스레 하나씩 들고 소파에 나란히 앉는다. 두 사람의 뒷모습을 쳐다보는 율의 얼굴이 딱딱하게 굳어졌다.

보은은 언제나처럼 반팔 티셔츠에 물 빠진 청바지 차림이었다. 늦은 시간이라 반팔 옷이 좀 추워 보이기도 했지만 병실 안 온도를 생각하면 그럴 만도 했다. 그래도 로비는 역시 썰렁한지 말하면서 자꾸 팔을 쓰다듬는다. 케일럽의 눈이 가끔 보은의 팔에 가닿았다. 그 자식이 제 점퍼라도 벗어 보은의 어깨에 걸쳐 주지 않는 것만 해도 율은 그 광경을 참을 수 있었다. 보은과 케일럽은 가끔 웃기도 하고 고개를 끄덕이기도 하면서 말을 주고받는다. 하지만 가벼운 대화라기보다 사뭇 진지한 이야기를 나누는 것 같았다. 사람들의 왕래가 많지 않고 그나마 오가는 의료진이나 보호자들 모두 조심스러운 호스피스 병동의 분위기에서 두 사람이 나직이 영어와 한국어를 섞어 가며 대화하는 모습은 다른 사람들의 이목을 끌었다.

율이 얼어붙은 듯 서 있는데 핸드폰이 큰 소리를 내며 울렸다. 벨 소리 때문에 얼른 통화 버튼을 누르며 받아 보니 형수였다.

"왜요?"

목소리가 절로 퉁명스럽게 나갔다.

— 병원이죠?

늘 웃음기가 배어 있는 목소리다.

— 나 좀 데리러 오세요.

"새 차 나왔잖아요. 출근할 때 몰고 가지 않았어요?"

— 오늘 여기 선생님들이랑 크게 한잔하는 줄 알고 두고 나왔는데 연기됐네요.

"지금 오실 수 있습니까? 호스피스 병동 1층 로비에 있어요."

— 네에, 기다려 주세요. 얼른 건너갈게요.

형수는 호호 소리 내어 웃으며 전화를 끊었다. 형이 빨리 연구가 끝나야 기사 노릇도 안 할 텐데. 율은 자신이 병원에 있는 걸 형수가 어떻게 알았을까 의아하게 생각하며 보은과 케일럽에게 다가갔다. 보은의 시선이 먼저 율에게로 향한다. 크게 당황하지는 않은 눈치지만 그렇다고 아무렇지 않은 얼굴도 아니었다.

"여기 있네요, 두 사람."

못 본 척하고 싶지는 않았다. 그러면 정말 두 사람이 무슨 관계이기나 한 것처럼 되어 버리니까. 율은 두 사람을 향해 씩씩한 걸음으로 척척 걸어갔다. 케일럽도 율을 보았다. 율을 알고 있다는 표정이었다.

"안녕하세요?"

보은이 소파에서 일어나 두 손을 모으고 인사했다. 그런 예의 바른 태도, 제발 좀 집어치우지 못하겠니? 율은 화가 뭉근히 끓어오르는 것을 꾹 눌렀다. 케일럽을 쳐다보자 그나마 앉은 자리에서 안녕하세요, 하고 보은과 똑같은 억양으로 인사한다.

"잘 지냈어?"

율이 긴 다리를 보은 쪽으로 쭉 펴고 마주 앉았다. 로비에 오직 보은과 둘만 앉아 있는 것처럼 보은을 뚫어지게 노려보았다. 보은도 그 눈길을 피하지 않고 마주 본다.

"웬일이세요?"

"기사."

"아아, 자주 오시네요."

"단골이 있으니까."

잠시 침묵이 흘렀다. 케일럽이 입을 열었다.

"You are friends?" (친구?)

"아뇨, 아는 아저씨예요."

보은이 한국말로 대답했다. 케일럽이 그 미묘한 뜻을 알까? 마치 율에게 들으란 듯 하는 말 같았다. 율은 얼굴로 열이 확 오르는 것을 느꼈다. 선만 긋는 게 아니라 이젠 아예 바리케이드를 치는구나.

"What are you doing here now, Caleb?" (여기서 지금 뭐해, 케일럽?)

율이 화를 감추고 않고 으르렁거리듯 물었다. 영 둔한 녀석은 아닌지 케일럽은 좀 당황한 표정으로 이곳 병원에 입원한 미국인 친구를 병문안 왔다가 그동안 크리스가 결석했던 게 생각나 전화를 걸어 찾아왔다고 대답했다. 율은 보은에게로 시선을 옮겼다.

"둘이 굉장히 가까운 사이인가 봐? 역시……."

목소리는 낮아서 아무 감정도 읽을 수 없었을 것이다. 그러나 보은의 얼굴이 새빨개졌다. 아마 이지걸이라고 말했던 그날의 대화가 떠올랐을 것이다. 맙소사, 내 입에서 지금 무슨 말이 나온 거야? 율은 보은과의 사이가 다시 원점으로 되돌아간 것 같아 자신의 턱을 후려갈기고 싶었다.

"미안, 그게……."

제대로 된 말을 할 새도 없이 누군가의 손이 율의 어깨를 탁 내리쳤다. 보나마나 형수일 것이다. 언제나 타이밍 한번 기가 막히시지. 세 사람의 시선이 동시에 옆으로 향했다.

"어, 내가 방해했어요?"

연기되었다는 회식이 놀려고 작정한 모임이었는지 형수는 평소엔 못 보던 화려한 옷차림이었다. 여름도 다 가고 저녁엔 제법 쌀쌀한데도 목이 상당히 파인 블라우스를 입고 있었다. 팔에는 얇은 재킷을 들고 있는 것이 아침에 출근할 때 형이 잔소리를 할까 봐 입고 나온 모양이었다.

"아닙니다. 가세요."

율은 자리에서 벌떡 일어나 두 사람에게는 눈도 주지 않고 성큼성큼 걸어갔다. 어색한 분위기를 눈치챘는지 형수가 종종

걸음으로 뒤따라오며 말했다.

"뭐예요?"

그러면서 한 손으로 율의 팔을 건드리는데 평소라면 그런 스킨십을 질색하던 율이 가만히 내버려 두었다. 율은 형수에게 한쪽 팔을 붙잡힌 채 병동 밖으로 나왔다.

"Are you OK, Chris?" (크리스, 괜찮아요?)

케일럽은 보은의 표정을 살폈다. 아직도 달아오른 얼굴로 방금 나간 두 사람의 뒤를 쳐다보고 있었다. 케일럽에게 보은은 동갑내기 친구였다. 폭우 때문에 아무도 출석하지 않은 작년 여름 장마철의 어느 날 케일럽은 빈 강의실을 15분 동안 지키다가 나가려고 했었다. 늦게 뛰어 들어온 보은이 그 시간의 유일한 수강생이었고, 진도를 나가는 대신 개인적인 이야기를 하다 보니 케일럽은 자신의 입양 사실에 대해 말하게 되었다. 보은은 이상하게 다른 사람의 깊은 속 얘기를 끄집어내는 능력이 있었다. 서툰 영어로 대꾸하며 그냥 들어주기만 할 뿐인데도 케일럽은 자꾸 자신의 상처에 대해 보은에게 얘기하고 있었다. 그날부터 보은은 케일럽의 한국어 선생님이자 친구가 되었다.

"I'm a little bit afraid of that man." (난 저 남자 좀 무서워요.)

말하면서 보은을 쳐다보니 어쩐지 표정이 슬퍼 보였다.

보은은 다음 날부터 학원에 나가기 시작했다. 그 시간을 빼고는 하루 종일 병원에서 할머니를 간병하며 같이 지냈고 저녁 시간에는 을식이와 나라가 한 번 다녀갔다. 집에는 갈아입을 옷을 가지러 다녀오는 게 전부였지만 그럴 때마다 밀린 빨래며 청소 등 집안일을 하고 밑반찬도 얼른 만들어 놓았다. 저녁에 교대해 주는 간병인이야 할머니가 시킨 대로 두 시간밖에 있다 가지 않았지만 학원이 병원에서 버스 한 정거장 거리에 있어 다행이었다. 집안일이 밀려 있을 때는 그나마도 학원 대신 집으로 가야 했지만.

보은은 할머니가 잠이 든 한밤중이나 새벽에는 인터넷을 들여다보고 경제 신문을 종류대로 빠짐없이 읽었다. 그리고 가끔 어딘가에 전화를 걸어 궁금한 것을 알아보았다. 구월이 그렇게 빨리 흘러가고 있었다. 다음 주는 벌써 추석이었다.

"누나, 우리 왔어."

할머니가 아침 식사 하시는 것을 도와드리고 빈 식판을 복도에 내놓고 있을 때 을식이가 나라를 데리고 들어왔다. 나라는 여전히 씩씩한 목소리로 언니 안녕하세요? 하고 인사를 했다. 모두가 조심스럽고 조용한 호스피스 병동에서 보은은 나라의 활기 가득한 모습이 반갑고 기분 좋았다.

"연습할 시간도 부족할 텐데 아침부터 불러서 미안해. 나라한테도 그렇고."

"오늘은 수업 없어. 누나가 오죽 중요하고 바쁜 일이면 날 다 불렀겠어? 근데, 무슨 일이야? 한 번도 이런 일이 없었잖아."

"그냥 좀 가 볼 데가 있어서 그래. 나중에 얘기해 줄게."

나중에 정말 얘기해 줄 수 있을지 사실 자신이 없었다. 보은은 나라에게 거듭 미안하다는 말을 하고 을식이에게는 할머니에 대해 이것저것 챙겨 드려야 할 것들을 꼼꼼히 일러준 다음 가방을 들고 병실을 나왔다. 담당 간호사에게도 특별히 부탁을 했다. 간호사는 고맙게도 오늘이 자원봉사자가 오는 날이라며 마음 편히 다녀오라고 말했다.

전화로도 물어보고 인터넷의 홈페이지로도 알아본 뒤라서 보은은 건물을 금방 찾을 수 있었다. 입양 관련 기관 중 제일 오래된 기관답게 안내되어 들어간 사무실의 벽면에는 낡은 종이 파일들이 바닥부터 천장까지 빼곡히 꽂혀 있었다. 파일이 꽂혀 있는 책장엔 유리문이 달려 있었고 잠금장치가 있었다. 소파에 앉아 있으니 바로 담당자가 들어왔다. 전화 통화를 하며 짐작한 나이보다 훨씬 젊은 여성이어서 보은은 내심 놀라웠다. 아마 평범하지 않은 사연들을 접하다 보니 사람들을 상대하는 방법에 저절로 노련해져 그런지도 모르겠다고 짐작했다.

"지난번에 전화로 말씀드렸다시피 이보은 씨가 입양되었을 연도에는 기록이 정확히 남아 있지 않을 수도 있어요."

보은은 직원의 다음 말을 기다렸다.

"더구나 호적에도 출생 후 4년이 지나서야 출생신고가 되어 있으니까 정말 입양이 아니라 지금의 부모님이 낳으신 걸 수도 있지요. 그저 출생신고가 늦은 걸 수도 있으니까요. 그런데도 입양이 확실하다고 하신 건 그때 당시의 일을 기억하고 있어서라고 하셨죠? 여기까지 제 말이 맞나요?"

직원이 지금까지 보은과 전화 통화를 하면서 알게 된 사실을 다시 정리해 주었다.

"네, 분명해요. 여러 가지 정황과 제 기억으로 지금의 부모님이 저의 친부모님이 아니고 다른 데서 저를 데려오셨다는 게 확실합니다."

"그때가 네 살이었는데요? 기억이 나신다는 말씀이지요?"

"네. 제 옆에 어떤 여자분이 있었고 그분이 또 다른 여자분께 이제부터는 이분이 네 어머니야 하고 말했던 것을 분명히 기억하고 있어요. 저는 처음의 여자분을 따라가려고 막 울었었구요. 그게 제 생의 첫 번째 기억입니다. 사실 이 기억도 정말 있었던 일인지 아니면 제 상상인지 꿈인지 최근까지 확신이 없었어요. 그런데 몇 달 전 제 친어머니가 따로 계시다는 것을 알게 되었어요."

"혹시, 아버님께 이 일을 여쭤 보셨나요? 가끔 밖에서 낳아 온 자식인 경우도 있어서 드리는 말씀이에요. 드물긴 하지만 외도를 숨기려고 자신의 사생아를 입양하는 경우도 있거든요."

아아, 하고 보은은 대답을 이었다.

"지금의 부모님과 저는 혈액형이 맞지 않아요. 중학교 때 처음 알게 되었는데 부모님께는 말씀드리지 않았어요. 그리고……."

이 부분에서 보은은 숨을 한 번 크게 들이쉬어야 했다.

"바로 어제 친자 확인 유전자 검사 결과가 나왔어요."

"그것까지 해 보셨군요."

직원의 말투에 동정이나 연민이 없는 것이 고마웠다.

"우선, 친부모님을 찾는 것은 지금 부모님의 도움이 없으면 많이 어려우실 겁니다. 입양된 기관부터 알아야 하니까요. 그런데 전국의 입양 기관을 거의 다 찾아보셨다고 하셨죠?"

"네, 지난 몇 달간 직접 찾아가기도 하고 전화를 통해서도 알아봤어요."

"우리 기관에서도 큰 도움을 못 드릴 것 같군요. 지난번에 전화 주신 것을 봐도 구체적인 정보가 너무 부족해서요. 혹시 모르니 이곳에 한번 가 보세요."

그러면서 직원이 메모지에 무언가를 적어 보은에게 주었다. 종이에는 '중앙입양정보원'이라고 적혀 있었고 전화번호가 있었다.

"고맙습니다."

보은이 종이를 지갑에 넣었다.

"혹시 찾으시더라도 친부모님이 정보공개를 거부할 수 있어요. 어떤 아기는 생년월일시가 정확히 적힌 편지와 함께 좋은 이불에 싸여서 종교 기관 앞에 놓이기도 하지만, 또 어떤 아기는 그런 것도 없이 쥐가 사는 쓰레기통 안에서 발견되기도 하거든요. 자신이 처음에 어떤 모양으로 버려졌는지를 아는 건 정말 충격이에요."

어깨가 살짝 떨리는 직원을 보며 보은은 혹시 직원이 스스로의 경우를 얘기하는 게 아닐까 하는 생각이 들었다.

"네, 맞아요. 제가 두 번째 경우예요."

자신의 생각을 읽은 듯 바로 이야기하는 직원의 말에 보은은 깜짝 놀랐다. 직원은 아무렇지 않은 듯 해맑게 미소 지었다. 자신의 상실감을 이제는 똑바로 바라볼 수 있게 된 사람만의 여유일 것이라고 보은은 생각했다.

　뜻하지 않게 그녀의 사적인 이야기를 듣게 된 것이 미안해진 보은은 용기를 내어 자신의 마지막 비밀을 입 밖으로 꺼냈다. 아마 보은은 마음속에만 간직하던 의문을 누군가에게 털어놓음으로써 어떤 확신을 얻고 싶었는지도 모른다.

　"지금 한 군데 더 가 볼 곳이 있어요. 해외입양재단이에요."

　보은이 병원으로 돌아온 때는 호스피스 병동의 저녁 식사 시간이 끝난 뒤였다. 해가 점점 짧아져 하늘에는 노을이 내려 앉고 있었다. 병실로 들어서니 을식이와 나라는 소파에 나란히 앉아 이어폰을 하나씩 나눠 끼고 음악을 듣고 있었다. 그 모습이 다정하고 보기 좋아 보은은 문손잡이를 잡은 채 그대로 서 있었다.

　"어, 누나. 일찍 왔네."

　"할머니 별일 없으셨니? 나라 씨도 수고했어요. 힘들었죠?"

　"아니에요. 괜찮아요."

　보은은 환자용 사물함을 열어 가방과 재킷을 넣었다. 할머니는 주무시고 계셨다. 링거액을 확인하고 속옷 안으로 손을 넣어 기저귀를 갈아 드릴 때가 되지 않았나 살펴보았다. 나라는 오후에 자원봉사자가 와서 많이 도와주셨다고 말했다.

을식이와 나라를 배웅하고 보은은 할머니의 코 고는 소리만 낮게 들리는 병실 안에서 한동안 멍하니 앉아 있었다. 그리고 오늘 하루 입양 기관 두 곳을 다니며 알게 된 것과 앞으로 자신이 어떻게 할지를 생각했다. 갑자기 심장이 쿵쿵 뛰고 손발이 싸늘해졌다. 몸이 바닥으로 가라앉는 것처럼 기운이 다 빠지고 이마에는 식은땀이 배어 나왔다. 저혈압 증상이었다. 점심은 버스 정류장 앞에서 파는 두유 한 병으로 대신하고 저녁은 아직 먹지 않았다. 보은은 서랍 안에서 시리얼 바 하나를 꺼내 씹었다.

해외입양재단에서도 별 도움을 받지 못했다. 역시 보은이 갖고 있는 기본적인 정보가 너무 없었기 때문이다. 자신이 혼혈일 가능성은 오로지 보은의 짐작에 의한 것일 뿐이었다. 피부색이나 눈동자 색이 드러나게 튀는 것은 아니었지만 전체적으로 연한 갈색 톤이었고 이목구비나 몸매도 전형적인 한국인이랄 수는 없어서 보은은 어릴 때 별명이 외국인이었다. 커서는 또래 여학생들로부터 외모가 서구적이고 몸매가 예쁘다는 말을 듣기도 했지만 어딜 가도 그 속에서 약간은 이질감을 주는 분위기 때문에 보은은 늘 자신의 외모를 감추고 드러내지 않으려 애썼다. 어떤 아이들은 그것을 개성이라고 했지만 보은은 그 말도 싫었다. 어쨌든, 해외입양의 대상이었다가 국내로 입양이 된 것일지도 모른다는 추측은 미확인 상태로 남게 되었다.

보은이 또 다른 생각에 잠겨 있을 때 병실 문을 조심스럽게 노크하는 소리가 들렸다. 곧 안으로 들어온 사람은 다인이었다.

"어, 정다인. 이 시간에 웬일이야?"

"할머니 주무시네. 넌 저녁 먹었어?"

신랑이 직장 상사의 부친상으로 이 병원의 장례식장에 와서 자신도 묻어 왔다는 다인은 먹을 것을 좀 가져왔다며 3단 도시락 통을 들고 있었다. 아직 안 샀을 거 같다며 오늘 나온 주간지 '이코노미스트' 영문판도 건네주었다. 보은은 다인을 데리고 복도로 나왔다. 다인은 복도 끝에 있는 취사실로 들어가 나물전과 튀김을 전자레인지에 넣고 데웠다.

"낮에 가 볼 데가 있다던 데는 갔다 왔어?"

다인이 젓가락을 챙겨 주며 물었다. 보은은 여전히 몸이 바닥으로 가라앉을 듯 피곤함을 느끼면서 대답했다.

"아무래도 내가 직접 그 노인을 찾아가야 할 것 같아. 다인아, 나 이제 내 진짜 이름을 알고 싶어."

추석이라고 해서 보은의 집에 손님들이 예전처럼 북적북적하지는 않았다. 할아버지가 돌아가신 후부터 명절치레가 조금씩 덜 힘들어지더니 할머니의 입원이 계속 반복된 작년부터는 설이나 추석에도 선물만 오갈 뿐 집안 손님이 훨씬 줄어들었다. 대신 명절날 집안을 들썩거리게 한 것은 이 집의 두 주인 내외, 보은과 을식의 부모님이었다. 안방에서는 추석날 아침부터 아버지의 고함 소리와 뭔가를 마구 집어 던지는 소리가 연이어 들렸다. 보은이 기억하기로도 어릴 때부터 금슬 좋은 모습을 한 번도 보여 주신 적이 없었던 부모님은 각자의 바깥 생활에 더 몰두하는 것으로 배우자로부터 벗어나고 싶어 하셨고 그것은 두 분 다 환갑을 바라보는 지금 더 심해지고 있었다. 그렇게라도 겉으로는 보통의 가족 모습을 유지하고 있었는데 요즘 들어서는 그마저도 점점 안 되는 모양이었다.

"차라리 이혼을 하든지……."

을식이가 두 귀를 틀어막고 있다가 쨍그랑 하고 유리 깨지는 소리에 한숨을 내쉬며 말했다. 보은은 2층 을식이의 방에서 나와 1층으로 내려갔다. 아무래도 큰일이 나기 전에 말려야 할 것 같았다.

안방은 그야말로 아수라장이었다. 어머니의 화장대가 앞으로 넘어져 서랍이 다 쏟아져 있었고 바닥에는 부서진 거울 파편이 흩어져 있었다. 손으로 집어 던질 수 있는 것은 다 바닥에 내팽개쳐져 있었다. 포탄이라도 떨어진 것 같은 상황에서 어머니는 침대에 앉아 있었는데 그 표정은 마치 산속의 조용한 절에라도 와 있는 듯 텅 비어 있었고 모든 욕심을 내려놓은 사람마냥 평온해 보이기까지 했다. 분을 못 이겨 거친 숨을 몰아쉬며 계속 소리를 지르고 있는 사람은 아버지였다. 두 사람의 다툼에 특정한 이유가 있는 것이 아니라 하나부터 열까지 모든 것이 다 트집거리가 되어 부부 싸움을 일으키는 것을 어릴 때부터 봐 온 보은은 이제 아버지가 뭐라고 소리를 지르는지조차 귀에 들어오지 않고 관심이 없었다. 그저 이 태풍이 또 한 번

지나가기를 숨죽여 기다릴 뿐이었다.

보은은 늘 그랬듯 어머니의 팔을 잡아끌고 부엌으로 데려갔다. 얼음물 한 컵을 앞에 내려놓았다.

"이제는 정말 그만해야 할 거 같다. 집안 체면이고 뭐고 간에, 다 지긋지긋해."

두 사람의 인내심도 바닥이 났는지 어머니의 입에서 처음으로 들어 보는 말이 나왔다. 그때 을식이가 2층에서 뛰어 내려왔다. 외출복 차림으로 더블베이스를 등에 메고 있었다. 을식이는 엄마와 누나를 쳐다보지도 않고 현관문을 박차고 나갔다.

"을식아, 어디 가? 오늘 추석이야. 차례는 지내야지."

보은이 소리쳤지만 남은 것은 을식이의 퉁명스러운 대답뿐이었다.

"학교 연습실 가. 집안 꼴이 이런데 차례는 무슨!"

곧이어 대문 앞에 세워 둔 을식이의 차가 급출발하는 소리가 들렸다.

호스피스 병동은 평소와 달리 약간 들뜬 분위기마저 느껴졌다. 추석이라 오랜만에 모인 가족들이 아침에 차례를 지내고 성묘까지 마친 다음 환자를 문병 온 것이다. 보은은 버스를 갈아타고 병원으로 와 할머니의 침상을 지키고 있었다. 다른 병실의 분위기와 달리 이곳은 바다 한가운데 동떨어진 무인도처럼 쓸쓸하기만 했다. 독자로 태어난 아버지의 처지와 할머니의 암 재발 이후 조금씩 기울어 가는 가세가 오늘은 더 실감

났다.

보은은 옆 병실의 보호자가 준 한과 한 상자를 할머니 앞에 펼쳐 놓았다.

"네 어미 애비는 코빼기도 안 비친다더냐?"

여왕 폐하의 목소리에는 힘이 하나도 없다. 호스피스 병동으로 옮기신 뒤 할머니는 부쩍 기력을 잃으셨고 가끔 한밤중에 벌떡 일어나 헛것을 보시는 듯 알 수 없는 말을 중얼거리시거나 소리를 지르기도 하셨다. 한 번은 팔에 뱀이 기어 올라온다며 손등에 연결된 주사 줄을 잡아당겨서 보은을 깜짝 놀라게도 하셨다. 담당 의사는 그것을 섬망譫妄, 정신착란의 일종이라고 말했다. 말기 암 환자에게 처방하는 마약성 진통제 때문에 일어나는 부작용이라며 임종 전 단계일 수도 있으니 호스피스 치료를 잘 받으시도록 하고 임종을 준비하라고도 말했다. 보은은 전화로 아버지께 의사의 말을 전했으나 아버지나 어머니 모두 그 뒤 달라지는 모습은 없어 보였다. 일주일에 한 번 치료비를 정산하는 날 저녁에 아버지가 오셨을 뿐이며 할머니의 병실에는 한 시간도 채 머무르지 않고 가셨다.

"할머니, 나 뭐 하나 궁금한 거 있는데…….."

보은은 할머니를 옆으로 눕혀 드리며 말을 바꾸었다. 빙빙 돌리지 않고 바로 묻기로 했다.

"제 친부모님이 누구예요?"

깜짝 놀라거나 그게 무슨 소리냐고 하실 줄 알았는데 할머니는 뜻밖에 선선히 대꾸했다.

"그거 알아 뭣에 쓰게?"

마치 오늘이 무슨 요일이냐고 묻는 것처럼 아무런 감정도 실려 있지 않은 말투였다. 초점이 분명치 않은 눈동자는 허공을 향해 있다.

"할머니 돌아가시면 가르쳐 줄 사람이 없잖아요."

대답하는 보은의 목소리도 담담하기만 했다.

"뒤돌아보지 말고 앞만 보고 네 갈 길 가."

"내 이름, 진짜가 아닌 거 알아요. 알고 싶어요."

"머리 검은 짐승 거두지 말라더니 옛말 틀린 거 없네."

선문답 같은 말들이 두 사람 사이에 오고 갔다. 할머니는 눈을 스르르 감으시더니 잠에 빠져들었다.

진통제 탓이든 신경안정제 탓이든 호스피스 병동의 환자들은 하루 반나절 이상을 잠에 취해 있었다. 나머지 반나절 역시 밤에는 보호자와 함께 잠이 들면 좋으련만 한밤중에는 암세포의 움직임이 더 극렬해지는지 오히려 잠을 못 이루고 고통에 몸부림쳤다. 그래서 마약성 진통제 없이는 견디기 어려운 밤이 계속되었다.

케일럽의 전화를 받은 것은 가을이 무르익어 단풍이 절정을 이루는 시월 중순이었다. 보은은 할머니가 점심을 드시고 잠이 드신 뒤 혼자 병동 밖으로 나와 산책을 하고 있었다. 땅바닥에 떨어진 새빨간 단풍잎 몇 장을 줍고 있었다. 부쩍 쌀쌀해진 날씨에 대학병원의 정원에는 문병을 온 사람들만 총총히 걸음을 재촉하고 있었다.

"서귀포 브랜치로 간다구요?"

— 네, 보은. 제주도 참 좋아요. 돈도 더 많이 벌어요. 나는 무척 기대합니다.

한국어 실력이 나날이 늘고 있는 케일럽이 또박또박 천천히 말했다. 서귀포에 새로 생기는 지점으로 가게 되어 기쁘지만 그동안 정든 친구들과 헤어지는 것은 슬프다고 했다. 그다음부터는 영어로 얘기했는데, 학원에서 추천해 준 강사들만 본사로 가서 면접을 보고 최소한 1년은 그쪽 지점에서 근무한다는 조건으로 계약을 하게 되었다고 했다.

"좀 놀랐어요."

— 네, 보은. 나도 역시 놀랐어요.

보은은 할머니의 병세가 악화되어 저녁에도 병실을 비울 수 없었기에 간병인이 매일 와도 한동안 학원에 나가지 못하고 있었다. 케일럽은 새로운 지점의 준비로 당장 다음 주부터 서귀포로 내려가야 한다고 말했다. 보은은 그 전에 학원에서 보기로 하고 전화를 끊었다.

"Youl, I appreciate your kindness."(율, 친절에 감사드립니다.)

복도에서 율과 마주친 케일럽은 한국식으로 고개를 살짝 숙이며 악수를 청했다. 오후 강의가 시작될 시간이었다.

"It was my pleasure. You had a good luck to get the job."(천만에. 네가 운이 좋아서 그 일을 얻은 거지.)

율도 사뭇 반가운 표정으로 케일럽의 손을 잡고 말했다. 하지만 장황하게 이어지려는 케일럽의 인사를 끊고 돌아서는 율의 표정은 바위처럼 표정 없이 굳어 있었다. 율은 곧장 사촌 형 남선이 기다리는 티처스 룸으로 들어갔다. 다른 강사들도 교재를 들고 제각기 강의실로 향했다. 방 안에는 율과 사촌 형만 남았다.

"요즘 건축사무소 일은 잘 돌아가냐?"

사촌 형이 컴퓨터에서 눈을 떼지 않고 먼저 말했다.

"왜? 내가 여기 자주 와서 부담스러운 거야?"

"스캇이 꼬치꼬치 물어 와서 내가 아주 곤란하다. 경력으로 따지자면 스캇이 1순위였잖아."

율은 벽에 걸린 화이트보드에 적힌 시월 강의 일정을 보고 있었다.

"형, 이번 주에 에세이 콘테스트가 있네."

"그래, 가을이잖아. 강사 한 명이 한글 백일장 나간다기에 나도 힌트 좀 얻었지."

"에세이 주제 아직 안 정했지?"

사촌 형이 그제야 컴퓨터에서 눈을 들고 율을 쳐다보았다. 학원 일이라면 수입과 지출 쪽만 챙기던 율이 강사 관리는 물론 수업 내용에 대해서도 신경을 쓰는 것이 예사롭지 않게 느껴졌다. 자신에게 이익이 되는 일이 아니면 분명한 목적 없이 움직이지 않는 율이라는 것을 알기에 최근 부쩍 학원 운영에 개입하는 것에도 이유가 있을 거라고 그는 생각했다. 매월 입금해 주는 수익금에 불만이라도 있는 거야, 뭐야? 하긴 수강생한테 차 문에 스크래치 난 것까지 수리비를 받아 내는 지독한 놈이니, 뭐.

"아직 결정한 주제는 없어. 좋은 거 있냐?"

율이 붉은색 마커를 들고 화이트보드에 적었다.

My favorite things (내가 제일 좋아하는 것들)

보은이 강의실에 앉아 있었다. 그녀는 한쪽 귀에만 이어폰을 낀 채 책장을 천천히 넘기고 있었는데 아마 그동안 밀린 내용을 mp3 파일로 듣고 있을지도 모른다. 고개를 좀 들었으면 좋겠는데 보은은 좀체 교재에서 눈을 떼지 않고 있었다. 율은 CCTV의 화질이 썩 좋지 않은 것에 화가 났다. 전산망으로 보은의 출석과 온라인 학습을 매일 체크하고 있었지만 병원에 무슨 일이라도 있는지 아니면 다른 일인지 보은은 추석 이후로는 자주 결석에 학습 미제출 상태였다. 그저께는 충동적으로 한밤중 호스피스 병동 앞까지 차를 몰고 갔다. 다른 병동보다 불빛이 부드럽고 조용한 1층 로비를 운전석에 앉아 지켜보며 율은 도대체 자신이 여기 왜 와 있는지 헛웃음이 나왔다. 시월 들어 건축사무소의 일이 매일 야근을 해야 할 만큼 바빠진 것이 오히려 고마울 지경이었다. 마침 자신을 찾는 김기영의 전화를 받고 율은 차를 돌려 버렸다.

그런데 지금 보은이 강의실에 와 있었다. CCTV에서 눈을 떼지 못한 채 율의 입에서는 누구를 향한 것인지 나직이 불만에 찬 신음 소리가 흘러나왔다. 오후에 사촌 형과 에세이 콘테스트에 대해 몇 마디 주고받은 뒤 율은 다시 사무소로 돌아가 설계 도면을 작성하고 건축주를 상대했으며 직원들을 다그쳐 일을 했었다. 저녁을 대강 먹고는 언제나처럼 보은이 수강하는 그 시간에 학원 사이트를 열어 출석을 체크하다가 율은 자리를 박차고 일어나 학원까지 차를 몰고 다시 돌아왔다. 율은 한참을 화면 앞에 서 있었다. 냉철한 이성이 돌아오는 바람에 다시 서늘하게 식어 가는 심장은 자신에게 현실을 일깨워 주었다.

"퇴근하면서 한잔할까? 학원 일도 얘기할 겸."

사촌 형이 뒤에서 어깨를 탁 치며 말했다. 율은 표정을 지우고 돌아섰다.

"그러든지."

회의용 테이블 위에는 에세이 콘테스트용으로 인쇄된 A4 용지가 강의실마다 배포할 수 있도록 한 묶음씩 나누어져 놓여 있었다. 첫 줄에는 두 가지 주제 중 골라서 작성하라고 씌어 있었다. 'My favorite things'(내가 제일 좋아하는 것들)와 'My wish list'(내가 하고 싶은 일들)였다.

"나 퇴근합니다."

사촌 형은 안내 데스크에 내선 전화를 걸어 알리고 율의 뒤를 따라 티처스 룸을 나왔다. 비밀번호를 눌러야 열 수 있는 문이 삐리리 소리를 내며 잠겼다. 율은 앞장서서 엘리베이터 앞으로 갔다. 벽시계를 올려다보니 수업이 끝나려면 5분 남았다. 두 사람은 엘리베이터를 타고 지하 주차장으로 내려가 각자의 차에 올라탔다.

"주차는 우리 아파트 안에 해. 새로 생긴 생맥줏집인데 안주가 괜찮아. 그럼 따라와."

사촌 형은 먼저 차를 출발시켜 건물을 빠져나갔다. 율도 SUV를 움직여 지하 주차장에서 1층 밖으로 올라왔다. 10여 미터를 움직이며 액셀을 밟던 발이 갑자기 브레이크로 옮겨 가면서 율의 몸은 앞으로 세게 기울어졌다. 뒤에서 올라오던 차가 놀라서 급정거하며 경적을 울렸다. 율은 도로 한쪽에 비상등을 켜고 차를 멈추었다. 핸드폰을 꺼내 사촌 형의 단축 번호를 눌렀다.

"형, 오늘은 안 되겠다. 다음에 마시자."

미친놈. 룸미러에 보이는 자신의 얼굴을 향해 율이 씁쓸하게 내뱉었다.

보은은 곧장 내려왔다. 오늘은 연하의 수강생도 모터사이클 라이더도 없었다. 율은 보은이 빠르게 걸어가고 있는 모습을 쳐다보았다. 청바지와 블라우스 위에 검은색 후드 점퍼를 입고 있었다. 택시를 잡으려는지 버스 정류장 쪽으로 가지 않고 도로가에 서서 마주 오는 차들을 살피고 있었다. 율은 보은의 옆으로 차를 바짝 갖다 댄 후 조수석 차창을 열고 말했다.

"타."

"택시 탈 거예요."

율을 확인한 보은은 별로 놀라는 기색도 없이 대답했다. 멀리 도로에 가 있는 시선을 보니 지금 벌어진 상황보다 당장 가봐야 할 목적지에 마음이 더 쏠린 듯 보였다. 예상했던 대답이었기에 율은 실망하거나 화가 나지 않았다. 복잡한 밤거리에서 율의 차 때문에 2차선 도로가 잠시 막혔다. 비켜 가는 차들이 경적을 울려 댔다.

"데려다 줄게, 얼른 타."

뒤차의 경적 소리에 보은의 눈길이 흔들렸다. 율은 그 틈을 놓치지 않고 몸을 기울여 조수석의 문을 열었다. 보은이 자리에 오르자마자 차를 출발시켰다.

"고맙습니다."

"안전벨트 매. 어디로 가면 되니?"

그제야 율의 얼굴을 제대로 쳐다보는 보은은 조심스럽게 대답했다.

"한 시간은 넘게 걸릴 텐데 괜찮으세요?"

율의 재촉에 보은이 손에 쥐고 있는 종이를 보고 주소지를 말했다. 행정구역만 시에 속할 뿐 촌구석이나 다름없는 한적하고 외진 동네였다. 율은 신호 대기 중에 보은이 말한 주소를 내비게이션에 입력했다.

"이 늦은 시간에 그렇게 먼 동네를 찾아가는 이유, 내가 물어보면 말해 주겠니?"

"아뇨, 죄송해요."

율은 말없이 차를 몰았다. 보은은 가방에서 핸드폰을 꺼내더니 누군가에게 전화를 해 오늘 밤 할머니를 부탁한다고 말했다. 누나, 하고 부르는 소리가 얼핏 들렸다.

"저녁 먹었어?"

보은은 네, 하고 짧게 대답했다. 당신은 먹었냐고 물어봐 주지도 않는다. 한동안 차 안에는 내비게이션의 음성이 길을 안내하는 소리만 들렸다. 율은 운전하는 틈틈이 보은의 까칠해진 옆얼굴과 가방끈을 꼭 잡은 두 손과 가방 밑으로 보이는 야윈 무릎을 훔쳐보았다.

한밤중 병원 로비에서 케일럽과 함께 있는 보은을 본 뒤로 보름이 넘는 시간이 흘렀다. 추석 연휴는 어떻게 지냈는지 최근에는 왜 학원에 나오지 않았는지 이 한밤에 왜 멀고 낯선 동네를 찾아가는지 묻고 싶은 게 많았지만 율은 보은의 너무나 불안하고 어두운 표정 때문에 말을 붙일 수가 없었다. 이 표정은 전에도 한 번 본 적이 있었다. 바로 8층 내과 병동 엘리베이터 앞에서 보은을 두 번째로 보았던 그날이었다. 율은 까닭도 모른 채 마음이 아파 왔다.

퇴근 시간이 지난 때라 복잡한 시내를 벗어나자 다행히 차는 막힘없이 달려 주소지에 도착했다. 안내를 종료한다는 내비게이션의 음성에 따라 차가 멈춰 선 곳은 논과 밭고랑이 죽 늘어서 있고 어두운 축사 옆으로 낡은 시멘트 담벼락이 위태롭게 보이는 단층 가옥이었다. 오래된 집이어서인지 가로등 아래 보이는 파란 철대문은 칠이 벗겨진 채 군데군데 녹이 슬어 있었고 대문 너머 집 안의 불빛은 하나밖에 켜져 있지 않았다. 마당의 개가 컹컹 짖어 댔다.

"여기 맞아?"

주변에는 다른 집들이 없었다. 율은 벽에 적힌 주소를 확인하며 보은을 돌아보았다.

"저도 처음 와 봐요."

보은은 초인종을 누르고 율을 쳐다보았다.

"기다려 주실 수 있어요?"

엉뚱하게도 그 말은 지금의 상황과 어울리지 않게 율을 갑자기 들뜨게 했다. 보은의 불안한 얼굴과 또 그처럼 어둡기만 한 집 앞에 서서 율은 반짝반짝 빛나는 설렘과 두근거림이 별빛처럼 온몸에 쏟아져 내리는 것을 느꼈다.

"계속 기다릴게."

문이 열리고 보은은 대문 안으로 바로 들어갔다.

마당의 개는 컹컹 짖어 댔지만 사나운 녀석은 아닌지 꼬리가 슬그머니 내려가 있었다. 보은은 문을 열어 준 노인을 한눈에 알아보았다. 마당의 백열등을 켠 노인은 봄에 병원에서 보았을 때와 별반 다르지 않은 옷차림을 하고 있었다. 지금이 10시가 넘은 한밤중인데도 방금 논일이라도 하고 온 것마냥 바지와 점퍼에는 누런 흙이 묻어 있었고 몸에서는 쿰쿰한 냄새가 났다.

"안녕하셨어요?"

보은은 시선을 내리고 노인에게 인사를 했다. 과일이나 뭐라도 사 들고 올걸 하는 생각이 뒤늦게 들었다.

"잘 찾아왔나 보네."

노인은 먼저 마루로 올라서서 방 안으로 들어가기를 권했다. 하얀 형광등 불빛이 새어 나왔다. 방 안에는 담요가 겹겹이 깔려 있었고 자개장롱과 화장대가 한쪽 벽에 서 있었다. 텔레비전과 작은 서랍장도 있었다. 어느 집에서나 볼 수 있는 평범한 방 안 모습이었다. 노인의 몸에서 나는 것과 똑같은 냄새가 방 안에서도 나고 있었다. 겹겹이 쌓인 요 위에 한 겹 이불을 덮고 앉아서 텔레비전을 보고 있던 중년의 여인은 쉰 살 안팎으로 보였다. 보은을 따라 방으로 들어온 노인과는 나이 차이가 많이 나는 부부지간인지 아니면 부녀간인지 짐작하기가 어려웠다.

여인이 텔레비전에서 시선을 돌려 보은을 올려다보았다. 보은도 그 자리에 선 채 여인의 얼굴을 쳐다보았다. 두 여자는 거울을 보듯 서로를 바라보았다. 보은의 등 뒤에서 노인이 헛기침을 한 번 하고 말했다.

"여보, 아까 내가 말했지? 얘가 당신 딸이야."

그 뒤에 이어진 대화는 보은이 철들기 시작하면서부터 상상해 온 것과는 달라도 너무 달랐다. 눈물을 터뜨리며 얼싸안지도 않았고 얼굴을 쓰다듬으며 확인하지도 않았다. 원망을 가득 담은 목소리로 왜 나를 버렸냐고 묻지도 않았고 미안하다고 그동안 어떻게 자랐냐고 말하지도 않았다. 눈물도 원망도 심지어 궁금함도 없는 덤덤한 모녀 상봉이었다. 보은은 안녕하세요, 하고 인사했고 여인은 왜 자신을 찾았냐면서 신기한 눈으로 쳐다보았다.

"왜 찾았냐구요?"

보은이 여인의 말을 따라 했다. 목소리가 조금 높아졌다.

"왜, 지금 부모님이 잘 안 해 주시더냐? 그럴 집안이 아닌데."

그때까지 두 여자를 보고만 있던 노인이 입을 열었다. 보은은 노인이 그렇게 생각할 수 있다는 데 기가 막히고 어이가 없었다.

"염 서방이라는 이름만 가지고 네가 나를 어떻게 찾았는지는 모르겠다만."

보은이 노인의 말을 가로채 대답했다.

"염 씨 성이 흔하지는 않잖아요. 혹시 집안 분을 문병 오신 건가 싶어 간호사를 통해 다 찾아봤어요. 병원에 오셨던 날 염 씨 성 가진 환자분 기록이 있어서 그분께 전화를 드렸어요."

보은을 보면 자주 말을 걸며 수다를 떨던 귀엽고 통통한 간호사는 개인정보를 알려 줄 수 없다고 했지만 보은은 할머니의 핑계를 대며 어렵게 그 환자의 연락처를 알아냈고 집까지 찾아갔었다.

"네가 나를 찾는다는 말을 듣고 너한테 전화를 할까 말까 많이 생각했다."

"제 연락처만이라도 알려 드리고 싶었어요."

"큰사모님한테 물어보지 그랬니? 그편이 더 빨랐을 텐데."

"할머니는 지금 많이 편찮으세요. 의식이 거의 없으세요."

노인의 입이 아, 하고 조금 벌어졌을 뿐 크게 놀라지는 않는 것 같았다. 그 나이를 살아오면서 쌓였을 연륜이 보였다.

"부모님께 물어보기는 또 어려웠을 테지. 물어봤자 아는 것도 없고."

노인은 추측이 아닌 단정 짓는 말투로 말했다.

보은이 병원에 입원했던 염 씨 성의 환자에게 자신의 연락처를 남기고 노인의 전화를 기다리는 동안, 그녀는 자신의 친부모에 대한 실마리를 찾을 수 있을 거라는 기대만 했었지 바로 친어머니를 찾게 되리란 것은 전혀 예상도 하지 못했었다. 더구나 노인의 아내가 바로 자신을 낳아 준 친모라고는 생각할 수도 없는 일이었다. 오늘 영어 학원 수업 중에 걸려 온 낯선 전화번호에 보은은 어쩌면 친부모를 알고 있는 사람의 전화일지도 모른다는 예감만 스쳤을 뿐이었다. 그런데 병원에서 마주친 노인이 바로 자신을 낳아 준 친모와 결혼하여 살고 있는 사람이라니……. 뒤통수를 강타당하는 충격과도 같은 그 말을 노인은 너무도 무덤덤하게 전화로 전해 주었다.

"네가 뭘 기대하고 친부모를 찾는지 모르겠다만, 우리가 큰 재산이 있는 것도 아니고 사는 꼴이 이런 거 보고 많이 실망했을 거다."

"여보, 애가 그런 거 보고 온 건 아닌 거 같아요."

그때까지 신기한 눈으로 보은을 뜯어보기만 하던 여인이 다시 입을 열었다. 보은이 여인을 보고 말했다.

"제가 누구예요?"

율은 운전석에 앉아 차창을 열고 창틀을 톡톡 손가락으로 두드리고 있었다. 보은이 집 안으로 들어간 지 한 시간이 넘었다. 차 안의 시계는 11시를 훨씬 넘겼다. 이곳까지 찾아온 이유는 알 수 없지만 보은의 무거운 표정과 녹슨 대문을 열어 주던 노인의 표정으로 보아 두 사람은 그다지 친밀하거나 가벼운 사이는 아닌 것 같았다. 이 늦은 밤에 안부 인사나 심부름을 하러 온 것도 아닐 것이다. 율은 대시보드의 디지털시계가 다시 깜박이며 변하는 것을 보았다. 아무래도 안에 들어가 봐야 할 것 같아 운전석에서 내리는데 마당에서 개 짖는 소리가 컹컹 하고 울렸다. 보은이 방에서 나오고 있었다. 들어갈 때와 달리 보은은 혼자였다. 마당을 지나 철 대문을 삐걱 열고 나온 보은은 율을 쳐다보지 않았다. 시선이 어디에 가 있는지 알 수 없는 눈빛을 하고 흐느적거리는 걸음으로 율 앞에 섰다.

"괜찮아?"

율은 보은의 양 팔꿈치를 잡고 가볍게 흔들며 자신을 쳐다보게 했다. 보은이 살짝 웃는 것 같기도 했다.

"많이 기다리셨죠? 어떡해요, 일을 못 하셔서."

보은의 목소리는 전과 다르지 않았다. 얼이 빠진 표정과는 상반된 목소리가 흘러나왔다.

"제가 왕복 택시비만큼 차비 드릴게요. 얼만지 말씀해 주세요."

율은 보은을 조수석에 태우고 안전벨트를 채워 주었다. 운전석에 올라타자마자 차를 출발시켰다. 일단은 병원을 목적지로 해야겠지만 보은을 좀 쉬도록 해 줘야 할 듯싶었다.

"병원 말고, 저희 집으로 좀 가 주세요."

보은이 주소를 말했다. 율이 아는 동네였다. 검은 밤을 달려 돌아가는 시간 내내 보은도 율도 말이 없었다. 율은 보은을 차 안에 남겨 두고 편의점 앞에 내려 따뜻한 녹차 캔 두 개를 사 왔다. 차를 다시 조용한 곳으로 옮겨 주차한 뒤 아직도 얼이 빠진 보은의 손에 따뜻한 캔을 쥐여 주었다. 율에게 닿은 두 손이 얼음장처럼 차가웠다.

"마셔. 다 마시면 출발할게."

율은 캔 두 개를 땄다. 따뜻한 녹차를 한 모금 마신 보은은 그제야 율의 얼굴을 쳐다본다. 이제는 빙긋이 웃기까지 했다.

"언제나 친절하시네요."

"언제나는 아니었지."

"왜 이렇게 저한테 잘해 주세요?"

율의 심장이 후두둑 바닥으로 떨어졌다.

"아는 여자니까."

보은이 피식 웃었다.

"아는 아저씨구요?"

"알긴 아는구나."

넌 모를 거다. 그 말 때문에 내가 얼마나 화가 났었는지. 그래서 케일럽을 어떻게 했는지.

"아저씨는,"

"최율이야. 또 그렇게 부르면 가만 안 둔다."

"이름 부르면 버릇없다면서요. 그럼, 오빠라고 할까요?"

목소리에 장난스러운 웃음이 섞여 있었다. 율은 심장이 간질간질해지면서도 싫었다.

"하지 마. 근친상간 같다."

율은 숨을 흡, 하고 들이켰다. 앞서도 너무 앞서 간 말이 불현듯 튀어나와 스스로도 당황해하고 있는데 보은은 아무렇지도 않은 모양이었다.

"그럼, 최율 씨는."

보은이 숨을 가만히 들이쉬는 소리가 율에게는 크게 들렸다.

"이름이 무슨 뜻이에요? 율, 말이에요."

"그게 왜 궁금하지? 율법, 법률, 규율 할 때의 율律이야."

"그러니까, 법이나 규칙대로 산다는 건가요?"

"뭐, 그런 셈이지."

실제로 율은 지금까지 자신이 세운 원칙이나 계획에 어그러지는 충동적인 행동은 해 본 적이 없었다. 이 여자, 이보은에 관한 것만 제외하고는.

"사람들은 제 이름이 보배 보寶에 은 은銀인 줄 아는데요, 아니에요. 제 이름은 보배로운 은이 아니라 흥부 놀부의 제비처럼 갚을 보報에 은혜 은恩이에요. 은혜를 갚으며 살아라, 이런 뜻이죠."

보은은 뭔가 심각한 이야기를 하는 것 같았다. 그러나 율은 또 보은의 입술에 따뜻한 녹차 한 방울이 맺힌 것을 보았다. 녹차가 원래 저렇게 예쁘게 방울지던 것이었나? 율이 시선을 돌리며 자신의 캔을 입으로 가져갔다.

"이름 뜻이 무슨 상관이야? 그래서 뭐 맘에 안 드니?"

"네, 전 맘에 안 들어요. 이름 뜻을 알고부터 쭉 맘에 안 들었어요. 누구한테 무슨 은혜를 갚으며 살라는 건지 화나잖아요. 네 살밖에 안 된 어린애한테 왜 그런 이름을 지어 줘요? 지금까지 그 이름 때문에 얼마나 열심히 은혜 갚으면서 살고 있는데⋯⋯."

율이 문득 돌아보자 보은이 말을 멈추고 하하, 웃었다. 웃음소리가 자연스럽게 들리지 않았다.

"저 다 마셨어요. 이제 출발하세요."

보은이 갑자기 밝고 환한 미소를 지으며 율을 빤히 쳐다보았다. 그 미소 역시 어색하긴 마찬가지였지만 율은 보은의 말대로 다시 기어를 내리고 차를 출발시켰다. 무슨 일이 있는지 다 말하고 자신에게 위로를 받으라는 식으로 몰아세우기에는 아직 보은에게 자신이 가깝지 않다는 것을 알고 있었다. 분위기에 취해 비밀을 털어놓듯 말해 놓고 다음 날에 자신을 피해 다닌다거나 서먹서먹해지는 사이가 되기는 싫었다.

차는 침묵 속에서 한참을 더 달려 보은의 집 앞에 멈춰 섰다. 율은 보은의 집을 올려다보았다. 보은이 고등학교밖에 안 나오고 병원에 살다시피 하며 간병인도 없이 할머니 옆을 지킨다는 것을 처음 알았을 때는 집안 형편이 아주 어렵거나 다른 가족이 없는 것으로 알았었다. 남동생이 사립 음대에 다니며 비싼 현악기를 전공한다는 것을 알았을 때는 조금 뜻밖이라는 생각이 들었었다. 풍족하지 않은 형편이지만 음악적 재능이 있는 외아들을 어렵게 뒷바라지해 주는가 보다 하고 짐작했다. 그런데 지금 보은이 가르쳐 준 이 동네는 서울에서 구 도심에 속하지만 전통적인 부자들이 대를 이어 사는 집이 많은 동네였고, 이사를 나가는 집도 새로 들어오는 집도 별로 없는 토박이들이 사는 동네였다. 높다란 담장 밑으로 차고가 있었고 차고 안에 넣지 못한 차들은 담벼락 옆에 서 있었는데 대부분이 중대형 세단이나 외제차였다. 성채처럼 솟은 주택들은 넓은 잔디밭과 잘 꾸며진 정원이 있었고 집들이 오래되긴 했으나 보수 관리가 잘 되어 있었다. 이런 전통적인 부촌의 주택들은 방을 나누어 세를 주거나 하지도 않는다. 율은 약간 의아하다는 생각을 하며 보은이 살고 있다는 집을 눈에 담아 두었다. 자신이 매우 현실적이고 세속적이며 어떤 면에서는 속물이라는 것을 인정하고 사는 율이었기에 조금 전 보은이 한 말과 자신이 알고 있는 것들을 곱씹어 보며 보은의 가족에게 무슨 사정이 있는지는 차차 생각하기로 했다.

  율이 태우고 오는 동안 눈이라도 좀 붙이고 잠이 들면 운전이라도 천천히 하련만 보은은 익숙한 동네에 들어서자 지름길까지 가르쳐 주며 재촉했고 내내 또렷한 정신으로 깨어 있었다. 그리고 안전운전 하라는 말만 남기고 집으로 쑥 들어가 버렸다. 율은 보은과 조금 가까워진 것도 같고 아닌 것도 같아서 보은을 그냥 집으로 들어가게 한 것이 후회스러웠다. 대답을 하든 안 하든 궁금한 것을 물어볼 걸 그랬다는 생각이 들었다. 다시 기회가 있겠지. 기회는 만들면 되니까. 보은의 어두운 표정을 떠올리면 자신도 심각해져야 맞을 것 같았지만 율은 또 다른 계획을 꾸미느라 의미심장한 미소를 지었다.

오랜만에 세 친구가 뭉쳤다. 다인이 확장 이전한 퀼트 숍이 었다. 20평 정도 되는 공간에 두 벽을 따라 알록달록하기도 하고 파스텔 톤이기도 하고 농도가 다른 먹물 색깔이기도 한 퀼트 천들이 가지런히 쌓여 있고 그 아래 무릎 높이의 책장에는 미국과 일본 위주의 퀼트 매거진과 단행본들이 빽빽이 꽂혀 있다. 유리 장식장 안에는 인형과 파우치를 비롯한 소품류가 진열되었고 나머지 빈 두 벽에도 벽걸이와 가방이 보기 좋게 걸려 있었다. 보은과 윤주가 함께 선물한 원목 벤치 위에는 아플리케와 패치워크로 된 예쁜 쿠션과 방석이 놓여 있었다.

"지난번 숍과는 분위기가 확 달라졌네. 이렇게 예쁜 퀼트가 다 어디 있다가 나온 거야?"

윤주가 머신퀼트의 하나인 바젤로 벽걸이를 보며 말했다. 보은도 전에 보지 못한 정교한 몰라(mola) 기법의 소품을 보며 감탄하고 있었다.

"예전에도 다 있었던 거야. 그땐 숍이 너무 좁아서 눈에 안 띄었던 거지. 이리 와서 차 마셔. 윤주가 이런 걸 다 사 올 줄은 몰랐네."

다인이 쿠키와 함께 세팅한 허브티 쟁반을 테이블에 올려놓았다. 보은이 커팅 매트와 로터리 커터를 한쪽으로 치웠다.

"보은아, 새로 나온 로터리 커터 하나 있는데 가져갈래?"

다인이 서랍장 아래에서 아직 케이스도 뜯지 않은 노란색 로터리 커터를 꺼내 건네주었다. 피자 커터처럼 천을 힘주어 밀면서 자르는 둥근 칼날이 붙어 있다.

"보은이 너 요즘 퀼트 할 시간은 있니? 할머니는 어떠셔?"

다인이나 보은과 달리 퀼트에 대해서는 문외한인 윤주가 끼어들었다.

"그냥 전에 했던 벽걸이 꺼내서 누비는 정도밖에 못 해. 할머니는 자꾸 집에 가고 싶어 하시는데 글쎄……."

보은은 부모님이 이혼을 하게 될지도 모르겠다는 말은 꺼내지 않았다. 하시더라도 설마 할머니가 돌아가시기 전에는 안 하실 테지.

"그리고 얘들아, 나 드디어 친부모 찾았어."

보은은 찻잔을 들던 동작을 잠깐 멈추었지만 곧 아무렇지 않게 말을 꺼냈다. 다인과 윤주는 보은의 말이 이어지기를 기다렸다. 보은이 말하던 어릴 적 기억이 상상이나 꿈이 아닐 거라는 생각은 하고 있었던 친구들이다. 보은이 입양 기관을 찾아다녔다는 것도 알고 있었다.

"친엄마만 찾았어. 친아버지는 아니, 생물학적인 아버지는 미국에서 온 흑인 병사였대. 서프라이즈, 웃기지? 재밌지?"

그 말투에는 선물 상자 안에서 용수철 달린 피에로 인형이 튀어나오는 것을 본 듯 웃음이 묻어 있었다. 두 친구가 오히려 더 놀라고 있었다. 보은이 말하듯 웃기거나 재미있는 건 절대로 아니었다. 오히려 보은의 두 눈이 친구들을 재미있다는 듯 처다보고 있었다.

"혹시라도 나를 동정하거나 불쌍하다는 식으로 보지 마. 그
러면 나 얘기하기 싫으니까."

미리 엄포를 놓은 보은은 친구들에게보다 스스로에게 다짐
하듯 지난주의 일을 털어놓았다.

"너희들의 친구 이보은을 이 세상에 태어나게 한 그 사람
을 친아버지가 아니라 생물학적 아버지라고 말할 수밖에 없는
이유는, 그 사람은 내가 이 세상에 존재한다는 걸 꿈에도 모
르고 있기 때문이야. 나를 낳아주고 네 살까지 길러 준 여인
은, 그래, 아직은 친엄마라고 부르기 어색하니까……. 그 여
인은, 우리 여왕 폐하 할머니의 친정에서 식모로 일하던 예쁜
스무 살 아가씨였지. 미군 부대 근처에 원래 집이 있어서 어찌
어찌 흑인 병사 한 명을 알게 되었대. 흑인 병사는 알고 보니
한국 땅에서 한국 여인과 흑인 군인 사이에서 태어난 혼혈이
었고 태어나자마자 미국으로 입양되어 갔던 거래. 뿌리를 알
고 싶어 한국으로 자원해 와서는 자신의 친부가 그랬던 것처
럼 한국 아가씨를 만나 하룻밤에 역사를 만든 거지. 그리고 어
떻게 되었을까? 가난이 지긋지긋해서 아메리칸드림을 꿈꿨던
그 스무 살 아가씨는 혼혈 병사가 자기를 언제 미국으로 데려
가 줄까 기다렸지만 임신을 알고 찾았을 때 그 병사는 벌써 아
무 약속도 안 남기고 미국으로 떠나 버린 뒤였대. 어때, 웃기
지? 그러니까 너희들의 친구 이보은의 어릴 적 별명, 외국인
은 말이야, 사실은 별명이 아니라 진짜였던 거야. 정말 재미있

지 않니? 다른 애들이 나보다도 먼저 내 출생의 비밀을 알았다는 게? 하하."

보은은 지금 마시고 있는 것이 허브티가 아니라 술이기라도 한 것처럼 혀가 꼬이고 말이 헛 나오는 기분이었다. 다인이 허브티에 독한 양주라도 섞어 내온 듯했다.

"이런 날은 정말 너희들이 나한테 술 한잔 사 줘야 하는 거 아냐?"

다인과 윤주는 보은을 쳐다보고 있었지만 동정이나 연민은 없었다. 만약 조금이라도 자신을 안됐다는 눈으로 봤다면 보은은 이 자리에서 뛰쳐나가 버렸을 것이다.

"그래, 씩씩하니까 좋네, 뭐. 네가 그렇게 알고 싶었던 친부모에 대해 알았으니까 잘됐지. 이제 속이 시원하냐?"

윤주가 보은의 어깨를 탁 치며 말했다. 보은이 또 소리 내어 웃었다. 속이 시원할 리야 있나? 오히려 답답한 가슴에 바위 하나를 더 얹은 듯 무거웠다. 친모와의 짧은 상봉 후에 일어서던 보은의 두 손을 붙잡고 염 노인은 말했었다. 친엄마도 찾았으니 이제부턴 네가 효도해야지.

그때 보은의 핸드폰이 울렸다. 액정에 뜬 전화번호는 영어 학원의 것이었다.

"이보은 씨 되십니까? 영어 학원입니다."

순간, 보은은 저도 모르게 뺨에 열이 오르는 것을 느꼈다. 최율의 목소리였다.

"네, 이보은이에요."

지금 이곳에서 있었던 자신의 상황 때문이겠지만 목소리가 흔들렸다.

"결석일수가 너무 많아서 전화 드렸습니다."

율의 목소리는 사무적이고 아무 감정도 실려 있지 않았다. 보은은 가만히 듣기만 했다.

"이번 텀을 마무리하기 전에 희망하시는 분을 대상으로 토요 보강을 실시하려고 합니다. 언제 시간이 되시겠습니까?"

여전히 보은이 아무 말 없이 듣기만 하자 상대편에서도 침묵이 흘렀다. 침묵 대 침묵, 누가 먼저 입을 열지 서로 기싸움이라도 하는 것처럼 느껴졌다. 다인과 윤주가 오히려 눈을 동그랗게 뜨고 무슨 일인지 물었다.

"토요일 아무 때나 제가 원하는 시간에 다 되나요?"

보은이 먼저 침묵을 깼다. 이번에는 목소리가 떨리지 않아서 다행이었다.

"아닙니다. 토요일 오전 중에만 가능합니다."

율의 목소리는 변함없이 딱딱했다.

"그럼 10시에 갈 수 있어요."

"알겠습니다. 다른 수강생분들과도 조율하여 시간이 결정되면 다시 연락드리겠습니다."

전화는 바로 끊어졌다.

"누군데?"

윤주가 물었다. 보은은 학원의 전화번호를 다시 확인하며 대답했다.

172

"요즘 은근히 신경 쓰이는 남자."

"뭐? 남자? 너 혹시 좋아하는 사람 생겼니?"

다인이 깜짝 놀라 물었다. 보은은 웃음이 슬며시 나오려는 것을 삼키며 고개를 내저었다.

"그냥 나한테 참 친절해."

그다음부터 두 친구는 복식 탁구팀처럼 번갈아 질문을 하며 보은을 몰아세웠다.

"어떤 사람이야?"

"부지런하고 성실한 사람."

"뭐하는 사람인데? 나이는?"

"낮에는 회사 다니고 밤엔 운전해. 나이는 나보다 일곱 살 많대. 서른세 살이네."

"회사원에 대리운전? 외모는 어때?"

"잘생긴 편? 무섭다는 사람도 있지만."

"어떻게 만났는데?"

"영어 학원에서 아르바이트해. 다시 시작했나 봐."

"그 남자가 너 좋아한다고 했어? 언제부터 데이트했는데?"

"앞서 가지 마. 데이트 같은 건 안 했어. 그냥 우연히 몇 번 본 게 다야."

"넌 그 남자 좋아?"

"그냥, 능청스럽기도 하고 가끔 뻔히 보이는 거짓말을 해. 그게 우습고 귀여워."

"뭐? 귀여워?"

이번에는 두 친구가 동시에 소리 질렀다.

"아휴, 깜짝이야. 괜히 말했네."

보은이 주먹을 쥔 손으로 가슴을 톡톡 두드렸다. 윤주는 보은의 얼굴에 떠오른 미소를 처음 보는 것처럼 신기하다는 듯 바라보았다. 친구의 얼굴에 오랜만에 돌아온 미소였다. 그 미소를 돌려준 남자가 어떤 사람인지 궁금했다.

학원에서는 문자로 연락이 다시 왔다. 토요일 오전 10시, 통보 받은 강의실로 들어가면서 보은은 문득 영어 학원을 1년 가까이 다니는 동안 이 강의실 쪽으로는 한 번도 와 본 적이 없다는 것을 알았다. 복도 맨 끝에 이런 작은 강의실이 있다는 것도 사실 몰랐다. 벽에는 다른 강의실처럼 화이트보드가 걸려 있고 책상과 의자도 배열되어 있었지만 스마트 텔레비전이나 기타 기물은 없었다. 평소에는 잘 쓰지 않는 강의실인가 보다 생각하며 들어서는데 보은 외에 다른 수강생은 아직 보이지 않았다.

가방을 의자에 내려놓고 앉아 있는데 바로 율이 들어왔다. 율은 건물 1층에 있는 커피 전문점의 로고가 찍힌 종이 캐리어를 손에 들고 있었다. 녹색 음료로 가득 찬 여섯 개의 레귤러 사이즈 컵이 캐리어 안에 들어 있었다.

"안녕하세요?"

보은이 먼저 인사를 건넸다. 강사도 아직 도착 전이었다. 율은 보은에겐 눈길만 한 번 주더니 재킷을 벗어 한쪽 의자에 걸친다. 끈이 많이 달리고 스터드가 박힌 워커와 물 빠진 청바지가 검은 코듀로이 재킷과 그 안에 입은 검은 브이넥 티셔츠와도 잘 어울려 보였다. 율은 프린트물과 교재를 책상 위에 놓았다. 보은의 눈이 동그래졌다.

"Where are the others?" (나머지 사람들은 어디 있습니까?)

율이 둘러볼 것도 없는 좁은 강의실 안을 휘 돌아보며 물었다.

"I don't know. Well, they didn't come yet." (모르겠는데요. 아, 아직 안 왔어요.)

보은이 얼떨결에 대답했다. 율은 손목시계를 흘깃 보더니 보은을 한 번 쳐다봤다. 미소 같은 건 없었다. 프린트 두 장씩을 보은의 자리와 나머지 책상 네 개 위에도 올려놓은 율은 컵홀더까지 끼운 뜨거운 종이컵을 보은에게 건네주었다.

"This is my favorite beverage. Have some." (이거 내가 제일 좋아하는 음료예요. 마셔 봐요.)

율은 다른 컵을 들어 한 모금 마셨다. 보은이 제일 좋아하는 녹차라떼였다. 보은도 뚜껑을 열고 조심스럽게 컵을 입으로 가져갔다. 부드러운 우유 거품이 윗입술에 묻었다. 보은은 혀끝으로 우유 거품을 살짝 핥았다. 율이 갑자기 목에 사레가 걸린 듯 연달아 기침을 했다. 수업은 바로 시작되었다.

교재의 한 챕터마다 주제에 따른 열다섯 개의 대화가 있었는데 프린트물에는 그 대화의 다른 예시라고 할 만한 질문이 죽 적혀 있고 대답은 공란으로 비워져 있었다. 율은 질문했고 보은은 대답했다. 질문은 이런 것들이었다.

What did you want to be when you were growing up? (어렸을 땐 커서 뭐가 되고 싶었습니까?)

What are your dreams for the future? (미래의 꿈이 무엇인가요?)

What causes you the most stress these days? (요즘 제일 스트레스 받게 하는 건 무엇입니까?)

What do you like to do in your free time? (여가 시간엔 뭐하는 걸 좋아합니까?)

Who do you hang out with when you have time? (시간이 날 땐 누구와 어울리나요?)

Would you ever date a foreigner? (외국인과 데이트해 본 적 있어요?)

Who was your first crush? (첫사랑은 누구였나요?)

How long should people date before they get married? (결혼하기 전에 데이트는 얼마나 오래해 봐야 할까요?)

What's an ideal relationship like? (이상적인 관계란 어떤 걸까요?)

What's your dating philosophy? (데이트하는 데 원칙은 무엇입니까?)

Can you recommend a good restaurant in this part of town? (이 동네에 좋은 식당 한 군데 추천해 줄래요?)

율의 질문이 점점 개인적이고 구체적으로 변해 갔다. 보은은 어떤 질문엔 재미있고 솔직하게 대답했지만 어떤 질문은 너무 사적이고 곤란하게 느껴졌다. 생각해 본 적 없는 질문도 있어서 머뭇거릴 땐 율이 자신의 경우를 얘기하기도 해서 대화가 끊어지지는 않았다. 하지만 보은은 율과 단둘이 이런 질문을 주고받는 것이 어색하고 쑥스럽기만 했다. 이건 마치, 데이트 같잖아.

바닥을 드러내는 녹차라떼에 공연히 빨대를 꽂아 쪼옥 소리 내며 마시던 보은은 그만 자리에서 일어나고 싶어졌다. 율에게 시위라도 하듯 손목을 들어 시계를 보았다. 율의 눈도 벽에 걸린 시계로 갔다. 율은 보은의 뒤로 걸어가더니 다른 책상 위에 올려놓았던 프린트물을 도로 거두어들였다.

"딴 사람들은 안 오네."

율이 좀 열띤 얼굴을 하고 팔짱을 낀 채 보은을 내려다보았다. 보은은 말간 눈으로 율을 가만히 올려다보기만 했다.

"나가자."

침묵이 흘렀다. 말을 꺼낸 율도 듣고 있는 보은도 움직이지 않았다.

"주말 아르바이트예요?"

"응, 그런 셈이야."

"언제까지요?"

"다음 주에도 나와라."

"안 돼요."

"뭐? 나 그럼 아르바이트비 도로 반납해야 돼."

"그러세요. 아니지, 다른 사람들 오겠죠, 뭐."

나가자고 먼저 말한 것을 잊어버렸는지 율은 여전한 자세로 말없이 보은을 뚫어지게 보기만 했다. 두 사람은 서로의 눈빛을 고스란히 주고받으면서 움직이지 않았다.

"빚이 많으세요?"

"뭐?"

"낮에 직장 다니는 것도 힘들 텐데 밤에는 운전하시고 주말엔 또 학원 아르바이트까지. 은행 대출금이든 사채 빚이든, 아니에요?"

율이 어이가 없다는 건지 재미있다는 건지 아니면 창피하다는 건지 풀썩, 웃어 버리는데 보은은 그것을 동정하지 말라는 뜻으로 받아들이기로 했다.

"어쨌든 돈 많이 버시겠네요. 그럼, 수고하세요."

보은은 가방을 들고 냉큼 일어나 율이 뭐라고 할 새도 없이 강의실 밖을 향했다. 보은은 두 걸음도 걷기 전에 어깨를 잡혔다. 율은 불에 손을 데기라도 한 듯 얼른 놓았다.

"밤에 데려다 준 거, 차비 안 주니?"

아아, 보은이 말했다. 율의 한쪽 눈썹이 올라갔다.

"설마, 또 통장에 입금한 건 아니지?"

보은이 대답 없이 웃기만 했다.

"너, 설마."

"아니에요. 잊어버릴 뻔했어요. 지금 드릴게요."

보은은 가방을 열었다. 그리고 깨끗하고 하얀 봉투를 꺼내 두 손으로 율의 코앞에 스윽 내밀었다. 학원에서 율을 보면 주려고 미리 준비한 것이다.

"감사했습니다. 많지는 않지만 손해 보시는 것도 아닐 거예요."

율이 얼떨결에 코앞의 돈 봉투를 받아 쥐자 보은은 쌩 돌아서서 엘리베이터로 걸어갔다. 율은 강의실의 뒷마무리도 못 하고 보은을 따라나섰다. 토요일의 학원 복도에는 아무도 보이지 않았다.

"점심 먹자."

엘리베이터가 7층까지 올라오기를 기다리는 동안 율이 말했다.

"…… 저어, 병원에 가 봐야 해요."

율을 돌아보는 보은의 얼굴이 아까와는 다르게 진지해져 있었다. 진심으로 미안해하는 표정이 역력했다.

"제가 사 드리고 싶지만 할머니가 요즘 많이 안 좋으세요. 자원봉사하시는 분하고도 약속한 시간이 다 되었구요. 죄송해요."

율의 얼굴에 실망한 빛이 고스란히 드러났다. 목소리가 높아졌다.

"죄송할 것까지야 없지. 나 혼자 먹기 심심하니까 그래. 근데 너 아니면 간병할 가족이 없니?"

"다들 일이 바쁘니까요. 다음에 제가 꼭 사 드릴게요."

엘리베이터가 왔다. 보은은 그 안으로 들어가서 1층을 누르고 닫힘 버튼까지 눌렀다. 율을 향해 고개를 살짝 숙이는데 마주친 그의 눈빛이 대놓고 험상궂게 변하는 것을 아예 못 본 듯이 굴었다.

율은 보은을 태운 엘리베이터가 멈춤 없이 계속 내려가는 것을 그 자리에서 보다가 다시 강의실로 돌아왔다. 보은을 위해 샀던 여섯 개의 녹차라떼 중 보은이 들고 간 한 개의 컵을 제외한 나머지를 다 들고 화장실로 가서 개수대에 쏟아 부었다. 빈 종이컵과 캐리어는 휴지통에 버렸다. 율은 강의실에 놓고 왔던 프린트물과 교재를 들고 티처스 룸으로 돌아와 캐비넷 안에 던져 놓았다. 오전 내내 비어 있던 사무실 안에 율이 의자에 털썩 주저앉는 소리와 후우, 하고 숨을 몰아쉬는 소리가 들렸다.

영어 학원이 임대하여 쓰는 세 개 층을 통틀어 이 시간에 나와 있었던 사람은 율과 보은 두 사람뿐이었다. 보은이야 알 리가 없겠지만 율은 보은과 마주하고 있던 한 시간 내내 텅 빈 학원 안에서 그녀의 존재감을 날카롭고 예민하게 의식하였다.

보은이 에세이에 썼던 녹차라떼를 마시다가 입술에 묻은 하얀 거품을 귀여운 혀로 살짝 쓸었을 때는 율의 혀도 보은의 입술을 쓸어 버리고 싶었다. 그러나 보은이 자신을 어떻게 생각하는지 알기 전에는 그런 행동이 성추행과 같다는 것을 알고 있었고 율은 보은을 그런 식으로는 대하고 싶지 않았다. 겁을 먹은 보은은 멀리 도망가 버릴 것이다. 하지만 보은이 들이쉬고 내쉬는 숨소리와 발음할 때 보일 듯 말 듯 한 윗니와 살짝 벌어지는 입술은 율의 심장을 미친 듯이 뛰게 했다. 사적이고 곤란하기까지 한 질문을 받았을 때 약간 뜸을 들이느라 시선을 옆으로 돌릴 때면 보은의 속눈썹보다 자신의 혈관이 더 심하게 파르르 떨리는 것 같았다. 너를 보는 내 마음이 일방적이기만 한 걸까? 율은 아직 그것을 알 수 없어 답답했다.

보은의 마음을 꿰뚫어 보듯 눈동자를 들여다볼 때는 보은도 율의 눈을 똑같이 쏘아보다가 어느 순간 두 볼이 발그레해지며 고개를 숙이고는 했는데 그것이 단지 당황스러움 때문인지 수줍음 때문인지는 알 수 없었다. 말 잘 듣는 착한 학생 같았던 첫인상과 달리 당돌하고 장난기 많은 구석도 보였고 가끔은 얘가 내 머리 위에 있지 않나 하는 생각이 들게도 행동했다. 알 수 없고, 알고 싶고 그럼에도 자기를 잘 보여 주지 않는 보은을 율은 눈앞에 붙잡아 놓고 알아 가고 싶었다.

그래도 오늘 수업을 핑계로 보은에 대해 다른 것은 많이 알 수 있었다. 보은이 어렸을 땐 그냥 엄마가 되고 싶었고 좀 더 커서는 돈을 많이 버는 공장 사장님이 되고 싶었다는 것과 손재주가 있어서 무엇이든 손으로 직접 만드는 것을 좋아한다는 것, 여섯 살 차이 나는 남동생과 무척 친하고 자세히 말은 안 했지만 부모님께 사랑받고 의존하기보다 혼자서 잘 해 나가는 씩씩한 맏딸이라는 것도 알았다. 어렸을 때 일은 잘 기억이 나지 않아 별달리 말할 게 없다는 건 이상했지만 수학과 물리를 아주 좋아했으며 고등학교를 졸업하자마자 아르바이트 같은 걸로 돈도 꽤 벌어 봤다는 것과 미래의 꿈도 돈을 많이 버는 것이라는 걸 알았다. 율은 참 젊은 아가씨답지 않은 낭만이라고는 없는 꿈이라고 대꾸했었다. 다행히 외국인과 데이트 같은 건 해 본 적이 없다고 했고 첫사랑이나 현재의 남자 친구 같은 질문도 먼 옛날의 일인 양 잘 넘어가는 것이 자신이 신경 쓰지 않아도 될 듯했다. 그리고 앞으로의 연애와 결혼과 가족 같은 문제는 자신의 손바닥 안에 있다고 율은 생각했다. 넌 독 안에 든 쥐야. 그런 생각이 문득 스치자 율은 핸드폰을 꺼내 보은의 이름을 다른 것으로 바꿔 놓았다. 율의 입에서 큭큭, 웃는 소리가 감출 필요도 없이 새어 나왔다.

더 만족스러운 것은 보은에게 율 자신에 대해서도 많은 것을 알려 준 것이었다. 보은이 생각하는 것처럼 평범한 직장인에 대리운전 기사에 주말에는 대출 빚 때문에 아르바이트까지 해야 하는 건 아니라는 걸 알려 주지 못해 안타깝긴 했지만.

비상등만 남기고 학원 전체의 전원을 한 번에 끄는 스위치를 누른 다음 율은 엘리베이터로 향했다.

"참 이상한 사람이에요."

할머니는 여전히 정신이 분명치 않았다. 그래도 보은은 계속 말을 걸었다. 진통제 탓이겠지만 낮 시간의 대부분을 잠에 취해 계시는 할머니에게 보은은 아직 묻고 싶고 알고 싶고 말하고 싶은 게 많았다. 이대로 할머니를 보내 버리면 보은은 자신의 베스트 프렌드를 잃어버리는 것과 같았다. 피부가 짓물러 욕창이 생기지 않도록 보은은 할머니의 몸을 다시 옆으로 돌려 드린 후 말을 이었다.

"친엄마를 찾으러 자원해서 여기까지 왔으면 끝까지 찾았어야죠. 왜 돌아가 버렸을까요? 친엄마를 찾았는데 그 엄마가 아들을 별로 만나고 싶어 하지 않았을까요? 그렇게 가 버릴 거면서 한국 여자는 왜 또 건드렸대요? 참 이상하고도 나쁜 남자예요. 자신이 그렇게 태어났으면서 왜 여기다가 똑같은 애를 만들어 놓고 간대요?"

보은의 말이 이어졌다.

"그러고 보면 최율 씨도 선견지명 같은 게 있었어요. 나더러 외국 남자 좋아하는 이지걸이라고 했는데 이제 보니 그거 제 친엄마 얘기잖아요. 영 틀린 건 아니었네요."

할머니의 숱 빠진 머리를 보은은 가만히 만져 드렸다. 할머니는 몸무게가 날이 갈수록 줄어들고 있었다. 허리 밑으로 손을 넣어 기저귀를 갈아 드리는 일도 전처럼 땀이 나지 않았다.

"그래도 할머니를 만나고 부모님을 만난 건 참 다행스럽고 고마운 일이에요. 을식이 같은 동생을 둔 것도 그렇구요. 할머니, 나 참 착하죠?"

평소 같으면 실없는 소리 한다고 야단이나 맞았을 테지만 지금은 그렇게 면박을 주는 사람도 없다. 보은은 그것이 오히려 서럽고 슬펐다. 야단을 치면서도 경제 신문을 읽어 달라고 하시고 주식시장에서의 큰손이었던 시절을 자세히 이야기해 주시던 때의 쩌렁쩌렁한 목소리가 그리웠다.

친모를 만나고 온 뒤 아직 보은은 다시 그 집을 찾아가거나 전화 통화를 하지는 않았다. 그쪽에서도 아무 연락이 없었다. 그렇게 알고 싶었던 자신의 뿌리를 알게 된 뒤에도 일상은 다름없이 흘러갔고 보은도 겉으로는 평온하게 지내고 있었다. 그러나 사실은 가슴 위에서 커다란 바위가 짓누르고 있는 기분이었다. 친엄마를 찾았으니 이제부터 너도 자식 노릇을 해야 한다고 했던 염 노인의 말이 자꾸 심장 속에서 덜그럭거렸다.

"나, 안 착해요. 나 참 이기적인 애인가 봐요."

보은의 눈에 갑자기 눈물이 고였다. 아무에게도 보여 주기 싫고 자신도 인정하기 싫은 눈물이어서 보은은 얼른 손등으로 눈물을 닦아 버렸다.

그날 저녁 보은은 며칠 만에 영어 학원의 강의실에 앉았다. 율과의 토요일 보강 이후 처음 출석하는 것이었다. 도로시가 보은을 먼저 발견하고 반겼다. 도로시는 자기네 중학교 애들이 토요일 스포츠 수업 중 유리를 깨서 유리 값 변상 때문에 그 부모와 실랑이를 하느라 애먹었다는 얘기를 한참 늘어놓았다. 보은은 수다를 들어 주다가 생각나는 것이 있어 물어보았다.

"도로시도 지난달엔 수업 많이 빠졌었죠?"

"맞아요. 왜?"

"혹시 토요일에 보강한다는 말 들었어요?"

"그런 것도 있나? 토요일은 학원 안 여는 걸로 아는데……."

도로시는 자신은 그런 연락을 받은 적이 없다고 다시 말하면서 보은의 질문에 호기심을 보였다. 보은은 도로시의 과도한 호기심이 부담스러워 대충 얼버무리고 케일럽을 대신하여 들어온 스캇과의 수업이 다 끝난 후 접수대로 내려가 보았다.

그곳의 스태프 역시 토요일 보강에 대해서는 처음 들어 본다고 했다. 보은도 아는 학원의 시스템대로 오전과 저녁 수업

184

이 같은 진도로 진행되므로 새벽반이나 저녁반 중 하나를 택해 스스로 보충을 하면 되지 따로 학원에서 마련한 수업은 없다는 것이었다. 보은은 자신의 짐작이 맞다는 것을 확인했다. 설마 그렇게까지야, 하고 생각했던 일이 사실로 확인되었다.

학원에서 문자가 다시 온 것은 바로 그다음 날 오후였다. 보은은 오랜만에 병원에 들른 부모님이 할머니의 장례에 대해 얘기하는 것을 듣고 있었다. 아직 수의도 마련하지 못했고 장지도 결정하지 못한 상태였다. 아무리 정신이 맑지 않으셔도 누워 계신 할머니 앞에서 그런 얘기를 할 수는 없어 보은과 부모님은 로비의 소파에 앉아 있었다.

"난 상관 안 할 테니까 아들인 당신이 결정해요. 다 알아서 해. 당신 돈도 많잖아."

"나중에 툴툴거리지나 마. 옛날에 당신 어머니 돌아가셨을 때 장례비 다 내 통장에서 나간 거 알아. 못해도 그만큼은 할 거니까."

"장모님도 아니고 당신 어머니라니, 그렇게밖에 말 못 해요?"

언성이 조금씩 높아지려는 부모님을 말려 보은은 두 분을 식당으로 가 계시게 했다. 마침 점심때이기도 했다.

학원의 전화번호로 날아온 문자의 내용은 이런 것이었다.

이번 주 토요 보강은 711호에서 오전 11시부터 한 시간 동안 진행됩니다. 아래 번호로 출석 가능 여부를 알려 주십시오.

핸드폰 번호 하나가 붙어 있었다. 보은은 그 번호를 외운 뒤 충동적으로 전화를 걸었다. 역시 이미 저장되어 있던 번호였다. 보은의 벨 소리와 똑같은 통화 연결음이 흘러나오자마자 보은은 전화를 끊어 버렸다. 이 아저씨가, 벨 소리도 모자라 통화 연결음까지……. 웃음이 픽 새어 나왔다. 보은은 왼쪽 가슴에 손을 가만히 대고 심장이 세차게 뛰고 있는 것을 느꼈다. 싫지 않았다. 다시 핸드폰 문자 메시지를 열었다.

이보은입니다. 저는 이번 주 보강에 빠질 예정입니다. 수고하세요.

문장을 다 지우고 다시 작성했다.

이보은이에요. 전 못 가요. 다음에 맛있는 밥 사 드릴게요. 안녕히 계세요.

다시 지웠지만 이번엔 보은의 손가락이 쉽게 움직이지 못했다. 보은은 핸드폰의 전원을 꺼 버리고 부모님이 기다리는 식당으로 발을 옮겼다.

율은 회의 중이었지만 핸드폰을 바로 옆에 올려놓고 있었다. 학원 번호로 보낸 문자에 보은이 언제 답을 할지 기다리며 올려놓은 것이었는데 곧바로 진동이 부르르 떨리며 액정에 보은의 이름이 떴다. 김기영이 뭔가를 말하고 있었지만 율은 핸드폰의 통화 버튼을 누르려 했다. 전화는 그 전에 끊어졌고 대신 문자가 온 것은 한 시간이나 지난 뒤였다.

토요 보강 불출석합니다. 이보은.

손가락이 떨리기까지 하면서 열어 본 문자에는 달랑 이 한 문장과 이름뿐이었다. 인사도 없고 알은체도 없는 문장에 율은 허탈해지며 어이가 없어졌다. 화가 나기도 했다. 넌 고작 이따위를 적으려고 한 시간이나 내 마음을 갖고 논 거야?

케일럽이 서울에서의 마지막 수업이라며 수강생들과 인사를 나누고 있는 시간, 율은 티처스 룸의 창밖으로 짙게 내려앉은 어둠을 무표정한 얼굴로 내려다보고 있었다. 사촌 형 남선은 율의 눈치를 보다가 학원 전산망의 회계 프로그램 하나를 화면에 띄웠다. 프린터에서 출력되어 나오는 A4 용지 석 장을 꼼꼼히 훑어본 다음 율에게 다가갔다.

"이번 삼사분기 결산 보고서야. 올해 지출예산안도 첨부했으니까 비교해 보든지."

율은 사촌 형을 돌아보고 여전히 무심한 얼굴로 프린트물을 받아 들었다. 형이 알아서 잘 하고 있겠지, 하고 중얼거렸다. 사촌 형은 어안이 벙벙해진 표정이었다.

"무슨 일 있어? 건축주들이 애먹이냐?"

"애먹이냐고? 그래, 엄청 애먹이네."

율은 시계를 보더니 프린트물은 책상 위에 던져 두고 밖으로 나가 버렸다.

율의 차는 학원 후문의 주차장 입구에서 조금 떨어진 곳에 비상등을 깜박이며 섰다. 병원으로 가려면 지나가야 하는 길이어서 예상대로 보은은 혼자 건물의 뒤쪽으로 나왔다. 율이 내리는 것을 보고 잠깐 주춤했던 발걸음이 천천히 그에게로 향했다.

"안녕하세요?"

율은 보은을 쏘아보았다. 팔짱을 끼고 범퍼 뒤에 서서 보은을 꿰뚫듯 내려다보는 눈빛을 하고 입에서는 거친 목소리가 튀어나왔다.

"너, 뭐냐?"

보은은 대답 없이 율을 올려다보기만 했다. 보은은 놀라지 않았다. 당돌한 눈도 재미있어 하는 눈도 아니었고 오히려 미안하다는 듯 율을 쳐다보았다. 뭐라고 대꾸라도 해야 같이 맞받아치며 얘기가 될 텐데 보은이 아무 반응 없이 한참을 가만히 서 있으니 율은 오히려 풀이 죽었다.

"내가 이만큼 하면 너도 날 좀 돌아봐 줘야 하는 거 아냐?"

방금 전의 거친 목소리가 힘이 빠졌다. 애원하는 것처럼도 들렸다. 율은 이 상황에 문득 기시감既視感, 데자뷰를 느꼈다. 언젠가 이와 똑같은 광경을 자신의 눈으로 본 기억이 떠올랐다. 지난봄, 덩치가 산만 한 스포츠머리의 남학생이 보은에게 사랑을 구걸하며 하던 말과 다르지 않았다. 그날 학원 계단에서 그 모습을 보며 자신은 덩치 녀석의 어리석음과 무모함을 얼마나 비웃었던가. 율은 참담한 기분을 느끼며 두 눈을 질끈 감았다. 어린 그 덩치 녀석과 자신이 지금 다를 것이 뭐가 있는가. 눈앞의 어둠 속에서 덩치 녀석이 자신을 조롱하고 있는 것만 같았다.

"미안해요."

보은이 말하고 있었다. 율은 눈을 크게 뜨고 보은을 내려다보았다. 보은이 웃는 듯 마는 듯 언뜻 알 수 없는 표정을 하고 율을 보았다.

"뭐가 미안하다는 거지?"

"저 때문에 차 문에 스크래치도 나고, 밤에 운전 일도 못 하시고, 주말에 아르바이트비도 제대로 못 받게 되신 거요. 죄송해요."

율은 말문이 막혔다.

"토요 보강 때문에 아르바이트비 반납해야 하시는 거면 나갈게요, 이번 토요일 11시에요. 전에 그 강의실로 가면 되죠?"

보은이 얌전하게 그러나 또박또박 말했다. 그럼, 안녕히 가세요. 보은은 살짝 고개를 숙이더니 그대로 율을 지나쳐 갔다. 율의 팔이 빨랐다. 보은은 그의 손에 잡힌 자신의 팔꿈치로 시선을 떨어뜨렸다.

"병원 가는 거면 태워 줄게. 타."

안 타겠다고, 걸어가도 된다고 고집을 피우면 어떡하나 하는 걱정이 무색하게 보은은 조수석의 문을 제 손으로 열고 차에 올라탔다. 율은 보은의 마음이 변하기 전에 얼른 운전석에 올라 차를 출발시켰다.

율의 마음이야 어떻든 보은으로서는 아직 율과 사적인 관계랄 수 없는 사이인데 보은은 전혀 놀라거나 뜬금없어 하지 않았다. 율에게 그 말이 무슨 뜻이냐고 묻지도 않았다. 하긴, 보은은 전부터도 율에게 아무것도 궁금해하지 않았다. 어떤 회사에 다니는지, 대리운전 기사는 왜 하는지, 저 자신에게 왜 이렇게 신경을 써 주는지.

보은이 모른 척하고 있다는 것을 율은 그제야 깨달았다. 율의 마음이 자신에게로 향하는 것을 눈치챘으면서도 모른 척 스스로를 속이고 율도 속아 주기를 바란다는 것을 그는 알았다. 바리케이드가 아니라 이젠 아예 장벽을 쌓으려는 거냐고 율은 마음속으로 소리 질렀다. 왜 나에 대해 궁금해하지 않느냐고 묻고 싶었다. 하지만 그랬다가는, 보은이 이런 관계나마 거부하고 멀리 달아나 버릴까 봐 겁이 났다.

율이 갖고 있는 세속적인 잣대로 봤을 때 보은은 자신에게 어울리는 여자가 아니었다. 현실적인 성공과 세속적인 성취감이 행동의 이유인 율에게 보은은 평범할지는 모르겠으나 한참 부족한 여자였고, 아직 그녀에 대해 많이 알고 있는 건 아니었지만 학벌이나 직업이나 간병인 하나 제대로 쓰지 못하는 집안 형편으로 봤을 때도 맞지 않게 보였다. 율은 정의감이나 도덕 같은 것보다는 이익이 되는지 안 되는지와 같은 지극히 실용적인 삶의 지침을 가지고 살아왔다. 그것은 효과적이기도 해서 율은 늘 성공하는 사람으로 보였고 스스로도 충분히 만족스러웠다. 그런데 지금 이 여자 이보은 때문에 율은 그 원칙을 깨려 하고 있었고, 감히 율에게는 어울리지도 않는 평범한 이보은 따위가 제 분수도 모르고 그것을 거부하고 있었다.

어쨌거나, 너는 지금 내 옆에 나와 함께 있다. 율은 오늘밤 그것만 생각하기로 했다.

"저녁 먹고 들어가. 맛있는 거 사 줄게."

대학가 앞의 음식점들은 다행히 늦게까지 영업을 했다. 대학병원 때문에라도 그런 것 같았다. 율은 보은이 병원에 곧장 들어가야 한다고 하지 않는 것이 또 다행스러웠다. 오월에 보은을 처음 보고 어느덧 지금 십일월까지 제대로 된 데이트라고 해 봐야 국도변 기사 식당에서의 점심과 토요일 강의실에서의 차 한 잔이 다였다. 그나마 한 번은 보은이 샀고 자신이 산 것은 녹차밖에 없었다.

율은 대학병원 근처의 한정식 집으로 보은을 데리고 갔다. 마당에 정원석과 분재들이 가득하고 작은 물레방아가 돌아가는 조용하면서 운치 있는 식당이었다. 바닥에 깔린 자갈들이 차바퀴의 움직임을 따라 듣기 좋은 소리를 냈다. 저녁 식사를 하기에는 벌써 늦은 시간이었지만 다행히 영업시간은 아직 남아 있었다. 종업원이 두 사람을 마당이 잘 보이는 방으로 안내했다. 방의 한쪽 벽은 허리 부분에서부터 유리로 되어 있어 커튼 사이로 정원의 따뜻하고 노르스름한 조명이 나무들을 비추는 것이 내다보였다. 대부분이 소나무와 전나무, 구상나무라 겨울이 시작된 계절과는 상관없이 푸른 잎을 지키고 있었다.

보은이 메뉴판을 보는 동안 율은 종업원에게 이것저것 물어보더니 2인분을 주문했다.

"그냥 먹어. 제일 맛있는 거 시켰어."

율이 한결 누그러진 목소리로 말했다. 보은이 거북이처럼 목을 살짝 움츠리며 웃었다.

"그건 또 무슨 뜻이냐?"

"화난 거 아니죠?"

"화내면 겁나기는 하니?"

보은이 또 웃었다. 쑥스러운 듯 입매가 위로 휘어진 채 고개를 숙이고 공연히 냅킨을 만지작거렸다.

"네 살 때 이름을 지어 줬다는 게 무슨 뜻이야?"

율은 이제부터 보은에게 정공법을 쓰겠다고 결심한 터라 빙빙 돌려 묻지 않고 바로 직구를 던졌다. 자신이 일하는 방식과도 같았다. 보은은 예상하지 못했던 질문에 입술을 살짝 벌리고 있다가 말을 시작했다.

"전 네 살 때 지금의 부모님께 입양되었어요."

율은 들고 있던 물병을 떨어뜨릴 뻔했다. 그러나 보은의 목소리가 어떤 떨림도 없이 담담하다는 것을 깨닫고는 아무렇지 않은 듯 물었다.

"그 전에는?"

이번에는 보은도 담담해하지 못하는 듯 목소리가 잠겨 있었다.

"지금 병원에 누워 계시는 할머니의 친정에서 옛날에 일했던 분이 제 친어머니예요. 미군 부대에서 근무하던 병사를 만나 저를 낳으셨대요."

"그러면, 아버지가……."

율의 목소리도 덩달아 조심스러워졌다.

"그 병사는 한국에서 미국으로 입양된 흑인 혼혈이었는데 뿌리를 찾겠다고 한국에 왔다가 제 친어머니를 만났대요. 바로 미국으로 돌아가 버려서 저의 존재를 모른대요. 네 살까지는 제 친어머니가 저를 키우다가 지금의 집으로 절 입양 보내신 거구요."

율은 보은의 이국적인 분위기가 어디에서 온 것인지 알았다. 친아버지가 흑인 혼혈이라는 것은 충격이었다.

"남동생이 있다고 했지? 동생도 그럼……."

"걘 부모님이 낳으셨어요. 부모님이 오래도록 아이가 안 생겨서 저를 입양해 키우셨는데 제가 온 지 2년 만에 동생이 태어났어요."

"남동생은 귀하게 컸겠네."

"저는 뭐 안 그런가요?"

보은은 웃으며 말했지만 율은 그 말이 미덥지 않았다. 마침 음식이 준비되어 상 위에 차려졌다. 입맛을 돋우는 전채부터 순서대로 나올 모양이었다. 율이 종업원에게 하나씩 차례대로 들여오지 말고 한꺼번에 다 차려 놓고 후식만 나중에 벨을 누르면 갖다 달라고 말했다.

"손님, 그래도 서빙하는 순서가 있는데요. 드시는 대로 저희가 차례차례…….”

“들락날락거려서 말 끊기고 방해받는 거 싫습니다.”

율이 말했다. 종업원이 알겠다며 나갔다. 그 뒤로 종업원 세 명이 들어왔고 음식이 한꺼번에 상 위에 다 차려졌다.

“최율 씨 좀 못된 거 알아요?”

종업원들이 나가고 조용해진 방 안에서 보은이 말했다.

“난 그냥 효율적인 걸 좋아하는 거야. 그리고, 성질이야 너보다 더 못됐을까 봐?”

새침해지는 표정을 못 본 척하고 율이 어서 먹으라고 재촉했다. 보은은 나물 종류부터 하나하나 음식을 다 맛보았다. 차지게 지은 밥도 맛있게 먹었고 고기와 해물도 입에 딱 맞는 모양이었다. 율은 보은이 수저를 입에 가져가는 것을 보기만 했다.

“찌개가 시원한데요. 어서 드세요.”

“난 저녁 먹었어.”

“세상에, 그럼 이 많은 걸 남겨요? 그럴 거면 여기 왜 왔어요? 2인분이나 시키고.”

“한정식 집은 원래 1인분 주문은 안 받아.”

“그건 알지만…….”

보은은 음식이 아깝다는 듯 그때부터 접시를 싹싹 비웠다. 율이 그러다가 체하겠다고 말해도 괜찮다고만 대답했다.

“내일 아침 점심 안 먹으면 돼요.”

“너 이제 보니 되게 미련하구나. 식탐 있는 여자 별론데.”

율의 면박에도 아랑곳없이 보은은 음식을 남기지 않고 거의 다 먹고 있었다.

　"한정식 집은 딱 먹을 만큼만 음식이 나와서 사실 많은 양도 아니에요."

　"그건 네 생각이고. 다음부턴 남자 앞에서 그렇게 꾸역꾸역 먹지 마. 매력 없어."

　"훗, 저 다른 매력 많으니까 이해해 줄 거예요."

　"그래, 난 괜찮지만."

　아무렇지도 않을 말이었는데 보은의 귀가 갑자기 왜 빨개졌는지 모르겠다. 율은 보은의 몸속에 노파도 들어 있고 어린 계집애도 들어 있는 것 같았다. 보은이 어느 정도 접시를 비워 가자 율은 후식을 시키기 전에 궁금한 것을 마저 물어야겠다는 생각이 들었다.

　"지난번에, 한밤중에 찾아갔던 집말이야. 거긴 왜 갔던 거니?"

　그 집을 찾아가면서 세상의 두려움과 불안은 다 짊어진 듯 어두웠던 보은의 얼굴을 잊을 수가 없었다.

　"그날 친어머니를 처음 알게 되었어요. 어렸을 때 기억이 있었지만 그게 네 살짜리 아이의 꿈인지 상상인지 정확하지가 않았는데 그날 확인하게 됐어요."

　율의 말이 조심스러워질 수밖에 없었다.

　"그러면, 앞으로는 어떻게 할 거야?"

　"지금 부모님은 제가 친어머니를 찾았고 친아버지에 대해서도 알았다는 걸 모르세요. 할머니도 병원에 누워 계시지만 다른 사정도 좀 있거든요."

보은은 부모님의 사이가 나쁘다는 말은 하기 싫었다. 지금 자신이 처한 상황이 부끄러울 게 없다는 걸 알면서도 내놓고 얘기할 만한 것 역시 아니라는 걸 아는데, 율에게 더 이상 좋지 않은 인상은 주기 싫었다.

"앞으로의 일은 천천히 생각해 볼 거예요. 사실 제 출생에 대해 알았다고 해서 세상이 변하는 것도 없더라구요. 저 자신도 그렇구요. 그래서 오히려 놀랐어요."

보은은 남의 말을 하듯 방긋 웃더니 후식을 먹자고 말했다. 율은 상 위의 벨을 눌러 종업원을 부르고 후식을 주문했다. 곶 감을 넣은 수정과와 과일 몇 가지가 후식으로 나왔다.

"전에 저더러 왜 영어를 배우냐고 물으셨죠?"

"네가 다음에 말해 주겠다고 하고서는 감감 무소식이었잖아."

"하하, 그러네요. 아마 저한테 외국 사람 피가 섞여 있다는 걸 저 자신도 모르게 무의식적으로 알고 있었나 봐요. 여차하면 외국에 가서 살려구요. 진짜 재미있지 않아요?"

"그래서, 정말 외국이라도 갈 거야?"

율의 가슴 한쪽에 서늘한 바람이 불었다.

"모르지요. 어느 날 갑자기 미국에서 아버지가 제 존재를 알게 되고 저를 부를지요. 갔더니 어마어마한 부자인 데다가 저 말고는 상속해 줄 사람도 없고, 후계자가 하나 있긴 한데 금발에 푸른 눈의 미남인 데다가 똑똑하고 착한 사람이어서 저를 보자마자 사랑에 빠지게 될지도 모르죠. 그러면 최율 씨한테도 청첩장 보낼까요, 말까요?"

"아예 소설을 써라."

율은 진심으로 화가 나서 보은과 달리 웃음기가 쏙 빠진 퉁명스러운 말투로 대꾸했다. 그러다가 보은이 방 안의 벽시계로 눈길을 주는 것을 알아채고 물었다.

"병원에 가 봐야 하니?"

보은은 미소를 지으며 율을 가만히 쳐다보았다. 얘는 저런 눈으로 날 쳐다보면 내 심장이 어떻게 뛰는지 알기나 할까? 율은 그런 생각을 하며 보은의 갈색 눈동자를 마주 들여다보았다. 보은이 고개를 저었다.

"오늘은 을식이, 제 동생이 와 있기로 했어요. 내일 아침에 교대해 주면 돼요."

"동생 이름이 을식이야?"

보은은 호적상으로는 준범이라는 괜찮은 이름이 있음에도 을식乙植이라는 이름을 쓰는 이유가 있다고 말했다. '갑을병정무기경신임계'라고 쓰는 10간지 중 갑의 뒤에 숨어 있는 을乙처럼 귀신의 눈에 띄지 말고 오래 잘 살라는 뜻으로 할머니가 지어 주신 이름이라고 했다.

"할머니가 한자를 잘 아시나 보구나."

"네, 제 이름도 할머니가 지으셨대요. 우리 할머니, 그 시절에 대학 나오신 분이에요."

"은혜를 갚으며 살라는 네 이름?"

"맞아요. 기억하시네요?"

너에 대한 것은 다 기억한다. 율은 그 말을 속으로 삼켰다.

음식점을 나와 율은 리모컨으로 차에 시동을 걸었다. 조수석의 문을 열어 보은을 타게 하려는데 보은이 고개를 가로젓더니 말했다.

"집에 가기 전에 병원에 잠깐 들러야 해요. 전 여기서 걸어갈게요."

"타. 나도 병원 들어가야 해."

보은은 자신이 율을 자꾸 거짓말을 하게 만든다는 것을 몰랐다. 보은이 조수석에 탔다. 율의 팔이 가슴을 가로질러 안전벨트를 채워 주자 숨을 멈추며 바짝 긴장하는 것이 느껴졌다.

"밤에 운전하는 일 안 힘드세요? 아침에 회사 출근하려면 쉬셔야 하잖아요. 잠은 언제 자요?"

율은 사실을 말해 줘야 하나 말아야 하나 망설이다가 그냥 대답했다.

"오늘 밤엔 안 해."

보은이 자신을 걱정해 주고 신경 써 주는 것이 좋았다.

"그럼 병원엔 왜 가세요?"

"너 데려다 주려고."

율은 돌아보지 않았지만 보은이 웃고 있었으면 좋겠다고 생각했다. 오른쪽 시야에 들어온 보은의 고개가 조금 숙여지는 것은 알 수 있었다. 수줍어하는 걸까?

"여기서 기다릴 테니까 들어갔다 와. 집에도 데려다 줄게."

198

지하 주차장에 차를 세우고 시동을 끈 후 율은 보은의 안전 벨트를 풀어 주었다. 보은이 뭐라고 할까 봐 율은 아예 팔짱을 끼고 눈을 감은 뒤 몸을 의자 뒤로 깊숙이 묻었다. 고맙습니다, 하는 목소리가 들리더니 조수석 문이 닫혔다. 넌 항상 뭐가 그렇게 고맙니? 언제쯤이면 내가 너한테 해 주는 걸 당연한 것으로 받아들일래?

보은이 병실 문을 조심스럽게 열었을 때 침대 맞은편 소파에 길게 누워 있는 사람의 형체부터 눈에 들어왔다. 안으로 들어가 보니 담요를 머리끝까지 덮어쓰고 자고 있는 을식이었다. 그 옆 작은 테이블에서는 나라가 희미한 조명에 의지하여 두꺼운 책을 읽고 있었다.

"아직 안 갔어요? 시험 있다고 들었는데, 집에 가서 공부하지……."

나라가 특유의 씩씩한 표정으로 웃으며 대답했다.

"안 그래도 가 보긴 해야 할 것 같은데 준범이가 너무 곤히 잠들어서요."

"준범이한테 인사하고 가려구요?"

"네."

웬일로 수줍게 웃어 보이는 나라의 표정이 예뻐서 보은은 그녀의 손을 살그머니 쥐었다. 나라는 책을 가방에 넣더니 겉옷을 챙겨 입었다.

"근데 정말 가야겠어요. 학점 잘 받고 싶거든요."

나라는 을식이가 덮고 있는 담요를 살그머니 목 아래로 당겨 숨을 편히 쉴 수 있게 해 주었다.

"준범이가 이불을 머리끝까지 뒤집어쓰고 자는 버릇이 있네요. 아까부터 제가 이불을 내려 주는데도 다시 덮어쓰고 그래요."

"어릴 때부터 버릇이에요. 부모님이 싸울 때나 자다가 무서운 꿈 꾸고 그러면 저랬어요."

집에 들어가 보면 알겠지만 밑반찬이며 빨래며 청소며 아마 아무것도 제대로 된 게 없을 것이다. 보은은 부엌이며 방이며 엉망진창이 되어 있을 집 안 광경이 머릿속에 저절로 떠올랐다. 을식이의 말로는 어제도 부모님이 크게 싸우셨다고 했다. 아마 할머니의 간병이나 장례 문제 때문일 것이다.

"아⋯⋯."

나라는 보은의 시선도 잊고 을식이의 이마를 다정히 쓸어 주었다. 보은은 나라가 딸 많은 집의 막내라고 들었었는데 어디에서 저렇게 따뜻하고 포근한 마음이 나오는지 궁금하고 기특하기도 했다.

"나라 씨를 보면 참 부러워요."

보은이 솔직하게 말했다. 나라는 무슨 뜻이냐는 듯 보은을 돌아본다.

"누구를 좋아하는 마음을 당당하게 드러내고 표현할 수 있는 마음이요."

"아마, 군인 부모님을 둬서 그런가 봐요. 친구들이 그러던데요."

"네? 부모님이 군인이세요?"

보은은 가끔 나라를 보면서 했던 생각이 맞았다는 게 재미있었다.

"언니 두 명도 간호장교로 국군병원에서 근무하고 있어요."

"가족들이 모두 나라를 위해서 일하시네요, 안팎으로."

보은과 나라는 마주 보고 웃었다.

"근데, 언니. 말씀 낮추세요."

"그래요. 다음번부터는 그럴게요."

보은은 나라를 병동 현관까지 배웅해 주고 병실로 돌아왔다. 주무시는 할머니를 다시 살펴본 다음 을식이에게 간단한 메모를 적어 놓고, 사물함을 열어 집에 가져가야 할 빨랫감과 빈 반찬통 등을 챙겨 종이 가방 몇 개에 넣었다. 병실의 불을 끄고 나와 현관으로 향하던 보은은 발길을 돌려 복도의 화장실로 들어갔다.

거울에 비친 얼굴은 몹시 까칠하고 윤기라고는 없었다. 곱슬머리도 멋대로 뻗쳐 있어서 무거워 보였다. 하얀 카디건 안에 입고 있는 티셔츠는 깨끗하긴 했지만 낡은 것이었다. 청바지와 운동화도 마찬가지였다. 보은은 차가운 물을 틀어 세수를 하고 가방에서 스킨과 로션을 꺼내 얼굴에 발랐다. 무거워 보이는 곱슬머리는 잘 빗어서 고무줄로 묶었다.

"최율 씨 눈, 엄청 낮은 거 알아요? 나 실망했어요. 저 여자가 뭐가 좋다고."

보은은 거울 속의 여자를 향해 말했다.

지하 주차장의 입구로 들어서자마자 율의 차가 보은의 앞에 와 섰다. 율은 운전석에서 뛰어내려 보은이 들고 있는 가방과 보따리를 빼앗아 뒷자리에 실었다. 보은이 조수석에 오르자 안전벨트를 매 주었다. 율의 숨결이 보은의 이마에 닿았다가 멀어졌다.

"향수 뿌렸니?"

차를 출발시키기 전에 율이 두 눈을 가늘게 뜨며 물었다.

"찬물로 세수만 했어요. 가다가 차 안에서 잠들까 봐."

"근데 얼굴은 왜 빨개지는데?"

율의 키득거리는 웃음소리에 보은이 노려보았다.

보은의 집은 한 번밖에 가 본 적이 없지만 율에게는 낯설지 않은 동네여서 어렵지 않게 찾아갈 수 있었다. 오촌 당숙 그러니까 아버지와 사촌 간인 친척 한 분이 이 동네 위쪽에 사시기 때문이었다. 율은 보은의 집 앞에 차를 세우고 가방과 보따리를 내려 주었다.

"어른들 어디 가셨니? 불이 꺼져 있네."

어두운 집은 일이 층 현관의 보안등에만 전등이 켜져 있었다.

"저, 최율 씨."

그만 가라고 할 줄 알았는데 보은이 대문 앞에 선 채 그의 이름을 망설이며 불렀다.

"네가 먼저 내 이름을 부르는 건 처음인 것 같다. 맞지?"

율이 은근히 투정이라도 부리듯 말하자 보은의 시선이 그의 구두코쯤으로 떨어진다.

"저 이제 영어 학원 못 나가요."

"왜? 할머니 때문에? 잠깐이라도 비우기 힘들어져서?"

고개를 들고 율을 보는 눈빛에서는 아쉬움과 서운함과 하지 못한 말들이 분명히 남아 있었다. 보은의 입술만은 그것을 숨기고 싶었던 듯 간신히 입꼬리를 끌어올리고 있었지만.

"네. 그동안 정말 고마웠어요. 감사합니다. 안녕히 가세요."

너 지금 작별 인사라도 하는 거니? 율은 화가 난 표정을 숨기지도 않고 보은을 내려다보았다. 고개를 꾸벅 숙인 보은은 대문을 열고 바로 들어갔다.

우연히 내 눈에 띈 건 네 잘못이 아니지만 이렇게 떠나 버리려는 건 네 맘대로 안 될 거야. 율은 여유로운 웃음을 흘리며 천천히 운전석에 올랐다. 그러다 모퉁이를 돌기 직전에 차를 멈추었다. 보은의 방이 어디인지는 모르겠지만 불이 켜지는 것을 지켜보고 싶었다. 보은이 거실로 들어가 불을 켜고 부엌에서 물을 한 잔 마신 다음 자기 방에서 갈아입을 옷을 챙겨 샤워를 한 후, 음……. 온몸을 닦고 화장대 앞에서 예쁜 잠옷을 입고 불을 끈 다음 폭신한 침대에 눕는 것까지 율은 마음속으로 상상하며 지켜보고 싶었다. 그리고 보은이 편히 잠들 만큼 충분히 시간이 지나면 자신도 돌아갈 생각이었다.

그런데 시동을 끄고 운전석에 편히 몸을 기댄 지 10분도 안 되어 보은이 대문 밖으로 나왔다. 백미러로 보이는 보은은 양손에 용량이 다른 쓰레기봉투를 여러 개 들고 있었다. 옷도 갈아입지 않은 채 고무장갑을 낀 손으로 무거워 보이는 쓰레기봉투를 골목 아래에 놓고 올라왔다. 대문 안으로 다시 들어간 보은은 또 10분쯤 뒤에 이번에는 깨진 거울과 벽시계를 들고 나와 골목 아래로 내려갔다 돌아온다. 율은 그 모습을 안타깝고도 의아하게 지켜보았다.

대문은 다시 닫혔다. 율은 차에서 내려 보은의 집 앞까지 걸어갔다. 정면에서 올려다보니 2층 창가에서 분주히 왔다 갔다 하는 보은의 그림자가 보였다. 높은 담장 때문에 1층에서는 뭘 하는지 보이지 않았지만 율은 보은이 집 안을 청소하고 있다는 것은 짐작할 수 있었다.

며칠 만에 집에 와서 쉬지도 못하는구나. 자정을 훨씬 넘겨서야 집안의 불이 꺼지고 율은 그때까지 그 자리에 서 있을 수밖에 없었다.

"저는 간병인 부른 적 없는데요."

"염복순 할머니 아니신가요?"

"네, 맞긴 한데……. 다시 확인해보세요."

보은이 병실 한가운데 서 있는 40대 중반의 아주머니를 향해 말했다. 아주머니는 간병인협회에서 이곳으로 가라는 연락을 받고 나왔다며 할머니의 이름과 보호자 이보은의 이름까지 확인했다. 그리고 보은이 보는 앞에서 협회로 전화를 걸어 몇 가지를 물어보더니 전화를 끊었다.

"어쨌든 나는 선금까지 벌써 받았어요. 일단 오늘부터 일주일 동안 매일 저녁부터 아침까지 할머니를 간병하는 걸로 알고 왔구요. 혹시 집안의 다른 분이 신청하신 걸 수도 있으니까 한 번 알아보세요."

아주머니는 보은의 대답을 기다리지 않고 병실을 휘 둘러보더니 테이블 아래에 놓인 설거지 거리와 할머니의 옷가지를 들고 나가려 했다.

"아, 그건 제가 치울 거예요."

깜짝 놀란 보은이 말리려 하자 아주머니는 잽싸게 몸을 돌리고 말했다.

"원래 간병인은 이런 허드렛일은 안 해요. 환자만 돌봐야 하는데 이번엔 이런 일도 다 해주는 조건으로 선금을 받았어요. 그러니까……."

보은이 어리둥절해 있는 사이 밖으로 나간 아주머니는 잠시 후 설거지가 깔끔하게 끝난 그릇들을 들고 들어왔다. 할머니의 옷은 병원 공동 세탁기에 넣어서 나중에 찾아오면 된다고 했다. 아주머니는 능숙한 손놀림으로 할머니의 기저귀를 갈아 드렸다. 등과 엉덩이가 짓무르지 않았는지 살피고 연고까지 발라 드린다. 그 바람에 잠에서 깨어나 뭐라 중얼거리는 할머니의 입에 귀를 바짝 갖다 대더니 냉큼 물까지 가져와 할머니의 마른입을 축여 준다.

보은은 복도로 나와 아버지의 핸드폰으로 전화를 걸었지만 한참을 받지 않으셨다. 설마 어머니가, 싶어 어머니에게는 전화를 하지 않았다. 병실로 돌아가니 할머니는 등을 낮게 세운 침대에 기대어 앉아 계셨다. 낮에는 거의 잠에 빠져 계시거나

깨더라도 의식이 불분명하셨던 할머니가 오늘은 새로운 사람
에 대한 호기심 때문인지 조금 기운을 차리신 듯했다. 그러고
보면 이 병실에 간병인이든 문병객이든 할머니를 찾아오는 다
른 사람이 있다는 것부터 무척 새로운 일이었다. 대대로 사업
을 크게 한 집안답게 궂은일이든 좋은 일이든 집안에 늘 손님
이 북적였는데, 할아버지가 오랜 투병 끝에 돌아가시고 할머니
도 병석에 누우신 지 오래되자 집안에는 점점 친인척들의 발길
이 끊어지기 시작했다. 그나마 요즘은 나라가 와서 병실 분위
기가 밝아졌었다.

"고맙습니다."

보은은 할머니의 얼굴과 손을 따뜻한 물수건으로 닦아 드리
고 있는 아주머니에게 인사를 했다. 아주머니는 손사래를 치고
는 자신의 친정어머니도 이 병원에서 위암으로 돌아가셨다며
간병은 해 본 사람이 아니면 얼마나 힘든지 모르는 일이라고
한참 사연을 늘어놓았다. 보은은 자신도 노인 간병이라면 도가
텄는데, 하고 생각했지만 아주머니의 넋두리에 장단을 맞춰 주
는 것으로 대신했다.

"아가씨는 집에 갔다가 내일 아침 8시까지만 와요."

"할머니 저녁 드시는 거 보고 갈게요."

보은은 5시에 나오는 환자 석식을 아주머니가 할머니에게
천천히 인내심을 갖고 드시게 하는 것을 보고 병원을 나왔다.
아주머니는 누가 보든 안 보든 할머니를 잘 돌봐 드릴 테니 안
심하고 집에 가서 자고 오라고 말했다.

206

병원 로비 안으로 길게 뻗어 들어오는 햇볕은 눈이 부셨다. 밖에는 바람이 제법 부는지 마른 나뭇가지들이 한 방향으로 흔들리고 있었다. 영어 학원에 가는 일 외엔 그동안 자신만을 위해 밖에 나갈 일이 없었던 보은은 갑자기 생겨 버린 이 텅 빈 시간을 어떻게 해야 할지 막막하기까지 한 기분이었다. 한편으로는 아무것도 안 할 수 있는 이 자유 시간을 아낌없이 누리고 싶어 설레기까지 했다. 그래, 무슨 착오가 생겼는지 모르겠지만 몇 시간만 모른 체하자. 아주머니나 간병인협회에서 착오라는 걸 알게 될 때까지 몇 시간만. 그때까지만 온전히 나를 위한 시간을 갖는 거야. 보은은 주인 없는 가게에서 사탕을 훔쳐 먹은 것 같은 기분으로 로비 한가운데에 서 있었다. 핸드폰 문자가 들어온 것은 그때였다.

저녁 먹었니?

율이었다. 보은은 저도 모르게 뺨이 달아올랐다. 문자를 누르는 손가락이 살짝 떨렸다.

아뇨. 드셨어요?
밥 사라. 나 돈 없다.
왜요? 일거리가 없으세요?
누구 때문에 주말 아르바이트도 못 하고 밤에 운전 일도 못 했더니.

주말 아르바이트? 문자를 읽던 보은의 얼굴에 살짝 웃음이 스쳤다. 거짓말쟁이 사기꾼이라고 썼다가 지웠다.

미안해요.

율이 답하는 속도가 느려졌다.

밥 사, 지금.
지금은 안 돼요. 다음에 꼭 사 드릴게요.

이번에는 한참 동안 답이 없었다. 보은도 핸드폰을 만지작거리기만 했다. 답답한 문자는 그만두고 전화를 걸어 율의 목소리를 듣고 싶었다. 하지만 근무 중이어서 직접 통화하기 곤란할지도 모른다는 생각에 선뜻 전화를 걸기가 쉽지 않았다. 그리고 혼란스러웠다. 간질간질 심장을 뚫고 싹을 내밀려는 감정을 내버려 두어도 될지. 율이 먼저 문자를 그만두고 전화를 건 것이 고마우면서도 두려운 마음이 든 것은 그래서였다.

— 왜 안 돼?

율은 다짜고짜 물어 왔다.

"혼자 가 볼 데가 있어요. 미안해요. 다음에⋯⋯."

— 알았어.

율은 전화를 뚝 끊어버렸다.

"아, 저기⋯⋯."

208

전화기 너머에 아무도 없다는 것은 안다. 보은은 통화 버튼 위에 손가락을 얹었다가 가만히 그 이름을 만져 보기만 했다. 오늘은 어쩔 수 없다. 건물 밖으로 나가자 차가운 겨울바람도 상쾌하기만 했다.

호스피스 병동이 마주 보이는 곳에 세워진 날렵한 스포츠카 안에서 율은 답답한 가죽 넥타이를 신경질적으로 풀어 버렸다. 형이 신혼 때까지 타다가 하늘이가 태어난 뒤부터 자주 타지 않고 두었던 스포츠카를 보은을 위해 오랜만에 정비하고 세차까지 하여 몰고 온 참이었다. 스포츠카는 과시욕이 심해 보여 별로 좋아하지 않았지만 아버지의 대형 세단이나 자신의 SUV보다 보은을 깜짝 놀라게 하고 웃게 해 줄 수 있을 것 같아 가지고 나왔다. 입고 있는 옷도 마찬가지였다. 정장이든 캐주얼이든 감각이 있어서라기보다 그냥 마른 근육질에 긴 하체 때문에 뭐든 잘 받기는 했지만, 오늘은 보은이 좀 긴장하고 설레는 모습을 볼 수 있을까 하여 어젯밤부터 골라 놓은 옷이었다. 아침에 1층으로 내려가니 형수가 어디 데이트라도 가냐고 물어봐서 내심 으쓱하기도 했다. 출근해서는 며칠 전부터 계획한 일들을 다시 한 번 점검하는 전화를 걸었고, 김철수에게 와이프와 연애할 때 어디를 주로 다녔느냐고도 슬쩍 물어봤었다. 그리고 간병인에게 약정된 금액보다 훨씬 많은 수고비를 미리 주면서까지 보은의 시간을 비워 주었는데, 이 여자는 그 시간을 율이 아닌 다른 것에 써야겠다고 한다. 율은 운전대를 쾅, 내리쳤다.

그래, 어딜 그렇게 꼭 가야 하는지 같이 가 보자. 율은 보은이 택시를 잡아타고 움직이는 뒤를 바짝 따라 붙었다. 친어머니를 만나러 가는 걸지도 모르겠다는 생각이 그제야 들었다. 아무렇지 않다는 듯 밝게 웃으며 얘기했지만 지금의 가족들에게도 말하지 못했다고 하니 그 마음이 얼마나 무겁고 답답할지 짐작이 되었다. 할 수 없지. 친어머니가 지어 주는 따뜻한 저녁 한 끼쯤이야 내가 양보해야겠지. 그 집 앞에서 기다리고 있다가 보은이 나오면 데리고 와야지. 너무 늦지만 않았으면 좋겠는데. 율은 가슴 한복판이 뜨거워지며 가느다란 한숨이 나왔다.

그런데 보은을 태운 택시는 외곽이 아니라 도심 한가운데를 달리더니 병원에서 그다지 멀지 않은 대형 서점 앞에 멈춰 섰다. 보은이 지하 서점 안으로 들어가는 것을 확인하고 율은 유료 주차장에 차를 세운 뒤 바로 서점 안으로 내려갔다. 평일 초저녁이었지만 퇴근한 직장인들과 책가방을 멘 학생들로 서점은 북적였다. 바깥 기온이 꽤 떨어져서 서점을 약속 장소로 정한 사람들도 많을 것이다. 율은 계단 위에서 조바심을 누르며 한참 동안 보은을 찾았다.

수많은 사람들 속에서 보은은 몸을 숨기듯 서가 한쪽에 서 있었다. 경제학 관련 서가였다. 예전에 병원의 홍 선생으로부터 보은이 고등학교 때 경제와 시사 동아리를 했다고 들은 것이 기억난 율은 보은이 흥미 삼아 책을 훑어보고 있는 줄 알았다. 그런데 뒤에서 몇 발자국 떨어져 보은이 제법 꼼꼼히 읽다가 꽂아 놓는 책 제목들을 보니 재무제표 분석과 헤지펀드, 선물옵션 차트 읽기, 사모펀드 전략 등 주식 투자에 대한 전문적이고 구체적인 내용을 다루는 서적들이 전부였다. 보은은 그렇게 책을 열중해서 읽되 사지는 않고 다른 서가로 넘어갔다. 이번에는 물리학 코너였다.

율은 보은이 누구를 만나거나 기다리는 것도 아니고 그저 사지도 않을 책을 둘러보기 위해 이곳에 온 것이 답답하게 생각되었다. 더구나 고작 이런 곳에서 혼자 어슬렁거리며 시간을 보내려고 자신을 거절했나 싶어 어이가 없고 화가 났다. 보은이 가끔 책갈피에 코를 박고 숨을 깊이 들이쉬는 모습을 볼 때는 더 그랬다. 보은은 양손에 판형과 두께가 사뭇 다른 책을 펼쳐 들고 서가 구석으로 갔다. 그리고 몸을 돌려 책갈피에 코를 들이민 채 킁킁거리기도 했는데 그 모습이 기이하게까지 느껴진 율은 그만 정면에 서게 되었고 마침 고개를 든 보은과 눈이 딱 마주쳤다. 어어, 하는 소리가 입 밖으로는 나오지 못하고 보은의 입술에 걸려 있는 듯했다.

"안녕하세요?"

저놈의 인사성, 고맙습니다와 미안합니다 다음으로 듣기 싫은 소리. 넌 언제쯤이면 너와 나 사이에 선을 긋는 듯한 그런 인사를 그만두겠니? 율이 못마땅해하는 감정을 그대로 드러내며 보은을 내려다보았다.

"여기서 뭐하세요?"

"혼자 밥 먹기도 싫고, 아는 사람이나 만날 수 있을까 싶어 들어왔는데 네가 있네?"

"서점에서요?"

"그래, 나도 내 친구들도 책 좋아하거든."

교복을 입은 여학생 무리가 옆으로 지나가며 부딪힐 뻔했다. 율이 짐짓 보은의 옆으로 다가가 오른손을 뻗어 책 한 권을 뽑았다. 마침 건축학 서가여서 『노출 콘크리트의 유혹』이라는 책이 있었다. 신간인가 싶어 책장을 훑어보는데 주택의 외벽을 콘크리트로 거친 듯 단순하게 마감한 실제 건물들의 사진이 많이 실려 있었다. 보은은 페이지를 천천히 넘기는 율의 손과 진지해진 눈을 보다가 말했다.

"그거 사실 거예요?"

"궁금하긴 한데 책값이 좀 비싸네."

율은 책을 도로 꽂았다.

"제가 사 드릴게요."

율의 눈이 가늘어지며 보은을 의심스럽게 내려다보았다.

"선물해 드리고 싶어요. 지난번에 비싼 밥도 사 주셨잖아요."

보은은 책을 다시 꺼내더니 서가 한쪽에 마련된 책 바구니에 담았다. 율은 그까짓 책 한 권에 이제껏 서운했던 마음이 거품이 꺼지듯 녹아 버리는 것을 느끼고는 스스로가 한심해졌다.

"너는 안 사니?"

율도 보은에게 선물을 주고 싶었다. 차 수리비라며 통장으로 받은 돈도 그렇고 택시비만큼 하얀 봉투로 받은 돈도 그렇고 보은에게서 받은 것이 너무 많았다. 누가 알면 내가 네 기둥

서방이기라도 되는 줄 알겠다. 직업도 없는 애 돈을 야금야금 뺏어서는…….

"전 그냥 책 구경 왔어요."

"아까 킁킁거리며 냄새 맡던 건 뭐였고?"

보은이 후후, 소리 내어 웃었다.

"들켰네요. 새 책 냄새가 좋아서요."

보은은 미소를 지을 듯 말 듯 하며 율의 눈동자를 가만히 올려다보았다. 또, 또 저런 눈빛. 율은 이제는 보은이 보통 여우가 아닌 것 같다는 생각을 했다. 아무래도 오늘 자신의 수를 다 읽힌 것 같았다. 그럼에도 불구하고 설레는 마음을 어쩔 수 없이 율은 보은의 갈색 눈동자를 마주 내려다보며 그 눈빛 속에 녹아들었다. 심장이 간질간질해지며 재채기가 나올 것 같은 느낌, 온탕에 몸을 푹 담근 듯 뜨끈하고 나른해지는 기분, 율은 마주 서 있는 보은의 어깨를 잡아당겨 품 안에 안아 버렸다. 더 참고 있을 수가 없었다. 보은이 좋아한다던 우연한 만남이고 뭐고 다 집어치우고, 이제는 참기가 싫었다.

갑자기 끌려온 보은의 몸이 휘청거리면서 보은의 손에 들려 있던 플라스틱 책 바구니가 율의 한쪽 무릎을 치고 바닥에 떨어졌다. 바로 옆에서 소곤거리는 사람들의 말소리가 들려왔고 보은은 율의 품에서 빠져나가려고 여린 몸을 버둥댔다. 무슨 말을 해야 할지 찾지도 못한 보은이 어어, 소리만 내고 있었다. 율은 눈을 질끈 감고 보은의 목덜미에 비스듬히 코를 묻은 채 보은의 냄새를 깊이 들이마셨다. 보은이 새 책 냄새가 좋아 킁킁거렸던 것처럼 율은 보은의 냄새가 좋아 늑대처럼 킁킁거렸다. 보은의 팔이 율의 가슴을 쳤다. 두 가슴 사이에 빈틈이라곤 없이 꼭 끌어안았기에 제대로 칠 수도 없었지만 보은은 할 수 있는 만큼 율의 가슴을 치려고 했다. 율은 보은의 팔꿈치를 그대로 잡은 채 조금 틈을 벌려 주었다. 더 빨개지려야 빨개질 수도 없을 만큼 보은의 얼굴과 목이 새빨갛게 달아올라 있었다. 여우 같은 당돌함은 어디로 갔는지 눈길은 곧장 아래로 떨어졌다. 율은 그만 허리를 숙여 보은의 입술에 쪽, 점을 찍듯 입을 맞추었다. 닿았나 싶게 바로 멀어진 입맞춤이었다. 환호인지 야유인지 수군거리는 사람들을 뚫고 보은의 한쪽 손을 꼭 잡으며 출구로 향했다. 그 와중에 보은이 선물하겠다는 책을 다른 손에 꼭 쥐고 계산대로 가 책을 올려놓았다. 한 손으로 지갑 속의 현금을 대충 꺼내 던지고는 서점을 나왔다. 보은이 아까부터 뭐라고 크게 소리치는 것 같았지만 들리지도 않았다.

스포츠카를 주차한 곳까지 보은을 데리고 달리듯 도착한 율은 조수석에 보은을 꼭 붙들어 앉히고 안전벨트까지 채웠다. 보닛 위를 뛰어넘을 듯 운전석으로 재빨리 돌아와 앉고는 버튼을 눌러 안에서 문을 잠가 버렸다. 운전석에서 열어 주지 않으면 나갈 수가 없다.

"뭐하는 거예요? 왜 그랬어요, 도대체! 난 다시 저 서점에는 못 가. 창피해서 어떻게 가요. 아는 사람이라도 봤으면 어떡해."

율은 차를 출발시키지 않고 그대로 보은의 말을 들어 주었다. 보은이 두 손으로 얼굴을 가리며 고개를 떨구자 이렇게 대꾸했다.

"사람들은 다른 사람 일에 별로 관심 없어. 금방 잊어버릴 거야. 그리고 너, 뽀뽀가 아니라 키스라도 했으면 기절했겠네."

율의 손가락이 보은의 귀밑머리를 넘겨 주었다. 보은이 화들짝 놀라며 몸을 뒤로 뺐다. 어둠이 완전히 내려앉은 시간이었지만 보안등이 군데군데 켜져 있고 주차 요금을 계산하는 작은 컨테이너 박스도 있었다. 주차 요금을 계산하는 아저씨가 이쪽을 쳐다보았다.

"여기선 더 놀라게 안 할 테니까 그렇게 떨지 마."

"내, 내리고 싶어요."

대답 대신 율은 스포츠카를 천천히 출발시켰다. 입가로 통쾌하기도 하고 흐뭇하기도 한 웃음소리가 삐져나왔다. 곁눈으로 보니 보은은 아직 새빨간 얼굴을 창으로 돌리고 바깥을 내다보는 척했지만 가슴의 안전벨트를 두 손으로 꼭 쥐고 있었다. 하고 싶은 말은 많겠지만 너무 놀라 입술이 붙어 버렸을 것이다.

복잡한 도심을 가는 듯 서는 듯 천천히 움직이는 차 안에 앉아서 보은은 사람들의 시선이 자신이 타고 있는 스포츠카에 집중되는 것을 알았다. 차창이 짙게 선팅되어 있어서 안이 들여다보이지는 않겠지만 보은은 그 시선들이 불편했다. 옆에 앉아 말없이 핸들만 잡고 있는 율을 쳐다보기에도 어색하고 부끄러운데, 횡단보도 앞에 멈춘 채 사람들이 힐끔거리는 시선을 받고 있으려니 눈을 어디에 둬야 할지 몰랐다.

"이 차 뭐예요?"

차 안의 침묵을 견딜 수가 없어진 보은이 조그만 목소리로 물었다.

"빌렸어."

"왜요?"

"너 놀라게 해 주려고."

"벌써 많이 놀랐어요."

"아직 남았는데?"

뭐가 더 남았냐고 물으려다가 대답이 두려워진 보은은 입을 꼭 다물었다. 율이 그 마음을 읽고 이번에는 크게 소리 내어 웃었다.

"저녁 먹으러 가는 거야. 걱정 마."

"걱정 같은 거 안 해요."

"근데 왜 목소리는 달달 떠는 것처럼 들리지?"

대꾸도 못 하고 시선을 떨어뜨리자 율의 웃음소리가 더 커지는 것이 보은은 얄미웠다. 문득, 서점에서의 일을 그에게 따져 물어야 하는 거 아닌가 싶었지만 입술을 꼬옥 깨물고 창밖으로 고개를 돌렸다.

복잡한 도심을 빠져나온 스포츠카는 완만하게 경사진 도로를 따라 산을 휘감으며 계속 올라갔다. 양쪽으로 키 큰 나무들이 휙휙 지나갔다. 가로등 불빛에 활엽수의 앙상한 가지

들이 하얗게 엉긴 듯이 멀리 보였고 그 배경을 뒤로 잘생긴 소나무들이 양쪽 도로에 늘어서 있었다. 나무들이 이루는 터널을 지나 두 사람을 태운 차는 산비탈을 깎아 만든 평지에 멈추었다. 발아래로 서울의 야경이 내려다보이고 멀리 검은 빛처럼 흐르는 한강도 보였다. 날씨가 점점 싸늘해져서인지 사람들은 눈에 띄지 않는데 차창 밖으로 소나무 숲을 지나 오솔길 끝에 노르스름한 불빛들이 몇 개 떠 있었다. 율은 시동을 끄고 보은을 내리게 했다. 두 사람은 불빛을 따라 오솔길로 들어갔다.

"와, 산속에 이런 아담한 집이 다 있었네요."

보은은 신기해하며 눈앞에 서 있는 벽돌집을 올려다보았다. 불꽃이 타닥타닥 소리 내며 타고 있는 따뜻하고 아늑한 벽난로를 연상시키는 집이었다. 오솔길을 지나 율이 열어 주는 나무 문으로 들어가니 실내는 마치 옛 유럽 왕가의 거실에 들어온 듯 고풍스러운 가구들과 카펫으로 꾸며져 있었고 어두운 겨자색과 올리브그린색으로 칠해진 벽에는 풍경화와 정물화가 앤티크 액자에 넣어져 걸려 있었다. 테이블과 의자는 유서 깊은 고성에서라도 가져온 양 오래된 윤기가 흘렀고 어느 것 하나 같은 모양의 것이 없이 우아하고 독특했다. 실내에는 조용하고 낮은 클래식 음악이 흐르고 있었다.

"앤티크 가구를 수집하시는 분이 개인 소장품으로 꾸민 레스토랑이야."

율이 보은의 등 뒤에서 속삭였다. 생각보다 너무 가까이에서 들려온 율의 목소리에 보은은 움찔 긴장했다. 율은 제일 안쪽에 있는 자리로 보은을 데려갔다. 천이 덮인 소파에는 테슬이 달린 쿠션이 놓여 있고 곡선이 아름다운 테이블 위에는 노란 조명과 작고 예쁜 꽃병이 있었다. 율과 마주 앉은 보은의 얼굴이 부드러운 조명을 받아 은은하게 빛났다. 율은 보은을 가만히 바라보다가 금방 돌아오겠다며 일어섰다. 출입구 왼쪽으로 들어가 시야에서 사라지더니 금세 자리에 와 앉았다.

"아직 정식으로 오픈하지 않아서 지금 무슨 요리가 가능한지 주방에 물어보고 왔지."

"그런데 어떻게 여길 알았어요?"

"내가 다니는 회사에서 지은 곳이야. 파스타 주문했는데 괜찮니?"

보은은 고개를 끄덕였다. 긴장이 조금 풀려 주위를 돌아보니 정말 아직 정식으로 오픈하지 않은 곳이라 그런지 다른 손님들은 보이지 않았다. 서빙하는 직원도 없었다. 고즈넉한 분위기라는 건 이런 걸 말하는 거겠지? 보은은 문득 영어 학원에 제출했던 에세이가 생각났다. 'My favorite things' 중의 하나가 바로 이런 분위기에서 좋아하는 사람과 식사하는 것이었는데……. 보은은 눈을 들어 새삼스럽게 율을 보았다.

"왜 그렇게 홀린 듯이 쳐다봐?"

농담처럼 던진 말에 보은은 웃지도 않고 담담하게 대답했다.

"말하면 꿈에서 깰 거 같아요."

율이 그 말을 곱씹는데 하얀 차이나 셔츠를 입고 허리에 커피색의 에이프런을 두른 중년 남자가 은색의 긴 포트를 들고 왔다.

"따뜻한 물 먼저 드리겠습니다."

율은 남자와 눈웃음을 교환했다.

"여기 주방장이셔."

아아, 하고 보은이 말했다. 유리잔 안에는 조그만 녹차 잎이 떠 있었다. 보은이 한 모금 마시고 내려놓는데 율이 갑자기 컵을 들어 물을 벌컥 들이켜고는 사래가 걸린 듯 기침을 해 댔다.

"왜 그래요? 괜찮겠어요?"

보은은 옆으로 다가가 등을 쳐 주었다. 율은 기침을 해 대면서도 보은에게 자리로 돌아가 앉으라고 손짓을 했다. 보은은 냅킨을 건네주고 건너편에 앉아 율의 기침이 가라앉을 때까지 걱정스러운 눈으로 바라보았다.

파인애플 샐러드와 음료가 먼저 나온 후 조개가 곁들여진 링귀니 스파게티가 나왔다. 보은이 굵고 납작한 링귀니 면을 숟가락과 포크로 돌돌 말아 입에 쏙 넣었다. 오일 소스의 담백하고 부드러운 맛이 괜찮은 모양인지 눈이 반달 모양으로 휘어지며 미소를 짓는다.

"우와, 맛있어요!"

보은은 아이처럼 감탄사를 내뱉으며 또 면을 포크로 감았다.

"다행이네."

"짜장면 다음으로 제가 제일 좋아하는 음식이 오일 소스 파스타예요."

"짜장면? 그런 얘긴 안 썼잖아?"

율의 한쪽 눈썹이 올라갔다.

"언제 그런 얘기 할 일이나 있었나요? 최율 씨도 어서 드세요. 맛있어요."

"내일은 짜장면 사 줄게."

아이처럼 재잘대던 보은이 순간 조용해졌다. 포크를 들고 면을 깨작거리던 율은 고개를 들어 보은을 쳐다보았다.

"왜요? 왜 또 사 줘요?"

진지한 목소리였다. 율은 갑자기 지난달 보은으로부터 받았던 지극히 사무적인 문자메시지를 다시 읽는 기분이 들었다.

"내일도 데이트할 거니까."

율의 노골적인 시선에 보은은 잠깐 말을 잃었다.

"이거 지금, 데이트예요? 우리, 데이트하는 거였어요?"

보은의 목소리에는 장난기나 웃음이 없었다. 더없이 진지하고 조심스러운 목소리였다. 율이 포크를 내려놓고 보은을 똑바로 쳐다보았다.

"그럼 넌 이게 뭐라고 생각하니? 남자가 여자 기다렸다가 졸졸 따라가서 싫다는 걸 억지로 껴안고 입 맞추고 남자는 무슨 맛인지도 모르겠는 걸 여자가 좋아한다니까 같이 먹어 주고, 이런 게 데이트 아니면 넌 뭐라고 생각하지?"

보은은 말이 없었다. 율은 화가 나지 않았다. 소리를 질러 놓고 보니 고백을 한 것보다 더 쑥스럽고 머쓱해져서 공연히 파스타를 크게 둘둘 말아 입안 가득 넣었다.

"나, 기다렸어요?"

"그래, 병원에서."

"서점까지 따라왔어요?"

"그래, 졸졸."

"파스타 나 때문에 먹는 거예요?"

"그래, 면 요리 안 좋아해."

"억지로 한 거 아니에요."

보은의 목소리가 떨렸다. 율은 뭐, 하고 되물었다.

"껴안은 거, 억지로 한 거 아니라구요."

고개를 숙이고 있어서 표정이 보이지 않았다. 빨개진 귓볼과 달싹거리는 입술만 보였다.

"너무 놀라고 부끄러웠어요. 그래도 좋았어요."

율은 그만 포크를 내려놓았다. 손가락에서 힘이 빠졌다. 가슴을 뚫고 튀어나올 듯 펄떡거리는 심장이 보은을 바라보는 것 외엔 다른 것은 아무것도 하지 못하게 했다.

"알았어. 어서 먹어."

심장이 하는 말과는 다른 퉁명스러운 목소리가 입에서 나왔다. 보은도 아무 일이 없었다는 듯 포크를 움직여 파스타를 입으로 가져갔다. 보은의 고백으로 이미 무슨 맛인지도 모르고 포크질만 하던 율이 그 모습을 보다가 그녀의 손이 너무 빨리 움직이는 거 아닌가 싶은 생각이 드는데, 아니나 다를까 보은은 기침을 연달아 토하며 가슴을 두들겼다. 율은 어떻게 해야 할지 몰라 냅킨을 한꺼번에 뽑아 보은의 옆으로 갔다. 재채기까지 하며 눈물이 그렁그렁 맺혔다가 또르르 굴러 내렸다. 율은 보은의 기침과 재채기가 멎을 때까지 등을 쓸어 주고 냅킨으로 눈물을 닦아 주었다. 그리고 보은의 숨이 천천히 돌아오는 것을 확인하고 따뜻한 물 잔을 손에 쥐여 주었다. 보은이 천천히 물을 마셨다.

"우리 둘 다 오늘 데이트는 모양 안 나네. 파스타도 그렇고."

율은 보은이 파스타를 먹다가 사레들린 이유가 자신이 녹차를 마시다가 그랬던 이유와 같다는 것을 모르지 않았다. 그래서 더 보은이 예뻤다. 예뻐서 자꾸만 웃음이 나왔다.

"아니에요. 정말 맛있었어요."

"내일부터는 우리 잘하자. 데이트 망치지 말고."

보은이 율을 쳐다보았다. 따뜻한 시선이었다.

"망쳤다고 생각 안 해요."

이럴 때는 참 기특하기도 하지. 율은 손가락 끝으로 아직 보은의 눈가에 맺혀 있는 눈물방울을 닦아 주었다.

"더 안 먹을 거예요?"

"난 다 먹었어. 후식 가져올게."

주방으로 간 율은 주문을 하러 갔을 때보다는 조금 더 후에 크리스털 접시 위에 예쁘게 장식된 아이스크림을 들고 돌아왔다.

"어, 이거 민트초코칩 아이스크림이잖아요? 내가 정말 좋아하는 건데."

보은의 두 눈이 반달 모양으로 접히며 환하게 웃었다. 율은 마주 앉지 않고 보은의 옆에 털썩 앉았다. 어느 순간부터 보은의 아이스크림 스푼이 율의 손에 가 있고 보은은 율이 떠먹여 주는 대로 아이스크림을 받아먹고 있었다. 눈도 못 마주치고 수줍어하면서도 주는 대로 날름 받아먹는 그 모습이 율은 너무 사랑스러웠다. 미치도록 사랑스러워 그 귀여운 혀와 촉촉한 입술을 당장 느끼고 싶었지만 율은 그러지 않았다.

"보은아."

"네?"

보은의 곱슬머리가 율의 어깨에 닿았다. 율은 머리카락을 손가락으로 빗겨 주었으나 눈은 보은의 차갑게 젖은 입술에 머물러 있었다.

"크리스마스에 너한테 키스해줄게. 우리 그때 첫 키스 하자."

"아까 서점에서……."

"음, 그건 그냥 뽀뽀였잖아."

율은 보은의 어깨를 제 쪽으로 살그머니 끌어당겼다. 그냥 팔을 두르려는 줄로만 알고 가만히 있던 보은은 율이 재빨리 오른손으로 턱 끝을 붙잡고 입술을 부딪쳤다가 떼자 소파에서 튀어 오르기라도 할 듯 깜짝 놀랐다. 율의 가슴을 확 밀치면서 조그맣게 중얼거렸다.

"누가 봐요. 아까 주방장님이……."

율은 킥, 웃음이 터졌다.

"누가 안 보면 계속해도 돼?"

복숭앗빛으로 물들어 버리는 보은의 뺨을 제 손등으로 톡톡 두드려 주었다.

"아무도 안 봐. 퇴근했어."

그 말을 증명이라도 하듯 밖에서 차의 시동 소리가 들리고 바퀴가 움직이더니 엔진음이 점점 멀어져 갔다.

"그럼 이 가게는 어떡해요?"

"말했잖아. 아직 정식으로 오픈 안 했다고. 우리가 불 끄고 나가면 돼."

"어떻게 그래요?"

"그냥 그래."

대답을 하는 둥 마는 둥 율은 보은의 입술에 쪽, 소리가 나도록 또 입을 맞추었다. 사이좋은 새들이 부리를 맞추듯 닿았다가 떨어졌다. 아직은 어색한 보은이 율의 어깨를 슬쩍 떠밀었지만 그 바람에 율의 억센 손아귀에 한 손이 붙잡히기만 했다. 율의 오른쪽 손가락이 보은의 왼쪽 손가락을 굳세게 얽어맸다. 보은은 오른손으로 율을 밀 수도 있었지만 그렇게 하지 않았다.

"이것도 뽀뽀예요?"

살짝 웃으며 율을 노려보았다. 그러나 곧 표정이 굳어졌다. 율의 얼굴에서 장난기가 사라지고 깊어진 두 눈동자는 보은에게 최면이라도 걸듯 어두운 빛을 내뿜고 있었기 때문이다. 보은은 마치 율이 던진 보이지 않는 그물에 옴짝달싹 못하도록 갇힌 작은 새가 된 기분이 들었다. 율의 눈동자에 일렁이고 있는 것은 따스함이나 부드러움이 아니라 먹이를 노리는 맹금류의 굶주림이었다. 보은은 그 눈빛이 두려웠다. 이곳이 산중턱에 외따로 떨어진, 아직 오픈도 하지 않아 사람들이 모르는 곳인 데다가 지금은 오직 율과 자신만 남아 있다는 자각이 선명하게 덮쳐 왔다. 언제부터였는지 실내에 흐르던 음악도 멎었고 율의 손은 보은의 손가락을 점점 아프게 죄어 왔다. 뺨에 와 닿는 율의 가쁜 숨결은 뜨거웠다.

"그러지 마요……."

보은이 떨리는 목소리로 힘없이 말했다. 불과 두어 시간 전만 해도 보은은 오늘 이런 일이 일어나리라고는 상상도 못 했었다. 율의 마음을 확인하게 된 것도 그랬지만 자신의 감정을 입 밖으로 꺼내 말한 것 역시 스스로가 더 놀랄 일이었다. 게다가 지금 이건…….

"무서워요."

율의 고개가 천천히 보은의 어깨 위로 떨어졌다. 움찔 놀란 보은의 상체가 뒤로 조금 젖혀졌지만 율은 더 이상 움직이지 않았다. 보은을 붙잡고 있던 두 손도 소파 위로 떨어졌다.

"가만히 있어 줘, 잠깐만. 기다려 줘."

율은 거칠지만 조그맣게 속삭였다. 보은은 여전히 긴장하고 있었지만 한 손을 들어 율을 달래 주려고 했다. 그러나 손이 머리칼에 닿자마자 율이 펄쩍 뛰어오를 듯 소리 질렀다.

"하지 마! 제발……."

영문을 모르고 겁을 먹은 보은은 손이 공중에 멈춘 채 그대로 얼어붙었다. 뭐가 미안한지도 모르겠지만 미안하다고 말하고 싶었다. 율이 그 전에 고개를 들고 보은을 쳐다보았다. 상기된 얼굴에 꿰뚫어 보는 눈동자는 여전했지만 그 속에 위험한 짐승의 눈빛 같은 건 사그라지고 없었다. 가쁜 호흡도 차분히 돌아왔다.

"미안해. 널 두렵게 하기는 싫어. 그러지 않을게."

율은 벌떡 일어서더니 보은의 손을 잡고 자리에서 일으켰다. 빠르게 성큼성큼 앞장서서 걸어가는 율에게 보은은 끌려가듯 계산대 앞까지 왔다. 계산대 위의 금전출납기와 팩스 기계는 실내의 고풍스러운 가구들과 어울리지 않는 반짝반짝 빛나는 새 물품들이었다. 율은 벽에 붙어 있는 스위치 박스를 열어 몇 개의 전원을 내렸다. 레스토랑 입구의 비상등과 바깥쪽 현관의 조명에만 노르스름한 불빛이 남았다.

율이 한 손으로 자신의 손을 꼭 잡은 채 전원을 내릴 때까지만 해도 보은은 곧 레스토랑을 나갈 줄 알았다. 그런데 사람의 움직임이 없으면 자동으로 꺼져 버리는 비상등이 점점 어두워지며 빛을 잃었다. 율이 보은을 품에 꽉 끌어안은 채 그대로 움직이지 않았기 때문이다. 보은은 자신의 긴 머릿결을 천천히 쓰다듬어 내려가는 율의 손길이 무척 조심스럽다는 것을 알았다.

"무서워하지 마. 널 잠깐 안아 볼 수는 있지, 응?"

보은이 저항 없이 가만히 안겨 있는 것을 확인한 율은 팔에 힘을 좀 더 주었다. 자신이 안고 있는 것이 너무 오래 기다리다 녹아 버린 아이스크림이 아니란 것을 확인이라도 하려는 걸까? 보은은 율이 무슨 말이라도 하면 좋겠다고 생각했다. 하지만 그뿐, 율은 얼른 보은을 품에서 떼어내고는 레스토랑 밖으로 데리고 나갔다.

마법이 풀린 동화 속의 아름다운 성처럼 오솔길을 따라 따뜻하게 빛나던 조명은 불이 꺼져 있었다. 보은은 율에게 손을 잡힌 채 걷다가 뒤를 돌아보았다. 방금 전의 일인데도 레스토랑 안에서 율과 나누었던 대화와 장난스러운 입맞춤이 꿈속의 일이었던 듯 느껴졌다. 그림자처럼 남아 있는 어두운 레스토랑의 전경이 등 뒤로 점점 멀어져 갔다. 십일월의 겨울바람이 뺨을 스치고 지나갔지만 뜨거워진 두 볼은 그것을 느끼지도 못했다.

두 사람을 태운 스포츠카는 구불구불 산길을 돌아 다시 내려왔다. 깊은 밤의 도로에는 자동차의 빨간 불빛이 꼬리를 물고 이어졌고 오가는 사람들의 행렬과 빌딩숲이 나타나기 시작했다. 보은은 무릎 위에 모아 쥔 손 위에 율의 따뜻한 손이 덮이는 것을 느꼈다.

"손이 차가워."

"겨울이라 그래요."

"그래도……."

율이 고개를 돌려 보은을 보다가 눈이 마주치자 싱긋 웃었다. 부드럽고 따뜻한 웃음이었다. 보은은 율의 몸에서 은은히 스며 나오는 부드러운 빛이 자신을 따뜻하게 감싸 주는 기분이 들었다.

"최율 씨 눈, 참 선해요. 지금은요."

"아까는 어땠는데?"

"잡아먹을 듯이 쳐다봤죠."

"이 아가씨가……. 너 그 말이 무슨 뜻인지나 알고 하니?"

"병원 주차장에서 의사 선생님들과 처음 봤을 때도 그렇고, 무료 수강 잘하고 있냐며 학원에서 처음 말 걸었을 때도 그렇고 다 너무 무서운 눈으로 쏘아봤잖아요."

율은 그 짧은 만남을 기억해 주는 보은이 놀랍고 대견스러웠다. 보은이 몰라서 그렇지 율이 보은을 본 건 그 앞으로 두 번이나 더 있었지만 말하지 않았다. 율은 보은의 왼손을 기어 위에 얹은 채 손가락을 꼭 얽어매고 운전했다.

"어디로 가요?"

차창 밖으로 보이는 밤의 풍경이 낯설지 않았다. 멀리 국회 의사당의 불빛이 보였다. 율의 차는 넓은 주차장의 한 모퉁이에 섰다. 앞 차창으로 검게 물결치는 한강이 흐르고 있었다. 한강변 주차장에는 데이트를 나온 건지 드문드문 차들이 라이트를 켜고 서 있었다. 보은은 율이 코트를 벗고 있는 모습을 의아하게 쳐다보았다. 율은 아무 말 없이 안전벨트를 풀어 준 다음 보은의 무릎 아래로 손을 뻗어 의자를 뒤로 밀고 등받이까지 제쳤다.

"뭐, 뭐하는 거예요?"

의자가 갑자기 뒤로 확 누워 버리는 바람에 소스라칠 듯 놀란 보은이 몸을 일으키려고 했다. 율이 보은의 어깨를 천천히

228

떠밀었다. 따뜻한 숨결이 보은의 이마에 닿았다.

"한숨 자. 아무 짓도 안 할 테니."

"여기서 왜 자요?"

율이 자신의 코트로 보은의 몸을 턱 아래에서부터 덮어 주었다.

"집에 가도 넌 못 잘 거잖아."

그걸 어떻게 아느냐고 물으려다가 보은은 율의 체온과 냄새가 스민 코트의 질감과 코트를 꼭꼭 여며 주는 손길이 기분 좋아 가만히 있었다.

율의 말이 사실이긴 했다. 집에 가면 분명히 밀린 집안일을 하느라고 쉬지 못할 것이다. 을식이가 가끔 한다고는 하지만 스무 살 남자애가 할 수 있는 집안일이라는 건 설거지통에 담긴 것만 설거지하고 세탁기에 든 것만 세탁하는 정도의 수준이었다. 다 큰 어른 셋이 사는 집에 거의 밖으로만 나도는 가족들인데도 보은이 며칠에 한 번 집에 들어가는 날이면 어김없이 일거리가 수북하게 쌓여 있었다. 어릴 때부터 할머니가 을식이의 밥은 꼭 챙겨 먹이도록 한 덕분에 보은은 까다로운 입맛의 을식이를 위해 국과 밑반찬을 만들어 냉장고를 채워 놓아야 했다. 게다가 병원 식단을 싫어하시는 할머니 때문에 끼니마다 올릴 죽 종류를 만들고 약탕기로 마실 거리를 달여 준비해 놓아야 했다. 한 그릇을 비우는 데 한 시간이 걸리고 몇 수저 드시지 못할지라도 드시는 것만큼은 그렇게 해 드리라는 아버지의 말씀도 있었지만, 보은의 마음이 먼저 그러고 싶었기 때문이다.

참, 지금쯤이면 간병인 아주머니든 협회든 착오가 생겼다는 걸 알았을 텐데⋯⋯. 보은은 미루고 싶은 마음을 다독여 핸드폰을 꺼냈다. 부재 중 전화가 없었는지 살펴보았지만 고맙게도 아직 마법은 풀리지 않았다.

"병원은 걱정 말고 눈 감아. 나도 눈 좀 붙일게."

율이 장난기라고는 전혀 없는 표정으로 한 손을 들어 보은의 눈을 아래로 쓸어 주었다. 보은은 눈을 뜨고 율을 보고 싶었지만 이어지는 율의 말에 그럴 수가 없었다.

"지금 눈 떠 버리면 여기서 다른 거 하자는 뜻으로 알 거야."

보은의 머릿속에 깊은 밤 인적이 드문 장소에서 차 안에 앉은 연인이 할 수 있는 몇 가지 일들이 마구 스쳐 지나갔다. 음악을 듣고 차를 마시며 국제 정세를 논할 수도 있겠지만, 그리고 또⋯⋯.

"야한 상상 하는 건 아니지?"

어쩔 수 없이 부끄러운 미소가 입매에 걸리는데 그 입술 위로 율의 입술이 살짝 점을 찍고 멀어졌다. 보은은 저도 모르게 눈을 뜨고 입술을 손등으로 가렸다.

"이건 너무 불공평하잖아요."

"그래, 오늘은 그만 할게. 어서 자. 한 시간만 자면 집에 데려다 줄게. 알았지?"

율의 눈빛도 목소리도 조용하고 진지했다. 보은은 다시 눈을 감고 고개를 끄덕였다. 한 시간, 그 아까운 시간을 왜라든지 어떻게라는 물음으로 헛되이 흘려 버리긴 싫었다. 질문은 이 밤의 마법이 풀린 뒤에 해도 늦지 않을 것이다. 그러자 이번엔 몸의 긴장이 풀렸다.

"그래, 우리 보은이 착하지……."

율의 손이 코트를 다시 여며 주는 것이 느껴졌다. 율의 운전석도 조금 뒤로 물러나는 소리가 들렸다. 등받이를 제치고 나란히 눕기라도 하면 어떡하나 긴장하고 있는데 그러지는 않는 것 같았다. 보은이 앉은 자리에 열선을 작동시켰는지 의자가 따뜻해져 오고 오디오에서는 희미하게 들릴 듯 말듯 느린 음악이 흘러나왔다. 의식이 오히려 또렷해질 뿐 율을 옆에 두고 절대로 잘 수 없을 거라고 생각했던 것과는 달리 보은은 어이없게도 잠 속으로 느릿느릿 빠져드는 것을 느꼈다. 가물거리는 의식을 붙잡고 놓지 않으려고 했지만 고단했던 몸과 놀란 마음은 달콤한 수면이 던지는 유혹에 그 끈을 스르르 놓아버렸다.

검은 강물이 한강대교의 붉은 불빛을 반사하고 있었다. 보은이 앉은 자리의 열선과 음악 때문에 시동은 켜고 있었지만 헤드라이트는 끈 채였다. 율은 강물이 겨울바람에 일렁이는 것을 바라보며 자신의 마음도 일렁이는 것을 느꼈다. 보은은 자지 않을 생각이었겠지만 곧 얕은 잠 속으로 빠져들었다. 실내의 공기가 건조한 탓에 입술을 조금 벌리고 고개를 차창 쪽으로 돌리고 있었다. 율은 보은의 얼굴을 감싸 쥐고 제 쪽으로 돌

라떼와 첫키스 231

려 놓고 싶었지만 참았다. 그랬다가는 자신의 행동이 거기서 멈추지 못하리라는 것을 분명히 알기 때문이었다.

간병인을 들여보내고 보은을 병동 밖에서 기다릴 때까지만 해도 율은 오늘 보은에게 입맞춤까지 할 생각은 없었다. 사람들이 많은 공공장소에서 갑작스러운 포옹을 하리라는 것도 예상하지 못했다. 그냥 보은에게 좋은 것을 보여 주고 맛있는 것을 먹이고 잠깐이라도 쉬도록 하고 싶었다.

영어 에세이 콘테스트에 보은이 제출했던 글에서 썼듯이 아무도 없는 조용하고 고풍스러운 분위기에서 자신이 제일 좋아하는 오일 소스 파스타와 민트초코 아이스크림을 먹고 싶다는 꿈은 너무 소박하고 단순해서 이루어 주기가 어렵지 않았다. 보은을 데려갔던 레스토랑의 주인은 율이 조지아 공대에서 건축을 공부할 때 같은 기숙사에서 지냈던 선배의 삼촌이었다. 그 인연으로 설계를 맡게 되었고 레스토랑의 일부는 아직 인테리어가 완성되지 못한 상태였지만 율의 간곡한 부탁으로 잠깐 문을 열어 주었다. 다음 주에나 오픈 예정인 레스토랑의 주방장까지 한 시간만 일해 주는 조건으로 출근을 했다. 물론 시간외수당은 율이 치렀다. 서점에서 보은을 잡지 못했으면 많은 비용과 수고가 다 허사로 돌아갔을 계획이었다.

너의 favorite things를 앞으로 천천히 하나하나 다 네게 줄게. 율은 착한 아이처럼 아이스크림을 한 입 한 입 받아먹는 보은을 흐뭇하게 쳐다보았었다. 사실은 파스타보다 짜장면을 제일 좋아하고 새 책의 종이 냄새 맡는 것을 좋아한다는 것은 에세이에 없는 내용이었지만 율은 보은과 그것을 함께 나눌 생각만으로도 설레고 가슴이 뭉클해졌다.

그런데 아무도 없는 밤의 장소에 단둘이 남았다는 자각이 거센 파도처럼 율을 덮치고 장난처럼 입 맞춘 보은의 입술에서 향긋한 민트 향을 느꼈을 때, 율의 몸속에서는 뜨거운 마그마가 꿈틀거렸다. 따뜻한 물속에 떠 있던 어린 녹차 잎 하나가 보은의 입술에 묻었을 때 느꼈던 유혹과는 비할 수 없이 강렬한 충동이었다. 자신도 미처 예상하지 못했던 순간에 활화산의 표면을 뚫고 솟구쳐 나온 뜨거운 마그마는 온몸의 혈관을 타고 미친 듯이 내달렸다. 보은의 손이 진정시키려는 듯 머리를 쓰다듬으려 했지만 머리칼에 손끝이 닿은 찰나, 율의 내부에 숨어 있던 짐승은 심장을 움켜쥐고 그나마 남아 있던 이성을 날려 버렸다. 하체의 중심이 벌떡 튀어 오르며 그다음 자극을 기다렸다. 그러나 본능적인 두려움에 떨던 보은의 불안정한 숨소리는 율을 맹렬히 자극하는 동시에 자제하게 했다. 날아가 버린 이성의 끝을 간신히 붙잡지 않았더라면…….

율은 상체를 보은 쪽으로 돌려 그녀의 잠든 모습을 보았다. 시속 2백 킬로미터를 질주하고 있는 자신과 달리 이제 막 시동을 건 것과 다름없는 보은은 율이 턱 밑에서부터 덮어 준 코트를 얌전히 덮고 새근새근 자고 있었다. 자신이 입양아라는 것을 지금의 부모님께 대놓고 물어볼 수도 없고 혼자서 불안한 마음을 붙들고 살았을 어린 보은이 애처롭고 안쓰러웠다. 꿈이나 상상이라고 생각했던 것이 현실이었음을 안 것만 해

라떼와 첫키스 233

도 힘들었을 텐데 친아버지가 흑인 혼혈이라는 것을 알았을 때는 얼마나 큰 충격을 받았을까? 보은은 그때 아무렇지 않은 듯 미소를 지으며 다른 사람의 이야기를 전하듯 말했었다. 가끔 그렇게 자신의 일을 남의 일 얘기하듯 하는 버릇이 있다는 걸 보은은 알고 있을까? 동정이나 연민이나 호기심 따위는 원치 않는다는 표정이었다. 보은이 자신의 출생 문제나 할머니의 간병만으로도 지치고 약해져 있을 때 율이 갑자기 욕망을 내비친다면 보은은 감당하지 못하고 더 힘들어질 것이다. 율의 마음을 동정이나 연민이 아닌 온전한 그대로 받아들일 수 있을 만큼 보은의 마음에 자리가 생기면 그때부터 율은 돌진할 것이다. 보은을 남김없이 다 가질 것이다. 그 전에는 주기만 할 것이다.

그리고, 언젠가는 보은에게 말할 수 있을지 모르겠지만 그것도 아주 나중에나 말할 수 있을 수줍은 고백이 율에게는 있었다. 서른셋의 율은 키스의 경험도 있었고 그보다 더한 경험도 있었지만 그것을 진정한 첫 경험이라고 생각하지 않았다. 그동안의 키스는 몇 명의 여자들로부터 일방적으로 당한 것이었고 분위기에 휩쓸려 받아 주기만 한 것들뿐이라고 율은 생각했다. 마음대로 율을 덮쳐 자신을 내던지듯 유혹한 여자들과 사랑이 아니면 눈물로 연민이라도 얻으려는 여자들의 입맞춤만 있었다. 그 뒤를 이어 당연히 일방적이라고는 할 수 없지만 비자발적인 경험이 있었다. 군대는 유학 가기 전에 일찍 갔다 오는 게 좋다는 아버지의 엄명에 따라 율은 한국에서 대학

교 1학년을 마치자마자 입대했고, 새파란 이등병 시절 3개월
만에 첫 휴가를 받아 부대를 나오다가 독사 같은 선임병의 강
압에 못 이겨 끌려간 곳이 말 그대로 사창가, 여자들이 몸을 파
는 곳이었다. 아무런 설렘이나 준비도 없이 거추장스러운 총각
딱지를 아직 달고 있느냐는 조롱 때문에 객기를 부리듯 내팽개
친 자신의 순결한 동정을, 그리고 서툴렀던 자신의 몸 아래 누
워 옆방의 여자와 큰 소리로 수다를 떨던 나이 든 창녀의 표정
을 율은 10년이 훨씬 지난 지금도 끔찍한 자기혐오의 감정으로
돌아보았다. 그 불쾌하고도 짧았던 한 번의 배설이 율에게는
유일한 경험이었다. 율이 먼저 입 맞추고 싶고 안고 싶다고 느
낀 여자는 보은이 처음이었다.

　보은아, 너에게 내 처음을 줄게. 율은 보은의 이마에 내려와
있는 머리카락을 곱게 옆으로 넘겨 주었다.

　보은이 눈꺼풀을 천천히 들어 올리려 할 때 맨 처음 시야에
들어온 것은 검고 짙은 털들이었다. 바람에 누운 초원의 풀들
처럼 가만히 몸을 뉘고 있는 검은 풀들은 부드럽기보다는 빳빳
하고 힘 있어 보여서 보은은 그 풀들이 자신이 숨을 내쉴 때마
다 호흡을 따라 물결치듯 움직이고 있는 것이 신기하다는 생각
을 했다. 그 검은 풀들이 율의 머리카락이고 율의 머리가 자신
의 턱 밑에 있다는 것을 알아채기까지 겨우 몇 초의 시간이 흘
렀을 뿐이다. 보은은 누워 있던 몸을 벌떡 일으켰다. 가슴까지
내려와 있던 율의 코트가 바닥으로 떨어졌다.

　율은 운전석을 보은과 같은 높이로 눕히고 몸 전체를 보은

에게 향한 채 잠이 들어 있었다. 덩치에 어울리지 않게 몸을 둥글게 웅크리고 보은의 왼쪽 어깨에 이마를 기대다시피하고 잠이 들었던 것이다. 그나마 운전석과 조수석 사이의 콘솔박스와 기어 때문에 더 가까이 올 수 없었을 것이다. 보은은 떨어진 코트를 조심스럽게 들어 올려 율에게 덮어 주었다. 그리고 다시 몸을 율 쪽으로 향하며 천천히 몸을 눕혔다. 차창 밖은 여전히 검은 어둠 속에 휩싸여 있었고 차 안의 디지털시계는 자정을 막 넘기고 있었다.

마주 보이는 얼굴은 서글서글하게 잘생겼지만 날카롭고 무서워 보이기도 하는 얼굴이었다. 감은 눈 속에 쉬고 있는 두 눈동자는 가끔 보은의 마음과 몸속을 다 꿰뚫어 볼 듯 날카롭게 빛났었다. 하지만 그는 지금 이렇게 순한 모습으로 잠들어 있다. 바로 내 옆에서. 보은은 율의 눈썹과 감긴 두 눈과 코와 입술과 귀를 신기한 듯이 하나하나 뜯어보았다.

"내가, 뭐가 좋다고……. 나에 대해 아는 것도 별로 없으면서."

보은이 나지막이 혼잣말을 중얼거렸다. 용기를 내어 율의 머리카락 몇 가닥을 그것도 끝자락만 살짝 손톱 부분으로 건드려 보았다.

"내가 얼마나 못된 여자인지도 모르면서, 아저씨는……. 최율 씨는 바보예요."

자신의 목소리가 간질간질 율의 마음을 괴롭히는 것도 모른 채 보은은 손가락을 조금 더 뻗어 율의 짧은 머리칼을 가만가

236

만 건드렸다. 율의 잠을 금방 깨우고 싶지는 않지만 그가 계속 잠들어 있는 것도 싫었다. 그래서 보은은 율이 눈을 감은 채 자신의 손가락을 꽉 붙잡을 때도 놀라지 않았다. 대신, 부러뜨리기라도 할 듯 힘이 실린 그의 손가락 때문에 보은의 입에서는 아, 하고 짧은 비명이 새어 나왔다. 율이 눈을 번쩍 떴다.

"그러지 말라고 경고했지?"

아저씨라고 부른 걸 말하는지 아, 하는 비명을 지른 걸 말하는지 아니면 머리칼을 만진 것 때문인지 어리둥절해하고 있는데 율의 입술이 보은의 입술에 부딪쳤다. 이번에는 장난스러운 짧은 입맞춤이 아니었다. 웃고 있을 것 같았던 율의 눈동자가 저녁의 레스토랑에서 느꼈던 것처럼 음험하게 빛났다. 부드럽지도 달콤하지도 않은, 배려가 없는 키스였다.

누구의 입에서 나온 것인지 두 사람도 알 수 없는 소리가 흘러나왔다. 단지 입술이 닿았을 뿐인데도 온몸을 휘감는 두려움에 보은은 율의 어깨를 세게 두들기며 얼굴을 돌리려고 했다. 율의 왼손이 보은의 긴 곱슬머리를 밧줄처럼 휘감아 붙잡고 단 1밀리미터의 움직임도 허락하지 않았다. 건조한 실내 공기 때문에 메마른 듯 거칠어진 입술이 무방비 상태로 율의 치아에 씹혔다. 그때까지 조개처럼 닫혀 있던 보은의 입술이 아픔을 느끼고 저절로 벌어졌다. 율의 입술이 잠깐 떨어졌다. 보은의 등을 끌어당겼던 율의 손도 사과하듯 아랫입술을 가만히 쓸어 주었다. 이제 끝났나 보다 하고 모자란 숨을 들이쉬는 순간 보은의 입술은 다시 잘근잘근 깨물렸고 입안으로 들어온 것은 율의 뜨거운 혀였다.

어디에서 그런 초인적인 힘이 생겼는지 보은이 율을 힘껏 뒤로 밀쳐 낼 수 있었던 것은 입술 사이를 파고든 혀 때문이 아니라 자신의 몸 위로 올라와 짓누르고 있는 율의 무게 때문이었다. 키스를 하려고만 했을 텐데 율의 상체는 어느새 콘솔박스와 기어를 넘어 조수석으로 와 있었다. 보은은 기절할 것처럼 놀라 율을 있는 힘껏 떠밀었다. 좁은 스포츠카 안에서 뒤로 밀려날 공간조차 없었던 율은 머리를 천장과 차창에 연달아 부딪혔다. 하지만 상체의 쏠림 때문에 부딪혔다 돌아온 자리도 어쩔 수 없이 보은의 몸 위였다. 불이라도 붙은 듯 화끈거리는 율의 입술이 보은의 목덜미를 찍어 눌렀다. 보은은 조수석 문을 열고 몸을 돌려 밖으로 튕겨나가듯 빠져나왔다. 차 안에는 아픔 때문인지 욕구불만 때문인지 거친 숨을 내뱉는 율만 조수석에 반쯤 엎드려 있었다. 한 손은 여전히 뒤통수를 만지고 있었다.

따뜻한 차 안에서 잠들어 있던 몸이 겨울의 차가운 밤바람에 얼어붙을 듯했다. 강을 타고 부는 바람이라 더 싸늘하게 느껴졌다. 추위와 두려움에 덜덜 떨며 서 있던 보은은 그 사이 다른 차량들이 다 떠나고 율의 스포츠카만 주차장에 남아 있는 것을 알았다. 창피한 모습을 다른 사람들이 목격하지 않아 다행이기도 했고 이제 돌아가야 할 상황에서 어떻게 율을 다시 보아야 할지 난감하기도 했다. 키스는 몰라도 그 이상의 행동은 율도 처음부터 의도하지 않았으리라고 보은은 믿고 싶었다.

혼자가 아니었던 스물셋, 그때 보은은 소꿉친구였던 건욱과 뽀뽀만 했던 건 아니다. 호기심에서 나누었던 10대 시절의 첫 키스와 욕망으로 뒤범벅된 서툰 키스를 지나 따뜻한 위로를 나누어 주던 성숙한 키스까지 보은의 키스는 모두 한 사람, 건욱과의 경험이었다. 키스할 때마다 가슴을 건드리려는 건욱의 손길에 펄쩍 뛰며 놀라긴 했지만 가끔은 장난스럽고 가벼운 스킨십도 있었다. 두 사람을 방해하는 것이 아무것도 없었더라면 시간이 더 흐른 뒤 언젠가는 보은도 망설임 없이 끝까지 갔을지도 모른다.

그러나 방금 전 차 안에서 부딪혔던 율과의 경험은 전혀 다른 것이었다. 낯설고 두렵고 무서웠다. 율이 지금 당장은 그러지 않으리라는 것을 본능적으로 알면서도 보은은 어쩔 수 없이 율로부터 벗어나지 않을 수 없었다.

조수석의 문이 활짝 열려 차가운 강바람이 들이치자 율도 정신이 돌아온 모양이었다. 그는 조수석 밖으로 네 발로 엉금엉금 기어 나오다시피 하여 바퀴에 등을 기대고 다리를 쭉 뻗어 주차장 바닥에 앉았다. 한 손을 아직도 뒤통수에 대고 얼굴을 심하게 찡그리고 있었다.

"많이 아파요?"

어이없게도 보은은 그 모습에 웃음이 피식 새어 나왔다. 펄쩍 뛰며 화를 내거나 달아나야 할 것 같은데 그런 생각도 들지 않았다. 팔을 뻗으면 잡힐 듯한 거리에 율이 있는데도 두렵거나 무섭지 않았다. 몇 분 사이에 마음이 바뀌다니 정말 이상한 일이었다. 율이 멋쩍게 웃으며 어, 하고 대답했다.

"호오, 하고 불어 줘."

두 사람은 마주 보고 또 소리 내어 웃었다. 어처구니가 없다
는 말은 이런 때 쓰는 거겠지. 보은은 앞으로 율을 어떻게 혼내
줄까 생각했다.

"키스는 크리스마스에 하자면서요."

"이건 리허설."

곧바로 튀어나온 대답에 보은은 눈이 반달 모양으로 휘어지
며 훗, 하고 웃었다. 두 사람은 한동안 정지된 시간 속에 있는
것처럼 아무런 움직임도 말도 없이 서로를 바라보기만 했다.

"미안해. 용서해 달라고는 안 할 거야. 또 할 거니까."

율이 바닥에서 일어나 코트를 꺼내 보은에게 둘러 주고는
조수석에 앉혔다.

"최율 씨 원래 이렇게 뻔뻔스러운 남자였어요?"

"응. 뻔뻔하고 못됐어."

보은의 두 발을 모아 안으로 넣어 준 율이 조수석 문을 닫기
전에 입술에 또 쪽, 하고 점을 찍었다. 보은은 짐짓 화난 목소
리로 툭 내뱉었다.

"오늘은 그만한다고 아까 그랬잖아요. 기억 안 나요?"

율은 오른손으로 대시보드의 시계를 가리켰다. 자정을 넘겼
으니 하루가 지났다는 뜻이었다. 이렇게 장난기 많고 유치하기
도 한 당신을, 최율 씨를 난 정말 많이 좋아하게 될 것 같다고
보은은 생각했다. 좋아하는 이유 같은 건 없다고, 그냥 같이 있

으면 기분이 좋아진다고……. 운전하고 있는 율을 곁눈으로 살짝살짝 쳐다보며 보은의 입가에 미소가 살포시 떠올랐다. 집으로 가는 내내 보은의 마음속엔 커다란 풍선 하나가 두둥실 떠올라 있었다.

스포츠카가 보은의 집이 보이는 언덕으로 천천히 올라가고 있을 때 보은의 휴대폰이 울렸다. 올리비아의 '플라이 미 투 더 문'이 흘러나오자 율은 엉겁결에 자신의 핸드폰을 꺼내려다가 보은과 눈이 마주치고 슬며시 웃음을 흘렸다. 보은이 전화를 받았다. 윤주였다. 일상적인 말을 몇 마디 주고받은 후 전화를 끊다가 보은은 아까 율을 혼내 줘야겠다고 생각했던 것이 떠올랐다.

"누구야? 친구?"

고맙게도 율이 먼저 물어왔다.

"음, 있잖아요. 최율 씨도 전에 봤을지 모르겠는데, 모터사이클 타던……."

농담처럼 가볍게 던졌을 뿐인데 율은 갑자기 브레이크를 꽉 밟아 버렸다. 스포츠카의 낮은 차체가 끼이익, 귀에 거슬리는 비명을 내지르며 급정차를 했다. 그 와중에도 율의 오른팔이 보은의 가슴을 가로지르고 있어서 몸이 앞으로 쏠리지는 않았다. 한적한 밤의 주택가 골목 어디선가 컹컹, 개 짖는 소리가 날카롭게 들려왔다. 보은이 놀라서 율을 돌아보았다.

"내놔, 핸드폰."

보은을 쏘아보는 율의 눈빛이 낯설었다. 오른손바닥을 보은의 눈앞에 내밀었다.

"최율 씨, 그 사람은."

"지워. 그 번호. 지금 당장. 헤어졌다고 했잖아."

"여자예요. 내 친구예요. 그냥 헬맷 쓰고 다니면 남자로 보여요. 미안해요."

율의 오해가 더 이상 커지지 않도록 보은이 쏟아내듯 말을 했다. 율의 눈썹이 이해할 수 없다는 듯 꿈틀거렸다.

"헤어졌냐고, 오토바이 타는 남자와 헤어진 거 확실하냐고 내가 물어봤을 땐 왜 그런 말 안 했어?"

"아, 키샤 환송회 하던 날……."

그땐 우리 아무 사이도 아니었지 않느냐고 말하려던 보은은 운전대를 부술 듯 움켜쥐고 있는 율의 손등에 힘줄이 불거져 있는 것을 보고 입을 다물었다. 율은 보은의 집 앞을 지나치더니 조금 떨어진 큰 도로가에 차를 세웠다.

"보은아, 날 봐."

율이 보은의 턱을 한 손으로 틀어쥐고 자신을 마주 보게 했다. 어느새 보은의 눈동자에는 미안함과 두려움이 뒤섞인 미묘한 감정이 일렁이고 있었다. 율은 나지막이 신음을 삼켰다.

"우리는 지금부터 연애하는 거야. 나는 네가 좋아. 그러니까 네 마음 아프게 안 할 거야."

단순하고 간단했다.

"나만큼은 아니겠지만 너도 그래 줬으면 좋겠어."

진지하고 솔직한 율의 고백과 부탁에 보은은 부끄러워졌다.

율의 정직한 눈을 들여다보며 고개를 끄덕였다.

"그래, 우리 착한 보은이……."

어린 꼬마를 타이르듯 말하는 느리고 침착한 목소리에 긴장이 풀리고, 미안하지만 웃음이 슬쩍 나려는데 보은은 미처 그럴 틈이 없었다. 보은의 턱을 감싸 쥔 율의 손아귀에 점점 힘이 들어가더니 어느새 그 손은 보은의 긴 곱슬머리를 파고들었다. 보은의 얼굴에 살짝 떠오르려던 미소는 딱딱하게 굳어 버렸다. 율의 남은 손이 보은의 한 손을 꼼짝달싹 못하도록 움켜잡았다. 보은만큼이나 긴장하고 있는 것이 느껴지는 율의 숨결이 바로 코앞에 와 있었다. 시선은 줄곧 보은의 꽃잎 같은 입술에 머물렀다.

"눈 감아."

보은의 떨리는 속눈썹이 눈동자를 살짝 덮자마자 따뜻하고 부드러운 입술이 보은의 아랫입술부터 먼저 와 닿았다. 한강 주차장에서의 거칠었던 키스를 사과라도 하듯이 율의 입술이 보은의 핑크빛 입술을 조심스럽게 머금었다. 메마른 입술을 몇 번이나 부드럽게 빨아들이며 촉촉이 젖도록 해 주었다. 그리고 아픔을 느끼지 못할 정도로만 가볍게 입술을 깨물었다.

"하아……."

율의 코에 눌려 숨을 제대로 쉴 수 없었던 보은이 살짝 입술이 떨어진 틈을 타 숨을 들이마셨지만 잠깐뿐이었다. 보은의 입술을 밤새도록이라도 적셔 줄 것 같던 율이 이제는 혀로 한 번 가볍게 쓸고 맛을 본 뒤에는 바로 입안을 파고 들어왔다. 예상하지 못한 건 아니었지만 입안의 이물감에 움찔 놀라 굳어진 보은의 혀를 살살 쓸며 달래 주었다. 보은은 여전히 멈칫거렸지만 촉촉하게 젖은 입술을 조금 더 벌려 율을 받아들였다. 이제 막 시작된 두 사람의 관계가 아직은 조심스러울 뿐인 보은과 달리 그동안 억누르고 있었던 율의 욕망은 다시 활화산의 마그마처럼 터져 나왔다. 이미 하체의 중심이 뻐근해지며 터질 듯이 아파 왔다. 뜨거운 핏줄 속에 갇힌 짐승이 사납게 으르렁거렸다. 여기에서 멈춰야 했다. 율은 보은의 입술과 혀를 탐색하던 자신의 혀를 어쩔 수 없이 거두어들였다. 두 사람은 이마를 맞대고 동시에 숨을 들이쉬다가 웃음을 터뜨렸다. 아, 이 짜릿한 기분이란……. 율은 보은과의 키스만으로도 절정에 올라 버릴 것 같아 두려웠다. 아무래도 계획을 앞당겨야 할 것 같았다.

"크리스마스엔……."

"알아요. 이것도 리허설이라고 하려구요?"

그게 아니라고 말하려던 율은 보은이 놀랄 것 같아 신음만 대신 삼켰다.

"우리 그동안 연습 많이 하자."

율은 멀어지려는 보은의 머리를 다시 붙잡아 젖은 꽃잎 같은 입술에 짧은 입맞춤을 했다. 방금 전의 짙은 키스보다 어쩐지 이 짧은 입맞춤에 더 수줍어지는 보은은 그저 소리 없이 웃기만 했다. 최율 씨, 뻔뻔스럽고 못됐고 거짓말도 잘하는 당신이 점점 더 좋아지려고 해요. 우리, 연애해도 정말 괜찮은 거죠?

『노출 콘크리트의 유혹』.

그 책은 시동생의 침대 한가운데에 코트와 함께 던져져 있었다. 업무 관련 서적인가 보다 하고 지나치려던 영희는 미세한 무엇인가가 달라진 것 같은 분위기를 느꼈다. 퇴근해서 돌아오면 제일 먼저 옷부터 걸고 손에 들고 들어온 것은 바로 제자리에 갖다 놓는 시동생이 무슨 일인지 침대 위에 옷과 물건을 아무렇게나 던져 놓은 것이다. 다른 사람들의 눈에는 예사로 보일, 하등 이상할 것 없는 방 안 풍경이겠지만 이 집에 시집와 8년을 함께 가족으로 살아온 영희의 눈에는 시동생이 자기 공간 안에서만큼은 결벽증이라고 할 만큼 깔끔하고 정리 정돈된 생활을 하고 있다는 것을 알고 있었다.

"남의 방에서 뭐해요?"

영희는 뒤를 돌아보았다. 편안한 트레이닝복 차림의 시동생이 머그를 들고 문가에 서 있었다.

"형님이 잠깐 서재로 오래요."

"5분만 있다가 가겠습니다."

말을 전한 영희는 남편이 기다리는 서재로 돌아갔다. 남편은 책상이 아닌 커피 테이블 옆에 앉아 경제 잡지를 대충 넘겨보고 있었다. 내일은 토요일이라 강의가 없었지만 새벽 1시가 훌쩍 넘은 시간이었다.

"안 피곤해요? 무슨 말인지 모르겠지만 얼른 하고 자요."

영희의 남편 한이 아내의 허리를 끌어당겨 무릎 위에 앉혔다. 영희의 스웨터 속으로 손을 넣어 맨 허리를 슬금슬금 쓰다듬었다.

"10분만 얘기하면 끝날 거야."

두 아들의 엄마이자 병원에서는 빈틈없는 전문의로 일하는 영희지만 아직도 이럴 때 남편 앞에서는 부끄러워질 수밖에 없었다. 영희는 시동생이 들어오기 전에 얼른 서재를 나가 1층으로 내려갔다.

금방 올 것 같았던 율은 5분이 더 지난 뒤에나 서재로 들어왔다. 한은 잡지를 책상 위로 던져 놓고 동생을 바라보았다. 서른 중반도 되지 않은 동생이지만 눈빛이나 몸 전체에서는 사람을 압도하는 분위기가 풍겨 나왔다. 아버지나 어머니는 모두 온화하고 부드러운 분들이시며 한 자신도 부모님을 닮아 따뜻하고 섬세한 성격을 가졌다고 생각하지만 동생 율은 외모나 성격이나 돌아가신 할아버지를 많이 닮았다는 말을 친척들로부터 들었다. 국립 대학교의 총장으로 퇴임하신 할아버지는 만능 스포츠맨에 산을 무척 좋아하셨고 말년에는 해외의 명산을 트래킹하시는 것이 취미였다.

"형, 무슨 일이야? 아직도 안 자고?"

"그러는 넌 일이 많았니? 퇴근이 늦었다."

딱히 대답을 기대하지 않은 듯 형은 바로 사진 한 장을 율에게 건넸다. 졸업식 가운으로 보이는 검은 망토를 입고 학사모를 단정히 쓴 채 미소 짓고 있는 젊은 여자의 사진이었다.

영민해 보이는 눈동자와 맑은 웃음이 싱그러워 보였다. 율은 졸업 가운이 낯설지 않다는 생각을 했지만 마음에 담아 두지 않았다.

"너, 선 자리 들어왔어. 뒤에 그 아가씨 전화번호 있으니까 둘이 연락해서 만나 봐."

율은 사진을 테이블 위에 놓았다. 이제 겨우 보은의 마음을 확인하고 왔는데 하필 지금 다른 여자라니 참 재미있다는 생각이 들었다.

"우리 학교 인문대학 학장님 따님인데, 이 아가씨는 너 잘 알고 있다던데?"

"나를 어떻게?"

"조지아대 유학생 재경 모임에서 너 한 번 봤다던데? 이 아가씨도 거기 나왔대."

"난 기억 안 나. 그리고 나 결혼할 여자 있어."

율의 입에서 자신도 미처 생각지 못한 말이 튀어나왔다. 형이 깜짝 놀란 만큼 자신도 놀라고 있었다.

"뭐? 그런 말 없었잖아. 누군데? 언제부터 사귀었어?"

"안 건 봄부터지만 오늘부터 사귀게 됐어. 자세한 건 나중에 얘기할게."

율의 입매에 슬며시 웃음이 피어올랐다. 보은에 대해 말하는 것만으로도 흐뭇하고 설렐 수 있다는 것이 신기하기까지 했다. 형도 그런 동생을 낯설다는 듯이 쳐다보았다.

"알았어. 어쨌든 놀랍구나. 됐어, 그럼."

율은 더 묻지 않는 형을 서재에 두고 나왔다. 문을 닫으려다가 뒤를 돌아보고 말했다.

"형, 고마워."

그 말 속에는 많은 뜻이 담겨 있다는 것을 형도 잘 알 거라고 생각했다. 양가에서 다 반대하고 형수까지도 머뭇거렸던 결혼을 감행했던 형이다. 부드러운 성품 어디에 그런 강인함이 숨어 있었나 싶게 형은 자신이 원하는 결혼을 했다. 그러기에 동생의 연애에 대해서도 더는 묻지 않고 이해를 하려는 것이리라.

방으로 돌아온 율은 보은이 선물한 책을 펴 들었다. 엉겁결에 고른 책이었고 계산도 자신이 하긴 했지만 어쨌든 보은이 사 주고 싶어 했던 책이었다. 조금 전 형이 기다리는 서재로 가기 전에 율은 따뜻한 차 한 잔을 옆에 놓고 보은에게 문자메시지를 보냈었다.

자니?

곤하게 잠들었을지도 모르는 보은을 깨우지 않으려고 전화를 걸고 싶은 마음은 꾹 눌러 놓은 상태였다. 생각 외로 답이 곧장 날아왔다.

아직요.
전화 받을 수 있어?

손가락이 간지러웠다.

네.

착하고 수줍은 목소리가 귓가에 속삭이는 것 같은 대답이었다. 율은 바로 통화 버튼을 눌렀다. 연결음이 제대로 울리기도 전에 보은이 전화를 받았다.

— 그만 자야죠.

"알아."

두 사람 사이에 침묵이 흘렀다. 아무 말이 없어도 어색하지 않은 이 침묵이, 그러면서도 서로를 느끼는 이 긴장감이 율은 정말 좋았다.

"내일은 토요일이야."

— 벌써 오늘이에요.

율은 시계를 보았다. 형이 기다리고 있다는 것도 생각났다.

"아침에 갈게."

— 아침엔 동생이 태워 준대요. 학교 가는 길에.

"그럼 병원으로 곧장 갈게. 같이 점심 먹자."

— 네.

선선히 대답하는 보은이 예뻤다.

— 그만 주무세요.

"그래, 끊어."

보은의 전화가 바로 끊어졌다. 율은 핸드폰을 놓고 서재로 갔다가 돌아왔다.

결혼할 여자가 있다는 말이 어쩌면 그렇게 아무렇지 않게 나왔는지, 형에게 그 말을 던졌을 때는 스스로도 놀랐지만 이제 생각하니 자연스럽기만 했다.

"사랑하니까 결혼하는 거지."

혼잣말이었지만 율은 또 자신의 입에서 나온 말에 깜짝 놀랐다. 마치 자신의 심장 속에 다른 누군가가 살고 있어서 자신이 모르는 것을 가르쳐 주는 것 같았다. 최율은 이보은을 사랑한다. 단순 명쾌하면서도 참인 명제였다.

율은 보은이 선물한 책의 페이지를 다시 넘겼다. 『노출 콘크리트의 유혹』이라는 제목이 눈에 새삼 들어왔다. 보은의 영어 이름이 크리스라는 사실과 노출과 유혹이라는 글자가 시야에서 겹쳐지면서 율의 몸 중심이 갑자기 불끈 솟아올랐다. 맙소사! 변태도 이런 변태가 없구나. 율은 마음속으로 애국가를 4절까지 되풀이하며 뜨거워진 몸을 가라앉혔다. 보은을 생각할 때마다 가슴속에서 부풀어 오르는 커다란 풍선이 빵, 터질 것 같았다.

"그래서, 유학을 같이 가겠다는 거니?"

"될 수 있으면. 아니, 꼭 그러고 싶어, 누나."

새벽 1시가 가까워 오는 시간까지 자지 않고 기다렸던 이유가 나라와 함께 유학 가고 싶다는 말을 하기 위해서였다니, 보은은 을식이에게 섭섭함을 느낄 수밖에 없었다.

보은이 율을 보내고 집에 들어왔을 때 언제나처럼 어머니는 안방에서 잠들어 계셨고 아버지는 반쯤 비운 소주병을 식탁에 두고 엎드려 계셨다. 할머니의 방으로 아버지를 부축하여 눕혀 드리고 1층의 자기 방에서 옷을 갈아입고 있으려니 을식이가 내려와 할 말이 있다고 했다. 보은은 을식이를 따라 2층으로 올라갔다. 깨어 있었으면서도 아버지를 부엌에서 주무시게 놔 둔 것을 나무라려고 먼저 입을 연 보은에게 을식이 거두절미하고 꺼낸 말이 내년 봄에 나라와 유학을 가고 싶다는 것이었다.

"너 이제 겨우 1학년이야. 스무 살밖에 안 됐고. 군대는 어떡할 건데?"

"알아. 군대 문제도 다 알아봤고."

보은은 한숨이 나오는 것을 막을 수 없었다.

"나라와 서로 의논한 거니?"

"나라는 내가 안 가도 혼자 갈 거야. 그래서 더 못 보내. 같이 가고 싶어."

연상이지만 누나라고 부르지 않는 모양이었다. 보은은 을식이의 그 마음이 뭘까, 생각했다.

"일단 알았어. 다음에 얘기하자. 누나 지금 많이 피곤해. 아침 8시까지 간병인 교대도 해 드려야 하고."

아직 아버지께 간병인을 병원에 보내 주신 것에 대해 말씀도 못 드렸다는 것이 생각났다.

"엄마 아빠껜 상황 봐서 말씀드릴 거야. 그때 누나가 내 편 좀 돼 줘."

"봐서. 그리고 아침에 네 차 내가 쓸게."

"아니야, 나도 학교 가야 하니까 병원까지 태워 줄게. 그리고 누나, 아까 엄마가 누나 들어오면 안방 화장실 가 보랬는데……."

"응, 알아."

보은은 1층으로 내려왔다. 을식이가 나라에 대한 부탁을 하려고 그랬는지 웬일로 부엌 싱크대가 설거짓거리 없이 깨끗했다. 보은은 냉장고를 열어 밑반찬과 국거리를 확인하고 쌀을 미리 씻어 체에 걸러 놓은 다음 안방 화장실로 들어갔다. 며칠 동안 어머니가 벗어 놓은 브래지어와 팬티들이 한쪽에 쌓여 있었다. 보은은 어머니의 속옷을 손으로 살살 비벼 빨았다. 면 팬티엔 빨랫비누를 문지르고 빨래 삶는 솥 안에 넣어 부엌으로 가져가 삶았다. 다시 깨끗이 헹군 뒤 빨랫줄에 넌 다음 자신의 방으로 돌아왔다.

율에게서 문자가 온 것이 마침 그때였다. 보은은 율의 문자와 전화에 왈칵 그리움의 눈물이 솟구치려는 것을 꾹 참고 차가운 벽에 지친 몸을 기대었다. 가족들에 대한 서운함이나 반복되는 집안일이 오늘 따라 더 무겁게 어깨를 짓눌렀다. 내일 점심을 같이 먹자는, 연인들에겐 별다를 것도 없는 평범한 말이 지금 보은에게는 무엇보다도 달콤하게 느껴졌다. 보은이 먼저 통화를 짧게 끝내지 않았다면 율은 보은의 목소리가 젖어 있다는 것을 눈치챘을지도 모른다. 보은은 손바닥으로 두 눈을 꾹 눌러 눈물이 나려는 것을 막았다. 손가락은 어느새 입술을 가만히 만졌다. 한강변 주차장에서 갑작스레 파고들던 키스는 몹시 서툴고 사나웠지만 집 앞 도로에서 나눈 두 번째 키스는 온몸이 뜨거운 촛농처럼 녹아내리는 것 같았다. 아니지, 그건 다 리허설이랬지? 진짜 첫 키스는……. 바닥에 등을 눕히며 보은은 잠들 때까지만이라도 좋은 것만 생각하기로 했다.

무척이나 촘촘하고 길었던 하루였다. 잘못 배달된 꽃다발을 받은 것처럼 얼떨떨했지만 향기롭고 달콤한 시간이었다. 저녁에 갑자기 간병인이 왔을 때만 해도 율과 데이트를 하고 서로의 마음을 나누게 되리라고는 상상도 못 했다. 제일 좋아하는 분위기에서 맛있는 음식을 먹고 짧은 시간이었지만 율의 차 안에서 다디단 잠을 자게 되리라는 것도 몰랐다. 더구나 그처럼 강렬하면서도 부드러운 입맞춤이라니……. 보은은 율의 입술이 주던 따뜻한 위로를 돌이켜 보며 손톱을 깨물었다. 다시 사랑을 시작해도 괜찮을까? 단순한 것 같지만 난해한 문제였다. 난해하다라……. 보은은 문득 서점에서 보았던 엘리어트 파동이론에 대한 신간을 떠올리고 자리에서 벌떡 일어났다. 그리고 노트북을 열어 인터넷으로 들어간 다음 현재 시간의 해외 증시 상황을 체크하기 시작했다.

"원시인들은 말이야, 먹을 것이 굉장히 부족했잖아? 여자는 들이나 산에서 나무 열매를 따고 버섯이나 나물 종류를 채집했지. 남자는 돌도끼나 돌칼을 들고 멧돼지나 토끼 같은 짐승을 사냥했고. 사냥한 것을 동굴에 보관하며 오래 두고 먹어야 했던 남자는 혹시 자기가 돌아오기 전에 여자가 고기를 몰래 먹을까 봐 굉장히 불안했대. 그래서 저녁이 되어 동굴로 돌아오면 여자의 입에 혀를 넣고 샅샅이 맛보고 훑으면서 검사를 한 거지. 혹시 이 여자가 나 몰래 고기를 먹었나 안 먹었나 하고."

"그래서, 그게 지금 키스의 유래라는 거예요? 말도 안 돼."

보은이 율에게 살짝 눈을 흘겼다. 혹시라도 다른 테이블의 손님들이 들었나 싶어 주위를 흘깃 보았다.

"말이 되는지 안 되는지는 이거 먹고 나서 실험해 보자."

율은 장난기가 하나도 없는 진지하고 심각한 표정으로 대꾸했다. 아마 중국 음식점 창밖으로 지나가는 사람들이 안쪽을 보았다면 두 사람이 새로 나온 신약의 임상 실험 결과에 대한 논의라도 하는 줄 알았을 것이다.

"어서 먹어. 시간 없어."

율은 벌써 짜장면 그릇을 싹 비워 놓고 있었다. 뭐 할 시간이 없다는 거예요? 하고 말하려던 보은은 질문을 꿀꺽 삼켰다. 율의 두 눈이 노골적으로 보은의 입술에 와 있었기 때문이었다. 보은은 짜장이 묻었을 입술을 어떻게 움직여 면을 씹고 삼켜야 할지, 갑자기 먹는 방법을 까맣게 잊어버린 것처럼 바짝 긴장이 되었다. 혀를 내밀어 입술을 살짝 핥고 싶었지만 율의 눈에는 노골적으로 키스를 바라는 것처럼 보일 것 같아 그러지도 못해서 테이블 위에는 휴지만 자꾸 쌓여 갔다.

드디어 젓가락을 놓고 물까지 다 마신 다음 두 사람은 밖으로 나왔다. 율이 차가 있는 곳까지 보은의 손을 자신의 코트 주머니 안에 잡아넣고 걸었다. 사실 한여름만 빼고 늘 손발이 차가운 보은은 벌써 장갑을 병실에 갖다 두고 있었다. 그런데 할머니가 점심을 다 드시고 잠이 드신 후 율이 기다리는 주차장으로 내려오면서 보은은 사물함 안에서 꺼내던 장갑을 도로 넣어 두고 나왔다. 율의 따뜻한 손가락에 얽어매여 그의 체온을 느끼고 싶었다.

"30분 안에 들어가야 해요. 자원봉사자분이 가실 거예요."

"알아. 드라이브만 하자."

대학가를 중심으로 대학병원 주위로도 갖가지 종류의 음식점이 있었지만 음식점 거리가 끝나는 도로의 한쪽은 고속도로 톨게이트로 연결되어 있었다. 율은 톨게이트로 진입할 것처럼 들어서더니 바로 앞에서 오른쪽으로 차를 돌렸다. 지하차도 안으로 일방통행 길이 있었다. 지하차도를 빠져나오니 고속도로와 나란히 달리듯 국도가 나타나고 주변은 금세 한적하고 쓸쓸한 시골길로 변했다.

"차 마시려구요?"

율은 보은을 한 번 돌아볼 뿐 대꾸가 없었다. 대신 차를 세우고 시동을 껐는데 보은이 차창을 내다보니 어딘지 낯이 익은 장소였다.

"여기는, 병원 식당에서 나 때문에 셔츠 버린 날 최율 씨가 회사 일이 급하다고 해서 왔던 곳이잖아요?"

보은은 율을 따라 차에서 내렸다. 장소는 같지만 오던 길이 달라서 처음엔 몰랐었다.

"그때는 먼 길로 빙빙 돌아 왔었고 오늘은 지름길로 왔지."

율은 코트 자락 안에 보은이 들어오도록 감싸고 뒤에서 꼭 끌어안은 채 말했다. 왜 먼 길을 돌아 왔었냐고 물어보려던 보은은 설마, 하는 눈빛으로 비스듬히 율을 올려다보았다. 최율 씨는 그때도 나를 좋아한 거예요? 율이 집터를 바라보며 싱긋 웃고 있었다. 보은은 말없이 율에게 폭 싸인 채 율의 시선을 따라 앞을 바라보았다. 율이 보은의 정수리에 턱을 살짝 올렸다.

늦여름에 왔을 때와는 달리 완만한 경사를 따라 집이 들어설 수 있도록 땅이 평평하게 다져져 있었다. 한창 작업 중이었을 굴삭기 한 대가 멈춰 서 있었다.

"땅을 다 다지고 나면 바닥 콘크리트 붓고 설계도대로 집터를 그릴 거야. 기둥이 될 곳도 표시하고. 바닥 기초공사 끝나면 기둥 철근도 만들고 외벽도 만들고 내부 공사도 하고 점점 집이 되어 가겠지? 담장도 제대로 두르고 예쁜 마당도 만들고 인테리어도 하고. 보은아, 우리 가끔 여기 와서 집이 완성되어 가는 거 같이 보자."

어느새 율의 따뜻한 숨결이, 부드러운 입술이 보은의 귀를 간질이고 있었다. 보은은 등 뒤에 딱 붙어 있는 율의 가슴으로 그의 심장이 세차게 쿵쿵 뛰는 것을 느꼈다. 자신의 심장도 그처럼 두 사람의 귀에 소리가 다 들릴 듯 뛰고 있었다.

"여기는 배추도 심었다가 옥수수도 심었다가 했던 땅이래. 그런데 어떤 사이좋은 노부부가 자식들이 자주 놀러 오고 싶은 집을 만들고 싶어서 여기를 샀어. 전에 뭐하던 땅인지 상관

없이 멋지고 튼튼한 집이 들어설 거야. 우리도 그렇게 사랑하
자. 기초도 잘 다지고 기둥도 잘 세우고 비바람에 끄떡없는 집
을 짓자. 부실 공사나 졸속 공사 같은 거 하지 말고, 좀 더디더
라도 오래오래 탈 없이 잘 살 수 있는 집을 짓자. 나는 너를 그
렇게 사랑할 거야. 너도 내 마음을 알아줬으면 좋겠어."

　보은은 몸을 돌려 율을 올려다보았다. 맑고 정직한 두 눈이
보은의 눈동자를 들여다보았다. 보은은 대답 대신 율의 단단한
허리에 두 팔을 꼭 감고 그의 어깨에 머리를 기댔다. 눈물이 날
것처럼 행복하다는 느낌은 이런 걸 말하는 거겠지. 아, 이 따뜻
한 물속으로 잠수하는 것 같은 느낌……. 목이 아파 오면서 보
은은 눈물이 차오르는 것을 느꼈다. 두 눈을 감고 율의 품에 한
없이 안겨 있을 것 같던 보은의 몸이 율의 손에 의해 살짝 떨
어지더니 곧 그의 입술이 내려와 보은의 입술 위에서 포개어졌
다. 다디단 사탕을 아껴 가며 빨아먹듯 촉촉이 적시며 율의 입
술은 느릿느릿 보은의 입술 위에서 움직였다. 왼손은 보은의
팔꿈치를 잡고 오른손은 보은의 머리칼을 조심스럽게 쓸어내
렸다. 감질나듯 느린 율의 입술에 조바심이 나기 시작한 보은
은 어느새 입술을 벌려 율의 혀를 기다렸다. 입술을 핥고만 있
는 율을 재촉하듯 두 손으로 그의 팔뚝을 잡고 은근히 잡아당
겼다. 하지만 거기까지였다. 열로 달뜬 보은이 아직 눈을 감고
살짝 입을 벌린 채 기다리는 모습을 율은 코끝을 맞댄 채 가만
히 들여다보았다.

　"끝났어요."

율의 웃음 섞인 목소리에 깜짝 놀라 눈을 뜬 보은은 율의 얼굴이 코앞에서 짓궂게 벙글거리고 있는 것을 보았다. 다행히 율은 보은이 더 부끄러워하지 않도록 품에 꽉 끌어당겨 안아주었다. 이미 얼굴이 빨개질 대로 빨개진 보은은 두 팔을 버둥대며 율의 어깨와 옆구리를 주먹으로 세게 때리기만 할 뿐 말도 할 수 없었다.

"키스의 유래는 또 실험해 보면 되잖아? 이제 보니 우리 보은이 아주 호기심 많은 학생이었네. 그렇게 궁금했어요?"

병원으로 돌아오는 내내 율의 놀림이 계속되었다.

호스피스 병동의 현관 앞에 차를 세우고 율은 보은이 내리기 전에 뒤통수를 바짝 끌어당겨 입을 맞추었다.

"하지 말아요."

부끄럽고 화가 나 돌아오는 내내 아무 말도 않고 있던 보은을 달래려는 달콤한 입맞춤이었지만 훤한 대낮에 차창 밖으로 지나가는 사람들의 눈에 띌까 저항이 만만치 않았다. 율은 금방 놓아줄 수밖에 없었다.

"저녁에 데리러 올게."

그러자 보은이 미안한 표정을 지었다.

"나, 또 병실 못 비워요. 어젠 무슨 착오가 있었던 거 같아요. 아버지한테 여쭤 봤지만 간병인 보낸 일이 없다고 하셨거든요."

율은 간병인을 보내 준 사람이 자신이라는 것을 얘기할까 말까 망설이다가 보은이 나중에라도 알게 되기를 기다리기로 했다. 동그랗게 뜬 눈으로 깜짝 놀라며 뭐라고 말할지 상상해보는 즐거움을 당분간은 몰래 아껴 가며 느끼고 싶었다.

"왜 그렇게 웃어요?"

"또 하고 싶어서."

율은 보은이 부끄러워하며 뭐라고 항의하든 말든 양손으로 그녀의 머리를 꼭 붙들고 도장을 찍듯 입술을 눌렀다 뗐다.

그래도 차에서 내릴 땐 살짝 웃음을 보여 주는 보은을 아쉽게 쳐다보고 있는데 현관의 자전거 거치대 옆에 낯설지 않은 모터사이클 한 대가 세워져 있는 것이 눈에 들어왔다. 벌써 저만큼 걸어가 로비 안에 들어선 보은을 가죽 재킷을 입고 검은 장갑을 낀 채 헬맷을 옆구리에 낀 여자가 맞이하고 있었다. 옆에는 원피스 차림의 아담한 여자도 같이 서 있었는데 천 조각을 여러 장 이어 붙인 것 같은 알록달록하고 커다란 가방을 어깨에 메고 있었다. 율은 액셀로 옮기려던 발을 멈춰 시동을 끄고 차에서 내려 로비로 향했다.

"세상에, 이보은! 우리 다 봤어. 누구니? 어서 이실직고해."

"점심시간이라 당연히 식당에 갔나 했더니……. 도대체 언제부터야?"

목소리 큰 윤주는 물론 항상 침착한 다인까지 보은을 몰아붙였다. 보은이 열이 오른 뺨을 손으로 토닥토닥 식히고 있는데 두 친구의 눈이 동시에 휘둥그레지며 보은의 뒤를 보았다.

"보은이 친구분들이신가 보죠? 안녕하세요? 처음 뵙겠습니다."

보은이 흠칫 놀라며 쳐다보기도 전에 율의 한 손이 보은의 어깨 위에 묵직하게 얹혔다. 보은은 옆에 서서 세상에 없는 착한 남자처럼 미소를 짓고 있는 율을 놀란 눈으로 올려다보았다. 두 친구들도 엉겁결에 안녕하세요, 하며 인사를 나누고 있었다.

　네 사람은 로비에 있는 소파로 가서 앉았다. 통성명을 마친 두 친구는 율에 대한 심문을 바로 시작했다.

　"뭐하시는 분이세요?"

　윤주의 날카로운 시선에 보은이 먼저 나섰다.

　"전에 한 번 말했잖아. 낮에는 건설 회사 다니고, 예전에 학원 아르바이트도 했었다고……."

　"오토바이 타시나 봅니다?"

　화살이 윤주에게 향했다. 윤주는 고등학교 때부터의 취미이며 외부 취재를 나갈 일이 많아 가끔 이용한다고 말했다. 율은 경제부 기자의 업무에 대해 두어 가지 질문을 더 했다. 보은은 윤주를 남자로 착각하도록 그냥 놔두었던 것에 대한 미안함이 다시 떠올라 율의 팔에 살며시 한 손을 얹었다.

　"우리 보은이 많이 좋아하세요?"

　조용히 앉아 있기만 하던 다인이 대놓고 물었다. 율은 보은을 아주 많이 좋아하며 열심히 사랑해 줄 거라고 손발이 오그라들 것 같은 대답을 아무렇지도 않게 했다. 그리고 다인이 들고 있는 가방이 혹시 퀼트 가방이냐는 질문을 해서 다인을 놀라게 했고 신이 나서 대답하도록 했다. 보은은 친구들을 겨우 설득하여 율을 돌려보냈다.

"잘생기긴 했는데 성깔 좀 있게 보이더라."

율의 차가 떠나는 것을 본 후 윤주의 평가가 내려졌다.

"남자가 착하기만 해도 안 돼. 생활력은 있겠던데?"

다인의 평가도 그럭저럭 괜찮았다. 늘 얌전하고 조용한 다인이었지만 결혼 1년 차의 주부답게 율의 신상명세에 대한 질문이 이어졌다.

"부모님은 뭐하시는 집안이래? 형제는? 학교는 어디 나왔어? 입사한 지는 몇 년 됐대?"

"아직 그런 자세한 건 몰라."

그러고 보니 보은은 율에 대해 모르는 것이 많았다.

"건설 회사 다닌다며? 직급은? 명함도 한 장 안 받아어?"

경제부 기자답게 윤주가 자세한 것을 물었다.

"눈빛이 유순해 보이진 않던데 혹시 너한테 거칠게 굴거나 신경질 막 부리고 그러진 않니? 연애할 땐 센 남자가 멋있는 거 같아도 결혼하면 자상하고 부드러운 남자가 최고야."

"윤주 넌 연애도 제대로 안 해 본 애가 할머니 같은 소리를 다 한다. 보은아, 그 사람 아직도 대리운전 해? 그 일은 왜 하는지 알아봐. 사업하는 사람도 아니고 월급쟁이라면서 혹시 주택 융자금 말고 다른 빚 갚느라 그러는 거면 문제 있는 거야. 슬쩍 한번 물어봐."

"그건 역시 이 아줌마 말이 맞다. 결혼은 현실이니까. 너 절대로 네 통장에 얼마 있다 이런 말 하면 안 돼. 잘못하면 결혼과 동시에 네가 남자 빚 갚아 주는 불상사가 생겨요.”

윤주까지 보은을 타이르듯이 말하고 있었다. 다인이 그 뒤를 계속 이었다.

“그리고 너, 혹시 건욱이 얘기 분위기에 휩쓸려 그 사람한테 고백하고 그러진 않았지? 남자들이 겉으론 쿨한 척해도 자기 여자 과거 연애사는 쉽게 못 받아들인다. 훨씬 보수적이고 질투가 심해. 살짝 내숭도 떨고 입 꾹 닫고 있어야 해. 알았지?”

“그리고 너랑 일곱 살이나 차이가 난다니까 말인데, 나중에 애가 초등학교 들어갈 때나 대학교 들어갈 때 남자 나이 생각해 보면 빨리 결혼해서 빨리 애 낳는 게 좋을 거야. 우리 신문사에서 기획 취재 한 적도 있는데 잘못하면 노후 준비도 못 하고 늙어서 애들 교육비 대느라 허덕이게 돼. 신혼을 즐기느니 뭐니 그런 거 생각하지 말고.”

보은이 어, 어 하며 금붕어처럼 입만 벙긋하고 있는 사이 경제와 시사 동아리 동기인 두 친구는 벌써 율과 보은을 결혼시켜 놓고 자녀 교육비와 노후 준비까지 걱정하고 있었다.

“우리 아직 그런 사이 아니야. 결혼할 생각 안 해 봤어.”

보은이 나지막하게 그러나 힘주어 한 말이 두 친구의 결혼에 대한 토론을 중지시켰다.

“이제 겨우 만나만 보는 거야. 그 사람, 나한테도 왜 대학 가지 않았느냐, 직업이 왜 없느냐 안 물어보는 사람이야. 빚이 얼마나 있고 왜 대리운전 기사를 하는지 그 사람이 먼저 말해 주기 전엔 나도 안 물어볼 거야. 지금은 그냥 같이 있어 주는 게 고맙고 좋아."

　말을 하는 보은도 자신의 목소리에 힘이 없는 것을 느꼈다. 멀리는 내다보지 말자고 생각하고 있었지만 자신도 모르게 희망을 가지고 있었나 보다.

　"사람들이 말하는 조건으로는 잘나지 않은 사람이면 좋겠어. 그게 나한테도 어울려."

　보은은 진심으로 그렇게 말했다.

핏줄

"결혼하셨습니까?"

강남에 위치한 국내 최대의 컨벤션 홀에서 열리는 건축 박람회 전시장 안이었다. 일 관계로 몇 번 사무적인 대화만 오갔던 건축사무소의 최율 소장이 그가 결혼을 했는지 안 했는지 궁금해하고 있었다. 장소에도 어울리지 않고 그런 관심을 받을 만큼 서로 잘 알지도 못하는 사람이지만 뜻밖의 장소에서 우연히 만난 반가움도 있고 나른한 오후에 담배 한 대 피우며 그냥 한번 던져 볼 만한 질문이기도 해서 그는 선선히 대꾸하기로 했다.

"아뇨, 아직 못 했습니다. 괜찮은 아가씨 있으면 소개시켜 주세요."

"어울리는 여자분이 떠올라서요. 명함 한 장 주십시오."

그로서는 농담 비슷하게 던진 대꾸에 최 소장은 정말 소개팅을 주선할 모양인지 꽤 진지하게 말했다. 그는 최 소장을 새삼 쳐다보았다.

마른 근육질 몸매에 사람의 마음을 다 읽고 있는 것처럼 꿰뚫어 보는 눈동자가 볼 때마다 위압감을 주기도 하는 인상의 남자였다. 서른 중반도 안 된 나이에 건축사무소를 이끌어 가고 있는 것부터가 평범한 인물은 아닐 거라는 생각을 하기는 했었다. 공적으로는 벌써 서로의 연락처를 알고 있지만 어쨌든 그는 명함을 꺼내어 최 소장의 손에 건넸다.

"어떤 아가씬지 궁금하네요, 하하."

갑작스러운 설렘과 기대감에 살짝 들떠 최 소장을 보던 그의 눈이 굳어졌다. 마주 보며 미소를 짓고 있긴 하지만 최 소장의 웃는 입매에 싸늘한 냉기가 스쳐 지나간 것 같았다. 내가 잘못 본 건가? 그는 곧 연락을 주겠다며 새삼 악수를 청하고 돌아서는 최 소장의 뒷모습을 의아해하며 바라보았다.

크리스마스가 가까워서겠지만 저녁노을이 깔리는 도시의 거리는 휘황찬란한 조명과 색색의 전구들이 밝히는 빛으로 가득 찼다. 가로수의 마른 가지에도 반짝이는 작은 전구들이 눈부시게 매달려 오가는 사람들의 기분을 들뜨게 만들었다.

율은 자동차들이 뒤엉켜 경적을 울리는 강남의 복잡한 도로 위에 있으면서도 짜증이 나거나 조바심이 들지 않았다. 그것은 최근 들어 율이 난생처음 느껴 보는 이상한 감정이었는데 온몸의 모든 내장 기관이 나른하고 노곤해지면서도 목젖 바로 아래까지 꽉 차도록 뭔가가 부풀어 오르기도 하는 느낌이었다. 아침에 눈을 뜨기도 전에 의식의 저 밑바닥에서부터 떠오르는 한 사람의 얼굴이 율을 변화시켰다. 세상 모든 일에 평화롭고 너그러워지는 기분, 무엇이든 기꺼이 용서해 주고 싶은 마음 같은 것이 율의 눈빛마저 부드럽게 했다.

보은은 아는지 모르는지 율의 시간은 그녀에게 지배당했다. 보은을 보기 전까지는 하루 일과가 너무 길었고 보은을 보고 있는 동안은 시간이 너무 빠르게 흘러갔다. 율은 보고 있어도 그립고 보고 싶다는 표현이 무슨 말인지 진심으로 이해할 수 있었다. 보은의 목소리가 영원히 그치지 않고 자신의 귓가에 머물기를 바랐고 보은의 얼굴이 눈앞에서 사라지지 않고 제 시야를 가득 메우기를 바랐다. 율은 보은의 얼굴을 맹인이 처음 만나는 사람의 얼굴을 만지듯 조심스럽고도 섬세하게 만졌으며 보은의 부드러운 입술을 사막에서 샘을 발견한 사람처럼 달게 삼키고 아껴 가며 들이마셨다. 보은의 손가락을 부러뜨릴 듯 힘을 주체하지 못하고 쥐면서 뜨거운 입술로 가져가 꼭꼭 깨물 때면 자신이 늑대 인간이라도 된 듯 느껴졌다. 형수가 잠든 조카들이 너무 귀여워 엉덩이를 가끔 깨물어서 울린다는 소리를 형에게서 들은 적이 있었는데, 율이 깨물어 먹고 싶은 것은 보은의 엉덩이만은 아니었다. 검붉은 피가 튀고 토막 난 몸뚱이가 바닥에 구르는 하드고어 영화 속의 살인마처럼 율은 보은의 귀여운 엉덩이와 탐스러운 젖가슴과 날씬한 팔다리를 모두 오도독오도독 깨물고 잘근잘근 씹어 먹고 싶었다. 할머니의 장례를 준비하라는 의사의 말을 근심 가득한 표정으로 전하는 보은을 위로하면서도 율의 마음 한구석에선 할머니 때문에 그녀를 둘만의 집으로 데리고 갈 날이 자꾸 멀어지는 것을 더 초조해했다. 불경스러운 줄 뻔히 알지만 그 순간에도 율의 마음과 몸은 온통 보은에게만 집중되었다.

그런데 저녁부터 아침까지 간병인을 보내 준 보람도 없이 보은을 매일 볼 수 있는 것도 아니었다. 간병인을 보낸 사람이 율이라는 것을 협회를 통해 결국은 알아낸 뒤에도 보은은 그에게 온전히 시간을 내주지 않았다. 놀라고 고마워하면서도 미안해하던 감정은 그다음 날 율에게 돈을 되돌려 주는 것으로 갚았다. 최율 씨가 얼마나 힘들게 번 돈이라는 걸 내가 아는데 어떻게 그 돈을 받아요? 율의 목을 감싸고 따뜻한 입맞춤을 해 주는 그 얼굴이 너무 사랑스러워 율은 화를 내며 불평하기는커녕 자신에 대해 솔직하게 말하지도 못했다. 보은에게 무슨 돈이 있었는지 간병인을 되돌려 보내지 않은 것만 해도 다행이었다.

집안일이라든가 부모님의 회사 심부름, 동생의 유학 준비 때문이라고 말하면서 보은은 가끔 만나지 못할 때가 있었고 퉁명스러워진 율의 전화 목소리를 들으면서도 후후, 소리 내어 웃었다. 율을 걱정시킬 일은 하지 않는다고 말하면서 병원 앞으로 찾아온 그를 어린 소년처럼 토닥이며 먼저 안아 주기도 하고 꽤 적극적인 키스를 해 주기도 했다. 보은은 율에게 매일 불안한 행복감을 안겨 주었다.

게다가, 생각지도 않았던 허들이 자신과 보은 사이에 놓여 있었다. 바로 윤주와 다인이었다. 오토바이 탄 남자와 만나고 있다는 오해를 하게 해서 자신을 한 달이나 속 끓이게 한 것만 해도 괘씸한데 보은은 율 때문에 친구들과 소원해지기는커녕 아직 율을 3순위로 생각하고 있는 것처럼 말하고 행동했다. 율의 마음속에는 보은을 위한 커다란 집 한 채밖에 없는데 보은은 윤주와 다인과 율을 똑같은 크기의 방 안에 따로따로 두고 있는 것 같았다. 결혼한 다인은 그렇다 치고, 윤주는 만나는 남자도 없는지 가끔 보은과 율의 짧은 데이트에까지 따라 나와 은근히 감시의 눈길을 보냈다.

정체가 계속되던 교통 상황이 조금씩 풀리기 시작했다. 율의 차는 크리스마스트리가 화려하게 번쩍이는 호텔의 본관 입구에 멈추었다. 벌써 한 달 전 인터넷으로 예약을 마치고 호텔 측과 여러 번의 전화를 통해 결정한 프러포즈 이벤트를 오늘 마지막으로 점검하기 위해 직접 호텔을 찾은 것이다.

"고객님, 이쪽으로 오십시오."

특급 호텔의 허니문 룸을 예약한 손님을 위해 유니폼을 입은 일반 직원이 아닌 40대 초반의 세련된 정장 차림의 여성이 율을 엘리베이터로 안내했다. 율이 예약한 32층의 객실은 야경이 가장 뛰어난 방향으로 커다란 창이 나 있었다. 또 사람 없이 비어 있을 시간이 더 많은 삭막한 호텔 객실이라는 공간과 어울리지 않게 허니문 룸다운 로맨틱한 분위기의 가구와 소품들로 꾸며져 있었다. 에스프레소 커피 머신과 음악이나 영화를 감상할 수 있는 최신 전자 기기들 그리고 초고속 인터넷 서핑을 즐길 수 있는 컴퓨터도 갖추어져 있었다. 안내를 맡은 직원은 방 안의 최신 설비와 정밀한 기기들에 대해 자세히 설명했다.

율은 여자의 말을 대충 넘겨들으며 실내를 꼼꼼히 살펴보기 시작했다. 먼저 특이하게 양쪽으로 잡아당겨 열게 되어 있는 갤러리 식의 욕실 문을 열었다. 하얀 나무 창살이 정교한 문을 열자 향기로운 목욕 용품과 간단한 기초 화장품이 선반에 진열되어 있고 크고 두터운 면 타월이 정갈하게 접혀져 넉넉하게 비치되어 있는 것이 눈에 들어왔다. 부드러운 거품 목욕을 함께 할 수 있는 커플용 자쿠지는 벽과 바닥에 설치된 은은한 조명과 향초의 불빛으로 아늑하게 감싸여질 것이다. 두 사람은 기포가 뽀글뽀글 올라오는 자쿠지 안에 마주 앉아 따뜻한 거품 속에 숨은 서로의 몸을 구석구석 어루만질 수 있을 것이다. 거품을 씻어 낼 수 있도록 해바라기 모양의 수전이 달린 샤워 부스도 한쪽에 설치되어 있었다. 그는 하얗고 풍성한 거품이 그녀의 분홍색 젖꼭지에 잠깐 매달렸다가 은밀한 숲으로 미끄러지는 모습을 볼 것이다. 욕실을 나와 섬세한 문양으로 짜인 푹신한 카펫을 밟고 침실로 들어가면 스탠드의 간접조명을 받으며 방을 가득 채우고 있는 킹사이즈 침대가 기다리고 있었다. 침대는 눈처럼 새하얀 베딩으로 세팅되어 나무뿌리처럼 얽힌 두 사람의 벗은 몸을 완벽하게 받아 줄 준비가 되어 있었다.

"제가 주문한 와인은 어떻게 되었습니까?"

"국내에도 워낙 소량밖에 들어오지 않아서 확보하는 데 조금 시간이 걸리긴 했습니다만, 예약하신 날짜 안에는 틀림없이 도착할 겁니다."

깍듯이 고개를 숙여 인사한 여자는 율이 주문한 케이크와 플라워 데코레이션, 아침 식사 룸서비스에 대해서도 상세히 설명을 이어 나갔다.

율은 프런트로 내려와 결재를 마치고 이번에는 백화점의 명품관으로 차를 몰았다. 젊은 남자 혼자 여성복 코너를 신중하게 살피며 돌아보고 있어서 주위의 호기심 어린 시선들이 그를 흘깃거렸다. 율은 마침내 매장의 벽에 가느다란 핀 조명을 받으며 걸려 있는 연한 장밋빛 미니 드레스에 시선이 꽂혔다. 바느질 선을 최소화하고 주름이 흘러내리는 드레이프 선을 잘 살린 우아한 드레스였다. 이 옷을 입으려면 브래지어도 필요 없이 최소한의 속옷 차림이어야 할 것이다. 여성미를 극대화한 디자인으로 입는 사람보다는 감상하는 사람을 위한 디자인이었다.

"손님, 도와 드릴까요?"

판매 사원이 조심스럽게 말을 걸어 왔다.

"마른 몸매이긴 한데 가슴과 힙이 풍만한 편이라 사이즈를 어떻게 골라야 할지 모르겠군요."

율은 손가락 사이로 흘러내리는 실크의 감촉을 느끼며 말했다.

미니 드레스가 들어 있는 종이 백을 들고 다음으로 향한 곳은 란제리 숍이었다. 평일 초저녁이지만 퇴근 후 혼자 란제리 숍을 어슬렁거리는 젊은 남자는 그뿐이라 율은 자연히 매장을 오가는 여자들과 판매원들의 시선을 한꺼번에 받을 수밖에 없었다. 게다가 그가 이미 들고 있는 명품 디자이너 브랜드의 미니 드레스가 든 종이 백은 그 옷을 입을 주인에 대한 부러움을 불러일으켰다.

주위의 시선도 아랑곳하지 않고 란제리를 고르고 있긴 하지만 율의 얼굴도 어쩔 수 없이 조금 달아올랐다. 연상 작용 때문이었다. 율은 아름답고 요염하긴 하지만 실용적인 목적이라고는 전혀 없어 보이는 란제리 한 벌을 골라 재빨리 결재했다. 사이즈는 조금 전에 산 미니 드레스와 같은 것으로 했다. 매장을 서둘러 나가려던 율은 제일 처음 눈에 들어왔던, 순결한 신부를 연상케 하는 새하얀 레이스 란제리 한 세트도 같이 구입했다. 어느 것을 먼저 입든 둘 중 하나는 참을성 있게 찢지 않고 벗길 자신이 없었다.

백화점의 지하 주차장으로 돌아온 율은 트렁크에 종이 백 두 개를 고이 옮겨 놓았다. 약혼반지 한 쌍이 들어 있는 민트블루의 작은 상자는 하얀 실크 리본으로 묶여져 이미 율의 차 글러브 박스 안에 깊이 보관되어 있다. 손을 잡을 때마다 새된 비명을 지르도록 손가락 하나하나마다 송곳니를 박던 그를 그녀는 용서해 줄 것이다.

율은 반지의 주인에게 전화를 걸어 저녁 인사를 챙기려고 했다. 할머니의 병세가 위중하여 간병인이 있더라도 가족들 중 한 사람은 자리를 지켜야 했고 오늘은 보은이 그 차례였다. 그러나 보은의 전화는 통화 중이었다. 율은 집에 도착하여 다시 걸 생각으로 일단 차에 시동을 걸었다.

"네, 방금 입금했으니까 확인해 보세요. 아뇨, 내일 아침까지 안 기다리셔도 돼요. 현금인출카드 없으세요? 아……. 네? 그건 생각해 볼게요."

통화 종료 버튼을 누른 보은은 로비 구석에 서서 두 발이 붙은 듯 한동안 자리를 뜨지 못했다. 그나마 미안해하며 머뭇거리던 전화 건너편의 목소리는 이달 들어선 부탁이 아닌 요구가 되기 시작했다. 얼굴을 본 횟수보다 타행 송금의 횟수가 더 많아졌다.

"보은 씨! 보은 씨!"

그때 물속에서 들려오는 소리처럼 아득한 외침이 그녀의 생각을 잡아챘다. 센 힘으로 보은의 팔뚝을 붙잡는 손이 있었다.

"보은 씨! 할머님 상태가 심상치 않아요. 빨리 와 보세요."

간병인 아주머니였다. 보은은 침착하지만 빠른 걸음으로 병실로 들어갔다. 어느새 의사와 간호사까지 할머니 옆에 서서 바이털 사인을 체크하고 있었다. 맥박, 혈압, 호흡, 체온 모두 임종의 징후를 보이고 있는 듯했다. 보은은 부모님도 을식이도 없는 상황에서 혼자 할머니의 임종을 지켜볼 엄두가 나지 않았다. 그래서는 절대 안 될 일이었다.

"죄송하지만, 식구들에게 연락 좀……."

보은은 할머니의 얼굴에서 눈을 떼지 않은 채 간병인에게 부탁했다. 보은의 말이 떨어지기도 전에 간병인은 아버지에게 전화를 걸고 있었다. 그러나 바로 옆에 선 보은의 귀에도 통화 연결음만 계속 들릴 뿐 아버지는 전화를 받지 않으셨다. 보은은 낯선 번호가 떠서 일부러 안 받으시는 건가 싶어 자신의 핸드폰을 꺼내 다시 전화를 걸었으나 마찬가지였다.

"가족들께 전하십시오."

의사는 한 시간 뒤에 다시 오겠다는 말을 남기고 방을 나갔다. 그 시간 동안은 할머니가 살아 계실 수 있나 보다고, 보은은 안심했다. 그리고 어머니와 을식이에게도 차례차례 전화를 걸었으나 약속이나 한 것처럼 두 사람 다 연락이 닿지 않았다. 보은은 어쩔 수 없이 문자메시지를 남기고 간병인에게 다시 전화를 걸어 줄 것을 부탁한 후 할머니의 손을 잡고 그 옆을 지켰다. 그때까지 병실에 남아 있던 간호사는 임종이 가까운 환자가 특별히 종교적인 의식을 신청하였는지 확인하고 몇 가지 간단한 것을 질문한 다음 방을 나갔다.

"할머니, 제 목소리 들리시죠?"

보은은 꺼져 가는 의식을 1분이라도 연장하기 위해 할머니에게 계속 말을 걸었다. 사람의 생명이 꺼져 가는 순간에 가장 마지막까지 남아 있는 감각이 청각이라는 말이 순간 떠올랐다. 그 말이 사실이 아니라고 해도 지금 이 순간 보은이 할 수 있는 일은 할머니께 자꾸 말을 거는 것밖에 없는 것으로 생각되었다. 보은은 자신의 베스트 프렌드이자 스승이었던 할머니의 주름지고 야윈 손을 꼭 잡아 드렸다. 할머니의 귀에 입을 바짝 갖다 대고 그저 생각나는 대로 할머니의 의식을 붙잡아 둘 이야기를 늘어놓았다. 을식이가 오고 있으니 조금만 기다려 달라고도 말하고, 아버지가 어제부터 밤새도록 병실을 지키다가 잠깐 집에 가셨다는 말도 했다. 무슨 말씀이라도 해 보라는 말을 떼쓰듯 했던 것 같고 나중에는 소리 내어 엉엉 울며 무섭다는 말도 했던 것 같다.

그러나 너무도 허망하게 의사가 말한 한 시간도 되기 전에 할머니는 운명하셨다. 바이털 사인 같은 것을 체크하지 않아도 살아 있는 사람이라면 더 이상 이승의 사람이 아닌 몸에서 느낄 수 있는 생명의 소진, 생명의 마지막 순간을 보은은 본능적으로 감지했다. 간병인 역시 보은과 같은 순간에 그것을 느꼈다. 다급히 의사와 간호사를 소리 높여 부르며 병실을 뛰쳐나갔다. 그다음에 보은이 기억하는 것은 의사의 엄숙한 사망 선고와 위로의 말 그리고 호스피스 병동 안의 다른 환자들이 충격을 받지 않도록 울음소리를 조금만 조심해 주십사고 부탁하는 간호사의 정중한 목소리였다. 약속이나 한 것처럼 전화를 받지 않던 부모님과 을식이가 한꺼번에 병실로 들어온 것은 그다음의 일이었다.

예상하기도 했었고 할아버지 때의 경험도 있었으나 상을 치르는 일은 다시 겪어도 낯설고 힘든 데다가 여러모로 사람을 지치게 만들었다. 3일상을 할 것인지 5일상을 할 것인지 부모님과 가까운 친척들 사이에서 말이 오가는가 싶더니 3일상을 치르기로 바로 결정되었다. 역시 가세가 기울어 감에 따라 할아버지가 돌아가셨을 때와는 문상객의 수가 차이가 날 수밖에 없을 것이다.

할머니를 모실 장지와 입으실 수의는 이미 준비가 되어 있었고 병원에 부속된 장례식장의 식당에서 직원이 나와 음식의 가짓수와 종류, 도울 일손을 몇 명이나 쓸지 등을 물어 갔다. 암이 재발된 것을 아시자마자 보은을 앞장세워 사진관에서 찍으신 영정 사진도 평소의 엄하고 깐깐한 모습 그대로 제단 위에 올려졌다. 을식이가 집으로 다시 돌아가 할머니의 방에서 찾아온 것이다. 장례 용품점에서 나온 직원에게 검은 상복과 흰 국화를 종류와 수량을 맞춰 주문하고 장지까지 타고 갈 대형 버스를 미리 신청하는 일까지, 상을 당한 첫날은 슬픔을 느낄 새도 없이 바쁘게 지나갔다. 아직 친척들이나 부모님의 지인 분들께 소식이 다 전해지지 않았고 소식을 들었어도 바로 올 수 없는 사정들이 있었겠지만 둘째 날이 밝아서야 문상객들이 밀어닥치기 시작했다.

"잠깐 저쪽 방에 들어가서 다리 좀 뻗고 앉았다가 나와. 내가 눈치 봐서 나중에 부를게. 저녁엔 손님들이 더 들이닥칠 텐데 쉬어 가면서 해야 해."

작년에 시부상을 치른 경험이 있는 다인이 음식을 나르는 중에 보은에게 속삭였다. 문상객을 맞이하여 맞절을 하는 사람은 부모님과 을식이었고 보은은 다인과 윤주 그리고 도우미 아주머니 네 명과 함께 문상객을 대접하느라 쟁반을 들고 이리저리 상을 차리고 치우는 중이었다. 육개장을 퍼 담던 도우미 아주머니 한 분은 이렇게 많은 문상객은 처음 본다며 혀를 내둘렀다. 나중에는 부모님 회사의 젊은 사원들까지 일을 거들었다.

"발바닥에 불이 난다는 게 무슨 뜻인지 진짜 실감난다. 정신이 하나도 없어. 난 가족들은 고상하게 검은 정장 입고 한쪽에 앉아 있기만 하면 될 줄 알았지, 이렇게 발로 뛰며 손님 접대해야 되는 줄은 몰랐어. 보은아, 우리 같이 10분만 쉬었다가 나오자. 응?"

어느새 옆에 다가온 윤주까지 힘들다는 푸념을 했다. 그 바람에 보은은 쟁반을 내려놓고 윤주의 손에 이끌려 갔다. 윤주가 상주들이 잠깐 쉴 수 있도록 구석에 마련되어 있는 조그만 방의 문을 열었다.

방 안에는 오륙십 대로 보이는 아주머니 네 분이 벌써 앉아 계셨는데 보은이 들어서는 것을 보고 반가워하며 자리를 만들어 주는 분도 있었고 좀 떨떠름해하는 얼굴로 빤히 쳐다보는 분도 있었다. 한 아주머니가 옆의 아주머니에게 상복을 입고 있는 보은이 누구인지 묻는 것 같았다.

"누구긴 누구야, 보은이 몰라요? 대고모님 손녀잖아."

"아니, 걔가 벌써 저렇게 컸어? 난 쟤가……."

속삭이듯 하는 말이었지만 크지도 않은 방에서 앞에 당사자를 두고 말하기에는 조심성이 없었다. 더구나 뒷말을 이으려던 아주머니가 보은의 얼굴을 보더니 갑자기 자신의 입을 손으로 냉큼 막기까지 했다. 자리가 어색해진 보은은 혹시 음식이 부족하지 않으신가 여쭈고는 윤주를 끌고 방을 나왔다.

"대고모라면 촌수가 어떻게 되는 거니?"

"할아버지의 여자 형제가 대고모잖아. 고모할머니라고 부르는 집도 있더라."

보은은 윤주의 질문에 대답을 하면서도 아주머니가 무엇 때문에 그렇게 놀란 얼굴을 했는지 생각하고 있었다. 짐작이 전혀 가지 않는 것도 아니었다.

"아니, 왜 아직도 안 들어갔어? 들어가서 좀 쉬어."

다인이 와서 물었다. 그새 문상객들은 점점 더 늘어나고 있었다. 보은은 다시 쟁반과 행주를 집어 들었다. 윤주는 그 틈에 조금 전의 방으로 살짝 돌아갔다. 보은은 자리가 어려워서 도로 나온 것 같았지만 자신은 정말 1분이라도 쉬지 않으면 발바닥이 벗겨질 것처럼 화끈거렸다.

방 안은 그새 연세 지긋한 노인 분들의 차지가 되어 있었다. 밤을 지새우고 갈 모양인지 좁은 방 한쪽에서는 화투판을 막 펼치고 있는 늙수그레한 아저씨들까지 있었다. 윤주는 겨우 구석을 차지하고 앉아 엉덩이만 내려놓고 발바닥을 주물렀다.

"이 집안도 이제 완전히 기울어 가는 모양이야. 핏줄은 임종도 못 지키고 남의 자식 손에 마지막을 맡기셨으니 큰사모님도 저승 가는 발길이 안 떨어지셨을 거야."

윤주를 등지고 화투 패를 떼던 새치 머리의 늙은 남자가 혀를 쯧쯧 차며 말하고 있었다. 눈치 빠른 기자의 감이 아니더라도 윤주는 그 말이 보은을 두고 하는 것임을 알았다. 핏줄을 나눠 준 손녀는 아니더라도 네 살 때부터 키워 온 손녀인데 그렇게까지 말할 건 뭐 있나 싶어진 윤주는 친구에 대한 이야기를 계속 듣고 있기가 불편하여 도로 몸을 일으켰다. 문을 막고 앉은 할아버지와 할머니가 그 말을 받았다.

"원래 애 없던 집에 남의 애라도 들어오면 여자가 스트레스가 없어져서 안 되던 임신이 잘 된다는 말이 있어. 이 집만 봐도 그렇잖아. 걔 데려오고 나서 아들 낳았잖아. 큰사모님이 다 선견지명이 있었던 거라……."

"아무리 그래도 그렇지. 어떻게 식모가 아무렇게나 낳은 애를 데려와 키워요? 이 집에 오기 전까지 출생신고도 안 되어 있던 애라던데."

윤주는 안 되겠다 싶어 방문을 좀 거칠게 열며 밖으로 나와 버렸다. 그래서 새치 머리의 남자가 염 노인에 대해 말하는 것은 듣지 못했다.

"염 서방이 아까 왔다 간 거 같던데 아직도 그러고 다니나 보던데요?"

"뭐, 그 새끼가 아직 살아 있었나? 강원도 카지노에서 구걸하며 지낸다고 들었는데."

다인과 보은은 여전히 쟁반을 들고 분주히 움직이고 있었다. 윤주도 다시 음식을 나르다가 60대 중후반의 남자 두 명과 부딪칠 뻔했다. 그들은 화장실 쪽으로 갔다.

"윤주야, 나 조리실에 금방 갔다 올게. 저쪽에 을식이 학교에서 온 것 같은데 네가 한 번만 가줄래? 그리고 다인이랑 같이 그만 집에 가. 주말인데 쉬어야지."

보은이 윤주에게 쟁반을 맡기고 서둘러 조리실로 향했다.

"어쩜 그렇게 제 친엄마 얼굴을 빼다 박았답니까? 30년 가까이 못 본 얼굴인데도 걔 보니까 분이가 딱 떠오르데요. 분이가 한 인물 하긴 했잖아요."

"그랬었지. 식모로 썩기가 아까울 만큼 고왔었지. 그러면 뭐해? 누구 씨인지도 모르는 계집애 하나 낳아 놓고 중늙은이한테 시집갈 팔자였는걸. 얼굴값 한다는 말이 괜히 나온 게 아니지. 하긴 분이도 이젠 많이 늙었겠네."

남자 화장실 안이었다. 흰 머리가 드문드문 섞인 60대 중후반의 두 남자가 화장실 안의 창문을 활짝 열어 놓고 담배를 피우고 있었다. 병원 전체가 금연이었으나 노년의 두 남자가 검은 상복을 갖추어 입은 것을 생각한 율은 불평의 말을 목 안으로 삼켰다. 게다가 그들이 나누고 있는 말이 어쩐지 보은과 무관하지 않은 듯하여 손을 씻는 움직임이 자신도 모르게 느려지고 있었다.

"근데 형님, 걔가 이 집 딸로 되어 있다는 게 정말입니까? 양녀도 아니고?"

"그러게. 나도 아까 걔가 을식이하고 나란히 서서 문상객 맞는 거 보고 놀랐지 뭔가. 데려가 키우면서 호적에는 친딸로 출생신고를 했다고 하더니 키우기도 정말 딸로 키운 모양이지?"

"에이, 그래도 그렇지. 걔가 어떤 핏줄인지 아는 사람은 아는데 호적에만 딸이면 뭐해요? 아버지 어머니 하고 불러도 아닌 건 아닌 거지."

"그건 그래."

맞장구를 치던 남자가 문득 세면대 앞에 아직도 허리를 굽히고 서 있는 율을 흘깃 돌아보았다. 손을 너무 오래 씻고 있다고 생각한 모양이었다. 두 남자는 목소리를 낮추며 화장실을 나갔다. 율은 수도꼭지를 잠그고 핸드 드라이어로 손을 말렸다. 가슴이 무겁고 답답해져 왔다. 식모, 핏줄, 호적 같은 말들이 그의 가슴을 짓눌렀다. 할머니나 남동생, 그 밖의 집안일에 대한 보은의 걱정이 지나치다고 생각되어 집에 일할 사람이 너밖에 없냐고 화를 냈던 일이 떠올랐다.

율은 보은을 어서 만나고 싶어 빈소로 향했다. 대대로 크게 사업을 해 오던 집안답게 문상객들이 끊이지 않았고 그 사람들 속에는 보은에게 상처 줄 말을 아무렇지 않게 내뱉을 사람도 있을 것이었다. 보은이 입양한 딸이라는 것을 가지고 공연히 들쑤시는 사람도 용서하지 못하겠지만 행여나 친아버지에 대해 조금이라도 아는 사람이 있어 보은을 아프게 한다면 더 용서하지 못할 것이다.

빈소 입구에는 양쪽으로 흰 화환이 빽빽하게 겹쳐져 늘어서 있었고 놓을 자리가 부족하여 리본만 떼어 보관하는 모습도 보였다. 조의금을 받는 접수대에도 긴 줄이 서 있었다. 율은 줄 속에 서서 눈으로는 보은이 어디에 있는지 찾았다. 흰 국화로 뒤덮인 제단 오른쪽에 보은의 부모님과 남동생일 세 사람이 침통한 얼굴로 연신 문상객과 맞절을 나누고 있었으나 보은은 보이지 않았다. 세 사람은 확실히 보은과는 많이 다른 분위기를 풍기고 있었다. 호리호리하게 마르고 키가 크지만 강단 있어 보이는 아버지와 키는 작지만 중견 사업체를 이끌어 가는 여사장답게 당당한 풍모의 어머니 옆에는 하얀 얼굴의 무척이나 섬세하고 유약해 보이는 남동생이 서 있었다. 날씬하지만 마냥 허약한 몸매는 아니고 가족들처럼 허여멀건한 얼굴은 더구나 아닌 보은을 그 옆에 세워 놓으면 한 가족이라고 보기 어려울 것이다.

"오셨네요."

그때 율의 시선 아래에 다인이 와 있었다. 검은색의 일하기 편한 복장으로 화장기 없는 얼굴에 손에는 음식 접시가 가득 올려진 쟁반을 들고 서 있었다.

"보은이한테서 연락 받으셨군요?"

"네, 어디 있습니까?"

"지금은…… 잠깐 화장실 갔나 봐요."

왜 그러는지 불편하고 어색한 표정인 다인의 시선이 슬쩍 복도 끝으로 향하는 것을 율은 놓치지 않았다. 화장실과는 반대 방향이었다. 율은 다인이 부르는 것을 못 들은 척하고 줄에서 빠져나와 복도가 꺾어지는 곳으로 갔다. 누군가에게 좋지 않은 소리를 듣고 혼자 풀이 죽어 앉아 있을지도 모르겠다는 생각이 들었다.

빈소가 지하 1층에 위치하고 있었으므로 복도 끝의 계단도 지상으로 이어져 있었는데 그 계단 앞에 검은 한복을 입고 머리에 작고 하얀 핀을 꽂은 보은이 서 있었다. 보은은 혼자가 아니었다. 문상객인 듯한 세 사람과 얘기를 나누고 있었다. 부부로 보이는 50대 중반의 남녀와 보은 또래의 젊은 남자가 역시 검은 정장 차림으로 마주 보고 서 있었다. 율이 바로 다가가지 못한 것은 보은을 쳐다보는 젊은 남자의 눈동자 때문이었다. 안타까움과 애절함과 연민을 가득 담고 있는 그 표정은 율의 발을 저절로 멈추게 했다. 보은이 그 남자를 보는 표정은 율이 쉽게 읽을 수 없었다. 무표정을 유지하려고 애쓰는 것만은 분명했다.

"굳이 배웅하러 나올 거 없다는데도, 얘는……."

검은 옷을 갖춰 입긴 했지만 다소 화려한 차림을 한 여성이 새침하게 말했다.

"할아버지 대부터 치면 한 골목에 40년 넘게 같이 살아온 인정으로 온 것이다. 불편하게 생각지 마라."

중후한 분위기에 풍채 좋은 남성이 말을 이었다. 보은이 뭐라고 대답하는지는 잘 들리지 않았으나 고개를 숙이며 감사의 말을 하는 것 같았다. 두 사람은 발을 돌려 계단을 오르다가 젊은 남자가 따라오지 않자 이름을 불러 재촉했다. 건욱이라……. 율의 미간이 찌푸려졌다. 보은을 두 번째로 보았던 날,

병원 지하 주차장에서 형수와 같이 서 있던 홍 선생의 입에서도 건욱이라는 이름이 나왔었다.

"너도 쉬어 가면서 일해. 얼굴이 너무 안 좋다. 잘못하면 너까지 쓰러지겠어."

준수하게 생긴 남자의 맑은 얼굴이 진심을 담아 말하고 있었다. 보은은 괜찮다고만 대답했다. 어색하게 머뭇거리며 남자는 말을 이었다.

"을식이한테는 따로 인사 못 하고 간다고 전해 줘. 나 출국하기 전에 동아리 친구들이랑 다 같이 한번 봤으면 좋겠다."

건욱의 부모가 아들을 호통치듯 다시 불렀다. 보은은 고개를 숙여 인사했고 세 사람은 곧 계단을 올라 문 밖으로 사라졌다.

"보은아."

율은 보은이 이쪽으로 몸을 돌리는 것을 기다리지 않고 곧장 다가가 어깨에 손을 얹었다. 보은이 다른 남자의 뒷모습을 계속 지켜보게 하기 싫었다.

"왔네요."

별로 당황하는 기색 없이 살짝 웃어 보이기까지 하며 자신을 보는 보은의 표정에 율은 마음이 놓였다. 만일 보은이 눈에 띄게 당황했다면 율도 기분이 좋지 않았을 것이다. 그건 아직 보은의 마음속에 그 남자가 남아 있다는 뜻일 테니까.

"괜찮아, 너?"

보은의 얼굴을 찬찬히 살펴보며 율이 물었다. 두 손에 잡히는 어깨가 이틀 사이에 더 바싹 말라 있었다.

"괜찮아요."

예사로운 말투로 대답하던 보은의 표정이 다음 순간 굳어졌다.

"근데, 뭐가요?"

두 사람은 말없이 서로의 눈을 들여다보았다. 그래, 뭐가 괜찮냐는 뜻이었을까? 율도 자신의 입에서 나온 말이 무슨 뜻인지를 생각했다. 할머니의 장례를 치르느라 피곤하지 않느냐는 뜻인지, 결혼까지 할 뻔했던 건욱을 다시 만난 게 어땠냐는 뜻인지 스스로도 모를 일이었다. 눈치 빠른 보은이 묻는 것은 건욱을 보았느냐는 뜻일 것이다. 율은 솔직하게 대답했다.

"봤어. 방금 나간 그 남자."

"오해하는 거 아니죠?"

대답이 없는 율을 보은은 살짝 찌푸린 표정으로 보았다.

"거짓말은 안 하고 싶어요. 3년 전까지 사귀었던 친구예요."

"그렇게 햇수까지 정확하게 기억하고 있는 건 기분 나쁘네."

"그래도 미안하다고는 못 해요. 최율 씨 만나기 전이었으니까. 헤어지고 오늘 처음 봤어요. 할아버지 살아 계실 때부터 한동네 이웃이라 문상 온 거구요."

말은 그렇게 하지만 슬며시 율의 눈치를 살피는 모습이 예뻤다.

"그래도 내 여자를 딴 남자가 걱정하는 건 기분 나쁘더라. 다음엔 안 참는다."

"들었어요?"

율은 보은의 볼을 꼬집고 싶은 것도 참았다.

"내일 아침 7시에 발인이지? 들어가자. 나도 할머님께 절 올려야지."

율은 보은과 나란히 빈소로 돌아왔다. 보은은 음식을 나르려고 했지만 율이 보은을 데리고 온 것을 발견한 다인과 윤주가 손에서 쟁반을 빼앗고 등을 떠밀었다. 보은은 쭈뼛쭈뼛 분향소로 가 을식이 옆에 섰다.

율은 조의금 접수대에 미리 준비한 흰 봉투를 내밀었다. 접수대에서 봉투를 받으며 방명록에 이름을 적도록 하던 남자가 율을 한 번 올려다보았다. 율은 방명록에도 봉투에 적은 대로 자신의 이름 옆에 괄호를 하고 보은의 이름을 적어 넣었다.

분향소 앞에서 고인에게 향을 피워 올린 후 두 번 큰 절을 하고 가족들과도 맞절을 했다. 워낙 문상객이 많이 몰려오기는 했지만 한 번도 본 적이 없는 젊은 남자가 혼자 와서 문상을 하니 보은의 아버지는 궁금한 기색이 역력했다.

"을식이 친구는 아닌 것 같고, 을식이 학교에서 나오셨습니까?"

고인의 명복을 빌고 애도를 표한다는 인사말이 끝나자마자 물었다.

"최율이라고 합니다, 아버님. 따님과 교제하고 있습니다."

보은의 부모와 을식이가 깜짝 놀란 것은 당연한 일이지만 보은까지도 당황해하고 있었다. 넌 내가 나를 뭐라고 소개할 줄 알았니? 율은 어안이 벙벙해진 분위기를 무시하고 그대로 밀어붙였다.

"슬픈 일을 당하신 중에 갑작스럽게 찾아뵈어 송구스럽게 생각합니다. 곧 정식으로 찾아뵙고 인사드리겠습니다."

"그, 그러시게."

세 사람의 눈이 보은을 향하는 것을 보며 율은 쐐기를 박는 기분으로 보은의 손을 살그머니 끌어당겨 잡았다가 놓았다. 보은의 얼굴은 이제 창백해 보이기까지 했다.

"고인이 되신 분께는 병실에서 한 번 인사를 드린 적이 있었습니다."

가족들은 아직도 놀란 입을 다물지 못하고 율을 쳐다보았다. 을식이가 제일 놀란 표정이었다. 율이 말을 이었다.

"내일 장지에서 다시 뵙겠습니다."

율은 보은을 한 번 쳐다보고는 자리에서 일어났다. 어느새 주위의 몇몇 시선도 율을 향하고 있었다. 다인이 율을 음식이 정갈히 차려진 자리로 안내했다. 보은은 따라오지 않았다. 가족들의 질문 공세를 받고 있는 듯했으나 다른 문상객들이 단체로 들이닥치는 바람에 길게 이어지지는 않는 것 같았다.

"두 친구 분이 수고가 많으시네요. 보은이는 잘 버티고 있습니까?"

"안 그래도 손님들이 이렇게까지 밀려들 줄 몰랐는데 일손이 부족해서요. 곧 을식이 친구들도 다시 와서 도와준다고 했으니까 오늘 밤은 좀 나을 거예요."

"제가 부득이 회사로 돌아가 봐야 해서요. 내일 아침에도 여기 못 오고 장지로 바로 갈 거 같습니다. 보은이 좀 부탁합니다."

"네, 그럴게요. 걱정 마세요."

율은 다인이 받아 온 뜨거운 육개장에 공깃밥을 말아 천천히 입으로 가져갔다. 내일과 그다음 날 보은을 쉬게 해 주려면 저녁 먹는 시간이 아까울 정도로 빨리 건축사무소로 돌아가 밤샘을 하면서 쌓여 있는 일들을 처리해야 하지만 자신을 보는 문상객들의 시선 때문에라도 지금은 잠시 이 자리를 지키고 싶었다. 별로 호의적이라고는 할 수 없는 호기심 가득한 시선들이었다. 지금 바로 자리를 뜬다면 저 화살같이 따가운 시선들을 보은이 혼자 견뎌야 할 것이다. 아니나 다를까 백발이 성성한 할머니 몇이 율의 자리로 슬금슬금 다가앉았다.

"총각이 이 집 딸이랑 사귄다고 했습니까?"

일단은 순하고 조심스러운 말투여서 율도 예의를 갖추어 대답하기로 했다.

"네, 결혼하고 싶습니다. 부모님이 허락하신 다음에요."

사실은 허락 같은 건 필요 없다고 생각하지만 이 노인들이 원하는 대답은 그럴 것이다. 고개를 끄덕거린 한 할머니가 율에게 홍어회 무침 접시를 가까이 밀어 준다. 싫어하는 음식이지만 율은 한 젓가락 집어 올렸다. 뒤를 이어 다른 노인들의 질문이 따라 나왔다. 율은 자신이 서른세 살이라는 것과 대학을 졸업하고 건축설계 일을 하고 있으며 부모님 모두 살아 계시고 위로 결혼한 형님 한 분이 있으며 보은과는 봄에 우연히 병원에서 만나 사귀게 되었다고 묻는 말에 하나하나 대답해 주었다. 노인들은 애잔하고 따뜻한 눈빛으로 율에게 자꾸 음식을 권했다. 상 앞에 처음 앉았을 때와는 달리 율은 긴장이 풀리는 것을 느꼈다. 노인들은 율에게 이 집안의 실세였던 고인의 생전에 대한 이야기와 점점 기울어져 가는 가업에 대해 오지랖 넓은 걱정을 늘어놓더니 보은이 요즘 보기 드물게 살림도 잘하고 손끝이 야무진 알뜰한 처녀라며 입에 침을 발라 가며 칭찬을 늘어놓았다. 그 수다의 숨은 뜻이 보은의 흠결을 덮어 주고자 하는 연민과 동정에 있다는 것을 율은 모르지 않았다. 끝이 없을 것 같은 수다에서 율을 구해 준 것은 윤주였다.

"저쪽에서 찾으시는데요?"

옆에 다가온 윤주가 제법 큰 소리로 말하며 손을 들어 한곳을 가리켰지만 율은 그 목소리와 손에서 애매함을 느끼고는 눈치를 챘다. 가 보라는 할머니들의 허락에 율은 최대한 정중하게 인사를 드리고 윤주의 뒤를 따라갔다.

"보은이 좀 데리고 나가세요. 어젯밤 내내 뜬눈으로 새면서 한 시간도 못 잤을 거예요."

윤주가 말하면서 쳐다보는 방향 끝에는 보은이 커다란 빈 솥을 들고 종종걸음으로 조리실 쪽으로 가고 있었다. 새 국을 받으러 가는 모양이었다.

"일손이 많이 부족합니까?"

"금방 또 을식이 친구들이 도우러 온다니까 괜찮은데요, 잠깐이라도 찬바람 좀 쐬게 해 주세요. 이틀 동안 밖에 올라가 보지도 못했을 거예요. 문상객이 많으면 조의금도 많이 들어와서 다행이긴 한데 일하는 사람은 좀 고달프네요. 그 조의금이라는 것도 빚 갚는데 다 들어가겠지만요."

조리실로 가니 역시 짐작대로 보은이 바퀴가 달린 배식 카트에 육개장이 찰랑거리는 큰 솥을 받아 나오고 있었다. 율은 보은 대신 카트를 밀었다.

"이런 것도 네가 해야 하니?"

자신도 모르게 목소리에 짜증이 실렸다. 보은이 옆을 따르며 대답했다.

"조리실도 바쁘니까 가져다 줄 때까지 마냥 기다릴 수만은 없잖아요. 아쉬운 건 우리 쪽인데……. 그리고 어차피 오늘 밤만 넘기면 한숨 돌릴 수 있어요."

"누나! 우리 왔어요!"

을식이의 친구들이 정말 왔는지 대여섯 명의 남학생들이 두 사람에게 다가왔다. 단발머리의 여학생도 한 명 끼어 있다가 보은에게 씩씩하게 인사를 건넨다.

"언니, 힘드셨죠? 저희가 할게요. 좀 쉬세요."

"그래 줄래요?"

대답은 율이 대신했다. 율은 카트를 놓아 둔 채 보은의 어깨에 한 손을 얹었다. 우와, 하고 함성을 지르던 남학생들의 굵직한 소리가 장소를 생각해 금방 수그러들었다.

"나가자."

율은 보은을 끌다시피 하여 1층으로 데리고 올라왔다. 십이월의 찬바람이 뺨을 후려갈기듯 불어왔으나 율은 보은이 바람을 좀 쐬도록 함께 장례식장의 현관 밖에 섰다. 문 옆에 커피 자판기가 있었고 긴 나무 벤치도 놓여 있었다.

"내 차에 들어가서 한 시간만 쉬어."

명령에 가까운 목소리가 율의 입에서 나왔다.

"30분만요."

보은의 고집스러운 표정을 본 율은 할 수 없이 동의했다.

"지금 몇 시예요?"

"6시 넘었어. 이틀 동안 계속 지하 빈소에만 있으니까 시간 가는 줄도 몰랐지? 진짜 많이 피곤해 보여."

율은 보은의 얼굴을 뜯어보듯 가까이에서 들여다보았다. 갑자기 얼굴을 붉힌 보은이 고개를 숙이며 한 손으로 얼굴을 쓸고 중얼거렸다.

"나 오늘 세수도 못 했는데……."

"밤인지 아침인지도 몰랐지? 괜찮아."

돌아가신 할머니껜 죄송하지만 율은 부끄러워하고 있는 보은을 꼬옥 안아 주고 싶었다.

"근데 좀 추워요."

"그래, 차에 가 있자."

율은 장례식장 앞의 노상에 주차한 차로 보은을 데리고 가 앉혔다. 조수석 문을 닫아 주기 전에 물었다.

"녹차 가져올까? 아니, 저녁부터 먹어야지?"

"밥은 한 시간 전에 미리 먹었어요. 저녁엔 손님들이 더 많아지니까. 그리고 나 정신 좀 차리게 커피……."

"응. 금방 뽑아 올게."

현관 밖에 설치된 자판기로 성큼성큼 건너간 율은 자판기에 동전을 넣으려다 말고 핸드폰의 진동이 울리는 바람에 전화부터 받아야 했다. 김철수였다. 율은 한동안 그의 설명을 듣다가 한 시간 후에 들어가서 결정하겠다고 대답하고는 전화를 끊었다. 아무래도 보은과 오래 있기에는 설계를 의뢰한 건축주와의 일이 계속 꼬이고 있었다.

그사이에 머리가 심하게 벗겨진 중년의 남자와 비슷한 연배의 뚱뚱한 여자가 자판기를 가리고 섰다. 손에는 나란히 연기가 피어오르는 담배를 한 대씩 들고 있었다. 율은 그들이 비켜서기를 기다렸다.

"그 남자가 자기 입으로 이 집 사위 될 사람이라고 했다는 거야?"

중년의 여자가 묻고 있었다. 커피를 뽑을 생각은 없어 보였다. 율은 양해를 구하려다가 남자의 대꾸에 그만 입을 다물었다.

"그랬대요, 누님. 걔가 고등학교밖에 안 나왔고 하는 일도 없지만 생긴 건 예쁘장하니 남자 좀 후리게 생겼잖아요. 나도 조금 전에 와서 얼굴은 못 봤는데 남자가 생긴 건 멀쩡하더랍니다. 대학도 나오고 회사 다니고 겉보기에는 괜찮았나 봐요. 영실 할매하고 순애 아주머니는 아주 좋게 본 모양이던데요?"

"대학이나 직장은 뭐, 걔 잘못은 아니지. 제 처지가 그렇고 이 집 사정이 그런 거니까. 그리고 우리 서연이도 대학교 졸업한 지 1년이 다 되어 가지만 요즘 젊은 사람들 취직하기가 그렇게 쉽나? 에휴."

중년 여자의 목소리가 갑자기 기가 죽는 것으로 보아 딸을 두고 얘기하는 것 같았다. 율은 그들이 자판기를 가리든 말든 한 손을 다소 거칠게 움직여 동전을 넣었다. 그제야 옆으로 겨우 한 발짝 움직인 그들은 담배를 피우며 대화를 계속 이어 나갔다.

"누님, 서연이만 그런 거 아니니까 너무 기죽이지 말고 신랑감이나 찾아보라고 하세요. 천덕꾸러기에 식모나 다름없는 보은이도 멀쩡한 신랑감 데려왔다는데, 뭘……. 그리고 서연이는 먼저 다이어트부터 좀 시키고요."

그러자 중년 여자의 목에 갑자기 핏대가 섰다. 목소리를 높이며 분하다는 듯이 소리를 질렀다.

"아니, 동생 말하는 거 좀 듣기 그러네. 얼굴 뜯어먹고 살 일 있나? 취직을 해야 선 자리도 나서지! 근데 보은이 걔가 자기 입으로 지가 이 집 딸이래? 사위가 어딨어? 기가 막혀서, 원. 어디서 근본도 모르는 계집애가, 이 집 아니면 갈 데도 없는 주제에……. 형님이 을식이 낳고 내보내려는 걸 고 영악하고 잔망스러운 계집애가 하도 울어 대는 통에 불쌍해서 데리고 있었다던데. 계집애 그거 정말 밖에 나가서 이 집 딸인 양 행세하고 다니는 거 아냐?"

"아니, 누님. 불똥이 왜 그쪽으로 튀어요? 내가 말 잘못 했네. 서연이도 아주 복스럽고 예쁘지, 예뻐. 알아요. 누가 들으면 어쩌려고? 자, 커피나 뽑아서 들어갑시다."

여자를 달랜 대머리 남자는 커피를 두 잔 뽑아 제 손에 쥐고 여자의 뒤를 좇아 건물 안으로 들어갔다. 율은 주위에 다른 사람이 없는 것을 다행으로 생각하며 돌아섰지만 자판기 바로 옆 벽에 몸을 딱 붙이고 서 있는 보은과 눈이 마주치고 말았다.

"보은아!"

"같이 있으려고, 혼자 앉아 있기 싫어서……."

보은의 눈에서 눈물 한 방울이 반짝거렸으나 착각인 듯싶게 순식간에 사라져 버렸다. 그새 율이 손에 든 커피는 다 식어 있었다. 율은 새로 커피를 한 잔 뽑아 들고 다른 손으로는 보은의 손을 꼭 잡고 차로 돌아와 앉았다. 단지 찬바람 때문에 손이 얼음장처럼 싸늘해진 것은 아닐 것이다. 율은 보은에게 저혈압이 있다는 것을 기억했다. 차 안의 온도를 높이고 조수석의 열선을 켠 다음 의자 등받이도 뒤로 조금 눕혀 주었다.

"이러니까, 스포츠카에 너 태우고 한강 주차장 가서 같이 잤던 생각 나네."

"우리가 같이 잤어요? 남들이 들으면 오해하겠어요."

"그럼, 아냐? 너 잠든 모습 쳐다보다가 나도 스르르 잠이 들었는데?"

얼어 있던 보은의 표정이 그제야 조금 풀렸다. 율은 빙빙 돌리지 않고 바로 묻기로 했다. 더 이상 다른 사람의 입을 통해 듣는 것도 싫고 한 번은 보은과 확실히 해야 할 일이었다.

"많이 힘들었었니? 남들이 너를 부모님의 딸로 인정해 주지 않아서."

율로서는 망설임 끝에 어렵게 꺼낸 말이었는데 보은은 아무렇지 않다는 듯 대답했다.

"좀 힘들었어요. 할아버지 돌아가셨을 때도 절 보고 수군대는 친척들이 있었는데, 그땐 왜 그러는지 몰랐어요. 지금 생각해 보니 할머니가 다 막아 주셨던 거예요."

"너, 이 집 딸 맞잖아. 부모님도 계시고 남동생도 있고."

"맞아요. 저는 홍길동이 아니라서 아버지를 아버지라 부를 수 있고 동생을 동생이라 부를 수 있거든요."

보은은 자기가 한 말이 우스운지 훗, 하고 소리 내어 웃었다.

"오늘 새로운 사실도 하나 알았네요."

"뭐? 내가 너랑 결혼하고 싶어 하는 거?"

보은의 뺨이 곱게 물들었다. 그러나 고개를 저었다.

"내가 남자 좀 후리게 생겼다는 거요. 정말 그래요?"

아, 처음부터 다 듣고 있었구나. 율은 그 뒤에 이어졌던 천덕꾸러기니 식모니 하는 말이 떠올라 저절로 눈살이 찌푸려지고 주먹이 쥐어졌다.

"또 있어요. 을식이가 태어나고 나서 어머니가 날 내보내려 했다는 거요. 사실 그건 기억 안 나는데, 그럴 수도 있겠다 싶어요."

율이 보은의 차가운 손을 꼭 잡았다. 보은은 웃는 낯으로 율을 보았다.

"동정받는 거 끔찍하니까 그러지 말아요. 그리고 최율 씨가 생각하는 것처럼 나 그렇게 착하고 순한 아이도 아니었어요."

율은 보은이 말을 계속 잇도록 기다렸다.

"을식이가 태어나고 처음엔 참 귀여워했었는데 나중엔 샘이 나서 막 괴롭히기도 했대요. 어른들이 안 볼 땐 볼도 꼬집고 장난감으로 때리기도 하고."

"어릴 땐 다 그렇지 않나?"

율은 집에 있는 하늘이와 바다를 생각했다. 보은이 네 살 때 입양되어 여섯 살 때 남동생이 태어났다고 했으니 자신의 조카들이 연상되었다. 조카들은 네 살이나 여섯 살 때의 일을 자라면서 얼마나 기억하게 될까?

"더 나쁜 짓도 했는데요? 집에 일하시던 아주머니가 동생 분유 타 놓으면 내가 반은 꿀꺽 마셔 버리고 그랬대요. 들킬까 봐 겁이 나서 영악한 계집애가 물을 부어 채워 놓고 그랬대요."

"와아, 그건 좀 못됐다고 해야겠네."

"맞아요. 아무리 예닐곱 살짜리라도 못된 건 못된 거예요. 어머니 말로는 을식이가 그래서 키만 삐죽하고 살이 안 찌는 거래요."

"에이, 그건 아니다. 네가 1년을 그랬겠니, 2년을 그랬겠니? 집에 어른들도 다 계셨을 텐데……."

"을식이가 여섯 살 때였어요. 학교 가는 저를 따라 어른들도 모르게 집을 나온 적이 있었어요. 시험 치는 날이어서 아침 일찍 학교에 가서 공부하려고 나왔는데 을식이가 따라 나온 거예요. 교문이 바로 앞에 보이게 왔을 때야 친구들이 얘기해 줘서 뒤를 돌아보고 알았어요. 집까지 데려다 주기엔 시간이 없고 전 을식이에게 혼자 집에 가라고 소리를 막 질렀어요. 여섯 살짜리가 울면서 그 길을 돌아갔는데 학교 마치고 집에 가 보니 을식이가 차에 치여 병원에 입원해 있더라구요. 무릎 수술을 두 번이나 받아야 했어요. 그런데 을식이는 나 때문에 그렇게 됐다는 말을 어른들께 하지 않았어요. 그냥 밖에 나갔다가 그랬다고 했대요. 그 조그만 애가 말이에요."

보은은 엄마가 을식이를 낳아 놓고도 잘 돌보지 않아 일하는 아주머니와 할머니가 거의 키우셨고 나중엔 어린 자신에게도 책임이 지워졌다는 것까지는 말하지 않았다. 산후우울증이라는 말도 없었던 때의 이야기다.

"보은아, 말도 안 되고 그럴 리도 없겠지만 주위에서 하는 얘기들 때문에 괜한 죄책감 같은 거 안 가졌으면 좋겠어."

"그런 거 없어요."

"그래, 넌 네 말처럼 착하지도 않고 순하지도 않으니까 그런 약한 생각은 안 할 거지?"

보은이 피식, 웃었다. 두 사람은 말없이 서로를 따스하게 바라보았다. 그때 똑똑, 차창을 두드리는 소리가 들렸다. 어둠이 진즉에 내려앉아 캄캄한 노상에서 조수석 밖에 을식이가 서 있었다. 율은 운전석 문을 열어 차에서 내렸다. 보은도 따라서 내렸다.

"와 주셔서 감사합니다. 아깐 좀 놀라서 제대로 인사를 못 드렸는데…….."

율이 반가워하며 악수를 청했다.

"그래요, 을식이 처남. 누나한테 얘기 많이 들었어요. 내일 아침 일찍 장지에서 봐요."

처남이라는 말에 을식이보다 보은의 눈이 더 커졌다. 어쩌면 그렇게 뻔뻔하고 넉살이 좋으냐는 듯이 율을 쳐다보았다.

"을식아, 추운데 왜 나왔어? 누나도 금방 들어갈 거야."

보은이 겸연쩍어하고 있었다.

"누나랑 사귀는 분이시라는데 나와 봐야지."

"추운데 누나 데리고 어서 들어가요."

율은 두 사람에게 손을 흔들어 보이고 차에 올라타 바로 출발했다. 건축사무소로 들어가는 중에 핸드폰의 발신음이 울려 꺼내 보니 보은으로부터 문자메시지가 와 있었다.

고마워요.

"사랑해요, 라고는 절대 안 하지?"

혼잣말을 하는 율의 얼굴에 미소가 잔잔히 피어올랐다. 맞은편 복도에서 걸어오던 김철수가 율을 낯설다는 듯이 쳐다보았다.

"하늘아, 바다야, 삼촌 왔다."

현관문을 열고 들어서는 율의 손에 커다란 비닐로 포장된 솜사탕이 두 개 들려 있었다. 새벽부터 상갓집에 가 봐야 한다며 어제처럼 검은 옷을 입고 나갔던 시동생이 돌아온 것은 하늘이와 바다의 점심을 먹이고 나서 낮잠을 재우던 일요일 오후였다. 영희는 시동생이 양손에 하나씩 들고 있는 분홍색과 노란색의 솜사탕을 멍하게 바라보았다. 그것은 놀이동산에서 파는 예쁜 솜사탕과는 다르게 시골 장터나 길거리에서 옛날 방식으로 설탕 통을 손으로 돌려 만든 다소 조악한 모양의 솜사탕이었다. 산 지 시간이 좀 지난 듯 솜사탕은 한쪽이 찌그러져 있었다.

　"애들 어디 있어요, 형수님?"

　마침 잠든 줄 알았던 하늘이와 바다가 뒤뚱거리며 방에서 나왔다. 잠이 들려다가 깬 모양으로 두 녀석 다 엄마를 부르며 칭얼거렸다. 시동생은 아이들 앞에 쪼그리고 앉아 눈높이를 맞추고 손에 솜사탕 하나씩을 쥐여 주었다. 잠이 싹 달아난 아이들은 싱글벙글 웃으며 솜사탕을 받아들고 부엌으로 다다다 달려갔다.

　"할아버지, 할머니. 솜사탕 있어요. 삼촌이 줬어요."

　아이들만큼이나 싱글거리는 얼굴로 그 뒤를 따라간 시동생은 부모님께 인사를 드리고 2층으로 올라갔다. 영희는 그 모양을 눈으로 뒤쫓다가 제 방으로 들어갔다. 남편이 창가의 티 테이블에 앉아 휴일 오후의 햇살을 즐기며 경제 잡지를 읽고 있었다. 영희도 맞은편 침대에 앉았다.

"도련님 요즘 이상해."

"응? 뭐가?"

남편이 잡지에서 눈을 떼지 않고 대꾸했다.

"방금 애들 먹으라고 솜사탕 사 왔어. 애들 태어나고 나서 처음인 것 같아, 뭐 먹을 거 사 온 건."

"그런가?"

"정말이에요. 지난주에는 계단에서 개 울타리도 철거했잖아. 진짜 이상해졌어."

"그럼 잘된 거 아냐?"

"사람이 좀 여유가 생겼다고나 할까? 하여튼 궁금해. 변했어."

남편이 하하, 큰소리로 웃었다. 잡지를 내려놓고 옆에 와 앉더니 영희의 허리에 팔을 둘렀다.

"우리 박영희 선생님, 또 호기심이 발동하셨네요. 레이더 망이 가동되는 소리가 벌써 내 귀에도 들리네요."

"내가 눈치가 백 단이라구요."

한은 아내의 어깨에 턱을 내려놓으며 최근 들어 그도 느끼고 있는 동생의 변화를 생각했다. 늘 긴장되어 있고 냉정해 보이는 동생의 얼굴이 많이 편안해지고 여유로워 보이는 건 사실이었다. 역시 사랑의 힘이라는 건가? 아직 아내에게는 말하지 않았지만 한은 동생이 만나고 있는 여자가 점점 더 궁금해졌다. 인문대학 학장에게 딸의 사진을 돌려주며 정중히 거절의 말을 전달했을 때는 그도 약간은 아까운 생각이 없지 않았다. 자신은 양가의 반대를 뚫고 그야말로 전쟁을 치르듯 싸워서 아내를 얻었지만, 동생은 그런 마음고생 없이 평탄한 길을 가며 앞날에 이익이 되어 줄 결혼을 해도 괜찮을 것 같았다.

헛, 이게 무슨 이율배반적인 생각인지…… 혼자 머쓱해진 한은 아내의 허리를 감싼 팔에 힘을 더 주어 껴안았다.

"오늘 저녁은 우리끼리 나가서 먹을까? 애들 놔두고."

좋아할 줄 알았던 아내가 정색을 하며 대답했다.

"안 돼요. 오늘 아버님이 요리 학원에서 배운 탕수육이랑 짬뽕 하신다고 벌써 돼지고기랑 해물 다 사 오신걸. 지금 부엌에 계셔."

"또?"

한이 미간을 찌푸렸다.

"당신, 아버님 앞에서는 너무 그렇게 표 내지 말아요. 지난번에 짜장면 만드셨을 때 당신이 너무 달다고 하니까 실망 많이 하시더라. 이 팔 좀 풀어요. 나도 나가서 도와 드려야지."

"알았어. 나도 같이 나가지, 뭐."

한은 아내의 이마에 입을 쪽 맞춰 주고 일어났다.

다행히 까다로운 건축주와의 면담은 어젯밤 전화 통화를 통해 잘 마무리되었다. 마음은 한밤중에라도 장례식장으로 돌아가고 싶었지만 일의 마무리를 위해서 율은 혼자 밤을 새며 설계 도면을 다시 검토하고 수정해야 했다. 그리고 새벽에 집에 들어와 속옷과 셔츠만 갈아입고 보은의 할머니를 모실 장지로 다시 출발했다.

장례식장에서 미리 알아 놓고 내비게이션의 안내에 맞춰 간 길이었는데 병원에서 문상객들을 실은 대형 버스가 늦게 출발하는 바람에 율이 먼저 도착하여 기다리게 되었다. 보은에게 전화를 걸고 싶었지만 장지로 오는 버스 안에서나마 조용히 쉬게 해 주고 싶어 근질거리는 손가락을 참았다. 장례 버스에서 내린 친척들은 먼저 와 기다리고 있는 율을 호의적으로 대해 주었다. 어느새 율은 집안사람이 된 듯 묘를 조성하는 인부들을 돕거나 늙수레한 노인들의 잔심부름까지 해 주게 되었다. 보은이 그 모양을 어이없어하기도 하고 미안해하기도 하면서 쳐다보았으나 율은 이상하게도 자신을 함부로 막 대하는 노인들이 싫지 않았다. 봉분을 다지고 뿌리가 붙은 잔디로 떼를 씌운 후 일이 거의 마무리가 되어 막걸리가 한 잔씩 돌 때는 자신에게도 돌아온 시원한 막걸리를 기분 좋게 받아 마셨다. 이전에 마셔 본 어떤 고급 양주나 비싼 와인보다도 달고 부드러웠다. 칼날 같은 겨울바람이 산등성이를 타고 몰아쳤으나 율은 추운 줄도 힘든 줄도 몰랐다. 보은이 어른들의 눈치를 보다가 그의 콧등에 맺힌 땀을 옷소매로 눌러 주었을 때는 행복하기까지 했다.

"아⋯⋯."

몸은 침대 밑으로 가라앉을 것처럼 무겁지만 마음은 둥실 구름 위로 떠오르는 기분을 지금 율은 자신의 방 침대 위에 코트도 벗지 않고 누워 계속 음미하고 있었다. 보은과 함께 있을 수 있었던 것이 너무나 행복했다. 그동안 둘만의 시간과 공간 속에서 시계의 초침이 바뀌는 사이도 안타까워하며 함께 있을 때도 좋았지만, 오늘처럼 많은 사람들 속에 어색하지 않게 섞여 함께 일을 하고 오가면서 나누었던 보은의 따뜻한 눈빛은 율의 마음을 포근히 감싸 주고 어루만져 주는 무언가가 있었다. 아마 그것을 행복이라고 부르는 거겠지. 혼자 숨기듯 간직하지 않고, 자랑하며 나누어 주고 싶어지는 마음⋯⋯. 보은과 친척들이 탄 장례 버스를 배웅하고 혼자 차를 몰아 시골 장터를 지나던 율은 그래서 난데없이 분홍색과 노란색의 솜사탕까지 사게 되었다. 한 번도 그래 본 적이 없었기에 형수의 어리둥절한 표정이 이해되었다. 율은 이 순간 보은이 몹시도 그립고 보고 싶었다.

난 집에 도착했어. 너도 푹 쉬고 나중에 전화해 줘.

보은에게 문자를 보낸 율은 곧 달콤하기 그지없는 잠 속으로 빠져들었다. 어머니가 올라와서 저녁을 먹으라고 깨우려다가 곤히 잠든 아들을 보고 방문을 닫았다. 율의 침대 옆 창밖으로 올해의 첫눈이 소담스럽게 내리고 있었다. 크리스마스이브를 하루 앞두고 내리는 아름다운 눈이었다.

"독 안에 든 쥐가 뭘까요?"
수수께끼를 내는 건가? 아내는 화장대 앞에 앉아 머리를 빗

고 있었다. 하늘이와 바다를 재우고 방에 들어서던 한은 뜬금
없는 질문에 고개를 갸우뚱했다.

"아까 저녁 먹으라고 도련님 깨우러 올라갔다가 핸드폰이
계속 울리기에 이름만 살짝 봤죠. 술집 이름인가?"

아내는 알 듯 모를 듯한 미소를 흘렸다. 한도 잠옷으로 갈아
입었다. 힘이 장사 같은 아들 둘을 데리고 씨름을 하다시피 목
욕을 시켰더니 기운이 쑥 빠져서 빨리 눕고 싶었다.

"그래서, 율이가 전화 받았어?"

"응. 저녁 먹으러 내려오라니까 알았다고 하면서 내가 방에
서 나가기만 기다리던데요. 수상해……."

수상하기는 그녀의 남편 한도 마찬가지였다. 뭔가 알고 있
지만 아직은 말할 때가 아니라는 듯 입을 다물고 있는 남편의
표정을 영희는 읽을 수 있었다. 워낙 신중하고 점잖은 사람이
니 언젠가 얘기할 때가 되면 말해 주겠지. 영희는 궁금했지만
남편을 믿었다.

"아, 피곤하다. 당신도 어서 자야 내일 출근하지."

"애들 목욕시키는 거 힘들었죠? 선물 사러 다니느라고 낮에
도 힘들었을 텐데. 내가 안마 좀 해 줄게요."

영희는 티 테이블 의자에 남편을 앉히고 어깨를 힘 있게 주
무르기 시작했다.

"우리 애들, 크리스마스 선물 풀어 보면 엄청 좋아하겠지?
아, 빨리 모레가 왔으면 좋겠다. 애들 표정 보고 싶어."

"호호. 당신이 더 설레 하네?"

영희는 남편의 소년 같은 표정에 덩달아 마음이 들떴다. 자신이 남편에게 줄 크리스마스 선물에 그가 어떤 표정을 지을지 영희도 몹시 보고 싶었다.

다음 날 아침 율은 건축사무소의 책상 앞에 앉아 어젯밤의 전화 통화를 생각하며 복잡한 마음을 가다듬고 있었다. 전화 건너편의 보은은 낮에 장지에서 보낼 때와 다르게 목소리가 무겁게 가라앉아 있었다. 장례가 끝나고 무슨 일이 있었는지는 모르겠지만 보은은 자세하게 얘기해 주지 않고 율이 너무 피곤하지는 않은지, 좀 쉬기는 했는지만을 물었다. 그 목소리에 눈물이 묻어 있는 것 같아 율은 전화를 쉽게 끊을 수 없었지만 보은은 크리스마스를 잘 보내고 며칠 뒤에 보자는 말만 되풀이했었다.

율은 망설이다가 지갑에서 다인과 윤주로부터 받아 놓았던 명함을 찾았고 손에 먼저 잡히는 대로 다인에게 전화를 걸었다.

"혹시 어제 돌아가는 버스 안에서 보은이한테 무슨 일이 없었나 해서요."

율로부터 보은에 대한 걱정을 들은 다인은 특별히 다른 일은 없었다고 말했다.

— 그런데, 부모님 일일지도 몰라요.

"무슨 뜻입니까?"

— 제가 말씀드리기 조심스럽지만, 헤어지실지도 모르겠어

요. 보은이한테서 들은 거예요.

"알겠습니다."

전화를 끊은 율은 김철수와 김기영을 사무실로 불러 진행 중인 설계 건을 점검하고 어제 장지로 가느라 미뤄 두었던 회의도 다른 직원들과 함께 진행했다. 크리스마스이브의 들뜬 분위기가 직원들 사이에도 번지고 있었다. 아마 어제 밤새도록 내린 눈 때문에 더 그럴 것이다. 보은의 할머니를 모셨던 산 위에도 하얀 눈이 솜이불처럼 덮여 있으리라고 율은 생각했다. 보은은 지금 뭘 하고 있을까? 무엇을 보고 생각하든 보은에게로 향하고 마는 내 마음을 알고나 있을까? 율은 핸드폰을 꺼내 만지작거렸다. 크리스마스가 지난 뒤에 보은이 먼저 전화하겠다고 했지만 기다릴 수만은 없었다. 더구나 내일은 정말 약속했던 그 크리스마스가 아닌가. 율은 근무시간이 끝나기를 기다리며 일에 속도를 냈다.

"오늘은 한 시간 일찍 퇴근들 하시지요. 내일 즐겁게 보내시구요."

자신의 사무실을 나가 바깥쪽 사무 공간으로 간 율이 선언하듯 말하자 직원들이 어리둥절하여 율을 올려다보았다. 김기영이 물었다.

"어, 정말이야? 하긴 뭐, 이쯤에서 마감해도 되긴 하지."

그제야 직원들이 활짝 웃으며 웅성거렸다. 김기영이 메리 크리스마스, 하고 다소 과장된 목소리로 소리치자 웃음소리로 들썩거리기까지 했다. 율은 쓴웃음을 지으며 자신의 방으로 돌아왔다. 그동안 직원들에게 자신이 어떤 사람이었는지 확인한 것 같아서였다.

30분 뒤, 율은 전 직원이 다 퇴근한 것을 확인한 후에 사무실 문을 잠그고 건물을 나왔다.

"집 앞이야. 얼굴만 보고 갈게."

보은의 집 앞에 차를 세운 율은 바로 전화를 걸었다. 지금은 곤란하다거나 기다리라고 할지도 모르겠다고 생각했는데 뜻밖에 보은이 바로 나오겠다고 말했다. 전화를 끊자마자 보은은 정말 집에서 입던 편한 옷 위에 긴 코트만 걸치고 나왔다. 율은 얼른 조수석의 문을 열었다. 다인의 말대로 부모님이 심각한 상황이라면 어떻게 해야 할까? 얼굴만 보고 보은을 쉬게 해 주어야겠다던 마음은 얼굴을 보고 나니 같이 있고 싶어지는 욕심으로 바뀌었다.

"잠은 좀 잤어?"

"네. 최율 씨는요? 좀 쉬었어요?"

율은 대답 대신 까칠한 보은의 얼굴을 안타깝게 어루만졌다. 맛있는 것, 좋은 것도 먹이고 싶고 편안한 잠자리에서 푹 쉬게 해 주고 싶고 울고 싶다면 품에 안고 실컷 울게도 해 주고 싶었다. 하지만 자신의 마음만 생각하다가 보은을 곤란하게 만들고 싶지는 않았다. 이럴 줄 알았으면 보은과 사귄다는 것도 가족들에겐 나중에 얘기하는 건데 싶어 율은 후회스럽기까지 했다. 보은에게 남자가 있다는 것을 알았으니 앞으로는 늦게까지 함께 있기도 더 조심스러울 것이다. 느긋하고 여유로운

데이트나 당일치기 여행도 한번 못 해 보고 늘 병원 일이나 집
안일로 조바심을 치며 불안해했던 보은을 쉬게 해 주고 싶었는
데…….

"저녁 먹었니? 지금 부모님 안에 계셔?"

상을 치르자마자 정식으로 인사를 드리기에는 보은의 부모
님도 마음의 여유가 없으실 테고 집안 분위기를 봐서 보은을
저녁이라도 먹여 들여보내고 싶었다. 그런데 보은이 고개를 가
로저었다.

"아버지는 공장에서 주무신다고 나가셨고 어머니도 부산 큰
이모네로 가셨어요."

조의금으로 장례비를 치르고 부모님은 남은 돈을 정산하셨
다. 조의금을 기록한 장부를 펼쳐 누구에게 온 문상객인지 구
분하고 각자 이름 앞으로 온 조의금을 따로 나누셨다. 할머니
가 돌아가시면 바로 이혼하겠다고 자식들 앞에서 말해 오신 것
을 실행할 기세였다. 그러나 보은은 그런 것까지 율에게 말하
고 싶지는 않았다.

"동생은?"

"수고한 친구들 대접한다고 불러서 지금 다들 집에 있어요."

"음식은 누나한테 만들게 하고? 딱 스무 살짜리답네."

율은 보은을 당겨 품속에 꼭 끌어안았다. 보은이 차마 말은
안 하지만 다인의 말로 짐작건대 어젯밤에도 제대로 쉬지 못
했을 것이다. 집안의 어른이 돌아가시자마자 따로 나가 버린
부모님을 보는 보은의 마음이 어떠했을지는 짐작하기 어렵지

않았다. 율은 보은에게 안전벨트를 매 주고 차를 바로 출발시켰다.

"어디 가는 거예요? 아직 저녁 먹고 싶은 생각 없어요."

어어, 하고 놀라는 보은을 본체만체하고 율은 액셀을 힘차게 밟았다.

큰 도로로 나간 차는 크리스마스이브인 데다가 퇴근 차량들이 몰리는 시간이어서 평소보다 훨씬 느리게 움직일 수밖에 없었다. 꼬리를 문 차량들의 빨간 브레이크 불빛을 따라 가다 서다를 반복하며 호텔에 도착했을 때는 벌써 9시가 가까워 오고 있었다. 보은은 그때까지 안전벨트를 꼭 잡고 창밖만 바라보고 앉아 있다가 차가 호텔의 정문을 통과해 현관 앞에 멈추었을 때는 어리둥절해하는 표정으로 율을 돌아보았다. 발레파킹을 해 줄 도어맨이 운전석 창밖으로 다가오는 것이 보였다.

"내려."

"여기는……. 나, 여기서 밥 안 먹을 거예요. 배고프지도 않구요."

그러면서 목소리는 왜 그렇게 떨고 있는 거니? 율이 보은을 안심시켰다.

"무슨 걱정하는지 알아. 어제 할머니를 산에 모셔 놓고 왔는데 내가 설마……. 그런 거 아니야."

보은이 내리든 말든 율은 운전석을 나와 자동차 열쇠를 도어맨에게 주었다. 보은도 마지못해 문을 열고 내렸다. 율은 보은의 손을 꼭 잡고 로비를 통과해 프런트로 갔다. 예약은 물론 결재까지 이미 되어 있음을 확인한 직원이 호텔 룸의 카드키를 정중하게 건넸다. 잠깐만 기다리라고 하더니 어딘가로 전화를 걸어 준비하라는 지시를 내린 후 두 사람을 올라가도록 했다.

크리스마스트리와 장식이 화려하게 빛나는 로비와 복도에는 아름다운 캐럴이 울려 퍼지고 있었고 크리스마스를 즐기려는 사람들이 커피숍과 뷔페, 식당가에 넘실거리듯 즐거운 행렬을 만들고 있었다. 수트와 칵테일 드레스로 잘 차려입은 사람들 틈에서 운동화와 편한 코트 차림에 피곤함이 가득한 맨 얼굴의 보은이 오히려 눈길을 끌었다. 게다가 정장을 입은 훤칠한 남자의 손에 이끌려 방으로 올라가는 엘리베이터를 기다리고 서 있는 모습은 부조화스럽기까지 했다. 율은 오늘은 할 수 없다고 체념했다. 조금 전까지만 해도 이렇게 될 줄도 몰랐거니와 그렇다고 해서 상을 당한 보은에게 예쁘게 하고 나오라고 하기에도 이상한 날이니까. 율은 보은의 손을 아예 제 코트 주머니에 넣고 엘리베이터 안에서 층수를 가리키는 불빛만 뚫어지게 쳐다보았다. 그리고 마침내 긴 복도를 걸어 허니문 룸 안으로 들어갔다.

로비와 엘리베이터에서 다른 사람들 속에 섞여 함께 있을 때는 몰랐었는데, 이 호텔은 방음이 너무 잘 되었다. 등 뒤로 문이 닫히고 현관 입구의 벽에 카드키를 꽂자 밝아진 방 안에는 아직 신발도 벗지 않고 서 있는 두 사람의 숨소리만 지나치게 크게 들렸다.

율은 갑자기 숨이 턱 막히면서 긴장으로 몸이 굳어지는 것을 느꼈다. 상을 당한 여자를 탐하는 짐승 같은 짓은 하지 않을 생각이지만 본능이 꿈틀대는 것은 막을 수 없었다. 더구나 이 방을 예약한 뒤 보은을 생각할 때마다 꿈과 상상 속에서는 무수히 많은 리허설이 있었으니까……

"허니문 룸이야."

목소리가 저절로 갈라졌다. 마른침을 삼키는 소리가 천둥소리처럼 크게 들렸다.

"하지만 오늘은 그냥 여기서 푹 쉬기만 해. 약속할게."

보은에게 하는 말이었지만 그 약속은 자신에게 더 필요해 보였다. 율이 먼저 구두를 벗고 실내화로 갈아 신었다. 율을 믿고 긴장을 풀기로 마음을 먹은 듯 보은도 신발을 바꿔 신고 한결 편안해진 얼굴로 창가로 다가갔다.

"와아, 여기 몇 층이에요? 이리 와서 야경 좀 봐요."

율은 32층이라고 대답하면서 보은의 뒷모습만 보고 있었다. 보은을 이 방까지 어떻게 유혹하여 데려올까 별별 궁리를 다 했었는데, 결국 이렇게 왔다. 상중이니 이 방의 예약도 취소를 해야 했지만 그러기엔 너무 늦었고 율은 혼자라도 이곳에서 잘 생각을 했었다.

"크리스마스이브에 이런 곳에서 야경을 볼 줄은 몰랐어요. 다인이가 결혼하기 전에 윤주랑 셋이서 남산에서 야경을 본 적은 있었지만요."

보은이 율의 팔을 잡아당기며 창가에 나란히 서게 했다. 두꺼운 코트와 그 안에 입은 니트 스웨터가 있었지만 보은의 몸이 닿은 율은 체온이 금방 뜨거워졌다.

"코트 벗고 편하게 있어. 여기서 저녁 먹자."

율은 보은의 코트를 받아 옷장 안에 걸고 자신의 코트도 함께 걸었다.

"아까 로비에서 보니 다들 멋지게 차려입었더라구요. 오늘이 크리스마스이브죠?"

보은이 다시 어색해진 듯 고개를 살짝 떨구며 말했다. 창가에 놓인 팔걸이의자에 조용히 앉아 이쪽을 외면하고 야경을 본다.

네가 여기서 제일 아름다웠을 거야. 연한 장밋빛 실크 드레스가 무릎까지 내려오고 등과 가슴이 깊이 파여 있어서 날씬한 네 팔다리와 봉긋한 가슴이 더 예뻐 보였을 거야.

그때 율의 상상을 깨듯 초인종이 울렸다. 보은이 놀라서 의자에서 벌떡 일어났다.

"룸서비스야. 내 맘대로 주문했지만 괜찮을 거야."

율이 문을 열자 음식 카트가 들어왔고 웨이터의 능숙한 서빙으로 거실 테이블에 식사가 차려졌다. 웨이터가 나가고 문이 닫히자마자 보은이 물었다.

"이 방, 예약한 거였어요? 오늘 그냥 온 게 아니라, 식사까지도?"

"아까 얘기했잖아. 잘 먹고 쉬기만 하면 된다고. 다른 걱정하지 마. 손 씻고 올게. 너는?"

보은도 율을 따라 화장실로 왔다. 커플용 자쿠지를 둘러싸고 은은한 조명과 향초가 벌써 불을 밝히고 있었다. 빈 욕조 바닥에는 붉은 장미 꽃잎이 점점이 흩어져 있었다. 관능적인 향이 욕실 안에 가득 차 율을 다시 한 번 자극했다. 율은 호흡을 참으려 애썼다.

나란히 손을 씻으면서 이번에는 보은도 말이 없었다. 재빨리 수건에 손을 닦고 거실로 돌아갔다. 하얗고 풍성한 비누 거품, 찰랑거리는 물소리, 젖은 몸에 또르르 굴러 떨어지는 물방울, 거품 속에 누워 서로의 몸을 어루만지는 두 사람. 율은 눈앞에 펼쳐지는 이미지에 찬물을 틀어 연거푸 얼굴에 끼얹었다. 잠시 뒤 간신히 이성의 끈을 놓지 않고 거실로 돌아오니 보은이 얌전히 기다리고 있었다.

"식사하세요."

달아오른 두 뺨과 떨리는 눈빛은 율의 착각이었을까?

"너도 먹어."

주문한 대로 스테이크와 버섯이 주메뉴인 훌륭한 요리였다. 어렵게 구했을 와인도 한쪽에 잘 세팅되어 있었다. 율은 와인의 코르크 마개를 따서 보은의 잔을 먼저 채우고 자신의 잔에도 따랐다.

"운전해야 하지 않아요?"

보은이 와인 잔을 조심스럽게 입으로 가져가다가 물었다.

"아니. 내일 나갈 건데, 뭐."

보은의 눈빛이 대번에 기절할 듯 변했다. 딸꾹질까지 나왔다. 이러다가 애 울리겠네. 율은 한숨을 가볍게 몰아쉬며 말했다.

"보은아, 우리 정말 편하게 있자. 나도 지금 무척 긴장되고 어색하지만 안 그러려고 노력하고 있어. 정말 아무 일도 없을 테니까 여기서 잘 먹고 잘 자고 내일 아침에 나가자. 너, 집에 가 봐야 쉴 수도 없잖아. 안 그래?"

율은 억지로 웃어 보이기까지 했다. 서로 편히 있지 않으면 보은보다 자신이 먼저 못 견딜 것 같았다.

"최율 씨도 긴장했어요? 어색했어요?"

어느새 놀리듯 하는 보은의 말투가 얄미웠다. 딸꾹질은 그 새 멈췄다.

"그래, 엄청나게 긴장했다. 내 심장 뛰는 소리 못 들었어? 나 성인군자 아니거든. 그래도 무지 참고 있는 중이니까 믿어."

"뭘 참는다는 건지 모르겠네."

보은이 중얼거리며 아스파라거스 한 조각을 포크로 콕 찍어 입에 넣었다.

"맞을래?"

율이 티스푼을 들어 보은의 이마를 꽁 때렸다. 아얏, 하던 보은이 어쩔 수 없이 웃었다.

"그렇게 웃지 마. 키스하고 싶어져."

정색을 하지도 않았는데 보은의 얼굴이 다시 굳어졌다.

"어이구, 안 할게. 애 앞에서 농담도 못 하겠네."

"고마워요."

"뭐가? 여기 데려온 거?"

"아뇨, 애라고 말해 주는 거요."

"뭐?"

보은의 목소리는 진지했다.

"할머니가 최율 씨를 보시고 나서 말씀하셨어요. 제게서 뭘 받으려고 하는 사람이 아니라 주려고 하는 사람이라 맘에 드신다구요. 아흔이 가깝도록 살아 보니 할머니는 남들에게 주지 못한 것이 제일 후회스럽다고 하셨어요. 그런데 최율 씨는 제게 주기만 하는 사람 같대요. 나도 당신 앞에서는 받기만 해도 괜찮은 어린아이가 되는 기분이 들어요. 전에는 최율 씨 말고는 나를 어린아이로 대해 주는 사람이 없었어요. 어렸을 때부터 난 아이였던 적이 없었는데 최율 씨는 늘 나를 어린아이가 되게 해 줘요. 그래서 나는 최율 씨가 참 좋아요."

"까불지 말고 먹기나 해. 이거 비싼 거야. 남기지 말고 싹싹 다 먹어."

목 안에서 뜨거운 것이 확 올라오고 가슴이 뻐근하기까지 했지만 율은 일부러 장난스럽게 그 말을 받았다. 보은이 제일 싫어하는 것이 동정이나 연민이라는 걸 알고 있어서였다. 그저 지금은 보은이 자신을 좋아한다고 고백한 것만 기억하기로 했다.

"네, 알겠습니다. 잘 먹겠습니다아."

두 사람은 그제야 맛을 제대로 음미하며 식사하기 시작했다. 와인까지 반 이상 비웠다. 시간이 가는 것이 아까울 만큼 편안한 식사와 부담 없는 대화가 두 사람을 한층 여유롭게 만들었다.

"커피 마실래? 여기 머신에 캡슐도 많이 있는데."

"안 마실래요. 최율 씨 드세요."

"그래, 넌 푹 자야 하니까 마시지 마. 나도 지금 커피 마셨다가는 밤에 잠 못 자고 너 가만히 안 놔둘 것 같다."

이제는 보은도 그런 말에 긴장하지 않았다. 새초롬하게 눈만 흘길 뿐이었다. 음식 카트에 빈 접시를 모두 담아 문 앞에 내다놓은 율은 곧장 욕실로 가서 자쿠지에 뜨거운 물을 틀어 놓았다. 향이 좋은 바디 제품을 장미 꽃잎 위에 아낌없이 뿌리고 수압 조절과 진동 기능을 가동시켰다. 물에 기포가 뽀글뽀글 생기고 거품이 풍성하게 일면서 장미 꽃잎이 위로 떠올랐다. 욕실 안에 뜨거운 수증기가 피어올랐다. 보은이 물소리를 듣고 슬금슬금 와서 욕실을 들여다보았다.

"벗어."

깜짝 놀라는 보은을 모른 체하고 율은 두텁고 흡습성 좋은 타월지로 만든 목욕 가운을 꺼내 욕실 문 안쪽에 걸어 주었다.

"뜨거운 물에 푹 담갔다가 천천히 씻고 나와. 난 로비에 내려가서 컴퓨터로 일도 좀 보고 사무실에 전화도 해 보고 올게. 한 시간이면 되겠지?"

"크리스마스이브인데 이 시간까지 사무실에 사람이 있어요?"

"있어."

"컴퓨터는 여기 거실에도 있던데요?"

"이 아가씨가? 그냥 넘어가 주지."

율은 짐짓 소리를 꽥 질렀다.

"안 그러면, 너 물소리 내며 목욕하는 동안 난 성 고문이나 당하며 여기 있어야겠니? 이보은 너, 사디스트야?"

"서, 성 고문?"

보은이 제 입을 틀어막으며 도리질을 쳤다. 율은 보은의 코를 세게 비틀었다.

"한 시간 후에 초인종 누를 테니까 꼭 나인지 확인하고 문 열어 줘야 해. 간다."

율은 코트를 꺼내 입고 뒤도 돌아보지 않고 나갔다. 문이 천천히 닫히며 저절로 잠겼다.

허니문 룸에는 보은 혼자만 남았다. 욕실에서 들려오는 물소리에도 불구하고 방 안은 갑자기 더 적막해졌다. 보은은 허니문 룸을 휘이 둘러보다가 아직 열어 보지 않은 방의 문을 조심스럽게 열어 보았다.

"세상에……. 최율 씨."

킹사이즈의 침대가 방 안을 가득 채우고 있었다. 침대 위에는 붉디붉은 장미 수백 송이가 커다란 하트 모양을 만들고 있었다. 한 송이 한 송이가 모두 탐스럽고 싱싱했으며 검붉은 꽃잎은 실크처럼 부드러워 보였다. 보은의 손가락이 저절로 꽃잎을 살그머니 어루만지며 한 송이를 코로 가져가 진한 향기를 깊이 들이마셨다. 달콤하고도 관능적인 향기였다. 침대 헤드 양옆의 정교하고 우아한 스탠드가 방 안을 신비롭고도 아늑하게 비추었다. 신부의 면사포처럼 새하얀 시트와 베갯잇이 조

명을 받아 눈부시게 빛나고 침대 발치에 놓인 작은 라탄 바구
니에는 호텔 측의 선물인 듯 귀여운 신랑신부 인형 한 쌍과 초
콜릿이 들어 있었다. 바구니 안에는 핑크색의 카드도 함께 있
었는데 봉투를 열어 보니 우아한 흘림체의 글씨로 이렇게 씌어
있었다.

　두 분의 아름다운 만남을 축하드립니다.

　보은은 그만 눈물이 왈칵 쏟아질 것 같아 입술을 꼭 깨물었
다. 이곳이 허니문 룸이라고 했던 율의 말이 떠올랐다. 그때 봉
투 안에서 조그만 무엇인가가 바닥으로 툭, 떨어졌다. 보은은
허리를 굽혀 반짝거리는 비닐 포장에 싸인 그것을 주워 들었
다. 손끝에 묘하게 미끌거리며 잡히는 동그란 내용물이 무엇인
지 알 수 없었다. 겉에 씌어 있는 아주 작은 글자를 읽었다.
　"콘……. 어떡해!"
　보는 사람도 없는데 혼자 얼굴이 새빨개졌다.

　"응, 형. 그렇게 좀 말씀드려 줘. 친구들이랑 밤새워 논다고.
술? 별로 안 마셨어. 부탁해. 글쎄, 그런 거 아니라니까. 어제
장례식 끝났고 오늘은 내가 좀 같이 있어 줘야 해서."
　업무로 인한 부득이한 일 외에는 외박이라고는 해 본 기억
이 없는 율이었기에 오늘 같은 경우엔 집에 어떻게 얘기해야
할지 난감하기 짝이 없었다. 도대체 다른 사람들은 연애를 어

라떼와 첫키스　317

떻게 하는 거야? 엄격하고 보수적인 교육자 집안인 데다가 태생적으로 여자에 대해 그다지 관심도 호기심도 없었던 율은 서른셋이라는 나이답지 않게 헤매고 있었다. 둘이 함께 시간과 공간의 방해가 없는 곳으로 가고 싶을 때, 다른 커플들은 어떻게 하는지 율은 지금 사람들로 꽉 찬 거리로 나가 설문 조사라도 하고 싶은 심정이었다.

게다가 형은 자세한 설명을 하려는 율을 오히려 가로막으며 오늘이 크리스마스이브이니 다 이해한다는 말만 되풀이했다. 뭘 이해한다는 거야? 율은 투덜거리며 손목시계를 내려다보았다. 시간이 도무지 흘러가지 않고 있었다. 32층에서 로비로 곧장 내려온 율은 갈 곳도 마땅치 않아 공연히 호텔 주변을 산책했다. 인적이 끊긴 호텔 안의 조깅 코스를 차가운 바람을 맞으며 천천히 두 바퀴 돌았고 호텔 밖으로 걸어 나가 인파에 묻힌 채 버스 한 정거장만큼의 거리를 갔다가 돌아왔다. 로비의 빈 소파에 걸터앉아 시계를 보다가 이만하면 한 시간을 채웠다 싶은 생각이 들자 지체 없이 엘리베이터를 타고 룸으로 올라갔다.

초인종을 누르고 안에서 문이 열리자마자, 율은 자신이 커다란 실수를 저질렀다는 것을 알았다. 목욕 직후의 열이 남아 발갛게 달아오른 얼굴을 하고 젖은 머리를 길게 풀어헤친 채 새하얀 목욕 가운을 입은 보은의 모습이 청순하면서도 지나치게 유혹적이었기 때문이다. 게다가 젖은 입술만큼이나 촉촉한 물기를 머금은 저 눈빛이라니……. 율은 보은과 눈이 마주친 순간, 두 발이 복도에 박힌 듯 굳어 버렸다.

"아, 빨리 왔네요……."

율의 표정이 어땠는지 보은이 흠칫 놀라며 가운의 앞자락을 두 손으로 꼭 여며 쥐는 것이 보였다. 안으로 들어선 율은 거실 한가운데에 섰다.

"…… 저, 옷 좀 입고 나올게요."

그 말은 하지 말걸 그랬다. 욕실로 돌아가려던 보은의 몸이 율에게 한 팔을 붙들린 채 핑그르르 돌아 안겨 버렸다.

아! 보은은 짧은 비명을 터뜨렸다. 버둥거리는 몸을 품 안에 꽉 끌어안고 율은 젖은 목덜미에 코를 박은 채 보은의 냄새를 깊숙이 들이마셨다. 목욕 거품의 향과 보은의 체취가 섞여 젖은 피부에서는 아찔하고도 관능적인 향기가 났다. 달콤한 그 향기를 맛보고 싶어 율은 부드러운 살결에 입술을 찍어 누르며 혀로 세게 빨아들였다. 머리카락 한 올이 입안으로 들어왔다. 보은의 팔이 품 안에서 비틀어지며 꼼지락댔다. 율은 보은이 자신의 이름을 부르는 소리도 들리지 않았다. 오로지 보은을 향한 굶주림으로 그녀의 목덜미를 깨물고 핥고 빨았다. 마치 흡혈귀가 된 기분이었다. 율은 입술을 옮겨 그녀의 통통한 귓불을 삼켰다. 왼팔로는 보은의 몸 전체를 가두고 오른팔로 물방울이 흘러내리는 머리채를 움켜잡아 꼼짝하지 못하게 하며 귓불을 잘근잘근 씹고 핥다가 귓구멍 속을 혀끝으로 쓸었다. 순간, 보은의 목이 움츠러들었다.

"제발……."

바들바들 떨며 흐느끼는 목소리가 율의 귀에 들렸지만 그 것이 제발 멈추어 달라는 뜻인지 재촉하는 뜻인지 율의 이성 은 모르겠다고 생각하기로 했다. 그래서 율은 멈추지 않았다. 저항을 멈추지 않는 손과 떨리는 목소리를 무시하고 싶을 만 큼 율은 보은의 모든 것을 갖고 싶고 느끼고 싶고 파괴하고 싶 었다.

"보은아. 조금만, 조금만 너를……."

호흡이 거칠어진 율은 자신이 무슨 말을 하고 싶은 건지 몰 랐다. 이 순간은 거짓말이라도 상관없었다. 율은 뜨거워진 입 술을 옮겨 보은의 입술을 한 번 빨다가 꿀꺽 삼켜 버렸다. 부드 러운 다독임 같은 건 없었다. 꼭 다문 입술을 아프도록 깨물어 잠깐 힘을 잃은 사이에 혀를 집어넣고는 보은의 혀를 쓸고 빨 아들였다. 지금이 아니면 다시는 보은에게 키스하지 못할 사람 인 것처럼 율은 보은의 입술과 혀를 세차게 핥고 깨물고 빨아 당겼다.

다른 여자가 아니라 이보은 너여서 다행이야. 나를 이렇게 까지 미치게 하는 여자가 너여서 정말 다행이야. 율은 심장에 서 뜨거운 피처럼 뿜어져 나오는 이 말을 보은의 귀에 속삭여 주고 싶었다. 그러자면 키스를 멈춰야 해서 당장은 그럴 수 없 었다. 이 굶주림과 갈증이 조금이라도 채워진 다음에 말해 줄 수 있을 것이다. 그래서 율의 입술은 영원히 그만두지 않을 것 처럼 보은의 입술을 집요하고 끈질기게 탐했다.

키스가 짙어질수록 보은의 등과 머리채에 휘감겨 있던 율의 손이 조금씩 힘을 잃었다. 젤리 같은 보은의 입술에서 느껴지는 말랑말랑한 감촉과 달콤한 맛과 향긋한 냄새가 율을 흠뻑 취하게 했다.

어느새 보은의 저항이 약해지며 그녀의 입술에서 들릴 듯 말 듯 희미한 신음 소리가 새어 나왔다. 그 소리는 세상의 어떤 아름다운 음악보다 달콤하게 들렸다. 율은 온몸이 흐물흐물 뜨겁게 녹아내릴 것만 같았다. 보은의 두 손도 율의 코트 위에 얹혀졌다. 머리채를 움켜쥐었던 율의 억센 손가락이 이제는 새하얀 가운의 깃을 살짝 벌리고 보은의 쇄골을 어루만졌다. 보은의 몸도 달구어진 철판 위의 버터처럼 뜨겁게 녹고 있는 것을 율은 손가락의 피부로 느꼈다. 이것이 혼자만의 느낌이 아니라는 것을, 보은도 같은 것을 느끼고 있다는 것을 깨달은 순간 율은 샘물처럼 솟아오르는 기쁨에 온몸이 떨렸다.

"사랑해, 보은아. 널 정말 사랑해."

희열에 들뜬 율의 목소리가 속삭였다. 보은의 쇄골을 쓰다듬는 율의 손가락을 따라 입술이 그 위를 쓸었다. 이번에는 한없이 부드러운 움직임이었다.

"아⋯⋯."

보은의 두 손이 천천히 율의 머리칼 사이를 파고들었다. 그 사이 허리를 한껏 굽히고 쇄골을 따라 부드럽게 움직이던 율의 입술과 혀는 가운의 옷깃을 옆으로 점점 밀어냈다. 불에 덴 듯 뜨거운 입술 아래 보은의 한쪽 어깨가 감질나게 드러나며 율은 이제 더 이상 이성을 지탱할 힘이 남아 있지 않음을 알았다. 단단히 묶여 있던 가운의 허리끈을 잡아당겼다.

"뭐, 뭐하는 거……."

보은은 말을 잇지 못할 만큼 놀라고 있었다. 자석처럼 붙어 있던 몸이 잠깐 풀려난 사이 어디서 그런 힘이 났나 싶게 율의 손목을 세게 잡으며 떼어내려 했다.

"키, 키스만 한다고 했잖아요."

허스키하게 속삭이는 목소리는 미치도록 유혹적이었지만 율은 그 뜻의 순진함에 웃음이 나와 버렸다. 그래, 크리스마스에 키스하자고 했었지. 하지만.

"미안. 마음이 바뀌었어."

율은 더 이상 항의하지 못하게 키스로 보은의 입술을 막아 버리고 싶었다. 그러나 보은의 벗은 몸을 눈으로 보며 만지고 싶은 욕망이 더 강하게 일었다. 꽉 잡아맨 허리끈의 매듭은 생각보다 단단했다. 보은은 율을 있는 힘껏 세게 확 떠밀어 엉겁결에 뒷걸음질 치게 만들었다. 그리고 욕실 안으로 재빨리 뛰어 들어갔다.

"보은아……."

율은 잠긴 문의 손잡이를 비틀었다. 안에서는 숨 고르는 소리조차 들리지 않았다. 오히려 흥분이 그대로 남아 있는 자신의 거친 숨소리가 거실 안을 가득 메우고 있었다.

"보은아, 괜찮아?"

"괜찮을 리가 없잖아요. 바보 같아."

목소리는 생각보다 침착했다. 율은 욕실 문에 이마를 기대고 눈을 감은 채 거친 호흡을 가다듬었다. 갤러리 도어 건너편에서는 아무 소리도 들리지 않았다.

짐승. 율은 자신이 정말 짐승처럼 느껴졌다. 신중하고 논리적이고 상식에 어긋나는 일은 하지 않는 율이었지만 보은은 늘 율이 원칙을 깨고 충동적으로 행동하게 만들었다. 더구나 할머니가 돌아가신 지 며칠이나 되었다고……. 율은 혹시라도 보은이 죄책감을 갖지 않도록 해야겠다는 생각이 퍼뜩 들었다.

똑똑, 나무 창살을 두드리며 율이 말했다. 다행히 이번에는 호흡이 흐트러지지 않았다.

"네 잘못 아니야. 다 내가 잘못했어. 정말 미안해. 내가 못된 놈이야. 미안해."

"약속한다고 했잖아요. 믿으라고 했잖아요. 그냥 편안하게 있자고 해 놓고……."

율은 할 말이 없었다.

"미안해. 앞으로는 거짓말 안 할게. 그만 나와. 나와서 얘기하자, 응?"

"그럼, 다시는 안 이럴 거죠? 약속하면 나갈게요."

"……."

"왜 말이 없어요?"

"다시는 안 그런다는 약속은 못 해. 거짓말 안 하기로 했으니까."

보은은 아마 문 안쪽에서 어이없는 한숨을 쉬고 있거나 놀라서 신음을 헉, 내뱉었을 것이다. 하지만 율은 거짓말은 안 하고 싶었다. 적어도 돌아가신 고인에 대한 예의는 지키겠지만 그 뒤의 일까지 약속하고 싶지는 않았다.

"미안해요."

갑자기 보은이 진지한 목소리로 말했다.

"뭐가? 아니, 네가 왜?"

"최율 씨가 너무 좋았어요. 코트에서 나는 냄새도 좋았고 입술도 손가락도 너무 좋았어요. 그래서 나도 그만 막지 못하고 참지 못했어요. 최율 씨만 잘못한 거 아니에요. 나도 유혹했잖아요."

율은 보은의 고백에 한없이 기쁘면서도 우스웠다. 그리고 지금처럼 보은을 안지도 만지지도 못해도 설레고 짜릿할 수 있다는 것이 좋았다. 보은과 나누는 대화가 행복했다.

"네가 나를 어떻게 유혹했는데?"

"그냥, 어쨌든……."

달콤하고 뜨거웠던 신음 소리와 율의 머리칼을 헤집던 손가락을 회상하는 건 율뿐만은 아닐 것이다. 율의 몸이 다시 꿈틀대며 으르렁거렸다. 심호흡을 되풀이하여 마음을 가라앉혔다. 문을 사이에 두고 한동안 휴전협정 같은 침묵이 흘렀다.

"네가 잘못한 거 하나도 없어. 내가 다 잘못했어. 정말 미안해. 이제 나와. 거기서 잘 수는 없잖아."

보은은 대답이 없었다. 율은 이제 보은이 감기라도 들면 어쩌나 걱정이 되기 시작했다.

"들어 봐, 보은아. 여긴 할머님이 돌아가시기 전에 예약했어. 크리스마스에 하기로 약속한 키스를 하려고. 그래, 솔직하게 말할게. 키스만 할 생각은 아니었어. 엉큼한 거 알아. 난 그냥 보통 남자야. 너와 사랑을 나누고 싶었어. 내게 넌 처음이야."

율은 숨을 한 번 들이쉬고 천천히 말을 이었다.

"할머님이 돌아가신 건 안타깝고 슬프지만 장례를 치르느라 너무 힘들었을 너를 이곳에 데려오고 싶었어. 맛있는 걸 먹이고 푹 쉬게 해 주고 싶었어. 네 몸엔 손대지 않겠다고 수없이 다짐했어. 내가 그만 참지 못하고 덤벼들어서 미안해. 나간다고는 하지 마, 제발. 난 거실 소파에서 잘게. 너만 여기 두고 가지는 않을 거야. 그만 나와서 침대로 가. 너 혼자 방 안에서 문 꼭 걸어 잠그고 내일 아침까지 푹 자. 아침 먹고 바로 집에 데려다 줄게, 응?"

말을 주섬주섬 이어 가던 율은 문득 문 안쪽에서 희미한 소리가 들리는 것을 느꼈다. 혹시 울고 있는 건가? 이름을 부르며 귀를 문에 갖다 대니 그 소리는 아주 가늘고 느리면서도 규칙적이었다. 맙소사, 율은 코트 주머니를 뒤져 동전 하나를 꺼냈다. 화장실 문은 모두 열쇠가 아니라 동전이나 젓가락으로 쉽게 열리도록 제작된다.

율은 동전을 홈에 맞춰 돌리고 조심스럽게 문을 밀었다. 예상대로 보은은 바닥에 주저앉아 문에 등을 기대고 엎드려 있었다. 무릎을 세우고 두 팔을 포개어 얼굴을 옆으로 묻고 잠들었다. 목욕 가운을 벗고 스웨터와 청바지와 양말까지 갑옷처럼 입은 채였다.

아, 이토록 사랑스러운 나의 신부를 어쩌면 좋을까? 조심스럽게 안으로 들어온 율이 자신의 얼굴을 처음 보는 사람처럼 하나하나 들여다보는 것도 모르고 보은은 입술을 살짝 벌린 채 고개를 옆으로 돌리고 잠들어 있었다. 몸이 굳어 버린 듯 한참을 그렇게 마주 앉아 보던 율은 보은의 등과 무릎 아래에 팔을 넣어 살며시 들어 올렸다. 가뿐하게 들리는 몸이 애처로웠다. 그대로 잠들어 있으면 좋을 텐데, 예민한 보은은 눈을 번쩍 떴다. 잠에 취한 목소리로 어어, 하며 팔다리를 허우적거린다.

"쉬잇. 침대로 데려가 줄게. 푹 자, 제발. 아무 일도 없을 거야."

율이 귓가에 속삭였다. 보은의 두 눈이 항복하듯 스르르 감겼다. 빈소에서 3일 밤낮을 못 자고 일하느라 지친 몸이 뜨거운 물속에서 다 풀어지며 노곤해졌을 것이다. 게다가 와인까지 마셨으니……. 속눈썹에 매달린 잠의 기운이 보은을 달콤한 휴식 속으로 밀어 넣었다.

킹사이즈의 침대는 순결한 신부처럼 새하얗게 빛났다. 율은 한 발로 이불을 걷고 보은을 조심스럽게 내려놓았다. 젖은 머리카락이 엉키지 않도록 잘 펴 주고 이불을 끌어 덮어 주었다. 찌푸린 미간을 손가락으로 쓰다듬어 펴 주다가 어쩔 수 없이 입술에 살짝 입을 맞추었지만 자제력을 끌어모아 몸을 일으켰다. 그리고 착한 아이에게 자장가를 불러 주듯 나지막이 속삭였다.

"메리 크리스마스, 이보은."

스탠드의 조명을 낮추어 주려는데 바닥에 꽃잎 한 장이 떨어져 있는 것이 눈에 띄었다. 허리를 숙여 주워 보니 장미 꽃잎이었다. 율은 그제야 침대 발치의 바닥에 보은의 코트가 펼쳐져 있고 그 위로 수백 송이의 장미가 쌓여 있는 것을 보았다.

"별일 없었어. 혹시라도 나중에 물으실까 봐 그래."

보은은 핸드폰 너머로 윤주의 잔소리를 한참 들어야 했다.

"이런 부탁해서 미안해. 응……. 고마워……. 그래."

간신히 전화를 끊은 보은은 거실로 나가 율을 내려다보았다. 조금 전, 습관대로 새벽에 눈이 떠진 보은은 자신이 침대에 누워 있는 것을 깨닫고 본능적으로 옆자리를 살폈다. 침대에는 물론 침실 안 어디에도 율의 흔적은 없었다. 살그머니 문을 열고 거실을 내다보니 소파 위에 이불을 덮고 웅크린 채 잠이 든 율의 모습이 보였다. 보은은 침실 안에서 그 모습을 지켜보다가 다시 문을 닫고 을식이에 이어 윤주에게 전화를 건 참이었다.

율의 잠을 깨울 세라 맨발로 카펫을 밟으며 다가가니 코트도 벗지 않은 채 그는 곤하게 잠이 들어 있었다. 보은은 무릎을 꿇고 소파 앞에 앉아 율의 얼굴을 들여다보았다. 한 뼘밖에 안 되는 거리에 율의 반듯한 이마와 우뚝한 코와 고집 센 입술 그리고 수염이 올라온 까칠한 턱이 있었다. 감긴 두 눈에 드리운 숱 많고 긴 속눈썹을 만지고 싶은 충동이 일었다. 하지만 보은은 그러지 않았다. 거기에서 멈추지 않을 자신이 두려웠다. 젊은 남자인 율의 욕망을 이해하지 못하는 것이 아니다. 보은에게도 욕망이 있었고 충동이 있었다. 그래서 어젯밤의 일을 율의 탓으로만 돌리지 않은 것이다.

할머니의 장례를 치르는 내내 아니 사실은 할머니를 호스피스 병동으로 옮긴 뒤부터 보은을 보는 친척들의 시선이 어떻다는 것은 알고 있었다. 문병을 온 먼 친척들 중엔 이 집안에 딸이 하나 있는 것조차 모르는 사람이 있었고, 어떤 친척은 을식이를 낳은 뒤 왜 돌려보내지 않으셨냐고 할머니께 대놓고 묻기도 했다. 장례식장에서는 남의 씨를 호적에 올렸다가 남매끼리 재산 다툼이라도 벌어지면 어쩔 거냐고 벌써부터 을식이의 장래를 걱정해 주는 사람도 있었고 친모를 거론하며 보은을 아예 일 부리는 가정부로 취급하고 문상객과 맞절하는 것을 못마땅하게 말하는 사람도 있었다. 여왕 폐하 같던 할머니의 호령 앞에서는 어느 누구도 꺼내지 못했던 이야기들이 기울어 가는 가세와 부모님의 불화를 핑계로 보은을 희생양 삼아 마구 튀어나왔다. 보은은 자신이 하얀 양 떼 속에 섞인 검은 양이 되어 이리저리 밀쳐지는 듯한 기분이었다.

그런 보은이 병원이나 장례식장에서 주눅 들거나 눈치 보지 않고 꿋꿋할 수 있었던 것은 율이 있었기 때문이었다. 잊고 있었던 어린 시절의 천진난만함과 순진무구함을 율 앞에서는 되찾을 수 있었다. 율은 보은이 토라지거나 버릇없이 행동하거나 떼를 써도 착하고 순하다고 말해 주었다. 오히려 그 이기적이고 일방적인 점 때문에 보은이 더 사랑받을 가치가 있는 존재인 것처럼 아껴 주고 돌봐 주었다.

보은은 동정이나 연민으로 율의 사랑을 받고 싶지 않았다. 자신을 의식하기 시작한 어린 시절부터 습관처럼 남아 있는 자기 연민이나 열등감, 죄책감으로부터 벗어나고 싶었다. 열등감이나 죄책감에서 벗어나려는 노력들은 보은을 강하게도 했지만 사람들과의 관계 속에서는 늘 움츠러들게만 했다. 사춘기 때 가끔은 다인과 윤주와의 우정조차도 자신에 대한 연민이나 동정에 뿌리를 둔 것일까 봐 불안하고 두려웠었다. 행복한 모습이나 활짝 웃는 모습을 보이면 가족이나 친구들이 자신을 두고 떠나갈까 봐 걱정하기도 했었다. 사춘기를 벗어나고 점점 커 가면서 우정이나 사랑에 대한 불안과 의심을 극복하기는 했지만 무의식 속의 두려움은 그대로 남았다. 아니라는 것을 알지만 느낌은 사라지지 않는 것, 보은에게는 열등감과 죄책감이 그것이었다. 그런데 율과 함께 있을 때는 그런 느낌으로 불안해하지 않아도 되었다. 이유 같은 건 알 수 없지만 율은 보은을 어린아이처럼 솔직하게 말하고 행동하게 해 주었다.

"고마워요."

미안하다고 말할 때는 몰랐던 사랑이 고맙다고 말하니 더 벅차오르는 기쁨이 되었다. 보은은 율에게 미안해하는 사람이 아니라 고마워하는 사람으로 기억되고 싶었다. 가능하다면, 언제까지나 영원히…….

보은은 율의 붉은 입술에 작은 물방울이 떨어지듯 재빨리 입을 맞추고 일어났다.

"메리 크리스마스, 최율 씨."

율이 눈을 뜬 것은 코끝에 진한 커피 향이 느껴졌기 때문이
었다. 처음에는 어젯밤 자신의 폐 세포 하나하나에 각인되어
버린 보은의 냄새인 줄 알았다. 율은 본능적으로 팔을 뻗다가
키득거리는 웃음소리에 눈을 번쩍 떴다. 눈앞에는 보은이 커피
잔을 율의 코 바로 밑에 들이대고 앉아 있었다.

"잘 잤어요?"

율은 옆으로 누운 그대로 보은을 쳐다보았다. 말끔히 씻고
머리까지 묶은 듯 어젯밤과는 다른 모습의 보은이 미소를 띤
채 자신을 내려다보고 있었다. 아, 다행이다. 달아나 버리지 않
았구나. 율은 샘솟는 행복감을 느끼면서도 공연히 뿌루퉁하게
대꾸했다.

"너 같으면 잘 잤겠니?"

"어서 일어나서 커피 마셔요. 나가야죠."

율은 부스스 몸을 일으켰다. 이상하게도 숙면을 취한 것처
럼 머리가 맑고 개운했다. 잘 자지 못할 거라고 생각하며 소파
에 누웠었는데 몸이 가뿐하고 가벼웠다. 율은 보은이 건네주는
커피 잔을 받아 입으로 가져갔다.

"여기 커피 머신 좋던데요. 오디오랑 텔레비전도 최신 제품
이구요. 그냥 가려니 아까워서 한 번씩 다 작동시켜 봤어요."

아, 그래서 커피 머신도, 싶다가 율은 자쿠지는커녕 샤워도

못 했다는 것이 생각났다. 지금 같이 하자면 이번엔 정말 도망가 버리겠지? 생각이 계속 엉뚱한 방향으로 흘러가고 있었다. 할머니, 불경스러운 이놈을 용서하십시오. 율은 마음속으로 꾸벅 절을 올렸다.

"아침 먹고 가야지."

율은 보은이 뭐라고 하기 전에 내선 전화를 걸어 룸서비스를 주문했다. 수화기를 내려놓으며 보은을 돌아보니 입을 딱 벌리고 있다.

"왜?"

"최율 씨, 돈 무지 많이 썼겠어요."

"크리스마스에 데이트하면서 돈 걱정 하는 여자는 너뿐일 거다."

"침대 위에 장미도 주문한 거죠? 수백 송이였어요."

"네가 다 치워 놓았잖아. 둘이 같이 보면 무슨 일 낼까 봐 부끄러워서 그런 거 알아."

보은의 얼굴이 대번에 확 붉어졌다.

"어제도 얘기했지만, 할머니 돌아가시기 전에 미리 예약해 놓았던 거야. 일이 이렇게 되었지만 널 좀 쉬게 해 주고 싶어서 데려왔어."

"알아요. 고마워요."

보은이 부드럽게 웃으며 율을 쳐다보았다. 율은 보은의 두 손을 마주 잡았다.

"부모님께는 어젯밤 못 들어간 거 내가 말씀드릴게. 할머니

49제 지나면 정식으로 인사도 드리러 가고."

그런데 보은이 좀 멋쩍어하며 대꾸했다. 수줍어하는 것도 같았다.

"집에는 내가 적당히 얘기했어요. 윤주랑 같이 있다구요."

"아, 그랬구나."

율은 보은을 잡아당겨 품에 안으려고 했는데 보은이 딱 반 걸음만 다가왔다가 멈춘다. 율도 어쩐지 어색해져서 보은의 얼굴을 내려다보기만 했다.

"이래서 사람들이 결혼을 하는구나."

"무슨 말이에요?"

"생각해 봐. 너 빨리 나한테 시집와라."

보은이 깜짝 놀란 표정으로 율을 올려다보았다. 율의 한쪽 눈썹이 올라갔다.

"놀라긴 왜 그렇게 놀라? 은근히 기분 나쁘네. 혹시, 너 나를 적당히 데리고 놀다가 버릴 생각이었니?"

"훗, 그럴지도 모르죠."

보은은 손으로 입을 가리며 웃었다.

"그래서 시집은 언제 온다는 거야?"

빨리 대답이나 하라고 재촉하려는데 초인종이 울렸다. 보은은 도망치듯 냉큼 달려가 문을 열고 아침 식사가 차려진 카트를 안으로 들였다. 조간신문도 카트 위에 놓여 있었다. 어젯밤처럼 웨이터가 테이블 위에 음식 접시들을 놓아 주고 나갔다.

"배고파요. 얼른 먹고 씻으세요."

갓 구운 빵과 따뜻한 스프 그리고 신선한 과일과 음료수를 다 먹고 나서 율은 욕실로 들어가 샤워를 했다. 어젯밤 이곳에서 보은이 벗은 몸을 자쿠지에 담그고 난 뒤 자신처럼 샤워 부스 안에서 거품을 씻어 내렸을 모습이 저절로 상상되었다. 머릿속으로 수백 번 리허설 한 보람도 없이 혼자 지내게 된 밤이었지만 율은 아침인 지금도 호흡을 가다듬으며 찬물을 온몸으로 맞아야 했다. 겨우 진정된 몸을 닦고 나와 옷을 입으니 보은이 보이지 않았다.

"여기 있어요."

목소리를 따라 침실로 들어가 보니 보은이 장미 꽃송이들을 꽃 가게에서 준비해 놓은 종이 상자 안에 담고 있었다. 상자는 장미를 다 담아 가기엔 작아 보였다.

"잠깐만 기다려. 안 그래도 돼."

곧바로 룸을 나가 엘리베이터를 타고 주차장으로 내려간 율은 자동차 트렁크에서 종이 가방 두 개를 꺼냈다. 다시 룸으로 돌아가 조간신문 종이를 가방 안에 한 장씩 펼쳐 넣어 가방 안의 내용물을 볼 수 없게 했다.

"뭐하는 거예요?"

보은이 다가와 물었지만 율은 장미 꽃송이들을 가방 안에 쓸어 담는 것으로 대답을 대신했다. 보은도 함께 종이 가방 안에 장미를 담았다. 작지 않은 가방인데도 금세 꽃송이들로 가득 찼다. 바닥에 무릎을 꿇고 마주 앉은 두 사람이 두 손으로 장미 꽃송이들을 가득 퍼 담다가 한 송이씩 서로에게 던지며 소리 내어 웃었다. 가방 두 개가 묵직해지도록 담고도 남은 꽃들은 보은의 코트 주머니에 넣었다. 주머니도 금방 불룩해졌다.

보은이 마지막 한 송이를 코에 대고 향기를 깊이 들이마셨다. 율은 보은의 손가락을 움켜쥐고 코트의 안주머니에서 반짝거리는 링을 꺼내 쏙 끼워 주었다. 차가운 금속의 감촉에 놀란 보은이 손을 잡아당겼지만 율은 놓지 않았다.

"이건……."

보은은 동그래진 눈을 크게 뜨고 반지를 보았다가 율을 보았다. 단순한 디자인이지만 가운데에 하얗게 빛을 뿜는 작은 다이아몬드가 숨어 있었다.

"사랑해, 보은아. 나한테 시집와. 우리 결혼하자."

율은 보은의 대답이 왠지 두려워져 품 안에 꼭 끌어안고 얼른 다음 말을 이어 갔다.

"타이밍이 좋지 않다는 건 알아. 그래도 내가 더 못 기다리겠어서 말해야겠어. 차 안에서 혼자 이 반지를 꺼내 볼 때마다 언제 이 순간이 올까 참을 수 없이 애가 탔어. 할머니께는 죄송하지만 난 해야겠어."

보은이 뭐라고 말하기도 전에 율의 입술이 내려왔다. 다급했던 말투와는 다르게 한없이 부드럽고 조심스러운 키스였다. 차마 입술을 가르지는 못하고 꽃잎 위에 떨어지는 또 다른 꽃잎처럼 스치듯 지나갔다. 율은 두 손으로 보은의 얼굴을 잡고 눈동자를 들여다보았다.

"대답해 줘. 너도 나를 사랑한다고."

보은은 말없이 율의 얼굴만 들여다보았다. 자신의 사랑을 애타게 기다리고 있는 저 표정을, 갈망하는 눈동자를 죽을 때까지 잊을 수 없도록 오래 기억하고 싶어서 사진을 찍듯 그림을 그리듯 보았다.

"사랑해요."

보은의 목소리가 가늘게 떨렸다.

"나한테 시집올 거지? 나랑 결혼할 거지?"

"그래요. 최율 씨한테 시집갈게요. 결혼할게요."

"아⋯⋯."

율이 안도의 한숨을 쉬었다.

"그럼 나한테 키스해 줘. 사랑한다고 말하면서 키스해 줘."

율의 두 손이 보은의 허리로 내려갔다. 잔뜩 기대를 품은 눈으로 애원하듯 보은을 쳐다보는 율의 눈에 보은은 그만 킥, 하고 웃어 버렸다.

"최율 씨는 참 요구가 많아요. 강아지 같아요."

"뭐야, 지금 나더러 개새끼 같다고 하는 거야?"

"훗, 말도 안 돼. 그런 말이 어디 있어요?"

"아니면 키스해 줘. 사랑한다고 말해 줘."

보은의 두 손이 율의 목을 감았다. 발뒤꿈치를 한껏 들고 발레 하듯 허리를 꼿꼿이 폈지만 몸의 무게중심이 앞으로 쏠리는 바람에 율의 몸에 기대게 되었다. 할 수 없이 율의 얼굴을 끌어내려 보은은 나비의 날개가 꽃잎을 스치고 날아가듯 가볍게 입술을 포개었다 뗐다. 그리고 속삭였다.

"사랑해요."

율은 그 터치와 속삭임만으로도 온몸이 녹아내릴 것 같았다. 보은을 품에 끌어안고 상큼한 향이 나는 목덜미에 코를 파묻고 있으려니 어제의 느낌이 되살아났다. 그러나 굶주린 욕망이 흘러넘쳤던 어젯밤과 다르게 지금은 아늑함과 편안함이 온몸에 가득 차올랐다. 바로 몇 시간 전인 어제의 일이 먼 옛날처럼 느껴졌다.

보은의 집 앞에 도착했을 때는 이미 정오가 가까운 시간이었다. 외출했다는 을식이와의 통화로 지금 집에는 아무도 없다는 것을 알면서도 보은은 어쩐지 수줍고 부끄러운 기분이었다. 어제저녁 집에서 나올 때만 해도 그렇게 긴 하룻밤을 보내고 이 시간에 들어올 줄은 꿈에도 몰랐었다. 할머니의 병실에 율이 보내 준 간병인이 왔던 그날 저녁에도 서점에서 율을 만나고 개업도 안 한 레스토랑에서 둘만의 저녁 식사를 하고 한강변의 주차장에서 잠이 들 줄 몰랐던 것처럼, 크리스마스이브의 하룻밤 사이에 보은에게 커다란 변화가 생긴 것이다. 최율은 이보은을 사랑한다고 한다. 이보은도 최율을 사랑한다. 의문문으로 남을지도 몰랐던 문장이 이제는 확실한 답으로 보은에게 와 닿았다. 그래서 보은은 기쁘고 행복했다.

"이제 들어가. 무거운데 내가 집 안까지 들어다 줄게."

보은에게 장미 꽃송이로 가득 찬 가방 두 개를 건네주는 율의 손에도 보은과 똑같은 반지가 끼워져 있다.

"안 무거워요."

보은은 황급히 고개를 저었다. 마음은 율에게 차 한잔 마시게 하고 보내고 싶지만 율 앞에서 초라해지기는 싫었다. 자신의 방을 보여 주고 싶지 않았다.

"가는 거 보고 들어갈게요."

"그래, 쉬어."

율이 보은의 머리와 어깨를 한 손으로 쓸었다. 아쉽고 안타까운 표정을 어쩔 수 없었다.

"참 헤어지기 싫다."

"어서 가세요."

율의 차가 내리막길 아래로 끝까지 내려가서 모퉁이를 도는 것을 지켜본 뒤에야 보은은 대문을 열고 집으로 들어갔다. 적막감만 가득 찬 집 안에 들어서서 부엌 옆에 붙은 자신의 방으로 들어간 보은은 코트를 벗어 걸었다. 가방을 가득 채운 장미 꽃송이들을 어떻게 해야 오래 간직할 수 있을까 궁리하다가 김장할 때 쓰던 커다란 플라스틱 광주리 하나를 가져와 가방을 거꾸로 하여 장미를 쏟아 놓았다. 그런데 가방 맨 밑에서 신문지와 함께 툭 떨어지는 연한 핑크색의 실크 천이 있었다. 보은은 두 손에 그것을 들고 얼어붙은 듯 바라보았다. 나머지 가방 하나도 거꾸로 들어 조심스럽게 털었다. 이번에는 소재가 다르고 색깔도 다른 천 조각이 여러 장 떨어졌다. 이리저리 그것을 살펴보던 보은의 두 뺨이 점점 빨갛게 물들어 갔다. 집 앞에 차를 세우며 가방을 꺼내던 율이 한 말을 이제 알 수 있었다.

"가방 밑에 천으로 된 선물 포장지 들어 있어. 구겨지지 않게 조심해."

도대체 이 입으나마나 한 드레스와 속옷으로 무얼 포장한다는 말이야? 선물은 또 누구에게 줄 무슨 선물이고……. 비록 실패하긴 했지만 율의 크리스마스 작전에 보은은 기가 막혀 수줍은 웃음만 나왔다.

"도련님 무슨 일 있나 봐요. 당신이 한번 가 봐."

한은 부모님의 방에서 나오다가 하늘이와 바다를 양손에 한 놈씩 안고 있는 아내와 부엌에서 마주쳤다. 그러지 않아도 부모님의 호출을 전하러 2층으로 올라가려던 그는 아내를 보고 깜짝 놀랐다. 재빨리 아이들을 받아 내려놓으며 왜, 하는 표정을 지었다.

"가슴이 아픈지 손을 대고 심호흡을 하고, 열이 나는지 얼굴도 좀 붉고. 하여튼 무슨 일이 있긴 있나 봐. 나한테 애들 크리스마스 선물 못 사 줘서 미안하다고 돈까지 주던걸. 이상해."

"알았어. 지금 올라가 볼게. 그리고 당신 이제부턴 애들 번쩍번쩍 들지 마. 셋째부턴 당신도 노산 축에 드는 거 알잖아. 부모님께도 부탁드렸지만 하루 종일 집안일 봐 주실 아주머니도 구할 거야. 애들도 이제 어린이집 종일반으로 옮겨."

"알았어요. 조심할게."

그 말을 하는 중에도 하늘이와 바다는 소리를 지르면서 거실을 쿵쾅쿵쾅 뛰어다녔다. 한은 아이들이 밤에는 방전된 전지처럼 푹 쓰러져 잠들 수 있도록 낮 동안엔 실컷 뛰고 놀 수 있게 내버려 두었다. 그래야 아내가 밤에 아이들 때문에 깨지 않고 잘 수 있기 때문이다.

"형 들어간다."

문을 연 한은 말과는 달리 들어가지 않고 입구에 선 채 말했다. 율은 옷을 갈아입고 있었다.

"지금 빨리 안방에 내려가 봐. 아버지가 부르셔."

"왜?"

"가 보면 알아."

율이 계단을 내려가는데 가볍지 않은 목소리가 뒤에서 들렸다.

"너 혹시 어디 아프냐? 네 형수가 그러던데 열 있다며?"

율은 어깨를 으쓱하고 무슨 소리냐는 듯 형을 돌아보고는 안방으로 들어갔다. 방으로 들어가자마자 기다렸다는 듯 부모님의 질문이 차례로 날아들었다.

"율아, 너 그저께 갔다던 상갓집이 혹시 코리아종이산업 오너 댁이었냐?"

"네, 그런데 그걸 어떻게 아셨어요?"

율은 뜻밖의 질문에 놀랐다.

"구기동 작은아버지가 병원에서 봤다고 하더라. 문상만 한 게 아니라 음식을 나르고 있어서 너를 불렀는데 그 댁 딸을 데리고 나가는 바람에 알은체도 못 했다고. 그게 정말이냐?"

"맞아요."

율은 보은에 대해 말씀을 드려야 할 날이 예상보다 빨리 온 것을 알았다.

"조만간 말씀드리려고 했어요. 아직 그쪽 집안에도 정식으로 인사드리지 못했구요. 아버지, 어머니, 저 결혼하고 싶습니다."

"뭐, 결혼? 너 그 집 딸이 어떤 애인지는 아니?"

율은 그 말 속에 담긴 뜻을 단번에 알아차렸다. 구기동 작은 아버지는 보은의 동네와 가까운 곳에 사시는 오촌 당숙으로 율의 아버지와는 사촌 간이다. 어떻게 문상을 오게 된 것인지는 몰라도 장례식장에서 들은 소리들이 좋은 말일 리는 없을 것이다. 율은 어차피 겪어야 할 일, 한꺼번에 다 터뜨리고 미리 매를 맞자는 심정으로 대답했다.

"입양된 딸이라는 거 압니다. 집안 사업이 많이 안 좋아져서 형편이 어렵다는 것도 알고요."

"사업이 기울어져 가는 걸 말하는 게 아니다. 그런 게 무슨 상관이겠니? 그 애 말이다. 아는 집안에서 입양한 것도 아니고 근본도 없는 데서 데려온, 그 집안 피는 한 방울도 안 섞인 애라고 하더구나. 알고 있었니?"

"네. 보은이한테서 직접 들었습니다."

부모님이 서로 마주 보시는데 얼굴빛이 좋지 않으셨다. 아버지가 말을 이었다.

"호적상 딸이지, 자식 취급도 못 받는 아이라더구나. 작은아

340

버지도 자세한 사정은 모르고 그렇게만 들었다고 하던데, 그것도 너한테 얘기하든?"

부모님은 어디까지 알고 계실까? 식모살이하던 여자가 흑인 혼혈과의 하룻밤 사랑으로 낳았다는 것도 아실까? 율은 그것이 염려되었다.

"자식 취급이 뭔지는 모르겠지만, 서로 가족입니다. 20년이 넘게 한집에 살면서 아버지, 어머니라 부르고 남동생과도 우애가 깊어요. 그리고 입양에 관한 건 제가 사귀자고 하기 전부터 알게 된 거예요. 저 보은이에 대해서 다 알고 시작한 겁니다. 아버지, 어머니. 저 보은이 마음 이제 겨우 어렵게 잡았어요. 저한테는 첫사랑이에요. 결혼하고 싶다는 생각을 처음 들게 한 여자입니다."

아버지의 얼굴이 붉어졌다. 어이가 없다는 표정이었다.

"율아. 엄마하고 내가 걱정하는 건 혹시 그 애가 너를 속이거나 제 사정을 숨기는 건 아닌가 하는 거였다. 나이 서른셋에 처음으로 좋아하는 여자라니, 네 마음이 급하기도 하겠지. 시간을 좀 두고 신중하고 냉철하게 생각을 해 봐. 어린 나이도 아니고 사귀다가 헤어지면 그 아가씨나 너나 서로 좋을 거 없으니 결혼까지 염두에 두진 말고. 궁금한 건 알았으니 다음에 얘기하자. 올라가 보거라."

율은 쇠뿔도 단김에 빼고 싶었다.

"아버지, 어머니. 저 보은이랑 연애만 하려고 만나는 거 아닙니다. 보은이를 처음 알게 된 건 사월이었어요. 반년이 넘는 시간 동안 힘들게 노력해서 그 애 맘을 얻었어요. 그동안 고민도 많이 하고 생각도 많이 했습니다. 보은이와 결혼하고 싶어요."

　어머니 한 여사의 이마에 주름이 졌다. 자라는 동안 크게 속 썩이는 일 한 번 없이 제 앞가림을 잘 해 온 아들이지만 인간관 계는 그다지 원만하지 못하다는 것을 알고 있었다. 다른 집 자 식들처럼 술 마시고 친구들을 몰고 들어온 적도 없었고 관심은 있는지 없는지 여자와 사귀는 일도 한 번 없어서 내심 걱정 아 닌 걱정을 하고 있던 차였다. 그런 아들이 서른이 훌쩍 넘어 처 음으로 눈에 들어온 여자라니 누구라도 반기고 싶었으나, 부모 의 마음이란 어쩔 수 없이 이기적일 수밖에 없는 것이다. 이제 까지 들어온 선 자리나 좋다고 따라다녔던 아가씨들을 다 마다 하고 결혼하고 싶다는 여자가 고작 근본도 모르는 데다 친척들 로부터도 외면받는 처지의 아가씨라니 근심이 앞서는 것이 당 연한 마음이었다.

　"그러면 율아, 어떤 아가씨인지 엄마가 한번 보자. 밖에서 잠깐 만나 차나 한잔 마시는 정도로 얼굴이나 보고 싶구나."

　"그러세요, 어머니. 제가 당장 내일이라도 자리를 만들게요."

　"정식으로 만나고 할 건 아니다. 서로 부담 갖지 말고 가볍 게 한번 보자꾸나."

　어쨌거나 율의 얼굴이 환하게 밝아졌다. 내심 큰 각오를 한 듯 심각하던 얼굴이 그렇게 밝아지는 것을 보니 한 여사의 궁 금증은 더 커져만 갔다. 도대체 어떤 여자기에 얼음 같고 칼 같은 둘째 아들의 마음을 저렇게 흔들어 놓았을까?

　보은은 검은 티셔츠를 벗고 하얀 블라우스로 갈아입었다. 상중이라 무채색 옷밖에 입지 못하는 것은 어쩔 수 없지만 그래도 율에게 예쁜 모습을 보이고 싶은 마음이 앞섰다. 긴 곱슬머리도 반만 묶어 핀을 꽂았다가 포니테일 형으로 바짝 올려 묶었다가 결국은 목덜미가 살짝 드러나는 정도로만 느슨하게 묶는 것으로 했다. 검은색의 얌전한 스커트를 입고 무늬가 없는 단순한 스타킹과 구두를 신었다. 회색 코트까지 입고 나가기 전에 현관 앞의 전신거울을 보니 여학생 교복 같기도 하고 회사의 유니폼 같기도 해서 실망스러웠다. 보은은 자신의 패션 감각을 탓했지만 시간이 흐르는 것을 생각하여 율이 기다리는 장소로 발걸음을 빨리했다.

　만나기로 한 장소인 동네의 작은 찻집 창가에 율이 앉아 있었다. 불과 네 시간 전에 호텔에서 집 앞에 내려 준 후 다시 보는 것인데도 나흘 뒤에 처음 보는 양 설레고 두근거렸다. 보은은 왼손 약지에 끼워진 반지를 한번 만져 보고는 유리문을 열고 들어갔다. 밖에서 봤을 때처럼 율은 고개를 들지 않고 테이블 위의 책에 열중해 있었다. 그 모습에 서운해지려던 보은의 입가에 곧 미소가 번졌다. 율이 빠져있는 책은 서점에서 보은이 선물한 책이다. 보은은 다른 여자의 눈이 되어 율을 보았다. 휴일의 여유로운 차림새로 그는 느긋이 앉아 있었다. 회색 면바지에 운동화 그리고 검은 터틀넥 스웨터에 따뜻한 색감의 잿

빛 블레이저를 입었다. 여전히 차갑고 서늘해 보이는 인상이긴 하지만 보은은 율이 얼마나 장난기 많고 잘 웃는 남자인지 알고 있다.

율이 고개를 들었다. 눈이 마주쳤으니 이리로 오라거나 뭐라고 말을 할 줄 알았는데 그는 빙그레 웃으며 보은을 바라보기만 했다. 보은도 대여섯 걸음 떨어진 거리에서 미소를 지으며 율을 마주 보기만 했다. 두 사람의 웃음에는 막 첫사랑을 시작하는 소년, 소녀처럼 설렘과 수줍음과 부끄러움이 있음을 카페 안의 누구라도 한눈에 알 수 있었다. 보은이 걸음을 떼어 율에게 다가가니 맞은편에 앉으려던 손을 잡아끌어 옆자리에 앉힌다. 반지 낀 손을 바로 확인하고는 자신의 왼손으로 깍지를 껴 손등에 입을 맞추어 준다. 반지 낀 두 개의 왼손이 서로 얽혀 불편하긴 했지만 대신 율의 오른손은 자연스럽게 보은의 오른쪽 어깨에 얹혔다. 두 사람은 행복했다. 그러면서도 불안했다. 행복해서 불안한 보은과 불안마저도 행복한 율은 말없이 오래도록 서로를 응시하며 앉아 있었다.

"아무래도 제가 아는 아가씨인 것 같아요."
"그게 무슨 소리냐? 본 적이 있어?"

저녁 식사를 준비하는 부엌에서 한 여사는 며느리 영희의 이어지는 설명에 놀라고 있었다. 율이 말하기로는 영어 학원의 수강생이라고 했는데 며느리의 말대로라면 병원에서의 인연도 있는 모양이었다. 며느리는 정이 너무 많고 오지랖이 넓은 데다가 남을 너무 잘 믿고 만사가 긍정적이기만 한 것이 흠이었으나 그만큼 눈치가 빠르고 기억력이 좋았으며 작은 일도 예사로 보는 일이 없었다.

"그러니까 네 말은, 네 시동생이 그 애를 보려고 거짓말까지 하면서 병원을 들락거렸다는 거냐?"

"봄에 제 차가 사고 났을 때요, 새 차 나올 때까지 도련님 차 같이 타고 왔었잖아요? 지하 주차장에서 기다린다고 해서 그런 줄 알았는데 제가 좀 일찍 나오다 보니까 도련님이 8층 내과 병동에 있지 뭐예요? 간호사랑 얘기하다가 가는 뒷모습을 봐서 간호사한테 물어보니까 어떤 환자 병실을 물어보더래요. 그 환자분이 바로 며칠 전에 돌아가신 그 아가씨 할머니 같아요. 어머니."

"벌써 그 집 어른한테는 인사까지 했나 보구나."

"그뿐만이 아니에요. 저한테는 온다는 연락도 없이 호스피스 병동에 가 있는 것도 봤어요. 1층 로비가 유리로 되어 있는데다가 불빛이 환해서 병원 정원에서도 보이거든요. 그쪽으로 오라고 해서 갔더니 무슨 일인지 그 아가씨 앞에서 저한테 엄청 친하게 구는 거예요."

"율이가 너한테 친하게 굴어?"

"솔직히 상상이 안 되시죠? 제가 도련님 팔을 잡는데도 뿌리치지 않고 오해하려면 오해하라는 식으로 굴더라니까요. 그 아가씨 옆에 다른 남자가 있어서 그랬는지 몰라도 도련님이 화가 많이 난 것 같던데요? 남들은 몰라도 우리 식구끼리는 표정보면 다 알잖아요."

"기가 막혀……."

한 여사의 표정이 점점 일그러졌다. 며느리의 다음 말이 더 가관이었다.

"또 있는데요?"

영희는 같은 과 홍 선생이 병원 식당에서 율을 보았다는 말도 전했다. 식당에서 누굴 기다리는 듯 한참을 서 있더니 보은의 뒤를 졸졸 따라다니다가 일부러 넘어뜨리고 밖으로 데리고 나가더라는 이야기를 전했다.

"홍 선생이라면 아버지 건강검진 때 인사한 그 젊은 의사 말이냐?"

"네. 그 아가씨가 홍 선생 고등학교 후배래요. 둘이 아주 잘 아는 사이던데요."

"너 보기엔 그 애 어떻더냐?"

"봄에 도련님이 지하 주차장에서 기다릴 때 홍 선생도 같이 태워 주다가 처음 봤어요. 인상이 뭐랄까, 그냥 예쁘기만 한 게 아니고 독특하고 개성 있는 외모인 건 맞죠. 얌전해 보이던데……."

얌전해 보이더라는 말은 며느리가 그 애를 나쁘게 보지 말라고 자신에게 얘기하는 것 같아 한 여사는 못 들은 것으로 하기로 했다. 생각에 잠긴 한 여사는 홍 선생이 나온 고등학교가 어디인지 물었다. 며느리는 냉큼 방으로 들어가 핸드폰을 가져오더니 한 여사가 보는 앞에서 홍 선생에게 전화를 걸어 졸업한 고등학교의 이름을 알아내고는 전달해 준다.

"근데, 그건 왜 궁금하세요?"

알아볼 것이 있다며 안방으로 들어간 한 여사는 고교 교장으로 현직에 있는 남동생에게 먼저 전화를 걸었다. 그 후에도 다른 두 사람과 전화 통화를 마친 한 여사는 한참을 안방에서 나가지 않았다. 저녁 시간이 다 되어 최 교장이 외출에서 돌아왔을 때에야 한 여사는 거실로 나가 남편을 맞았다. 그런데 최 교장이 한 여사를 보자마자 하는 말이 이런 것이었다.

"당신, 아까 처남한테 전화해서 이보은 그 애 고등학교 생활기록부 보자고 했다면서?"

최 교장의 목소리에는 아내를 질타하는 기색이 묻어 있었다.

"아니, 그걸 어떻게 알았어요? 당신이 한 교장이랑은 왜 통화했는데요?"

"나쁜 짓도 손발이 맞아야 하지, 원."

"그게 무슨 뜻이에요?"

최 교장이 아내를 쳐다보는 눈에는 겸연쩍음이 없지 않았다.

"실은 나도 그 애 고등학교 때 성적이나 생활 태도가 궁금해서 알아보던 중이었거든. 개인정보 함부로 가르쳐 줄 수 없는 건 알지만 율이가 만나는 애가 어떤 애인지 그렇게라도 알아보고 싶어서, 고민 끝에 결국 율이한테도 물어보고 그 학교 교장한테까지 부탁을 좀 했지. 그런데 벌써 당신이 처남을 통해 물어봤다더군."

"그럼, 당신도 알았겠네요."

"그래. 명문대 물리학과에 합격까지 한 애가 왜 입학은 안한 건지 모르겠다고 하더군. 그때 담임선생이 부모한테 전화까지 해서 입학시키라고 했는데도 그 애가 안 가겠다고 했대요. 졸업한 지 7년이나 지났는데도 학교에서 그 애를 기억하고 있더군."

"나도 들었어요. 동아리 회장도 하고 모범생이었다고 하던데……."

최 교장과 한 여사는 구기동 사촌이 전해 준, 자식 취급도 못 받는다는 말이 무슨 뜻일까를 서로 똑같이 생각하고 있었다. 설마 중소기업의 오너나 되는 집안에서 제 핏줄이 아니라는 이유 하나로 똑똑한 자식을 대학교에도 보내지 않았다고는 생각할 수 없었다.

"곧 그 애를 한번 만나기로 했어요. 도대체 어떤 애이기에 우리 율이를 다 홀렸나 얼굴이나 구경해 보려고요."

한 여사가 말했다.

"율이는 집에 왔나?"

"지금 들어오는 길이랍니다. 그 애한테도 우리가 보고 싶어 한다고 얘기했대요."

율의 차가 모퉁이를 돌아 멀어지는 것을 확인한 보은은 대문을 열고 들어가려다가 안에서 나오는 아버지와 부딪칠 뻔했다. 아버지는 외출복 차림에 양손에 커다란 여행용 캐리어를 끌고 등에는 어울리지 않게 등산용 배낭을 메고 있었다.

"아, 아버지…….."

"이제 오는구나."

보은을 보는 아버지의 표정은 체념한 듯도 하고 미안해하는 듯도 한 텅 빈 표정이었다.

"이게 웬 짐이에요? 어디 가세요?"

"결국 이렇게 됐다. 부모가 되어 너희들에게는 미안하다만 재산 정리가 되는 대로 네 엄마와 합의이혼 하기로 했어. 아버지는 지금 공장으로 간다. 당분간은 거기서 지낼 거야."

예상하지 못한 것은 아니었지만 할머니의 49제도 지내기 전이라 보은은 너무 갑작스럽고 당황하기 이를 데 없었다. 엉겁결에 아버지의 캐리어 하나를 손으로 잡았다.

"아버지, 저랑 같이 가세요. 제가 공장까지 운전할게요. 가면서 이야기해요. 참, 저녁 안 드셨죠? 저랑 같이 드세요."

"보은아."

아버지의 목소리에 무게가 실렸다.

"그냥 혼자 가마. 이 집도 부동산에 내놨고 집이 팔리는 대로 을식이하고 너한테 할 말도 있다. 그때까지 을식이 좀 부탁한다. 아버지가 다시 연락하마."

집을 내놓았다는 말에 멍해진 보은을 뒤에 남기고 아버지는 자동차에 짐을 실은 후 집을 떠났다. 보은은 집 안으로 달려 들어갔다. 거실에는 어머니가 혼자 앉아 있었고 을식이는 보이지 않았다. 어머니는 태연한 표정으로 신문을 한 장 한 장 넘겨 보고 있었다. 현관으로 뛰어 들어오는 보은을 보더니 싸늘하게 한마디 할 뿐이었다.

"넌 다 저녁에 어딜 쏘다니니? 할머니 돌아가신 지 얼마나 되었다고 남자나 만나고 다녀?"

"어머니, 아버지가 하시는 말씀이 정말이에요?"

"들었구나. 그래, 사실이다. 이렇게 될 거 너는 뭐 몰랐었니? 몰랐으면 둔한 거고."

어머니는 텔레비전 리모컨을 들어 티브이를 켜고 채널을 이리저리 돌렸다. 연말의 떠들썩한 분위기를 타고 흥겨운 쇼 프로그램이 한창이었다.

"이 집 내놓은 지도 오래되었어. 이만한 단독주택 팔리기가 쉽지 않으니까 어떻게 될지 모르겠지만 급매로 내놓았으니 뭐, 언제 팔려도 팔리긴 하겠지. 을식이한테도 얘기했지만 각자 제 앞가림 할 방법이나 찾아보자."

"그게 무슨 말씀이세요? 각자라니요?"

어리둥절해하는 보은을 보고 어머니는 한숨을 쉬었다.

"을식이가 나라하고 같이 미국에서 공부를 하고 싶어 하는구나. 보내 주려고."

"어머니, 을식이는 고작 스무 살이에요. 몸도 약하구요. 게다가 지금 우리 집에 무슨 돈이 있어 유학을 간다고 그래요? 할머니 조의금 들어온 돈만 해도 남은 거 없이 다 공장으로 들어갔는데."

"얘가 지금 건방지게 무슨 소리야? 네가 왜 그 돈에 혀를 갖다 대?"

벼락 치듯 떨어지는 소리에 보은은 가슴이 후두둑 떨렸다. 어머니의 맞은편에 앉아 검은 스커트 자락을 양손으로 꼭 쥐었다. 어머니가 말을 이었다.

"그래, 우리 기왕 이렇게 된 거 솔직하게 얘기하자. 네 아버지와 나도 헤어지기로 했으니까 너도 이 집 팔리는 대로 네 갈길 가라. 을식이는 다음 달에라도 출국해서 어학연수부터 시작할 거고 너도 젊은 애가 자기 앞가림을 해야지. 또 가족들 핑계대지 말고. 이제 할머니도 안 계시고 을식이도 유학 가면 아무도 네 앞길 막는 사람 없다. 나도 이 집 팔리면 아파트나 빌라 마련해서 나갈 거야. 너도 조그만 방 하나 알아봐."

보은이 놀란 눈을 크게 떴다.

"제가 왜 방을 알아봐요?"

어머니가 기가 막힌다는 표정을 숨기지 않고 말했다.

"그럼, 이제 와서 너하고 내가 같이 살아야 하니?"

"그, 그게 무슨 말이에요, 어머니?"

"너, 우리가 친부모 아니라는 거 알면서도 모른 척하는 거 내가 눈치 못 챈 줄 알았니? 어렸을 때야 기억이 안 나니까 그렇다 치고 크면서 친척들이나 손님들이 수군대는 거 왜 알면서도 못 들은 척했는데? 그렇게 억지 쓴다고 네가 내 친딸이 되는 것도 아니고……."

"어머니……."

보은의 눈에 눈물이 맺히기 시작했다. 안다는 것과 인정한다는 것의 차이는 그렇게 무서운 것이었다. 어머니는 보은의 얼굴을 한 번 보고 소파에 몸을 뒤로 기댄 채 눈을 감았다.

"서로 속이지 말자. 나도 너한테 정 주려고 애 많이 썼고, 너도 나한테 정 붙이려고 노력한 거 다 알고 있지 않니? 머리도 좋은 애가 대학교도 안 가고 직업도 없고 집에서 독립도 안 하고, 할아버지, 할머니 간병에 을식이 뒷바라지에 집안 살림 다 하면서 너 나름대로 애쓰고 산 거 알아. 희생했다고는 안 하겠지? 키워 준 공 갚는다고 생각하고 그런 거면 이제 그만해도 되니까 훨훨 네 앞길 찾아 떠나. 너 하고 싶은 거 하면서 살아."

"어머니, 그러지 마세요. 우리 한 가족이잖아요. 제가 부모님하고 을식이 두고 어디로 가요? 왜 떨어져 살아요?"

"보은아, 너 젊은 것이 아주 앙큼하고 영악하더구나."

눈을 번쩍 뜬 어머니는 목소리를 한층 높였다.

"네?"

"네가 대학교 합격했을 때 할머니가 입학금 주셨지? 등록 포기하고 나서 그 돈 어떻게 했니? 아버지가 네 결혼 자금 미리 주는 셈치고 갖고 있으라고 했다며? 어린 것이 맹랑해 가지고. 할머니하고 네 아버지하고 셋이 작당해서, 맨날 나만 쏙 빼놓지? 난 가끔 네가 무섭더라. 그래, 그 돈 아직 갖고 있으면 그걸로 방 구하면 되겠구나."

보은의 눈에서 저도 모르게 눈물 한 줄기가 주르륵 흘러내렸다. 어머니의 흥분은 가라앉지 않았다.

"이래서 네가 무섭다는 거야. 울긴 왜 울어? 남들이 보면 내가 너를 천덕꾸러기 취급 하는 줄 알겠네. 속에 꼬리 아홉 달린 여우가 들어 있는 줄은 모르고. 얘기 그만하자. 너랑 말하면 내가 아주 지친다."

어머니는 안방으로 들어가 버렸다.

한참을 바위처럼 굳은 채 앉아 있던 보은은 쇼 프로그램의 방청객들이 소리 높여 와르르 웃는 소리에 정신이 들었다. 벽시계를 쳐다보고 늘 하던 대로 부엌으로 들어가 쌀을 씻어 밥솥에 안쳤다. 이것저것 반찬을 만들고 국을 끓인 뒤 2층의 을식이 방으로 올라갔다. 을식이는 책상 앞에 앉아 이어폰을 낀 채 영어 책을 보고 있었다. 아버지가 나간 것을 알 텐데도 아무렇지 않은 척 앉아 있는 그 마음이 헤아려져 보은은 을식이가 더 안쓰러워졌다. 보은은 을식이의 어깨를 톡톡 두드렸다.

"영어 공부 하고 있었어? 저녁 먹어야지. 10분 있다가 내려 와."

누나를 보고 웃어 주는 을식이의 얼굴이 해맑았다. 보은은 그 웃음이 좋아서 책상 옆의 침대에 앉아 동생을 쳐다보았다.

"율이 형 만나고 오는 길이야?"

"응."

"누나한테 잘해 줘?"

"응. 참 잘해 줘. 따뜻한 사람이야."

"다행이다."

을식이가 책을 덮더니 보은의 옆으로 옮겨와 앉았다. 말총처럼 묶은 보은의 머리를 장난스럽게 잡아당겼다.

"누나, 빨리 시집가. 율이 형이랑 결혼해. 그래야 나도 안심하고 유학 갈 수 있어. 엄마한테서 들었지?"

"들었어."

"난 누나가 우리 누나여서 참 좋아. 다른 집에 안 가고 우리집으로 와서 너무 다행스럽고 고마워. 그러니까 이제 다른 집으로 시집가도 안 서운해할 거야."

"을식아!"

보은의 눈이 점점 커졌다. 을식이가 빙그레 웃었다. 이 애도 알고 있었구나. 결국 알아 버렸구나. 보은은 자신이 아니라 을식이도 혼자 훨훨 날아갈 때가 되었다는 것을 느꼈다. 이상하게도 그 느낌은 서운한 것이 아니라 자유로움을 주는 것이었다. 나라와 함께 있는 을식이를 보고 느꼈던 서운함과는 다른, 자신의 날개를 꽁꽁 묶었던 줄이 풀리는 것 같은 기분이었다.

"어떻게 알았냐고? 할머니가 호스피스 병동으로 옮기시기 훨씬 전에 알았어. 누나 생일 며칠 전에. 누나가 영어 학원 갔을 때 친척분이 문병을 오셨는데 나더러 그러더라. 하나밖에 없는 자식인데 부모님께 잘해 드리라고. 결국 할머니가 직접 나한테 말씀해 주셨어. 아마, 당신이 세상을 떠나신 뒤에 누나가 어떻게 될까 걱정하셨던가 봐."

"너 그러면 내 생일날 술 취해서 울었던 게 그것 때문이었니?"

을식이의 목소리는 담담했다.

"웃긴 게, 그 말을 듣고도 이상하게 놀랍지 않았다는 거야. 그냥, 퍼즐이 맞춰지는 기분이었어. 우리 누나가 왜 다른 집 누나들이랑은 많이 달랐는지 알게 되었달까? 다른 집 누나들은 다 하는 걸 우리 누나는 왜 안 하고, 우리 누나가 하는 걸 다른 집 누나들은 왜 안 하는지 그런 게 이해가 되고 궁금했던 게 풀렸어."

보은은 웃음이 피식 났다. 을식이와 이런 대화를 아무렇지 않게 나눌 수 있다는 게 놀라웠지만 불편하지 않고 편안했다.

"내가 다른 집 누나랑 뭐가 그렇게 달랐는데?"

"어렸을 때부터 내가 기억하는 누나는 늘 서 있었잖아. 한 번도 그냥 앉아서 텔레비전을 본다거나 아무것도 안 하고 있었던 적이 없었어. 휴일이라고 늦잠을 잔 적도 없었고 낮잠 자는 것도 한 번 못 봤고 부엌에서 일하거나 빨래를 하거나 그것도 아니면 손에 늘 걸레나 빗자루를 들고 서 있었어. 학교 공부는 언제 하나 싶게 누나는 집에 오면 늘 일만 했어. 청소하고 밥하고 빨래하고 나 챙겨 주고. 정원에 있는 나무나 꽃까지 누나가 다 키웠잖아. 고등학교 졸업하고 나서는 더했고."

"그건 내가 좋아서, 즐거워서 한 거야. 그리고 내 방에 들어가면 맨날 책 보고 신문 보고 노트북 들여다보면서 놀았는걸."

"어쨌든, 누나는 늘 뭔가를 하고 있었어. 내 눈엔 아무것도 안 하고 있었던 적은 없었어."

"그렇지 않아, 을식아."

보은은 손을 들어 을식이의 머리를 헝클어 놓았다.

"누나, 미안해. 다른 집들도 다 그런 줄 알았어."

눈물 같은 건 흘리지 말자고 마음먹었지만 어느새 또 주르록 눈물이 흘러내렸다. 조금 전 어머니와 함께 있었을 때와는 다른 의미의 눈물이었다.

　이틀 후, 보은은 할머니가 계시던 병원 지하 식당가의 작은 커피숍에서 율의 어머니를 만나고 있었다. 점심시간을 이용해 내려온 율의 형수도 함께였다. 몹시 번잡한 시간이었고 식당가에서 유일하게 원두커피를 내려 파는 가게여서 계산대 앞에도 긴 줄이 서 있었다. 율에게서 들은 약속 시간은 원래 한 시간 뒤였고 장소도 이곳이 아닌 예전에 율이 데리고 갔었던 병원 건너편의 한정식 식당으로 알고 있었기에 보은은 율의 어머니의 전화가 갑작스러울 수밖에 없었다. 율의 형수가 먼저 입을 열었다. 늘 웃고 있을 것 같은 밝은 인상에 입매에 걸린 미소가 선해 보였다.
　"내가 먼저 알아봐서 놀라지 않았어요?"
　"좀 놀랐어요. 저도 두 분을 어떻게 찾아야 하나 생각하고 있었는데……."
　"사실은 전에 이보은 씨를 두 번이나 본 적이 있어요."
　"생각나요. 주차장에 홍 선배님과 같이 계셨죠? 그리고 밤에 호스피스 병동 로비에서도."
　"기억력이 좋으시네요. 하긴 제가 한 번 보고 잊혀질 미모는 아니지요? 호호."
　한 여사는 며느리가 던지는 너스레를 옆에서 들으면서도 아무 말이 없었다. 그저 처음 의례적인 인사를 주고받은 뒤부터 보은의 얼굴과 맵시를 가만히 살펴보기만 했다. 예쁜 아이였다. 가무잡잡한 피부에 날씬하지만 굴곡진 몸매가 요즘 텔레비전에 흔히 나오는 뼈밖에 안 남은 창백한 젊은 여자들과는 달리 건강해 보였다. 정작 보고 싶은 건 이 아가씨의 마음과 머릿속이었지만 거기까지 관심을 두고 싶은 생각은 없었다. 그저 짧은 점심시간을 이용해 시끄럽고 정신없는 커피숍에서 보자고 갑자기 약속을 변경했을 때 얼마쯤 이쪽의 의중을 짐작할 머리는 있었기를 바랄 뿐이었다.

율의 형수와 어머니는 벌써 머그를 앞에 놓고 있어서 보은은 양해를 구하고 일어나 음료를 주문하러 갔다. 녹차라떼를 들고 자리로 돌아오니 율의 어머니가 보은을 응시하며 전화를 받고 있었다.

"그럴 거 없대도……. 내가 갑자기 점심 약속이 생긴 걸 어떡하냐? 그냥 얼굴 한번 보는 건데 장소야 어디든 무슨 상관이니? 밥은 너희들끼리 먹든지 해. 일단 끊는다."

한 여사는 보은을 보며 말했다.

"약속이 바뀐 거 기분 나쁘게 생각지 마라. 애초에 가볍게 얼굴이나 보자고 했던 자리니까 부담 느낄 것도 없고. 나도 며느리랑 잠깐 볼일이 있었는데 겸사겸사 아들 친구 차나 한잔 사 주고 싶은 거니까."

말하는 한 여사도 이건 안 맞는다 싶었던 것이, 매일 한 집에서 얼굴 보는 며느리와 밖에서 따로 만날 일이 뭐가 있으며 보은에게 차를 사 주고 싶다고 했으나 계산은 벌써 각자가 한

터였다. 너무 노골적이었나 싶으면서도 지난 이틀 동안 남편과 내린 결론을 알려 주기 위해서는 어쩔 수 없다고 생각했다. 보은은 별다른 대답 없이 고개만 숙였다.

"부모님이 두 분 다 사업을 하셔서 할아버지, 할머니 간병을 혼자 다 했다던데 젊은 애가 답답해서 어떻게 했니? 아유, 참 대견하네. 병원이란 데가 원래 건강한 사람도 오래 있으면 없던 병이 생기는 곳인데."

"부모님과 남동생이 교대로 했습니다. 그렇게 힘들진 않았어요."

보은이 머그를 들어 한 모금 마시더니 테이블 위에 내려놓으며 엄지손가락으로 잔에 묻은 립스틱 자국을 닦는 것이 보였다.

한 여사는 할아버지가 긴 병을 앓으시며 입원과 퇴원을 반복할 때부터 보은이 병원에서 수발을 들고 간병을 해 온 거며 사업으로 바쁜 어른들을 대신해 안살림을 꾸려온 것에 대해 칭찬을 길게 늘어놓았다. 거기에 율의 할아버지와 할머니는 비교적 건강하게 사시다가 돌아가실 때도 큰 고생 없이 가셔서 자손들 마음이 편하다는 둥의 말을 쉼 없이 이어 붙였다. 평소에는 혼자서 말을 이렇게나 빨리 한꺼번에 쏟아내며 이야기하는 타입이 결코 아니었기에 며느리가 지금 자신을 쳐다보는 눈이 어떻다는 것도 눈치채기 어렵지 않았다.

"어머니, 차 드시면서 천천히 말씀하세요. 아유, 우리 어머님이 보은 씨에 대해 워낙 궁금한 게 많으셔서……."

시어머니의 의중을 어느 정도는 알고 있는 며느리가 머그를 들어 건넸다. 땀도 나지 않는데 손수건을 꺼내 이마를 누르며 한 여사가 쐐기를 박았다.

"그래. 살림도 잘하고 어른들 공경도 잘했을 테니 분명 좋은데 시집가서 잘 살 거야. 우리 율이야 남자인 데다가 아직은 일이 바쁘고 힘들어서 천천히 가면 되지만 여자는 또 다르지. 어쨌든 이렇게 얼굴 보니까 좋네. 그러면 먼저 나가 봐. 나는 며느리랑 볼일이 있어서 조금 있다가 나가야 해."

한 여사는 웃고 있었지만 입 주위 근육이 딱딱하게 굳어질 것만 같았다. 옆에 앉은 며느리가 어머니, 하고 속삭이는 것도 못 들은 척하고 한 여사는 보은에게 어서 나가 보라는 손짓을 했다. 보은이 자리에서 천천히 일어났다. 푸른색의 원피스 자락을 한 번 쓸어내리는 손이 떨리는 것이 눈에 들어오자 마음이 아프기는 하였으나 이 또한 어쩔 수 없는 일이라 생각했다.

"그럼, 저 먼저 나가겠습니다. 안녕히 가세요."

보은이 허리를 굽히며 인사했다. 미소를 지으려고 애쓰는 것이 보였지만 눈 밑의 여린 살이 파르르 경련을 일으키고 있었다. 붉어진 얼굴에 연신 손부채질을 하고 있는 며느리에게도 고개 숙여 인사한 보은이 또각또각 하이힐 소리를 내며 돌아서 나갔다. 입구에서 한꺼번에 밀려들어 온 사람들의 무리에 부딪혀 휘청대다가 다시 허리를 꼿꼿이 펴고 사라졌다.

"어머니한테 실망이에요."

며느리가 당돌하게 말했다. 한 여사는 한숨을 푹 내쉬었다.

"아휴, 이 짓도 정말 못 하겠구나. 저 아가씨, 행여 울지나 말았으면 좋겠는데……. 실망을 하든 이해가 안 되든, 너도 하늘이랑 바다 장가보낼 때는 내 마음 알게 될 거다. 부모 마음이란 게 원래 자식만 생각하면 이렇게 되는 거야."

한 여사의 얼굴빛이 어두워졌다.

영희는 시어머니를 배웅하고 통증의학과로 돌아가려다가 엘리베이터에서 발길을 돌렸다. 남편에게서도 오지랖이 넓다고 타박을 받는 성격이기는 하지만 가끔 레이더망이 예민하게 작동하는 것을 도저히 무시하지 못할 때가 있는데 지금이 바로 그런 순간이었기 때문이다. 시동생과의 약속이 유효하다면 그 아가씨는 그런 얼굴을 하고서 바로 약속 장소로 가지 못할 것이다. 그 정도로 무디거나 강심장으로 보이지는 않았다.

예상대로 보은은 화장실에서 나오지 못하고 있었다. 눈물이 마르거나 표정 관리라도 완벽하게 되어야 나갈 텐데, 영희가 보기에 보은은 눈물도 멈추질 못했고 감정을 숨기는 데도 서툴렀다. 그저 애꿎은 수돗물만 계속 틀어 놓고 물에 젖은 손을 연신 눈가에 갖다 대고 있다가 옆에 빈자리가 있는데도 자기 뒤에 계속 붙어 서 있는 여자를 위해 할 수 없이 자리를 비켜 주었을 뿐이다. 그녀가 율의 형수라는 것을 알고 보은은 놀란 표정을 지어야 했겠지만, 놀랄 기운도 없는지 시선이 부딪히자 고개만 다시 떨구었다.

"마음 많이 상했지요?"

영희의 말이 불쏘시개라도 되었는지 보은의 얼굴이 새빨개
졌다. 화장실 안도 붐비기는 마찬가지여서 영희는 보은을 화장
실 밖으로 데리고 나왔다. 다행히 계단 밑의 기둥이 보은의 젖
은 얼굴을 가려 주었다.

　"우리 어머니, 말씀은 저렇게 하셨지만 보은 씨 걱정하고 계
세요."

　괜찮다고 빈말이라도 대답할 줄 알았던 보은은 영희를 보고
생긋 웃었다.

　"고맙습니다."

　어머, 이 아가씨도 나랑 같은 과네. 영희는 그 대답이 마음
에 들었다.

　"우리 도련님, 보은 씨 만나고부터 사람이 많이 여유로워지
고 부드러워졌어요. 그 전엔 깎아 놓은 대꼬챙이 같았거든요.
앞으로 어떻게 될지는 모르겠지만 난 보은 씨가 잘 지냈으면
좋겠어요. 우리 어머니 너무 미워하지 말구요. 그럼, 잘 가요."

　영희는 올라가 봐야 한다며 먼저 자리를 떴다.

　보은이 한정식 집으로 건너가기 위해 횡단보도 앞에 섰을 때
건너편에서 율이 팔을 크게 흔드는 것이 보였다. 어깨까지 흔들
릴 정도로 팔을 휘두르고 있어서 그 모습은 마치 바다에서 조난
을 당했다가 구조 헬리콥터를 향해 손을 흔드는 사람 같았다.

　'최율 씨, 당신이 나를 좀 구해 주면 안 돼요?'

　보은은 마음속으로 소리쳤지만 얼굴에는 미소만 떠올렸다.
신호가 바뀌자 율은 기다리지 않고 뛰어와 보은의 손을 잡고

다시 건너갔다.

"와아, 이보은 오늘 정말 예쁘다. 화장도 신경 써서 했네. 구두도 신었구나."

다른 사람이 알면 안 되기라도 하는 듯 율이 보은의 귀에 속삭였다. 푸른 원피스가 살짝 보이고 하얀 울 코트를 그 위에 입은 보은을 내려다보며 긴 머릿결을 천천히 손으로 쓰다듬었다. 겨우 머릿결을 만지는 감촉에도 보은은 눈시울이 뜨거워졌다.

"어머니 잘 만났어?"

"네. 형수님이랑 나오셔서 저를 먼저 알아보셨어요."

"뭐라고 말씀하셔? 뭐 물어보셨어?"

"저더러 참 대견하다고 하셨어요. 간병하느라 애 많이 썼다고 해 주셨어요."

"그래? 또?"

"살림도 잘하고 어른 공경도 잘한다고 칭찬해 주셨어요."

"아, 다행이다."

"얼굴 보니까 반갑다고 하시고 다른 약속 때문에 나가 봐야 하는 거 미안해하셨어요."

"그랬구나……."

보은의 눈을 들여다보며 무슨 말을 하려던 율은 식당의 종업원이 현관 앞에서 인사를 건네자 입을 다물었다. 보은을 안으로 데려가 예약된 방에 앉혔다. 세 사람이 예약되어 있었지만 한 사람 분은 취소하고 음식이 서빙 되기를 기다렸다.

"시간 괜찮아요? 점심시간 많이 남지 않았잖아요."

전채 요리가 먼저 들어오자 개인 접시를 앞에 놔 주며 보은
이 물었다.

"사무소에 얘기했어. 오늘은 좀 특별한 날이니까. 천천히 다
먹고 가자."

율은 전에 그랬던 것처럼 한꺼번에 다 나오게 하지 않고 차
례대로 맛을 음미할 모양이었다.

"오늘은 효율 안 따져요? 그땐 그렇게 바쁜 척하더니……."

보은이 샐쭉 눈을 흘기며 말했다.

"그땐 마음이 급해서 그랬지만 오늘은 시간 많아."

소년처럼 쑥스러운 웃음을 입가에 흘리며 율은 보은의 손에
서 젓가락을 빼앗아 상 위에 놓았다. 양손의 손가락을 부러져
라 꼭 쥐고는 자신의 입술에 갖다 댔다.

"이틀 동안 보고 싶어서 미치는 줄 알았다. 잠깐 나오기가
그렇게 힘들어?"

"겨우 이틀 가지고 미치는 사람은 없어요. 부모님 얘기, 했
잖아요."

"옆에 와서 앉아."

"안 돼요."

"왜? 부끄러워서?"

"아뇨, 옆에 붙어 앉았다가 밥도 다 먹기 전에 최율 씨한테
잡아먹힐 것 같아서요."

율은 아무것도 안 먹었는데도 사레가 걸린 듯 기침을 터뜨
렸다. 그러면서도 아니라고 부인은 못 하는 듯 보은의 손가락

을 하나씩 입에 넣고 꼭꼭 씹었다. 아, 하고 작게 비명을 지를 때마다 보은을 응시하는 율의 눈빛이 번쩍거렸다. 머지않은 날에 정말 보은의 전부를 남김없이 씹어 먹을 계획을 꾸미고 있는지도 모르고 보은은 천연덕스럽게 그런 말을 했다.

정갈하지만 시간이 꽤 걸렸던 코스 요리를 다 먹고 나자 율은 보은을 차에 태워 벌써 몇 번이나 가 보았던 전원주택의 공사장으로 데리고 갔다. 1층이 될 자리는 기둥 철근 위에 나무로 촘촘하게 거푸집이 다 만들어져 있고 레미콘 차가 석 대나 와서 콘크리트를 붓고 있었다. 십이월 말의 매서운 날씨였지만 현장에서는 기술자들이 재빠르게 움직이며 작업을 하고 있어서 팽팽한 긴장감마저 느껴졌다. 바람이 차가워서 차 안에서만 그 분주한 모습을 지켜보던 보은은 마치 자신들의 집이 지어지는 것처럼 마음이 설레고 뿌듯해졌다. 운전석에 앉은 율도 같은 느낌이었는지 꼭 잡은 보은의 손에 더 힘을 주었다.

"한 달쯤 뒤에는 2층 콘크리트도 완성되고 집 모양이 드러날 거야. 그때 우리 다시 와서 어떤 집이 되었나 같이 보자."

그럴 수 있을까? 그때도 나는 최율 씨와 이곳에 나란히 앉아 저 집을 행복하게 바라볼 수 있을까? 보은은 반대편 차창 밖으로 고개를 돌리며 불안감을 떨쳐 버리려 애썼다.

어떻게 내가 너의 불안한 마음을 모를까? 현실적이고 속물적인 계산의 잣대로 치자면 지금의 내 모습에 제일 놀라고 있는 사람은 바로 나 자신인데……. 깊은 밤, 율은 2층 자신의 방에서 창밖을 내다보고 있었다. 크리스마스가 지났지만 정원의 잔디밭에 부모님이 손자들을 위해 세워 놓으신 트리와 사슴은 여전히 알록달록한 전구를 환히 밝히고 서 있었다. 크리스마스 이브에 호텔 로비와 허니문 룸을 장식했던 크리스마스트리가 떠올라 율은 굳은 표정 사이에서도 슬며시 미소를 지었다.

영어 학원의 퍼즐 게임에서 우승한 보은을 처음 보고 햇빛처럼 부서지던 그녀의 환한 미소가 두 눈에 새겨졌을 때 그리고 내과 병동 엘리베이터 앞에서 보은을 다시 보고 채찍으로 온몸을 후려갈기는 듯한 충격을 받았을 때만 해도 율은 자신이 보은을 이처럼 걱정하고 염려하게 될 줄은 몰랐었다. 학원을 들락거리며 보은을 지켜보기 시작했을 때조차도 율은 보은이 자신을 이렇게까지 불안하게 하고 긴장하게 만드는 존재가 될 줄 몰랐다. 좋은 건 이유 없이 그냥 좋은 것인 줄만 알았지, 사랑한다는 감정 속에는 불안이 함께 존재한다는 것을 알지 못했었다.

객관적인 조건으로만 본다면 보은은 자신에게 적당한 여자가 아니었다. 학력이나 직업이나 출신이나 어느 것 하나 어울리지 않았다. 율의 심장은 몰라도 논리와 이성적 사고는 그것을 잘 알고 있었다. 그래서 율은 이틀 전 동네 카페에서 만났을 때 보은이 스쳐 지나가듯 중얼거린 말에 숨은 뜻을 알고 있었다. 어머니가 만나고 싶어 한다는 말에 긴장하면서 보은은 혼잣말처럼 속삭였다. 그냥 연애만 오래오래 하면 안 되냐고. 어린아이의 투정을 들은 것처럼 그 자리에서는 못 들은 척했던 율이지만 어떻게 그 속에 숨어 있는 보은의 불안한 마음을 모르겠는가. 보은이 혹시나 하고 생각하듯 사채 빚을 진 것도 아니고 형수의 기사 노릇을 잠깐 한 것뿐이지 대리운전을 하는 것도 아니라는 것을 율은 그곳에서 털어놓았었다. 다니는 건설 회사가 어떤 곳인지, 학교는 어디를 나왔고 가족은 어떤 사람들인지 보은이 율에 대해 궁금해하지도 묻지도 않았던 것들을 다 가르쳐 주었다. 그동안 보은이 오해하도록 놔둔 것은 자신을 걱정해 주는 게 좋아서라는 엉뚱한 이유 때문이었다는 것도 고백했다. 대놓고 좋아하리라고는 생각하지 않았지만 놀라거나 아니면 솔직하지 못했다고 화를 낼 줄 알았는데 보은은 이상하게도 슬픈 표정으로 좀 빨리 말해 주지 왜 그랬어요, 라고 했다. 율은 그 말 속에 진심으로 원망이 들어 있다는 것을 집에 돌아와서 돌이켜 본 뒤에야 알았다. 처음부터 사실대로 말했더라면 뭐가 달라진다는 말일까?

보은을 만나고 들어온 것을 뻔히 아는 어머니는 헤어지라거나 안 된다거나 하는 말씀은 하지 않으셨다. 이제 며칠 뒤 해가 바뀌면 서른넷이 되는 아들에게 아직은 둘 다 젊으니까 이런 사람 저런 사람 많이 만나 보는 것도 괜찮겠지, 라고 지나가듯이 말하셨다. 보은을 율의 짝으로 당신의 며느리로 인정하지 않겠다는 뜻이었다.

하지만 최율은 이보은을 사랑한다. 이보은도 최율을 사랑한다. 사랑하니까 같이 있고 싶고 그래서 결혼한다. 이 단순하고도 절대 진리인 문장 속에 불안이 파고들 이유가 무엇인지 율은 생각하지 않기로 했다. 그저 자신의 원래 성격이 그렇듯 원하는 목표를 성취하기 위해서 앞만 보고 뚜벅뚜벅 걸어갈 생각이었다.

"최율 씨가 건축설계사무소 소장이라는 말이야? 건설 회사 직원이 아니라?"

다인의 눈이 동그래졌다. 다인은 지금 퀼트 숍의 남은 조각 천들을 오려 만들고 있는 요요보다도 더 크게 눈을 떴다.

"아버님은 교장으로 퇴임하시고 어머님도 20년 넘게 교직에 계시다가 명예퇴직 하셨대. 형수님은 바로 할머니가 계셨던 병원의 의사고 형님도 대학교 경제학과 교수래. 내가 다녔던 영어 학원 원장은 사촌 형이고."

보은은 율이 대리운전 기사가 아니라 형수를 데리러 몇 번 왔던 것뿐이라는 것도 말했다. 예상대로 다인은 호들갑을 떨거나 놀라는 것은 잠시뿐 생각에 잠기는 것 같았다. 아마 보은 자신과 같은 생각을 하고 있을 것이다.

"내가 잘못 생각했어. 결혼까진 안 해도 되니까 상관없다고, 연애만 할 거니까 몰라도 된다고 생각한 게 잘못이었어. 이번에도 안 될까? 똑같은 영화 두 번 보는 기분이야. 최율 씨 어머님이 그러시더라. 내가 살림도 잘하고 참 괜찮은 아가씨니까 좋은 남자 만나서 잘 살 거라고. 이상하지? 예전에 건욱이네 아주머니도 똑같이 말씀하셨는데 말이야."

하하, 소리 내며 보은이 웃었다. 퀼트 숍에 오면서 충동적으로 사 온 캔 맥주 하나를 들어 벌컥벌컥 들이켰다.

"보은아, 마시지도 못하는 술은 왜……."

"바보 같은 최율 씨, 좀 빨리 말해 주지. 처음부터 내 오해였다고 사실대로 말해 줬으면 좋아하지도 않았을 텐데, 마음 같은 거 아예 접었을 텐데……."

보은은 무릎을 껴안고 얼굴을 묻었다.

"첫 번째는 모르고 했었어. 두 번째는 아니까 더 무서워. 무서워서 못 하겠어."

"이보은, 바보는 너야. 두 번째는 아니까 더 잘하면 되잖아. 씩씩하게 잘하면 되잖아. 하나도 안 무서울 거야. 너 이번엔 꼭 잘해. 잘해서 최율 씨랑 멋지게 사랑하고 결혼도 해."

보은은 다인의 목소리가 물속에서 듣는 것처럼 아득히 멀게만 느껴졌다.

"최율 씨보다 학벌이 부족해서 반대하시는 거면 다시 공부해서 대학도 가고 석사 박사라도 따겠어. 하는 일이 없어서 무능력해 보인다고 하시면 뭘 하든 돈을 벌러 나가겠어. 그런데, 내가 누구한테서 어떻게 태어났는지는 바꿀 수 없어. 그건 아무리 노력해도 바꿀 수 없는 일이야. 그것 때문에 안 된다고 하시면 난 어떻게 해야 하니?"

다인이 친구의 어깨에 따뜻한 손을 얹었다. 그때 보은의 가방 안에서 핸드폰이 울렸다. 빨개진 눈을 손등으로 누르고 보은은 발신인을 확인했다. 굳어지는 표정을 보이기는 싫어 심호흡을 한 번 하고 퀼트 숍의 문을 열고 복도로 나가 전화를 받았다.

"네, 말씀하세요. 전화 기다리셨어요? 죄송해요. …… 아, 어떻게 그런 일이……. 몸은 괜찮으세요? 네……. 그러셔야죠. 이왕이면 좋은 걸로 하셔야죠."

복도의 딱딱한 벽에 부딪혀 보은의 말소리가 작지만 또렷하게 들렸다. 다인은 요요를 이어 붙이던 손에서 바늘을 놓고 절로 미간을 찌푸렸다. 보은이 말은 안 하지만 다인이 함께 있을 때 저 전화를 받은 것이 벌써 두 번째였다. 보은이 안으로 다시 들어왔다.

"용인 어머님이시니?"

대답을 하지 않는 것으로 보아 맞는 모양이었다. 보은이 코트를 입고 일어섰다. 텔레뱅킹이나 인터넷뱅킹을 해도 되지만 다인이 보는 앞에서 그러고 싶지는 않았다. 이 건물 1층에 은행이 있었다.

"매달 생활비 보태 드리는 것으로도 모자라신데?"

"빙판길에 넘어져서 허리를 삐끗하셨대. 바닥에 누웠다가 일어나시기가 불편하신가 봐."

"그래서, 이번에는 뭐가 필요하시다니? 돌침대라도 사 달라고 하셔?"

보은이 눈을 동그랗게 뜨고 깔깔거리며 과장되게 웃었다.

"야! 정다인, 너 돗자리 깔고 점보면 되겠다. 어떻게 그렇게 한 번에 딱 맞춰? 하하……."

손을 흔들며 보은은 퀼트 숍을 나갔다.

"괜히 찾은 거 아닌지 모르겠다. 네 등에 짐만 하나 더 얹은 건 아닌지……."

보은이 듣는 앞에서는 할 수 없는 소리인 걸 알기에 다인은 혼자 남은 퀼트 숍 안에서 중얼거렸다.

오랜만에 와 보는 용인 어머니의 집이었다. 마음속으로이긴 하지만 엄마라거나 어머니라거나 하지 않고 용인 어머니라고 보은은 그 여인을 지칭하고 있었다. 아직 입 밖으로는 그 여인을 불러 본 적이 없었다. 그 여인도 자신을 어머니라고 부르지 않는 것에 대해 아무런 말이 없었다. 하긴, 오늘처럼 급한 용건이 있거나 의논할 일이 있을 때만 여인은 보은에게 전화를 걸었다. 대부분 얼마간의 돈으로 해결될 수 있는 일이었고 보은은 그것으로라도 여인을 도울 수 있어 다행이라고 생각했다.

그런데 오늘은 직접 이곳에 왔다. 그냥 말이 하고 싶어서 왔다면 이 여인은 뭐라고 할까? 쇠고기라도 좀 사 올걸 그랬나? 보은은 열린 대문을 밀고 안으로 들어갔다. 마당에 묶인 누렁이가 그새 몇 번 보았다고 꼬리를 마구 흔들며 앞발을 들고 버둥거렸다. 보은은 저 왔어요, 하고 크게 소리치고는 누렁이 앞에 쪼그리고 앉아 개의 목을 긁어 주었다. 안방의 미닫이문을 열고 여인이 빼꼼히 내다보았다.

방으로 들어가자 여인이 바닥에 깔린 몇 겹의 담요 위에 앉아 있고 염 노인은 보이지 않았다. 늘 그렇듯 텔레비전이 켜져 있었다. 코미디 프로그램이어서 방청객들의 웃음소리가 왁자

했다.

"점심은 드셨어요?"

"그럼, 시간이 몇 신데."

그러고 보니 밥 한 끼를 같이 먹은 적이 없었다. 밥 때가 정해져 있는 것도 아니고 일찍 먹거나 늦게 먹어도 상관이 없을뿐더러 먹었다고 해도 친딸에게 밥 한 끼 차려 줄 법도 한데 여인은 보은에게 물 한 잔, 밥 한 그릇 내준 적이 없었다. 뒤늦게 든 생각에 서운함이 생기다가도 자신 역시 돈만 드렸을 뿐 밖에 모시고 나가 식사 대접을 한번 해 드린 적이 없었다는 것을 깨달았다.

여인은 멀뚱멀뚱 텔레비전으로 시선을 옮겼다. 딱히 재미있을 것 같지도 않은데 양손을 허벅지 밑에 깔고 몸을 좌우로 흔들며 호호호, 소리 내어 웃었다. 보은은 가방의 지퍼를 세게 열어 일부러 소리를 냈다. 은행 로고가 찍힌 봉투를 꺼내어 여인의 앞에 놓았다. 봉투를 열어 액수라도 확인하고 뭐라고 말이라도 했으면 좋을 텐데 여인은 턱 끝으로 자개 화장대를 가리켰다. 보은은 봉투를 화장대 서랍 안에 넣었다.

"허리는 좀 어떠세요? 병원 갔다 오셨어요?"

"응, 아침에 물리치료 받고 왔어."

여인의 시선은 여전히 텔레비전에 가 있었다. 코미디가 끝나자 리모컨을 누른다. 다른 채널에서 드라마가 바로 시작되고 있었다.

"재미있어요?"

"응, 넌 저거 안 보니?"

여인은 드라마 속에서 새로운 얼굴이 나올 때마다 한 명 한 명 설명을 해 주었다. 보은은 여인의 설명을 들으며 드라마를 끝까지 다 보았다.

"저, 갈게요."

그제야 여인의 눈이 보은을 쳐다보았다. 할머니가 돌아가신 후 어떻게 지냈는지, 앞으로는 어떻게 지낼지 물어봐 줬으면 싶었는데 여인의 눈은 소가 닭을 보듯, 고양이가 지나가는 행인을 보듯 무심했다. 마당으로 나온 보은이 누렁이의 머리를 한 번 쓰다듬어 주고 대문을 나갔다. 대여섯 걸음쯤 걸었을 때였다. 대문 안에서 보은을 부르는 것이 틀림없는 다급한 목소리가 들렸다.

"얘! 얘!"

보은은 걸음을 멈추고 뒤를 돌아보았다. 파란 철 대문이 삐걱대는 소리를 내며 열리더니 여인의 손에 하얀색의 커다란 비닐 봉투 세 개가 들려 있었다. 여인이 담벼락 밑에 그것을 내려 놓았다.

"저기 모퉁이 전봇대 밑에 이것 좀 버리고 가. 내가 허리가 이래서 한 달이 되도록 쓰레기를 못 내다버렸다."

"네, 추운데 얼른 들어가세요."

여인은 팔짱을 끼고 종종걸음을 치며 대문 안으로 사라졌다. 녹슨 철 대문이 쾅, 하고 닫혔다. 빈 논과 밭 사이로 싸늘한 바람이 먼지를 일으키며 지나갔다.

"글쎄, 그 남자 이름이 뭔지 아니? 윤주용이란다. 현주용도 아니고 은주용도 아니고 윤주만 사용할 수 있는 윤주용. 나, 나 윤주를 위해서 만들어진 남자래나 뭐래나? 그래서 한 번만 더 만나 주기로 했지, 뭐."

"재미있네. 정말 인연은 인연인 것 같은데? 윤주와 사귀는 남자가 윤주용이라, 후후."

"사귀기는 누가 사귀어? 그냥 몇 번 만나 본다니까."

"아까는 한 번만 만나 주겠다더니 이젠 몇 번 만나보는 걸로 바뀌었네."

"그거야 두고 봐야 아는 거지만……."

보은의 눈이 가늘어지며 미소가 걸렸다. 윤주의 얼굴이 이렇게 발그레해진 것이 칵테일 때문인지 부끄러움 때문인지 알 수 없지만 어쨌든 윤주가 오랜만에 시작한 연애를 축하해 주고 싶었다. 그래서 보은은 샴페인 한 병을 주문했다. 마개를 잘 따지 못해 웨이터에게 부탁을 하고 넘치는 기포를 닦으며 윤주에게 한 잔을 따라 주었다.

"너 오늘 좀 지나친 것 같아."

윤주답지 않게 목소리가 조심스러웠다. 술을 마시는 자리는 대부분 윤주가 주동했으며 보은이 이렇게 먼저 불러내는 경우는 윤주의 기억으로는 한 번도 없었기 때문이었다. 보은이 픽, 하고 웃었으나 술에 취한 것 같지는 않았다. 겨우 약한 칵테일 한 잔과 샴페인 한 모금을 마셨을 뿐이다.

"너 애인 생겼다고 다인이한테 알려 주면 아마 기절할걸?"

"후후, 맨날 신랑 친구 소개해 준다고 말만 해 놓고 뭘."

"너 은근히 기다렸구나."

"글쎄, 남자 하나 있는 것도 성호르몬의 적절한 분비를 위해 나쁘진 않은 것 같다."

즐거운 표정으로 샴페인 잔을 기울이는 윤주의 얼굴을 보은은 신기하다는 듯이 쳐다보았다. 모터사이클 동호회에 새로 가입한 회원이라는 그 남자는 율처럼 건축 쪽의 일을 하는 데다가 윤주와 꽤 잘 맞는 모양이었다. 다인이가 알면 좋아하겠네. 다인이는 네가 내 옆에 너무 붙어 있다고 살짝 의심하고 있었으니까. 보은은 그 말까지는 하지 못하고 샴페인 한 모금을 꿀꺽 삼켰다.

"그래서 올 연말은 우리 셋이 같이 못 지내는 거야?"

"윤주용 씨가 서해안 도로 일주하면서 해 지는 거 보자고 조르는 게 너무 귀찮아서 말이야."

"그래, 다인이도 올 연말은 신랑이랑 지낼 수 있으니까, 우린 일월에 보자."

다인의 신랑은 작년 연말에 해외 출장지에 가 있었다.

"너도 최율 씨랑 같이 있어야지."

윤주의 말에 보은은 대답 대신 미소를 지으며 샴페인을 홀짝거렸다.

캄캄한 방 안에서 핸드폰 벨소리가 끊어질 듯하다가 계속 울리기를 몇 번이나 반복했다. 보은은 머리가 어질어질했지만 이불에서 겨우 몸을 일으켜 전등을 켜고 가방 안에 든 핸드폰을 꺼냈다.

— 술 좀 깼니?

율이었다.

"네. 술 마신 건 어떻게 알았어요?"

— 어젯밤에 전화를 하도 안 받길래 을식이 처남한테 걸었었지.

"아, 그랬구나."

— 아, 그랬구나? 이 아가씨가…….

전화 건너편으로 어이없어하며 웃고 있을 율의 표정이 보였다.

— 다음부턴 집에 갈 때 나한테 전화해. 택시 타지 말고.

"네에, 고맙습니다아. 꼭 그럴게요."

보은이 말 잘 듣는 아이처럼 대답했다.

— 이럴 땐 고맙습니다가 아니라 사랑해요, 라고 하는 거야.

보은은 대답하지 못했다. 그저 목이 콱 매여 오고 눈물이 왈칵 치솟았다. 율은 말없이 기다리는 것 같았다. 최율 씨, 지금 무슨 생각 하고 있어요? 당신도 바보는 아니잖아. 우리 그냥 연애만 해도 되잖아요? 결혼 같은 거 안 해도 되잖아. 왜 결혼하자는 말은 꺼내서 나를 이렇게 겁먹게 해요?

"사랑합니다아."

보은은 애써 웃음을 섞으며 말했다. 율의 웃음 소리가 들렸다.

— 보고 싶다.

"바쁘잖아요. 지방 내려가서 마무리할 거 있다면서요. 운전 조심해서 다녀와요."

— 그래, 지금 나가 봐야 해. 도착하면 전화할게. 마지막 날은 우리 같이 보내자.

"네."

보은은 눈물을 들키기 전에 전화를 먼저 끊었다. 그런데 핸드폰을 바닥에 내려놓기도 전에 벨소리가 다시 울렸다. 이번에는 낯선 번호가 떠 있었다.

"여보세요?"

— 이보은 씨 되십니까?

목소리 역시 귀에 설었다. 시끌벅적한 소음을 뒤로 하고 전화를 건 남자는 자신이 용인시립병원의 원무과장이라고 밝히면서 지금 응급실에 배분이 씨가 실려 와 누워 있다고 차분하게 말했다. 그것이 용인 어머니의 이름이라는 것을 깨달은 순간 보은은 벌써 코트를 팔에 꿰고 있었다. 병원 사무장의 말로는 안면 타박상과 갈비뼈 골절로 경찰 순찰차를 타고 병원으로 왔다고 했다. 접수된 진료 기록에 보호자로 보은의 이름이 기재되어 입원을 위한 절차 확인을 위해 전화했다고 말했다.

"많이 다치셨나요? 어쩌다가 다치셨어요?"

보은은 가방을 챙겨 들고 현관문을 나왔다. 식탁에 앉아 있던 어머니와 을식이가 이쪽을 쳐다보았다.

— 퇴원은 며칠 안으로라도 가능합니다만…….

보은이 안도의 한숨을 쉬었다. 을식이가 겉옷을 챙겨 입고 차 열쇠를 들어 보이며 따라 나오는 것이 보였다.

— 환자분이 또 남편한테 맞으셨어요. 오셔서 환자분과 말씀을 나눠 보세요. 혹시 이번에는 고소하실지도 몰라서요.

그 말은 남편의 폭력으로 병원에 실려 온 것이 이번이 처음이 아니며 계속 고소를 하려다가 포기해 왔고 병원에 증거가 될 진료 기록이 있다는 뜻이었다. 보은은 바닥이 꺼지고 몸이 깊은 수렁 속으로 빠져 들어가는 것 같았다.

"알겠습니다. 지금 갈게요."

대문을 나서니 칼날에 얼굴이 에이는 듯 차가운 바람이 휘몰아쳤다. 을식이가 휘청거리는 보은의 팔을 잡았다.

"누나, 무슨 일이야? 율이 형이?"

보은은 고개를 가로저었다. 을식이를 재촉해 차를 용인시립병원으로 향하게 했다. 을식이의 거듭되는 질문에도 입을 다물었다. 차가 큰 도로로 나가 한참을 달릴 때야 비로소 이 상황을 어떻게 설명해야 할지 걱정이 되기 시작했다. 하지만 우선은 용인 어머니의 상태부터 보아야 했다. 다행히 오전 시간이라 서울을 벗어나자마자 병원까지는 막힘없이 도착했다. 차가 서자마자 병원 건물로 달려가던 보은은 따라오는 을식이에게 다급히 말했다.

"미안하지만 넌 여기서 집으로 돌아가. 어머니 걱정하셔."

"아냐, 나도 무슨 상황인지 봐야겠어."

"누나 말 들어. 나중에 자세히 얘기해 줄게. 돌아가 있어."

보은의 표정을 본 을식이는 발을 멈추었다.

"그러면 병원 주차장에서 기다릴게."

을식이는 대답도 듣지 않고 주차장으로 되돌아갔다.

응급실 침대에 누운 여인은 어제 낮에 본 얼굴을 도저히 알아볼 수 없을 지경이었다. 간호사에게 환자의 이름을 대고 물어보지 않았다면 보은이 혼자서는 찾을 수 없었을 정도로 안면 타박상이 심했다. 엑스레이 결과로는 갈비뼈가 골절된 것이 아니라 그나마 금이 간 것이 다행이었으나 상습적인 구타로 인해 무기력 상태에 빠진 것이 더 큰 문제라고 의사가 말했다. 그러나 여인은 남편인 염 노인을 고소할 의사가 없었다. 오히려 자신이 남편의 성질을 건드려 맞을 짓을 했고 남편이 평소에는 온순하고 좋은 사람이라고 말하면서 고소를 권하는 젊은 여의사를 나무라기까지 했다. 경찰은 피해자의 고소가 없으면 어쩔 수 없으며 고소를 하더라도 벌금과 접근 금지 명령만으로는 가해자의 버릇을 고칠 수 없고 가족 상담이나 약물치료가 필요할 거라는 말을 보은에게 했다.

"제가 보기에는 가정 폭력이 범죄이고 심각한 문제라는 걸 피해자분이 먼저 인지하셔야 할 것 같습니다."

보은보다 서너 살 위로 보이는 젊은 순경이 몹시 안됐다는 듯 쳐다보며 말했다. 따님 되시냐는 순경의 물음에 보은은 그렇다고 대답하면서 법적으로는 서로 아무런 끈이 없음을 떠올렸다. 어쨌거나 이 여인은 호적상의 자식이자 염 노인과의 사

378

이에서 낳은 두 아들을 제치고 보은의 이름을 보호자로 진료 기록에 올렸다. 얼굴 전체가 부어올라 말하기가 힘들어 보였지만 보은은 여인에게 다가가 물었다.

"아저씨는 어디 있어요? 동생들은요?"

한 번도 보지 못한 여인의 아들들이지만 알려 주어야 했다. 옆에 있던 순경이 염 노인은 파출소에 술이 취한 채 누워 있으며 아들들은 연락을 했지만 오지 않았다고 말해 주었다.

"이번이 처음이 아니니까요. 도박 중독이라는 게 그렇게 무서운 거예요."

순경은 6개월 전에 똑같은 상황에서도 피해자가 고소는 절대 안 하겠다고 말했다며 안타까움으로 혀를 찼다. 각자 따로 나가 사는 두 아들과는 소원하게 지내고 있으며 그나마 남편이 막노동으로 생계를 잇고 있기 때문일 거라고 했다. 설마, 겨우 돈 때문에 맞고 산다는 말인가? 보은은 말문이 막혔다. 전기장판을 사고 싶다고 하여 돈을 부쳐준 지 한 달이 지났는데도 어제 가 본 방 안에는 담요만 두툼하게 깔려 있었던 것이 생각났다. 그 돈이 누구의 손으로 가서 어디에 쓰였는지는 알고 싶지도 않았다.

보은은 원무과로 갔다. 입원 수속을 밟고 응급실 치료비를 계산한 후 다시 돌아와 의사와 순경에게 인사를 한 후 응급실을 나왔다. 여인에게도 내일 다시 오겠다는 말을 했다.

"아가씨가 저 아줌마 딸이야?"

응급실 문을 나서는데 낯선 남자의 목소리가 보은의 뒤를 따라붙었다. 자신을 부르는 소리라고는 생각하지 않고 걸음을 서두르는데 응급실 현관 앞에 서 있던 검은 자동차 안에서도 처음 보는 남자가 내려 보은에게 다가왔다. 머리를 완전히 밀고 호리호리하게 키만 큰 남자와 추운 날씨에도 반팔 티셔츠만 입고 잉어 문신을 드러낸 남자는 보은을 가로막고 섰다.

"뭐예요?"

두 남자는 서로 마주보며 씩 웃었다. 소름이 끼치는 웃음이었다.

"우리 나쁜 사람 아니야. 그저 아가씨 아버지가 빌려 간 돈을 받으러 온 거지."

"무슨 돈을 빌렸다고 그래요? 그리고 염 씨 아저씨를 말하나 본데, 난 그 아저씨 딸 아니에요."

마치 예상이라도 한 것처럼 보은의 입에서는 즉각 대답이 튀어나왔다. 자신도 놀랄 만큼 재빠른 대답이었다. 키 큰 남자가 보은이 신은 운동화 바로 앞에 침을 퉤, 뱉었다.

"이제 보니 이거 아주 못된 년이네. 엄마하고 같이 사는 남자면 네 아버지 아냐? 원무과에 다 알아봤다고! 이걸 그냥, 치마를 확 찢어 놓을라……."

그러자 반팔 티셔츠가 짐짓 말리는 듯한 목소리로 지껄였다.

"동생, 좀 참으셔."

그는 보은의 가방을 눈 깜짝할 새에 확 낚아챘다.

"뭐하는 짓이에요? 내놔요!"

보은이 팔을 뻗으며 소리를 지르든 말든 가방 안에서 핸드폰을 찾아 꺼내더니 이리저리 누르며 들여다본다.

"단축 번호 0번이, 최율? 아가씨 애인인가? 야, 여기 단축 번호 몇 개 따 놔."

보은의 핸드폰을 건네받은 키 큰 남자는 수첩을 꺼냈다. 침이 새는 발음으로 최율이라고 말하더니 핸드폰 번호를 소리 내어 확인하며 수첩에 적었다. 을식이와 부모님의 번호도 더러운 그 입에 올라갔다. 반팔 티셔츠의 손이 보은의 팔을 거칠게 붙잡고 있었다. 이젠 보은의 지갑을 꺼내려는지 가방 안을 손으로 헤집고 있는 참에 그들의 시야 안으로도 응급실에서 나오는 젊은 순경의 모습이 들어왔나 보다. 보은은 이름도 기억나지 않는 그 순경을 큰 소리로 불러 세웠다.

"최 순경님!"

"에이 씨, 재수 없어."

반팔 티셔츠가 키 큰 남자의 팔을 툭 쳤다. 보은은 그 틈을 놓치지 않고 가방과 휴대폰을 빼앗아 가슴에 안았다. 그들은 그쯤이야 아무래도 상관없다는 듯 손을 흔들며 유유히 차로 향했다.

"섹시한 아가씨, 어머니 간병 잘해. 내일 또 올게."

검은 자동차가 떠나는 것과 동시에 젊은 순경이 다가왔다.

"혹시 저 부르셨습니까? 전 최가 아니라 강인데요."

왼쪽 가슴의 명찰이 눈에 들어왔다.

"아, 강 순경님. 아닙니다. 수고하세요."

보은은 가방을 움켜쥔 두 손이 덜덜 떨리지 않도록 힘을 주었다.

주차장에는 을식이가 기다리고 있었다. 보은은 을식이가 하나씩 묻는 말에 다 대답을 해 주면서 누나에 대한 실망과 서운함으로 굳어지는 동생의 표정을 마주 보아야 했다.

"왜 나한테 먼저 말하지 않았어?"

달리는 차창 밖의 메마르고 헐벗은 나무들도 몸을 흔들며 똑같은 질문을 던지는 것처럼 보였다. 나란히 서 있는 나무들은 이파리가 다 떨어져도 외롭지 않을 것이다.

"부모님께는 아직 말씀드리지 마. 부탁이야."

집 앞에 도착하여 차에서 내리기 전에 보은이 말했다. 을식이는 아무런 대답도 하지 않고 여전히 딱딱하게 굳은 표정으로 앞서 걸어갈 뿐이었다. 아침부터 어딜 갔다 오느냐는 어머니의 매서운 질문에 아는 사람이 다쳤다고 얼떨결에 대답했지만 제 생각에도 궁색한 답이었다.

"124−1번지요? 그 집이 매물로 나와 있긴 한데……."

몸집이 비대한 공인중개사가 율을 아래위로 한번 훑어보았다. 손님의 기분을 상하지 않게 조심하려는 기색 따위는 전혀 없이 대놓고 차림새를 보는 모양이 너같이 젊은 놈이 이 동네에 그 큰 집을 살 돈이나 있느냐, 하는 듯이 느껴졌다. 하지만 율은 참을성을 갖고 말했다. 약간의 거짓말도 필요할 것이다.

"친척분이 근처에 사십니다. 오래된 동네이지만 조용하고 살기 좋다고 하셔서요."

말해 놓고 보니 전혀 거짓말이기만 한 것은 아니었다. 율은 명함을 꺼내어 공인중개사에게 건넸다. 이 정도의 부촌에 매물로 나와 있는 집이라면 구경하고 싶다고 해서 아무에게나 보여 주지 않는다는 것을 알기 때문이다. 이 자리에서는 건축사무소 소장이 영어 학원 대표보다는 더 어울릴 것 같아 율은 그 명함을 내밀었다.

　"급매로 나왔다고 들었습니다. 전세가도 알아보고 싶습니다."

　명함과 율의 얼굴을 번갈아 보던 공인중개사가 자리에서 일어나며 옆 책상의 중년 여성에게 그 집에 지금 주인이 있는지 전화해서 알아보라고 말했다.

　"일단 나갑시다."

　가격만 물어보고 갈 참이었던 율은 앞장서서 걸어가는 공인중개사의 뒤를 따르며 난감한 표정을 지었다. 그러나 보은이 있으면 있는 대로 놀라게 해 주고 싶었고 어머님이 계시다면 실례를 무릅쓰고라도 매매가나 전세가에 대해 여쭤 보고 싶었다. 급매라고 했으니 학원에 투자한 돈을 빼서 통장에 있는 돈과 대출금과 합하면 보은의 추억이 어린 집을 팔지 않고 신혼집으로 꾸미는 것도 불가능하지 않을 것 같았다.

　해가 기울어 가는 겨울 저녁의 을씨년스러움으로 크지만 낡은 보은의 집은 쓸쓸해 보였다. 축대는 손을 본 흔적이 있었으나 사자 머리의 문고리 장식이 달린 커다란 나무 대문은 햇빛에 바래 미세한 균열이 드러났다. 공인중개사는 대문 기둥에 붙은 초인종을 눌렀다. 안에서 곧 누구냐고 묻는 여자의 목소리가 들렸지만 보은은 아니었다. 율은 긴장을 하고 뒤에 서 있었다. 문이 열리고 마당에 나와 선 뚱뚱한 여자는 보은의 어머니도 아니었다. 누굴까? 보은은 안에 있을까? 놀라게 해 주고 싶어서 예정보다 일찍 서울에 도착했다는 것도 아직 알리지 않았는데.

"다행히 댁에 계셨네요?"

공인중개사의 인사에 40대 초반으로 보이는 여자는 손을 가볍게 흔들며 말했다.

"아, 저는 친척이에요. 언니가 집 보러 올 사람들 있다고 빈집 좀 지키라고 해서요."

"다른 부동산에도 내놨습니까?"

"네, 조금 전에 보고 갔어요."

공인중개사의 표정이 언짢아지는 것 같았지만 불평할 입장은 아니었다. 보은의 이모뻘이 될 친척은 공인중개사의 명함을 달라고 하더니 보은의 어머니에게 전화를 걸어 알린다. 그리고 집 안 구석구석을 안내하였다. 공인중개사와 함께 모델하우스의 도우미처럼 자세하고 친절하게 집 안의 구조와 장점을 설명하는 모습에서 이 집이 급매로 나와 있다는 것을 실감할 수 있었다. 율은 두 사람의 설명을 들으며 호화로운 유럽식 가구가 가득 찬 부부 안방과 나전칠기의 자개장이 으리으리한 할머님의 방을 들여다보았다. 깔끔한 부엌과 화장실을 둘러보고는 바로 2층으로 안내되었다. 더블베이스를 연주하는 사진이 걸린 을식이의 방과 2층 화장실을 열어 본 후 클래식 CD와 악보

가 가득하고 방음 장치가 된 연습실까지 보고 나자 공인중개사
는 이 집의 주인이 정원도 무척 잘 가꾸어 놓았다고 덧붙였다.
그리고 동네의 교통과 주변 편의 시설에 대해 장황하게 설명을
늘어놓기 시작했다.

"방은 네 개 뿐입니까?"

보은의 방을 주인 몰래 훔쳐볼 기대에 은근히 설렜던 율은
2층 어딘가에 방이 하나 더 있을 거라고 생각했다. 여자가 깜
박했다는 듯이 손뼉을 치며 말했다.

"아, 1층에 방이 또 있잖아요."

율은 앞장서서 계단을 내려갔다. 공인중개사가 따라 내려오
며 거들었다.

"수십 년 전에 이 집을 지을 때만 해도 다들 입주 가정부를
두고 살아서 부엌 옆에 작은 방을 만들긴 했었죠. 거길 안 보여
드렸구나. 저거예요."

공인중개사가 손가락으로 가리켰다.

"거긴 벽장 아닙니까?"

방이었다. 화장실 문처럼 폭이 좁고 높이가 낮은 문을 여니
햇빛이 안 드는지 컴컴해서 여자가 스위치를 켰다. 키가 큰 율
과 뚱뚱한 두 사람이 한꺼번에 들어갈 수 없게 답답한 느낌이
드는 초라한 공간이었다.

"아, 이 댁은 가정부를 쓰시나 봐요? 여긴 잡동사니를 쌓아
둘 창고로 쓰셔도 좋을 겁니다."

공인중개사가 방문 옆에 선 채 대충 설명을 하고 돌아서려

했지만 율은 얼음장처럼 싸늘하고 무섭게 일그러진 얼굴로 방 안에 서 있었다. 저런 건 어디서 구했나 싶게 작은 앉은뱅이책 상 위에는 노트북과 조그만 책꽂이가 있었고 호텔의 허니문 룸 에서 받았던 신랑신부 인형 한 쌍이 놓여 있었다. 3단 서랍장 위에는 이불과 요, 베개 하나가 올려져 있었다. 코트같이 긴 옷 은 어디에 거는지 옷장도 하나 없었지만 어차피 제대로 된 가 구는 들일 수도 없게 궁색한 공간이었다. 벽에 박힌 못에는 세 탁소 옷걸이에 바로 며칠 전에 보은이 입었던 푸른 원피스가 걸려 있어서 이 방이 그녀의 방임을 말해 주었다. 침대가 들어 갈 자리도 없이 바닥에 요 한 장을 깔면 꽉 찰 만큼 좁은 방이 었다. 창문도 없는 이 방은 젊고 예쁜 이 집의 딸 방이 아니라 부엌에서 일하는 식모의 방이 틀림없었다.

우정 총각

"우리 빨리 결혼하자. 얼른 시집와라."

보은은 잡혀 있는 손가락을 빼내려고 잡아당겼으나 소용이 없었다. 옆 테이블에 앉은 젊은 여자 넷이 나란히 앉아 있는 보은과 율을 부러운 눈으로 흘깃 쳐다보았다.

"저기, 사람들이 자꾸 봐요. 일하는 사람들도 보고…… 어깨 좀 놓고 떨어져 앉아요."

"싫어."

율이 보은의 어깨와 손에 붙은 두 팔에 힘을 바짝 주었다. 서점에서 붙잡은 보은을 스포츠카에 태워 정식으로 오픈도 하지 않은 이 레스토랑으로 데려왔던 그날의 기억이 새록새록 떠올랐다. 그날을 어떻게 잊을 수 있을까? 율에게는 첫 키스를 한 날이었다. 지금 두 사람은 그때 앉았던 자리에 다시 앉아 있다.

"부모님들께는 내가 말씀드릴게. 할머니 49제 끝나고 바로 결혼하려면 그 전에 인사드릴 데도 많고 준비할 것도 많아."

"최율 씨, 왜 그래요? 이상해요."

"뭐가?"

보은의 불안한 눈빛이 율을 낯설게 올려다보았다.

"왜 그렇게 서둘러요? 부모님 허락도 안 받았고 더구나 그 렇게 빨리 결혼을 서둘러야 할 이유가 없잖아요."

이유는 이제 곧 만들 거야. 율은 속으로 대답했다. 미리 애기했다가는 보은이 기절을 하거나 도망가 버릴 테니까.

"어서 먹고 나가자."

율이 팔을 풀고 접시 위에 남은 크림치즈케이크 한 조각을 포크로 떠서 보은의 입에 넣어 주었다. 엉겁결에 받아먹은 입술 위에 빵가루가 묻은 것을 율이 혀를 내밀어 닦아 버렸다. 펄쩍 뛰어오를 듯 놀라는 보은의 손을 잡아 일으키고는 보은의 코트와 핸드백까지 제 손에 들고 계산대로 향했다.

"맛있게 드셨습니까?"

흰 털이 드문드문 섞인 턱수염 때문인지 어딘가 외국에서 오래 살다 온 사람의 분위기를 풍기는 주인장이 보은에게 웃으며 말을 건넸다. 레스토랑에 들어왔을 때도 율을 반갑게 맞으며 직접 주문을 받고 서빙을 해 준 사람이었다. 네, 하며 수줍은 대답을 하자 새해 복 많이 받으시라는 인사가 돌아왔다. 계산을 마친 율은 짧게 인사를 건네고 보은을 데리고 나와 차에 태웠다.

"사무소 안 들어가 봐요?"

"응, 오후에 다들 퇴근시켰어."

율이 차를 좀 거칠게 모는 것 같았다. 액셀에 힘이 실린 것이 보은에게도 느껴졌다. 흔들리는 차 안에서 보은은 조수석 옆의 손잡이를 잡고 율을 돌아보았다.

"지금 어디 가는 거예요?"

율은 대답이 없었다. 5분도 안 되어 도착한 곳은 남산 자락에 위치한 아담한 호텔이었다. 율은 조수석의 안전벨트를 풀어주고는 먼저 내려 보은을 잡아끌었다. 주차를 도와주는 직원이 다가오자 차 열쇠를 휙 던지고는 보은의 손을 깍지 끼고 프런트까지 곧장 직진했다.

"더블베드 룸 하나 주십시오."

율의 목소리가 긴장으로 굳어 있었다. 보은의 손이 당장 율에게서 빠져나가려고 꿈틀댔으나 어림도 없었다. 직원이 영수증과 함께 호텔 룸의 카드키를 건네자 엘리베이터로 향하려 했으나 보은의 두 발이 말없이 저항하며 바닥에서 떨어지지 않았다.

"내가 안아서 가길 기다리는 거야?"

율의 목소리는 낮고 무거웠다. 로비를 오가던 사람들이 두 사람을 힐끔거리며 보았다. 평일 한낮이었지만 한 해의 마지막 날이어서 송년 모임에 참석하는 사람들로 로비는 꽤 붐비고 있었다. 율을 노려보는 보은의 눈동자는 흔들림이 없었다. 그러나 두 발이 땅에서 떨어지며 상체가 휘청 앞으로 쏠리고 공중에 붕 떠오르자 율의 어깨를 사정없이 내려치며 작은 비명을 질렀다.

"내려 줘요, 제발 좀."

율은 주위의 시선을 무시하고 성큼성큼 걸어가 엘리베이터 앞에 와서야 보은을 내려놓았다. 마주 오던 벨 보이 한 명이 괜찮으냐는 듯 보은을 보았지만 보은은 부끄러움에 고개를 떨구었다. 율은 손을 놓지 않은 채 엘리베이터 버튼을 눌렀고 5층의 객실 안까지 들어오는 데는 단 몇 초밖에 흐르지 않은 듯 모든 것이 빨리 지나갔다.

등 뒤에서 문이 닫히고 방 안의 전등이 켜졌다. 커다란 침대 하나와 심플한 가구, 작은 냉장고와 텔레비전이 전부인 간소한 방이었다. 율은 겨울 숲을 향해 난 창의 커튼을 쳐서 시야를 가리고 코트와 재킷을 벗은 다음 단정하게 반으로 접어 의자 위에 걸쳤다. 입구에 그대로 선 채 율을 노려보는 보은의 눈가에는 눈물이 맺혀 있었다. 율은 구구한 설명은 하지 않기로 했다. 보은이 마음의 준비가 되었는지도 상관없었다. 보은의 발밑에 한쪽 무릎을 꿇고 앉아 구두를 벗기고 그대로 일어나 코트도 벗겼다.

"최율 씨, 잠깐만요. 도대체 왜 이래요?"

율은 자신의 옷은 단정히 걸쳐 놓았지만 보은의 옷까지도 그럴 여유는 없었다. 코트는 창가의 둥근 테이블 위로 던져 버리고 보은이 블라우스 위에 입은 얇은 베스트를 위로 들어 올려 벗겼다. 보은이 뒤로 주춤 물러났지만 등이 벽에 닿았고 율의 손이 다시 보은을 방 한가운데로 잡아끌었다. 곧장 보은의 블라우스 단추에 닿던 율의 손이 멈칫거리더니 자신의 셔츠를 먼저 벗어 보은의 코트 위로 던지고 맨살을 드러냈다. 보은의 시선이 근육으로 팽팽한 율의 맨 가슴을 바로 보지 못하고 바닥으로 떨어졌다. 율은 보은의 손바닥을 자신의 왼쪽 가슴 위에 얹었다.

"느껴져? 심장이 터질 것 같아."

보은은 고개를 가로저었다.

"얘기 좀 해요. 우리 지금 이러면 안 돼요."

"입 다물어. 늦었어."

율은 보은의 하얀 블라우스 단추를 위에서부터 풀어 내렸다. 보은의 두 손이 율의 손목을 잡았다. 울음이 터질 것 같은 얼굴이었지만 율은 못 본 척하기로 했다. 단추를 서너 개 풀고 가슴을 감싼 속옷이 드러나자 율의 얼굴에 개구쟁이 같은 미소가 번졌다. 보은이 그 미소를 이해하고 빨개진 얼굴을 옆으로 돌렸다. 크리스마스에 율이 선물한 순백의 브래지어가 보은의 탐스러운 가슴을 부드럽게 감싸고 있었다.

"그런 거 아니에요. 그냥 오늘 우연히……."

율의 손목을 수갑처럼 죄던 보은의 손이 풀리더니 블라우스의 단추를 도로 여미기 시작했다. 손가락이 덜덜 떨리고 있는 것이 안쓰럽기까지 했지만 이젠 어쩔 수 없었다. 율은 보은의 허리를 번쩍 들어 침대로 함께 쓰러졌다.

보은이 뭐라고 소리칠 태세였지만 그 전에 율의 입술이 포개어졌다. 키스를 한다기보다 물어뜯을 듯 입술을 빨아들인 율은 보은이 도리질하며 어깨를 때리고 밀치는 것에도 꿈쩍 않고 블라우스 위로 가슴을 꽉 쥐었다. 상상 속에서 수백 번을 되풀이했던 리허설 따위는 소용없었다. 율의 몸 아래 깔린 보은이 지금 자신의 아기를 갖게 해야만 한다는 생각이 앞섰다. 입술이 잠깐 떨어진 틈을 타 보은이 숨을 헐떡이며 말했다.

"안 돼요. 나 지금 생리 중이에요."

"거짓말인 거 알아. 화장실 가면서 너 빈손으로 갔잖아."

율의 손이 다시 블라우스의 단추로 갔다. 보은이 손목을 움켜잡았다.

"근데 그, 그거 안 하고 있잖아요. 잘못하면……."

"뭐, 피임? 그러길 원해서 이러는 거야."

보은의 표정이 얼어붙었다. 율은 보은이 그만 떠들기를 바랐다. 그래서 이번에는 보은을 달래듯이 부드럽게 키스하며 블라우스 속으로 손을 밀어 넣어 새하얀 브래지어 위를 살그머니 쓰다듬었다. 그리고 입술을 떼지 않은 채 블라우스의 단추를 끝까지 풀고 손을 등 뒤로 돌려 브래지어를 풀려고 했다. 그러나 여자의 속옷을 벗기는 게 처음이라 후크가 어디에 있는지 어떻게 풀어야 하는지 도대체 알 수가 없었다. 할 수 없이 브래지어의 컵을 위로 밀어 올려 드러난 젖가슴을 부드럽게 어루만졌다. 온몸의 신경이 순식간에 곤두서며 감각이 온통 블랙홀로 빨려들듯 손바닥으로 몰려들었다. 그때까지도 보은의 입술을 머금고 있던 제 입술을 그제야 떼고 율은 고개를 들어 가슴을 내려다보았다. 브래지어가 위로 찌그러진 채 올라가 있는 것이 어색해 보였지만 연한 핑크빛 젖꼭지가 드러난 보은의 가슴은 말할 수 없이 아름답고 사랑스러웠다. 율의 입에서 한숨 같은 감탄이 저절로 터져 나왔다.

"예뻐."

그러나 그 말과 동시에 율의 눈과 마주친 보은의 두 눈에는 눈물이 고여 있었다. 율의 몸이 굳어지며 손의 움직임도 멈추었다. 사랑받는 여자의 설렘이나 기대에 들뜬 눈물도 아니었고 처음을 맞이하는 두려움에 떠는 눈물은 더욱 아니었다. 저항을 이미 멈춘 채 나무토막처럼 누워 있는 보은의 눈동자에는 슬픔이 가득 차 있었다.

"왜……."

"그러는 최율 씨는 도대체 왜 이래요? 안 되는 거 알면서 왜 이렇게 무모해요?"

열기가 그대로인 목소리로 율이 대답했다.

"오늘 아침에 부모님께 말씀드렸어. 네가 우리 아기를 가졌다고."

"세상에! 왜 그런 거짓말을 해요?"

보은은 장사 같은 힘으로 율의 몸을 거칠게 떠밀고 옆으로 몸을 굴려 침대에서 떨어졌다. 바닥에서 재빨리 일어선 보은은 뒤돌아 브래지어를 끌어내리고 블라우스의 단추를 채워 입었다. 율이 침대에 엎드린 채 뜨거운 몸을 진정시키는 동안 보은은 테이블 위의 생수를 벌컥 마셨다.

"나를 어떤 여자로 만들 셈이에요? 내 친어머니와 똑같은 여자로 만들 셈이었어요?"

율은 뺨이라도 한 대 얻어맞은 듯 충격을 받았지만 당장은 화부터 치밀어 올랐다.

"우린 결혼할 건데 무슨 상관이야? 왜 그런 말을 해?"

"결혼을 하든 못 하든 최율 씨 부모님 앞에서 내가 그런 여자가 되어야겠어요?"

보은의 목소리도 덩달아 높아졌다. 율은 몸을 일으켜 보은에게 다가갔다. 그리고 살짝 품 안에 끌어안았다. 다행히 보은은 몸을 떨면서도 순순히 안겨 준다. 율은 안도감이 밀려들었다. 한결 누그러진 목소리로 보은을 달랬다.

"결혼하고 나서 말씀드리면 되잖아. 내가 너랑 너무 결혼하고 싶어서 없는 아기까지 만들었다고 말씀드리면 이해하실 거야. 그리고, 결혼을 하든 못 하든이라니 그런 말이 어딨어? 그런 말은 입 밖에도 내지 마."

"그래도 거짓말은 안 돼요. 싫어요. 그 엄마에 그 딸이라는 소리 듣고 싶지 않아요. 핏줄이 어디 가냐고, 최율 씨 부모님이 아니라 다른 사람들한테서도 그런 말 들을까 봐 무서워요."

율은 포옹을 풀고 보은의 얼굴을 두 손으로 들어 올렸다. 꼭 감은 두 눈의 속눈썹은 이미 눈물로 흠뻑 젖어 있었다. 율은 엄지손가락으로 눈물을 닦아 주었다. 마음이 저릿하게 아파 왔다.

"미안해. 안 그럴게. 부모님께 거짓말도 안 할 거고 여기서 널 어떻게 하지도 않을게. 그러니까 그 앙다문 입술도 좀 풀어. 그렇게 꼭 다물고 있으니까 더 키스하고 싶어지잖아."

보은이 눈을 반짝 뜨더니 율의 가슴을 확 떠밀었다.

"최율 씨는 이렇게 심각한 순간에 어쩜 그렇게 엉뚱한 소리만 해요?"

"너 때문이잖아. 네가 날 이렇게 만들어 놓고서는……."

율은 정말 억울했지만 지은 죄가 있는지라 입을 다물기로 했다. 대신 최대한 불쌍한 표정을 지어 보이며 셔츠와 재킷 그리고 코트까지 보란 듯이 아주 천천히 입었다.

"그렇게 불쌍한 척하지 말아요. 아깐 너무 창피해서 따라 올라왔지만 다시는 이런 데 같이 안 와. 우리 얼마나 어이없는 짓 하고 있는지 몰라요? 할머니가 기절초풍하셨을 거야. 나 정말 벌 받을 거야."

보은은 율이 아까 집어던진 옷을 떨리는 손으로 주워 입었다. 이번에는 율이 장난이 아닌 정색을 하고 보은을 돌려세웠다. 얼굴을 들어 자신을 보게 하고 조용하지만 엄한 목소리로 말했다.

"할머니께는 죄송하지만 너 벌 받을 짓 같은 거 안 했어. 벌을 받아도 내가 받을 테니까 그런 말 다시는 하지 마. 내 말 알아들어?"

보은은 율의 눈빛이 두려운 듯 고개만 끄덕였다.

율의 집에서는 저녁 식사 준비도 뒤로하고 가족회의가 열리고 있었다. 당사자인 율이 없었기 때문에 가능한 회의였다. 율의 부모 최 교장과 한 여사는 퇴근한 맏아들 내외를 안방에 불러 놓고 아침에 율이 던져 놓고 간 마른하늘에 날벼락 치는 소리 같은 보은의 임신 소식을 전했다.

"세상 남자들이 다 그래도 율이만은 그런 짓을 안 할 줄 알았는데……."

그 세상 남자들 속에 최한 자신도 포함되지 않는다는 것은 생각하지 않고 말했다. 영희는 남편의 말에 맞장구를 쳤다.

"당신 같은 선비 과科는 아니어도 산적 과 역시 아닐 줄 알았는데, 칼 같고 얼음 같은 우리 도련님이 어떻게……."

영희는 슬쩍 시부모님의 표정을 보았다. 한 여사가 한숨을 풀썩 쉬었다.

"아무리 속도위반이 흔하고 첫아기가 혼수품이라는 시대지만 우리 집안에 이런 일이 일어날 줄은 몰랐다. 도대체 그 애는 제 몸 간수를 어떻게 했기에……."

차마 뒤의 말은 입에 올리기도 싫다는 뜻인지 한 여사가 혀를 차며 고개를 저었다. 오히려 점잖기만 한 최 교장이 솔직한 속내를 이야기했다.

"그 어미에 그 딸 아냐? 핏줄이 어디 가겠냐고! 여자라곤 모르던 순진한 율이를 꼬셔서 애부터 덜컥 만들어 놓으면 허락할 줄 알았나 보지. 어림도 없는 소리!"

"아니, 아버지. 임신했다는데 그러면 결혼시켜야죠. 애를 그 아가씨 혼자 만든 것도 아니고 어떻게 하겠어요?"

"고약한 놈! 미친놈! 좋은 혼처 다 마다하고 저 좋다는 아가씨들한테 관심도 없더니 서른 넘어 코 꿰인 자리가 겨우 근본도 모르는 입양아라니! 걔가 내세울 학벌이 있냐, 직업이 있냐? 어쩌다 그런 여자한테 걸려서……. 잘난 척하던 놈이 헛똑똑이야, 헛똑똑이!"

영희는 이 집안에 시집온 후 처음 들어보는 시아버지의 역정에 입을 딱 벌렸다. 워낙에 온화하고 부드러운 분이어서 이런 정도로 흥분하며 화를 내시는 모습은 전에 없던 것이었다.

네 사람 사이에 침묵이 감돌았다. 저울의 무게추가 어느 순간 기울어지듯 말은 안 해도 율의 선택을 받아들일 수밖에 없다는 쪽으로 분위기가 만들어지고 있었다.

"출산은 언제래요? 지금 몇 개월이래요?"

조심스러운 영희의 말에 한 여사가 대답했다.

"글쎄, 너무 놀라서 그걸 안 물어봤구나. 상을 당한 집이라 빨리 서둘지는 못하겠지만 봄에는 식을 올려야겠지."

"식은 누가? 허락이라도 했대?"

최 교장이 버럭 소리를 질렀다.

"그럼, 결혼 안 시킬 거예요? 다른 수가 있으면 당신이 말해보세요. 난 뭐 안 속상한 줄 알아요?"

말을 이어 가려던 한 여사는 안방의 전화기가 울리자 잠깐 말을 멈추었다. 며느리가 전화를 받았다가 깜짝 놀라는 눈치였다. 송화기 부분을 손으로 막으며 시어머니를 쳐다보았다.

"어머니, 이보은 씨예요."

율은 집으로 돌아왔을 때 식탁에서 저녁을 먹고 있던 네 사람의 눈이 동시에 자신을 쏘아보는 것을 알았다. 높다란 유아용 식탁 의자에 앉은 하늘이와 바다까지 어른들의 시선을 따라 삼촌을 쳐다볼 정도로 그 눈빛들은 날카롭고 매서웠다.

"저도 밥 좀 주세요, 형수님."

다녀왔다는 인사 대신 이상하게 그 말이 먼저 튀어나왔다. 가족들의 눈빛이 율을 가만두지 않겠다는 듯해서 자신도 모르게 갑자기 배가 고파졌는지도 모르겠다. 형수는 밥을 풀 생각은 않고 이렇게 물었다.

"도련님, 성 요셉이에요?"

율이 형수의 뜬금없는 질문에 다른 식구들을 둘러보았다.

"네? 무슨 말입니까?"

"동정녀 마리아의 남편, 처녀 잉태 예수의 아버지 성 요셉이냐구요."

"네?"

식구들의 잡아먹을 듯한 표정은 여전히 율을 향하고 있었다.

"보은 씨한테 확인했어요. 아기가 생길 일이 아예 없었다던데요?"

맙소사, 율은 인생 최대의 앙숙인 형수에게 다시없는 굴욕을 당했다. 부모님과 형의 쏟아지는 질타를 묵묵히 듣고만 있어야 했던 것은 그다음의 일이었다. 한 여사는 그런 아들을 한심하게 바라보며 보은이 자신을 만나기를 청해 온 까닭이 무엇인지 생각에 잠겼다.

  새해가 시작된 첫날을 율은 보은과 함께 있고 싶었지만 이틀, 사흘이 지나고 나흘이 되어도 만날 수가 없었다. 평창에 짓던 건물이 설계상의 문제로 갑자기 공사가 중지되어 율도 시간을 내기가 쉽지 않긴 했었다. 아무리 그래도 늦은 밤에는 잠깐 얼굴을 보여 줄 만도 한데 보은은 부모님의 별거와 이혼, 을식이의 유학 준비, 집 매매 등의 이유를 대며 집 밖으로 나오지 않았다.

  닷새가 되는 날 율은 밤 11시가 다 되어 가는 시간에 보은의 집 앞으로 갔다. 높은 담과 정원의 나무들에 가려 1층은 볼 수 없었으나 2층에는 불빛 하나 보이지 않았다. 집 안은 적막했다. 대문 앞에 서서 보은의 핸드폰 단축 번호를 눌렀지만 연결음만 계속되다가 전화를 받지 않는다는 안내 음성으로 넘어가는 일이 반복되었다. 율은 칼바람을 맞으며 그대로 서 있었다. 보은이 아기를 가졌다는 거짓말을 한나절 만에 들킨 뒤 가족들의 분위기는 오히려 두 사람의 관계에 부정적이지 않은 쪽으로 돌아섰다. 보은이 그 계획에 동조하지 않고 솔직히 말한 점은 두 사람을 괘씸하게 생각한 부모님의 마음을 어느 정도 진정시켰다. 양가가 다 반대했던 맏아들 내외의 결혼 과정을 겪으며 지친 것도 율과 보은의 관계를 당분간은 지켜보자는 쪽으로 부모님의 생각을 기울게 했다. 그런데도 율은 지금 불 꺼진 집을 보며 불안감이 스멀스멀 자라나고 있음을 본능적으로 느꼈다.

이유를 딱 집어 말할 수는 없지만 누군가 맑은 물속에 잉크 한 방울을 떨어뜨리는 것 같은 기분이었다.

자동차의 헤드라이트가 모퉁이를 돌아 올라오며 율의 눈을 부시게 해서 생각은 거기에서 멈추었다. 을식이의 차일지도 모르겠다 싶어서 율은 대문에서 인도 쪽으로 한 걸음 내려섰다. 경사진 길을 올라서자마자 멈춘 차의 운전석에서는 말끔한 수트 차림의 젊은 남자가 내렸고 조수석에서는 보은이 내렸는데 율의 표정이 일그러진 것은 순전히 그 옷차림 때문이었다. 보은은 율의 어머니를 처음 만났던 날처럼 푸른 원피스에 하얀 코트를 입고 굽 높은 구두를 신고 있었다. 머리도 손질을 했는지 윤기가 흐르며 찰랑거렸다.

보은도 젊은 남자도 율을 보았다. 남자는 보은에게 몇 마디를 건네더니 고개를 살짝 숙여 인사하고 다시 차에 올랐다. 자동차의 빨간 후미등이 길을 내려가 사라지는 것을 지켜보다가 먼저 입을 연 사람은 보은이었다.

"언제 왔어요?"

"누구야?"

목소리가 거칠어지는 것이 당연했다.

"화내지 말아요. 윤주 신문사 사람이에요. 그냥 집까지 태워다 준 것뿐이에요."

"이렇게 늦은 시간에 그런 차림으로 집 앞까지?"

보은의 두 눈이 갑자기 반달 모양이 되었다. 무엇을 숨기려는 웃음도 아니고 비웃는 웃음은 더더욱 아닌 아이처럼 해맑은

400

웃음이었다. 율은 그래서 더 화가 났다. 나만 이렇게 너 때문에 아프지? 하지만 보은보다 7년이나 인생을 더 산 남자의 순전한 자존심으로 애써 이렇게 말했다.

"전화 여러 번 했었어. 안 받으니까 걱정되잖아."

"진동으로 해 놓고 깜박했어요. 미안해요."

바로 가방을 열어 핸드폰을 꺼내더니 버튼을 눌렀다.

"정말 많이 걸었네요? 내가 잘못했어요. 다신 안 그럴게요."

보은이 율의 손을 마주 잡았다. 율은 그만 마음이 스르르 풀어지고 말았다. 무슨 일로 그 남자를 만났는지, 왜 이렇게 예쁘게 하고 나갔는지, 자기를 만날 시간은 없다면서 그 남자는 어떻게 만났는지 등을 물어야 했지만 다 잊어버릴 것 같았다. 어느새 율의 팔이 보은의 허리에 감겼다.

"너 자꾸 그런 눈으로 나 쳐다보지 마."

"내가 어떻게 쳐다보는데요?"

"강아지 같아."

보은이 눈동자를 한번 옆으로 굴리더니 대답했다.

"내가 지금 개새끼 같다고 하는 거예요?"

"말도 안 돼. 그런 말이 어딨어?"

두 사람은 동시에 웃음을 터뜨렸다. 크리스마스, 호텔 허니문 룸에서 사랑한다는 말을 애타게 기다리던 율에게 보은이 했던 말과 똑같은 말을 지금 주고받고 있다는 것을 기억해 냈기 때문이다. 율이 보은의 손을 잡아끌고는 대문 기둥으로 어깨를 살짝 떠밀었다. 보은의 머리가 딱딱한 돌에 닿지 않게 자신의 왼손바닥을 베개처럼 기둥에 대고 그대로 입술을 밀어붙였다. 몸을 겹쳐 오른손으로 부드러운 뺨을 쓰다듬자 보은이 작고도 짧은 신음을 흘리며 눈을 감았다. 두 사람의 입술이 열리고 서로의 입술과 혀에서 느껴지는 맛과 감촉을 조금씩 아껴 가며 음미했다. 보은의 두 손이 율이 입은 코트 안으로 들어와 허리를 조심스럽게 잡았다. 단지 그것뿐인 손길에도 율의 몸에는 뜨거운 불길이 확 일었다. 키스가 점점 짙어지자 참을 수 없어진 율은 손을 아래로 내려 보은의 목과 어깨를 쓰다듬으며 움직였다. 아직 보은은 몽롱한 상태에 빠진 채 원피스 칼라에 달린 리본이 풀어지는 것도 모르고 있었다. 그래 봤자 목선이 깊게 파이지 않은 겨울옷이었으나 율은 고개를 아래로 숙여 보은의 따뜻한 목덜미에 코를 비비고 촘촘히 입을 맞추었다. 보은이 몸을 꿈틀거리며 율을 밀어냈다.

"안 돼요, 옷 찢어져요."

그 말이 율을 더 자극한다는 것을 보은은 모르는 모양이었다. 이번엔 재빨리 원피스 자락 밑으로 손을 넣어 스타킹을 신은 보은의 허벅지를 쓸어 올렸다. 놀란 보은이 움찔, 엉덩이를 움직이자 율의 하체가 자극을 받아 몸의 중심이 벌떡 일어섰다. 백 미터 달리기의 출발선에서 총소리가 울리기를 기다리는 팽팽한 긴장감이 율을 전율케 했다. 보은도 율의 몸이 어딘가 달라진 것을 깨달은 모양이었다. 화들짝 놀라 옆으로 비켜섰다. 율이 차가운 돌기둥에 이마를 대고 심호흡을 여러 번 되풀이했다.

"안 되겠지?"

보은이 옆에서 율의 어깨를 토닥이며 살짝 머리를 기댔다.

"키스만 해도 좋잖아요……."

율의 입에서는 피식 웃음이 나왔다. 매일 밤 율의 꿈과 상상 속에 자신이 출연하여 어떤 몸짓과 교태로 율을 유혹하고 자극하는지를 알게 되면 보은은 정말 뭐라고 할까? 율이 보은의 입술과 가슴과 비밀스러운 샘에 대해 갖고 있는 모든 환상을 하나도 빠짐없이 행동으로 옮기게 될 날에 보은은 어떤 표정과 소리로 그것을 받아 줄까? 율은 자신이 궁금한 것은 못 참는 호기심 많은 학생이었으며 한번 빠진 것에는 외골수가 된다는 것을 보은에게 말해 주고 싶었다. 모르는 것은 끝까지 파고들어 열심히 탐색하고 연구하는 진지하고 성실 근면한 학생이었다는 것도 알려 주고 싶었다.

"우리, 나중에 같이 공부하자. 아주 열심히……."

영문을 모르는 보은은 어리둥절해하기만 했다. 율은 아쉽지만 짧은 키스 한 번으로 보은을 집 안에 들여보내고 발길을 돌려 자신의 차에 올라탔다.

뜨거운 몸을 식히느라 창문을 연 채 가속 페달을 밟던 율은 횡단보도 앞에 멈추었을 때에야 깨달았다. 밤늦게까지 그 남자와 어디서 무얼 하느라 자신의 전화도 못 받았었는지 물어보지 않았다는 것을. 율은 핸들에 머리를 쿵 하고 들이박았다. 보은과 함께 있으면 늘 바보가 되어 버리는 자신이었다.

— 나도 일을 해야죠. 부모님 문제가 마무리되고 집이 팔리

는 대로 독립하기로 했어요. 을식이는 어학연수부터 가구요. 윤주네 신문사 출판국에서 일을 맡았어요. 작은 책을 하나 내는 일인데 그건 만나서 얘기해 줄게요. 아까는 정말 출판국 사람들과 저녁 식사 자리가 길어져서 그렇게 된 거예요. 최율 씨 속상하게 할 일은 아니니까 걱정 말아요. 알겠죠?

율이 집에 도착하자 보은이 전화를 걸어 왔다. 율은 보은이 일을 갖게 되었다는 것보다 독립하게 되었다는 말이 더 귀에 들어왔다. 창문도 없는 보은의 초라한 방을 떠올렸다. 세상의 어떤 방이라도 그 방보다는 낫겠지. 율은 보은이 독립하기보다는 자신과 어서 결혼하여 한집에서 살게 되기를 바랐다.

— 그리고, 저 내일 최율 씨 어머님 뵙기로 했어요. 아니에요. 제가 먼저 전화 드렸어요. 무슨 말을 할 거냐구요? 최율 씨 저한테 주십사고 말씀드릴 거예요.

"네가 임신했다는 말을 처음 들었을 땐 율이 아버지나 나나 실망스럽기 짝이 없었다. 너를 많이 탓했고. 자식 가진 부모 마음은 원래 이기적이기 마련이니까 우리 원망은 마라."

"네."

다시 그 자리였다. 보은은 이번엔 자신이 먼저 율의 어머니 한 여사에게 전화를 걸어 병원 지하의 커피숍에 마주 앉았다. 아침 시간이어서 율의 형수는 내려올 수 없었다.

"다행히 율이가 거짓말을 한 게 바로 탄로가 나서 망정이지, 우리 식구들 모두 큰 충격을 받았다. 율이는 자기 입으로 네가 첫사랑이라고 말했는데……."

들고 있던 보은의 눈이 동그래지고 입이 살짝 벌어졌다. 서른세 살 남자의 첫사랑이라니 놀라웠다. 민망하게도 한강 주차장에서의 물어뜯을 듯하던 키스와 한 해의 마지막 날 호텔에서 브래지어의 후크도 찾지 못하던 손놀림이 생각나 얼굴이 따끈해졌다.

"그런 거짓말을 해서라도 너를 데려오고 싶었나 어이가 없었지만 네가 바로 솔직하게 말해 줘서 우린 또 고마웠어."

"감사합니다."

"그런데, 오늘 이렇게 나를 만나자고 한 이유는 뭐니?"

한 여사는 보은의 얼굴을 빤히 들여다보았다. 지난번에 보았을 때도 느꼈지만 흔하게 예쁜 얼굴은 아니고 볼수록 독특한 분위기를 가진 아가씨라는 생각이 들었다. 게다가 자신에 대해 호의적이기는커녕 모멸감을 느낄 만큼 교묘하게 거부했음에도 불구하고 이런 자리를 청했다는 것이 몹시 당돌하게 느껴졌다. 거기에 율이 푹 빠진 건가? 한 여사는 당돌함을 긍정적으로 보면 무슨 말로 바꿀 수 있을까 생각하면서 보은의 대답을 기다렸다.

"아드님을 많이 좋아합니다. 사랑해요."

한 여사의 심장이 덜컹거렸다. 역시 용기 있는 아가씨였다.

"결혼을 허락해 주시면 정말 행복하고 감사하겠지만 부모님이 반대하시면 사귀기만 하고 싶어요."

커피를 입에 가져가려던 한 여사의 손이 멈칫했다.

"연애만 하다가 어떡하려고?"

"최율 씨가 제가 싫증나서 헤어지자고 하면 헤어질 거예요. 하지만 그 전까지는 부모님이 반대하셔도 만나고 싶습니다. 결혼은 하지 않을게요."

"연애만 할 거면 나를 왜 만나자고 했지? 허락 같은 거 필요 없지 않아?"

"허락해 주신다면 물론 결혼하고 싶어요."

"허락할 이유가 없지. 학벌도 뭣도 내세울 거 없는 데다가 뿌리도 모르는 아가씨를. 게다가 우리가 듣기로는 이름뿐인 딸이라고 하던데."

한 여사는 모질어지기로 결심했다.

"제 뿌리는 알고 있어요. 제 친아버지는 흑인 혼혈입니다. 미국에 입양되었다가 친어머니를 찾기 위해 군인이 되어 한국에 왔다고 들었어요. 어머니는 돌아가신 할머니 친정에서 일하시던 분이구요. 몇 달 전에 제 친어머니를 찾았어요. 이 말씀을 드리려고 오늘 뵙자고 했습니다."

보은이 각오했던 대로 한 여사는 경악스러운 표정을 감추지 못했다. 손에 들고 있던 머그를 테이블 위에 놓고 핸드백 속의 손수건 대신 바로 앞에 놓인 종이 냅킨으로 콧등의 땀을 찍었다. 잠깐 침묵이 흘렀다.

"기가 막혀서⋯⋯. 처음 이 자리에서 나와 만났을 땐 왜 얘기 안 했니? 아니, 율이도 그걸 알고 있니?"

"네, 알고 있어요. 저와 사귀는 사이가 되기 전에 우연히 알게 되었어요. 그리고 일전에 말씀드리지 않은 건 그때만 해도 제가 최율 씨와 결혼 같은 건 생각하지 않았기 때문이에요."

"결혼 허락받으려고 그 자리에 나왔던 거 아니었어?"

한 여사는 기분이 아주 불쾌했다. 이 아가씨가 아들을 좋아하는 마음보다 아들이 이 아가씨를 좋아하는 마음이 훨씬, 몇 배는 더 크다는 것이 느껴졌기 때문이었다.

"연애만 하더라도 부모님의 허락을 받고 사귀고 싶었어요."

"그런데 지금 뒤늦게 고백하는 이유는 뭐야? 연애만 할 거면 우리 허락 같은 거 필요 없을 텐데……."

"지금은 최율 씨를 훨씬 더 많이 사랑하고 있다는 걸 깨달았으니까요. 그땐 제 마음을 저도 몰랐어요. 제가 가진 조건을 다 받아 주시고 결혼도 허락해 주시면 정말 감사하겠지만, 정 반대하시면 최율 씨가 언젠가 저를 밀어낼 때 바로 그만두겠습니다. 하지만 아직은 제가 최율 씨 옆에 있는 것, 그것까지는 허락해 주세요."

한 여사는 보은의 말에 놀라 입을 딱 벌렸다. 결혼을 반대한다면 사귀기만 하겠다고 하면서 아직은 기다려 달라니, 이게 무슨 괴상한 논리인가 싶었다.

"그렇다면 헤어지는 데 시간이 얼마나 걸리겠어? 1년이 지나고 2년이 지나도 우리 율이가 못 헤어지겠다고 하면 어떻게 할 건데?"

"최율 씨가 제게 싫증이 나거나 좋은 여자분이 생기면 그때 헤어지겠습니다. 그렇지 않다면, 오래 같이 있고 싶어요."

"안 그런다면? 그러다 네가 덜컥 애라도 만들 속셈인지 내가 어떻게 알고?"

"그런 일은 절대 없을 테니 믿어 주세요. 만나는 것만은 그냥 봐주셨으면 해요."

"너는 율이가 헤어지자고 하면 잘 살 수 있니? 우리 율이 없이도 괜찮겠어?"

"살기야 살겠지요. 괜찮아 보이겠지요."

보은이 너무도 담담하게 말했기 때문에 한 여사는 오히려 가슴이 답답할 지경이었다. 문득, 보은이 남자 부모의 반대로 헤어지는 것이 이번이 처음은 아니라는 느낌이 들었다. 한 여사는 나이 든 사람의 지혜로 보은이 뭔가 착각하고 있다는 것을 알았다. 한 번 사랑해 봤다고 해서 그다음 사랑을 더 잘할 수 있는 게 아닌 것처럼, 한 번 헤어져 봤다고 해서 그다음 이별은 더 수월하지 않다는 것을 이 아가씨는 모르고 있었다. 사랑이나 이별은 연습한다고 해서 잘 되는 게 아니라는 것을 모르고 있었다.

하도 기가 막혀 어떻게 운전을 하여 집으로 왔는지도 모르겠다 싶은 한 여사는 안방으로 들어오자마자 침대 위에 몸을 뉘였다. 손자들도 어린이집에 가 있어서 혼자 집에 남아 있던 남편 최 교장이 물컵을 들고 따라 들어왔다. 한 여사는 물을 받아 벌컥벌컥 들이켠 뒤 다시 침대에 누웠다. 기운 없는 목소리로 보은의 날벼락 같은 고백과 어이없는 부탁을 남편에게 전했다.

"자기 처지를 알고도 결혼을 허락해 주면 좋겠지만 허락을 못 해 줄 거면 언젠가는 헤어질 테니 그때까지만 좀 봐달라고 합디다. 세상에 그런 맹랑한 애는 처음 봐요. 원, 어이가 없어서……."

남편도 한 여사가 보은 앞에서 그랬듯 입을 딱 벌리고 놀랐음은 물론이다.

거짓말을 했다.

"최율 씨가 제게 싫증이 나거나 다른 여자분이 생기면 그때 헤어지겠습니다."

보은은 율이 자신에게 싫증이 나거나 다른 여자가 생겼다고 해도 절대 헤어질 수가 없었다. 율을 사랑하는 마음이 어느새 이만큼이나 커졌나 싶게 보은은 매일 율이 보고 싶었고 그의 목소리가 듣고 싶었고 그를 만지고 안고 싶었고 그의 아기를 몸속에 갖고 싶었다.

율을 생각하면 따뜻한 물속에서 천천히 헤엄치는 어린아이가 된 것 같은 기분이 들었다. 햇빛은 부드럽게 내리쬐어 물방울에 부딪치고 찰랑거리는 물소리는 자장가 같았다. 물 위에 등을 대고 떠서 천천히 팔다리를 움직이면 따뜻한 물결이 몸을 감싸고 어디로든 원하는 곳으로 데려다 주었다. 그런데 보은의 발목을 잡는 묵직한 추 하나가 생겼다. 길고 가느다란 줄 하나로 연결되어 있어서 잘 보이지도 느껴지지도 않지만 보은이 다리를 움직일 때마다 무거운 추가 끌려 오며 지금처럼 물 위의 움직임을 방해했다. 보은은 핸드폰을 쥔 손에서 땀이 배어 나와 다른 손으로 바꿔 들었다.

— 누나가 좀 와 주시면 안 돼요?

용인 어머니가 낳은 아들이니 보은에게는 아버지만 다른 남동생이었다.

"광호야, 일단 엄마부터 집으로 모셔. 내가 지금 갈 테니까. 그건 할 수 있지?"

— 네, 근데 빨리 좀 오세요. 저도 일하러 나가야 해요. 어제도 조퇴해서 오늘은 안 돼요. 가게 사장님이…….

보은은 광호의 말을 끊으며 가서 이야기하자고 대답했다. 택시를 타고 전화로 들은 파출소로 찾아가니 염 노인이 술 냄새를 풍기며 파출소 소파에 누운 채 잠들어 있었다. 안방에 누운 듯 퍼진 자세로 코를 골고 있었다. 그새 낯이 익은 순경이 보은을 보고 일어났다.

"제가 배분이 씨 보호자예요. 많이 다치셨나요? 지난번에 타박상이랑 갈비뼈에 금 간 것도 아직 상처가 남아 있을 텐데요."

"다치신 건 심하지 않은데요, 아버님은 어떻게 하실 겁니까? 어머님과 또 한집에 있으면 다음번에도 이런 일이 계속 생길 겁니다. 지난번에 말씀드렸지요? 아버님을 치료받게 하든지 어머님을 다른 곳으로 모시든지 하십시오. 도박 중독 치료는 알코올 치료만큼이나 힘듭니다. 어머님도 그렇게 계속 맞다가는 우울증이 더 심해질 거구요."

보은은 염 노인을 같이 일으켜 달라고 부탁하여 밖에 대기

시켜 놓은 택시에 태웠다. 뒷자리에 나동그라지며 소리를 지르는 노인을 계속 달래며 파란 철 대문이 보이는 곳까지 오니 집 앞에 광호가 점퍼에 두 손을 넣은 채 발을 동동거리며 서 있었다.

"누나, 죄송하지만 전 갈게요. 지금 안 가면 정말 가게에서 잘려요."

보은은 광호가 택시에 오르는 것을 보고 염 노인을 질질 끌다시피 하며 집으로 들어왔다. 컹컹 짖던 누렁이는 제 집 안에 숨어 보은을 빤히 쳐다보고 있었다. 안방 문이 열리더니 여인이 염 노인을 받아 담요 위에 눕힌다. 염 노인은 다시 코를 골며 잠에 빠져 들었다. 여인의 얼굴을 보니 멍 자국이 누렇게 남아 있지만 다행히 많이 다친 것 같지는 않았다.

"어쩌다가 파출소까지 갔어요?"

기운이 다 빠진 보은이 이마에 맺힌 진땀을 닦으며 물었다.

"광호가 신고했다. 살림 다 부수고 돈 내놓으라고 칼까지 들고 설치는데 너무 무서워서……. 광호도 해 바뀌었다고 오랜만에 집에 들른 건데 하필 그때 이런 꼴을 보고, 또 칼까지 든 건 처음이라 정말 너무 무서웠어."

여인이 말을 하는 내내 보은의 눈치를 보았다.

"강원도에서 온 사람들 돈 갚아 준 지도 얼마 안 됐는데 또 이런 꼴을 보았구나. 너한테 그런 큰돈이 어딨다고……. 네 말대로 이 사람한테는 얘기 안 했어."

"잘하셨어요. 저 이젠 정말 돈 없어요. 못 도와 드려요. 아저씨는 병원에 데려가 보셨어요? 도박 중독도 정신과에서 치료하면 낫는대요."

"도박이 무슨 정신병이냐? 저 사람 저래도 평소에는 착하고 순한 사람이야. 일이 워낙 안 풀리고 나쁜 사람들한테 이용만 당하다 보니 그거 한 번에 찾겠다고 하다가 성질이 나서 저러는 거지, 평소에는 온순한 사람이다."

보은은 여인의 두둔에 기가 막혔지만 기운이 빠져 대꾸를 할 수도 없었다.

"술 깨면 또 반성하고 나한테 잘하니까 넌 그만 가도 돼."

"그러면 계속 이러고 살 거예요? 맞으면서?"

"안 그러면 방법이 있니?"

"왜 저런 사람하고 살아요? 좀 괜찮은 남자 만나서 다른 여자들처럼 평범하게 살 수 없었어요?"

보은의 입에서 자신도 모르게 짜증 섞인 큰 소리가 나왔다. 그러자 순하디 순해서 멍해 보이기도 했던 여인이 뜻밖에 표독스러운 말을 쏟아냈다.

"얘가 지금 무슨 소리야? 나라고 이렇게 살고 싶었는지 아니? 미국 가서 잘 살 줄 알았지, 이 촌구석에서 다 늙은 영감 수발이나 해 주며 살 줄 알았겠냐고? 이게 다 너 때문이야. 너만 내 배 속에 안 들어섰어도 내 신세가 이렇게 안 됐다. 처녀가 검둥이 자식 낳아 키우는데 저 사람이라도 아니면 어느 남자가 나 좋다고 데려가겠냐!"

"그게 지금 저 들으라고 하는 말이에요?"

보은도 지지 않고 대꾸했다.

"그래, 말 나온 김에 물어보자. 아무리 널 다른 집에 보냈어도 배 아파 낳고 젖 먹이며 기저귀 갈아 키운 건 난데 넌 어쩌면 그렇게 쌀쌀맞냐? 한 번도 나를 엄마라고 안 부르지? 네가 나를 맛있는 걸 한번 사 먹였냐, 좋은 구경을 한번 시켜줬냐, 옷을 한번 사 줬냐? 돈만 쥐여 주면 다인 줄 알지? 못된 년! 나는 뭐 그 집에 내 새끼 보내 놓고 맘 편히 잘 산 줄 알아? 네가 누구 덕에 고등학교까지 나오고 잘 먹고 잘 살았는데? 내가 그 집에라도 안 보냈으면 너 지금 어디 미군 부대 앞에서 몸이나 팔며 살았겠지! 넌 나한테 고마워해야 돼! 내 말이 틀렸으면 어디 대답해 봐!"

보은은 아무 말도 할 수 없었다. 반박할 수가 없었기 때문이다. 틀린 말이 없다는 생각이 들었다. 여인은 오늘 무슨 작정이라도 한 양 화장대로 엉금엉금 기어가 깊숙한 곳으로 손을 넣더니 구겨진 사진 한 장을 바닥에 내던졌다. 여인은 25년 전으로 돌아가 사진 속에서 작은 아기를 무릎에 앉히고 무덤덤하고 약간은 겁을 먹은 듯도 한 표정을 하고 있었다. 사진사가 긁어낸 하얀 펜글씨로 '첫돌 기념'이라고 씌어 있었다.

"네 이름은 베이비였어. 출생신고는 못 했지만 이름은 있어야 하니까 영어로 불렀지. 휴우, 미국 피가 섞였으니 미국으로 입양 보내려고 했는데 어쩌다 보니 그것도 잘 안 되더라. 저 사람하고 결혼은 해야겠지, 너 달고 오는 건 싫다고 하지, 그땐 나도 어쩔 수 없었다."

눈물을 참으려고 했지만 뜨거운 것이 뚝뚝 떨어져 사진 위에 맺혔다.

일월 한 달은 빨리 지나갔다. 율은 설계 일이 밀려들었고 건축사협회 사람들과 일본으로 일주일 동안 연수 겸 출장을 갈 준비를 하고 있었다. 보은은 집이 팔리기를 기다리며 부모님의 공장이 다른 회사로 넘어가는 것을 지켜보았다. 아버지는 아파트를 얻어 당신의 옷과 물건들을 머리빗 하나까지도 남김없이 모두 실어 갔고 어머니도 부산에서 올라온 큰이모와 함께 작은 빌라를 보러 다니는 것 같았다. 집에서 보은을 상대해 주는 유일한 사람이었던 을식이마저 보은이 가족들 몰래 친어머니를 찾아 그 집에 들락거리고 있었던 것을 안 뒤로 싸늘하게 변했다. 유학이나 학교 일은 혼자서 잘 처리하고 있는 눈치였으나 보은이 물어봐도 시원하게 대답해 주는 법이 없었고 아침에 일찍 나가 자정이 넘어서야 귀가하는 날이 많아졌다.

"아침 먹고 나가야지."

오늘도 부엌에서 물 한 잔만 마시고 돌아서는 을식이를 보은이 붙잡았으나 시큰둥한 대답만 돌아왔다.

"도서관 자리 잡기 힘들어."

현관문이 닫히는 소리만 텅 빈 거실에 울렸다. 보은은 다 차려 놓은 아침상 앞에 멍하니 서 있다가 할머니의 방문이 천천히 열리는 소리에 돌아보았다. 부산 큰이모가 방문 앞에 서서 잠이 덜 깬 목소리로 아침에 국은 뭘 끓였느냐고 물었다.

"어제 네 엄마랑 술을 좀 마셨더니 속이 부대끼네. 대구탕이나 아니면 생태라도 한 마리 사 와서 시원하게 끓여 볼래?"

"네, 가게에 들어왔나 가 볼게요."

문이 다시 닫혔다. 보은은 점퍼를 챙겨 입고 골목으로 나왔다. 매서운 칼바람이 몰아치고 있었다. 내리막길을 내려가 모퉁이를 도는데 눈에 익은 SUV가 다가와 멈추었다.

"이렇게 일찍 어디 가니?"

율이 운전석에서 내리며 보은을 품 안으로 잡아당겼다. 가죽 장갑을 낀 손으로 보은의 차가운 뺨을 감쌌다.

"요 밑에 가게 가요. 최율 씨는 아침부터 무슨 일이에요?"

"일본으로 내일 출발하려고 했던 게 갑자기 변경됐어. 같이 가기로 했던 건축사가 처가에 상을 당해서 나 먼저 오늘 가야 해."

"그럼 그냥 전화로 얘기하지, 왜 왔어요? 바쁠 텐데."

율이 보은을 축대와 차 사이의 좁은 공간으로 이끌었다.

"정말이야? 너 안 보고 가도 돼? 일주일이나 있다 오는 건데도?"

대답을 기다리지도 않고 율의 입술이 곧장 내려왔다. 보은의 입술을 벌리고 바로 뜨거운 혀부터 들어왔다. 깜짝 놀란 보은이 율의 가슴을 밀며 뒤로 물러나자 큰 소리로 웃었다.

"놀랐구나? 다시 할게."

"다시 하긴 뭘 다시 해요!"

"가만히 좀 있어 봐……."

율은 보은의 팔을 잡고 입술을 머금었다. 거부할 수 없는 달콤하고 부드러운 키스가 이어졌다. 어느 집에선가 대문이 열리는 소리에 보은은 얼른 몸을 떼고 뒤로 물러섰다. 자동차 한 대가 두 사람을 지나갔다.

"사실은 널 일본에 데려가려고 했었는데……."

율이 다시 입술을 쪽, 맞추더니 쉰 목소리로 말했다. 보은은 깜짝 놀랐다.

"왜요?"

"일월 말에 도쿄에서 퀼트 페스티벌 하잖아. 거기 데려가 주고 싶었는데……."

"어, 그건 도대체 어떻게 알았어요? 나 거기 한번 가 보고 싶긴 했는데."

율은 피식 웃음을 흘렸다. 보은이 무엇을 좋아하는지 그것 말고도 훨씬 더 많은 걸 자신이 알고 있다는 것을 어떻게 가르쳐 줄까? 사무실 책상 서랍 안에 있는 보은의 영어 에세이를 단어 하나 틀리지 않고 다 외우고 있다는 걸 가르쳐 줄까 말까?

"연수 일정이 너무 빡빡하고 변동이 생겨서 이번엔 같이 갈 수 없게 되었네. 우리 십일월에 미국 휴스턴 퀼트 페스티벌엔 꼭 같이 가자."

보은의 눈이 더 커질 수 없을 정도로 휘둥그레졌다. 율은 그 모습이 정말 사랑스러워 다시 입술을 포개지 않을 수 없었다. 늦게 배운 도둑질이 더 무섭다고 보은과의 키스에 점점 중독되

어 가고 있었다. 겨울 아침 칼바람을 맞으며 길 위에서 아슬아
슬하게 맛보는 입술의 느낌만 해도 이런데 보은을 하루 종일
한집에서 보며 그녀의 모든 것을 느낄 수 있게 된다면 자신이
어떻게 될지, 율은 더럭 겁이 나기까지 했다.

"음, 저기……."

보은이 율의 어깨를 톡톡 치며 입술을 뗐다. 아쉬운 표정으
로 내려다보는 율의 입술을 손가락으로 닦아 준다.

"나도 할 말 있어요. 저번에 윤주네 신문사에서 책 내는 거,
일이 잘되어서 곧 출판이 될 거 같아요."

"책 나오기 전엔 절대로 안 가르쳐 준다더니……."

"네, 그때 보세요. 다 말해 줄게요."

"그래, 이보은의 히든카드가 뭔지 정말 궁금하다."

율은 보은을 품 안에 꼭 안고 목덜미에 코를 파묻었다. 보은
이 새 책의 냄새를 좋아하듯 율은 보은의 냄새를 맡는 것을 점
점 좋아하게 되었다. 아직은 입술과 손과 목덜미뿐이지만 곧
보은의 전부를 냄새 맡고 싶었다. 그때 율의 코트 주머니에서
핸드폰이 울렸다. 보은은 소스라치게 놀라며 몸을 떼더니 전화
를 받는 율의 얼굴을 가만히 올려다본다. 왜 그러는지 불안해
하며 겁을 먹은 표정이었다.

"아, 김 기사님. 네……."

보은의 얼굴이 언제 그랬냐는 듯 평온하게 돌아오는 동안
통화를 마친 율은 보은의 얼굴빛을 살피다가 다시 품에 꼭 안
았다.

"나 일본에 오래 안 있을 거야. 보고 싶어도 잘 참을 수 있지?"

"네, 이제 가세요."

"응."

대답을 해 놓고도 바로 포옹을 풀지 못하다가 율은 보은의 거듭된 재촉에 겨우 몸을 떼고 차에 올랐다.

"내 장갑 끼고 가."

율이 차창을 내리고 보은의 맨손에 자신의 가죽 장갑을 끼워 주었다. 율의 체온이 스며 있는 장갑은 몹시 따스하고 부드러웠다. 운전석 밖으로 손을 흔들며 멀어지는 율의 뒷모습을 보은은 한참 서서 지켜보았다.

걸음을 재촉하여 가게에서 생태를 사 온 보은은 콩나물을 다듬고 무를 썰었다. 깨끗이 손질한 생태를 넣고 밑간을 맞추고 있는데 이모가 2층에서 내려오고 있었다. 손가락에는 흰 연기가 피어오르는 담배가 끼여 있었다. 아버지는 절대로 실내에서 담배를 피우지 않으셨는데…….

"그 남자 누구니? 너 애인 생겼니?"

보은의 뺨이 발그레해졌다. 맙소사, 어디서부터 보셨을까? 이모는 대답을 기다리지 않았다.

"몸 함부로 주지 마라. 남자들이 너 같은 애한테 원하는 건 결국 그런 거니까. 태생은 못 속여. 피는 어디 안 가거든. 알지?"

"그러지 않아요."

보은의 목소리에 날이 섰다. 이모의 표정이 재미있는 것을 발견한 것처럼 생글생글 웃었다. 안방에서 어머니가 나와 두 사람은 식탁에 앉았다. 보은이 아침상을 마저 차리고 세 사람 분의 밥과 국을 떠서 자리에 앉았다.

"다음 주에 이사한다. 집이 팔렸어. 어제 계약했다."

어머니가 국물을 한 수저 뜨며 말했다.

"그렇게나 빨리요? 일주일 만에 어떻게 이사를 해요?"

"크기만 하지 이렇게 오래된 집을 누가 사겠나 했더니 가정집이 아니라 회사 사옥으로 쓰겠다는구나. 2층은 개조해서 사장이라는 여자가 아들내미 하나 데리고 살고 아래층은 인터넷 쇼핑몰 사무실로 쓴다. 그쪽도 사정이 급해서 빨리 비워 주는 조건으로 계약한 거라 어쩔 수 없어. 너도 당장 오늘부터 나가 살 방, 알아봐."

보은은 심장이 갑자기 느리게 뛰는 기분이 들었다. 실감하지 못했던 가족의 이별이 눈앞에 닥친 것이다.

"어머니는 어느 동네로 가세요?"

"난 청담동에 있는 빌라로 갈 거야. 이번 주말에 나갈 거다."

어머니는 을식이의 짐을 일산에 있는 아버지의 아파트에 가져다 놓기로 했다고 말했다. 을식이의 출국 날짜까지는 한 달이 넘게 남았으므로 그동안 을식이는 아버지와 함께 지내게 될 거라고 했다.

"너는 어떻게 할래? 공부할 거니, 취직할 거니?"

"애가 무슨 공부를 해? 돈이 한 푼 아쉬운 판국에 이제부턴 제 밥벌이 제가 해야지."

이모가 어머니의 말을 받았다.

"언니가 몰라서 그러는데 얘 머리 엄청 잘 굴려. 돈도 꽤 있을 거야."

"그래? 걱정은 안 되겠네."

보은은 불편한 마음으로 밥을 입으로 가져갔다. 어머니의 말은 반은 맞을지 몰라도 나머지 반은 확실히 틀렸다.

1층과 2층 욕실에서 각자 샤워를 마치고 나온 어머니와 이모는 가 볼 데가 있다며 함께 집을 나섰다. 혼자 남은 보은은 설거지를 하고 청소를 하고 이불 빨래를 하고 걸레를 삶았다. 이 집을 쓸고 닦는 일이 일주일밖에 남지 않았다는 사실에 보은은 더 꼼꼼하고 깔끔하게 집안일을 했다. 마치 먼 여행이라도 떠나는 사람처럼 집 안 구석구석을 모두 열어 보고 들춰내며 청소를 했다. 한번 떠나면 다시 돌아오지 못할 여행이지만 보은은 작별의 의식을 치르듯 20년이 넘게 살아온 집 안의 추억을 회상하며 쓸고 닦았다.

집 뒤편 장독대로 간 보은은 깨끗한 행주로 장독 하나하나를 정성스레 닦았다. 집 안의 손님이 점점 줄어들면서 간장이나 고추장, 된장을 담는 양도 해마다 줄어들었지만 재작년부터는 할머니가 말씀하지 않아도 보은이 혼자서 장을 담갔었다. 뚜껑을 하나씩 열어 보며 이 집을 떠나면 이 장들은 어떻게 해야 할지 고민에 잠겼다.

점심시간이 지나고 해가 뉘엿뉘엿 기울며 저녁놀이 질 때까지도 어머니와 이모는 집에 돌아오지 않았다. 평소와 달리 점심 먹었느냐는 을식이의 전화도 한 통 걸려 오지 않아 보은은 한나절 내내 목소리 한번 내지 않고 집을 지켰다. 혼자 쟁반에 저녁상을 차려 텔레비전을 켜 놓고 소파에 앉아 한술을 뜨기 시작했을 때 율에게서 전화가 왔다. 율은 나리타공항에 잘 도착했으며 숙소로 들어가는 길이라고 했다. 당장 오늘밤부터 연수 프로그램이 있어 한밤중에나 다시 전화를 걸 수 있을 거라고 하는 율에게 보은은 대청소를 하느라 피곤해서 지금 잠자리에 들 것이며 전화는 내일 하자고 말했다.

저녁 설거지를 하고 방에 들어가 노트북으로 출판사로부터 온 메일을 들여다보던 보은은 어느새 시간이 10시를 훨씬 넘긴 것을 알게 되었다. 어머니에게 전화를 거니 곧 들어갈 거라는 대답이 돌아왔고 을식이에게 문자를 보내니 답장이 없었다. 보은은 다시 메일의 첨부 파일을 열어 읽기 시작했다. 건욱에게서 전화가 걸려 온 것은 요즘 부쩍 뻑뻑해진 눈에 안약을 넣고 있을 때였다. 핸드폰의 발신 번호를 미처 보지 못하고 보은은 전화를 받았다.

— 전화 받아 줘서 고마워.

목소리를 듣는 순간 바로 건욱임을 알아챌 수 있었다는 것에 보은은 갑자기 율에게 미안한 마음이 들었다. 그래서 더 담담함을 지나 친구와 수다를 떨듯 가벼운 어조로 말했다.

"너인 줄 알고 받은 건 아니야. 나 지금 안약 넣고 있었거든. 그리고 네 전화를 내가 왜 피하겠니?"

발신 번호를 봤다고 해도 건욱인 줄은 몰랐을 것이다. 목록에서 이름을 지운 것도 오래전이고 번호조차 기억에서 희미해졌으니까.

— 그렇게 말하니까 너무 섭섭하네.

건욱의 목소리가 흔들리고 있었다.

"너 혹시 술 마셨니?"

— 많이는 안 마셨어. 보은아, 너 잠깐 나올래? 나 지금 너희 집 골목으로 올라가고 있는데.

"그냥 계속 올라가. 집으로 들어가."

— 전에는 나 이렇게 올라가다가 너 꼭 한번 보고 우리 집에 들어갔잖아. 지금도 가끔 우리 집 옥상에 올라가서 너희 집 보는 거 모르지? 을식이 방 창문밖에 안 보이지만. 보은아, 넌 왜 한 번도 네 방 안 보여 줬어? 우리 사귀면서 한 번도 네 방에 같이 있어 본 적 없는 거 알아?

"너 많이 취했구나? 어서 집에 들어가."

— 얼굴 한 번만 보여 줘. 나 다음 달에 출국해. 이번에 가면 또 몇 년은 있어야 나오는데 우리 그 전에 얼굴 한 번만 보자. 소꿉친구 의리가 있지, 안 그래?

전화는 툭 끊어졌다. 바로 대문에서 초인종 소리가 들렸다. 보은은 망설이다가 초인종 소리가 끊기지 않고 계속 이어지자 현관문을 열고 밖으로 나갔다. 가로등 불빛 때문인지 덩치가 커다란 그림자가 서성이고 있었다. 정원을 가로질러 대문을 열자 거기에는 건욱이 아닌 술 취한 상훈이 서 있었다.

"크리스 누나, 영어 학원엔 왜 안 나와요? 나 때문이에요?"

상훈은 여전히 짧은 스포츠머리에 털실로 짠 비니를 쓰고 있었는데 마침 옷까지 빨간색의 두툼한 점퍼를 입고 있어서 덩치가 더 커 보였다.

"우리 집은 어떻게 알고 왔어?"

보은의 목소리가 떨렸다. 상훈은 술을 꽤 마신 듯 소주 냄새가 심하게 풍겼으나 눈빛과 말투는 흔들리지 않았다.

"누나, 나 며칠 뒤에 군대 가요. 그래서, 가기 전에 누나 한 번 보려고……."

보은의 불안했던 눈빛이 조금 누그러졌다. 겨울 들어 할머니의 병세가 위중하여 학원을 나가지 않고부터 상훈과는 마주칠 일이 없었으니 그렇게 생각할 만도 하다 싶었다.

"할머니가 얼마 전에 돌아가셨어. 그래서 못 나갔던 거지 너 때문은 아냐."

상훈의 눈빛이 금방 순해졌다.

"아, 몰랐어요."

"그래. 상훈아, 군대 건강하게 잘 다녀와. 몸조심하고."

보은은 대문 고리를 잡은 손에 힘을 주었다. 눈빛이 순해진 것과 달리 상훈이 너무 가까이 다가와서 소주 냄새가 역겹게 느껴졌다.

"누나, 가기 전에 나 한 번만 안아 주면 안 돼요?"

"뭐?"

"처음이자 마지막이에요."

보은이 뭐라고 대꾸할 틈도 없이 커다란 고릴라 같은 상훈의 덩치가 보은의 몸 위로 쏟아졌다. 점퍼의 두툼한 쿠션감과 차가운 감촉이 보은의 상체를 덮치며 보은은 숨을 쉴 수가 없을 정도로 목이 옥죄이는 것을 느꼈다. 소주에 푹 젖은 듯한 축축한 혀가 보은의 뺨을 쓸었다. 보은은 고개를 좌우로 흔들며 혀를 피하려고 했고 동시에 점퍼에 파묻힐 듯 갇힌 몸을 뒤로 빼내려고 주먹으로 상훈의 어깨를 치며 세게 떠밀었지만 역부족이었다. 자신의 입술을 찾는 상훈의 혀를 피해 오직 입술을 앙다문 채 버틸 뿐이었다. 순간적으로 보은의 무릎이 꺾이며 대문의 돌기둥에 머리를 부딪혔다. 윤주의 신문사 동료와 집 앞에서 율을 만난 날 율은 이 딱딱한 돌기둥에 자신의 손을 받치고 보은에게 달콤하고 부드러운 키스를 해 주었었는데……. 뒤통수가 너무 아파 잠시 머리가 어지러운 사이에 상훈의 혀가 보은의 입술을 파고들었다. 보은은 자신도 모르게 그 혀를 깨물어 버렸다. 그러나 상훈이 뒤로 물러나며 바닥에 쓰러진 것은 건욱의 손이 상훈의 뒷목덜미를 내리치며 주먹을 날렸기 때문이었다.

"보은아, 괜찮아?"

"새끼가!"

상훈은 건욱이 누구인지도 모르면서 냅다 발길질부터 했다. 발길질을 피한 건욱이 상훈의 얼굴을 한 발로 걷어찼다. 뒤로 넘어진 상훈의 얼굴에서 코피가 터져 흘러내리는 것이 가로등 불빛에 보였다. 상훈은 엉거주춤 땅바닥에 손을 짚으며 일어나더니 보은을 보고 씩 웃었다. 원하는 것을 얻었다는 듯 의기양양해하는 표정에 보은은 소름이 끼쳤다.

"쳇, 별것도 아니면서!"

"뭐? 이 자식이 뭐라는 거야?"

건욱이 상훈의 멱살을 잡았지만 키나 덩치로는 미치지 못했기 때문에 소용이 없어 보였다. 대신 보은이 나서서 말했다.

"알았으면 그만 가!"

상훈과 건욱의 눈이 동시에 보은에게 꽂혔다. 떨리지만 분명하고 똑똑한 목소리로 보은이 다시 말했다.

"나 별거 아닌 거 알았으니까 그만 가! 다신 오지 마. 다시 오면 널 불쌍하게 생각할 거니까."

상훈의 표정이 일그러졌다. 힘이 빠진 건욱에게 여전히 멱살을 잡힌 채 말했다.

"내, 내가 불쌍해요?"

"그래, 불쌍해질 것 같아. 자존심 때문에 나한테 상처 주고 싶어 하는 네 맘이 너무 안됐어. 그러지 마. 누굴 좋아하는 마음은 서로 절대로 똑같을 수 없는 거야."

상훈이 멱살을 잡고 있는 건욱의 손을 쉽게 털어 버렸다.

"그래도 조금만 노력해 주지 그랬어요. 내가 좋아했던 마음의 10분의 1이라도 노력 좀 해 주면 좋았을걸."

누구를 좋아하는 마음이 노력한다고 해서 될 일인가? 보은은 가슴이 답답했지만 언젠가는 상훈도 깨닫기를 바랄 뿐이었다. 그러다가 문득 누구를 떠나보내려는 마음도 그렇지 않을까 하는 생각이 들었다. 헤어지고 싶다고 해서 노력한들 마음도 그렇게 바로 떠나지는 못할 것이다.

"제대하고 올게요. 그때 다시 노력해 볼 거예요. 누나가 나를 좋아하도록 만들 거예요."

상훈은 손등으로 코피를 닦으며 터벅터벅 골목을 따라 사라졌다. 건욱이 보은의 팔을 잡으며 말했다.

"괜찮아? 다친 데는 없어?"

보은은 고개를 저었다. 어서 집으로 들어가 입안을 헹구고 칫솔로 혓바닥까지 깨끗이 닦아내고 싶었다.

"고마워."

말은 그렇게 했지만 건욱에게 잡혀 있는 팔을 얼른 빼내고 뒤로 물러섰다.

"저 새끼 누구야? 그냥 가게 놔둬도 되는 거야?"

"신경 쓰지 말고 내버려 둬. 너도 집에 가. 나도 들어가 볼게."

"보은아!"

건욱이 다시 팔을 잡았다.

"보은아, 미안해. 사과하고 싶었어. 3년 전 그때 널 지켜 주지 못해서, 제대로 인사도 못 하고 헤어져서……. 난 우리 부모님이 그렇게까지……."

"아니야."

보은이 대답했다. 진심에서 우러나오는 말이었다.

"우린 어렸어. 그 나이에 부모님이 반대하시는 여자를 끝까지 지켜 줄 만한 힘이 있는 사람은 없어. 그리고 나, 너 원망하거나 미워하지 않아. 그때 우리 서툴긴 했어도 순수하고 예뻤었잖아."

"날 잊어버리고 싶지 않았니? 네 곁에서 아무것도 해 준 게 없었는데……."

"이루지 못한 사랑은 뭐 사랑이 아니고 잘못된 건가? 헤어지고 나면 지나간 사랑은 사랑이 아닌 거야? 어쨌든 나한테는 너도 소중한 기억이야. 일부러 깎아내리거나 지우지 않을래. 좋았던 일만 기억할래."

보은은 건욱의 표정이 묶인 밧줄이 풀리듯 자유로워지고 가벼워지는 것을 보았다. 그래, 나만 힘들고 괴로웠던 거 아니었지? 건욱이 너도 나 때문에 조금은 힘들었었지? 보은은 묘하게도 자신이 건욱을 자유롭게 풀어 주었다는 뿌듯함과 우월감마저 느꼈다. 그 느낌은 곧 씁쓸함으로 변했다.

"고마워, 보은아."

"뭘, 소꿉친구끼리 그런 말 하는 거 아니지."

보은은 비로소 첫사랑을 완전히 떠나보냈다는 생각이 들었다. 그러자 율이 정말 그립고 보고 싶어졌다.

하늘이와 바다를 재우고 방으로 들어간 영희는 남편이 읽고 있는 책의 제목이 참 재미있다는 생각을 했다.

"주식은 도박이다? 책 제목이 뭐 그래요?"

"틀린 말은 아니야. 생산성 수익이 아니라 남의 생돈 먹는 거니까."

남편이 커피 테이블 위에 책을 놓고 영희를 무릎으로 당겨 앉혔다. 한 손으로는 등을 안고 다른 손으로는 아랫배를 살그머니 더듬었다. 그 속에 하늘이와 바다의 동생이 자라고 있지 만 아직 겉으로 드러날 정도는 아니었다.

"이번엔 딸이었으면 좋겠다."

"아버님도 말씀은 안 하시지만 손녀였으면 하고 바라시는 것 같았어요."

"우리 셋째 들겠다. 또 아들이더라도 건강하게만 태어나 다오."

남편이 영희의 아랫배에 대고 말했다. 영희는 남편이 읽던 책을 집어 들었다.

"파워 블로거 의자왕의 초보자를 위한 주식 투자 안내서? 근데, 책의 저자가 이보은이라고 되어 있네요?"

"왜, 아는 사람이야?"

"당신 이 책 샀어요?"

"응. 오늘 서점에서 만난 선배 교수가 요즘 뜨는 신간이라고 하길래 궁금해서 사 봤지. 젊은 애들이 좋아하는 블로거라고 하던데, 당신도 알아?"

영희가 책날개에 실린 캐리커처를 손으로 가리켰다.

"어머나, 동명이인이 아니었네. 여기 그림 봐요. 이보은 씨 같아요. 도련님이 사귀는 아가씨예요."

남편도 책날개에 저자의 간단한 소개와 함께 실린 캐리커처 를 보았다. 그는 만난 적이 없지만 긴 곱슬머리의 예쁘장한 젊 은 여자의 얼굴이 그려져 있었다. 영희는 책의 서문을 훑어보 았다.

"…… 크리스마스를 앞두고 돌아가신 저의 멘토 염복순 할머님께 이 책을 바칩니다. 세상에, 정말이네. 이보은 씨가 진짜 맞네."

영희는 책을 들고 방을 나갔다. 거실에서부터 큰 소리로 부모님을 부르는 소리가 남편 한의 귀에도 들렸다.

"어머님, 아버님. 이거 좀 보세요. 이보은 씨가 글쎄 책을 냈네요."

'파워 블로거 의자왕의 초보자를 위한 주식 투자 안내서'는 앉은뱅이책상 위에도 10여 권이 쌓여 있었다. 출판사에서 주위 사람들에게 선물하라고 저자에게 보내 온 것이다. 앉은뱅이책상이 있는 곳이 창문도 없는 좁은 방 안이 아니라 좀 휑하다는 느낌이 들 정도로 커다란 창문 앞이라는 게 지난 일주일 동안의 가장 큰 변화였다. 겨울바람이 커튼도 없는 창문 틈 사이로 새어 들어왔다. 내일은 동대문시장에 가서 커튼감을 끊어 다인의 퀼트 숍에서 재봉틀로 커튼을 박아 만들어야겠다고 보은은 생각했다. 그래도 좋았다. 웃풍이 셀 것 같은 방이지만 창틈으로 칼바람이 들어오는 것이 반갑기까지 했다. 보은이 기억할 수 있기로는 처음 가져 보는 창문 있는 방이었다.

오늘 아침, 가족들은 뿔뿔이 흩어졌다. 서로의 연락처도 알고 다들 새 아파트나 평수 넓은 빌라로 각자의 짐을 챙겨 이사를 한 것이니 뿔뿔이 흩어졌다는 표현에서 느껴지는 삭막함이나 쓸쓸함은 없었을 수도 있다. 하지만 보은은 가족들이 뿔뿔이 흩어졌다고 느꼈다. 다 함께 모여 할아버지가 살아 계실 때부터 수십 년을 살아온 집에서 마지막 식사라도 했으면 좋았으련만 아버지는 아버지대로, 어머니와 을식이는 또 그들대로 각자 바쁘고 분주하여 이사 전날까지도 한밤중에나 귀가하였다. 아침에 차례대로 들이닥친 이삿짐 업체에서는 큰 집안의 살림이 일산과 청담동과 정릉으로 나누어 가는 것을 퍽 이상하게 생각했다. 보은이 업체와 계약할 때도 사장이 말하긴 했었지만 트럭 세 대가 집 앞에 주차하여 짐을 옮기는 동안 각자의 짐이 자기 앞의 트럭에 제대로 실리도록 점검하는 것이 쉬운 일은 아니었다.

짐을 다 실은 후 아버지가 떠나기 전에 보은을 보고 당부하셨다.

"할머니 짐 중에 너 쓸 만한 거 있으면 가져가. 뒷정리하고 청소 잘해 놓고."

"네, 오후에 다시 돌아와서 정리할게요."

어머니는 골목 아래에서 기다리고 있는 큰이모에게 가면서 말씀하셨다.

"아직 이사 들어오는 사람한테서 잔금 덜 받은 거 있으니까 절대로 열쇠 넘겨주면 안 된다. 인테리어 때문에 그쪽에서 한 번 올 거야. 조심해."

"어머니, 우리 가족 다 같이 저녁 먹기로 한 거 잊지 마세요."

"네가 주말로 시간 잡아서 연락해."

"을식아, 너도 일산 도착하면 꼭 전화해야 한다. 누나도 정리되는 대로 바로 갈게. 아버지 잘 모시고……."

보은이 을식이의 손을 꼭 붙잡았다. 을식이가 보은의 어깨를 툭 치며 웃었다.

"걱정 마. 저녁에 전화할게. 누나도 조심해서 가. 정리는 천천히 하고. 이 집 완전히 넘기기 전에 나도 다시 와서 볼 거야."

네 사람은 새로운 집을 향해 출발했다. 두 대의 큰 트럭이 먼저 떠나고 나서 마지막으로 보은이 탄 작은 트럭에 시동이 걸렸다.

"자, 갑니다. 안전벨트 매세요."

운전석에 앉은 기사가 경쾌하게 소리쳤다.

정릉의 오래된 주택가 골목에 새로 지은 연립주택 옥탑방이 보은의 새 보금자리이다. 살던 동네에서 멀지 않은 데다가 싼 가격과 커다란 창문이 마음에 들어 이 집을 계약했다. 책을 내며 받은 계약금으로 당분간은 월세와 생활비를 충당할 수 있을 테지만 이제는 제대로 된 일자리를 찾아보아야 할 것이다. 일단 짐부터 정리한 후 청소를 하려는데 율에게서 전화가 왔다.

— 인천공항에 도착했어. 밥 먹었니?

어제 통화할 때도 저녁 먹었느냐고 묻던 율이다. 율은 매일 전화할 때마다 밥 먹었냐고 물어보았다. 아무렇지 않을 수도 있는 그 말이 보은은 정말 따뜻하고 듣기 좋았다. 보은은 마중 나가지 못한 것을 미안해하며 이사가 끝났다는 말을 전했다.

— 지금 그리로 갈게. 정릉동이라고 했지?

"아니에요. 피곤할 텐데 집에 들어가 쉬었다가 내일 봐요.

그래야 내 맘이 편해요, 제발."

율은 말이 없었다.

"여보세요?"

— 넌 내가 안 보고 싶었구나?

삐친 말투도 아니고 장난치는 말투도 아니었다. 정색을 하는 목소리에 보은이 오히려 당황했지만 물러나지는 않았다.

"집에 가서 씻고 좀 쉬세요. 사무소에도 나가 본 다음 우리 내일 만나요. 나도 지금 집에 다시 가서 할머니 물건 정리랑 청소도 해야 해요. 아마 한밤중에나 끝날 거예요. 네?"

잠깐의 침묵 뒤에 율이 피식 웃는 소리가 들렸다.

— 내가 졌다. 밤에 다시 전화할게. 밥 잘 챙겨 먹고 천천히 해. 알았지?

"최율 씨."

— 응?

"미안해요. 잘 안 들려요. 다시 얘기해 주세요."

— 뭐? 아, 밤에 다시 전화할게. 밥 잘 챙겨 먹으라고.

"네, 꼭 그럴게요. 고마워요. 먼저 끊으세요."

보은은 율이 전화를 끊고 나서도 그대로 핸드폰을 들고 있었다. 아무도 없는 전화기 건너편을 향해 작별 인사를 했다.

"잘 지내요, 최율 씨. 안녕."

핸드폰을 책상 위에 내려놓는 보은의 손이 덜덜 떨리고 눈에서는 눈물이 흘러내렸다. 지난 일주일 동안 보은의 책이 나오고 집안 물건을 정리하고 이사만 한 건 아니었다. 보은은 율

432

의 어머니를 다시 만났다.

두 번의 만남과는 달리 한 여사는 보은을 강남의 한 으리으리한 일식집으로 불렀다. 이번에는 그의 아버지 최 교장도 자리에 나와 있었다. 주방장이 직접 세 사람 앞에서 참치 회를 떠 서빙 했다. 부위별로 나오는 낯선 코스 요리를 서툴게 먹으며 보은은 여러 번 기침을 하고 재채기를 하면서 눈물까지 맺혔었다. 너무도 어렵고 불편한 식사였다. 율의 부모님은 안 되는 결혼은 연애고 뭐고 일찍 포기하고 마음을 정리하는 것이 서로에게 좋을 것이라며 애원 비슷한 부탁을 해 왔다. 협박이나 회유가 아닌, 노부부의 부드럽고 점잖은 부탁이 오히려 보은의 기를 꺾었다. 세상의 모든 첫사랑이 그렇듯 다 큰 아들의 첫사랑도 홍역을 앓듯 지나가면 면역이 생길 것이고 서로 아름답게 기억할 수 있을 정도로만 이쯤에서 멈춰 주기를 그의 부모님은 간절하게 부탁했다. 보은이 잘 자라 온 것을 어여쁘고 대견하게 보고 어려운 책까지 낸 것을 칭찬하면서 앞날을 축복해 주는 말씀도 하셨다. 율의 아버지는 보은에게 계속 존댓말을 썼다.

"우리도 아가씨에 대해 많이 알아보고 생각해 봤습니다. 그래도 우리 아들하고 안 되는 건 안 되는 거예요. 대학교 총장의 손자에 학원 재단 이사가 될 우리 아들이 미안하지만 아가씨처럼 근본 없는 가정부한테 장가가서 잘 살 수 있을 거 같습니까? 친어머니를 찾았다고 했지요? 그 남편이 폭력에 도박 전과가 몇 범인지는 아가씨 알아요? 율이 오촌 당숙이 검찰 출신이고 아가씨네 동네에 살아요. 우리가 이렇게 부탁드리겠습니다. 나중에 아가씨도 결혼해서 자식 낳아 보면 알겠지만 처녀 총각들이 배우자에 대한 꿈이 있듯이 부모들에게도 며느리나 사위에 대한 꿈이 있는 겁니다."

최 교장의 눈빛은 분노나 질책이 아닌 동정과 연민으로 가득 차 있었다. 보은이 제일 견디기 힘든 눈빛이었다.

"입장 바꿔 생각해 보세요. 아가씨는 폭력 전과자를 시아버지로 모시고 도박 빚이나 갚아 주며 살고 싶어요? 우리 율이가 그런 사람을 장인어른이라고 부르며 살게 하고 싶어요? 대대로 교육자 집안 출신인 율이 엄마가 도박 전과자인 아가씨 친모와 안사돈 맺고 싶겠습니까? 안 그래요?"

용인 어머니에게도 도박 전과가 있다는 것은 보은도 몰랐던 사실이었다. 우습게도 그 순간 보은은 자신이 쓴 책 제목을 『주식은 도박이다』라고 뽑은 편집장의 혜안에 존경의 박수라도 쳐 주고 싶었다. 핏줄은 못 속인다는 말은 진리였다. 하지만······.

"그분들은, 법적으로는 저와 아무런 끈이 없는 분들이에요. 제 친모 쪽이 걸리시는 거면, 앞으로 그분들 안 보고 살겠습니다. 제겐, 최율 씨가 더 소중해요."

보은으로서는 온몸의 기운을 다 쥐어짜서 끌어모은 용기로 한 말이었다.

"아가씨 이제 보니 참 독하네요. 아무리 우리 아들이지만 남자 때문에 부모와 인연을 끊어요? 부모와의 인연은 천륜天倫

입니다. 천륜은 어떻게 할 수 없습니다."

보은의 고개가 저절로 아래로 떨어졌다. 최 교장의 말이 이어졌다.

"우리 아들한테는 아가씨가 첫사랑이라고 합디다. 그 녀석이 처음이라 아가씨 아니면 세상이 무너질 것 같고 못 살 것 같겠지만 지나고 나면 다 견딜 만하고 다시 살아지는 거 아닙니까? 그렇지 않아요?"

보은은 건욱이 생각났다. 건욱이 갑자기 유학을 떠나 버렸을 때 보은도 오래된 첫사랑을 잃은 마음에 자신의 반쪽을 다 잃은 것처럼 슬펐었다. 그래도 다시 살아서 율을 만나고 사랑을 하고 또 희망을 가졌다. 율도 두 번째 사랑에선 더 좋은 여자를 만날 수 있을지도 모른다. 건욱이가 날 떠났어도 내가 당신을 만나 행복했듯이, 내가 최율 씨를 떠나도 당신은 다른 여자를 만나 행복할 수 있겠지? 하지만 나는……. 떠나는 나는 당신 없이 행복할 수 있을까?

"율이, 내 아들이지만 성격이 냉정하고 맺고 끊기는 대쪽 같은 아이입니다. 세상 물정 모르지 않을 아가씨가 한 발만 먼저 물러나 주면 자존심 드높은 그 애 성격으로 금방 정리하고 제자리 찾아갈 거예요. 우리 두 내외가 이렇게 부탁드리겠습니다."

차라리 모진 말로 내치거나 소리라도 질렀으면 오기로라도 못 헤어진다고 했을 텐데, 보은은 온화하고 따뜻한 노부부의 다독거림과 조용한 설득에 한동안 눈물만 뚝뚝 떨어뜨렸다. 다시 용기를 끌어모아 고작 이런 대답만 했다.

"전 최율 씨 사랑해요. 제 옆에서 행복하게 해 주고 싶었어요."

그리고 그동안 죄송했다고 말하며 도망치듯 나오다가 후식을 들고 들어오던 종업원과 부딪쳐 팔에 들고 있던 하얀 코트 위에 얼룩이 졌다. 집으로 돌아오는 택시 안에서 보은은 기사가 건네주는 티슈 한 통을 다 쓰며 눈물을 줄줄 흘렸다. 울음이 터지는 것을 참으려고 입술을 어찌나 꼭 깨물었는지 그다음 날 아침에 딱지까지 앉아 있었다.

— 보은아, 최율 씨랑 저녁에 안 만날 거면 우리가 갈게. 여기 지금 윤주 와 있거든.

인천공항에 도착했다는 율을 겨우 집에 가게 한 후 옛집에서 할머니의 짐을 정리하고 있는데 다인의 전화가 왔다.

"윤주가 시간이 나니? 윤주용 씨 안 만난데?"

— 잠깐 쉬는 중이래. 둘이 너무 붙어 다니다가 질릴 것 같다고 잠깐 쉬다가 만나기로 합의했대. 웃기지?

"후후. 그래, 재밌다."

세 친구는 보은의 옥탑방에서 뭉쳤다. 새해가 되고 처음으로 가지는 시간이었다. 윤주는 보은의 책 출간과 독립을 축하한다는 것을 핑계로 자신이 좋아하는 술과 인스턴트 음식을 잔뜩 사 왔고 다인은 주부답게 보은을 위한 밑반찬을 만들어 왔다. 보은이 출간한 책을 서로 읽어 보며 그동안 다른 사람들에게 파워 블로거 의자왕이 누구인지 말하지 못했던 답답함을 토로하고 하소연하는 자리가 되었다.

"그래 봤자 내가 주식 투자해서 떼돈을 번 것도 아닌데, 뭘. 나 그렇게 유명한 사람 아니야."

"얘는, 너 대학 입학금을 종잣돈 삼아서 서울에 아파트 한 채 살 돈은 만들어 놓은 거, 그건 얘기 안 하니?"

작년 봄에 처음으로 의자왕의 인터뷰를 신문에 냈던 윤주가 다 알고 있다는 듯이 꼬집어 말했다. 정말로 서울 어디 구석에 콧구멍만 한 아파트 한 채를 살 수 있었는지는 모르겠지만 지금은 그 돈도 염 노인과 용인 어머니의 도박 빚을 갚고 이 옥탑방을 얻느라 반도 남지 않았다는 것을 친구들은 모르고 있었다.

"현금으로 바꿔야 돈이지, 아직 다 주식에 들어 있잖아. 주식은 팔지 않으면 사이버 머니나 다름없어. 할머니 말씀처럼 주식은 남의 돈 먹는 도박이야. 그래서 할머니도 목표 수익률만 되면 욕심 갖지 말고 팔라고 하셨고."

어차피 지금처럼 독립한 이상 조만간에 보은은 남은 주식도 팔아 현금 자산을 만들 생각이었다. 타이밍을 봐야 할 테지만 코스피가 요동치고 해외 증시마저 불안한 지금의 상황으로는 기관 투자자가 아닌 이상 관망보다는 현금 보유가 유리할 것이다.

세 친구의 수다는 다시 윤주를 목표로 삼아 두 남녀의 결혼까지 이야기가 옮겨 갔다. 예전에 두 친구가 보은과 율의 자녀 계획과 노후 대책까지 걱정했듯이 이번엔 다인과 보은이 윤주의 너무 빠른 스킨십 진도에 대해 얘기하기 시작했다. 보은은 거의 듣기만 하고 다인의 훈계에 가까운 충고가 장황하게 이어졌다.

"야! 너, 정말 고지식하게 굴래? 누가 안동 양반집 종가 맏딸 아니랄까 봐…….."

윤주가 빽 소리를 질렀다. 다인이 여전히 잔소리를 늘어놓는데 보은의 핸드폰이 울렸다. 율인가 싶어 가슴이 두근거리면서도 저릿하게 아파 온 보은은 액정에 뜬 이름을 보고 고개를 돌려 조심스럽게 전화를 받았다. 덩달아 대화를 멈춘 두 친구가 돌아보는데 핸드폰 속의 목소리는 친구들의 귀에도 다 들리게 엉엉 울면서 소리 질렀다.

"아이고, 베이비야. 나 좀 데려가 줘. 더 이상은 못 살겠다. 나 좀 와서 데려가 줘."

보은을 코트 안에 감싸 안고 함께 지켜보았던 전원주택은 2층과 옥상 콘크리트 작업을 마친 뒤에는 진척이 전혀 나지 않고 있었다. 공사를 맡은 시공사에서 설계를 맡았던 건축가에게 진행 상황을 전하면 건축가는 집주인에게 공사비를 얼마만큼 주도록 이야기하고 집주인은 그 말에 따라 시공사에 한 달마다 공사비를 지불하기로 했었다. 그런데 공사가 척척 진행되는 데 비해 집주인의 돈은 제때 준비가 되지 않아 공사가 중단된 상태였던 것이다. 황량한 산비탈에 짓다가 만 집 한 채가 작업하는 인부들도 없이 남아 있으니 을씨년스러운 풍경이 더 쓸쓸해 보였다. 철근과 나무판자들이 한쪽에 쌓여 있고 흙더미 위에 쌓인 눈은 검고 지저분하게 보였다. 손주들이 놀러 오고 싶어 하는 집을 짓고 싶다던 사이좋은 노부부에게 무슨 일이 생긴 것일까?

율은 차 안에서 혼자 그 풍경을 보고 있었다. 일본에서 돌아온 날은 보은을 어쩔 수 없이 만나지 못했지만 그다음 날도 또 다음 날도 그녀를 볼 수 없었다. 먼저 전화를 걸어 온 보은은 친모가 많이 아파 자신의 옥탑방으로 모시고 왔으며 옛집을 정리하는 일도 아직 남아 시간이 잘 나지 않는다고 했다. 옥탑방으로 가겠다는 율에게 보은은 곧 다시 연락하겠다는 말만 했으며 끊어진 핸드폰을 들고 있던 율은 자신이 아직 보은의 새집 주소조차 모르고 있다는 것을 깨달았다. 보은에 대해 알고 있는 것은 그녀의 전화번호뿐이라는 것이 율을 불안하게 했다. 물론 을식이의 연락처도 알고 두 친구들의 명함도 가지고 있었으나 율은 보은을 계속 만나지 못하자 불안함을 넘어 화가 났다. 오늘은 전화를 걸고 문자를 남겼음에도 보은에게서는 연락이 없었다. 율은 보은을 못 보는 대신 차를 여기 전원주택 공사장 쪽으로 돌렸다. 그런데 공사는 두 사람의 관계처럼 지지부진이었다. 일주일 동안 일본에 가 있는 중에 갑자기 벌어진 일이었다.

율은 조수석의 글러브 박스를 열어 담배를 꺼냈다. 사촌 형 남선이 어젯밤 율의 차로 집에 가면서 놓고 간 것인데 율은 대학을 졸업하면서부터 끊었던 담배가 지금 불현듯 피우고 싶어졌다. 한 모금을 깊이 빨자 불안함이 담배 연기를 타고 다시 스멀스멀 피어올랐다. 율은 기침을 뱉으며 담배를 꺼 버렸다.

어젯밤 어머니의 당부도 불안하긴 마찬가지였다. 스테이크 같은 기름진 양식은 싫어하시는 분이 어느 호텔의 스테이크가 맛있다는 말을 들었다며 아버지와 같이 다음 주말 점심때 꼭 만나자고 시간까지 정해 주시는 것이었다. 율은 그 자리에 보은을 데려가고 싶었으나 어머니는 노골적으로 싫어하며 빈말이나마 다음에 만나자는 말도 하지 않으셨다.

"걔 데려오면 우리 정말 화낼 거야. 그날은 절대 안 된다."

그 사실을 보은이 알 리야 없지만 율은 공연히 미안한 마음에 방으로 들어가 보은에게 전화를 걸었었다. 여전히 받지 않는 전화기는 나중에 전원이 꺼져 있기까지 했다.

"도대체 너 왜 이렇게 내 속을 썩이니?"

율은 공사 자재를 덮은 흰 비닐이 찢어져 펄럭거리는 것을 보며 두 손으로 메마르고 까칠한 얼굴을 쓸어내렸다. 그리고 사촌 형이 기다리는 영어 학원으로 차를 돌렸다.

예상했던 대로 사촌 형은 고민스러운 표정으로 미간을 찌푸렸다.

"그러니까, 어제 갑자기 투자금을 돌려 달라고 한 이유가 결혼 때문이라는 거냐? 그건 어렵지 않지만 너 결혼한다는 소리는 처음 듣는다."

"형도 알다시피 건축사무소 연다고 나한테 별로 돈이 없잖아. 버는 대로 다 부모님께 빌린 돈 갚아 드렸고, 지금 내가 가진 돈으로는 작은 집밖에 못 얻어."

사촌 형이 눈을 크게 떴다.

"네가 은행에 빚을 진 것도 아니고 건축사무소 연다고 부모님께 빌린 돈인데 그거 갚는 게 급한 거야? 그리고 분가해 살거면 둘이서 살 건데 얼마나 크고 좋은 집을 얻으려고 학원 투자금까지 빼려는 거야? 결혼이 그렇게 급해?"

율은 사촌 형의 말을 들으면서도 연신 핸드폰을 만지작거렸다. 수신 목록과 메시지를 열어 보았지만 보은에게서는 여전히 아무 연락도 없었다.

"그래. 이번 달 안으로 네가 투자한 돈 돌려줄 테니까 좀 기다려 줘."

"그리고 여기 어제 내 차에 놔두고 간 라이터. 이렇게 비싼 걸 함부로 놓고 내리면 어떡해?"

율은 묵직한 라이터와 담배를 테이블 위에 놓았다. 사촌 형은 아내에게서 받은 생일 선물을 잊어버린 줄 알았다며 반색했다.

"너, 그러고 보니 못 보던 반지다? 커플링?"

사촌 형의 눈길이 율의 왼손에 가닿았다. 율은 반지를 돌리며 쓰게 웃었다. 보은은 이 반지를 지금 끼고나 있을까?

출국하던 날 아침 율이 가죽 장갑을 끼워 주었던 보은의 손에는 반지가 없었다. 율은 그 이유를 묻고 싶었지만 보은이 집안일을 하는 동안에는 빼 놓았을 수도 있겠다는 생각에 그냥 지나갔다. 그래도 불안한 마음은 사그라지지 않고 일주일 내내 율을 따라다녔었다. 매일 전화로 보은의 목소리를 듣긴 했지만 마찬가지였다. 인천공항에 도착한 날 통화할 때는 보은의 목소리에 눈물이 묻어 있는 것 같은 생각까지 들었었다. 율은 핸드폰의 단축 번호를 다시 눌렀다. 전원은 여전히 꺼져 있었다.

"휴우……."

날카롭게 날이 바짝 선 눈빛과는 다르게 율의 입에서 한숨이 흘러나오자 사촌 형이 눈썹을 추켜올리며 쳐다보았다. 율은 자리에서 일어나 문으로 향했다.

"갈게."

"저녁 같이 먹고 가. 결혼할 아가씨 얘기도 해 주고. 누구냐?"

율은 말없이 밖으로 나와 버렸다. 문을 열자마자 복도를 지나가던 백발의 할머니와 부딪힐 뻔했다.

"어머나, 미스터 최."

미시즈 황이었다. 할머니는 율의 손을 반갑게 잡았다.

"네, 안녕하십니까?"

"여름에 보고 처음 보는 거네. 놀러 왔어요? 아니면, 아르바이트?"

미시즈 황의 수다에 대꾸할 기운이 없었던 율은 대충 고개를 끄덕이고 돌아서려고 했다. 그런데 미시즈 황이 잡은 손을 놓지 않고 말을 계속 쏟아 놓았다.

"미스터 최, 나 다음 달에 캐나다 가요. 아들네랑 같이 살게 됐어."

442

"아, 그러십니까? 드디어 가시네요. 잘되셨어요."

이번에는 율도 진심으로 대답했다. 이 학원이 오픈했을 때부터 그 이유로 영어를 배웠으면서도 정작 가지는 않는 미시즈 황에 대해 사람들이 엉뚱한 이야기를 지어내는 것을 알고 있었기 때문이다.

"준비할 게 이것저것 하도 많아서 요즘 정신이 없어. 학원에 나오는 것도 이번 달이 마지막이 될 것 같고. 정말 서운하고 섭섭하네. 선생님들도 보고 싶을 거고……."

"네, 준비 잘하셔서 가십시오. 한국을 완전히 떠나는 것도 아니시니까 오시면 학원에 꼭 놀러 오시구요. 그러실 거죠?"

미시즈 황의 주름진 눈가에 눈물이 얼핏 고였다.

"고마워요. 미스터 최가 이렇게 따뜻하게 말해 줄 줄은 몰랐네요."

그쯤에서 인사를 하고 돌아서려던 율을 미시즈 황은 아직도 붙잡았다. 망설이다가 꺼내 놓는 말은 이런 것이었다.

"그런데, 나 오늘 대사관 가는 길에 광화문에서 크리스 봤어. 작년 여름에 키샤 환송회 하던 날 내 옆에 앉았던 예쁜 아가씨 알죠?"

율은 깜짝 놀랄 수밖에 없었다. 보은은 친모가 많이 아파 정릉 새집에 계속 있어야 한다고 말했기 때문이다. 광화문에 갈일이 뭐가 있었을까? 그 근처에 있는 큰 병원이 얼른 떠오르지 않았다.

"미국 대사관 가는 길이라고 하던데. 캐나다 대사관이랑 가깝잖아."

을식이 유학 문제로 가는 길이었겠지.

"다른 사람과 같이 있던가요?"

"아니, 혼자 가던데. 얼굴이 많이 상했더라고. 할머니 돌아
가셨다고 하던데 그래서겠지? 늙은이 오지랖이라고 생각 말고
들어요. 나는 두 사람이 잘되었으면 좋겠다 싶던데, 키샤 환송
회 이후로는 못 만났어요? 젊은 사람들끼리 좀 잘해 보지. 내
눈에는 참 어울려 보이던데……. 어, 미스터 최! 왜 그래요? 안
색이 창백하네."

율은 미시즈 황의 손을 뿌리치고 어느새 계단으로 달려 내
려갔다. 엘리베이터를 기다릴 생각도 못 하고 지하 주차장까지
어떻게 뛰어 내려갔는지 정신없이 도착한 율은 자동차의 시동
을 걸어 도로까지 단숨에 올라왔다. 성북구 쪽으로 가는 사거
리 앞 신호에 걸렸을 때에야 비로소 스마트폰에서 다인의 전화
번호를 찾아냈다.

"최율입니다. 보은이 이사 간 옥탑방 주소가 어떻게 됩니
까?"

"보은이랑 통화하지 않으셨어요?"

다인의 목소리는 침착했다.

"전화는 계속 했는데 연락이 안 되고 있습니다. 어딥니까,
이사 간 곳이?"

애타는 율의 마음과는 다르게 다인은 말이 없었다. 불안한
침묵이 흐른 뒤 다인이 대답했다.

"전 보은이와 한 시간 전에도 통화했어요. 별일 없이 잘 지내요. 그런데도 최율 씨와 연락이 안 된다면 보은이에게도 이유가 있겠지요. 아직도 주소를 안 가르쳐 줬다는 거죠? 그러면 저도 가르쳐 드릴 수 없겠네요."

다인은 냉정했다. 율은 다시 윤주에게 전화했지만 회의 중이어서 받을 수 없다는 안내 음성이 흘러나왔다.

"누나한테는 정말 면목이 없어요."

"그런 말 하지 말고 어서 먹어. 밥 다 식겠다."

보은은 직접 구운 고등어구이 접시를 광호 앞으로 놓아 주었다. 광호가 연년생 동생인 진호까지 데리고 찾아오겠다는 말을 들었을 때는 솔직히 무거운 마음뿐이었다. 광호의 얼굴은 두 번밖에 보지 못했고 진호는 오늘 처음 보았지만 서로에 대해 별로 아는 것이 없었다. 둘 다 집을 나와 살면서도 같이 살지 않고 따로 살며 연락조차 드문드문 주고받을 뿐이라는 광호의 말에 형제 사이가 좋지 않은가 하는 걱정을 했을 뿐이다.

"광호가 그러던데 진호는 공장 기숙사에 있다고 했니?"

말이 없는 진호는 아까부터 고개만 푹 숙이고 있었다. 스물둘 광호와 스물하나 진호는 성인이라고 하기에는 외모나 성격이 무척 어리고 앳되어 보였다. 자신감이 없고 소심해 보이는 몸짓과 목소리 때문에 그럴지도 모르겠다는 생각이 들었다. 둘다 공고를 졸업한 뒤 각기 다른 곳에서 일한다고 했다.

"엄마 일은 너무 걱정하지 마세요. 아버지도 이번엔 정신

라떼와 첫키스 445

좀 차리셨을 거예요. 엄마가 이렇게 가출까지 한 건 처음이니까요."

염 노인으로부터 도망치고 싶어 보은을 부른 용인 어머니는 보은의 옥탑방에서 사흘을 잤다. 방 하나에 작은 부엌 그리고 화장실이 전부인 보은의 옥탑방에 여인은 무척 놀라고 실망하는 기색을 보였다. 혼자 사는 집인데 이것으로 충분하지 않느냐고 말하는 보은에게 여인은 헤어진 부모님을 원망하는 말도 한마디 내뱉었었다. 보은은 여인과 함께 집 주위를 산책하고 음식을 만들고 동네 병원에서 물리치료와 침 처방도 받게 해 드렸다. 나흘째 되는 오늘 광호와 진호가 여인의 전화를 받고 이곳까지 찾아왔다. 여인은 남겨진 염 노인의 끼니를 챙기는 일과 그의 심장 약이 다 떨어졌을 거라는 걱정을 늘어놓았다. 도대체 그렇게 맞고 싸우면서도 헤어지지 못하는 이유가 무엇인지 보은으로서는 이해할 수 없었다.

"그런 걸 미운 정이라고 하는 거야. 너도 나중에 결혼해서 애 낳고 살아 보면 알아."

여인이 한숨을 섞어 말했지만 정말 모를 노릇이었다. 그저 자신이 아니면 불쌍한 남편을 거두어 줄 사람이 아무도 없다고만 덧붙여 말했다.

광호는 방에 잠들어 있는 자신의 어머니에 대해 정이 별로 없다고 대놓고 이야기했다. 아버지의 도박과 폭력이 지긋지긋하여 공고 졸업 후 취직이 되자마자 집을 나와 살지만 가족들끼리 소원하다는 것을 빼면 형제는 각자 나름대로 잘 살고 있

446

다고도 말했다.

"최소한 다른 사람들을 괴롭히거나 손 벌리고 살지는 않아요. 저, 친구와 둘이 살면서 월세도 안 밀리게 내고 많진 않지만 매달 적금도 들고 있어요. 카센터 일이 힘들어도 월급은 꼬박꼬박 나오니까요. 그건 진호도 마찬가지일 거예요."

보은은 두 동생이 대견했다.

"저녁 먹고 나서 엄마 깨워 데리고 갈게요."

"아니야, 주무시는데 그럴 거 없어. 엄마도 너희들이랑 집이 걱정되어서 부르신 거니까 너희들은 집에 가서 쉬고 내일 출근해. 엄마는 여기 계시다가 나중에 내가 모셔다 드릴게."

"나중에 언제요? 아버지가 꼭 모시고 오랬는데……. 누나한테도 정말 잘못했다고 다시는 이런 일 없을 거라고 약속한다고 말하랬어요."

보은은 그 말을 믿을 수 없었다. 그리고 두 동생이 식사를 마치자 골목 아래까지만이라도 배웅을 하려고 점퍼를 입었다. 그런데 어느새 잠이 깬 여인이 형제가 나서는 것을 보자 벌떡 일어나더니 자신도 따라가겠다고 말하는 것이었다.

"아무래도 그 인간 밥도 못 챙겨 먹고 있을 거야."

보은은 다시 어이가 없어졌다.

"안 돼요. 치료를 받아서 고치든 고소를 당해서 정신을 차리든 해야지, 해결책도 없이 그냥 가요? 가서 또 돈 뺏기고 얻어맞을 거예요? 그럴 거면 여기 오지 마세요."

외투를 옷걸이에서 내리던 여인의 손이 주춤했다. 두 동생은 아무 말도 못하고 보은과 어머니를 번갈아 보았다. 보은은 여인의 손에서 외투를 빼앗아 다시 못에 걸었다.

“얘들 골목 아래까지만 배웅하고 올게요.”

“목도리 하고 가.”

여인이 힘없이 말했다. 보은은 두 동생을 큰 도로까지 따라나갔다.

“아저씨한테도 내가 다시는 안 참는다고, 도박이든 주먹질이든 경찰에 제대로 고소하겠다고 하더라고 꼭 전해.”

택시 타고 가라고 지갑에 있는 현금을 다 꺼내어 광호의 외투 주머니에 넣었다. 그런데 광호가 그 돈을 얼른 빼내더니 보은의 손에 도로 쥐여 주었다.

“누나, 우리도 차비 있어요.”

그 말투와 눈빛이 너무나 단호해서 보은이 오히려 머쓱해질 정도였다.

밤은 조용하다. 보은은 옥탑방의 문을 열고 평상에 앉았다. 잠이 오지 않았다. 주인아주머니가 쳐 놓은 빨랫줄에는 그 집 식구들의 요 몇 채가 널려 있다. 제사가 있어서 지방에 간다고 하더니 이불을 걷는 것을 깜빡 잊고 갔나 보았다. 보은은 밤이슬을 맞아 이불이 얼지 않도록 걷어서 두어 번 훌훌 턴 다음 잘 개어 방 안에 들여놓았다.

“너는 안 자니?”

여인이 졸린 눈을 뜨고 물었다.

“먼저 주무세요.”

보은이 방문을 닫는데 안에서 다시 목소리가 들렸다.

"네가 옆에 있어 줘서 참 좋구나."

여인은 다시 잠 속으로 빠져들었다. 보은은 따뜻한 우유를 한 잔 마시고 부엌 바닥에 앉아 노트북을 켜 인터넷을 들여다 보았다. 시간이 가지 않았다. 한참 동안 핸드폰을 만지작거리다가 자신의 손가락이 아닌 것 같은 느낌으로 전원 버튼을 눌렀다. 사흘 동안 쌓인 부재중 전화와 메시지는 거의 대부분이 율에게서 온 것이었다. 화면을 열 번도 넘게 넘기고 있으려니 눈가에 고일 대로 고인 눈물이 그 위로 뚝뚝 떨어졌다.

연애만 해도 괜찮을 줄 알았다. 사랑만 해도 되는데 결혼을 왜 해야 하며 부모님의 허락은 왜 받아야 하는지 알고 싶지 않았었다. 그래도 율의 부모님을 만나 사귀게만 해 달라고 허락을 구했던 것은 행복한 가운데 느껴지는 불안함을 유예시키고 싶었기 때문이었다. 시간을 정해 두면 율이 자신을 지겨워하고 실망하게 될 때쯤 혼자 천천히 떠나보내는 연습을 할 수 있을 줄 알았었다. 무모하고 어리석은 생각이었다.

"치이, 두 번째는 덜 아플 줄 알았는데……."

보은은 어린아이처럼 손등으로 눈물을 쓱 닦았다. 율은 언제부터 시작된 사랑인지 모르겠지만 나는 이제 막 시작한 사랑이라고 스스로를 위로했다. 그러니 첫 번째보다는 그만두는 것도 쉽고 아픈 것도 덜할 거라고 스스로를 달랬다. 거짓말이었고 바보 같은 생각이었다.

율이 남긴 메시지를 차례차례 읽었다. 연락이 되지 않음에 걱정하다가 달랬다가 화를 냈다가 다시 애원하는 것으로 반복되고 있었다. 밖으로 나와 평상 위에 앉았다. 살을 엘 듯한 밤바람에 얼굴이 꽁꽁 얼 것 같았으나 가슴속에선 뜨거운 것이 뭉클거렸다. 보은은 율의 단축 번호를 꾹 눌렀다. 전화는 익숙한 연결음이 나오기도 전에 바로 연결되었다.

— ······.

"여보세요? 최율 씨, 보은이에요."

— 웬일이니, 이 시간에?

틀림없는 율의 목소리였다. 보은은 소리 나지 않게 숨을 깊이 들이마셨다.

"전화 늦게 해서 미안해요. 잘 있었어요?"

— 응.

담담한 목소리에는 한겨울 칼바람이 불었다. 보은은 이미 눈물로 얼어 버린 얼굴을 한 손으로 문질렀다. 하고 싶은 말은 많았지만 할 수 있는 말이 없었다.

"그럼, 안녕히 계세요."

두 사람 사이에는 침묵만 떠돌았다.

"끊을게요."

— 이보은!

율의 목소리가 다급하게 외쳤다. 그리고 여전히 얼음장 같은 목소리로 물었다.

— 너 미국 가니?

어떻게 알았을까? 보은은 며칠 전 대사관으로 가는 길에 미시즈 황을 만난 것을 기억했다.

— 너 미국 갈 거냐고 물었어.

"네."

— 알았다.

전화는 끊어졌다. 보은은 까맣게 꺼진 액정을 바라보며 소리도 내지 못하고 무릎을 껴안고 젖은 얼굴을 묻었다. 울음이 새어 나오려는 것을 팔뚝을 깨물면서 참았지만 아픈 줄도 몰랐다. 정작 아픈 것은 마음이었다. 두 번째라고 덜 아픈 게 아니었다. 얼마나 아플지 알고 있던 것보다 훨씬 더 아팠다. 누군가의 손으로 심장을 비트는 것처럼 숨을 쉴 수 없이 아파 왔다. 가슴 전체가 꽉 조여 오며 갈비뼈에 미세한 균열이 생기다가 한꺼번에 부서질 것 같았다. 어쩔 수 없이 터져 나온 울음소리에 보은은 여인이 창문을 빼꼼히 열고 내다보는 줄도 모르고 있었다.

"너희 두 사람 어떻게 된 거니, 도대체?"

보은이 말하지 않아도 다인은 친구의 얼굴을 보고 짐작할 수 있었다. 할머니의 장례를 치른 후 바로 집을 팔고 가족들이 흩어지는 바람에 보은은 몸과 마음을 쉴 여유가 없었을 것이다. 그러나 보은의 옆에 율이 있어서 다인은 이제부터 보은이 평범하고 행복하게 잘 지낼 수 있을 거라고 퍽 안심하고 있었다. 보은의 집 주소를 묻는 전화를 거절한 뒤 다인은 바로 보은에게 전화를 걸었었다. 보은의 부탁대로 윤주에게도 율의 전화를 받지 말 것을 전하긴 했지만 정작 보은은 율과 헤어지려는 이유를 말해 주지 않았다.

"그날 퀼트 숍에까지 찾아왔었어. 윤주네 신문사에도 갔었대. 우리야 네 부탁대로 할 수밖에 없지만 네 얼굴도 지금 말이 아니야. 둘 다 왜 이러니?"

"이젠 안 그럴 거야. 지난주에 통화했어. 그만 볼 거야."

다인의 얼굴이 굳어졌다. 테이블 위의 진동벨이 떨렸다. 다인은 카운터로 가서 주문했던 음료 두 잔을 받아 왔다.

"최율 씨 부모님이 심하게 반대하시니?"

조심스러울 수밖에 없는 질문이지만 그것 말고는 다른 이유가 없을 것 같았다. 보은은 대답 없이 녹차라떼에 꽂힌 빨대만 한 번 빨았다. 그러다가 깜짝 놀라 자신이 마시던 음료를 새삼 쳐다보았다.

"왜 맛이 이상해?"

"아니야. 이젠 녹차 안 마시려고 했는데……."

그때 보은의 핸드폰이 울렸다. 경기라도 일으키듯 화들짝 놀라며 액정을 들여다본 보은이 통화 버튼을 눌렀다.

"아, 쇠고기요? 선지도 같이요? 네, 그럴게요. 아뇨, 안 늦어요."

보은은 전화를 바로 끊었다.

"용인 어머니시니?"

"응. 저녁에 선짓국 드시고 싶대. 장 봐서 들어가야겠다."

다인은 일어나려는 보은을 붙잡아 앉혔다. 손목이 더 가늘어져 있었다.

"그분도 기가 막힌다. 너, 언제까지 네 집에 모시고 있을 건데?"

"그쪽 아저씨가 하는 거 봐서⋯⋯."

"도박이나 폭력이 그렇게 쉽게 고쳐지는 거니?"

다인은 이어서 말했다.

"너 혹시 그 어머니 때문에 일부러 최율 씨 멀리하는 거 아냐?"

보은은 대답이 없었다. 다인이 보은의 어깨를 마구 때렸다.

"이 바보야, 멍청아. 언제까지 다른 사람만 위하며 살 거야? 대학도 포기하고 가족들 뒤치다꺼리하며 살더니 이젠 또 너 버리고 간 그 엄마 수발들며 살래? 넌 언제 너 좋은 거 하면서 살 거야? 이 바보 멍청아!"

실내의 사람들이 두 사람을 쳐다보았다. 보은은 억지로 웃음을 띠며 다인을 다독였다.

"어떻게 최율 씨한테 같이하자 그래? 그 사람한테도 부모님이 계시고 나한테도 새로 찾은 엄마가 있어. 부모와의 인연은 천륜이래. 그래서, 힘든 건 나 혼자 할 수 있으니까 연애만 하려고 했지. 근데 그것도 잘 안 되네."

"이 바보야! 네 등에 업혀서 짐만 되는 사람도 부모야? 천륜이야?"

그때 보은의 핸드폰이 다시 울렸다. 이번엔 낯선 번호였다.

— 이보은 씨죠? 저 최율 씨 형수예요. 지금 전화 받기 괜찮

아요?

　그날 오후 약속 장소는 병원 지하의 구내식당이었다. 이곳
에서 율의 옷에 식판을 쏟고 함께 나가 점심을 먹었던 늦여름
의 일이 깨기 싫은 꿈속의 일이었던 듯 그리워졌다. 다행히 율
의 형수는 약속 시간보다 10분 정도 늦게 내려왔다. 보은은 빨
개진 눈가를 냉수가 담긴 스테인리스 컵으로 눌러 식히며 앉아
있었다.
　"미안해요. 오늘 무지 바쁜 날이라 밖에 나갈 수가 없어요.
이런 데서 말하기도 좀 그런데, 그래도 난 보은 씨 편이라……."
　율의 형수가 정말로 미안하다는 표정으로 맞은편에 앉자마
자 말을 쏟아 냈다.
　"고맙습니다."
　보은이 고개를 까닥 숙였다.
　"보은 씨도 그거 버릇이죠? 고맙습니다, 미안합니다 자꾸
인사하는 거요."
　율이 늘 지적하며 자신에게는 그런 인사 제발 챙기지 말라
고 했던 것이 떠올라 보은은 아프게 웃음을 지었다.
　"나도 살면서 항상 사람들에게 진심으로 미안했던 사람이에
요. 난 너무 가진 게 많은 사람이거든요."
　직업적으로나 가정적으로 행복하게 잘 살고 있다는 말을 그
렇게 하나 보다고 생각했다.
　"난 태어날 때부터 은수저가 아닌 금수저, 다이아몬드 수저

를 입에 물고 태어났어요. 오늘도 우리 아버지와 오빠는 텔레비전에 나왔어요. 아마 대통령만큼 자주 나올걸요? 초등학생도 우리 친정집 회사에 대해 알 거예요."

율의 형수는 자신의 친정이 3대째 가업으로 잇고 있는 그룹 이름을 말했다. 놀라웠다. 부족함이 없고 거부당한 기억도 없이 자란 사람 특유의 여유롭고 순수하기까지 한 밝음을 그녀는 자연스럽게 뿜어내고 있었다.

"철이 들면서부터 난 내게 부족한 게 없다는 걸 깨달았어요. 심지어는 머리까지 좋잖아요? 아, 미안해요. 어쨌든 내게 부족한 건 바로 결핍. 부족함이 부족하다는 걸 알았죠. 그래서 세상 사람들에게 너무 미안했어요. 그래서 내가 할 수 있는 한은 사람들을 도우며 살고 싶었죠. 우리 남편은 나더러 인정이 지나치다느니, 남의 일에 상관하지 말라느니 핀잔을 주지만요. 사실은 거기 반해서 결혼한 거면서……. 앗, 또 이야기가 옆으로 샜네요."

보은은 미소를 지으며 이야기를 들었다. 좋아할 수밖에 없는 여자라는 생각이 들었다.

"그래서 내가 결혼한다고 했을 때 양가에서 다 반대를 했었죠. 지금 시부모님도 대단하신 분들이고 훌륭한 집안이지만 우리 친정에서 보면 많이 모자라는 집안이었거든요. 어때요, 지금 보은 씨와 도련님이 처한 상황하고는 반대 경우죠? 그래서 인정이 넘치는 정의의 사도로서 보은 씨에게 말해 주는 거예요. 빨리 가서 도련님 붙잡아요. 도련님 지금 많이 아파요."

"어디가요?"

대꾸하는 보은의 목소리가 어쩔 수 없이 덜덜 떨렸다. 참고 있던 눈물이 다시 솟구쳤다. 이런, 이런 하며 율의 형수가 냅킨을 건네주었다.

"운전하다가 전봇대에 차를 들이받아서 왼팔이 부러졌어요. 다른 곳은 멀쩡하니 걱정 말아요. 팔에 깁스한 건 치료만 잘 하고 시간이 가면 괜찮아지니까요. 남편 말에 의하면 운전하면서 과속 딱지 한 번 끊긴 적 없다는 도련님인데 차 사고를 낸 건 보은 씨랑 상관있는 거 아닐까요?"

보은의 눈물이 계속 흘러넘쳤다. 만나지 말자고 생각하면서도 어떻게 지내는지 알고 싶었다.

"그래도 일을 놓을 수는 없다고 지금 평창에 가 있어요. 오늘 퇴원하자마자 건축사무소 사람이랑 같이 내려갔으니 내일은 올 거예요. 우리 도련님 자존심은 세상에서 제일 센 자존심인데 그래도 보은 씨가 한번 가 볼래요?"

보은은 대답할 수 없었다. 그러거나 말거나 율의 형수는 미리 적어 온 주소를 보은에게 건넸다.

"두 사람이 헤어진 이유야 있겠지요. 부모님이 반대하시는 것도 알아요. 설마 우리 친정 부모님이 반대하신 것만큼 하셨겠어요? 그러니까 좀 용기를 내 봐요. 다음에 또 볼 수 있을지 모르겠지만 이렇게 안 하면 내 맘이 너무 불편해서 그래요. 요즘 우리 도련님 가시를 바짝 세운 고슴도치 같아요. 어찌나 까칠하고 날카로운지 무서워서 말도 못 걸겠거든요. 사실, 이것도 쓸데없이 오지랖만 넓은 짓 한 거 아닌지 모르겠어요."

율의 형수는 인사도 받지 않고 빠른 걸음으로 식당에서 나가 버렸다.

집마다 그 집이 가진 고유의 냄새가 있다. 율의 어느 선배는 처음 들어가 보는 집에서 훅 풍기는 냄새만으로도 그 집의 가족들이 화목한지 그렇지 않은지, 부부가 따뜻한 사람들인지 아닌지 알 수 있다고 말했었다. 한집에 같이 오래 살면서 밴 사람들의 냄새에는 충분히 그런 힘이 있을 것이다. 그렇다면 이 별장에서는 어떤 냄새가 나게 될까? 여기는 사람들이 있는 시간보다 비어 있는 시간이 더 많을 텐데 그 비어 있는 시간 동안 어떤 냄새가 배게 될까? 보은을 사랑하게 되면서부터 율은 새로운 공간에 들어갈 때마다 그곳의 냄새부터 느끼고 기억하게 되었다. 정작 냄새 맡는 법을 가르쳐 준 보은은 지금 만날 수도 없고 볼 수도 없었다.

일주일 전 밤늦게 걸려 온 보은의 전화를 냉정하게 끊고 나서 율은 무작정 자동차를 몰고 정릉으로 달렸었다. 이 넓은 동네 어디쯤 옥탑방에 보은이 살고 있고 그녀가 드디어 자신에게 전화를 걸어 왔다는 것에 감격해하면서도 율은 차를 세우고 전화를 걸지 못했다. 첫사랑에 빠진 서툰 남자답게 딱 그만큼의 알량한 자존심으로 보은이 다시 전화를 걸어 오기를 기다리기만 할 뿐이었다.

만약 율이 그 나이만큼의 성숙함과 인내심으로 다른 일을 했다면 그렇게 속 좁게 굴지 않았을 텐데 서른 살을 훌쩍 넘어 첫사랑을 겪는 남자의 마음은 열세 살 소년의 미성숙한 마음과 다르지 않았다. 보은을 사랑했던 만큼 아프게 하고 상처 주고 싶다는 잔인한 마음이 율에게 말도 안 되는 떼를 쓰도록 만들고 있었다. 자신이 왜 이런 벌을 보은에게서 받아야 하는지 이해가 되지 않았고 이해하고 싶지도 않았다. 서른세 해를 살아오는 동안 노력한 만큼 성취하고 목표한 것을 손에 넣는 것만 익숙했던 율에게 보은은 알 수 없는 미스터리였다. 남들이 첫사랑은 이루어지지 않는다고 무슨 종교의 교리처럼 말하는 것이 지금 자신에게 일어나고 있는 줄은 생각하지도 못했다. 유치하다고 해도 할 수 없었다. 첫사랑은 다 유치하고 어리석은 것이니까.

그래도 보은이 정말 전화를 다시 안 걸어 올 줄은 몰랐다. 율은 한 시간이나 정릉 주변을 헤매다가 급기야는 망막에 습기가 뿌옇게 차며 액셀을 밟은 발에 분노를 실었고, 급커브 길에서 브레이크로 발을 옮기며 핸들을 꺾었을 때는 운전석으로 전봇대를 들이받은 뒤였다. 왼쪽 백미러가 부서지고 운전석 차창이 깨지며 에어백이 터지기 전에 왼팔을 칼로 찌르는 듯한 강한 충격이 왔다. 동네 사람들의 신고로 경찰차가 오고 레커 차량과 119 구급차가 왔을 때 율은 차라리 이것으로 보은을 다시 볼 핑계가 만들어졌다는 야릇한 기쁨을 느꼈다. 그리고 다시 며칠이 지나고 오늘 깁스를 하고 퇴원할 때까지 보은은 여전히 전화가 없었고 자신도 전화를 하지 않았다. 어린아이가 떼

를 쓰듯 율은 바닥에 퍼질러 앉아 팔다리를 버둥대며 울고 있
는 심정이었다.

요술 램프 속에 갇힌 요정이 그러했듯 처음엔 다 용서해 주
고 어떤 변명이든 들어 주겠다는 마음으로 제발 오기만 해 달
라고 기다리다가 나중에는 점점 원망하고 미워하는 마음으
로 변해 갔다. 보은을 보면 왜 이렇게 늦게 왔느냐고 으르렁대
며 저주하고 괴롭히리라. 가족들도 알아주는, 자존심이 드높
고 냉정한 율이었다. 율은 퇴원을 하며 거울 속에 비친 얼굴의
눈빛이 누구도 건드릴 수 없게 신경질적이고 날카로워진 것을
보았다.

"소장님, 추운데 밖에 계셨네. 들어가셔서 막걸리 한잔해요."
별장의 설계를 맡긴 건축주가 찬바람을 맞으며 서 있는 율
을 불렀다. 처음 설계를 시작할 때부터 제대로 된 의사 결정을
못 하고 갈팡질팡하며 힘들게 하더니 공사가 진행 중인 동안에
는 여기저기서 들은 귀동냥으로 일하는 사람들을 애먹이며 변
덕을 부리는 사람이었다. 율은 감정을 숨기지도 않고 툭 내뱉
었다.

"맨 정신으로 검토해 보시지요. 공사 중간에 고치고 싶은 데
가 또 생기면 안 되니까요."

흰 머리가 반인 주인의 눈이 안경 너머에서 번득거렸다. 율
은 주인의 곁을 지나쳐 김철수가 기다리는 컨테이너로 들어갔
다. 사무실 겸 인부들의 쉼터로 쓰고 있는 컨테이너 안에서는
막걸리 잔이 돌고 있었다. 율은 다친 팔을 핑계 삼아 술을 거절

하고 김철수와 함께 변경된 설계 도면을 들여다보았다.

어느새 마지막 햇살이 컨테이너 안을 발갛게 물들이고 목수 팀과 집주인까지 다 떠났다. 내일 최종 검토만 끝나면 설계 때문에 이곳을 다시 올 일은 없으리라고 속으로 벼르며 율은 책상 위에 흩어진 도면을 정리했다.

"저녁은 리조트 쪽으로 내려가서 드시지요. 스키 시즌이라 식당 음식이 꽤 다양하고 괜찮던데요."

김철수가 말했다. 율은 고개를 저었다. 사람들이 많은 곳에는 가고 싶지 않았다.

"난 좀 쉬어야겠는데. 먼저 내려가서 먹고 와요."

"아, 피곤하시겠군요. 그러면 올라올 때 도시락을 좀 사 올까요?"

율은 그러라고 건성으로 대답하고 난로 앞에 놓인 긴 소파 위에 몸을 눕혔다. 눈을 감고 있자 잠시 뒤에 김철수가 율의 차를 몰고 내려가는 소리가 들렸다. 아침에 퇴원하면서 부모님의 잔소리에 죽만 한 그릇 먹었을 뿐이다. 영동고속도로를 타고 오다가 휴게소에 들러 점심을 먹는다고는 했지만 깔깔한 입으로는 도무지 아무것도 씹을 수가 없었다. 하지만 배 속에서 나는 꾸르륵꾸르륵 소리에 율은 소파에서 일어나 생수를 한 병 다 마셨다. 다시 소파에 몸을 돌리고 누워 눈을 감고 있는데 눈동자가 자꾸 뜨거워지며 목청이 부은 듯 아파 왔다. 율은 컨테이너의 불도 켜지 않고 완전히 내려앉은 어둠을 핑계로 흐느끼기 시작했다. 그동안 율 앞에서 내숭도 떨 줄 모르고 계산도 하지 않았던 보은이 이렇게까지 자신을 괴롭히는 이유를 알고 싶었다. 넌 태생도 천한 식모하고 결혼하고 싶니? 그렇게 말씀하시던 부모님의 반대는 알고 있지만 단지 그것 때문에 자신을 떠나리라고는 생각하지 않았다. 율은 도저히 참지 못하고 자리에서 벌떡 일어나 핸드폰을 집어 들었다.

그때 거짓말처럼 액정에 불이 환하게 들어오며 보은의 이름이 떴다. 벨이 울리기 전에 받으면 전화가 끊어질 것 같은 생각에 율은 숨을 한 번 깊이 들이마신 뒤 터질 것 같은 심장을 진정시키며 통화 버튼을 눌렀다.

"보은아……."

— 최율 씨…….

두 사람이 동시에 서로를 불렀다. 그리고 동시에 침묵했다.

— 어디예요?

"어디니?"

다시 동시에 물었다. 율은 먼저 입을 열었다.

"보고 싶어."

입 밖으로 나온 자신의 말에 눈에서는 기다렸다는 듯 고였던 눈물이 한 줄기 흘러내렸다. 전화 건너편에서는 아무 대답이 없었다. 율은 더럭 겁이 났다.

"끊지 마, 제발."

— 안 끊어요.

율은 안도의 한숨을 쉬며 다시 말했다.

"내가 지금 서울로 갈게. 새로 이사한 곳으로 갈게. 가르쳐 줘.”

— 저 지금 평창에 왔어요.

“뭐?”

율이 컨테이너 문을 열고 캄캄한 어둠 속으로 뛰쳐나갔다.

— 홍정계곡 상류 쪽이라고 해서 택시 타고 들어왔는데 아무것도 없는 것 같아요. 컨테이너가 하나 보이긴 하는데 불빛도 없구요.

“보은아!”

율은 공사장 너머 50여 미터 앞에 서 있는 하얀 그림자를 보았다. 자갈과 모래 더미 위를 타 넘어 휘적휘적 뛰어갔다. 깁스한 팔 때문에 균형을 잡지 못하고 넘어질 뻔하다가 일어났다. 하얀 그림자는 손전등처럼 환하게 켜진 핸드폰을 손에 들고 이쪽을 향해 몸을 돌렸다. 율은 오른쪽 팔로 그림자의 형체를 잡아당기며 그대로 품 안에 가두었다. 그림자가 아니었다. 따뜻한 체온과 부드러운 촉감이 느껴지고 눈물 나게 좋은 냄새가 나는 사람의 몸이었다. 사랑하는 여자의 몸이었다.

“최율 씨…….”

보은이 숨이 막힌다는 듯 율의 어깨를 톡톡 두드렸다. 율은 얼굴을 보기 위해 팔을 풀었다. 차가운 바람과 짙은 어둠 속에서 보은의 야윈 얼굴이 자신을 올려다보고 있었다.

컨테이너 안으로 보은을 데려와 실내의 전등을 밝히고 난로 앞에 앉힌 뒤에도 두 사람 사이에는 한동안 말이 없었다. 율이 꽉 쥐고 있는 보은의 손가락에 끼워져 있는 반지가 얼어 있던 마음을 녹였다. 그것은 보은도 마찬가지였을 것이다.

"팔 많이 다친 거예요? 부러졌다면서 이렇게 나와 일해도 돼요?"

율은 자신을 걱정해 주는 보은이 보기 좋아 가만히 그 얼굴을 쳐다보기만 했다. 사실은 부러진 것이 아니라 몇 군데 금만 갔을 뿐이지만 보은이 자신을 떠나지 않게만 할 수 있다면 부러져도 좋았다.

"여긴 어떻게 알고 왔어? 아니, 이제 안 갈 거지? 나, 안 떠날 거지?"

"형수님이 가르쳐 주셨어요. 나는 내일 가요."

보은은 가만히 율의 머리를 안아 자신의 어깨에 기대게 했다. 제대로 된 대답을 듣지 못했다고 생각하면서 다그치려는 순간, 컨테이너의 문이 벌컥 열렸다.

"도시락 드시고, 엇……."

김철수가 양손에 하얀 편의점 비닐 봉투 두 개를 들고 문 앞에 서 있었다. 보은이 먼저 율의 몸에서 손을 떼고 물러났다.

"손님이 와 계셨네요."

김철수는 머뭇거리다가 일단 안으로 들어와 문을 닫았다. 최율의 옆에 앉은 젊은 여자가 붉어진 얼굴로 일어나서 인사를 하는 동안 김철수는 자신이 불청객이 되었다는 확신이 들었다. 최율이 그런 눈으로 사람을 쳐다보는 것을 지난 8개월 동안 한 번도 본 적이 없기 때문이었다. 주인에게 애원하는 강아지의 눈이랄까. 날카롭게 사람을 꿰뚫어 보기만 할 줄 알았던 최율의 번뜩이던 눈빛이 여자를 한없이 부드럽고 슬프게 바라보고 있다고 느낀 것은 절대 착각이 아니었다.

"김 기사님 여기 뒷정리 좀 부탁드립니다."

하루 종일 까칠하기만 했던 목소리도 한결 누그러져 있었다.

"네, 먼저 들어가세요. 그리고, 혹시 차 열쇠 필요하실지도⋯⋯."

김철수는 최율의 자동차 열쇠를 건네주었다. 최율이 여자와 함께 컨테이너를 나가자 김철수는 자신이 아내와 연애하던 때를 떠올리고 미소를 지었다. 그때의 김철수도 다른 사람들을 대할 때와는 전혀 다른 눈빛으로 지금의 아내를 바라보았었다.

잠시 뒤 누가 운전을 하는지는 모르겠지만 SUV에 시동을 거는 소리가 들렸다.

"이 길을 따라 쭉 내려가서 삼거리에서 좌회전하면 돼."

율은 보은이 몰고 있는 자신의 차 조수석에 앉아 있었다. 오늘 아침 김철수가 모는 이 차를 타고 올 때까지만 해도 밤에는 보은이 몰게 되리라고는 상상도 하지 못했었다. 어머니나 형수를 포함해 한 번도 여자가 몰아본 적이 없는 자신의 차를 보은이 운전하고 있는 모습을 보는 것은 뜻밖에 편안하고 기분이 좋았다. 보은은 을식이의 SUV를 운전하던 솜씨로 율의 차에도 금방 익숙해졌다. 방향을 묻는 말만 두어 번 했을 뿐 별로 말이 없는 보은의 옆모습을 보며 율은 불안감이 다시 물안개처럼 스멀스멀 피어오르는 것을 느꼈다. 그러나 율의 의식은 그것을 수면 아래로 밀어 넣어 버렸다.

목적지에는 금방 도착했다. 김철수와 함께 오늘 밤 묵기로 한 펜션 건물에 들어간 율은 주인에게서 독립된 펜션 한 채를 따로 얻어 그곳으로 발을 옮겼다. 보은이 뒤를 따라 들어왔다. 신발을 벗고 있는 율을 앞질러 먼저 방 안으로 성큼 들어선 보은은 무거워 보이는 가방을 텔레비전 옆에 내려놓고 하얀 코트까지 벗었다.

오늘 점심때 이곳에 도착하여 이미 둘러본 방과 같은 구조인데도 율은 지금 처음 도착한 듯 낯선 눈으로 방을 둘러보았다. 온돌방 하나에 화장실 하나 그리고 작은 싱크대와 냉장고가 놓인 아담한 방이다. 보은은 깁스한 왼팔을 건드리지 않도록 율의 점퍼를 조심스럽게 벗겨 주었다. 그리고 가방에서 묵직한 유리로 된 네모난 통 여러 개와 긴 보온병을 꺼냈다. 뚜껑을 여니 김이 서린 잡곡밥과 몇 가지 반찬 그리고 된장국이 담겨져 있었다. 냄비에 된장국을 옮겨 가스레인지로 데우고 두 사람 분의 수저까지 꺼내 밥상 위에 놓으니 그대로 한 끼의 소박한 식사가 차려졌다.

"저녁 안 먹었을지도 모른다 싶어서요. 그렇죠? 밥부터 먹어요."

보은이 처음으로 율을 위해 차려 준 음식이었다. 율은 보은이 밥 위에 얹어 주는 장조림과 나물 무침과 김치를 달게 받아 꼭꼭 씹어 먹었다. 보은도 율의 맞은편에서 같이 밥을 먹었다. 마치 방금 밭일을 마치고 돌아와 밥상 앞에 앉은 노부부처럼 두 사람은 익숙하고 편안하게 말없이 식사를 계속했다. 그러지 않으면 나쁜 일이라도 생길 듯이 수저를 뜨고 식사하는 것에만 집중했다. 보은은 율을 벽에 기대 쉬게 하고 설거지를 하고 방 청소를 했다. 가방에서는 아직도 나올 것이 남았던지 사과를 꺼내 깎아 주었다. 사과를 다 먹자 약 먹을 시간이지 않느냐며 물을 가져다주었다. 보은이 아니었으면 잊어버렸을 듯 율은 가 방에서 약봉지를 꺼내 처방받은 진통제와 항생제를 먹었다.

"여기 일은 잘돼 가요?"

보은이 물컵을 받으며 물었다.

율은 변덕스러운 건축주와 얼어붙은 땅에 대해 불평을 했고 떠나려는 인부들을 겨우 달래 붙잡은 이야기를 했다. 그런 일 이야 시공사에서 할 일이지만 설계만 맡았던 자신도 두고 볼 수만은 없어 공사 진행을 거들었다고 말했다. 율의 옆에 나란 히 앉아 벽에 기댄 채 듣고 있던 보은은 새로 이사 간 집에 대 해 이야기했다. 옥탑방의 창문이 무척 커서 건너편의 학교 운 동장이 보여 좋다는 것과 그래도 찬바람이 틈새로 들어와서 커 튼을 만들어 달았다는 얘기를 했다. 커튼의 무늬와 색까지 얘 기하며 여름에는 블라인드로 바꿔 달고 싶다고 말하는 것도 율 은 진지하게 들어 주었다. 두 사람은 보은이 율의 부모님을 만 난 것과 어쩌다 팔을 다쳤으며 왜 전화를 하지 않았고 미국엔 무슨 일로 얼마나 가 있을 건지도 서로 묻지 않았다. 서로를 할 퀴고 상처 주는 것들에 대해서는 발을 들여놓으면 안 되는 금 기의 영역이라도 되듯 이야기하는 것을 계속 미루고 있었다. 지나간 것, 돌이킬 수 없는 것에 대해 이야기하기에는 둘이 함께 있는 이 시간이 너무 짧고 아까워서이기도 했다.

평일이었지만 펜션 마당에서는 스키를 타러 온 사람들이 왁자지껄 숯불을 피우고 고기를 굽는 소리가 들렸다. 자갈에 자동차 바퀴가 구르며 새로운 사람들이 들어오고 야간 스키를 타러 나가는 소리도 들려왔다.

"내일 점심 먹고 출발할 건데 괜찮아? 운전은 아까 본 김철수 씨가 할 거야."

"난 괜찮아요."

율은 가늘게 숨을 내뱉으며 오른손으로 보은의 왼손을 가만히 그러쥐었다. 버릇대로라면 당장 입술로 가져가 손가락 하나하나를 빨고 깨물었겠지만 지금은 보은을 조금도 아프게 하고 싶지 않았다.

"세수할래요? 도와줄게요."

보은은 잡힌 왼손으로 율을 일으키더니 화장실로 데려갔다. 세면대에 따뜻한 물을 틀어 놓고 율의 몸을 숙이게 하더니 목에 수건을 둘러 뒤에서 잡아맸다. 엄마가 아이를 씻기듯 보은은 율의 얼굴을 물로 닦고 비누칠을 하고 헹구었다.

"혹시 머리 감고 싶거나 샤워하고 싶으면 얘기해요. 깁스에 물 안 들어가게 씻겨 줄게요. 나 그런 거 잘해요."

보은은 아무렇지 않게 말했지만 율은 고개를 저었다. 보은의 손이 닿는 것은 너무나 견디기 어려운 자극이었다.

"깁스한 데 가렵지 않아요? 여름이 아니라 냄새는 덜할 테지만."

"어떻게 그렇게 잘 알아?"

"을식이가 어릴 때 다리에 깁스한 적이 있었어요. 여름이라 업고 다니면서 냄새가 어찌나 지독하던지⋯⋯. 가렵다고 함부로 막 긁어서 내가 젓가락 냉동실에 넣었다가 꺼내서 긁어 주고 했었는데⋯⋯."

"나한테는 안 그래도 돼."

자신이야말로 보은을 돌봐 주고 싶은데 어째서 보은은 늘 다른 사람들을 돌보는 일만 하고 있는지 율은 마음이 아팠다.

"을식이는 미국에 언제 가니?"

"다음 달에 갈 거 같아요."

"설마, 너 을식이 따라가는 거니? 거기까지 가서 돌봐 주려고?"

"그냥, 겸사겸사 관광도 하고 을식이 학교 적응할 때까지만 같이 있어 볼까 해서 그래요. 한국인이 거의 없는 지역이라 혼자서는 힘들 것 같아서요. 나가더라도 난 무비자 여권이어서 3개월밖에 못 있어요."

"안 돼. 너, 못 가."

보은이 당장이라도 떠날 것처럼 율은 손목을 꼭 틀어쥐었다. 보은이 희미하게 웃으며 대답했다.

"아직 결정된 것도 아니에요."

"내 말 들어, 제발."

"알았어요. 손목 아파요. 이제 놔 줘요."

보은은 칫솔을 찾아 치약을 짜 건네주었다. 율이 이를 닦는 동안 보은은 화장실 문을 닫고 방에서 면 티셔츠와 편한 바지를 갈아입고 돌아왔다. 손에는 작은 파우치가 들려 있었다.

"나도 씻을게요."

율은 화장실 밖으로 나와 문을 닫아 주고 자신의 점퍼와 보은의 코트를 이불장 겸 옷장 안의 옷걸이에 걸었다. 이불과 베개는 네 사람이 쓸 수 있을 만큼 준비되어 있었다. 율은 싱크대 위에 치울 것도 없는데 공연히 행주질을 한번 하고 커튼이 쳐진 창문 밖으로 마당에 있던 사람들이 여전히 술을 마시며 떠들고 있는 모습도 지켜보았다. 시간이 8시도 되지 않았다.

보은은 금방 나왔다. 세수만 한 말간 얼굴에 머리를 올 때처럼 하나로 묶고 있었다.

"코트 걸었네요? 밖에 한번 안 나가 볼래요?"

"추울 거야. 내일 둘러보자. 구경시켜 줄게."

보은은 고개를 끄덕이더니 텔레비전을 켰다. 저녁 뉴스가 나오고 있었다. 두 사람은 아까처럼 벽에 등을 기대고 나란히 앉아 한참 동안 뉴스와 이어지는 드라마를 보았다. 보은은 등장인물이 바뀔 때마다 율에게 줄거리를 설명해 주었다. 드라마가 끝나자 싱크대로 가더니 따뜻한 물을 끓여 티백에 든 생강차를 가져온다. 율은 그것도 마셨다. 알 수 없는 불안감과 긴장으로 날카로워진 머리와 달리 몸은 퇴원 직후 장시간을 자동차로 달린 고단함과 진통제의 약 기운까지 더해져 물을 머금은 솜처럼 가라앉고 있었다. 눈꺼풀 안쪽이 점점 어두워졌다. 텔레비전이 갑자기 꺼진 조용함에 눈을 번쩍 떠 보니 창문 밖에서 떠들썩하던 사람들의 소리도 들리지 않았고 보은이 이불을 꺼내고 있는 것이 시야에 들어왔다.

"피곤하죠? 늦었어요."

율이 아직 멍하니 보고 있는 가운데 보은은 두꺼운 요 두 장을 바닥에 나란히 깔고 이불도 두 장을 꺼내 펼쳤다. 베개를 각각 놓고 율에게 말했다.

"누워요. 그만 자요. 팔 깁스 풀면 안 되는 거 알지요? 조심하구요."

율은 보은이 문단속을 다시 하고 이불 주위의 가방을 옆으로 치워 놓는 것을 보았다.

"불 끌게요."

보은이 스위치를 내리자 방 안이 생각했던 것보다 훨씬 캄캄해졌다. 율은 요 위에 피곤한 몸을 눕혔다. 보은이 옆의 요에 눕기 전에 율의 이불을 다독여 주었다. 잘 자라는 인사가 귀에 들어왔지만 잘 잘 수가 없을 것 같았다. 묻고 싶은 말이 많았지만 묻기가 겁이 났다. 어둠에 눈이 익숙해지자 율의 오른쪽 요에 반듯하게 누워 있는 보은이 보였다. 눈을 감고 있었다. 율은 다치지 않은 오른팔 쪽으로 몸을 돌려 보은을 보았다. 눈을 깜박이는 짧은 시간 동안에라도 캄캄한 어둠 속으로 사라져 버릴까 봐 겁이 나서 눈을 감지 못한 채 시간이 흘러갔다.

"미안해요."

눈을 감은 채 보은이 말했다.

"뭐가?"

“그냥 다 미안해요. 이 말을 하려고 여기 왔어요.”

“이젠 그러지 말자.”

앞으로는 미안할 일을 하지 말자는 건지, 미안하다는 말을 하지 말자는 건지 율 자신도 알 수 없었다. 보은은 대답이 없었다. 문득 눈물을 흘리고 있을지도 모른다는 생각에 율은 몸을 반쯤 일으켜 보은의 얼굴을 내려다보았다. 고개를 반대편으로 돌려 보여 주지 않고 있어서 율은 할 수 없이 보은의 자리로 몸을 움직였다. 어둠 속에서 이불 스치는 소리가 천둥소리처럼 크게 들렸다. 그때까지만 해도 율은 보은을 안을 생각이 없었다. 그저 보은이 그림자가 아니라 실재하는 인간의 몸이라는 것을 확인하고 싶었고 눈물을 흘리는 게 분명한 그녀를 위로하고 싶었다. 보은의 베개 끄트머리에 자신의 머리를 기대려던 율은 보은이 갑자기 고개를 돌리는 바람에 입술을 부딪혔다. 따뜻한 두 입술이 스쳤다가 감전이라도 된 듯 떨어졌다. 하지만 이미 늦었다. 보은은 눈을 크게 뜨고 율을 올려다보았지만 놀란 것 같지는 않았다. 율은 오른팔을 보은의 목 뒤에 받치고 그대로 입술을 포개었다.

보은의 입술은 기억하고 있던 것보다 더 따뜻하고 부드러웠다. 촉촉하게 젖은 입술을 살짝 빨아들이자 찝찔한 맛이 났다. 율은 그것이 눈물 때문이라는 것을 알았다.

“울지 마.”

보은의 입술이 뭐라고 말할 듯 달싹거렸지만 율은 기다리지 않았다. 다시 그 입술을 머금고 이번에는 아주 천천히 오랫동안 키스했다. 욕망보다는 위로와 약속이 담긴 입맞춤이었다. 심장이 쿵쿵 뛰며 튀어나올 듯 펄떡이는 소리가 자신의 귀에도 들릴 듯했으나 누구의 심장 소리인지 알 수 없었다. 율은 보은의 코가 눌리지 않도록 고개를 돌려 입속을 파고들었다. 보은의 입술과 혀는 율을 그대로 따라왔다. 완전히 익숙해진 어둠 속에서 율은 입술을 떼고 보은을 보았다. 보은의 두 눈도 율의 눈동자를 들여다보았다.

"괜찮아?"

무엇이 괜찮으냐는 것인지는 묻고 있는 율 자신도 정확히 몰랐지만 보은은 손을 들어 율의 얼굴을 가만히 어루만졌다. 방금 전까지의 키스가 보은을 위한 것이었다면 지금부터는 자신의 욕구를 위한 것이었다. 율은 오른팔을 바닥에 버텨 몸을 지탱하며 보은의 왼쪽 귓불을 잘근잘근 씹고 목덜미를 부드럽게 빨아들였다. 매일 밤 그리워했던 보은의 촉촉이 젖은 꽃잎 냄새를 콧속 깊숙이 들이마셨다. 목덜미의 맥박이 빠르게 뛰고 있는 것이 고스란히 느껴져 그곳에 이를 박고 살을 물어뜯고 싶은 충동이 일었지만 참았다.

"우리 다시는 상처 주지 말자."

율은 대답을 듣고 싶었으나 보은은 율의 목을 끌어안았다. 뜨거운 입술이 보은의 쇄골에 부딪쳤다. 율은 보은의 티셔츠를 걷어 올려 허리의 부드러운 피부를 조심스럽게 쓰다듬으며 손을 점점 위로 가져갔다. 보은의 가슴을 느끼고 싶었다. 지난해 마지막 날 보은을 호텔의 침대에 쓰러뜨리고 보았던 그 연한 분홍빛의 젖꼭지와 탐스러운 젖무덤이 율의 눈꺼풀에 그대로 남아 눈을 깜박일 때마다 그를 괴롭혔었다. 브래지어 뒤로 손을 뻗으려 했으나 깁스한 왼팔 때문에 오른팔로만 몸을 지탱하고 움직이는 것이 불편했다.

"보고 싶어. 만지고 싶어."

목소리가 거칠어졌다. 이제 완전히 욕망에 휩싸인 율은 깁스를 지탱한 목걸이 천을 벗어 버리려고 했다.

"안 돼요, 그러지 말아요. 다쳐요."

율의 뺨을 쓰다듬으며 보은이 몸을 일으켜 앉았다. 율의 눈동자에서 무엇을 읽었는지 들릴 듯 말 듯 한숨을 내쉬더니 옷을 벗었다. 단지 티셔츠 한 장을 벗었을 뿐이다. 누워 있을 때는 미처 몰랐는데 작지 않나 싶은 브래지어 속에서 터질 듯이 꽁꽁 동여맨 젖가슴이 흘러넘치고 있었다. 율은 숨을 훅 들이마셨다. 차마 브래지어까지는 스스로 벗기 부끄러운 듯 보은은 손을 뒤로 돌려 후크를 풀다가 고개를 떨구었다.

"가슴만이에요……."

율은 그 수줍지만 자극적인 유혹에 저절로 신음 소리가 나왔다. 몸을 일으켜 앉은 다음 벽으로 보은을 밀어 기대게 하고 바로 브래지어의 끈을 어깨에서 끌어내렸다. 어둠 속에 드러난 가슴은 미치도록 탐스럽고 아름다웠다. 달콤하고 진한 과즙이 뚝뚝 떨어지는 둥근 열매 같았다. 보은이 부끄러움을 못 이기고 팔로 가슴을 끌어안아 가렸지만 율의 오른손이 그 팔을 밑으로 끌어내렸다.

"이렇게 예쁠 줄 몰랐어."

"커서 둔해 보인다고 하던데⋯⋯."

보은의 목소리가 작게 떨렸다. 누가 그런 말을 했을까? 그래서 아파 보일 만큼 꽁꽁 싸매고 있었구나. 율은 오른손을 뻗어 묵직하면서 따뜻한 질감이 느껴지는 가슴을 살짝 들어 올렸다. 커다란 손바닥 안을 가득 채우는 말랑한 젖가슴을 부드럽게 어루만지다가 손가락으로 더듬었다. 보은이 깜짝 놀라며 몸을 뒤로 뺐다. 보은의 본능은 율을 밀쳤지만 저항이라고 하기에는 너무 미약한 움직임이었다.

"아아, 이제 그만해요. 깁스⋯⋯."

보은은 가슴에 파묻혀 있는 율의 머리를 가만히 쓰다듬으며 성급함을 진정시키려 했다. 율은 부드러운 언덕에 코를 묻고 꽃잎이 촉촉이 젖은 냄새를 마음껏 들이마셨다. 몸속의 마그마가 터지고 온몸의 혈관을 따라 거친 짐승 한 마리가 내달리기 시작했다. 겨우 보은의 입술과 가슴을 느끼는 것으로도 이렇게 머릿속이 텅 빈 듯 황홀한데 비밀스러운 샘으로 밀고 들어갈 때의 열렬한 쾌감과 환희는 어떨 것인지 당장 느끼고 싶었다. 보은은 처음일지 어떨지 알 수 없지만 이등병 시절의 불쾌한 경험 이후 처음 치르는 사랑하는 여자와의 첫 밤이라는 생각은 율을 미치도록 흥분시켰다. 방 안의 달아오른 열기가 율의 몸을 공중으로 붕 띄우며 어두운 밤하늘을 날아 달 위를 걷듯 황홀감을 주었다.

"잠깐만, 전화⋯⋯. 어머니예요. 전화 받아야 해요."

귓속에 맴돌던 음악은 환청이 아니었나 보다. 보은과 자신의 벨소리인 '플라이 투 더 문'이 계속 울려 대고 있었다. 보은이 가슴에 매달린 율의 어깨를 뒤로 밀며 다시 말했지만 어림도 없는 소리였다. 율이 온몸의 무게를 실어 그르렁대며 보은의 부드러운 허리를 쓰다듬다가 바지 위로 손을 가져갔다. 그러나 핸드폰은 끊겼다가 계속 울렸고 깁스한 팔은 거치적거렸으며 보은은 율의 몸을 세게 밀쳐 내고 반대편 구석으로 재빨리 기어가 버렸다. 텔레비전 옆에 올려놓은 보은의 핸드폰 액정이 불을 밝히며 자기를 받아 달라고 떼를 썼다.

"저예요."

보은이 침착하기 그지없는 목소리로 전화를 받으며 다른 손으로는 이불을 끌어당겨 망토처럼 맨몸을 덮었다. 율은 숨을 거칠게 몰아쉬며 이마를 바닥에 대고 엎드려 있었다. 깁스를 한 팔이 저려 왔다. 팔도 아팠지만 혈관 속에 갇혀 버린 욕망 때문에 온몸이 비명을 질러 댔다. 속으로 욕을 내뱉으며 율은 몸을 일으켰다. 오른손으로 보은의 허리를 잡아채 바닥에 쓰러뜨렸다. 아직 통화 중이었던 보은은 소리도 지르지 못했다. 핸드폰을 들지 않은 손으로 율을 밀치다가 율이 핸드폰마저 빼앗아 구석으로 확 집어던지고 입술을 짓눌러 오자 이번엔 정말 힘을 다해 두 손으로 율의 어깨를 밀쳐 버렸다. 율은 그만 깁스한 팔의 어깨에 심한 통증을 느끼며 비명을 질렀다.

"아, 어떡해요!"

보은이 구석에 나뒹굴고 있는 핸드폰보다 자신을 먼저 챙기지 않았으면 율은 정말 팔의 깁스가 어떻게 되든 보은을 다시 덮쳤을 것이다. 욕망이 여전히 펄펄 끓고 있었지만 아픈 어깨와 팔에 차례로 손을 갖다 대며 율은 어이없게도 웃음이 피식 흘러나왔다. 보은이 등을 돌리고 앉아 벗은 몸 위에 티셔츠부터 얼른 입는 것이 보였다.

"많이 아파요? 세상에, 어디 똑바로 앉아 봐요."

걱정이 가득한 얼굴로 보은이 율의 몸을 일으켰다. 율은 보은이 시키는 대로 벽에 등을 기대고 두 다리를 쭉 뻗었다. 수컷의 욕망으로 가득 차 있을 눈동자와 마주치자 보은은 조금 겁먹은 표정으로 시선을 내리더니 텔레비전 밑에 던져진 핸드폰을 집어 들었다. 액정이 완전히 깨져 있었다. 보은은 얼굴을 찌푸렸다.

"이거 산 지 1년도 안 된 건데……."

"내일 새 거 사 줄게."

율이 풀썩 웃었다. 이젠 아예 두 눈까지 웃고 있었다. 보은이 어이없어하며 쳐다보았다.

"잘한 것도 없으면서 왜 웃어요, 아까부터?"

율은 보은의 티셔츠 위로 도드라진 젖꼭지에 눈이 갔다. 욕망이 다시 끓어오르려 했지만 자제력을 최대한 끌어모았다.

"예전에, 한강 주차장 스포츠카 안에서도 네가 날 밀어서 머리를 부딪혔었잖아. 그때랑 똑같다는 생각이 들어서……."

"내 탓은 하지 말아요. 다 최율 씨 잘못이야."

그러면서 이불 속에서 브래지어를 찾아 쥐었다.

"멈출 수가 없는 거예요? 가슴만 조금 만져도 되잖아요? 깁스한 팔 다칠 텐데……."

보은이 뾰로통한 목소리로 말하며 브래지어를 들고 화장실로 들어갔다.

율은 보은이 소꿉친구 건욱과 키스는 했겠지만 섹스는커녕 진한 스킨십의 경험조차 없다는 것을 알았다. 활시위를 당기듯 한번 팽팽히 당겨진 남자의 욕망은 어떻게든 발사되지 않고서는 견디기 힘들다는 것을 보은은 아직 못 배운 모양이었다. 자신과 마찬가지로 열심히 익히고 공부해야 할 입장이라는 것을 알자 율은 학구열에 들떠 웃음이 계속 번져 나왔다. 제대로 옷을 다 입은 보은이 화장실에서 나왔다.

"이제 정말 자요. 내일 병원에 바로 가 보자구요."

"잠깐 아팠을 뿐이야. 병원은 안 가도 돼."

그래도, 라고 말하는 보은을 율은 팔을 잡아당겨 다리 위에 앉혔다. 이마를 마주 대고 천천히 속삭였다.

"너와 사랑을 나누고 싶어 미치겠어. 여기서 당장 널 갖고 싶고 나를 너에게 주고 싶어. 하지만 지금은 참을게. 깁스 때문이 아니야. 이런 낯선 곳에서 준비도 되지 않은 너를 갑자기 안기는 싫어. 하지만 오래는 못 기다려. 약속해 줘."

보은은 율의 얼굴을 두 손으로 잡고 눈동자를 가만히 들여다보았다. 그리고 율의 뜨거운 입술에 조용히 짧은 입맞춤을 하는 것으로 대답을 대신했다.

"고마워요."

나지막한 목소리에 안타까움과 슬픔이 묻어 있다고 느낀 것은 착각이었을까? 율은 그 눈빛과 입맞춤이 무슨 의미인지 분명히 물어보지 않은 것을 머지않아 후회하게 될 줄은 몰랐다.

다음 날, 간단하게 아침을 먹자마자 율이 AS 센터로 가는 대신 기어이 새 핸드폰을 사 주겠다고 해서 보은은 그 손에 이끌려 스키 리조트 근처의 대리점에 와 있었다. 가입자의 개인 정보를 적는 난에 율이 보은의 생년월일과 이메일 주소와 주민등록번호까지 단숨에 써 내려가자 보은은 눈과 입이 모두 동그랗게 되어 율을 쳐다보았다.

"요금은 이 통장에서 자동이체 되는 걸로 해 주십시오."

율은 자신의 이름과 은행 계좌번호를 적었다. 보은은 정릉 옥탑방의 새 주소를 적어 넣었고 율도 그 주소를 쪽지에 적어 지갑에 넣었다. 스마트폰은 30분 뒤에 개통된다고 해서 율은 자신의 점퍼 주머니에 보은의 새 스마트폰을 넣고 쇼핑센터로 보은을 데려다 주었다.

"오전 중에는 일이 다 마무리될 거야. 여기서 쇼핑을 해도 되고 산책을 해도 되고 PC방에 가도 되고, 기다릴 수 있지? 최대한 빨리 데리러 올게."

율이 보은에게 신용카드 한 장을 꺼내 주려고 하자 보은이 웃으며 손사래를 쳤다.

"나 부자인 거 몰라요? 재벌 1세 될지도 모른다구요."

"참, 우리 형도 네가 쓴 책 샀던데, 난 아직 안 읽었어. 네가 직접 얘기해 줘."

"알았어요. 일 천천히 보고 와요. 두 시간 뒤부터는 PC방에 계속 있을게요."

보은이 웃으며 대답했지만 율은 여전히 불안했다. 몇 번이나 뒤를 돌아보고는 택시 정류장으로 갔다. 자신의 차는 리조트 주차장에 세워 두었다. 보은이 손을 흔들며 건물 안으로 들어가자 율은 공사장으로 바로 가지 않고 다시 핸드폰 대리점으로 돌아갔다. 커피 한 잔을 마시며 천천히 기다리다가 핸드폰이 개통되자마자 자신의 스마트폰에 위치 추적 어플리케이션을 설치했다. 추적당하는 사람의 동의를 구하는 문자가 보은의 새 스마트폰에 뜨자 율은 확인 버튼을 눌렀다. 이것으로 보은이 어디에 있는지 율의 스마트폰으로 늘 알 수 있게 된 것이다.

김철수는 공사장의 컨테이너로 돌아온 최율의 표정이 어제와 달라진 것을 금방 눈치챘다. 그러나 까칠함과 날카로움이 사라진 자리에는 불안함과 초조함이 자리 잡고 있었다. 최율은 연방 시계를 보면서도 건축주와 설계 수정을 두고 벌이는 설전에서는 조금의 성급함이나 실수도 없이 일을 처리했다.

"수고하셨습니다."

마침내 모든 일이 다 끝나고 나자 김철수가 먼저 율에게 자신은 내일 일요일에 따로 돌아가겠다고 말했다. 이 근처에 처가가 있어 인사를 드리고 가겠다고 말했지만 율은 그것이 자신을 위한 배려임을 모르지 않았다. 서류와 도면을 꼼꼼히 챙겨 택시를 타고 보은이 기다리고 있을 쇼핑센터로 가는 율의 마음은 초조하기만 했다.

약속한 시간보다 한 시간은 일찍 온 것 같은데도 보은은 PC방 안에 있지 않고 쇼핑센터 앞 택시 정류장 가까이의 벤치에 앉아 있었다. 율은 택시가 멈추기도 전에 보은을 보았다. 택시에서 내린 율은 앞으로 고꾸라질 것 같은 걸음으로 달려가 보은의 팔을 아프게 움켜쥐었다. 보은 역시 율을 보고 깜짝 놀랐다.

"너 지금 어디 가려는 거야?"

어깨를 잡아 흔들며 무섭게 다그치는 목소리에 보은은 평온하게 대답했다.

"왜 그래요? 그냥 여기서 최율 씨 기다렸죠. 근데 빨리 왔네요?"

"정말이야? 다른 데 가려고 한 거 아냐? 나 기다린 거 맞아?"

율의 목소리는 떨리고 있었다.

"기다리고 싶었어요. 최율 씨 오는 거, 내리는 거, 나한테 걸어오는 거 빠짐없이 다 보고 싶었어요. 정말이에요."

보은의 뺨이 살짝 붉어졌다. 율은 보은을 품 안에 끌어당겨 안았다. 안도의 한숨이 절로 나왔다. 스키 장비를 메고 지나가던 사람들이 흘깃거렸다.

"추운데 왜 여기서 기다려? 바보같이……."

"일 다 끝났어요?"

"그래. 우리 맛있는 점심 먹고 드라이브도 하고 허브 온실도 구경하러 가자."

운전은 보은이 하기로 했다. 스키를 타러 온 게 아니면 이 춥고 쌀쌀한 날씨에 둘러볼 만한 데가 없었지만 율은 그저 보은의 얼굴을 보고 보은을 만지는 것만으로 충분했다. 보은이 자신의 차를 능숙하게 모는 것도 보기 좋았고 깁스한 팔을 핑계로 보은이 자신을 계속 신경 쓰며 돌봐 주는 것도 기분 좋았다. 드라이브나 온실 구경보다 둘만의 장소에서 보은의 얼굴만 실컷 보면 좋겠지만 보은과 결혼하기 전에 이런 평범한 추억도 많이 만들어 주고 싶었다. 보은과 얘기하면서 율은 그녀가 또래의 젊은 여자들답지 않게 가 본 곳이 별로 없다는 것을 알았다. 대학교를 다녔으면 이런저런 학교 행사로라도 가 보았을 법한 유명한 해변이나 산에도 한번 가 본 적이 없고 친구들과 1박 2일의 여행도 떠나 본 적이 없다는 것을 알았다. 부모님은 각자 마음에 맞는 사람들과 해외여행이나 관광을 다녔고 을식이는 친구들과 전국 일주도 하고 유럽 배낭여행도 했다지만 보은은 국내의 흔한 관광지도 가 본 적이 없는 모양이었다.

"대관령엔 작년 여름에 한 번 가 봤어요. 을식이가 거기서 열리는 음악제에 참가했거든요. 아직 남해안이나 제주도는 못 가 봤지만 앞으로 가 보려구요."

"그래, 깁스만 풀면 내가 주말마다 너 데리고 다닐게. 전국 일주도 하고 세계 일주도 하자. 우리 부모님은 내가 설득할 테니까 넌 다른 생각 하지 마."

율이 보은의 귀밑머리를 곱게 넘겨 주며 말했다.

평창까지 왔으니 송어 회를 사 주고 싶었지만 보은이 생선
회는 별로라고 해서 산채 정식과 메밀묵으로 점심을 먹었다.
뜨끈한 온돌방에 앉아 창문 밖으로 휘몰아치는 바람 소리를 들
었다. 보은은 율에게 잘 먹어야 뼈가 빨리 붙는다며 반찬을 권
하기 바빴다. 율은 어제 보은이 그랬던 것처럼 이번에는 자신
이 보은의 숟가락 위에 반찬을 하나하나 얹어 주었다.

"많이 먹고 살 좀 쪄. 그래야 얼른 잡아먹지."

율은 수저를 잡은 보은의 손목을 자신의 손아귀에 넣고 엄
지손가락으로 쓰다듬었다. 보은이 샐쭉 토라지는 것 같더니 갑
자기 자리에서 벌떡 일어났다.

"눈에 뭐가 들어간 것 같아요. 화장실 잠깐만 갔다 올게요."

율이 따라 일어서려고 하자 어깨를 누르며 주저앉힌 보은은
밖으로 나가더니 10여 분이나 지난 뒤에야 돌아왔다. 정말 눈
이 아픈 듯 양쪽 눈자위가 빨개진 채였다.

"하도 안 와서 가 보려던 참이었어. 괜찮아? 얼른 먹고 병원
가 보자."

"아니에요. 눈에 먼지가 들어갔는지 씻고 나니까 괜찮아요.
밥 천천히 먹어요."

두 사람은 구수한 누룽지까지 맛있게 다 먹고 식당을 나왔
다. 두 사람이 문을 나가 차로 향하자 카운터를 지키던 나이 든
아주머니가 화장실로 뛰어가며 중얼거렸다.

"에고, 저렇게 잘생긴 애인도 있는 아가씨가 왜 그렇게 섧게
울었는지 모르겠네. 하도 청승맞게 울어서 화장실에서 빨리 나

오라는 말도 못 했네."

　보은은 정릉동 주민센터 앞에 율의 차를 세웠다. 어둑어둑 겨울 해가 빨리 지고 있었다. 율은 보은의 옥탑방에 함께 올라가고 싶어 했지만 어머니가 편찮아 누워 계신다며 다음에 꼭 초대하겠다는 보은의 말을 할 수 없이 받아들였다. 대신 보은이 대문 안으로 들어가는 것을 지켜보겠다고 했다. 두 사람은 대리운전 기사가 올 때까지 차 안에서 기다렸다.

　"친어머니 찾은 거 부모님께는 언제 말씀드릴 거니?"

　"아마 지금쯤은 알고 계실 거예요. 을식이한테 천천히 말씀드리라고 부탁했거든요. 부모님께도 죄송해서 차마 제가 직접 말씀드리기가 너무 어렵더라구요. 이혼 문제며 공장 정리하는 문제도 있는데 저까지 신경 쓰이게 하고 싶지가 않았어요."

　"부모님께 먼저 인사드린 다음 용인 어머님께는 나중에 인사드리자. 할머니 49제 지나고 나서 2월에 바로 결혼하자. 우리 부모님은 내가 알아서 할게. 걱정하지 말고 나한테 맡겨. 알았지?"

　그때 대리운전 기사가 정확한 위치를 확인하는 전화를 걸어왔다. 5분 후에 도착한다고 했다.

　"사무소 들어가서 마무리되는 대로 바로 데리러 올게. 집에서 좀 쉬면서 두 시간만 기다려. 우리 근사한 데 가서 맛있는 저녁도 먹고 야경도 보러 가자. 또 뭐하고 싶니? 어디 가고 싶어?"

율이 보은의 뺨을 어루만지다가 엄지손가락으로 입술을 부드럽게 쓸었다.

"최율 씨, 나⋯⋯."

보은이 조수석에 앉은 율의 품으로 먼저 안기며 말했다.

"키스해 줘요, 지금."

대답을 기다릴 필요는 없었다. 누가 먼저랄 것도 없이 아니, 어쩌면 보은이 먼저 입술을 부딪쳐 왔다. 달콤하거나 부드러운 키스는 아니었다. 불꽃이 튀듯 갑작스럽고도 격렬한 입술과 혀의 움직임에 율은 놀라면서도 반갑게 맞아들였다. 보은이 입술을 떼고 수줍지만 간절한 눈빛으로 율을 올려다보자 이번에는 율이 느리고 여유 있게 키스했다. 어린아이처럼 매달리는 보은을 달래며 다독거리는 입맞춤이었다. 영원히 끝날 것 같지 않은 키스는 보은이 숨을 가쁘게 헐떡이는 바람에 중단되었다. 율이 놀리듯 말했다.

"어젯밤에 혹시 내가 덮쳐 주기를 기다린 거 아냐? 일주일만 기다려. 그때 깁스 풀 거야."

토라지며 질색할 줄 알았던 보은은 뜻밖에 진지한 얼굴로 대꾸했다.

"사랑해요."

율이 품으로 파고드는 보은을 꼭 끌어안으며 하하 웃었다.

"너도 좀 비싸게 튕기고 그래 봐. 너무 매력 없다."

마침 대리운전 기사가 차창을 똑똑 두드렸다. 보은이 내리고 대리운전 기사는 운전석에 앉아 바로 차를 출발시키려 했다. 율은 차를 멈추게 하고 보은이 집으로 들어가는 것을 끝까지 지켜보았다. 대문을 밀고 들어가기 전에 보은이 웃으며 손을 흔들었다. 율은 보은이 집 안으로 사라지자 사무소의 위치를 말하고 조수석 깊이 몸을 기댔다. 하지만 율의 눈빛은 무심코 보게 된 도로 이름과 주소에 고정되었으며 차가 사무소에 도착할 즈음에는 불안과 초조함을 넘어 서서히 분노로 물들어가고 있었다.

"누구시오?"

빼꼼히 열려 있던 대문을 밀며 웬 젊은 여자가 제 집처럼 들어오자 마당에서 개밥을 주던 노인은 어리둥절한 표정을 지었다.

"아, 죄송합니다. 제가 집을 잘못 찾은 것 같네요."

멀쩡하게 생긴 여자는 그러면서도 얼른 나가지 않고 머뭇거렸다. 대문 틈으로 밖을 한번 내다보며 서 있더니 무엇을 확인한 듯 그제야 꾸벅 고개를 숙이고 나갔다.

등 뒤로 대문이 소리를 내며 닫히자마자 보은은 올라왔던 골목길을 천천히 다시 내려갔다. 마주 불어오는 칼바람을 얼굴로 맞으며 버스 정류장까지 걸어가 마을버스를 타고 10여 분 뒤에 자신의 옥탑방이 있는 동네 입구에 내렸다. 참고 있던 눈물이 둑이 터진 듯 흘러내려 얼굴을 적셨다.

평창까지 율을 찾아갔을 때는 제대로 된 이별을 하고 싶었다. 일방적으로 연락을 끊었던 것을 사과한 뒤 침착하고 차분하게 이별을 말하고 싶었다. 용인 어머니의 전화가 아니었다면 망설임은 있었겠지만 보은은 결국 율이 원하는 대로 모든 것을 그에게 주며 사랑을 나누었을지도 모른다. 율은 그러나 기다리겠다고 말했다. 그래서 보은은 더 이별을 말할 수가 없었다.

율이 준 사랑에 대한 보답으로 이별에도 진지하고 싶었던 보은은 거짓말까지 하며 도망치듯 그를 떠났다. 어젯밤 곤히 잠든 율을 한잠도 자지 않고 옆에서 지켜보면서 보은은 목이 아프도록 속으로만 울음을 삼켰다. 첫사랑이었던 건욱이 그의 부모님으로부터 자신을 지켜 주지 못했던 것을 탓할 수가 없었다. 보은 역시 자신이 첫사랑이라는 율을 지켜 주지 못하고 비겁하게 떠나 버렸다. 세상의 모든 이별은 다 비겁하다고 보은은 흘러넘치는 눈물을 닦을 생각도 못하고 소리 내어 울면서 옥탑방으로 올라갔다.

부엌을 통해 방으로 들어가게 되어 있는 옥탑방은 문이 밖으로 활짝 열려 있었다. 매서운 바람에 부엌문의 유리가 덜컹덜컹 흔들리는 소리를 들으며 보은은 선뜻 들어가지 못하고 밖에서 어머니를 불렀다. 초저녁 이미 어두워진 방 안에서는 아무 대답도 없었다. 보은은 얼굴이 얼어붙을 것처럼 추웠지만 몇 분 동안 그대로 서 있다가 부엌으로 들어갔다. 전등 스위치를 올리기 전에 발끝에 양은 냄비와 스테인리스 밥그릇이 채여 요란한 소리를 내며 굴러갔다.

불빛 아래 드러난 모습은 한숨이 저절로 나오는 것이었다. 보은은 놀라기보다는 이런 날이 올지도 모르겠다는 예감을 자신이 이미 하고 있었다는 것을 깨달았다. 부엌살림은 한바탕 태풍이라도 몰아친 듯 다 뒤집어져 있었고 곧이어 들어가서 목격한 방 안의 풍경도 다를 바 없었다. 비쌀 것도 많을 것도 없는 살림살이지만 처음으로 가져 본 자신만의 소중한 공간이 누군가에게 무자비하게 침범을 당한 것이다. 보은은 우선 장롱에서 쏟아진 것들부터 대충 챙겨 넣고 문을 닫았다. 앉은뱅이책상 위에 던져져 있는 퀼트로 만든 통장 주머니가 이 사태의 원인과 결말을 말해 주고 있었다. 통장과 도장이 들어 있어야 할 주머니는 텅 비어 있었다. 보은은 어젯밤 어머니의 전화가 떠올랐다. 염 노인이 아무래도 걱정되어 집으로 전화해 보니 잘못을 싹싹 빌며 돌아오라고 애원했다며 날이 밝으면 가 봐야 할 것 같다고 말했던 것이다. 보은의 집 주소도 가르쳐 주었다고 말했다.

"비밀번호도 모르면서 통장은 가져가서 어쩌려고……."

보은은 풀썩 쓴웃음이 났다. 눈물로 젖어 얼어붙었던 얼굴이 방으로 들어와 녹기 시작하자 급기야는 얼굴 근육이 아프기까지 했다. 습관처럼 눈 밑의 얇은 피부가 파르르 떨렸다. 어질러진 부엌과 방을 정리하다가 보은은 손을 놓아 버리고 방으로 들어와 맨 바닥에 누웠다. 율을 떠나기로 결심한 후 제대로 먹을 수가 없었던 데다가 어젯밤은 밤새 한잠도 자지 못했다. 평창에서 돌아오는 길에는 울음이 터져 나오려는 것을 목이 아프도록 꾹꾹 눌러 참으며 장시간의 운전을 했던 나머지 온몸에는 기운이 하나도 남아 있지 않았다. 이마에는 진땀이 솟고 방바닥으로 몸이 꺼져 들어갈 것 같았다. 보은은 코트도 벗지 않은 채 까무룩 잠 속으로 빨려들었다.

보은은 꿈을 꾸었다. 용인 어머니와 염 노인이 광호와 진호를 데리고 있었다. 놀이동산의 회전목마를 타고 빙글빙글 돌아가는 그들은 무척 즐거워 보였다. 보은에게도 어서 오라고 손을 내밀었다. 나도 타고 싶어. 보은이 소리쳤지만 회전목마는 멈추지 않았다. 어느새 회전목마 아래에 긴 레일이 깔리더니 을식이와 나라가 부모님을 모시고 롤러코스터로 변한 회전목마에 차례차례 올라타고 있었다. 보은도 그 뒤에 줄을 섰으나 안전 요원은 두 사람씩 짝이 되지 않으면 태워 줄 수 없다며 탑승을 막았다. 보은은 어린아이처럼 엄지손가락을 빨며 줄에서 빠져나왔다. 즐겁고 신 나는 음악이 계속해서 들리고 롤러코스터는 출발했다. 음악 소리만 점점 크게 울렸고 보은은 두 손으로 귀를 꼭 막았다.

잠에서 겨우 깨어난 것은 꿈속의 음악 소리 때문이었을까 아니면 율이 사 준 스마트폰의 벨소리 때문이었을까? 잠에서 빠져나오기도 전에 보은은 벌떡 몸을 일으켰다. 옷걸이에 걸어 둔 가방에서 스마트폰을 꺼내 전원을 꺼야 한다는 생각이 번개처럼 스쳐 갔다. 그러지 않으면 약해진 마음은 율의 전화를 받을 것이다. 보은은 누웠던 몸을 벌떡 일으키면서 눈앞이 깜깜해지는 것을 느꼈고 심장의 피가 채 머리로 올라오기 전에 총을 맞은 사슴처럼 바닥으로 쓰러지고 말았다. 힘이 빠진 몸은 앉은뱅이책상의 모서리에 뒷머리를 세게 부딪치며 정신을 놓아 버렸다.

　다시 눈꺼풀을 들어 올렸을 때, 보은의 시야를 가득 채운 것은 노랑과 주황색의 스펙트럼이었다. 여전히 바닥에 옆으로 쓰러진 채 누워 보은은 그것이 맞은편 상가 건물의 간판 불빛이라는 것을 깨달았다. 얼마나 시간이 지났는지 모르겠지만 거리는 조용했다. 주택가 골목이긴 하지만 지나가는 차 소리조차 들리지 않고 너무 조용했다. 깨질 듯 아픈 머리에 손바닥을 대기도 전에 입에서는 신음 소리가 새어 나왔다. 귀 뒤쪽으로 미지근하고 끈적끈적한 액체가 엉겨 있었지만 손바닥에 묻은 자국을 보고서도 믿기지가 않았다. 코가 먼저 예민하게 반응했다. 비 온 뒤 아스팔트 위에서 나는 냄새 같기도 하고 주유소에서 차에 기름을 넣을 때의 냄새 같기도 한 그것은 보은의 찢어진 머리에서 흘러나온 피 냄새였다. 보은은 자리에서 일어나려 방바닥을 짚었다가 손이 쭉 미끄러지고 말았다. 방바닥에도 피가 흘러나와 엉겨 있었다. 선홍색의 무섭도록 빨간 피가 손바닥의 움직임 그대로 붓글씨를 휘갈겨 쓴 듯 방바닥에 한 획을 그었다. 그제야 공포가 밀려왔다.

　보은은 떨리는 몸을 천천히 일으켜 옷걸이에서 가방을 내리고 밖으로 나갔다. 이대로 아무도 없는 방 안에서 다시 정신을 잃어버릴까 봐 겁이 덜컥 났다. 병원으로 가야 한다는 생각이 먼저 들었다. 가족들도 율도 모르는 이곳에서 다시 혼자 쓰러지게 될까 봐 소름 끼치도록 무서웠다.

몇 시나 되었을까? 벌써 다 잠이 든 걸까? 아래층의 주인집에서도 늘 들리던 시끄러운 텔레비전 소리가 들리지 않았고 창문으로는 전등 불빛도 새어 나오지 않았다. 덜덜 떨리는 발걸음으로 울음을 삼키면서 보은은 계단을 내려갔다. 정신을 잃지 않으려고 차가운 바람을 고개 들어 맞으며 한 걸음 한 걸음 계단 난간을 꼭 잡고 내려가 공동 현관문을 열고 골목으로 나왔다. 맞은편 상가 건물은 셔터가 다 내려져 있었다. 보은은 다시 와락 겁이 났다. 큰 도로에는 버스가 한 대도 지나가지 않았고 가끔 불을 밝힌 승용차와 택시가 한두 대 눈에 띄었다. 몸이 얼어붙을 듯 너무도 추운 겨울밤이었다.

보은은 핸드폰을 꺼냈다. 부재중 전화를 무시하고 번호판 위에서 덜덜 떨며 망설이던 손가락은 119를 눌렀다. 전화는 신호가 몇 번 가지 않아 바로 연결되었다. 전화 건 사람을 안정시키려는 듯 침착하고 담담한 목소리는 보은의 위치를 먼저 확인했다.

"제가 지금 머리를 다쳐서 피가 나는데요, 저 좀 병원에 데려가 주실 수 있어요?"

"옆에 지혈을 도와주실 분이 있습니까?"

남자 대원의 목소리는 친절했다. 길 위에 있으며 사람은 보이지 않는다는 보은의 대답에 남자는 전화를 끊지 말고 기다리라고 말했고 거짓말처럼 5분도 안 되는 시간 안에 사이렌을 울리며 구급차가 도착했다. 보은은 고맙다는 말과 함께 전화를 끊었다. 굳이 침대에 안 누워도 된다고 말은 했지만 보은은 두 명의 구급대원이 시키는 대로 곧 침대에 누워 응급실이 있는 병원으로 실려 갔다. 주황색 유니폼을 입은, 자신보다 어려 보이는 여자 대원이 안심하라며 손을 잡아 주었다. 보은은 눈물이 저절로 흘러내리는 자신이 바보 같다고 느꼈지만 그 부드럽고 따뜻한 손을 꼭 잡고 놓지 않았다.

찢어진 부위의 머리카락을 대강 잘라 내고 마취용 주사를 여러 군데 찔러 넣은 후 바늘로 꿰매는 것은 역시 아프고 무서웠다. 침대에서 일어나 앉은 다음 보은이 자신의 평소 증상을 이야기하자 젊은 당직 의사가 차트에서 눈을 떼지 않은 채 말했다.

"기립성 저혈압인데 알고 계셨습니까?"

"네, 저혈압이 있는 건 알아요. 치료해야 할 정도는 아니라고 들었는데……."

남자 의사는 고개를 들어 보은을 보다가 얼굴이 조금씩 붉어졌다.

"누워 있다가 갑자기 일어날 때 어지럽고 메스꺼우셨을 겁니다. 아침에 잠에서 깼을 때 몸을 옆으로 돌리고 천천히 일어나셔야 해요. 평소에 고칼로리, 고단백 음식을 드시고요. 혈압이 떨어지지 않게 사탕이나 초콜릿 같은 것도 갖고 다니시면서 위장이 너무 오래 공백 상태로 있지 않도록 해야 합니다."

"고맙습니다. 그러면 이제 퇴원해도 되나요?"

의사가 헛기침을 한 번 하며 목소리를 가다듬었다.

"일단 원무과에 가셔서 수납하시구요, 여기 좀 누워 계시다가 꿰맨 자리의 마취가 완전히 풀린 다음에 가시는 게 좋을 것 같습니다. 한 시간 후에 퇴원하세요. 제가 다시 돌아올게요."

그의 눈이 반지를 끼고 있는 보은의 왼쪽 손가락에 잠깐 머물렀다.

"그런데, 남편분은 같이 안 오셨나요?"

보은이 말없이 고개만 저었다.

"결혼 안 하셨습니까?"

그렇다는 대답을 하자 의사가 헛기침을 한 번 더 했다. 가지 않고 침대 옆에 서 있던 그를 멀리서 다른 의사가 불렀다. 보은은 가방에서 지갑을 꺼내 들고 원무과로 가서 치료비를 계산했다. 퇴원하면서 약 처방전을 받아 가라고 했다. 다시 응급실로 돌아와 침대 위에 몸을 뉘던 보은은 문득 가방 안에 스마트폰이 없었다는 것을 깨달았다. 다시 가방을 샅샅이 뒤져 보았지만 역시 보이지 않았다.

새벽이 지나고 이른 아침, 119 구급차의 앳된 여자 신참 대원은 근무 교대 전 장비를 정리하다가 최신형 스마트폰이 바닥에 떨어져 있는 것을 발견했다. 처음엔 밖에서 들리는 음악 소리인 줄로 알았는데 벨 소리는 끊겼다가 울리기를 반복하고 있었다. 몇 시간 전 병원에 내려 준 환자의 것이리라 생각한 신참 대원은 일단 전화를 받기로 했다.

— 이보은, 너!

벼락이 칠 듯 무시무시한 남자의 목소리가 상대방을 확인하지도 않고 귀청을 울렸다. 가슴을 진정시키듯 토닥거린 신참 대원은 교육을 받은 대로 침착하게 입을 열었다.

"119 구급대입니다. 이 핸드폰의 소유자는 지금 전화를 받을 수 없습니다."

건너편의 목소리가 숨을 들이켜는 소리가 들렸다. 어지간히 놀랄 수밖에 없겠다고 생각하면서 신참 대원은 말을 계속 이었다.

"나중에 본인과 직접 통화하십시오."

— 지금 어디 있습니까? 무슨 일입니까? 많이 다쳤나요?

방금 전 벼락이 치듯 소리 지르던 사람이 맞나 싶게 목소리는 심하게 떨리고 있었다. 응급실로 직접 걸어 들어간 환자의 상태는 심각해 보이지 않았지만 신참 대원은 환자의 개인 정보랄 수도 있는 것을 함부로 가르쳐 줄 수 없다고 생각했다.

"환자분이 연락하실 겁니다. 그럼, 전화 끊겠습니다."

— 잠깐만요! 이보은의 약혼자입니다. 어느 병원인지만 가르쳐 주세요, 제발.

그 제발이라는 말에 마음이 약해졌지만 약혼자도 있는 젊은 여자가 119 구급차를 새벽에 혼자 불러 타고 병원으로 갔다는 사실이 앳된 여자 신참 대원의 마음을 다잡게 했다. 벌써 몇 시간이 지났는데도 연락을 못 받았다면 이 남자가 거짓말을 하는 것일 수도 있고 상처를 입힌 가해자일 수도 있겠다는 생각이 문득 스쳤다. 더구나 전화를 받자마자 환자의 이름을 잡아먹을 듯 불렀던 무시무시한 목소리가 떠오르자 경계심이 더 크게 일어났다.

"응급실에서 치료가 끝나면 연락하실 겁니다."

전화를 끊은 신참 대원은 근무 첫날 닥친 어려움을 잘 처리했다는 생각에 스스로가 매우 대견스러웠다.

율이 보은에게 무시무시한 목소리로 벼락을 내리치듯 화를 낸 것은 보은이 전화를 받지 않았기 때문이 아니었다. 보은이 집에 들어간 후 대리운전 기사가 모는 차를 타고 정릉에서 나올 때부터 율은 보은이 전화를 받지 않으리라는 것을 예감했다. 조수석에 몸을 묻으며 눈길이 간 사거리의 도로명과 지번은 보은이 핸드폰 대리점에서 계약서에 적어 넣었던 그 주소와는 멀어도 한참 먼 것이었다. 그것을 깨닫고 차를 돌려 보은을 찾기에는 너무 멀리 와 있었다. 보은은 거짓말을 했다. 살지도 않는 동네에 산다고 내려서 남의 집으로 들어갔고, 주소도 율이 찾을 수 없도록 엉뚱한 곳을 적었다. 율은 행여나 하는 마음에 사무소의 일이 끝나자마자 보은이 계약서에 써넣었던 주소에도 가 보고 이사 간 새집이라며 대문을 밀고 들어갔던 집으로 찾아가 보기도 했으나 두 군데 다 보은과는 아무런 상관도 없는 곳이었다. 기대도 하지 않았지만 전화 역시 철저히 거부당했다. 그때까지만 해도 율은 분노로 온몸이 활활 불타오르고 있었다. 부모님의 반대쯤이야 자신을 믿고 뒤에서 기다려 주기만 하면 될 텐데 지레 겁을 먹고 물러나 버리는 보은의 나약함과 비겁함에 화가 났다.

그러나 119 구급대원과의 통화 후 율은 미칠 듯한 두려움과 걱정에 휩싸인 채 자신의 스마트폰에서 위치 추적 앱으로 당장 들어갔다. 성북구 119 소방서의 반경 안에 보은에게 사 준 스마트폰의 위치가 잡혔다. 성북구 소방서에서 환자를 싣고 간다면 어느 병원으로 갈까? 율은 그나마 정릉에서 가장 가까운, 응급실이 갖춰진 큰 병원을 인터넷으로 찾았다.

그때 방문을 똑똑 두드리는 소리가 나고 어머니가 들어왔다. 율은 병원 응급실의 전화번호를 스마트폰에 저장했다.

"일어났니? 아까 무슨 큰 소리가 들리던데……."

"전화 통화 중이었습니다."

한 여사는 아들이 보은과 말다툼을 한 건지도 모르겠다고 생각했다. 어쨌든 오늘 일이 잘 진행되기만 하면 다 괜찮아질 일이었다.

"그래, 씻고 내려와서 아침 먹어. 오늘 시간 내는 거 안 잊어버렸지? 12시까지는 그 호텔 양식당으로 와야 해. 오랜만에 아버지랑 같이 맛있는 거 먹자."

알고 있다는 율의 대답에 한 여사는 바로 나가지 않고 율의 옷장을 열어 양복 몇 벌을 침대 위에 꺼내 놓았다.

"아침 먹고 백화점에 들러서 양복 한 벌 살까? 남자는 나이가 들수록 옷을 잘 갖춰 입어야 해. 말 나온 김에 오전에 엄마 백화점 구경 좀 시켜 줄래? 깁스 풀 때까지 운전은 내가 해야지, 뭐."

"어머니, 오전엔 제가 좀 바빠서요……. 팔도 아직 불편하구요. 형수님이랑 같이 가시면 안 될까요?"

한 여사는 율의 얼굴을 살피다가 마지못해 그러겠다고 대답했다. 처음으로 마음을 준 여자와 헤어지는 중이어서인지 얼굴은 까칠하니 볼이 움푹 들어간 데다 눈빛은 더 매섭고 날이 서 있었다. 사는 동안 한 번쯤은 겪을 수 있는 일이니 한 여사는 기다리기로 했다. 일단 그렇게 면역이 되면 다음 만남은 더 신중하고 현명할 수 있을 거라고 생각했다.

그러나 율이 보은과의 헤어짐에 면역이 되기는커녕 금단현상만 더 심해지고 있다는 것을 한 여사는 몰랐다. 어머니가 나가신 뒤 병원의 위치를 확인한 율은 아침도 먹지 않고 곧바로 차를 몰고 병원으로 향했다. 성북구 소방서 관할 안에 있는 데다가 정릉에서 멀지 않은 병원이니 보은이 집에서 119를 불렀다면 정릉에 사는 것만은 맞다고 볼 수 있었다.

응급실 안은 눈이 부시도록 환하게 전등 빛이 밝아서 한눈에 침대에 누운 환자들이 다 들어왔다. 파티션으로 가려진 침대도 있었지만 그 틈으로 환자를 확인하는 것은 어려운 일이 아니어서 율은 제 집처럼 응급실 안을 성큼성큼 돌아다니며 환자를 일일이 찾아보았다.

"새벽에 여기 실려 온 응급환자 중에 이보은이라는 젊은 여자를 찾고 있습니다."

율은 응급실의 접수대로 가서 물었다. 간호사가 차트를 보더니 몇 시간 전의 일이라 그런지 금방 찾아냈다.

"두 시간 전에 퇴원하셨습니다."

율은 손에 잡힐 듯했던 아쉬움보다 불안과 두려움 중에도 안심하는 마음이 더 컸다. 다행히 많이 다치거나 크게 아픈 것은 아닌 모양이었다.

"무슨 일로 왔는지 알 수 있을까요?"

"기립성 저혈압으로 쓰러지면서 후두부 자상을 입으셨네요."

정신없이 바빠 보이는 간호사는 환자의 개인 정보를 확인도 없이 말했다는 뒤늦은 깨달음 때문인지 갑자기 입을 닫고 미심쩍은 듯 율을 쳐다보았다.

"약혼자입니다. 뒤늦게 연락을 받고 왔는데 벌써 퇴원했네요. 전화도 안 받고 해서요."

"약혼자 되십니까?"

그때 옆에서 차트를 보는 줄로만 알았던 젊은 남자 의사가 율에게 말을 걸어 왔다. 율은 그의 호기심 어린 눈빛을 그대로 맞받았다. 젊은 의사는 왼팔에 깁스를 하고 눈빛은 사람을 꿰뚫어 볼 듯 강렬하며 날카로운 인상에 결코 만만치 않아 보이는 이 거칠게 생긴 남자가 과연 그 여리고 조용한 여자의 약혼자가 맞을지 속으로 가늠해 보는 중이었다. 어울릴 것도 같고 아닌 것도 같았다. 병원 응급실은 별별 인간들의 드라마 같은 사연이 다 모이는 곳이니 함부로 정보를 줄 수도 없었다. 이보은이라는 환자의 왼손에 끼워져 있던 반지가 젊은 의사의 설레던 마음을 실망시키긴 했지만 그는 자칭 약혼자라는 남자의 절박한 목소리를 믿어 보기로 했다. 남자의 왼손에 끼고 있는 반지가 환자의 것과 동일한 디자인 같다는 자신의 눈썰미도 믿었다.

"식사나 휴식에 신경 좀 쓰게 하십시오. 저혈압엔 따로 약이 필요 없지만 평소에 건강관리 잘하셔야 합니다. 피로나 스트레스에 훨씬 예민하니까요."

율은 자신을 탓하는 것처럼 바라보는 젊은 의사의 눈길에 부끄러워졌다. 보은이 가족이나 친구는 물론 자신에게도 전화를 걸지 못하고 119에 전화를 걸었을 때의 마음이 어떠했을지를 생각하며 피가 나도록 입술을 깨물었다.

원무과로 간 율은 보은의 이름을 대고 환자의 주소를 알아보았지만 개인 정보 보호를 이유로 당연히 거절당했다. 휴일이어서 빈 사무소로 들어온 뒤 어쩔 수 없이 형수에게까지 전화를 걸어 부탁했지만 형수가 병원의 인맥을 동원하여 한 시간 뒤에 겨우 알려 준 주소는 예전에 할머니와 함께 살았던 집의 주소여서 맥이 풀렸다. 다인과 윤주에게도 전화를 걸어 보은의 상황을 알려 주고 집 주소를 캐물었으나 깜짝 놀란 두 사람은 자신들도 연락을 해보겠다는 말만 했을 뿐 주소는 가르쳐 주지 않았다. 율은 기운이 다 빠져나가는 듯 손으로 머리를 감싸 쥐고 의자에 털썩 주저앉았다.

"최율 선배님! 여기예요!"

어쨌든 어머니와의 약속은 일주일 전부터 했던 것이니 율은 내키지 않는 발걸음으로 아침에 들었던 호텔의 양식당으로 들어갔다. 약속 시간보다 조금 일찍 도착했는데도 부모님은 먼저 와 계셨고 같은 테이블에 웬 여자가 앉아 있다가 벌떡 일어나

손까지 흔들며 반갑게 알은체를 했다. 화사하고 여성스러운 원피스를 입고 있는 젊은 여자는 잘 손질된 머리에 무척 공을 들인 화장을 하고 있었다. 네모난 테이블에 부모님이 나란히 앉아 있고 그녀는 맞은편에 앉아 있어서 율은 할 수 없이 그 여자의 옆에 앉았다.

"정말 오랜만이에요. 저 기억나시죠? 귀국하고 나서 동문회에서도 한 번 얘기 나눴었는데, 진짜 반가워요. 저, 화영이에요, 장화영."

전혀 알 수 없던 얼굴은 여자의 들뜬 목소리에 이은 아버지의 설명으로 조금씩 기억이 났다. 형이 인문대 학장의 딸이라며 사진을 보여 주었던 후배가 바로 이 아가씨였던 모양이다. 오늘 아침 어머니가 약속을 확인하시며 새삼 양복까지 골라 주시던 이유가 이 만남 때문이었음을 율은 알았다.

"우리 부모님과도 아시는 분이신가요?"

율이 최대한 인내심을 끌어모아 묻자 여자가 살짝 당황하며 대답했다.

"선배님의 형님이신 최한 교수님을 통해서 한 시간 전에 처음 뵀어요. 하지만 예전부터 뵌 분들인 것처럼 전혀 어렵지가 않고 저한테도 아주 친절하게 대해 주시던걸요. 그리고 선배님, 저한테 말 놓으세요."

율은 어젯밤 집에서 마주친 형이 어쩐지 머뭇거리며 뭔가 할 말이 있는 듯 굴던 것이 생각났다.

"그러지. 후배라니 반갑다."

그때까지 아무 말 없이 눈치를 보고 있던 어머니가 환하게 웃으며 말했다.

"그래, 화영 양이 미국에서 공부할 때 널 몇 번 봤다는구나. 네 칭찬을 아주 많이 해서 우리도 즐겁게 들었다. 이제 다 왔으니 음식 주문할까?"

"잠깐만요, 어머니."

율은 마음이 다급해져서 곧바로 말씀드리기로 마음을 굳혔다.

"저는 이만 일어나 보겠습니다."

옆에 앉아 어리둥절해하며 쳐다보는 여자에게도 말했다. 하긴 애가 무슨 잘못이 있겠나?

"우리 부모님하고 좋은 시간 보내고 가. 계산은 나가면서 내가 할게."

아버지의 낮은 목소리가 율을 잠시나마 붙잡았다.

"손님 초대해 놓고 어딜 가려는 게냐?"

"제가 아니라 두 분이 초대하신 손님이잖습니까? 아버지, 저 지금 보은이 찾으러 가야 해요. 보은이가 많이 아파요. 새벽에 혼자 응급실에 실려 가 놓고는 또 어디로 사라졌어요. 연락이 전혀 안 돼요. 바보같이 어디서 혼자 참고 있나 봐요."

부모님과 여자는 이유는 다르겠지만 크게 놀란 표정이었다. 여자가 무슨 뜻이냐는 듯 율의 부모님을 쳐다보았다. 아버지가 화난 표정을 감추지 않고 말했다.

"이제 너와는 상관없는 아이야. 살살 타일렀더니 알아듣더

라. 죄송하다고 하면서 물러났어. 너한테는 대신 말해 달라고
까지 했다."

율은 아버지의 말에 놀랄 기운도 남아 있지 않았다.

"타일러요? 죄송하다고 했어요? 보은이가 무슨 잘못을 저질
렀습니까?"

자리에서 일어난 율은 휘청거리는 걸음으로 카운터를 향했
다. 신용카드를 꺼내 제일 비싼 스테이크 코스 요리를 3인분
주문하고 계산까지 한 다음 식당을 나왔다. 택시를 타고 무작
정 정릉 방향으로 가자고 말하며 율은 스마트폰을 꺼냈다. 위
치 추적은 여전히 성북구 소방서에 멈춰 있었다. 언젠가는 찾
으러 오겠지. 율은 택시 기사에게 정릉에 있는 초·중·고등학교
중에서 아무 학교나 제일 가까운 곳에 세워 달라고 말했다.

휴일이라 텅 빈 초등학교 운동장 한가운데에 서서 율은 사
방을 둘러보았다. 보은이 3층 옥탑방에서 학교 운동장이 보인
다고 했으니 학교 운동장에서 시야에 들어오는 옥탑방을 일일
이 다 찾아볼 생각이었다. 성북구 안에 있는 학교야 오늘 안에
라도 다 가 볼 수 있지만 옥탑방이 문제였다. 율은 가방에서 작
은 산악용 망원경을 꺼내 대충 눈 안에 들어오는 옥탑방의 창
문으로 초점을 맞추고 창문에 드리운 커튼이 있는지, 커튼의
색과 무늬가 보은이 얘기한 하늘색 바탕에 흰 구름 무늬인지
자세히 보려고 했다. 역시 먼 거리상으로는 알기가 힘들었다.
그러나 단서는 부족하지 않았다. 좁게는 정릉, 넓게는 성북구
에서 학교 운동장이 보이는 녹색 외벽의 3층짜리 신축 연립주

택을 찾고 그중 커다란 창에 구름무늬 커튼이 쳐진 옥탑방을 찾으면 될 일이었다. 율은 이제부터 걸어서라도 한 집 한 집 다 찾아볼 작정이었다.

한 시간 전 택시를 타고 호텔의 양식당으로 가면서 을식이 와 나눈 전화 통화를 떠올렸다. 을식이도 한 달 뒤에 미국으로 어학연수 갈 준비를 하느라 아직 누나가 이사 간 새집이 어디 에 있는지는 모르고 있었다. 그러나 을식이는 내일 종로에 있 는 한정식 집에서 가족 모임이 있을 예정이라는 것을 알려 주 었다. 시간이 정해지면 율에게도 전달해 주겠다고 약속했다. 그러나 율은 그 시간조차 기다릴 수가 없었다. 혹시 오늘밤에 라도 어디로 사라질지 누가 알겠는가?

"몸까지 아픈 애가 도대체 어디 있는 거니?"

율은 운동장 한쪽의 시소 위에 걸터앉아 고개를 떨구었다. 핸드폰을 꺼내 다인에게 전화를 걸었다.

"보은이 소식 들은 거 없습니까?"

— 전화를 계속해 봤는데 받질 않네요.

"아직도 제게 집 위치는 못 가르쳐 주시나요?"

— 보은이가 며칠 전에 신신당부했어요. 저도 어쩔 수 없 어요.

"집에 갔을 테니까 푹 쉴 수 있게 옆에서 좀 돌봐 주십시오. 부탁드립니다."

— 그런데요…….

"네, 듣고 있습니다."

― 최율 씨 부모님 허락부터 확실히 받고 나서 보은이 찾으러 가세요. 보은이는 그런 애예요. 누구보다 가족을 제일 소중하게 생각해요. 최율 씨에게도 자기보다는 최율 씨의 가족이 더 소중하다고 생각하고 있어요. 아시지요?

"네, 무슨 말인지 압니다."

20년을 넘게 길러 준 부모에게서 받지 못했던 무엇을 보은은 친어머니에게서 받고 싶어 했던 걸까? 세상 누구도 스스로 선택할 수 없는 가족이라는 존재에서 보은은 무엇을 기대하고 있기에 사랑하는 율조차 밀어내려 했던 걸까? 그 마음을 전혀 모르지 않으면서도 율은 보은이 미웠고 그보다 더 그리웠다.

이번에는 윤주에게도 전화를 걸었다. 윤주는 몹시 미안해하는 목소리로 뜻밖의 소식을 전했다. 율이 소개해 준 윤주용과 다음 달에 약혼을 하게 되었다는 것이었다.

― 주용 씨가 곧 일본으로 가게 되었어요. 박사 마치러 대학원으로 돌아간대요. 같이 갈까 생각만 하고 있었는데, 어떡하다 보니 부모님들까지 밀어붙여서 갑자기 약혼 말이 나왔네요.

"축하합니다."

율은 머리를 쓸어 올리며 말했다. 보은의 옆에 너무 붙어 다니는 윤주가 방해가 되어 윤주용이 곧 한국을 떠날 것을 알면서도 윤주가 속한 모터사이클 동호회를 소개시켜 준 것인데 일이 이렇게 풀릴 줄은 율도 예상치 못한 것이었다. 만난 지 두 달도 되지 않은 사람들은 부모님이 추진하여 약혼까지 하게 되었는데 봄에 만난 자신과 보은은 숨바꼭질을 하고 있다는 생각에 가슴이 답답해져 왔다.

— 혹시, 다인이하고 통화하셨어요? 보은이 있는 데 절대 안 가르쳐 주죠?

율이 대답 대신 헛웃음을 터뜨렸다.

— 걔가 원래 그렇게 쌀쌀맞아요.

율은 보은을 찾아가 잘 보살펴 달라는 말을 하고 전화를 끊으려는데 윤주는 할 말이 있는 모양이었다. 잠깐만요, 하더니 뜸을 들이다가 입을 열었다.

— 이거, 다인이랑 보은이가 알면 혼낼 테지만 주용 씨 소개시켜 주신 은혜도 갚을 겸 알려 드리는 거예요. 사랑 말고 뭐가 더 필요한지 저는 복잡한 거 딱 질색이니까요. 보은이 이사 간 곳, 성북고등학교 바로 뒷골목이에요. 맞은편에 독서실하고 작은 개척 교회가 입주한 상가도 있으니까 찾아보세요.

율은 고맙다는 말도 남기지 못하고 벌떡 일어나 운동장을 가로질러 뛰었다. 택시를 기다리는 5분 여의 시간이 다섯 시간처럼 느껴졌다. 성북고등학교 앞에 내린 율은 일부러 학교 운동장 안으로 걸어 들어갔다. 몸을 천천히 한 바퀴 돌려 보은이 자신을 발견하라는 듯 고개를 들고 주위를 둘러보며 창문이 큰 옥탑방을 찾아보았다. 저기 어디쯤에서 너는 나를 보고 있을까? 율은 선전포고를 하는 마음으로 학교 밖으로 성큼성큼 걸어 나와 담장을 따라 돌았다. 멀리서도 개척 교회의 십자가가 눈에 들어왔다. 상가에는 독서실이 있었다. 그리고 맞은편에는 보은이 살고 있을 초록색 연립주택이 서 있었고 3층에는 창문이 커다란 옥탑방이 보였다.

율은 맞은편의 상가 건물로 들어가 3층에서 옥상으로 연결된 계단까지 올라갔다. 옥상 계단에서 마주 보이는 옥탑방의 창문에는 정말로 하늘에 구름이 떠 있는 무늬의 커튼이 방 안이 들여다보이지 않도록 쳐져 있었다. 크지 않은 나무 평상이 있고 새집에는 어울리지 않는 커다란 장독이 여러 개 놓여 있었다. 보은이 할머니에게 배워서 담근 간장과 된장, 고추장을 어떻게 해야 하나 하고 걱정했었는데 그대로 가져온 모양이었다. 율은 보은의 손길이 그대로 묻어 있을 반질반질한 갈색 옹기 네 개가 문득 부러워졌다.

"거기 옥상에서 담배 피우시면 안 됩니다."

독서실에서 나온 청년 한 명이 계단 아래에서 율을 올려다보았다. 율은 담배를 피우는 중이 아니라는 것을 보이듯 손바닥을 펴 보이며 말했다.

"독서실 등록하고 싶은데요. 하루 이용료가 얼마입니까?"

— 정말이야? 누나가 가족 모임에 정말 못 온다고 말했어?

"네, 형. 저도 섭섭했지만 곧 다시 연락한다고 일단 내일은 부모님과 저만 만나서 식사하라고 그랬어요."

— 지금 어디 있어? 목소리는 괜찮았어? 몸은 안 아프대?

"네, 어디 있는지는 말 안 했고 며칠 동안 여행을 좀 다녀온다고 했어요. 응급실 갔던 거 왜 나한테 얘기 안 했냐고 하니까 별일 아니라고 그냥 좀 어지러웠던 것뿐이라고……. 형이랑 헤어졌다는데 정말이에요?"

— 그런 적 없어. 그럴 생각도 절대 없고. 누나한테도 전해.

율은 내일 보은의 가족이 만나기로 한 장소와 시간을 다시 확인하고 을식이와의 전화를 끊었다. 독서실에서 맞은편 옥탑방을 계속 지켜보며 혹시라도 보은이 들어오는 것을 기다리고 싶었지만 내일 보은의 부모님을 만나 결혼 허락부터 받을 생각이었다. 옥상 계단에 앉아 망원경으로 맞은편 연립주택을 지켜보던 율은 1층 공동 현관의 출입문으로 초등학생으로 보이는 어린 남자아이가 다가가는 것을 보았다. 율은 망원경의 배율을 키워 현관의 비밀번호를 누르는 아이의 손을 놓치지 않았다. 손가락의 움직임으로 숫자를 대강 짐작한 율은 잠시 뒤 독서실 건물을 빠져나와 택시를 타고 집으로 돌아갔다.

율은 옷만 갈아입고 큰 가방을 꾸려서 1층으로 내려가 안방으로 들어갔다. 마침 율을 불러내려 점심때의 일로 야단을 칠 참이었던 최 교장과 한 여사는 율이 옆에 내려놓는 가방으로 눈길을 주었다.

"너 지금 뭐하는 짓이냐? 그 애랑 동거라도 할 참이야?"

"죄송합니다, 부모님. 그리고 싶지만 보은이가 지금 어디에 있는지 저도 모릅니다. 이사 간 곳도 저한테 안 가르쳐 주고 제 전화는 받지도 않아요. 보은이 가족이나 친구들도 마찬가지예요. 그래서 보은이가 돌아올 때까지 무조건 기다릴 생각입니다. 집에는 매일 전화 드릴 거고, 출근도 차질 없이 하겠지만 나머지 시간은 보은이 찾는 데 쓰겠습니다. 밤에 전화 드릴게요."

최 교장은 기가 막혀 그야말로 말이 나오지 않았다. 쿵쾅거리는 가슴을 겨우 진정시키고 소리쳤다.

"겨우 여자애 하나 때문에 네가 집을 나가겠다는 거야?"

"아버지, 집에서 잠만 안 자는 것뿐입니다. 건축사무소 일도 소홀히 하지 않을 거고 형이 알아서 잘하겠지만 집안일에도 신경 쓸게요."

"율아, 이놈아!"

한 여사가 율의 등을 마구 두들겨 팼다. 평소에 워낙 감정 표현이 없고 냉정해서 큰아들보다 대하기가 어렵기까지 했던 둘째가 이렇게까지 나약하게 구는 모습이 보기 싫었다. 까칠하게 상한 얼굴로 눈빛만 매섭게 날이 서서 낯선 사람마냥 말하고 행동하는 모습도 보기 싫었다.

"도대체 네가 뭐가 모자라서 그런 애랑 결혼하겠다는 거니? 근본도 천한 데다가 학벌이며 직업이며 번듯하게 내세울 게 뭐 있다고……. 너, 그 애 친모나 그 남편이란 작자가 도박에 폭력 전과 주렁주렁 달고 있는 건 아니? 나는 생각만 해도 몸서리가 쳐지고 무섭다. 그런 사람들하고 엮여서 힘들어질 거라는 걸 그 애는 뻔히 아니까 널 놔준 거야."

율의 눈에서 갑자기 눈물 한 줄기가 주르륵 흘러내려 한 여사는 아들의 등을 내리치던 손을 멈추고 깜짝 놀라 쳐다보았다.

"어머니, 부모님은 뭐가 더 갖고 싶으셔서 보은일 반대하세요? 재벌가에서 시집온 의사 며느리에 대학 교수 아들에 손주들까지 남들이 부러워할 건 다 갖고 계시잖아요. 전 한 사람만 있으면 돼요. 태어나서 처음으로 저 자신보다 더 사랑해 주고 싶은 여자를 찾았어요. 어머니도 보은이가 대견하다고 말씀하셨잖아요? 좋은 남자 만나서 잘 살 거라고 덕담까지 하셨으면서 왜 그 남자가 제가 되면 안 된다고 하세요? 만날 때마다 저한테 고맙다고 미안하다고만 말하는 보은이를 제가 왜 사랑해 주면 안 되는 건데요? 저, 보은이 미치도록 보고 싶어요. 그 애 아니면 저 못 살아요. 제발, 어머니……."

율은 말을 잇지 못하고 바닥에 무릎을 꿇고 흐느꼈다. 아들의 눈물에 망연자실해 있는 부모님을 앞에 세워 두고 엎드려 있다가 다시 일어났다.

"아버지, 어머니, 죄송합니다. 보은이부터 찾으면 그때 다시 말씀드릴게요. 집에는 매일 전화 드릴 테니 기다려 주세요. 그럼, 나가 보겠습니다."

안방에서 나오던 율은 마침 외출에서 돌아오던 형과 마주쳤다. 율이 든 가방을 보고 놀라 쳐다보는 형에게 율이 담담하게 말했다.

"형, 안방에 좀 들어가 봐. 전화할게."

한은 부엌에 있는 아내에게 눈짓으로 무슨 일이냐고 물었다. 영희가 의미심장한 미소를 띠며 말했다.

"도련님이 이긴 것 같아."

한 시간 뒤 율은 정릉의 연립주택 앞에 도착했다. 낮에 봐둔 비밀번호를 눌러 공동 현관문을 열고 옥탑방까지 올라가긴 했으나 방 안으로 어떻게 들어가야 할지 몰라 일단은 평상 위에 가방을 내려놓았다. 부엌을 통해 방으로 연결된 바깥문과 창문은 모두 잠겨 있었다. 보안을 위한 창살은 없었다. 하긴 방 하나에 부엌 하나가 전부인 작은 옥탑방의 창문에 무슨 보안장치를 해 놓겠는가. 율은 미안하지만 유리를 깨고 창문의 잠금장치를 여는 수밖에 없겠다 싶어 옥상을 둘러보았다. 망치라도 있으면 좋겠지만 그런 것은 눈에 띄지 않았다. 묵직한 벽돌이라도 있는지 찾던 율의 눈에 장독 하나가 들어왔다. 무거운 옹기 뚜껑을 여니 간장의 구수하면서도 짠 냄새가 훅 끼쳤고 안에는 고추장아찌가 가득 들어 있었다. 간장 위로 고추가 뜨지 못하도록 눌러놓은 커다란 차돌이 제법 묵직해 보였다. 율은 돌아가신 보은의 할머니에게 진심으로 감사드리는 마음으로 차돌을 꺼냈다. 소리가 나지 않게 목도리로 차돌을 감싸고 유리창을 향해 최대한 힘껏 던졌다. 쨍그랑 소리를 내며 유리가 깨졌지만 아랫집에서 크게 틀어 놓은 텔레비전 소리와 왁자지껄 웃음을 터뜨리는 소리 때문에 옥탑방의 상황을 눈치챈 사람은 없을 듯했다. 율은 창문 안으로 조심스럽게 팔을 넣어 잠금장치를 풀었다. 창문을 열고 깁스를 한 왼팔에 무리가 가지 않게 방 안으로 들어갔다.

보은이 매일 잠자고 일어나던 방 안이었다. 보일러를 돌리지 않아 공기가 썰렁했으나 율은 보은의 냄새를 맡듯 차갑게 가라앉은 공기를 가슴 깊이 들이마셨다. 옛집의 창문도 없던 방에서 보았던 가구가 그대로 다 있었으며 처음 보는 한 칸짜리 장롱이 벽에 서 있었다. 중고인 듯한 작은 텔레비전도 있었다. 율은 목이 메며 울컥 치밀어 오르는 그리움을 누르고 일단 깨진 유리부터 남김없이 치우고 보은의 작은 보금자리를 살펴보았다. 보은은 응급실에서 돌아온 뒤 며칠 동안의 여행을 위해 방과 부엌을 정리하고 청소한 모양이었다. 반들반들한 장판 위에 놓인 하얀 봉투는 그래서 더 눈에 띄었다. 율은 신발을 벗고 앉아 봉투를 집어 들었다. 겉에 어머니에게, 라고 쓰인 글씨는 영어 학원에서부터 눈에 익혔던 보은의 글씨가 틀림없었다. 율은 편지지를 꺼내 펼쳤다.

어머니, 아저씨와 잘 계셨으면 좋겠지만 그러기가 쉽지 않다는 거 알아요. 밑에 어머니를 도와줄 수 있는 곳의 전화번호를 적어 놓으니 꼭 도움을 받으세요.

핸드폰 문자로도 알려 드렸지만 가져가신 통장의 비밀번호는 모두 어머니의 생일 네 자리로 바꾸어 놓았으니 찾아 쓰세요. 혹시 제가 어머니를 찾으러 간 사이에 집에 돌아오셔서 길이 엇갈릴까 봐 이 편지를 씁니다.

전화를 기다리며 보은 드림.

편지의 아래쪽에는 매 맞는 여성을 위한 쉼터와 도박과 가정 폭력 치료에 도움을 주는 기관들의 전화번호가 여러 개 적혀 있었다. 율은 보은이 자신을 떠난 이유가 단지 부모님의 반대 때문만은 아니라는 것을 알았다. 새로 찾은 어머니는 보은에게 위로가 아니라 등을 짓누르는 바윗돌이 되었다. 보은은 율에게까지 그 무거운 짐을 같이 나누자고 할 수 없었을 것이다. 율은 편지에 얼굴을 묻고 깊은 숨을 몰아쉬며 보은의 냄새를 맡았다.

다음 날 아침, 율은 업체를 불러 깨진 유리창을 교체하게 하고 창살까지 설치했다. 점심때는 종로의 한정식 집에서 보은의 가족들을 만났다. 보은으로부터 다른 날에 뵙겠다는 전화를 미리 받았던 부모님은 보은을 대신하여 나오기라도 한 듯한 율을 선선히 맞아 주었다. 보은이 돌아오는 대로 결혼하고 싶다고 말하는 율에게 보은의 아버지는 딸을 잘 부탁한다는 당부의 말을 했고 어머니는 율의 집에서 보은을 받아 주시더냐고 넌지시 물어 왔다. 순간적으로 대답이 막힌 율을 보며 보은의 부모님은 물론 을식이까지도 말을 잃었다. 어머니가 먼저 침묵을 깼다.

"결혼은 현실이니까 부모님이 왜 반대하셨는지 최 소장도 살다 보면 알 게 될 거예요. 두 사람과는 별개로 결혼 생활에서 그 애가 감당해야 할 일들이 만만치 않을 거야. 최 소장도 그 애 친엄마라는 사람, 외면할 수 없을 테고. 그래도 중요한 건 당사자들 마음이니까, 뭐. 잘해 봐요."

율은 보은의 가족과 함께 점심을 먹고 옥탑방으로 돌아왔다. 새로 맞춘 열쇠로 문을 열고 들어가 편한 옷으로 갈아입었다. 청소할 것도 없는 방을 다시 쓸고 닦은 뒤 부엌으로 가서 녹차도 한 잔 우려내 만들었다. 어젯밤부터 읽기 시작한 보은이 쓴 책을 앉은뱅이책상 앞에 앉아 읽다가 장롱에서 보은의 냄새가 밴 이불을 내려 덮고 낮잠도 잤다. 평상에 앉아 건너편 학교 운동장을 보며 찬바람도 쐬다가 해가 기울 즈음에는 동네의 시장 골목에 가서 몇 가지 반찬거리와 과일도 사 왔다. 할 줄 아는 거라고는 달걀 프라이밖에 없지만 냉장고에서 김치를 꺼내 볶음밥을 만들어 저녁도 먹었다. 설거지를 하고 방으로 들어와 텔레비전을 켰다. 벽에 기대어 멍하니 뉴스를 보다가 깜박 잠이 들었으나 핸드폰을 손에 쥐고 있었기 때문에 문자 알림 소리에 번쩍 눈이 떠졌다. 문자는 보은에게서 온 것이었다.

비겁하게 떠나서 미안해요. 만일 제 부모님이 최율 씨와의 결혼을 반대했다면 저는 헤어지자고 했을 거예요. 어떤 부모든 부모와의 인연은 끊을 수 없는 거래요. 그래서 저도 최율 씨 못 붙잡아요. 기다리지 마세요. 진심으로 고마웠습니다.

율은 덜덜 떨리는 손으로 핸드폰을 움켜잡고 몇 번이나 그 문장을 다시 읽었다. 당장 통화 버튼을 누르고 싶었지만 받지 않을 것이 뻔했고 그러다가 전원마저 꺼 버릴까 봐 율은 문자를 보냈다.

사랑한다.

간단하지만 모든 문제의 해답이었다. 율은 부엌으로 나가 문단속을 하고 방의 전등 스위치를 내렸다. 깁스 때문에 운전을 못하니 내일 늦지 않게 출근하려면 일찍 잠자리에 들어야 했다.

그렇게 이틀째의 밤이 지나고 율이 혼자 식사를 챙기고 방을 청소하며 보은의 옥탑방에서 출퇴근을 한 지 일주일이 다 되어 갔다. 그동안 율은 팔의 깁스를 풀었고 매일 집에 전화를 걸어 부모님의 안부를 챙겼으며 자신도 그럭저럭 잘 지낸다는 말씀을 드렸다. 보은의 스마트폰 위치가 경기도 외곽으로 조금씩 움직이는 것도 알았다. 그저께는 주인집에 내려가 옥탑방 세입자의 약혼자라고 인사를 드리고 보은이 집에 일이 있어 며칠간 지방에 내려갔다는 말까지 했다. 난데없는 율의 출현을 수상쩍게 생각하던 주인 할아버지는 율이 이번 달 월세와 함께 공동 전기세와 수도세를 내자 의심을 푸는 눈치였다.

오늘도 퇴근 시간이 되자마자 사무소를 나와 잠깐 아이스크림 가게에 들렀다가 옥탑방 근처에 주차를 하고 걸어가는데 골목에 낯익은 차가 서 있는 것이 눈에 들어왔다. 운전석에서 바로 어머니가 내렸다. 율아, 하고 부르는 어머니의 손에는 묵직해 보이는 찬합이 보자기에 싸여 들려 있었다.

"언제 오셨어요?"

"금방 왔다. 여기 맞구나?"

딱하다는 듯 쳐다보는 어머니를 모시고 현관을 들어서다가 율은 마침 주인집에서 나오는 할아버지와 마주쳤다.

"안녕하세요? 저녁 드셨어요?"

"어, 이제 먹어야지. 퇴근하는 길인가?"

"네, 어르신."

율은 손에 들고 있던 종이 백을 노인에게 내밀었다.

"이거 준이 주십시오. 어젯밤에 옥상에 올라왔길래 같이 먹었는데 좋아하더군요. 아이스크림입니다."

독서실에서 지켜봤을 때 공동 현관의 비밀번호를 누르던 노인의 손자는 율이 먹고 있던 민트초코칩 아이스크림을 무척 좋아했다.

"아이구, 고맙네."

노인의 눈은 화사하게 차려입은 어머니에게 향했다.

"제 어머니십니다."

"아, 그래요? 옥탑방 처녀 시어머니 되실 분이시군요. 그럼 지내다 가세요."

율의 어머니는 노인의 인사에 자신도 모르게 고개를 숙이다가 어이없어하며 율을 쳐다보았다. 율은 모른 체 계단을 올라가 부엌문을 열쇠로 열었다. 어머니의 손에 들린 찬합을 받아 방바닥에 펴 놓고 하나하나 열어 본 뒤 밥상을 가져와 올려놓았다.

"어머니도 같이 드실 거죠? 저 배고파요. 아침에 미리 저녁밥까지 한꺼번에 지어 놔서 지금 밥 있어요. 엊저녁에 주인집에서 묵은 김치로 꽁치찌개 끓인 거 갖다 주셨는데 그것만 좀 데울게요."

율은 방 한가운데에 어처구니없어하는 어머니를 세워 두고 코트를 벗어 건 후 부엌으로 들어갔다. 가스레인지를 켜 찌개 냄비를 올려놓은 뒤 손을 씻고 밥을 뜨고 수저를 챙겼다. 찌개가 다 끓자 율은 냄비째 들고 방으로 들어와 상 위에 놓았다. 그때까지도 어머니는 그대로 서 계셨다.

"누룽지 끓일 건데 드실 거죠? 혼자 이렇게 저렇게 해 보다가 배웠는데 구수한 게 좋더라구요. 그래서 밥은 많이 안 떴는데 괜찮으세요?"

어머니의 주먹이 율의 등으로 어깨로 내리꽂혔다.

"이 미친놈아, 바보 멍청아! 그래, 결혼해라! 그 애가 이렇게까지 좋으면 결혼해서 한번 살아 봐. 부모 말 어기고 장가가서 어디 고생 한번 실컷 해 봐!"

그날 저녁 율의 집에서는 한 여사와 율이 빠진 채 최 교장과 큰아들 내외 그리고 하늘이와 바다만 저녁 식탁에 앉아 있었다. 최 교장은 굳은 표정을 풀지 않고 국을 한 수저 떴다. 손자 녀석들이 동그랑땡에 당근이 들어간 것을 용케도 알아차리고 먹지 않으며 며느리와 계속 실랑이를 벌이다가 울음을 터뜨렸다. 최 교장이 짜증을 누르고 한마디 거들었다.

"하늘아, 바다야. 엄마 말 들어야지. 당근이 얼마나 맛있는데. 어서 먹어."

도리질을 치며 며느리가 든 젓가락을 요리조리 피하던 하늘이가 며느리의 부릅뜬 눈에 더 크게 울자 최 교장은 그렇지 않아도 언짢은 심사에 엄한 목소리로 말했다.

"사내 녀석이 울긴 왜 울어. 하늘이 울보야?"

평소에 늘 온화하고 부드럽던 할아버지의 입에서 울보라는 소리가 나오자 하늘이는 대성통곡을 하며 말했다.

"으아앙, 아니에요. 하늘이 울보 아니에요. 삼촌이 울보야. 맨날 전화하면서 울었어. 하늘이 울보 아니에요."

이게 무슨 소리인가 싶어 어른 셋의 눈이 하늘이에게 쏠렸다. 말은 하지 않았지만 표정은 똑같이 화들짝 놀란 모양을 하고 있었다.

"못난 놈."

최 교장의 입에서 한숨과 함께 흘러나온 말이었다. 한은 아내의 말대로 동생이 이기게 될 것을 예감했다.

열흘 만에 돌아오는 집이었다. 버스에서 내려 학교의 붉은 벽돌담을 따라 걸으니 처음 이 동네로 이사 오던 날이 생각났다. 할머니가 애지중지하시며 매일 행주로 닦던 장독을 버릴 수가 없어 보은은 집을 완전히 비워 주는 날 따로 트럭을 불러 장독을 싣고 옥탑방 앞에 부려 놓았다. 주인 할아버지와 할머니가 올라와 요즘 젊은 사람 같지 않음을 신기해하며 대견해하시기에 여러 가지 장과 고추장아찌까지 나누어 드렸었다.

겨울방학이 끝났는지 야간 자습을 마치고 나오는 고등학생들의 무리에 휩쓸려 발걸음이 느려졌다. 잠깐 멈춰 선 사이 올려다본 옥탑방의 창에 불이 환하게 켜져 있는 것을 본 보은은 가슴이 마구 뛰기 시작했다.

"엄마!"

보은은 학생들을 밀치다시피하며 연립주택으로 뛰어갔다.

성북소방서를 찾아가 율이 사 준 스마트폰을 돌려받자마자 보은은 용인 어머니보다 광호에게 먼저 전화를 걸었었다. 그 애 역시 어머니와 연락이 되지 않는다는 말을 듣고 보은은 어머니의 고향인 송탄까지 내려갔었다. 말이 고향이지 남아 있는 친척도 별로 없는 그곳에서 보은은 어머니가 드문드문 들려준 처녀 시절의 이야기를 떠올리며 그 흔적을 찾았다. 어머니는 어린 시절부터 부모를 잃고 남의집살이를 하며 살아왔다. 보은에게는 외삼촌뻘이 될 노인 한 분을 만나긴 했으나 서로 왕래가 드물어 그 역시 도움이 되지 못했다. 자신이 누구라는 것은 말하지 않고 보은은 그 집을 나오는 길에 정육점에 들러 사골 몇 근을 사서 다시 갖다 드렸다.

어머니를 찾는 길은 이틀 만에 끝났다. 보은은 자신이 입양되기 전까지 살았을 동네를 골목마다 둘러보고 공연히 미군 부대 앞 술집에 들어가 생맥주 한 잔을 주문했다. 혼자 앉아 홀짝홀짝 맥주를 마시는 젊은 여자를 보고 흑인 병사 한 명이 다가와 말을 걸었으나 보은은 씁쓸하게 웃어 주기만 하고 술집을 나왔다. 어머니도 이렇게 아버지를 만났을까 하는 생각을 했다. 그날 밤을 모텔에서 뜬눈으로 새우다시피 하고는 시외버스를 타고 무작정 시골길을 돌아다녔다. 배가 고프면 내려서 밥을 먹고 밤이 되면 눈에 보이는 모텔에 들어가 잠을 잤다. 낮에는 계속 차를 갈아타며 송탄과 평택 주위의 이곳저곳을 돌아다

라떼와 첫키스 517

녔다. 나중에는 의정부와 동두천에도 갔다가 어제는 대구까지 내려갔었다. 모두 미군 부대가 주둔한 도시로 보은은 자신의 존재도 모를 아버지의 발걸음을 상상하며 도시의 거리를 이리 저리 쏘다녔다. 아메리칸드림을 꿈꾸었다면서 어머니는 어떻게 그 군인의 이름조차 잊어버렸을까?

보은은 어머니의 핸드폰에 계속 전화를 걸고 문자를 남겼으나 어제 한 통의 문자를 마지막으로 존재하지 않는 번호라는 안내 음성만 들릴 뿐이었다.

미안하다. 너도 네가 제일 좋아하는 사람하고 살아라.

단순한 그 문장들이 보은을 미치게 했다. 엄마라면 당연히 자식을 제일 좋아하고 소중하게 여겨야 하는 거 아니었나? 두 번이나 자식보다 남자를 택한 용인 어머니를 이해할 수도 용서할 수도 없었다. 핏줄보다 그까짓 사랑, 고운 정도 아닌 미운 정을 따라간 여인을 어떻게 생각해야 할까? 핏줄의 정이 그립고 따스한 살을 부대끼며 옆에 있어 줄 가족이 그리웠던 보은의 마음은 또다시 버림받았다는 상실감으로 무너져 내렸다.

보은은 캠프 워커 뒤편의 모텔 방에서 엎드려 울다가 잠이 들었다. 그리고 오늘 아침 대중목욕탕으로 가 때를 벗겨 가며 목욕을 하고 대구 시내의 제일 큰 헤어살롱을 찾아갔다. 미용사가 머리를 자르고 최신 기술로 곱슬머리를 완전히 펴 준 덕분에 보은은 딴사람이라도 된 듯 찰랑거리며 윤기가 흐르는 단발머리로 그곳을 나왔다. 번화가의 한 디자이너 숍 앞에서 발걸음이 멈춘 보은은 마네킹에 입혀진 멋진 드레스에 눈이 팔려 쳐다보다가 문득 쇼윈도에 비친 자신의 모습에 웃음이 터져 나왔다. 도대체 너 지금 뭐하는 거냐고 마네킹이 무표정하게 묻고 있었다.

보은은 집으로 돌아가야겠다는 생각을 했다. 돌아가서 자신의 삶을 살아야겠다는 생각이 들었다. 자신에게 가장 소중한 사람, 율이 못 견디게 보고 싶었다. 을식이가 나라와 떠나고 윤주가 윤주용과 떠나고 친모도 이해할 수는 없지만 염 노인을 택한 것처럼 보은도 자신에게 가장 소중하고 의미 있는 존재인 율의 옆에 있고 싶었다. 율을 행복하게 해 주고 싶었다. 다른 사람이 아닌 율과 따뜻한 가족을 만들고 싶었다.

보은은 광호에게 다시 전화를 걸어 어머니와 연락이 닿으면 꼭 알려 달라고 당부한 뒤 동대구역으로 향했다. 은행에서 카드로 잔액 조회를 해 보니 어머니가 가져간 통장에서는 보은이 비밀번호를 알려 준 그다음 날부터 돈이 인출되어 현재는 잔고가 거의 남아 있지 않았다. 그나마 그 돈이 어머니와 염 노인을 지켜 줄 수 있다면 다행스러운 일일 것이다.

그런데 다시 돈이 급해졌을까? 아니면 염 노인에게 또 맡기라도 한 걸까? 마음이 무거웠지만 보은은 공동 현관의 문을 열자마자 계단을 성큼성큼 뛰어 올라갔다. 반투명한 유리문 틈으로 부드러운 전등 빛이 어른거리고 있었다.

"엄마!"

구수한 된장찌개 냄새가 스며 있는 부엌을 지나 운동화를 벗으며 방문을 열려던 보은은 순간 멈칫했다. 자신의 운동화 옆에 이 옥탑방에 어울리지 않는 클래식한 남자 구두 한 켤레가 나란히 놓여 있었다.

"아!"

눈앞에서 방문이 열리며 안에서 튀어나온 억센 팔에 의해 안으로 끌려 들어간 것은 순식간의 일이었다. 앞으로 고꾸라지며 넘어지는 몸을 가뿐히 받아 안은 넓은 품은 보은을 그대로 바닥에 눕히며 짓눌렀다. 비명이 터져 나올 새도 없이 보은은 팔다리를 버둥거리며 저항했다. 자신의 몸 위에서 거친 숨을 내뱉으며 머리숱에 손을 넣고 움켜쥔 채 목덜미에 코를 파묻는 남자의 정체를 알아차릴 틈도 없었다. 충격으로 막혀 버렸던 입을 열어 겨우 숨을 몰아쉬고 비명을 지르려던 보은은 콧속으로 밀려온 남자의 체취가 익숙함을 넘어 너무나 그리워하던 냄새임을 알았다.

"최율 씨!"

"입 다물어!"

율의 까칠하고 메마른 입술이 보은의 입술 위에 겹쳐지며 잡아 뜯을 듯 거친 키스가 퍼부어졌다. 율의 치아는 보은의 입술을 깨물고 잘근잘근 씹었다. 뜨거운 혀는 사정없이 들이닥쳐 보은의 혀를 찾아 빨아 당겼다. 혀뿌리가 뽑힐 듯 빨아들이며 이빨로 물고 놓지 않아서 보은은 속으로 비명을 내지르며 율의 어깨와 등을 마구 때리고 밀쳤으나 꿈쩍할 리가 없었다. 율이 어떻게 여기에 와 있는지 어리둥절하고 놀라운 마음은 멀리 달아나 버렸다. 늘 다정하면서도 능청스러운 개구쟁이 같았던 율이 이렇게 분노에 가득 차 자신을 짓누르고 있다는 것이 믿어지지 않았다. 율을 어떻게든 달래야 했다. 그러나 마음과 달리 두려움으로 굳어진 몸은 무기력하게 버둥대기만 했다. 심장이 터질 듯이 뛰며 율의 무게 때문에 숨쉬기조차 힘들었다. 코를 거쳐 폐 세포 가득 밀려 들어오는 율의 체취와 뺨과 턱을 긁어 대는 율의 거친 수염이 두렵기만 했다. 숨이 가빠진 건 율도 마찬가지인 모양이었다. 입술을 잠깐 놓아 준 율은 보은에게서 눈을 떼지 않은 채 어금니를 꽉 깨물고 으르렁거렸다. 보은의 입에서 저절로 울음이 터져 나왔다.

"아파요!"

"아파? 아프다고? 널 기다리며 미쳐 가던 나보다 더 아팠어?"

보은은 다시 입술을 물린 채 목구멍 안쪽에서 짧은 비명을 내질렀다. 저릿한 아픔이 느껴지며 눈에서는 한 줄기 눈물이 옆으로 흘러내려 귓가를 적셨다. 율은 그것을 어떻게 알았을까? 보은을 옴짝달싹 못하게 가두고 있던 입술과 손의 움직임이 갑자기 멈춰졌다.

"우는 건 딱 질색이야."

율의 분노를 이해하면서도 대화를 기대했던 보은은 그의 무시무시한 눈빛에 그만 얼어붙고 말았다. 율은 보은에게서 몸을 떼고 양 팔뚝을 잡아 벌떡 일으켜 앉혔다. 이마를 마주 한 채 원망과 분노로 이글거리는 눈동자가 보은을 삼켜 버릴 듯 노려

보았다. 마르고 까칠한 뺨이 실룩거리며 입에서는 여전히 얼음
같이 차가운 목소리가 흘러나왔다.

"왜 돌아왔어! 아예 여길 뜨려고 짐 챙기러 온 거야?"

보은은 몸을 떨며 고개를 저었다. 율의 지금 표정으로 보아
서는 더한 짓을 당해도 놀랍지 않을 것 같았다. 매일 밤 꿈속
에서라도 보고 싶어 했던 얼굴이지만 지금 눈앞에 있는 얼굴
은 보은이 그리워하던 그 얼굴이 아니었다. 너무도 낯설고 무
서웠다.

"미안해요."

어처구니가 없다는 듯 율이 풀썩 웃음을 터뜨렸다.

"미안한 짓을 했으면 벌을 받아."

낮고 묵직한 목소리와 달리 재빠른 손길은 보은의 코트를
벗기기 시작했다.

"이러지 말고 얘기 좀 해요. 여긴 어떻게……."

그의 맘대로 거칠게 대하지는 않으리라고 지나치게 믿은
탓일까? 율을 막아야 한다는 생각보다 궁금함이 더 컸던 것은
어리석은 일이었다. 보은은 손목을 붙잡았지만 율은 코트 단
추를 침착하게 끌러 소매를 빼내고 반으로 접어 옆에 놓았다.
인내심은 거기까지였나 보다. 보은의 저항을 간단하게 저지하
고 조급한 손길로 스웨터와 얇은 속옷을 한꺼번에 위로 들어
올려 벗겨 낼 때도 보은은 율이 지금 하려는 짓을 믿을 수가
없었다.

"싫어요!"

방바닥으로 눕혀진 보은은 그제야 정신이 번쩍 나며 양손을 짚고 일어났다. 보은은 한기보다도 기절할 듯한 두려움 때문에 몸을 덜덜 떨었다. 율의 몸이 잠깐 물러난 틈을 타 브래지어만 남은 가슴을 두 손으로 가리고 무릎을 세워 옆으로 앉았다.

"떼쓰지 마!"

목소리는 여전히 거칠었지만 율의 손은 보은의 머리를 부드 럽게 쓰다듬었다. 귀 뒤로 손을 가져가 찢어진 상처를 꿰맨 자 리를 조심스럽게 매만졌다. 그 순간만큼은 율의 눈빛도 누그러 졌다.

"잠깐만요! 최율 씨, 화난 거 알아요. 하지만 이러지 말아요."

"쉬잇! 너무 오래 기다렸어."

다시 입술과 혀가 삼켜졌다. 여전히 배려 따위는 없을 듯했 던 율은 아기를 눕히듯 보은의 머리와 허리 뒤로 양팔을 넣어 천천히 상체를 떠밀었다. 보은의 등 뒤로 손을 넣어 브래지어 의 후크를 풀려던 것이 제대로 되지 않자 그대로 위로 벗겨 내 방구석으로 던져 버렸다. 탐스러운 젖가슴이 출렁거리며 쏟아 지고 보은은 불똥이 뚝뚝 떨어지는 눈동자를 보았다. 두려움으 로 숨을 몰아쉬며 보은은 율의 손목을 잡아 가슴에서 떼어 내 려 했다. 말투는 여전히 차갑고 거칠었지만 조심스러워진 그의 손길을 믿고 싶었다.

"너무 예뻐. 갖고 싶어……."

그 순간 기묘하게도 보은의 머릿속엔 오래전 부산 큰이모의 야릇한 시선이 떠올랐다. 너 고등학교도 보내 준다며? 교복은

한 치수 큰 걸로 사 입어. 그 둔한 가슴도 좀 동여매고. 율의 입술과 혀에 갇힌 가슴 때문에 정신이 아득해지면서도 보은은 다시 큰이모가 던진 말을 기억해 냈다. 율이 일본으로 출장을 간다며 찾아온 날 아침, 해장국을 끓일 때였다. 태생은 못 속인다고, 피는 어디 안 간다고 했는데 이모 말처럼 최율 씨 당신도 이런 걸 바란 거예요? 친어머니와 하룻밤 사랑을 나누고 떠난 혼혈 병사처럼 당신도 결국 내 몸이 갖고 싶었어요? 매일을 키스 중독자처럼 굴며 늘 잡아먹을 듯 쳐다보던 율의 눈빛을 떠올리자 그렇지 않다는 걸 머리로는 알면서도 연약해진 마음은 엉뚱하게 자기 비하로 굴러 떨어졌다.

어렵게 찾은 친어머니에게도 다시 버려진 보은의 자존심은 제 몸에 채찍을 휘두르며 상처를 내는 것으로 스스로를 단련시키려 했다. 건욱에 이어 사랑이라는 것에 연거푸 거부당하며 유리 조각처럼 깨진 자존심이었지만 그 까닭을 제 탓으로 돌리는 것이 그나마 율을 미워하지 않을 수 있는 제일 쉬운 방법이었기 때문이다. 보은의 몸은 점점 힘을 잃었다. 저항하기를 포기한 손은 두 눈에 축축하고 뜨거운 것이 고이는 게 창피하면서 들키기 싫어 조심스럽게 움직였다. 한 손으로는 다 닦아 낼 수 없자 다른 손등을 올려 문지르는데 문득 율의 얼굴이 시야 안으로 확 들어왔다.

"보은아……."

두 사람의 눈빛이 마주쳤다. 보은은 율의 억센 손아귀가 자신의 손목을 끌어내린 것이 밉고 부끄러웠다. 오로지 욕망으로

만 가득 차 있으리라고 생각했던 율의 눈동자에서 보은은 미약한 망설임과 의아함을 보았다. 모르는 체 그냥 가져 버리지, 원하는 대로 실컷 해 버리지. 이까짓 게 다 뭐라고.

"난 괜찮아요."

문득 크리스마스이브의 허니문 룸과 지난해 마지막 날 남산의 호텔 방이 떠올랐다. 이렇게 초라하고 비참한 기분으로 율과의 처음을 만들 바에야 그때 율이 원했던 대로 내버려 둘걸. 그랬으면 시간이 흘러 자신의 마지막 사랑인 율을 추억하면서 아름다웠었다고 말할 수 있을 텐데.

"최율 씨에게 줄 수 있는 게 있어서 참 다행이에요."

보은은 담담하게 말하고 있는 스스로가 대견했다.

"주다니? 뭘?"

물음표로 가득 찬 율의 눈동자에는 여전히 뜨거운 불길이 활활 타오르고 있었다.

"주고 싶은 건 나야. 거칠게 군 건 미안하지만 화를 낸 것까지 사과하고 싶지는 않아. 지금 네가 그만두라고 하면 그만둘게."

무엇 때문인지 율이 최후의 자제력을 끌어모아 말하고 있다는 것을 보은은 저절로 느낄 수 있었다.

"바보 같은 최율 씨. 눈물은, 그냥 처음이어서 흐른 거예요."

보은은 율의 목에 팔을 두르고 제 얼굴을 보지 못하게 끌어당겼다. 나는 정말 이 사람을 떠나서 살 수 있을까? 보은은 상상만으로도 심장이 쥐어짜이듯 아파 오며 다시 눈물이 차올랐다. 쇄골에 율의 더운 입김이 닿자 용기를 냈다. 서른셋에 자신이 첫사랑이라고 말했던 서투르고 거친 이 남자를, 사랑에는 사춘기 소년 같은 이 남자를 자신의 모든 것을 주어 행복하고 기쁘게 해 주고 싶었다. 율이 사랑하는 방식이 어떤 것이든 정말 원하는 것이 무엇이든 보은은 제 나름대로 율을 사랑하고 싶었다.

"나는 안 떠날 거예요. 최율 씨가 갖고 싶은 게 무엇이든 내가 줄 수 있는 건 다 주고 싶어요."

보은은 자신의 입에서 나오는 속삭임을 스스로에게 하는 다짐처럼 되뇌었다.

"다 줄게요. 나도 최율 씨를 갖고 싶어요."

고개를 번쩍 든 율의 눈빛은 보은이 기억하고 있는, 사람을 속까지 꿰뚫어 보는 눈빛이었다.

"그렇게 쳐다만 볼 거면 가 버려요. 나도 지금 너무 부끄러우니까. 그냥, 사랑해 줘요."

보은은 이 밤을 아름답게 추억하고 싶었다. 자신의 친어머니든 율의 부모든 누구도 두 사람 사이에 끼어들도록 놔두지 않을 것이다. 최소한 지금 이 순간에만은.

"사랑해, 보은아. 돌아와 줘서 고마워."

"계속 떠들기만 할 거예요?"

보은은 두려움을 감추고 미소를 지었다. 율의 뺨을 손가락으로 어루만졌다.

"안 아프게 하고 싶지만 그럴 수는 없을 거야."

긴장으로 떨리는 목소리 뒤에 각자 옷을 벗었는지 서로 벗겨 주었는지는 나중에도 생각나지 않는다. 단지 말 그대로 생살이 찢어지는 아픔이 이어졌다는 것과 몸과 마음은 같지 않다는 것이 기억날 뿐이었다. 브래지어의 후크를 풀지 못하던 서툰 움직임 같은 건 없었다. 아무도 가르쳐 주지 않았지만 자연의 섭리와 수컷의 본능으로 율은 보은의 몸 한가운데를 파고들었다.

누구도 닿지 않았던 보은의 은밀한 샘이 깊은 곳에서 한 번에 무너졌다. 보은의 입에서는 어쩔 수 없이 비명이 터져 나왔다. 이제는 끝을 기다리기만 할 뿐이었다. 이윽고 더 이상 견딜 수 없어진 율이 사자와 같은 고함 소리를 지르며 난생처음 느끼는 환희와 쾌감의 절정을 미친 듯이 몸 밖으로 풀어 놓았다. 보은은 고통으로 몸을 떨면서도 율의 몸이 쾌감의 파도를 타고 드높이 솟구치고 있다는 것을 느낄 수 있었다. 보은의 허리를 붙잡고 부들부들 떨던 몸은 절정의 끝에서도 쉽게 무너지지 않고 굳은 듯 멈추었다. 파도가 물러나듯 율의 입에서는 억누르는 듯한 신음 소리가 긴 여운을 남기며 이어졌다.

율의 눈에 보은이 들어온 것은 그다음의 일이었다. 율은 몸의 일부가 여전히 보은에게 속한 채 상체를 천천히 숙여 보은의 이마 위로 머리를 기대었다. 후회와 자책은 금방 밀려들었다. 미칠 것 같은 절정감 위에서 제쳐 두었던 보은에 대한 미안함이 밀려들며 두 사람의 첫 경험을 이렇듯 거칠고 조급하게 치러 버린 것이 후회되기 시작했다. 그러나 그 와중에도 자신의 타액으로 촉촉이 젖은 보은의 핑크빛 유두가 눈에 들어왔다. 다시 갈증이 일면서 자신이 어쩔 수 없는 남자라는 것을 아프게 느꼈다.

"미안해. 널 생각했어야 했는데……. 그런데도, 정말 좋았어. 미치도록……."

그 말에 보은의 얼굴이 새빨개지는 것을 율은 아직 숨을 몰아쉬며 뿌듯한 기분으로 내려다보았다. 보은의 젖은 머리카락을 가만히 쓸어 주고 부어오른 입술을 엄지손가락으로 조심스럽게 만졌다. 보은의 벗은 몸은 눈앞이 아찔해지도록 매혹적이었다.

계단을 뛰어 올라오는 보은의 발소리와 엄마를 찾는 목소리가 들리자 율은 폭발할 듯 강렬한 성적 욕구가 솟구쳤었다. 그리움과 원망이 뒤범벅되어 보은을 바닥에 쓰러뜨리고 자신도 의도하지 않았던 욕망을 성급하게 풀어 놓으려 했다. 지난해 봄 보은을 처음 알게 된 날로부터 은밀하게 머릿속으로 수백 번 상상했던 두 사람의 첫 경험은 이런 게 아니었다. 이렇게 이불도 깔지 않은 딱딱한 맨바닥에서 보은을 거칠게 안으리라고는 한 시간 전만 해도 생각하지 않았다. 스마트폰 위치 추적을 통해 보은이 집으로 돌아오고 있다는 것을 알았을 때 율이 제일 먼저 한 일은 새로 밥을 짓고 된장찌개를 끓여 따뜻한 저녁 식사를 준비한 것이었다.

하지만 그럼에도 불구하고, 지금 이 순간이 율은 좋았다. 따뜻하고 부드러운 살결을 만지고 맛보며 보은의 몸을 통해 절정으로 솟구치는 느낌이 이렇게도 좋을 수 있다는 게 신기하기까지 했다. 보은이 생소한 통증에 몸을 떨면서도 어느새 자신을 받아들였다는 사실도 못 견디게 사랑스럽고 고마웠다.

율은 보은의 이마와 뺨에 천천히 입을 맞추었다. 고통 속에 놀라기도 하고 부끄럽기도 해서겠지만 율은 보은의 빨개진 얼굴이 세상 무엇보다 사랑스러웠다. 자신을 다 주겠다고, 율을 갖고 싶다고 말했던 용기는 어디로 갔는지 보은은 팔뚝으로 눈을 가리고 고개를 옆으로 돌렸다. 아마 이제부터는 어떻게 해야 할지 그녀도 모를 것이다.

"빨리 좀 비켜 줘요. 너무 아파."

"미안해. 하지만 다시 할 거야."

"미쳤어요?"

보은이 고개를 들고 율의 가슴을 확 떠밀었다.

"생각해 보니까 넌 벌 더 받아야 돼."

율의 목소리는 짐짓 엄하기까지 했다. 보은이 벌떡 일어나려 했지만 은밀한 곳의 익숙하지 않은 느낌 때문에 당황하는 것이 느껴졌다. 그것은 율도 마찬가지였다. 율은 멋쩍어서 웃음이 나왔지만 일단은 보은을 풀어 주었다. 보은은 옆으로 몸을 홱 돌리며 가슴과 무릎을 딱 붙이고 애벌레처럼 웅크렸다. 두 손으로 얼굴을 가리고 기어 들어가는 목소리로 말했다.

"난 몰라. 어떻게 좀 해 봐요."

율은 누운 채로 몸을 굴려 책상 위에서 티슈를 몇 장 뽑아 보은의 허벅지 사이를 닦았다. 보은이 소스라치게 놀라 율의 손에서 티슈를 빼앗았다. 율은 그새 장롱에서 이불과 요 그리고 베개 두 개를 내려 방바닥에 깔았다. 두 눈이 동그래진 보은을 강아지를 옮기듯 답싹 들어 올려 요 위에 눕히고 이불을 덮어 주었다. 율은 그 옆에 앉았다.

"궁금한 건 나중에 차근차근 얘기하자. 지금은 그냥 우리 둘만 생각해. 널 이렇게 거칠게 안을 생각은 없었어. 그런데 너무 화가 났어. 네가 너무 미웠어. 이렇게 되어서 미안하지만 다시는 안 그러겠다는 거짓말은 못 해. 널 사랑하니까. 널 혼자 두지 않을 거니까. 널 위해서가 아니야. 안 그러면 내가 못 살 거라서 그래."

보은은 이불을 가슴 위로 바짝 끌어당겨 두 손으로 꼭 쥐고 말했다.

"최율 씨를 떠나려고 했어요. 안 보이는 데로, 찾을 수 없는 곳으로 가려고 했어요."

"거짓말. 그런 애가 마지막 인사로 사랑한다는 말을 했니? 키스해 달라고 매달렸니?"

율은 보은이 차에서 내려 이사 간 곳이라며 아무 집으로나 들어가던 그날 저녁을 떠올렸다. 보은이 율의 눈을 피하며 고개를 돌렸다. 율은 손을 내밀어 보은의 머리를 쓰다듬었다.

"짧은 머리도 예뻐."

"그런데, 최율 씨. 제발 옷 좀 입어요. 일어나서 씻고 싶어요."

"왜?"

왜라니? 보은이 어리둥절해하며 율을 돌아보는데 율이 이불

속으로 슬쩍 들어오며 보은에게로 몸을 기울였다.

"집에 안 들어가요? 설마, 여기서 잘 거예요?"

율이 자신의 베개는 놔두고 보은의 베개 위로 머리를 얹었다.

"여기가 일주일도 넘게 내가 살고 있는 집이야."

"어떻게?"

보은은 깜짝 놀란 눈으로 율을 보았다가 이내 율의 손목을 꽉 움켜잡았다. 율의 손이 어느새 자신의 가슴을 쓰다듬고 있었기 때문이다. 동시에 다시 뜨거워진 입술이 살포시 보은의 입술 위로 내려앉았다.

"그동안 있었던 일은 내일 얘기하자. 지금은 너와 밤새도록 사랑을 나누고 싶어."

"방금 했잖아요?"

율은 피식피식 웃음이 새어 나왔다. 자신보다도 배울 것이 더 많은 보은을 보니 학구열이 샘솟듯 솟아났다.

"괜찮다고 말해 줘. 이번에는 거칠게 굴지 않을게."

그것을 증명이라도 하듯 율은 보은의 입술에 아주 천천히 공을 들여 키스했다. 긴장한 보은의 몸을 부드럽게 달랬다. 따뜻하고 다정하게 입을 맞추며 보은의 몸 위로 엎드렸다. 보은이 자신의 무게 때문에 힘들어하지 않도록 두 팔로 몸을 지탱하며 보은의 입술을 열었다. 보은이 살짝 어깨를 떠밀어서 율은 키스를 멈추었다. 견디기 힘들겠지만 보은이 아직도 통증 때문에 그만두길 원한다면 그럴 생각이었다.

"팔, 이제 안 아파요?"

보은이 걱정스러운 표정으로 율의 왼팔에 남아 있는 상처를 쓰다듬었다.

"너야말로 괜찮겠어? 아프지 않겠어?"

율은 보은의 가슴을 부드럽게 어루만졌다. 서두르지 말자는 마음과 달리 몸은 벌써 한껏 시위를 당긴 활의 화살처럼 부르르 떨렸다.

"정말 예뻐. 탐스러워."

율은 보은의 양 가슴에 매달려 입술과 손으로 그 느낌을 탐닉했다. 말랑하면서도 부드럽고 탱탱하게 탄력이 넘치는 보은의 가슴은 마셔도 마셔도 계속 목이 마른 바닷물 같았다. 보은의 입술에서 포기인지 쾌감인지 가느다란 한숨이 흘러나왔다. 율은 보은의 두 손을 자신의 목에 감아 주었지만 곧 세찬 손길로 떠밀리고 말았다.

"안 되겠어? 많이 아프니?"

"안 된다고 하면 그만둘 거예요?"

"아니."

율이 큭, 하고 웃었다. 그만둘 생각은 벌써 사라지고 없었다. 보은은 율을 자꾸 거짓말쟁이로 만들었다. 율은 입술을 곧장 가슴으로 내려 혀를 움직이며 보은도 느낄 수 있도록 천천히 자극했다. 한 손은 보은의 허리를 받치고 다른 손으로는 탱글탱글하고 앙증맞은 엉덩이를 쓰다듬었다.

"사랑해. 네가 돌아와서 너무 좋아. 다신 떠나지 못하게 할 거야."

"부, 불 좀 꺼 줘요."

율의 손길과 입술의 움직임에 따라 보은의 숨결도 조금씩 흐트러졌다. 율은 보은의 벗은 몸을 샅샅이 망막에 새겨 두고 싶었지만 보은의 목소리에서 간절함이 느껴져 할 수 없이 몸을 일으켰다. 두 사람의 움직임을 방해하는 이불을 치워 버리고 보은이 춥지 않도록 보일러의 온도를 높인 다음 다시 몸을 겹쳤다. 서툴지만 그래서 더 짜릿하고 애가 타는 듯한 느낌이 두 사람을 감쌌다. 율은 보은이 자신의 몸을 구석구석 만지도록 손을 끌어당겼다. 자신이 느낀 것을 보은도 느끼게 해 주고 싶었다. 긴장을 조금씩 풀고 보은이 자신을 받아들일 마음의 준비가 된 것이 느껴지자 율은 손을 더 대담하게 움직여 보은의 은밀한 샘을 애무했다. 펄쩍 뛸 듯 놀라며 가슴을 밀치던 보은의 손을 붙잡아 깍지를 끼고 입술에 키스했다.

"그런데, 오늘밤 아기가 생기면 어떡하지? 벌써 그러긴 싫은데…….'"

그러자 보은이 수줍은 목소리로 말했다.

"저기…….'"

율은 키스를 멈추지 않았다. 온몸이 화르륵 불꽃에 휩싸이기 시작했다. 아기가 생기더라도 어쩔 수 없다는 생각이 들었다. 보은이 다시 가슴을 밀었다.

"저기, 장롱 맨 아래 서랍 열어 보면…….'"

율은 입술을 떼고 보은을 보다가 몸을 그대로 포갠 채 팔을 뻗어 서랍을 열었다. 퀼트로 만든 작은 바느질 상자가 있고 상자를 열어 헤집으니 어둠 속에서도 형광색으로 빛나며 반짝거리는 비닐 포장에 쌓인 무엇이 들어 있었다.

"크리스마스 때 호텔 허니문 룸에서, 그때 침대에 있던 선물 바구니 안에 이게 있었어요."

보은의 목소리가 심하게 떨렸다. 율은 소리 내어 웃으며 보은의 입술에 촉, 하고 입을 맞추었다. 순진하지만 지혜로운 신부였다. 두 사람은 전등을 켜고 포장지에 적힌 깨알같이 작은 글씨의 사용 설명문을 수줍어하며 함께 읽었다. 율로서는 두 개밖에 없는 것이 아쉬울 만큼 학구열에 불타 실습을 하였음은 물론이다.

다음 날 핸드폰의 알람이 울리는 소리에 겨우 눈을 뜰 수 있었던 율은 품 안에서 곤하게 잠들어 있는 보은을 신기하게 내려다보았다. 밤새 놔 주지 않고 안았던 몸이지만 보은이 정말 옆에 있다는 것이 아직도 실감나지 않았다. 아기처럼 평온하게 잠든 보은의 표정을 보니 이상하게 서운하기도 하고 얄밉기도 했다. 율은 그대로 보은을 끌어안았다. 벌을 주듯 귓불을 깨물고 입술을 삼키며 곧장 혀를 집어넣었고 손은 젖가슴을 꽉 아프게 움켜쥐었다. 몸의 중심이 단번에 뜨거워졌다. 율은 참기가 힘들어졌지만 잠이 깬 보은은 도리질을 치며 율을 밀어냈다. 새벽까지 사랑을 나눈 기억이 떠오른 듯 율과 눈이 마주치자 얼굴이 복숭앗빛으로 물들며 시선을 돌렸다. 율은 빙긋이 웃음이 흘러나왔다.

"잘 잤어?"

보은은 이불을 끌어당겨 가슴을 가리면서 일어나 앉았다. 표정과는 달리 말투가 새침했다.

"잘 잤을 리가 있겠어요?"

"몸은 어때? 아직도 많이 아픈 것 같아?"

이번에는 대답 없이 율을 노려보기만 했다. 안 아프면 어쩔 거냐고 묻는 것 같았다.

"만지기만 해 볼게. 응?"

아직 자신처럼 절정을 느끼지 못하고 아파하기만 했던 보은이 안타깝고도 미안하게 생각되었지만 율은 내친김에 한 번만 더 나쁜 놈이 되기로 했다. 그러고 나서 보은을 가르쳐도 늦지 않다고 생각했다. 율은 슬며시 보은의 팔꿈치를 잡아 눕히며 가슴을 가리고 있는 이불도 끌어내렸다. 탐스러운 가슴의 정점에 솟은 연한 핑크빛의 유두가 그를 유혹했다. 고양이가 가르릉대듯 보은이 목 안쪽에서부터 신음 소리를 흘렸다. 두 손은 자신도 모르게 율의 머리카락을 파고들었다.

"넌 너무 예뻐."

안으면 안을수록, 가지면 가질수록 율은 보은에게 중독되어 가고 있었다. 흥분으로 부들부들 떨리며 단단해진 몸은 만지기만 하겠다는 약속은 잊어버리고 이번에는 보은의 깊은 샘으로 바로 밀고 들어갔다. 갑작스러운 침입이었을 텐데도 보은의 샘은 촉촉이 젖은 채 율을 맞이했다. 율의 움직임이 세차게 몰아

치면서 보은의 입에서도 억눌려 있던 신음이 새어 나왔다. 아직 그것이 아픔으로 인한 것인지 쾌감으로 인한 것인지 알기 어려운 율은 미개척지에 다름없는 보은의 몸을 끌어안고 구름 위로 드높이 날아올랐다.

"세상에! 이게 다 뭐야?"

건축사무소로 전화를 건 율이 오늘은 부득이 결근할 수밖에 없겠다는 말을 하고 있는 사이, 보은은 화장실로 들어가 세면대 거울에 비친 자신의 몸을 바라보고 있었다. 그야말로 경악스러웠다. 입을 두 손으로 틀어막은 채 거울에서 눈을 떼지 못하던 보은은 혹시나 지울 수 있을까 온몸을 여기저기 문질러 보았지만 소용이 없었다. 율의 입술에 세차게 빨아 당겨지고 치아에 잘근잘근 씹히고 깨물린 자국들은 온통 선명한 붉은 반점과 멍을 만들어 놓았다. 율은 보은을 먹어 치우기라도 할 모양이었다. 겨울이라 터틀넥이나 스카프로 가려질 수 있는 것이 그나마 다행이라는 생각이 들었지만 부끄러움과 당혹함으로 눈물이 나올 것 같았다.

결국은 이렇게 육체적인 경험을 나누게 될 날이 온다는 것쯤은 알고 있었다. 아직은 미미하고 생소한 느낌이지만 율이 자신을 안을 때마다 보은의 몸 중심에서도 무언가가 터질 듯 꿈틀대는 것을 느꼈다. 간질간질하면서도 새콤달콤한 그 느낌은 조만간 화산이 터지고 폭발하듯 보은의 내부에서 거대한 불꽃을 일으킬 것이다. 하지만 율을 사랑하고 원하는 마음과는 별개로 몸은 아직 따라오지 못했다. 보은은 자신이 율을 흥분시키고 절정으로 이끌 수 있음을 느끼는 것만으로도 뿌듯하고 행복했다.

"그래도 이건 너무하잖아……."

당분간은 대중목욕탕도 못 갈 거라는 생각이 들었다. 뜨거운 물에 몸을 푹 담그고 싶지만 옥탑방의 욕실은 온수 보일러도 약했고 웃풍이 있었다.

"보은아, 문은 왜 잠갔어?"

율이 통화를 끝냈는지 화장실 문의 손잡이를 비틀었다.

"아, 아직 기다려요. 샤워해야죠."

"그러니까 열라고. 같이 해."

보은의 눈이 동그래졌다. 말도 안 되는 소리였다.

"빨리 하고 나갈게요."

아침까지 놔 주지 않고 빨고 깨물던 율 때문에 보은은 샤워는커녕 옷도 제대로 입지 못하고 잠들고 말았었다. 보은은 재빨리 샤워기를 틀어 따뜻한 물로 몸을 씻고 머리를 감았다. 그래도 온몸이 얼얼했다. 입술이 부어 있는 것을 보자 얼굴이 저절로 찌푸려졌다. 율이 혹시라도 문을 어떻게 하고 들어올까 봐 최대한 빨리 샤워를 마치고 수건으로 몸을 닦은 다음 미리 챙겨 들어온 속옷과 티셔츠와 바지까지 다 갖춰 입었다. 뽀송뽀송하게 말리지 못하고 물기만 닦은 몸을 끼워 넣다시피 하여 옷을 입고 나오니 화장실 문 앞에 율이 허리에 짧은 수건을 대충 두르고 서 있었다. 깜짝 놀란 보은과 달리 율은 그녀를 머리에서 발끝까지 훑어보았다.

"제발 팬티라도 좀 입고 있어요."

율은 약간 실망스럽다는 듯이 대답했다.

"결혼하면 어차피 다 볼 건데, 뭘."

보은의 젖은 머리카락을 헤치고 귓불을 가볍게 물고 빨아 당겼다. 보은은 율에게 허리를 붙잡힌 채 고개를 들어 올렸다.

"결혼해요? 우리가?"

"그럼, 안 할 거야? 너, 나 책임 안 질 거야? 한 번 잤다고 그냥 버릴 거야?"

농담 같은 율의 말에도 보은은 전처럼 웃지 않았다.

"최율 씨 부모님이……."

보은은 입을 다물었다.

"알아. 헤어지겠다고 한 거, 죄송하다고 말씀드렸다는 거."

"알아요?"

"들었어. 근데 뭐가 죄송하니? 네가 나를 사랑하는 거, 그게 죄송할 일이야?"

보은의 시선이 밑으로 떨어졌다. 헤어지겠으니 시간을 달라고, 마음의 준비가 되어 율을 떠날 수 있을 때까지 연애하는 것만은 그냥 봐달라고 당돌하게 부탁했던 일이 죄송했었다. 그리고 지금은 절대로 율을 떠나지 못할 것임에 약속을 어긴 모양이 되어 죄송했다. 율이 보은의 얼굴을 양손으로 잡고 말을 이었다.

"아침 먹고 집에 가서 우리 부모님께 인사드리자. 너 돌아온 거 조금 전에 전화로 말씀드렸어. 지금 기다리고 계셔. 걱정은 안 해도 돼. 알았지?"

보은은 놀란 눈으로 율을 보며 조그맣게 중얼거렸다.

"최율 씨 부모님이 반대해서 떠난 게 아니에요."

"알아."

"뭘 알아요? 내가 최율 씨를 불행하게 할지도 모른다는 거 알아요? 나를 낳은 친어머니는 도박 전과가 있대요. 그 남편이라는 사람은 그보다 더한 폭력에 도박 전과로 사채업자들이 쫓고 있었다는 거 알아요? 도박 빚 다 갚아 주고 나한테 남아 있는 거 이제 아무것도 없다는 거 알아요? 그런데 어떻게 나를 사랑해요?"

율이 보은을 품에 꼭 끌어안았다.

"그런 가족들은 잊어버려. 나랑 둘이서 새로운 가족을 만들자. 너를 사랑해 주고 돌봐 주는 가족들 말이야. 내가 그렇게 해 줄게."

보은은 최율이라는 남자를 신기한 존재를 보듯 쳐다보았다.

"당신은 왜……."

말하지 않아도 숨은 뜻을 안다는 듯 율이 빙그레 웃었다.

"넌 민트초코 아이스크림을 왜 좋아하니? 새 책 냄새 맡는 건 왜 좋아하니? 내가 널 사랑하는 건 그런 것하고 같은 이유야. 설명할 수 없어. 굳이 말하라면, 네가 너이기 때문이야. 그러니까 그냥 내 옆에만 있어 줘. 사랑한다고 말해 줘."

아직은 수줍지만 조금씩 익숙해지기 시작한 율의 맨 살갗에 코가 닿자 보은은 왈칵 뜨거운 눈물을 쏟으며 흐느꼈다. 포기하고 도망치려고만 했던 자신과 달리 율은 사랑을 지키기 위해 혼자 싸우고 있었다는 사실이 고맙고도 미안해서 흐느꼈다. 율을 사랑하고 욕심내도 괜찮다는 희망과 기대가 보은을 울게 했다. 율은 보은의 흐느낌이 잦아들 때까지 머리와 등을 쓰다듬으며 한참 동안을 가만히 안아 주었다. 볼을 타고 흐르는 눈물을 입술로 닦아 주다가 보은의 입술에 그대로 멈추었다. 따뜻한 입술을 촉촉이 적시던 위로의 입맞춤은 보은의 입안으로 율의 뜨거운 혀가 파고들면서 점점 짙어졌다. 보은은 율의 벗은 몸 중심에서 딱딱한 무언가가 일어나 자신의 배를 찌르는 것을 느끼고 깜짝 놀라 몸을 뗐다.

"빨리 씻어요. 아침 차릴게요."

부엌으로 재빨리 나가 버리는 보은의 뒷모습에 율도 머쓱하여 화장실로 들어갔다.

"얼굴이 많이 야위었구나."

숱 많은 곱슬머리를 짧게 자르고 곧게 펴서 그럴 수도 있겠지만 한 여사가 보기에 보은의 몸은 전보다 말라 보였다. 어쨌거나 두 남녀가 사랑한 잘못 말고는 없는데 너무 애를 먹었나 싶다가도 자신의 아들 역시 이 아가씨 때문에 맘고생이 심했던 것은 마찬가지라 한 여사는 그쯤에서 애틋한 마음은 감춰 두기로 했다. 애틋함보다는 괘씸함이 더 크기 때문이었다. 대신 악역을 맡은 사람은 남편 최 교장이었다.

"결혼을 허락한다만 올해는 아니다."

보은은 말이 없었지만 율이 고개를 번쩍 들었다.

"그게 무슨 말씀이세요? 어제는 허락한다고 하셨잖아요."

"들어 봐라."

최 교장은 언짢은 표정을 드러내며 아들을 나무랐다. 고개를 숙이고만 있는 보은의 이름을 부르며 말을 이었다.

"너도 알다시피 우리 집안은 대대로 교육자 집안에 여기 앉은 율이 어머니나 형수 모두 우리나라에서 손꼽히는 대학교를 나왔어. 나는 내 둘째 며느리로 내세울 것도 없고 근본도 없는 애가 들어올 줄은 상상도 못 했다."

율이 뭐라고 대꾸하려는 것을 최 교장은 손을 들어 막았다.

"네가 고등학교 때 공부는 제법 했던 것으로 안다. 무슨 책인지 나는 잘 모르겠지만 율이 형 말을 들으니 어려운 책을 낸 것도 알아. 하지만 적어도 율이나 우리 집안에 어울리는 모양새는 갖춰야 하지 않겠니? 어려운 것도 아니야. 네가 합격해 놓고 입학은 안 한 그 대학교에 다시 들어가거라. 합격하고 나서 결혼해도 늦지 않아."

최 교장으로서는 시간을 벌어 놓자는 속셈도 없지 않았다. 다시 그 어려운 대학교에 들어가려면 몇 년 전과는 달라진 대입 전형에 맞추어 공부하느라 보은으로서는 시간이 부족할 테니 발등에 불이 떨어진 것과 마찬가지일 것이다. 율을 만날 시간이 부족한 틈을 타 최 교장은 아들을 여기저기 자연스럽게 선도 보이고 더 나은 조건의 아가씨들을 부지런히 만나게 할

작정이었다. 합격을 하든 못 하든 최 교장으로서는 손해 볼 것이 없었다.

"안 돼요, 아버지. 전 못 기다립니다."

율의 외침과는 다르게 보은이 침착한 목소리로 대답했다.

"고맙습니다. 최선을 다해 열심히 노력하겠습니다. 최율 씨가 저를 위해 애쓴 만큼 저도 꼭 보답해 주고 싶어요."

속을 모르진 않을 텐데 보은은 조용하지만 또박또박 말했다. 당돌하고 독한 여자애라고 최 교장은 생각했다. 그래서 아들 녀석이 이 애한테 빠진 건가 싶던 최 교장은 율이 보은을 바라보는 눈빛을 보고는 내색은 하지 않았지만 깜짝 놀라고 말았다. 집에서나 밖에서나 할 말만 하는 무뚝뚝하고 얼음장 같던 아들 녀석의 눈빛이 지금은 마치 주인을 올려다보는 순박한 강아지의 눈빛처럼 무한한 사랑과 무조건적인 믿음을 담고 있었기 때문이다.

"미친놈, 못난 놈."

한 여사가 점심을 먹인다며 두 사람을 식탁으로 데리고 나간 뒤에도 최 교장은 잠시 얼이 빠진 듯 안방에 앉아 중얼거렸다.

시간은 빨리 흘러갔다. 당장 윤주와 윤주용의 약혼식이 있었고 곧이어 두 사람은 일본으로 함께 유학을 떠났다. 을식이와 나라도 양가의 상견례 후에 차례대로 미국으로 갔다. 나라가 다니는 대학과 을식이의 어학연수 프로그램이 있는 대학이 달라 두 사람은 서로 서울에서보다 더 먼 거리를 미국에서 각각 떨어져 지내야 했지만 을식이는 나라와 시차가 같은 땅에 있는 것만으로도 좋다고 했다.

그리고 보은은 여전히 옥탑방에 살았다. 대형 입시 학원의 재수생 반에 등록하여 아침부터 늦은 밤까지 공부에 매달렸다. 처음에는 매일 율이 데려다 주고 데리러 오는 일이 반복되었다. 보은은 먼 길을 돌아 운전하느라 피곤하다며 아침에는 바로 출근하고 밤에만 데리러 와도 된다고 애원하다시피 하여 율을 설득했다. 가끔 율이 피치 못해 야근을 해야 할 때면 보은이 건축사무소 근처로 오기도 했다. 일에 방해가 되기 싫다며 절대로 사무소 안으로는 들어오지 않고 야식만 전하고 사라지는 보은 때문에 김기영을 비롯한 직원들은 얼음장 같은 최 소장의 마음을 녹인 아가씨가 누구인지 몹시 궁금해했다.

특히 보은이 '의자왕'이라는 이름으로 주식 관련 포털 사이트에 올린 칼럼은 다 읽어 보았다는 김기영은 의자왕이라는 이름의 뜻에 대해 궁금해했다. 앉은뱅이책상밖에 놓을 수가 없어서 의자를 가진 책상이 갖고 싶었다는 단순한 대답에 뭔가 심오한 뜻을 기대했던 듯 실망하기는 했지만. 김철수 역시 자신이 처음 출근한 날 최율과 함께 식당에서 읽었던 인터뷰 기사의 주인공이 바로 평창 공사장에서 보았던 보은임을 알고 무척 신기해했다.

최 교장은 한 달에 한두 번 꼴로 우연을 가장하여 율의 선자리를 만들다가 아내와 큰아들 내외의 눈치를 못 이기고 여름

들어서는 포기하고 말았다. 대신 보은이 공부를 열심히 하고 있는지 전국 모의고사에서 몇 등급을 받았는지 계속 체크했다. 그리고 자신이 보냈다고는 하지 말라며 율의 편으로 수능 기출 문제집과 대입 전형 자료집을 한 권 보내긴 했다.

팔월의 무더위가 절정에 이르며 선풍기로는 열대야를 물리치기가 어림도 없는 날들이 이어졌다. 일주일간의 휴가를 맞은 율의 사무소에는 율이 혼자 나와 설계 도면을 들여다보았다. 경사진 산비탈에 짓던 노부부의 집이 공사가 재개되어 설계를 약간만 변경하여 진행하기로 했기 때문이다. 율은 세 시간 후면 보은을 데리러 입시 학원 앞으로 나갈 생각이었다. 사실 오늘은 율에게 좀 특별한 날이었지만 더위도 잊고 공부에만 매달려 있는 보은을 알기에 어제와 다름없이 혼자 점심으로 냉면을 시켜 먹었다. 저녁 시간이 가까운 때에 휴가 중이라고 안내문을 붙여 놓았는데도 불구하고 현관 입구에서 벨 소리가 들렸다. 빈 그릇은 문 밖에 내놓았는데 못 보았나 싶어 율은 문으로 다가갔다. 유리문에 비치는 실루엣은 한눈에 보기에도 보은이 틀림없었다. 율은 얼른 문을 열었다. 수줍은 표정으로 문 앞에는 정말로 보은이 서 있었다.

"혼자 있을 것 같아서요."

"미리 전화하지 왜 그냥 왔어? 일찍 마칠 줄 알았으면 데리러 갔을 텐데……."

생각보다 이른 시간인 데다가 지난 몇 달 동안 한 번도 들어오지 않았던 사무소 안에서 보은을 만나니 율은 가슴이 설레기까지 했다. 보은은 율이 일하는 공간을 신기한 듯 둘러보았다. 소파에 보은을 앉히고 물었다.

"저녁부터 먹으러 나갈까? 뭐 먹고 싶어?"

율은 근처에 있는 삼계탕 집을 떠올렸다. 시험 준비에 지쳐 자꾸 말라 가는 보은을 위해 주말에는 보신이 될 만한 것을 사 먹이긴 했지만 또 고기를 먹으러 가자고 하면 싫어할지도 모르겠다는 생각이 들었다. 그런데 뜻밖에 보은이 고개를 살랑살랑 저으며 이렇게 말했다.

"오늘은 내가 살게요. 최율 씨 생일이잖아요."

"알고 있었어?"

"그럼요. 어떻게 내 남자 생일을 몰라?"

율은 내 남자라는 말이 듣기 좋아 반달눈이 되며 입가가 벌어졌다. 보은이 손바닥을 내밀며 말했다.

"대신 운전은 내가 할게요."

"나, 납치당하는 거야?"

"그렇다고 치죠."

보은이 허스키한 목소리로 속삭였다.

그런데 보은이 율의 SUV를 몰아 차를 세운 곳은 놀랍게도 한 특급 호텔 앞이었다. 보은은 도어맨에게 차 열쇠를 건네고 재빨리 보닛 앞을 돌아 율이 조수석에서 내릴 수 있게 차 문까지 열어 주었다. 얼떨떨해하며 보은의 손에 이끌려 엘리베이터 앞까지 온 율은 그제야 입이 열렸다.

"여긴, 작년 크리스마스에 내가 널 데려왔던 곳이잖아."

보은은 말없이 엘리베이터 안에서 32층을 눌렀다. 율의 눈이 더 커졌다. 엘리베이터를 내려 보은이 가방에서 카드키를 꺼내 꽂고 문을 열자 낯설지 않은 허니문 룸의 실내가 눈앞에 펼쳐졌다. 보은이 율의 등 뒤에서 허리를 껴안았다.

"나 여기 예약하느라 있는 돈 다 썼어요. 혼수도 준비해야 하는데 통장이 빈 깡통 됐어. 미리 체크인 해 놓느라 오늘 공부도 못 하고 진짜 손해야. 대학에 못 붙으면 결혼도 못 하고 돈도 다 떨어지고 어떡해요?"

율은 심장이 쿵쿵 뛰고 목이 메어 오기까지 했다. 생일 선물을 기대하지 않은 건 아니었지만 이렇게까지 하리라고는 상상도 못 했다. 몸을 돌려 보은을 살그머니 끌어안았다. 보은이 미소를 지으며 그를 올려다보았다.

"놀랐어요? 기뻐요?"

"응. 감동받았어, 정말로."

시원한 에어컨이 가동되고 있었지만 율은 뜨거워진 눈시울만큼 몸도 뜨거워지는 것을 느꼈다. 품에 안은 보은의 입술을 촉촉이 적시며 머금었다. 그때 밖에서 초인종이 울렸다. 보은이 침실로 들어가며 말했다.

"웨이터예요. 문 좀 열어 줘요."

보타이 차림의 웨이터는 생일 케이크와 몇 가지 과일과 너트 종류 그리고 꽤 비싼 와인 한 병을 테이블 위에 세팅해 놓고 갔다. 율이 두근거리는 가슴을 진정시키며 와인의 코르크 마개를 열고 두 개의 잔에 따르고 있을 때 침실의 문이 열리며 보은이 나왔다.

"보은아……."

율의 손이 멈추고 말았다. 보은은 연한 장밋빛 실크 드레스를 입고 있었다. 어깨에서 주름이 자연스럽게 흘러내리는 디자인은 탐스럽고 매끈한 가슴을 겨우 가리고 무릎 바로 위에서 떨어졌다. 등을 훤히 드러내며 허리부터 엉덩이만 가린 실크 천은 보은의 길고 날씬한 다리를 더욱 강조하고 있었다. 늘 묶어 다니기만 했던 머리를 푸니 봄을 지나 여름 동안 자르지 않고 기른 머리가 목덜미를 지나 쇄골에서 찰랑거렸다. 눈앞에 있는 보은은 지나치게 요염하고 자극적이었다. 그사이 화장을 한 듯 입술은 촉촉하게 윤기가 흘렀고 갈색 눈동자는 긴 속눈썹을 수줍게 떨며 시선을 떨어뜨렸다.

"이런 걸 어떻게 입고 다니라고 샀어요? 그날 집에 가서 보고도 깜짝 놀랐지만 최율 씨 정말 못 말려요."

그 드레스는 율이 보은에게 속옷과 함께 준 크리스마스 선물이었다. 율은 후들거리기까지 하는 걸음으로 보은에게 다가갔다. 보은의 양손을 잡고 유혹하듯 자신을 바라보는 두 눈에 입을 맞추었다.

"내 앞에서만 입어. 그러라고 사 준 거니까."

호흡이 조금씩 거칠어졌다. 보은은 못 들은 척 새침을 떨며 생일 케이크에 율의 나이만큼 초를 꽂고 불을 붙였다. 율의 얼굴을 바라보며 나지막이 생일 축하 노래를 불러 주었다. 율은 마음속으로 하나뿐인 소원을 빌고 촛불을 껐다. 보은이 케이크

한 조각을 포크로 떠서 율의 입에 넣어 주었다.

"저녁은 좀 늦게 먹어도 되죠? 내일 아침 식사까지 미리 예약해 놨어요."

보은이 율의 입가에 묻은 생크림을 손가락으로 닦아 주었지만 그 손가락은 곧 율의 입속으로 들어가고 말았다. 율은 보은의 손가락 하나하나를 잘근잘근 씹고 깨물었다. 신음을 참으며 미간을 찌푸리는 이 표정을 곧 침대 위에서도 볼 작정이었다. 보은이 그 속을 읽은 듯 다른 손으로 와인 잔을 들었다.

"생일 축하해요."

와인은 반도 채 비워지지 못하고 테이블 위에 놓여졌다. 보은을 번쩍 안아 든 율은 곧장 침실로 성큼성큼 걸어 들어갔다. 옥탑방에서의 첫날밤 이후 그동안 율은 보은과 겨우 하룻밤을 더 보냈을 뿐이었다. 해외 출장에서 하루를 앞당겨 돌아온 율은 사무소와 집에는 귀국을 알리지 않고 바로 보은의 옥탑방으로 갔었다. 대입 학원에 등록한 지 며칠 되지 않은 그때 자신의 몸이 더 이상 감당하지 못할 만큼 밤새도록 보은을 안고 난 율은 아침에 눈을 떴다가 책상 앞에 앉아 문제집을 풀고 있던 보은이 코피를 쏟는 것을 보았다. 그때부터 보은이 먼저 원치 않으면 기다리겠다고 생각한 것이 다섯 달 전의 일이었다.

침대 위에는 그날처럼 장미꽃이 하트를 만들고 있었다. 다른 점은 드라이플라워로 만든 리스라는 것이었다. 침대 옆에 보은을 내려놓자 보은이 율의 허리를 잡고 안기며 속삭였다.

"최율 씨가 준 장미꽃을 한 송이도 버릴 수가 없었어요. 옛

날 집 옥상 그늘에서 말려 두었어요. 옥탑방에 이사 와서는 장독 안에 넣어 두고 자주 바람을 쐬어 줬구요."

"그러면, 지금 자쿠지 안에도 몇 송이 있겠네?"

율이 장난스럽게 묻자 보은이 큭, 하고 웃었다. 보은은 시트 위의 장미꽃 리스를 바닥에 내려놓았다. 허리를 펴니 율이 바로 앞에 있었다. 떨리는 율의 손으로 드레스가 곧장 바닥으로 떨어지고 어느새 벗은 몸으로 선 두 사람은 킹사이즈의 침대 위에 나무뿌리처럼 얽혀 쓰러졌다. 그동안 보은을 위해 꾹 참아 왔던 율의 본능이 활화산처럼 터져 공중으로 흩어지면서 방 안의 공기가 뜨거워졌다. 보은은 율의 욕구를 그대로 다 받아 주기가 힘겨웠지만 눈물이 날 만큼 사랑하는 남자의 생일을 위해 자신의 달아오른 몸을 선물했다. 촉촉이 벌어진 채 가쁜 숨을 내쉬는 입술과 남자의 몸을 구석구석 애무하는 손가락과 터질 듯이 팽팽해진 가슴과 뾰족하게 성이 난 핑크빛 유두 그리고 물기를 머금은 복숭아 향이 나는 비밀스러운 샘으로 자신의 남자를 유혹했다. 한차례의 폭풍이 지나가고 저녁 식사로 예약한 룸서비스 카트를 율이 끌고 들어왔다. 에너지를 충전한 두 사람은 땀으로 젖은 침대와 장미꽃이 떠 있는 자쿠지 안을 번갈아 가며 느긋하게 사랑을 나누었다. 보은은 비명을 지르며 절정에 올랐다가 까무러칠 듯 추락했다. 바짝 날이 선 신경이 예민해질 대로 예민해져 더 이상 율을 받아들일 수 없게 된 보은이 멈추지 않는 율의 손을 뿌리치며 욕실 안으로 달아나 문을 잠가 버린 뒤에야 두 사람은 쉴 수 있었다. 율은 욕실 문을 똑똑 두들겼다. 이 장면까지도 크리스마스이브의 기억과 똑같아 피식 웃음이 흘러나왔다.

"샤워만 같이 할게. 괜찮아."

다행히 보은은 문을 열었다. 그리고 율을 샤워 부스 안에 세워 놓고 해바라기 모양의 수전을 틀어 땀에 젖은 몸을 씻겨 주었다. 율의 몸 구석구석 비누 거품을 칠하던 손은 곧 율에 의해 멈춰졌고 이번에는 율이 보은의 몸을 씻겨 주었다. 따뜻한 물이 쏟아지는 샤워기 밑에 서서 율은 보은의 입술과 혀를 물고 놓지 않았다. 가까스로 입술을 떼어 낸 보은이 율을 노려보며 말했다.

"샤워만 한다면서요? 왜 자꾸 거짓말해요?"

"그때 내겐 33년 만에 해본 첫 키스였어. 밀린 키스 다 하려면 부지런해야지."

"조금만 참으면 안 돼요? 나 진짜 지쳤어."

율은 말없이 보은을 끌어안았다. 목표 달성과 성취 욕구를 충족시키기 위해서라면 수단 방법을 가리지 않는 율이었다. 그런 율에게 이제 자신이 그의 영원한 목표가 되었음을 보은은 아직 모르는 것 같았다. 보은을 목욕 가운으로 감싸 침대로 안고 가 눕히고 자신도 팔베개를 해 주며 그 옆에 누웠다. 보은이 율의 품으로 파고들었다. 향긋한 비누 향이 보은의 살 냄새와 섞여 율을 은근히 자극했다.

"사랑해요. 나 공부 열심히 해서 꼭 최율 씨한테 시집갈게요. 기다려 줘요."

"오래는 못 기다려. 지금도 몸이 아프도록 많이 참고 있으니까."

율이 보은의 귓불을 살짝 깨물었다. 보은이 율의 가슴을 주먹으로 팡, 때렸다.

"그런 얘기가 아니잖아요. 어떻게 그 생각밖에 못 해요?"

"너야말로, 내가 뭐라 그랬다고 넘겨짚니? 난 순수하게 기다리겠다는 건데……."

율이 이번에는 보은의 입술에 촉, 하고 입을 맞추었지만 한 손으로는 벌어진 목욕 가운을 잘 여며 주었다.

"사랑해. 널 영어 학원 퀴즈대회에서 처음 봤을 때부터 사랑했어. 그땐 나도 몰랐지만."

보은이 눈을 크게 뜨고 율을 올려다보았다.

"어, 우리 내과 병동 엘리베이터 앞에서 처음 본 거 아니었어요?"

이번에는 율이 놀랐다.

"너 엘리베이터 앞에서 나 본 거 기억하니?"

"사람을 그렇게 화살로 꿰뚫듯이 쏘아보는데 그 얼굴을 어떻게 잊어버려요? 나중에 생각나더라구요."

"하하, 그랬구나."

율은 보은이 사랑스러워 못 견디겠다는 듯 두 팔에 힘을 주고 꼭 끌어안았다. 다시는 놓치지 않을 것이고 달아나게 놔두지도 않을 것이다. 보은이 숨이 막히는 듯 율의 어깨를 두드렸다.

"다시는 나 혼자 내버려 두지 마. 약속해."

"약속할게요. 꼭 옆에 붙어 있을게요."

서로의 눈동자 속에 깃든 사랑을 확인한 두 사람은 지친 몸을 위로하며 달콤한 잠 속으로 동시에 빠져들었다.

그의 아내

"이렇게 바쁜 날 며느리가 둘이나 되면서 언니도 참 안됐어요. 그 나이에 오빠 생일상까지 언니가 차려야 해요?"

부엌에서 대전 고모님의 불평이 들려왔지만 율은 못 들은 척 아버지의 바둑 상대가 되어 드리고 있었다. 생일을 맞은 당사자인 아버지도 신경 쓰지 않으시는 듯 바둑돌에만 눈을 두고 계셨다.

"그럼 어떻게 해요? 병원에서 환자 진료하는 큰며느리를 끌고 와요, 아니면 학교에서 공부하고 있는 둘째 며느리를 붙잡아 와요?"

어머니의 대꾸도 들렸다.

"큰며느리는 그렇다 치고 둘째는 시아버지 생신상 차리는 것보다 학교 가는 게 더 중요하대요? 언니가 버릇을 잘못 들였어요."

"어이구, 내 며느리는 내가 알아서 할 테니 고모는 지윤이
얘기나 좀 해 봐요."

다행히 이야기의 주제는 사촌 여동생의 연애사와 결혼 이야
기로 넘어갔다. 율은 바둑돌에 시선을 고정하고 있었지만 마음
이 편하지 않았다. 은근히 화가 나기 시작했다.

어머니나 친척 어른들은 집안에 무슨 생일이나 제사 등 크
고 작은 행사는 물론 김장철과 장 담그는 시기만 되면 아내를
불러들여 일을 시키려고 했다. 학교에 가야 해서 어렵겠다고
율이 중간에서 양해를 구하려고 하면 어머니조차도 꽤 서운해
하시며 대학교 수업이야 하루 이틀 빠진다고 졸업을 못 하는
것도 아니고 걔가 졸업하고 석박사를 할 것도 아닌데 뭐 그리
열심히 하느냐는 말씀을 하셨다. 교육자로서 한평생 살아오신
분이 맞나 싶게 율로서는 이해가 되지 않았다. 오히려 아버지
가 둘째 며느리는 계속 공부를 시킬 거라고 지나가듯 한 번 말
씀하셨다. 아내는 주말이나 방학 때는 물론이고 율이 야근할
때나 출장을 갈 때면 늘 본가나 친척집으로 불려 갔다. 두 사람
이 살고 있는 집의 살림은 언제 돌보고 학교 공부는 언제 하나
싶게 아내는 두 사람의 집에 있는 시간보다 본가나 친척들에게
불려 다니는 시간이 더 많았다. 이유는 늘 음식 솜씨가 나이 많
은 어른들보다 더 낫다는 것이었다.

올봄에 막내 이모의 아들인 외사촌 동생이 신혼여행에서 돌
아오던 날도 마찬가지였다. 아내의 중간고사가 일주일 후라 음

식 만드는 일을 도우러 오라는 부름에 율이 막내 이모에게 전화를 걸어 불평을 하였다. 그 며칠 전에도 결혼식 손님들을 집에서 대접하느라 불려 갔던 아내였다. 게다가 막내 이모는 당신의 시댁 제사에 가져갈 음식을 보은에게 직접 부탁하는 전화까지 한 적이 있어서 율은 은근히 벼르고 있었던 참이었다. 그러나 불똥은 엉뚱하게도 아내에게 튀었다. 율이 없는 사이 막내 이모를 거쳐 어머니의 전화를 다시 받은 아내는 시험 공부를 하다 말고 분당까지 내려가 부엌일을 거들다가 밤이 다 되어서야 퇴근하던 율의 손에 이끌려 집으로 돌아왔었다. 율은 얼굴이 붉어지고 화가 치밀어 오르는 것을 겨우 참으며 그 집을 나올 때까지 아무 말도 하지 못했다. 아내가 지레 겁먹고 걱정스러운 표정으로 율을 바라보았기 때문이다. 아내와 부부싸움이라는 걸 하게 된다면 두 사람만의 문제가 아닌 이런 일들에 서로 스트레스를 받기 때문이겠구나 하고 율은 생각했다. 그나마 큰형과 형수가 조카들 때문에 분가하지 않고 사는 것이 율로서는 다행이다 싶었다.

아버지가 흰 돌을 던지시며 허리를 쭈욱 펴셨다. 그만하자는 말씀이었다.

"점심을 일찍 먹어 그런가, 저녁 먹기 전에 요기 할 거 좀 없어?"

아버지가 부엌으로 가시는 틈을 타 율도 자리에서 일어났다. 시계를 보니 아직 이르긴 했지만 율은 아내의 학교로 마중을 나가고 싶었다. 말씀을 드리고 본가를 나오니 초여름이라 그렇겠지만 해가 길었다. 선선한 바람을 쐬며 아내와 근교로 드라이브를 하고 싶은 충동이 일었지만 오늘 같은 날 아내의 조바심을 알기에 그러기는 어려울 것이다.

아내가 수업을 받고 있을 인문대 근처에 주차를 하고 율은 푸르른 나무와 꽃들이 공원처럼 잘 조경된 캠퍼스를 천천히 둘러보며 건물이 내려다보이는 언덕 위의 벤치에 앉았다. 수트를 말끔히 차려입은 젊은 남자를 힐끔거리며 여학생 무리들이 지나갔다. 매일 보는 교수들과는 다른 낯선 분위기가 풍기는 모양이었다. 아내에게 문자를 보내려고 하는데 막 인문대 입구에서 나오는 아내가 보였다. 오늘은 출근할 때 율이 먼저 나왔기 때문에 아내가 어떤 옷을 입었는지 몰랐는데 아내는 화사한 초여름의 날씨에 맞게 작은 별무늬가 프린트된 하늘색 블라우스에 진스커트를 입고 발이 편한 낮은 캔버스화를 신고 있었다. 벌써 서른이라는 나이가 믿어지지 않게 아내는 풋풋하고 어려 보였다. 율은 이름을 부르기에는 조금 먼 거리여서 망설이다가 순간 멈칫 입을 닫았다.

"보은아!"

자신보다 먼저 큰 소리로 아내를 부르며 건물 안에서 빠른 걸음으로 따라 나오는 젊은 남자를 발견했기 때문이다. 학생으로는 보이지 않았다. 아무리 젊게 봐도 복학생 이상은 되어 보이는 그 남자는 아내의 팔꿈치를 잡고 섰다. 남자의 손이 금방 떨어지기는 했지만 율의 미간이 일그러졌다. 아내는 캠퍼스에 활짝 핀 장미처럼 환하고도 수줍게 웃으며 남자와 이야기를 나누었다. 무슨 이야기를 하는지는 알 수 없지만 두 사람은 꽤 친근한 사이처럼 보였다. 유치하고 속 좁은 남편은 되기 싫어 율은 잠시 벤치에 앉아 있었다.

아내가 영어학과에 입학하던 날 율은 의외로 남학생과 남자 교수들이 많은 것을 알고 놀라긴 했지만 신경을 쓸 이유는 없었다. 두 사람이 서로의 핸드폰을 꺼내 자판을 누르는 것으로 보아 전화번호를 주고받는 것 같았다. 젊은 교수일 수도 있겠다는 생각이 들었지만 두 사람은 그보다는 훨씬 사적인 관계로 보였다. 도저히 못 참을 것 같은 순간 율이 자리에서 일어나자 남자는 다시 건물 안으로 들어갔다. 아내는 한 시간의 공강 뒤에 아직 영어형태론 한 과목 수강이 더 남아 있었다. 아내의 시간표와 강의실을 다 외우고 있는 율은 아내의 뒤를 10여 미터 거리에서 따라갔다. 아내는 도서관 방향으로 걸으면서 어디론가 전화를 걸었다. 율은 발걸음을 빨리 하며 슬슬 거리를 좁혀갔다.

"네, 저는 걱정 마세요. 내일은 꼭 병원 가 보세요."

전화를 끊은 아내는 걸음을 재촉했다. 율은 묻지 않아도 전화기 건너편의 사람이 아내의 친모라는 것을 알 수 있었다. 결혼 후에도 연락이 닿지 않던 친모는 아내의 동생이라고 할 수 있는 광호를 통해 작년 연말에 소식을 전해 왔다. 염 노인이 강원도 카지노 안의 화장실에서 심장마비로 세상을 떠났다는 소식이었다. 아내는 율에게는 말하지 않았지만 광호와 그 동생이 모시고 있다는 친모에게 1년에 너덧 번 전화를 하는 정도로 모녀 관계를 이어 가는 듯했다. 잠을 줄여 가며 기를 쓰고 공부해서 수업료 면제를 받고 가끔은 재테크 사이트에 쓰는 칼럼의 원고료와 블로그에 붙는 배너 광고의 수입 그리고 얼마가 되는지 모르지만 주식 투자로 번 돈의 일부를 명절이나 생일에 보내 주는 것을 알고 있었다. 광호가 이제 어머니는 자신들이 알아서 모실 테니 절대로 돈 부치지 말라며 집에까지 찾아와 돈을 돌려주고 가긴 했다. 아내는 보내는 금액과 횟수를 줄이긴 했어도 그만두지 않았다. 율이 남편 장학금이라는 이름으로 통장에 넣어 주는 학비에도 거의 손을 대지 않았다.

알잖아요, 나 재벌 1세 될 거라는 거. 종잣돈 모으고 있는 중이니까 아무 말 말아요. 당신 학원 내가 인수해 버릴 거예요. 아내는 그렇게 둘러댔지만 그 또한 아내의 자존심을 위해 더 이상 토를 달지 않았다. 신혼여행을 다녀온 후 친척 어른들께 인사드리는 자리에서 남자 하나 잘 물어 팔자 펴게 됐다는 둥, 혼인신고는 서두르지 말고 살아 보고 하라는 둥, 통장은 절대로 맡기지 말고 처가 단속 잘하라는 둥의 소리를 아내에게 들리면 대수냐는 듯이 들었던 일이 율의 마음에 여전히 잔가시처럼 박혀 있었다.

율은 아내의 뒷모습에 애잔한 마음이 더해져 전화를 걸었다.

"뭐하니? 수업 끝났어?"

"아직 한 과목 남은 거 알잖아요. 지금 책 반납하러 도서관 가는 길이에요."

"오늘은 학교에서 별일 없었어?"

아내는 목소리가 너무 가깝다는 것을 알아차린 듯 발걸음을 멈추고 뒤를 돌아보았다. 율을 발견하자마자 4년 전 봄날 아내를 처음 영어 학원에서 보았을 때와 똑같은, 머리 뒤로 후광이 반짝반짝 빛나는 눈부신 미소를 보여 주었다. 아내의 마음을 잡느라 거의 1년을 보내고 대입 준비를 하느라 또 1년을 보낸 뒤 벌써 대학교 3학년이 되었지만 율을 맞아 줄 때의 그 미소만은 그날과 달라진 점이 없었다. 한적한 지름길이긴 하지만 사람들이 오가는 것은 신경 쓰지 않는지 아내는 율의 허리를 안고 품속으로 포옥 안겼다.

"아아, 우리 남편 이렇게 만나니까 정말 좋다."

율이 아내의 이마에 살짝 입술을 댔다가 뗐다. 아내의 미소는 전염성이 강했다. 율은 아내의 책가방을 빼앗아 들고 함께 도서관으로 향했다. 중앙 현관에서부터 학생증의 바코드를 대고 들어가야 하기 때문에 율은 그냥 입구에서 기다려야 했다.

"금방 나올게요. 마누라 보고 싶어도 울지 말고 꾹 참고 기다려요."

아내는 가방을 건네받고 뛰어 들어갔다. 결혼 후에 달라진 점이 있다면 둘이 있을 땐 저렇게 아무렇지 않게 간지러운 대사를 마구 날린다는 점이었다. 율은 혼자 빙그레 미소를 지으며 돌아섰다. 대리석 기둥 옆의 낮은 돌계단에 서서 둘이 걸어온 오솔길을 내려다보며 아내를 기다렸다.

학부만 졸업해도 바로 써먹을 수 있는 학과에 지원하겠다고 하더니 아내는 문과로 교차 지원을 해서 영문학과도 아닌 영어

학과에 입학했다. 결혼 허락을 받기 전 친모와 염 노인이 돈을 갖고 사라져 버리는 바람에 미국에 가려던 아내의 계획이 틀어진 것을 율은 알고 있었다. 그래서 율은 아내가 영어를 공부하는 것이 불안했다. 아내가 자신을 떠나려 했던 아픈 기억이 자꾸 떠올랐기 때문이다.

10분쯤 지났을까? 오솔길에 조금 전 인문대 앞에서 아내와 함께 있었던 젊은 남자가 나타났다. 남자는 율이 서 있는 도서관 입구를 정면으로 향하며 걸어 올라왔다. 노트북 가방을 어깨를 가로질러 메고 한 손에는 네모난 큰 가방을 다른 손에는 가방에 넣지 못한 책 몇 권을 들고 있었다. 동시에 율의 뒤쪽에서도 보은이 돌아왔다. 남자의 두 눈이 보은을 향하며 입매가 올라가는 것을 확인한 순간 율은 아내에게 몸을 돌리며 확 잡아당겼다. 그리고 충동적으로 입술을 부딪쳤다. 두 팔을 꼼짝하지 못하게 품 안에 꽉 끌어안고 한 손으로는 하나로 묶은 긴 곱슬머리 속으로 손을 넣어 휘감아 쥐고 옴짝달싹 못하도록 입술을 포개 아프게 빨아 당겼다. 기말고사 기간이 코앞이라 도서관 안팎에는 학생들이 많이 지나다니고 있었다. 야유와 비명 소리가 귀 뒤로 흘러갔고 율은 여전히 아내의 입술을 물고 눈을 부릅뜬 채 남자의 놀란 얼굴을 확인했다. 그것만으로도 충분할 것 같았다. 율은 경악으로 얼어붙은 채 말도 못 하고 있는 아내의 손을 잡아끌며 빠른 걸음으로 그 앞을 지나쳐 왔다.

"도대체! 왜 이래요? 손 좀 놔. 당신 때문에 진짜 너무 창피해."

오솔길을 내려가 인문대 앞 주차장으로 돌아가는 길에서야 아내는 겨우 입을 열었다. 화가 나서 얼굴이 빨개져 있었다. 율도 자신의 마음을 알 수 없었다. 조수석에 아내를 밀어 넣다시피 하고 운전석에 올라탄 다음 던진 첫마디는 이것이었다.

"반지는 왜 또 안 꼈어?"

소리를 지르듯 던진 율의 말에 아내는 새삼스럽게 왼손을 내려다보았다. 아차 싶은 목소리로 대답했지만 미안해하지는 않았다.

"핸드크림 바르면서 화장대 앞에 빼 놨다가 잊어버렸어요. 그게 키스한 거랑 무슨 상관이에요? 왜 그래요, 정말?"

"다시는 빼 놓지 마."

율은 시동을 걸고 그대로 집으로 향했다. 율의 표정을 본 아내는 조수석에 몸을 기대고 차창 밖으로 고개를 돌렸다. 아내의 학교와 최대한 가까운 거리에 집을 얻었기 때문에 아파트까지는 5분밖에 걸리지 않았다. 지하 주차장에 차를 세우고 곧장 올라가 현관문을 연 율은 아내를 끌고 침실로 들어갔다. 방문이 닫히자 입술을 꼭 깨물고 자신을 노려보며 서 있는 아내를 끌어안고 침대 위로 함께 쓰러졌다. 율은 옷을 제대로 벗지도 않고 아내의 블라우스 단추부터 풀었다. 빳빳한 진스커트는 허리까지 끌어올렸다.

"제발 나 좀 불안하게 하지 마."

율은 몸을 가지면 영혼도 다 가질 수 있다는 듯 아내를 안았다. 미처 준비되지 않은 아내의 몸은 메마르고 빡빡했지만 조금씩 율의 몸짓에 맞추어 따라와 주었다. 율의 입에서 터져 나온 거친 신음 소리와 아내의 억눌린 소리가 한바탕 지나갔다. 아내의 존재를 불안하게나마 확인한 율은 자신의 몸 아래 누워 지친 숨을 몰아쉬는 얼굴을 조심스럽게 쓰다듬었다. 아내의 입에서 험한 목소리가 튀어나왔다.

"미안하다는 소리 또 할 거면 죽여 버릴 거예요."

눈물을 글썽거리며 쏘아보던 아내는 주먹으로 율의 어깨를 마구 때렸다. 할 말이 없어진 율은 주먹을 고스란히 맞으며 아내를 끌어안는 수밖에 없었다.

유학을 마치고 돌아온 건욱의 소식을 우연히 병원에서 만난 홍 선생을 통해 듣고 온 날도 율은 갑자기 한밤중 도로가에 차를 세우고 아내를 안았었다. 제대를 하고 전화를 걸어 온 영어 학원의 덩치 녀석과 자신이 직접 통화를 하고 난 날 밤에도 율은 아내를 사납고 거칠게 연거푸 안았었다. 그때도 율은 불안하다는 말 뒤에 미안하다는 소리를 했었다. 평소에는 더없이 부드럽고 사려 깊은 연인인 자신이 오늘처럼 충동적으로 아내를 몰아붙이는 것은 극히 드문 일이었다.

"이번에는 또 뭐예요? 말해요."

율을 다 아는 아내가 날이 선 목소리로 물었다. 몸은 여전히 밑에 깔린 채였지만 목소리는 매서웠다.

"아까 그 남자 누구야? 인문대 앞에서 네 이름 함부로 부르던 놈."

결혼한 후에는 아내에게 '너'가 아닌 '당신'이라는 호칭을 쓰는 율이 지금처럼 흥분하고 화가 나면 '너'로 돌아갔다. 아내가 피시식, 풍선에 바람이 빠지듯 웃었다. 율의 몸을 옆으로 밀치며 팔로 몸을 지탱하고는 눈동자를 들여다보았다. 목소리가 나긋나긋했다.

"봤어요? 고등학교 동아리 선밴데 이번에 사회학과 강사로 임용되었대요. 유학 갔다 와서 처음 만난 거라 반가워서 인사하고 나 결혼한 얘기도 하고 전화번호 주고받았어."

아내의 손이 땀에 젖은 율의 앞머리를 넘겨 주며 달랬다.

"너 결혼한 얘기 했어?"

율의 목소리도 차분해졌다. 언제 거칠게 굴었냐는 듯 입매에 웃음이 걸렸다.

"그럼, 난 당신밖에 없잖아. 사랑하는 최율 씨."

"불안해. 네 옆에 있지만 늘 불안해."

아내는 율의 입술에 입을 촉, 붙였다 떼며 말했다.

"밖에서는 말 없고 냉정하기만 한 당신이 나랑 둘이 있을 때면 이렇게 마음 여린 소년이 되는 걸 다른 사람들은 알까요? 알면 뭐라고 할까?"

"상관없어."

아내는 침대에서 몸을 일으켰다. 블라우스의 단추를 여미고 스커트를 밑으로 끌어내렸다.

"나도 늘 불안해요."

율은 침대에 엎드린 채 아내를 쳐다보았다.

"이렇게 행복해도 되나 싶어서 아직도 불안해요. 아침에 눈을 뜨면 내 옆에 당신이 누워 있다는 게 정말 고마워. 꿈이 현실이 되어 버려서, 너무 행복해서 불안해요."

"또 그런 소리 한다. 바보같이 그런 말이 어딨어?"

율이 아내의 팔을 길게 쓰다듬었다.

"이거 봐. 너무 말랐어. 어제 외숙모도 그래. 도대체 언제부터 매실청을 집에서 만들어 드셨다고 당신을 시켜? 다시는 나 몰래 친척들 집에 불려 다니지도 마. 그 집 생일이나 제사는 자기들끼리 알아서 하라고 내가 말할게."

"그러지 말아요. 부모님이나 친척 어른들이 불러 주면 난 좋아. 이렇게 당신 옆에서 마음껏 행복해도 된다는 인정을 받는 것 같거든. 그러면 불안한 마음이 녹아 없어져."

"이보은 씨, 당신 이제 보니 자기를 학대하는 아주 나쁜 취미가 있었네. 그런 희한한 논리가 어디 있어?"

아내는 율의 입술에 가볍게 입을 맞추었다.

"언젠가는 내가 당신이 생각하는 만큼 그렇게 예쁘지도 않고 괜찮은 여자도 아니라는 걸 알게 되겠죠. 그때는 당신이 날 지겨워해도 내가 당신 안 놔 줄 거야. 알아요? 침대에 꽁꽁 묶어 놓고 밖에도 못 나가게 할 거야."

"그거 반가운 소린데? 지금 당장 그렇게 해 주면 안 될까?"

율은 침대 밖으로 나가려는 아내의 팔꿈치를 잡아당겼다. 아내는 늙기는 할 테지만 예쁘지 않다거나 괜찮은 여자가 아닐 리는 절대 없었다. 아내보다 예쁘고 더 괜찮은 여자도 있겠지만 율에게는 영원히 지금의 아내 이보은만 필요했다. 하지만 아내는 율의 등을 철썩, 소리가 나도록 때렸다. 바닥에 떨어진 팬티를 줍고 서랍장에서 새 속옷을 꺼내 화장실로 가며 말했다.

"빨리 가면 다음 시간 수업 들어갈 수 있으니까 얼른 일어나요. 나 태워다 줘. 어서요."

아쉽긴 했지만 율은 아내의 말을 들어야 했다.

마지막 수업까지 마친 아내를 데리고 본가로 돌아가니 형 부부가 일찍 퇴근해 있었고 고모부도 와 계셨다. 율과 형이 여자들을 도와 거실 한가운데에 상을 다 차리고 나서 안방에 있는 아버지와 고모부를 불렀다. 고모부는 아내를 보더니 얼굴이 좀 야윈 것 같다며 혹시 아기 소식이라도 있는 건가 하고 넉살 좋게 물으셨다. 고모가 남편의 팔을 꼬집었다.

"당신도 참, 율이가 자기 와이프 졸업할 때까지는 애 안 낳는다고 했다고 내가 몇 번이나 말했어요?"

"그랬지? 그래도 그렇지. 조카 나이도 있는데 너무 늦는 거 아냐? 애 낳고 키우는 건 다 때가 있는 법인데. 그러다가 환갑에 대학생 학부모 되면 골치 아프다."

아내는 난감한 듯 웃으며 율을 보았다. 가족들의 이야기 주제는 어느새 고령화 사회와 자녀 교육에까지 옮겨 갔다. 교사 출신인 부모님과 고모님 내외에다가 초등학교를 다니는 하늘이와 바다 그리고 이제 네 살이 된 꽃님이까지 세 아이를 키우고 있는 형과 형수가 가세해 할 말이 어지간히도 많은지 대화가 끊기지 않았다. 슬슬 빈 접시를 부엌으로 옮기고 있는 아내를 거들며 율은 얼른 집으로 돌아가고 싶었다. 모레부터 시작되는 기말고사 때문에 아내는 겉으로는 말하지 않아도 조바심을 내고 있으리라는 것을 잘 알기 때문이었다. 게다가 율로서도 시험이 시작되기 전에 침대 위에서 남편의 의무와 권리를 행사하고 싶었다. 적어도 시험이 끝나기까지 앞으로 2주일은 아내가 각방을 쓰려 할 것이기 때문이다.

"어머니, 동서 그만 집에 가라고 하시지요. 내일부터 기말고사인 것 같던데요. 그렇지?"

형수가 아내를 돌아보며 큰 소리로 물었다. 시험이야 모레부터 시작이긴 했지만 율로서는 굳이 정정할 필요가 없어 냉큼 대답을 가로챘다.

"네, 형수님. 죄송하지만 뒷정리는 좀 맡기고 저희 먼저 일어날게요. 그래도 되죠, 아버지?"

생일을 맞은 당사자인 아버지는 형과 마주 앉아 있다가 얼큰하게 취한 얼굴로 가라고 손짓을 하셨다. 그런데 고모부가 슬쩍 아내를 보더니 잠깐만 앉으라는 시늉을 했다.

"네, 고모부님."

고모부는 아버지의 눈치를 살피더니 목소리를 낮추며 물으셨다.

"앞으로 코스피가 좀 오르긴 하겠냐? 조카며느리 보기엔 어때? 시원찮지? 내가 헬스랑 바이오 쪽이 유망하다고 해서 몇 주 사 놓긴 했는데 말이야⋯⋯."

고모부는 지금 갖고 있는 주식을 매도하고 다른 종목으로 갈아타야 할지, 관망하며 들고 있어야 할지를 주저리주저리 묻고 계셨다. 가족이나 친척들 앞에서 주는 것엔 더 주지 못해 미안해하고 받는 것엔 제 것이 아닌 듯 감사해하기만 하던 아내였는데 율은 처음으로 아내가 냉정해지는 모습을 보았다.

"제가 결정해 드리긴 어렵네요. 여유 자금이면 보유하시고 긴급한 자금이면 매도하세요."

딱 그 말뿐이었다. 아는 것이 없으니 더 물을 수도 없던 고모부는 율을 오랜만에 본다며 아내 먼저 들여보내고 술이나 같이 하자고 하셨지만 되지도 않을 말씀이셨다. 율은 아내와 함께 본가를 나섰다. 누구에게 하는 말인지 차 안에서 아내가 중얼거렸다.

"박사님이 왜 고졸인 나한테 물어보시지?"

"고모부가 주식 박사는 아니시잖아. 교육학 박사시지. 그러고 보니 당신도 꽁하게 맺힌 게 있었네?"

율이 장난스럽게 웃으며 아내를 돌아보았다.

"우리 집안 어른들, 고지식한 분들이시고 평생 조개껍질 속 같은 조직 안에서 사신 분들이야. 이해하자."

알았다고 대답할 줄 알았는데 아내는 칫, 하더니 시선을 창밖으로 돌렸다. 율의 웃음소리가 점점 커졌다.

"이보은, 당신 지금 굉장히 유치하고 속 좁고 성질 못됐고 버르장머리 없는 거 알아? 그래서 너무 예뻐. 계속 좀 그랬으면 좋겠어."

율은 진심이었는데 아내는 무슨 뜻이냐는 듯 동그랗게 눈을 뜨고 그를 돌아보았다.

　"우리도 아기 하나 가질까요? 꽃님이 거의 매주 보는데도 볼 때마다 쑥쑥 자라는 게 눈에 보이고 진짜 귀엽더라. 다인이랑 윤주 애기들도 그렇고. 아버님이, 우리 애기만 낳으면 다 키워 주신댔잖아요. 난 그냥 공부만 하라시고."

　어머니가 싸 준 음식들을 냉장고에 넣으며 아내가 말했다.

　"졸업하고 나서 생각해 보자."

　율은 건성으로 대답하며 뒤에서 아내의 허리를 끌어안았다. 집안 어른들께는 아내의 공부 때문에 그런다고 했지만 율은 아직 아이를 가질 생각이 없었다. 자신이 먼저 피임을 철저히 하고 있었다. 아내를 학교와 집안일에 나눠 가지는 것도 불만인데 거기에 아이와 나눠 가지기까지는 더 싫었다. 율은 목덜미에 코를 파묻고 아내의 냄새를 깊숙이 들이마셨다.

　"아, 좋다. 당신 냄새……."

　"나 당장 오늘부터 밤샘 모드로 갈 거니까 다른 생각 하지 말아요."

　그러면서도 아내는 돌아서서 팔을 율의 목에 감았다. 까치발로 서서 하루 동안 자란 수염으로 까끌까끌해진 율의 턱에 입을 맞추었다가 뗐다.

　"얼른 씻고 먼저 자요. 오늘 일찍 퇴근한 만큼 내일 열심히 일해야죠. 그래야 마누라 학비도 벌지."

　"학비야 당신 통장에 고스란히 쌓이고 있잖아. 시험 때마다 남편 독수공방 시킨 대가로 말이야. 오늘은 안 돼. 장학금은 내가 줄게."

"그럼 정말 아기 하나 만들까?"

"안 된다고 했지?"

율은 아내를 번쩍 안아 들고 침실로 들어갔다. 이타적이기만 한 아내가 성공 지향적이기만 한 자신을 어떻게 사랑하게 되었는지 신기한 마음은 여전했다. 아직은 아내가 다른 존재를 돌보게 하고 싶지 않았다. 그것이 두 사람을 닮은 아기더라도 마찬가지였다. 율은 침대 위에 아내를 조심스럽게 내려놓고 옆에 누웠다.

"보은아, 난 당신이 자신을 더 많이 사랑했으면 좋겠어. 내가 당신을 사랑하는데 뭐가 더 필요하니? 행복해서 불안하다는 말 같은 거 하지 마. 당신은 내 첫사랑이고 내 처음을 가져간 여자야. 그게 얼마나 굉장한 건지 알아?"

"알아요. 그래서 더 고맙고 사랑해. 이보은은 최율을 무지무지 사랑해."

고맙다는 말 따위도 하지 말라고 말하고 싶었지만 율은 참았다. 대신 아내를 품 안에 꼭 끌어당겼다.

"사랑해. 우리 이 말만 기억하며 살자."

율의 따뜻한 입술이 조금씩 내려가기 시작했다.

새로운 가족

아내의 4학년 1학기 기말고사가 끝날 즈음 율은 더 바빠졌다. 해마다 아내의 방학이 되면 열흘 동안은 집을 비우고 둘만의 여행을 떠나는 것이 연례행사처럼 되어 있어서 그 전에 건축사무소의 중요한 일들은 미리 처리해 놓아야 했기 때문이다. 주말이나 휴일, 방학 가릴 것 없이 아내를 불러 대는 부모님이나 친척들을 피해 율이 아내를 독점할 수 있는 유일한 시간이었다. 건축사무소의 일로 여행지에서도 매일 이메일을 체크하고 전화 통화를 해야 하긴 했지만 그나마 방학 동안 주어지는 달콤한 그 시간들이 아내가 아무것도 하지 않고 완벽하게 쉴 수 있는 시간이었다.

　제주도의 올레길, 일본의 홋카이도, 중국의 장가계, 하와이의 킬라우에아 화산, 캐나다의 루이스와 모레인 호수 그리고 영국과 유럽의 유서 깊은 도시들에서 아내는 제 입으로 먹고 제 발로 걷는 것 말고는 아무것도 하지 못했다. 율이 정말 아무 것도 못하도록 모든 것을 해 주었기 때문이다. 율은 휴가지에서 아기를 돌보듯 아내의 몸을 씻기고 옷을 입히고 먹을 것을 대령했다. 아내의 걸음이 느려지면 업고 걸었고 같이 점심을 먹은 후엔 부드럽게 안아 주며 낮잠을 재웠다. 휴가지에서 율과 아내를 본 본토 사람이든 한국인 관광객이든 두 사람이 어제 막 결혼식을 마치고 신혼여행을 온 것으로 착각했다. 율은 밤마다 아내의 목덜미에 코를 파묻고 그녀의 냄새를 맡으며 함께 잠들었다.

가끔은, 세계가 이대로 종말을 맞았으면 좋겠다는 생각을 했다. 아내가 전에도 얘기했던, 너무 행복해서 불안하다는 말이 무슨 뜻인지 그도 조금은 알 수 있었기 때문이다. 그래서 그는 아내의 생일과 결혼기념일마다 아동복지시설이나 입양 기관에 적지 않은 액수의 후원금을 내고 기부를 했다.

야근까지 하고 오려던 아침의 계획과는 달리 김기영과 함께 사무소에서 저녁만 먹고 귀가한 율은 오늘은 여행지를 뉴칼레도니아나 세이셸 군도 중 확실히 결정하고 항공 티켓을 예매해야겠다는 생각을 하고 있었다. 아내는 율이 현관의 비밀번호를 누르고 들어서자 왠지 허둥대며 거실의 테이블 위를 정리했다.

"일찍 왔네요."

아내의 인사가 짧았다. 율에게 다가와 허리를 감는 손에 긴장이 실리고 가슴에 안기는 뺨은 살짝 상기되어 있었다. 아내에 관해서라면 모든 것을 알고 있는 율은 장난스럽게 눈동자를 굴리며 얼굴을 내려다보았다. 생리를 시작한 날로부터 14일이 지났으니 아내는 지금 배란기에 있다.

"왜, 할 말 있어? 안아 달라고?"

율의 손가락이 슬쩍 아내의 셔츠 단추에 가닿았다. 아내는 배란기가 되면 남성호르몬이 더 많이 나온다는 것을 증명하기라도 하듯 은근히 적극적으로 변해서 율을 흐뭇하게 웃게 했다. 물론 피임은 율이 먼저 철저하게 했다.

"어머, 그런 거 아니거든요."

아내가 새침하게 말하며 율의 손을 탁 쳤다. 그러면서 몸을 떼더니 소파 옆의 테이블에 놓인 커다란 서류 봉투 하나를 내밀었다.

한국조혈모세포은행협회.

율이나 아내와는 하등 상관없는 단어의 나열이 봉투 위에 찍혀 있고 수신자는 이보은으로 되어 있었다. 입구는 조심스럽게 뜯겨져 있었다. 조혈모세포은행이 무슨 기관인지도 모르겠거니와 자신의 집에 이 우편물이 와 있을 일이 뭐가 있을까 싶은 율은 아내의 얼굴을 빤히 쳐다보았다.

"나 예전에 헌혈한 적 있었거든요. 벌써 10년도 다 되어 가는데, 그럴 일이 없을 줄 알았는데 연락이 왔네요."

"무슨 연락?"

율의 예감은 아내의 발그레해진 뺨을 보면서도 갈피를 못 잡고 있었다.

"음, 헌혈하면서 골수 기증하겠다고 사인했었는데 내 골수가 필요한 백혈병 환자가 있대요. 이메일이랑 전화 연락이 먼저 와서 우편물 보내 달랬더니……."

율의 팔이 아래로 뚝 떨어졌지만 봉투를 놓치지는 않았다. 아내라면 충분히 그랬을 거라는 생각이 자연스럽게 들었다. 헌혈에 골수만 기증한다고 했겠는가? 장기 기증 서약도 했겠지. 율은 불안한 마음으로 봉투에서 여러 장의 빳빳한 종이와 작은 책자를 꺼냈다.

'조혈모세포(골수)기증자 일치 안내문'이라는 초록색 글자 밑으로 '최근에 도움이 필요한 환자와 조직적합성항원(HLA)형이 일치되셨기에 알려 드립니다.'라는 붉은 글자가 긴 안내문 속에 박혀 있었다. '말초혈 조혈모세포(골수)기증 이렇게 이루어집니다.'라는 다른 안내문도 들어 있었다.

"일치한다고 해서 바로 기증할 수 있는 건 아니래요. 더 정확한 검사를 몇 가지 해 본 뒤에 정말로 환자와 내가 일치한다고 결과가 나와야 기증할 수 있다고 했어."

아내는 조금 떨리는 목소리로 마치 기증하지 못하게 되는 것이 더 큰일인 양 설명을 이어 나갔다.

"채혈해서 정밀 검사 결과 나와서 일치하면 건강검진도 받아야 하고 기증하고 나서 나한테 다시 수혈할 피도 미리 뽑아 놓아야 한대요. 촉진제도 며칠 맞아야 하고 또……."

아내가 율의 눈치를 살피면서 말하는 중에 율은 봉투에 찍힌 소인이 이미 3주 전의 것임을 알아챘다.

"당신 벌써 정밀검사 했구나. 환자하고 유전자형이 일치한다는 연락 받은 거지?"

"응, 백 퍼센트 일치한대. 오늘 병원 코디한테서 연락 받았어요."

그러면서 또 율의 표정을 빤히 들여다본다.

"나, 기증해도 되겠어요? 할까? 당신이 안 된다고 하면 안 할게요. 병원에서도 가족들 동의를 꼭 받아 와야 한댔어요."

율은 아내의 얼굴을 보았다. 하지 말라고 하고 싶지만 그러면 아내는 실망할 것이다. 율에게는 내색도 못하고 자신 때문에 백혈병 환자가 죽을 거라고 혼자서 자책하며 괴로워하겠지.

"생각해 보자. 백혈구, 적혈구 다 줄어들고 척추 디스크 생긴다고, 부작용 심하다는 말 들은 거 같아."

아내가 갑자기 후후 웃으며 율의 허리를 감고 안겼다.

"그거 오보라고 일간지에 기사 난 건 못 봤어요? 미국에 입양된 사관학교 생도한테 우리나라 육군 병장이 골수 기증했다가 부작용 생겼다고 한 거, 그거 기증한 병장이 나서서까지 잘못된 기사라고 말했었는데. 척추 디스크는 기증 전에도 원래 있었던 거라고."

"당신 정말 하고 싶구나."

율은 이미 아내에게 넘어간 기분이 들었다. 그 뒤 자신이 반박을 할 때마다 조목조목 준비된 설명을 재깍 꺼내 놓으며 율을 설득했다.

"골수가 일치해도 내가 거부하면 할 수 없대요. 그래도 나한테 희망을 걸고 있는 환자를 생각하면 어떻게 그래? 수술해서 골수를 채취하는 게 아니라 요즘은 대부분 침대에 누워서 네 시간 정도만 헌혈하듯이 있으면 된대요. 내 혈액 중에서 필요한 성분만 채취하고 다시 넣고, 순환하듯이. 2박 3일 입원 비용도 다 환자 부담이고 나는 1인실 특실에……."

아내의 목소리는 귀에 들어오지 않았다. 율은 당장 서재로 들어가 골수 기증에 대한 모든 자료를 인터넷으로 검색했다. 한참 후 충혈된 눈을 들어 창밖을 보니 벌써 동이 트고 있었고 침실로 가 보니 아내는 잠옷으로 갈아입지도 못하고 불편하게 웅크린 채 잠들어 있었다.

"보은아, 넌 아직도 계속 주기만 하는구나."

율은 침대에 앉아 아내의 겉옷을 벗겨 편하게 눕혀 주고 모시 이불을 덮어 주었다.

"해도 되는 거지? 허락, 해 줄 거죠?"

아내가 슬며시 눈을 뜨더니 잠기운에 푹 빠진 채로 느리게 물었다. 유혹하듯 속삭이는 목소리에 율은 그만 백기를 들고 말았다.

"결국은 할 거면서 내 허락은 왜 받아야 하는데?"

"내 몸은 내 거 아니잖아. 당신 거잖아요."

"정말이야? 당신 몸이 내 거였어?"

율의 손가락이 이불을 들추고 아내의 벗은 허리를 슬쩍 만졌다. 손바닥에 와 닿는 따뜻한 피부가 부드럽고 촉촉하다. 곧 해가 뜨겠지만 아내의 말을 확인은 해야겠기에 그도 옷을 벗었다.

두 달 뒤, 아내의 골수 기증은 탈 없이 잘 끝났다. 환자와 기증자는 서로 개인정보를 모르도록 하는 것이 원칙이어서 율과 아내는 환자가 20대 남자라는 것만 병원 측으로부터 전해 들을 수 있었다. 기증을 받는 환자와 다른 병원에 입원하도록 되어 있는 것 또한 원칙이었다. 그사이 무더위는 한풀 꺾이고 가을이 성큼 다가왔다. 여름방학을 얼굴도 이름도 모르는 타인에게 아무 대가 없이 골수를 기증하는 일로 써 버린 아내는 그럼에도 불구하고 해외 여행지에서 율이 명품을 사 줄 때보다 더 즐거워하고 기뻐했다.

기증 후 이틀을 병원에서 푹 쉬고 드디어 퇴원하는 날이 되었다. 골수 기증자 전용의 1인용 특실에서 율은 아내의 환자복을 벗기고 집에서 가져온 옷을 갈아입혔다. 무릎을 낮추고 앉아 양말을 신겨 주는 남편을 흐뭇하고도 조금은 미안하게 내려다보는 천사 같은 미소 때문에 율은 또 아내에게는 늘 약자일 수밖에 없는 자신의 신세를 속으로만 투덜거렸다.

"이러고 있으니까 내가 꼭 환자 같아요."

"그렇게 사람 홀릴 듯이 웃지 말고 어서 준비해. 집에 어머니 와 계셔."

"아기도 갖기 전에 남 좋은 일만 한다고 걱정하셨는데 이젠 맘이 좀 풀어지신 거예요?"

"그래. 당신 퇴원한다고 도우미 아줌마까지 데리고 오셔서 청소하고 전복죽에 갈비찜에 지금 한창 음식 만들고 계시는 거 보고 나왔어.”

율은 옷을 다 갈아입은 아내를 품에 안고 이마에 입을 맞추었다. 지루하고도 힘들었을 과정을 밝은 표정으로 다 마친 아내가 너무나 사랑스러웠다.

“근데, 아버님이 안 하시고? 입원할 때 나한테 전화로는 아버님이 직접 맛있는 거 만들어 놓고 기다린다고 하셨는데?”

아내는 큭큭, 장난기 가득한 웃음소리를 냈다. 아내의 웃음 속에 숨은 뜻이 무엇인지 그도 알기에 곧장 대꾸했다.

“당신도 알잖아. 아버지, 요리에는 소질 없는데도 아직 포기 못 하신 거. 어머니가 오늘은 절대로 안 된다며 부엌 출입 금지 시키셨어.”

“훗, 그거 진짜 아쉽네. 시아버지가 갖다 바치는 요리 가만히 앉아서 먹을 수도 있었는데 말이야.”

아내는 율의 팔에 매달렸다.

“빨리 집에 가요. 사흘 동안 주삿바늘만 진저리 나게 봐서 얼른 나가고 싶어.”

“키스만 조금 하고. 괜찮지?”

율의 입술이 곧장 아내의 입술을 머금어서 대답은 듣지 못했다. 허락을 구할 생각도 어차피 없었다. 살며시 벌어진 아내의 촉촉한 입술과 귀여운 혀와 매끈한 치아에는 알코올 냄새와 병원 특유의 냄새가 희미하게 남아 있었다. 아파트에서 기다리고 있는 부모님, 형님 내외 그리고 시끄러운 세 명의 조카들 때문에 안타깝게도 오늘 밤엔 둘만의 시간이 없을 것이다. 부모님이 하룻밤을 같이 지내며 내일 아침 식사까지 챙겨 주고 가시겠다고 하셨기 때문이다. 그러실 필요 없다고 몇 번이나 말씀을 드렸는데도 소용이 없었다. 아버지 최 교장께서 며느리 사랑은 시아버지라는 말을 하시는 것도 귀에 들어오지 않았다. 부모님은 작은방에 이불을 깔아 드리면 되는데, 안방에 방음은 잘 될까? 초저녁잠이 많으신 분들이라 다행이긴 한데, 아내를 너무 좋아하고 따르는 꽃님이가 문제였다. 집에 안 가고 작은엄마랑 같이 자겠다고 하면 어떻게 하지? 그러면 형과 형수는 좋아라 하며 자기들만 냉큼 돌아가 버리겠지? 안 돼, 누구 좋으라고. 생각이 흐르는 대로 따라가다 보니 키스가 점점 농밀해지며 못된 손이 저절로 블라우스를 들추고 젖가슴을 만지느라 율은 아내가 어깨를 팡팡 때리는 것도 몰랐다. 자석처럼 붙어 있던 몸이 겨우 떨어졌다.

마침 노크 소리가 들리고 코디와 의료진들이 들어왔다. 인상 좋게 생긴 하얀 얼굴의 담당 의사가 아내를 보더니 깜짝 놀랐다.

"얼굴이 굉장히 빨개지셨네요. 혹시 몸에 열이 심하고 으슬으슬 오한이 나시나요? 간호사, 체온계 좀……. 기증 후 만에 하나 있을지도 모를 부작용에 대해 설명은 해 드렸지만……."

아내가 뭐라고 하기도 전에 의사는 청진기를 아내의 가슴에 댄다. 함께 들어온 다른 의료진들이 웅성대며 간호사의 손도 바빠졌다. 얼굴은 여전히 붉었지만 심장과 맥박, 체온은 정상으로 돌아왔다. 아내는 침대에 누운 채 의료진의 뒤에 서서 웃고 있는 율을 슬쩍 째려보며 변명 아닌 변명을 했다.

"무사히 집에 가게 되어 좀 흥분을 했어요."

율이 입 모양으로 누가, 하고 물었다. 아내는 더 어쩌지도 못하고 의사의 얼굴만 보았다.

"저, 기증받으신 환자분은 어떠신가요?"

"젊은 남자분이라 그런지 수술도 잘되었고 상태가 아주 좋다고 합니다. 다시 한 번 감사드립니다. 정말 장한 일 하셨어요. 어제도 말씀드렸지만 아주 조금이라도 몸에서 평소와 다른 점이 느껴지면 곧장 우리 병원으로 오세요. 방귀 소리가 조금만 달라졌다 싶어도 오시면 돼요."

선하고 예쁘장하게 생긴 젊은 코디도 수고 많이 했다며 보은의 손을 잡아 주었다. 크리스털처럼 반짝이는 감사 트로피와 자주색 빌로드 천에 감싸인 골수 기증 인증서가 든 작은 상자도 전달받았다. 엘리베이터 앞까지 의료진의 따뜻한 배웅을 받으며 율은 아내의 어깨를 안고 병원을 나섰다.

일주일 후, 율은 형 부부와 함께 오랜만에 네 사람끼리 저녁을 먹고 들어가기로 했기 때문에 아내를 데리고 형수의 병원 1층 로비에 서 있었다. 형수가 내려오는 대로 세 사람이 형이 근무하는 대학교 근처의 이탈리안 레스토랑으로 가기로 했다. 형수와 약속한 시간보다 조금 여유 있게 도착한 율과 아내는 로비 한쪽에 새로 생긴 커피 전문점으로 갔다.

"녹차라떼?"

"응. 날씨가 좀 쌀쌀하더라. 당신도 따뜻한 거 마셔요."

율이 주문을 하는 사이 아내는 몇 발자국 떨어져서 눈으로 빈자리를 찾았다.

"녹차라떼 따뜻한 걸로 두 잔 주십시오."

조금 기다려 나온 녹색 음료 두 잔을 들고 돌아섰을 때 율은 아내가 금발에 푸른 눈을 가진 젊은 외국 남자와 영어로 이야기하고 있는 것을 보았다. 율이 경계의 눈초리를 세우며 곧바로 다가가자 금발의 남자는 한 손을 잠깐 들었다가 내리고 다른 자리에 가 앉는다. 미안합니다, 라고 어눌한 발음의 우리말로 사과하는 소리가 율의 귀에도 들렸다.

"뭐야?"

"그냥, 다른 사람이랑 착각했대요."

"별 싱거운 놈 다 보겠네."

율은 아내의 어깨에 팔을 두르고 그 남자와 멀리 떨어진 자리에 가 앉혔다. 아내가 킥, 웃었다. 반달눈이 되며 연신 즐거운 듯 웃는다. 그 눈의 표정이 조금씩 달라지더니 율을 향하지 않고 어느새 율의 등 뒤를 보고 있다는 것이 문제였다. 율은 고개를 홱 돌려 아내의 시선이 가닿은 곳을 노려보았다.

일행인 듯한 네 사람이 이쪽으로 천천히 걸어오고 있었는데 로비 안의 다른 사람들의 눈도 그들에게 쏠린 것은 그 일행이 꽤 다국적이기 때문일 것이다. 머리엔 백발이 희끗하고 갈색 피부가 우유를 가득 탄 코코아 같은 흑인 노인과 50대 초중반으로 뵈는, 한국인일 것도 같은 동양 여자 그리고 밝은 갈색의 머리칼을 가진 백인 남자였다. 율의 눈을 끈 것은 그 갈색 머리의 백인 남자와 팔짱을 끼고 있는 젊은 여자였는데 그녀는 가무잡잡한 피부에 날씬한 팔다리와 제법 풍만한 몸매로 아름다워 보였다. 혼혈인 듯도 하고 아닌 듯도 한 그녀는 아내보다 더 짙은 피부색에 아내만큼은 아니지만 잘 손질된 검은 곱슬머리와 동그란 이마, 살짝 들린 코가 매력적이었다. 그리고 그녀는 전체적인 몸매나 이목구비만 보면 아내와 무척 닮아 있었다.

미리 와 앉아 있던 금발의 남자를 발견하고 영어로 얘기를 주고받으며 그쪽으로 다가가던 네 사람은 문득 율을 쳐다보았다. 정확하게는 율과 마주 앉은 아내를 보았는데 그 순간 네 사람이 동시에 얼어붙은 듯, 대화도 발걸음도 모두 멈추어졌다. 율도 그들의 시선을 따라 엉겁결에 아내를 돌아보았다.

"아⋯⋯."

감탄사인지 한숨인지 모를 소리가 아내의 입에서 천천히 흘러나왔다. 아내의 시선 역시 데칼코마니 같이 닮은 모습의 젊은 여자에게 꽂혀 있었다.

"착각할 만은 하네."

뭐라고 말은 해야겠는데 고작 그런 소리만 율의 입에서 나왔다. 도플 갱어 따위는 믿지 않지만 이 세상에 아내와 꼭 닮은 사람이 있으리라고는 한 번도 생각해 본 적이 없던 율로서도 꽤 당황스러웠다. 짧은 순간의 우연한 만남이 아무것도 아닌 듯 아내는 곧 율이 앞에 놓아 준 녹차라떼를 마시며 화제를 돌렸다. 율도 형수가 내려올 때까지 아내의 학교와 공부에 대해 이런저런 얘기를 나누는 것으로 그들을 무시했다.

"동서, 많이 기다렸어?"

셋째 꽃님이를 낳은 뒤로 나날이 팔뚝이 굵어지는 형수가 율과 아내를 발견하고 다가왔다. 두 사람은 형수와 함께 로비를 가로질러 지하 주차장으로 통하는 출구로 발을 옮겼다.

"실례합니다."

세 사람의 걸음을 멈추게 한 것은 처음에 아내를 보았던 금발에 푸른 눈을 가진 젊은 남자였다. 조금은 어색한 발음의 한국어로 금발의 남자는 말했다.

"잠깐만 기다려 주시겠습니까?"

백인이 한국말로 이야기하니 얼떨떨해지는 게 당연한 세 사람은 그 자리에 서서 남자의 일행 쪽으로 고개를 돌렸다. 율이 뾰족하게 가시를 세운 목소리로 물었다.

"무슨 일입니까?"

"이유는 모릅니다."

질문에 대답을 한 사람은 흑인 노인과 함께 서 있던 중년의 동양 여자였다. 발음이 어눌한 것을 들으니 한국 교포인 모양이었다. 그녀는 부드러운 표정으로 아내를 마주 보았다.

"나도 무슨 일인지 모르겠습니다. 당신을 그냥 가게 놔두면 후회할 것 같습니다. 괜찮으시면 차 한 잔만 같이할 수 있을까요?"

율은 아내의 손이 차가워지는 것을 느꼈다. 잠깐의 팽팽한 침묵은 역시 호기심 많고 오지랖 넓은 형수에 의해 깨어졌다.

"왜 그러는 거지? 그래요, 뭐. 나도 시원한 거 한 잔 마시고 싶으니까⋯⋯."

세 사람은 다국적 인종이 모여 있다고 할 만한 그들의 자리로 안내되었다. 형수도 눈치를 챘는지 아내와 젊은 여자를 번갈아 보다가 어머나, 하고 짧은 감탄사를 내뱉었다.

맨 처음 말을 걸었던 금발의 남자까지 여덟 명이 한꺼번에 앉을 수는 없어서 율은 아내가 그들 일행과 앉게 하고 형수와는 옆자리에 따로 앉았다. 결혼한 이후 아내와 같은 장소에서 따로 떨어져 앉아 있기는 처음이었지만 왜 그런지 지금은 그들과 아내를 한자리에 앉게 해야 할 것 같았다. 놀랍게도 그들은 마치 한 폭의 그림 속에 있는 풍경인 듯 자연스러워 보였다. 율은 문득 결혼 전 할머니의 장례식장에서 검은 상복을 입은 아내가 부모님과 처남의 옆에 서 있었을 때가 떠올랐다. 그때와는 너무도 다른 느낌이었다. 노년의 흑인 남자와 아내를 닮은 젊은 여자 그리고 아내의 모습은 같은 밑바탕의 그림을 조금씩 색깔만 다르게 채색한 듯 어색함이 없어 보였다.

율과 형수는 끼어들 수 없는 대화가 영어와 한국어를 섞어가며 그들 사이에 오갔다. 처음엔 아내에게 말을 걸었던 금발의 남자와 중년의 교포 여성이 아내의 말을 나머지 일행에게 통역해 주었으나 아내는 곧 유창한 영어로 그들과 대화를 이어나갔다.

"어우, 동서가 영어를 언제 저렇게 잘했대? 전공은 역시 무시 못 하는 거구나.”

“그게 아니라 결혼 전에도 원래 영어 잘했어요.”

당연하다는 듯 툭 튀어나온 율의 말에 형수가 눈을 곱게 흘겼다. 그러다가 곧 궁금증을 참지 못하고 되물었다.

“저 사람들, 미국 워싱턴에서 온 가족들이라고 하는 거 같죠?”

“아들이 여기 병원에서 수술 받고 입원해 있다고 하는데요. 근데 루키미아(leukaemia)가 뭡니까, 형수님?”

“저런, 백혈병이에요. 아, 골수 기증 받으러 온 건지도 모르겠다. 일주일 좀 넘었는데, 우리 병원 혈액종양내과에서 20대 남자가 말초혈 이식수술을 받았다고 하더니 그 가족이구나.”

말을 마치자마자 형수의 눈은 율의 놀란 눈동자와 부딪혔다. 형수도 율과 같은 생각을 하고 있는 듯했다.

“미국에서도 맞는 기증자를 못 찾고 누나와도 맞지 않아서 한국에 왔다고 하더니……. 환자가 한국 핏줄이 섞여 있다고 했거든요. 타인끼리 일치할 확률은 0.005퍼센트이지만 가족 사이엔 25퍼센트인데.”

형수의 눈이 아내에게 꽂혔다가 그 옆에 앉은 젊은 여자의 얼굴로 옮겨 갔다. 율의 시선도 아내의 표정을 살폈다. 친남매가 아닌 경우에야 25퍼센트는 되지 않겠지만 어쨌든 추측해 볼 수는 있었다. 환자의 누나일 듯한 저 여자의 외모가 아내와 무관하지 않음을 보여 주고 있지 않은가. 그러나 루키미아가 무슨 뜻인지 아는지 모르는지 아내는 얼음처럼 차갑게 굳은 얼굴로 눈도 깜박이지 않고 그들의 말을 듣고 있었다. 어쩌면, 알아차렸을지도 모르겠다고 율은 생각했다. 그렇지 않다면 테이블 아래 숨기고 있는 아내의 손끝이 저렇게 떨릴 일이 뭐가 있겠는가?

그때 형수가 핸드폰을 받았다.

"여기, 지금 저녁 먹는 것보다 더 큰일이 일어난 거 같아요. 아니, 걱정할 일은 아니고 당신이 이리로 오는 게 더 빠를 것 같은데⋯⋯."

속삭이듯 조심스럽게 말하는 형수의 목소리를 들으며 율도 어느새 그들의 자리로 다가갔다. 흑인 노인은 30여 년 전 송탄에 근무했던 주한 미군 출신의 군인으로, 미국으로 돌아가고 몇 년 후 한국 교포와 결혼하여 딸 하나와 아들 하나를 낳았다고 했다. 그 자신은 한국계 혼혈이며 지금 눈앞에 있는 젊은 여자가 딸, 옆에 앉은 갈색 머리의 백인 남자는 사위라고 했다. 이 병원의 혈액종양내과에 말초혈 이식수술을 받고 누워 있는 환자가 그들의 아들이자 남동생이었다. 처음에 아내를 보고 말을 걸던 금발의 백인 남자는 흑인 노인의 비서 겸 통역이라고 했다. 아내는 이제 노인에게서 눈을 떼지 못하고 그들의 가족 소개를 듣기만 하고 있었다.

"General Jackson⋯⋯." (잭슨 장군님⋯⋯.)

남자의 비서가 뭐라고 얘기하며 시계를 보았다. 그들이 모두 일어나는 것을 본 율은 입을 열었다. 아내가 채 말하지 못하고 굳은 얼굴로 인형처럼 앉아 있는 것을 더 이상 두고 볼 수 없어서였다. 얼음땡을 외치듯 율의 목소리가 그들에게 향했다.

"제 아내가 최근에 골수 기증을 했었습니다. 20대 남자에게요. 아내의 아버지는 입양아 출신의 흑인 혼혈입니다. 주한 미군이었고요."

그다음에 일어난 일은 아내에게 꿈결처럼 흘러갔을 것이다. 어쩌면 율이 아내를 이 병원 8층 복도에서 마주치고 온몸에 벼락이 내리치는 충격을 받았던 것보다 더한 충격이 아내를 내리쳤을 것이다. 그것은 잭슨 장군이라고 불린 흑인 노인과 그의 가족에게도 마찬가지였으리라. 율의 이어진 설명과 확인 그리고 그 뒤의 바위처럼 무거운 침묵이 그들 가족을 휘감았다. 하룻밤의 인연으로 자신도 모르게 한 생명이 잉태되고 태어나 살고 있을 줄은 꿈에도 몰랐을 그에게 딸의 존재와 골수 이식이라는 인연으로 이어진 핏줄의 질긴 운명이 아무 말도 할 수 없게 만들었다. 냉철한 것은 역시 여자들이었다.

"많이 당황스러우시겠지만 확인을 해보고 싶어요. 만에 하나, 저도 제 뿌리를 찾고 싶습니다. 그저 몇 가지 우연이 겹친 것뿐이라고 해도, 실례를 무릅쓰고라도……. 얼토당토않다고 생각하시겠지만 꼭……. 죄송합니다."

아내가 먼저 말을 꺼냈고 장군의 부인과 딸이 동의했다.

"I understand. I hope so." (이해합니다. 나도 그러길 바랍니다.)

장군이 말했다. 목소리는 떨리고 있었으나 그 역시 자신을 꼭 빼닮은 보은의 얼굴에서 눈을 떼지 못했다. 그러나 아내나 그들이나 다음에 어떻게 해야 할지 모르기는 마찬가지였다. 맑은 날 들판을 걷다가 하늘에서 떨어진 피아노에 머리를 맞은 것처럼 어리둥절하고 멍해서 말을 잃어버렸다.

　눈치도 빠르고 행동도 빠른 형수가 율에게 통역을 부탁했다. 그들이 허락한 뒤 병원의 어디론가 전화를 걸더니 간호사 한 명이 내려와 장군과 그의 딸 그리고 율의 아내로부터 모근이 붙은 머리카락 몇 올을 가져갔다. 로비에 있던 사람들의 시선이 한꺼번에 쏠렸다. 그들 가족은 간단한 인사와 함께 연락처를 주고받은 뒤 병원을 나갔다. 비현실적이어서 오히려 아무렇지도 않고 아무것도 느낄 수 없었던 시간이 그렇게 흘러갔다. 아내만 빈자리에 멍하니 앉아 그들이 나가는 모습을 쳐다보았다. 아내와 닮은 여자, 아마도 여동생일 수도 있을 여자가 여전히 어리둥절한 표정으로 잠깐 뒤를 돌아보았다.

　"보은아……."

　율이 아내의 이름을 불렀다. 옆에 앉아 얼음처럼 차가운 손을 꼭 잡아 주었다. 형수는 마침 로비로 들어서는 형을 발견하고 다가갔다. 아내의 목소리가 떨렸다.

　"지금 무슨 일이 일어난 거죠? 꿈꾸는 것 같아. 저 사람들, 마른하늘에 날벼락도 이런 날벼락이 없었을 거예요. 나도 이런데, 이렇게 가슴이 먹먹하고 뒤통수를 얻어맞은 기분인데, 내 존재조차 몰랐던 사람들이야 어떻겠어? 더구나 그 부인, 아무리 결혼 전에 있었던 일이라 해도……. 내가 잘하는 걸까?"

　아내의 갈색 눈동자는 어디를 보고 있는지 알 수 없게 초점이 없었다. 율은 아내를 품에 꼭 안으며 어깨를 다독였다.

　"내가 보기엔 당신 아버지 찾은 것 같은데. 나쁜 일은 없을 거야. 아니면 말고. 또 맞더라도 걱정할 일이 뭐 있겠어?"

율은 아내의 정수리에 입을 맞추었다.

며칠 뒤, 친자 확인 검사 결과는 역시 틀림없는 부녀간임을 확인하는 것으로 나왔다. 자매일 확률 역시 높게 나왔으며 보다 정확한 검사를 위해 혈액 샘플을 채취하여 시행한 검사에서도 같은 결과가 나왔다.

그리고 지금, 아내는 남동생인 아놀드 잭슨이 회복 중인 VIP 병실 앞에 율과 함께 서 있다. 병실에서는 아내의 친아버지인 그렉 웰든 잭슨 장군과 그의 한국인 부인 리사 잭슨 그리고 거울을 보듯 닮았지만 좀 더 진한 피부색의 닥터 케이트 크루니와 그녀의 남편이자 율에게는 손아래 동서가 되는 닥터 알렉스 크루니가 기다리고 있을 것이다. 아놀드와는 오늘 처음이지만 나머지 가족들과는 전화를 몇 번 주고받은 것 말고 직접적으로는 두 번째 만남이다. 처음의 친자 확인 검사 결과에도 불구하고 더 정확한 결과가 나오기 전에 섣부른 판단은 하지 않기로 한 아내의 결정이었다.

"잭슨 장군께서는 그 전에 먼저 이보은 씨를 따로 만나길 원하십니다."

금발의 비서가 나와 한국말로 이야기했다. 아내 역시 장군의 생각과 마찬가지일 것이다. 친아버지가 기다리고 있다는 문병객 접견실, 사실 율도 병원 꼭대기 층에 이런 곳이 있는 줄은 몰랐지만 아내는 그곳으로 안내를 받아 비서와 함께 발걸음을 옮겼다.

"잠깐만, 보은아."

율이 아내의 팔을 붙잡아 품에 꼬옥 끌어안았다. 복도의 간호사나 눈앞의 비서가 보거나 말거나 아내의 이마에 입을 맞추며 속삭였다.

"당신, 워싱턴의 명망 높은 장군 가문 핏줄이라고 나 무시하고 그럴 거 아니지?"

아내가 쿡, 장난스럽게 웃더니 눈동자를 굴리며 대답했다.

"하는 거 봐서요."

"앞으로 더 잘할게. 사랑해. 응?"

아내의 긴장을 풀어 주기 위해 시작한 농담이지만 말하다 보니 율은 진심이 되었다. 그때 병실의 문이 열리며 장군의 부인이 살짝 얼굴을 내밀었다. 미소를 띠며 두 사람을 보더니 율에게 말을 건넨다.

"한국식으로는 최 서방이라고 부르는 거 맞지요? 먼저 들어오세요."

아내는 발뒤꿈치를 들고 율의 입술에 점을 찍듯이 키스해 주었다. 복도를 돌아 사라지는 아내를 보며 율은 서른세 살이었던 그날의 첫 키스를 떠올렸다. 이제까지 했던 키스보다 수백 번, 수천 번의 키스가 앞으로 더 남아 있지만 방금 아내가 해 준 키스는 서른세 살의 첫 키스 다음으로 짜릿한 키스였다.

『라떼와 첫 키스』끝

남기는 말

꿈인 듯 아닌 듯 잠든 몸 주위에 빙 둘러 앉아 있던 영혼들이 두런거리는 대화가 몹시도 생생하였습니다. 혹시 신이 내려 무당이 되면 어떡하지, 하고 지레 겁먹었던 어린아이는 교실에서 하루 종일 단 한 마디도 하지 않으며 산울림의 우울한 노래들만 귀에 꽂고 들었습니다.

비가 추적추적 내리던 봄날, 청도 운문사의 어느 방에 들어갔다가 방바닥에 펼쳐진 비구니의 옷을 보자 영문도 모른 채 눈물샘이 터졌습니다. 젊음이 거추장스러웠던 대학생은 두루마리 휴지가 흠뻑 젖자 가슴이 후련해지며 웃음이 자꾸 나왔습니다.

수십 년째 잊어버릴 만하면 꾸게 되는 똑같은 꿈이 있습니다. 낯선 곳을 여행하다가 용변이 급해 문이란 문은 죄다 열어 보지만 화장실이긴 해도 도저히 들어갈 수는 없게 되어 있습니다. 문만 계속 열어 보다가 끝나는 꿈입니다.

언젠가 이야기 속에서 위의 그림들을 만나시거든 제가 또 할 말이 있나 보다고 생각해 주십시오.

거창하고 엄숙하며 진중한 것만이 우리에게 필요하다고는 생각하지 않습니다. 녹차라떼의 쌉싸름한 맛이나 서툰 첫 키스의 느낌 같은 사소한 것들도 돌아보면 우리에게 위로를 줍니다. 보은이와 율의 이야기를 읽는 잠시 동안이나마 가슴 한쪽이 데워졌으면 좋겠습니다. 사랑에 대한 상상은 어차피 판타지일 수밖에 없고 책에서 눈을 들면 우리의 현실은 차갑고 해피엔딩이기도 어려우니까요. 마음이 여린 당신과 나는 그래서 사랑에 대한 이야기를 읽고 쓰며 위로를 구합니다.

이 글은 2013년 여름에 인터넷 사이트에 연재하였던 '서른 세 살 첫 키스'를 수정, 보완하여 파란미디어를 통해 출간하게 되었습니다. 편집 과정을 통해 도움을 주시고 애써 주신 파란미디어의 여러 분들께 정말로 깊은 감사의 말씀을 드립니다.

2014년 가을
석유주